अद्वितीय समाजशास्त्र

अद्वितीय समाजशास्त्र

प्रो. रामेश्वर मिश्र 'पंकज'

प्रकाशक
प्रभात प्रकाशन प्रा. लि.
4/19 आसफ अली रोड, नई दिल्ली–110002
फोन : 011–23289777 • हेल्पलाइन नं. : 7827007777
इ–मेल : prabhatbooks@gmail.com ❖ वेब ठिकाना : www.prabhatbooks.com

संस्करण
2025

पेपरबैक मूल्य
छह सौ पचास रुपए

मुद्रक
आर–टेक ऑफसेट प्रिंटर्स, दिल्ली

★

ADWITEEYA SAMAJSHASTRA
by Prof. Rameshwar Mishra 'Pankaj'

Published by **PRABHAT PRAKASHAN PVT. LTD.**
4/19 Asaf Ali Road, New Delhi-110002

ISBN 978-93-5521-542-0

₹ 650.00 (PB)

भारतवर्ष के सनातन समाजशास्त्र की सुगम प्रस्तुति

प्रो. रामेश्वर मिश्र 'पंकज' की यह गंभीर कृति 'अद्वितीय समाजशास्त्र' भारतवर्ष के सनातन समाजशास्त्र की सुगम प्रस्तुति है। ऐसी ही रचनाएँ सभी विषयों में हमारे अधिकारी विद्वानों द्वारा आनी चाहिए, तभी भारतवर्ष की सनातन ज्ञान-परंपरा के विविध पक्ष उन लोगों के समझने योग्य सामने आ सकेंगे, जिनका मन-मस्तिष्क पिछले 77 वर्षों से कूड़ा-करकट की पदावलियों और मुहावरों से कमजोर बनाया जा चुका है।

अभी इन दिनों अकेडमिक्स में जो कुछ चल रहा है, वह यूरोप में विगत सौ-डेढ़ सौ वर्षों में ही लिखा गया है। पर यह स्वयं में अद्‌भुत आश्चर्य का विषय है। वहाँ तो ढाई हजार वर्षों में भी इन विषयों में लिखा जाना चाहिए था, जैसा गैर-यूरोपीय समाजों और राष्ट्रों में लिखा जा रहा था। यूरोप में यदि कुछ लिखा भी गया होगा, तो उसकी कोई परंपरा, कोई स्मृति तो दिखती नहीं है। वे लोग भी उसका उल्लेख नहीं करते। क्या दो हजार वर्षों में वहाँ किसी भी अनुशासन में कोई गंभीर बात विस्तार से कही ही नहीं गई?

विगत पाँच सौ वर्षों की बात तो प्राय: की जाती है, किंतु उस अवधि में तीन सौ वर्षों तक क्यों नहीं कुछ लिखा गया? क्योंकि उसमें से पहले तीन सौ वर्ष तो खोमचागीरी और ठेलों जैसा ही कार्य-व्यापार रहा। यह प्रचार किया गया कि यूरोपीय राष्ट्रों का व्यापार पाँच सौ वर्षों से बढ़ रहा है, परंतु वह केवल भ्रांति थी। इसीलिए इन विषयों पर उस अवधि के कुछ छिटपुट लेखमात्र ही मिलते हैं।

केवल 18वीं शती के मध्य से यूरोपीय लोगों का शेष विश्व से परिचय बढ़ने लगा। 19वीं-20वीं शती में यह सघन हुआ। इस प्रकार मुश्किल से दो सौ वर्षों का है यह घनिष्ठ परिचय, वह भी यूरोपीय दृष्टि से। अन्य की अपनी दृष्टि से तो यह परिचय भी उथला-छिछला है। यूरोपीय लोगों को गैर-यूरोपीय समाजों की भाषा का ही पहले ज्ञान नहीं था। अत: यह भाषा ज्ञान भी सतही और छिछले स्तर पर ही हो सका। यूरोप में

विद्या परंपरा की अपनी कोई भाषा नहीं थी, तो वे दूसरों को कैसे समझते? 19वीं शती तक गैर-यूरोपीय भाषाओं की कृतियों का कोई ज्ञान नहीं था, तो उन भाषाओं में रचित गहरे ज्ञान को वे भला कैसे जान पाते?

जो कुछ गैर-यूरोपीय समाजों का ज्ञान वे अपनी बुद्धि से ग्रहण कर पाए, वही उनके लिए इतना विस्मयकारी, नया और विशिष्ट था कि उसके आधार पर वे चर्च से झगड़ा तो करने लगे, किंतु ये झगड़े चर्च के द्वारा निर्धारित बौद्धिक दायरे के भीतर ही होते थे। उसी दायरे में रहते हुए वहाँ के जीवन के विषय में और विविध शास्त्रों के विषय में कुछ कहने-लिखने की कोशिश उन लोगों ने की।

अपने भीतरी संवाद के लिए जो कुछ उन्होंने राजनीतिशास्त्र, समाजशास्त्र, अर्थशास्त्र, दर्शन, मनोविज्ञान, भाषा, साहित्य आदि अनुशासनों में लिखा, वही इन दिनों भारतवर्ष एवं विश्व में पढ़ाया जाता है, क्योंकि द्वितीय विश्वयुद्ध के उपरांत विश्व के अधिकतर समाजों में उनके द्वारा लाई गई राजनीतिक व्यवस्था ही चल रही है। अत: वे और क्या पढ़ाते? उनकी विवशता समझ में आती है।

यदि भारत का राज्य 1947 में ब्रिटिशों के अनुगतों के हाथ न आता, तो भारतीय शास्त्रों की शिक्षा परंपरा सहज अबाधित प्रवाहित रहती। ब्रिटिशों का अपने एजेंटों को सत्ता का ट्रांसफर करने का प्रयोजन ही था भारतवर्ष के पुरुषार्थ को सब प्रकार से बाधित करना, जिसमें वे आंशिक तौर पर सफल भी हुए। लाखों वर्षों प्राचीन राजपरंपरा और पोषित सुव्यवस्थित समाज-व्यवस्था, जो भारतवर्ष का स्वभाव एवं स्वधर्म है, वह बाधित कर दी गई। उनका कूड़ा-करकट भारतीय युवाओं को बलपूर्वक पढ़ाया जाता रहा, जिससे उनकी मेधा भी निर्बल होती चली गई। साथ ही, शास्त्रों को ग्रहण करने की उनकी सामर्थ्य भी शिथिल होती चली गई।

इस पुस्तक के द्वारा मिश्रजी ने भारतीय समाजशास्त्र का एक ऐसा प्रामाणिक ग्रंथ उपलब्ध कराया है, जो पिछले 77 वर्षों से भारतीय बुद्धि को शासन द्वारा बाधित रखने के कारण कूड़ा-करकट भरी पदावलियों और मुहावरों से आक्रांत चित्त लोगों की भी समझ में आ सके। उन्हें प्रामाणिक शास्त्र ज्ञान ऐसी पदावलियों में सुलभ कराना कि बाधित मस्तिष्क भी मूलभूत तत्त्वों को समझ सके, यह दुष्कर कार्य ऐसा ही विद्वान् कर सकता है, जो अपने शास्त्रों का मर्मज्ञ तो हो ही, कूड़ा-करकट वाली आरोपित पदावलियों का भी तथ्य जानता हो। ऐसे पाठकों की सीमाओं का ध्यान रखकर प्रामाणिक शास्त्र-ज्ञान संप्रेषित करना कोई सामान्य पुरुषार्थ नहीं है। मिश्र जी इस पुरुषार्थ के लिए साधुवाद के पात्र हैं।

आशा है कि वे स्वयं तथा अन्य मेधावी मनीषी अन्य अनुशासनों में भी भारतीय ज्ञान को ऐसी ही सुगम रीति से नई पीढ़ी के सामने लाकर ऋषिऋण और पितृऋण दोनों से उऋण होने का पुण्य कार्य अवश्य करेंगे।

—प्रो. कुसुमलता केडिया
शीर्षस्थ समाजवैज्ञानिक
विकास अर्थशास्त्री एवं इतिहासकार

जया एकादशी
भाद्रपद, कृष्ण
विक्रम संवत-2080

संपूर्ण मानव-जाति के उत्थान के लिए एकमात्र धर्मशास्त्र

भारतवर्ष भाग्यशाली राष्ट्र रहा है कि यहाँ न केवल सर्वप्रथम धार्मिक नियम लिपिबद्ध किए गए, वरन् उन्हें सुरक्षित भी रखा गया। अन्यथा आज से पंद्रह-सोलह सौ वर्ष पूर्व विश्व में सर्वत्र सनातन मूल्य व संस्कार ही प्रचलित थे। अंतर इतना ही है, जहाँ भारतवर्ष में शास्त्र उपलब्ध हैं, वहीं अन्यत्र अधिकांश मौखिक ही रहे। फिर भी अनेक पुरातात्त्विक अवशेष हमारी इस मान्यता को पुष्ट करते हैं कि सर्वत्र सनातन धर्म व्याप्त था।

हमारे धर्मशास्त्रों में धर्म संबंधी विस्तृत विवेचना है। अत्यंत प्राचीन काल से धर्मशास्त्रों के अंतर्गत बहुत से विषयों की विवेचना होती रही है। इनमें से आधाररूप से महत्त्वपूर्ण है धर्मशास्त्रों में प्रतिपादित मानव धर्म। उल्लेखनीय है कि 'मनुस्मृति' का मूल नाम 'धर्मशास्त्र' ही है, जिसे हम सुविधा के लिए 'मानव धर्मशास्त्र' भी कह सकते हैं। 'ऋग्वेद' में मनु महाराज को ही मानव-जाति का पिता कहा गया है। 'मनु' शब्द से ही 'मानव' बना है। इस प्रकार यदि इस ग्रंथ का नाम 'मानव धर्मशास्त्र' होता, तो भारतवर्ष की शास्त्रीय दृष्टि से उपयुक्त होता, परंतु हम अपने ही शब्दों, पदों, शब्दावलियों, पदावलियों आदि से इतनी दूर हो गए हैं कि संभवतः 'मानव धर्मशास्त्र' नामकरण से हमें वैसा बोध नहीं होता, जैसा कि 'समाजशास्त्र' शीर्षक से होता है, क्योंकि एक विशेष अर्थ में 'समाजशास्त्र' रूढ़ हो गया है। वैसे ध्यातव्य है कि जिसे हम 'समाजशास्त्र' कहते हैं, उस विधा का अभ्युदय 19वीं शताब्दी के अंतिम दशक में (1892) अमरीका के शिकागो विश्वविद्यालय में एक छोटे से विभाग के रूप में हुआ। जबकि हमारे धर्मशास्त्र वेद जितने ही प्राचीन हैं। धर्मशास्त्रज्ञ पंकजजी ने स्वयं इस बात का उल्लेख किया है कि 'समाज' 'सोसायटी' (फ्रेंच 'सोसाइते') शब्द का हिंदी रूपांतर है और 'समाज' कहने से वैसी व्यापकता एवं सार्वभौमिकता का बोध नहीं होता, जैसा मानव, लोक, जन आदि

कहने से होता है। तथापि हम आशा करते हैं कि शास्त्रीय ज्ञान के उत्तरोत्तर प्रसार के साथ-साथ 'समाजशास्त्र' के स्थान पर 'मानव धर्मशास्त्र' की स्वीकार्यता बढ़ेगी।

हमारे लिए 'धर्म' शब्द सर्वोपरि है। धर्म ही भारतवर्ष तथा शेष संसार का मूल है। मनुष्य के लिए जो कुछ भी श्रेयस्कर है, वरेण्य है, ग्राह्य है, वह धर्म है। धर्म ही सत्य है। धर्म का आश्रय लेकर मनुष्य वहाँ तक पहुँच सकता है, जहाँ तक पहुँचने की उसकी अभिलाषा है। कहने को तो धर्म मानव के लिए है, परंतु यह इतना व्यापक है कि इसमें ब्रह्मांड के सभी जड़-चेतन समाहित हैं। धर्म के कारण ही एक मनुष्य दूसरे मनुष्य से मानवीय संबंध तो बनाता ही है, अन्य जीवों तथा संपूर्ण प्रकृति से भी वैसा ही संबंध बनाता है। हमारे धर्मशास्त्र बताते हैं कि यह सारी सृष्टि परमपिता परमात्मा की रचना है। ऐसे में हम इस रचना से दुर्व्यवहार की कल्पना भी नहीं कर सकते। यही कारण है कि हजारों वर्षों तक हमारी प्रकृति अक्षुण्ण रही। कोई आश्चर्य नहीं कि ज्यों-ज्यों हममें धर्म का लोप हुआ, त्यों-त्यों पर्यावरणीय समस्याएँ उठ खड़ी हुईं।

हमारे धर्मशास्त्रों की विशेषता है कि ये हमें शुभ-अशुभ, पाप-पुण्य, सुखकर-दुःखकर कर्म का बोध कराते हैं, जिससे हम सन्मार्ग पर चल सकें। अतएव शास्त्रों में दंड के स्थान पर प्रायश्चित्त के नियमों और विधानों को वरीयता दी गई है। स्पष्ट है कि धर्मशास्त्रों के रचयिता ऋषि-मुनिवरों की दृष्टि अत्यंत उदार तथा उदात्त रही है। संभवतः उन्हें लगता था कि एक बार यदि व्यक्ति को धर्म का बोध हो जाए, तो वह स्वमेव धर्ममय जीवन जीने लगेगा। उसके ऊपर कोड़े बरसाना या अन्य दैहिक दंड देना अब्राहिमी मजहबों-ईसाइयत और इस्लाम का काम है। इस संदर्भ में नाजायज और इलेजिटिमेट संतान को लेकर ज्येष्ठ विद्वान् लेखक ने जिस प्रकार धर्मशास्त्रों के महत्त्व को दर्शाया है, उससे सारा संसार एक स्वस्थ और मानवीय समाज का निर्माण कर सकता है। धर्मशास्त्रों के अध्येता लेखक ने बताया है कि धर्मशास्त्रों में सामान्यतया आठ प्रकार के विवाहों का उल्लेख है और किसी भी प्रकार के विवाह से उत्पन्न संतान पूरी तरह वैध मानी जाती है। दूसरे शब्दों में कहें, तो कैसे भी किसी भी संतान का जन्म हुआ हो, उसे कभी भी मुसलमानों की तरह नाजायज या हरामी और ईसाइयों की तरह इलेजिटिमेट नहीं कहा जाता। हमारे यहाँ ऐसे घृणित विचार कभी नहीं रहे। हमारे धर्मशास्त्रों की यह कितनी बड़ी उदारता है, इसका अनुमान तो वे ही लगा सकते हैं, जो नाजायज या इलेजिटिमेट संतान वाले समाज में रहते हों और इसका सामाजिक दंश झेलते हों। इसी प्रकार एक वर्ण से दूसरे वर्ण में हुए विवाहों को अनुलोम तथा प्रतिलोम कहकर शास्त्रीय मान्यता दी गई। किसी भी संतान को बड़ा होकर पहचान के संकट का सामना न करना पड़े और सामाजिक रूप से अपमानित न होना पड़े, इसलिए ऐसा उत्तम विधान किया गया है।

सामान्यतया ईसाई लेखकों ने धार्मिक-सांस्कृतिक रूप से भारतवर्ष पर जिस बात को लेकर कठोरतम प्रहार किया, वह है 'जाति'। इसका प्रमाण यह है कि केवल 'जाति' विषय पर सर्वाधिक अर्थात् हजारों पुस्तकें ईसाई विद्वानों ने लिखीं। जबकि सच यह है कि वे कभी भी विषय की गहराई में नहीं जा सके, क्योंकि ईसाई अध्येताओं ने 'जाति' शब्द का जिस अर्थ में प्रयोग किया है, उस अर्थ में 'जाति' शब्द सामान्यत: धर्मशास्त्रों में है ही नहीं, परंतु जिसे अंग्रेजी में 'कास्ट' कहा जाता है, वह शब्द पुर्तगाली भाषा के 'कास्टा' शब्द का परिवर्तित रूप है। इस शब्द का प्रयोग पुर्तगाल और आसपास के देशों में आनुवंशकीय शुद्धता के लिए प्रयुक्त होता था, जबकि धर्मशास्त्रों में ऐसी कोई धारणा नहीं पाई जाती। अत: हमारे लिए अपरिहार्य है कि हम स्वयं धर्मशास्त्रों को पढ़कर अपनी धारणा बनाएँ। इस प्रकार प्रस्तुत पुस्तक का एक उद्देश्य यह भी है कि धर्मशास्त्रों को लेकर हमारे मन में जो अन्यान्य प्रकार की भ्रांतियाँ हैं, उन्हें दूर किया जा सके।

धर्मशास्त्रों के अनुसार धर्मों में राजधर्म को सर्वोच्च स्थान प्राप्त है, क्योंकि इस धर्म का संबंध पूरे राज्य के संचालन से है। भारतीय परंपरा में, हमारी सामान्य समझ के विपरीत, राजा के अधिकार क्षेत्र अत्यंत सीमित रहे हैं। भारतवर्ष में संपत्ति, शिक्षा, धार्मिक कार्यों, परंपरा-पालन आदि में राजा का कोई हस्तक्षेप नहीं होता था। यहाँ तक कि न्यायप्रणाली में भी, जिसकी व्यवस्था अत्यंत व्यापक थी, राजा का अधिकार बहुत सीमित था। व्यापारियों, व्यवसायियों, शिल्पियों आदि की अपनी संस्थाएँ थीं और वे उन्हीं के माध्यम से अपने विवादों को सुलझाते थे। अत्यल्प विवादों में ही राजा की भूमिका होती थी और जब ऐसे अवसर आते थे, तब भी राजा अपनी इच्छा से निर्णय नहीं सुना सकता था। वह वस्तुत: न्यायशास्त्रों के विशेषज्ञों पर निर्भर रहता था। यह बहुत बड़ा कारण है कि राजा निरंकुश नहीं होता था। जबकि आज की न्याय प्रणाली को यदि ध्यान से देखें, तो इसकी सबसे बड़ी त्रुटि यह है कि इसमें वकील, एडवोकेट जैसे मध्यस्थ या बिचौलिए न्याय प्रणाली का अभिन्न अंग होते हैं। इन मध्यस्थों की उपस्थिति के कारण वादी-प्रतिवादी न्यायाधीश से सीधे संपर्क में नहीं आते। जबकि धर्मशास्त्रीय न्याय प्रणाली में वादी-प्रतिवादी सीधे न्यायाधीश के समक्ष अपना पक्ष रखते थे और इसलिए निर्णय शीघ्र होते थे। पूरी न्याय प्रक्रिया सरल, सुबोध, सुगम और सुलभ होती थी। आज की तरह करोड़ों की संख्या में विवाद लंबित नहीं होते थे। इस प्रकार हमें पंचायत से आरंभ कर सर्वोच्च शिखर तक बिना मध्यस्थों की न्याय प्रणाली विकसित करनी चाहिए। पंचायतों को विवाद, विशेषकर भूमि संबंधी, सुलझाने का दायित्व दिया जाना चाहिए। इसी के समानांतर व्यापारियों, व्यवसायियों आदि को श्रेणी, संघ, निगम आदि जैसी न्यायिक संस्थाएँ विकसित करने की अनुमति देनी चाहिए। तात्पर्य यह कि हमें अपनी धर्मशास्त्रीय न्याय प्रणाली ही अपनानी चाहिए। इस प्रणाली के द्वारा ही न्याय सर्वसुलभ हो सकता है।

एक अल्पज्ञात तथ्य यह है कि भारतवर्ष में राजा विधि या कानून नहीं बनाते थे। तब विधि के स्रोत होते थे धर्मशास्त्र। इस प्रकार आज जिसे उदारीकरण कहा जा रहा है, वह भारतवर्ष की शासन व्यवस्था का स्वभाव होता था। शासन अनेकानेक क्षेत्रों में हस्तक्षेप नहीं करता था। अत: शिक्षा, व्यापार, उद्योग आदि क्षेत्रों में शासन का हस्तक्षेप न हो, तो समाज नैसर्गिक रूप से प्रगति कर सकेगा। ये सारे हस्तक्षेप वास्तव में मानव विरोधी कम्युनिज्म की देन हैं, जिन्हें हम ढोए जा रहे हैं।

उल्लेखनीय है कि हमारे धर्मशास्त्र स्त्रियों को जिस प्रकार के अधिकार देते हैं, वे न केवल अभूतपूर्व हैं, वरन् दुर्लभ भी। 'मनुस्मृति' ने तो विधिवत् अनेक प्रकार के संपत्ति संबंधी अधिकार दिए हैं। 'याज्ञवल्क्य स्मृति' की मिताक्षरा टीका में प्रतिपादित व्यवस्था के अनुसार पति की संपत्ति में विधवा स्त्री का प्रथम अधिकार होता था। जहाँ तक स्त्री शिक्षा का प्रश्न है, तो वैदिक वाङ्मय में छात्राओं के दो प्रकार बताए गए हैं—सद्योद्वाहा तथा ब्रह्मचारिणी। सद्योद्वाहा वे कन्याएँ हैं, जो अध्ययन पूर्ण कर गृहस्थाश्रम में प्रविष्ट हो, गृहस्थ धर्म में जीवन-यज्ञ की समान अधिकारी बनती थीं। इन कन्याओं को नौ वर्ष तक वेद, व्याकरण, संगीत, छंद, ज्योतिष आदि की शिक्षा दी जाती थी। ब्रह्मवादिनी कन्याएँ आजीवन ब्रह्म-चिंतन, धर्म-चिंतन एवं अध्यात्म-चिंतन तथा दार्शनिक-मनन में प्रवृत्त रहती थीं। वे कुमारी भी होती थीं और उनमें से कई विवाहिता भी। वैदिक कालीन स्त्रियाँ विविध शिल्पों में प्रशिक्षित तथा शिल्प-कर्म द्वारा धनोपार्जन करती थीं। अब यदि इन स्त्रियों की तुलना हम अब्राहिमी मजहबों-ईसाइयत और इस्लाम की स्त्रियों से करें, तो पाते हैं कि इनमें स्त्रियों को कहीं पूरा मनुष्य ही नहीं माना जाता है, तो कहीं माना जाता है कि उनमें आत्मा ही नहीं है।

'तैत्तिरीय संहिता' में कहा गया है कि मनु महाराज ने जो कुछ कहा है, वह मनुष्यों के लिए औषधि है, अर्थात् उसमें सदा स्वस्थ, रोगरहित और सबल रहने की विधि है। यही बात 'ताण्ड्य-महाब्राह्मण' में भी कही गई है। 'महाभारत' में मनु महाराज का अनेक बार उल्लेख हुआ है और उन्हें राजशास्त्र प्रणेता कहा गया है। मनु महाराज के अतिरिक्त ब्रह्माजी द्वारा रचे गए उपदेशों और ज्ञानशास्त्र को विशालाक्ष, इंद्र, बाहुदंतक, बृहस्पति एवं शुक्राचार्य ने संक्षिप्त रूप में प्रस्तुत किया। उल्लेखनीय है कि वैदिक संहिताएँ और श्रौत सूत्र, गृह्य सूत्र तथा धर्म सूत्र हिंदू समाजशास्त्र का आधार रहे हैं। श्रीमद्भगवदगीता को समस्त उपनिषदों और भारतीय तत्त्व ज्ञान का सार कहा गया है। अत: श्रीमद्भगवदगीता सर्वाधिक महत्त्वपूर्ण समाजशास्त्रीय ग्रंथ है। वाल्मीकीय रामायण और महाभारत में समाजशास्त्रीय मान्यताओं और आधारों का विस्तृत विवेचन है। साथ ही, मनुस्मृति के अतिरिक्त याज्ञवल्क्य स्मृति, नारदी स्मृति, बृहस्पति, अंगिरा, शंख, पाराशर एवं कात्यायन स्मृति सहित अनेक धर्मशास्त्र हैं, जिनका प्रतिपाद्य सनातन धर्म के

अनुयायियों के जीवन में प्रतिफलित होता रहा है। लोक-व्यवहार में आने वाले नियमों, मान्यताओं, परंपराओं और कसौटियों का प्रतिपादन धर्मशास्त्र करते हैं। इनमें से प्रत्येक की टीकाएँ और भाष्य भारतीय समाज में 19वीं शताब्दी तक व्यवहार के निर्णायक शास्त्र रहे, जिनमें से मेधातिथि और गोविंदराज तथा कुल्लूक की मनुस्मृति पर टीका मुख्य थी। इसी प्रकार याज्ञवल्क्य स्मृति पर विश्वरूप और विज्ञानेश्वर की टीकाएँ प्रसिद्ध हैं। टीकाओं का यह क्रम 19वीं शताब्दी तक निरंतर चलता रहा है, परंतु धर्मशास्त्रों का प्रयोग तो 15 अगस्त, 1947 तक भारतवर्ष के सैकड़ों राजाओं के राज्यों में होता रहा।

कितने दु:ख और क्षोभ की बात है कि उसके बाद हमारे देश में हमारे प्रतिनिधियों द्वारा निर्मित संविधान में इन धर्मशास्त्रों का उल्लेख तक नहीं है। वस्तुत: संविधान भारतीय समाज नामक किसी भी वस्तुसत्ता का संज्ञान नहीं लेता। ऐसा प्रतीत होता है कि इस देश में संविधान से पूर्व कुछ भी नहीं था। जबकि सत्य यह है कि जो धर्मशास्त्र हजारों वर्षों तक प्रासंगिक रहे हैं, वे अब भी उतने ही प्रासंगिक हैं। वास्तव में धर्मशास्त्रों को विस्मृत करने की सुनियोजित योजना थी। अन्यथा ऐसा कोई कारण नहीं है कि इन अद्वितीय धर्मशास्त्रों को समाज से बाहर कर दिया जाता। इतना ही नहीं, संविधान के मूलाधिकार संबंधी प्रावधानों द्वारा राज्य-निधि से पोषित शिक्षा संस्थाओं में हिंदू धर्म की शिक्षा का पूर्ण निषेध कर दिया गया है, जबकि अल्पसंख्यक मजहबों की शिक्षा का विशेष संरक्षण राज्य-निधि के द्वारा किया गया है। ऐसे विभेदकारी और अन्यायकारी प्रावधानों को देखकर हम मान सकते हैं कि संभवत: इनका उद्‍देश्य यही है कि कालांतर में हिंदू धर्म समाप्त हो जाए, क्योंकि औपचारिक शिक्षा के अभाव में धर्म का लोप हो सकता है।

अत: अब समय आ गया है कि न केवल हम इन धर्मशास्त्रों का अध्ययन करें, वरन् यथासाध्य अपने जीवन में उन्हें अपनाएँ। इनको अपनाने से इनकी उपादेयता स्वयं सिद्ध हो जाएगी और तत्पश्चात् इन्हें संविधान में भी स्थान दिलाने में सहायता मिलेगी। हमें यह बात ध्यान में रखनी चाहिए कि अतीत में भारतवर्ष ने जिस प्रकार अन्यान्य क्षेत्रों में सर्वोत्कृष्ट उपलब्धियाँ प्राप्त कीं, उनके पीछे ये धर्मशास्त्र ही थे। इस परिप्रेक्ष्य में संतोष की बात है कि पहली बार कुछ विद्वतजनों ने संविधान को भारतीय दृष्टि से देखने का प्रयास किया है और सुझाया है कि हमें एक नया संविधान चाहिए। हम आशा करते हैं कि नए संविधान के निर्माण में पंकजजी की इस पुस्तक की महती भूमिका होगी।

रामेश्वर मिश्र पंकजजी विगत पाँच दशकों से भी अधिक समय से धर्मशास्त्रों का अध्ययन कर रहे हैं। इस दीर्घावधि में उन्होंने अनेक स्मृतियों, सूत्रों, पुराणों तथा रामायण व महाभारत जैसे बृहत्तर ग्रंथों का गहन अध्ययन किया। उनकी ऋषि दृष्टि से वर्तमान भारतवर्ष कैसे ओझल हो सकता था! प्रस्तुत पुस्तक में ईसावादियों, मोहम्मदवादियों और कम्युनिस्टों के द्वारा भारतीय धर्मशास्त्रों को सुनियोजित ढंग से विस्मृत करने के

दुष्परिणामों को लेकर लेखक की पीड़ा देखी जा सकती है।

अंत में देश के बौद्धिक वर्ग से आग्रह है कि वह इस दुर्लभ ग्रंथ का अध्ययन करे और इस पर मनन-चिंतन करे। वह देखे कि कैसे हमारे मनीषियों ने उच्च कोटि के धर्मशास्त्रों की रचना की और यह भी कि धर्मशास्त्रों में वर्णित 'सामान्य धर्म' सारे संसार के लिए है, न कि केवल भारतवर्ष के लिए। इस प्रकार इन धर्मशास्त्रों को अपनाकर ही भारतवर्ष अपने प्राचीन वैभव को प्राप्त कर सकेगा और सारे संसार में सनातन मूल्यों व संस्कारों की पुनर्स्थापना हो सकेगी।

ॐ स्वस्तिप्रजाभ्य: परि-पालयंताम
न्यायेन मार्गेण महीं महीशा:।
गो-ब्राह्मणेभ्य: शुभमस्तु नित्यम
लोका: समस्ता: सुखिनो भवन्तु॥

इस दुर्लभ ग्रंथ की रचना के लिए मनीषी प्रो. रामेश्वर मिश्र 'पंकज' को साधुवाद!

—डॉ. शैलेंद्र कुमार
लेखक चिंतक विचारक
संप्रति : संयुक्त सचिव, भारत शासन

विनायक चतुर्थी, भाद्रपद शुक्ल
विक्रम संवत्-2080
कलि-5124

भूमिका

'धर्म' शब्द अत्यंत व्यापक है और वह समस्त प्राणियों तथा समस्त महाभूतों के गुण और लक्षण तथा सामर्थ्य एवं वृत्ति को दर्शाता है। मनुष्य के संदर्भ में धर्म का अर्थ है मानव धर्म। मानव के लिए सनातन धर्म में धर्मशास्त्रीय विधान एवं प्रावधान व्यापकता से विवेचित हैं। वस्तुतः भारतवर्ष में धर्मशास्त्रों का प्रणयन अत्यंत प्राचीन काल में हुआ था और इस प्रकार हजारों वर्ष पूर्व से धर्मशास्त्र अस्तित्व में हैं।

इस संदर्भ में समकालीन भारत राष्ट्र में हिंदू समाज की स्थिति को सम्यक् रूप से समझने के लिए सर्वप्रथम धर्मशास्त्रों में प्रतिपादित मानव धर्म के सभी पक्षों को समझना आवश्यक है। वर्तमान भारत में राज्य का जो स्वरूप है, उसमें सनातन धर्म की क्या विधिक स्थिति है, इसे भी जानना आवश्यक है और फिर इस संपूर्ण परिप्रेक्ष्य में समकालीन भारत राष्ट्र में हिंदू समाज की स्थिति और स्वरूप के विषय में स्पष्टता अपेक्षित है।

धर्मशास्त्रों में धर्म संबंधी विस्तृत विवेचना है। अत्यंत प्राचीनकाल से धर्मशास्त्रों के अंतर्गत बहुत से विषयों की विवेचना होती रही है। इनमें से आधारभूत रूप से महत्त्वपूर्ण है धर्मशास्त्रों में प्रतिपादित मानव धर्म। उल्लेखनीय है कि मनुस्मृति का मूल नाम मानव धर्मशास्त्र ही है। ऋग्वेद में मनु को ही मानव-जाति का पिता कहा गया है।

तैत्तिरीय संहिता में कहा गया है कि मनु ने जो कुछ कहा है, वह मनुष्य के लिए औषधि है, अर्थात् उसमें सदा स्वस्थ और रोगरहित एवं सबल रखने की विधि है। यही बात ताण्ड्य-महाब्राह्मण में भी कही गई है।

महाभारत में अनेक स्थलों पर मनु का उल्लेख है। यह भी कहा गया है कि मनु राजशास्त्र प्रणेता हैं। इसके साथ ही ब्रह्म द्वारा दिए गए उपदेशों और ज्ञानशास्त्र को विशालाक्ष, इंद्र, बाहुदंतक, बृहस्पति एवं शुक्राचार्य ने संक्षिप्त रूप में प्रस्तुत किया। शांतिपर्व में लिखा है कि स्वायंभुव मनु के लिखे ग्रंथ के आधार पर ही शुक्राचार्य और बृहस्पति ने अपने-अपने ग्रंथों का प्रणयन किया।

इस प्रकार लेखन की प्राचीनतम परंपरा का उल्लेख भारतवर्ष में हुआ है। यूरोप में जहाँ लेखन की कोई प्राचीन परंपरा उपलब्ध नहीं थी, वहाँ उन्होंने वाचिक परंपरा के जरिए प्राचीन बातों को याद रखा और इसे ही 'ओरल ट्रेडिशन' कहा गया। रोचक बात यह है कि 20वीं शताब्दी में यूरोपीय ईसाइयों ने भारत में भी अपने यहाँ की नकल में 'ओरल ट्रेडिशन' की बात कह दी और उनके उत्साही अनुयायियों ने भारत में भी मुख्यत: वाचिक परंपरा होने की बात लिखनी शुरू कर दी। जबकि ज्ञात इतिहास में और उपलब्ध सभी ग्रंथों तथा साक्ष्यों के अनुसार भारत में प्राचीनतम काल से लेखन और अध्यापन की परंपरा रही है।

मनु महाराज कहते हैं कि अनादि परमेश्वर ने कर्मों का विवेक और ज्ञान प्रदान किया है तथा धर्म और अधर्म का स्वरूप निश्चित किया है और यह स्पष्ट बताया है कि धर्म से ही सुख प्राप्त होगा और अधर्म से दु:ख। मनुष्य में द्वंद्वात्मक भाव सदा रहते हैं और उसे पुरुषार्थपूर्वक धर्म का आचरण करना चाहिए, क्योंकि सुख उसी में है।

उल्लेखनीय है कि वैदिक संहिताएँ और श्रौत सूत्र, गृह्य सूत्र तथा धर्मसूत्र हिंदू समाजशास्त्र के आधार रहे हैं। श्रीमद्भगवद्गीता को समस्त उपनिषदों का और भारतीय तत्त्व ज्ञान का सार कहा गया है। अत: गीता सबसे महत्त्वपूर्ण समाजशास्त्रीय ग्रंथ है। वाल्मीकिय रामायण और महाभारत के अनेक पर्वों में समाजशास्त्रीय मान्यताओं और आधारों का विस्तृत विवेचन है। साथ ही मनुस्मृति, याज्ञवल्क्य स्मृति, नारदी स्मृति, बृहस्पति, अंगिरा, शंख, पाराशर एवं कात्यायन स्मृति सहित अनेक धर्मशास्त्र हैं, जिनका प्रतिपाद्य सनातन धर्म के अनुयायियों के जीवन में प्रतिफलित होता रहा है। लोक-व्यवहार में आने वाले नियमों, मान्यताओं, परंपराओं और कसौटियों का प्रतिपादन धर्मशास्त्र करते हैं। इनमें से प्रत्येक की टीकाएँ और भाष्य समाज में 19वीं शताब्दी तक व्यवहार के निर्णायक शास्त्र रहे, जिनमें मेधातिथि और गोविंदराज तथा कुल्लूक की मनुस्मृति पर टीका मुख्य थी। इसी प्रकार याज्ञवल्क्य स्मृति पर विश्वरूप और विज्ञानेश्वर की टीकाएँ प्रसिद्ध हैं। टीकाओं का यह क्रम 19वीं शताब्दी तक निरंतर चलता रहा है।

उदाहरणस्वरूप हम मिताक्षरा टीका को ले सकते हैं, जिसका अनुपालन 19वीं शताब्दी में हो रहा था। ईस्ट इंडिया कंपनी के भारत में कार्यरत कर्मचारियों ने सती की कुछ घटनाओं को बंगाल में अतिरंजित रूप से प्रचारित किया। जबकि यह तथ्य छुपा लिया गया कि याज्ञवल्क्य स्मृति की मिताक्षरा टीका में प्रतिपादित विधवा स्त्री का पति की संपत्ति में प्रथम अधिकार होता था। इसलिए परिवार के लोग आशंकित रहते थे कि कहीं उन्हें संपत्ति में कोई हिस्सा न मिले। तात्पर्य यह कि विधवा को अपनी संपत्ति पर सर्वाधिकार था। ऐसा अधिकार धर्मशास्त्र ने प्रदान किया था। ऐसी स्थिति में किसी-किसी परिवार में विधवा को सती होने के लिए भावोत्तेजित किया जाता था, परंतु यह

अपवादस्वरूप ही होता था, यह सत्य भी वे छिपा गए। साथ ही, समस्त बंगाल में 100 स्त्रियाँ भी सती नहीं हुईं, इस सत्य को छिपाकर वे प्रचारित करने लगे कि घर-घर में विधवाएँ सती हो रही हैं और विधवाओं के वृंदावन जाकर अपनी संपत्ति से आध्यात्मिक एवं धार्मिक आयोजनों में प्रभूत व्यय करने के सत्य को भी छिपा गए। कारण यह था कि ईसाई अंग्रेजों ने अपने यहाँ किसी विधवा को तो छोड़िए, किसी सधवा को भी कोई अधिकार नहीं दिया था। उनके लिए यह सब अविश्वसनीय था। अत: कहाँ तो वे धर्मशास्त्र के प्रावधानों की प्रशंसा करते, उन्होंने सती का एक भूत खड़ा किया। उसके साथ अंग्रेजी का 'प्रैक्टिस' शब्द जोड़ा जिसका अनुवाद 'प्रथा' है। इस प्रकार अपवादस्वरूप होने वाली घटनाएँ सदैव घटनेवाली प्रथा में परिवर्तित की गईं।

'निर्णय सिंधु' 19वीं शताब्दी का कमलाकर भट्टजी का प्रसिद्ध धर्मशास्त्र है और 'धर्म सिंधु' 19वीं शताब्दी का श्री काशीनाथ उपाध्यायजी का प्रसिद्ध धर्मशास्त्र है।

बंगाल में श्री जगन्नाथ तर्क पंचाननजी की प्रख्यात विधि पुस्तक 'विवाद भंगार्णव' हिंदू विधि और हिंदू न्याय प्रक्रिया का सर्वमान्य ग्रंथ 19वीं शताब्दी में था। तर्क पंचानन की मृत्यु 19वीं शताब्दी के पूर्वार्ध में हुई और 20वीं शताब्दी में भी बंगाल में हिंदू समाज उनके ग्रंथ से निर्देशित हो रहा था। वे एक प्रख्यात धर्मशास्त्री थे।

इस प्रकार प्रामाणिक धर्मशास्त्रों का प्रणयन 19वीं शताब्दी तक निरंतर चलता रहा है और हिंदू समाज 15 अगस्त, 1947 तक उनसे ही संचालित रहा है। अत: धर्मशास्त्रों में सन्निहित समाजशास्त्र का अध्ययन अत्यंत महत्त्वपूर्ण है।

सनातन धर्म के धर्मशास्त्र हिंदुओं के समाजशास्त्र हैं। अत: समाजशास्त्र के भारतीय आधार क्या हैं और उनके मूल में क्रियाशील सिद्धांत क्या हैं तथा किन संस्थाओं के द्वारा इस सामाजिक संरचना को सुरक्षित, पोषित और गतिशील रखा जाता रहा है तथा इसके व्यवहार के नियम और आधार क्या रहे हैं एवं वर्तमान में इनकी क्या स्थिति है, इन विषयों पर गंभीर अध्ययन और अनुसंधान की स्पष्ट आवश्यकता है।

पृष्ठभूमि तथा उपादेयता

जैसा कि विदित है, इस समय भारतीय समाज का संपूर्ण नियंत्रण एवं नियमन भारत राज्य (द स्टेट ऑफ इंडिया) करता है। इस शासन का स्वरूप उस संविधान द्वारा निर्धारित है, जो स्वयं अपनी व्यवस्था के अंतर्गत यथासमय, यथाविधि संशोधित होता रह सकता है।

संविधान स्वयं को 'पीपुल ऑफ इंडिया' (हम भारत के लोग) द्वारा अंगीकृत, अधिनियमित और आत्मार्पित किया गया घोषित करता है। तदनुसार भारत के लोग ही संविधान के नियामक और इसे अंगीकृत करने वाले हैं। इस दृष्टि से भारतीय शासन भारत

के लोगों द्वारा अंगीकृत एवं अधिनियमित शासन है।

परंतु संविधान भारतीय समाज नामक किसी भी वस्तुसत्ता का संज्ञान नहीं लेता और उसका उल्लेख भी नहीं करता। संविधान में राज्य है और राज्य के नागरिक हैं, जिनके अधिकार और कर्तव्य राज्य द्वारा परिभाषित हैं। अत: नागरिकों का वृहत समूह ही भारतीय समाज है, ऐसा एक निष्कर्ष निकाला जा सकता है।

संविधान के भाग 3 में नागरिकों के मूल अधिकारों का निर्धारण किया गया है। इसमें 'फ्रीडम ऑफ रिलीजन' तथा संस्कृति और शिक्षा संबंधी अधिकारों के अंतर्गत अनुच्छेद 29 और 30 में अल्पसंख्यकों की शिक्षा एवं संस्कृति के उन्नयन के लिए राज्य द्वारा वित्तपोषण का प्रावधान है। पंरतु अनुच्छेद 28 के अनुसार राज्य निधि द्वारा पोषित किसी शिक्षा संस्था में कोई भी 'रिलीजियस' शिक्षा नहीं दी जा सकती। इन दो परस्पर भिन्न प्रावधानों द्वारा राज्य-निधि से पोषित शिक्षा संस्थानों में हिंदू धर्म की शिक्षा का पूर्ण निषेध कर दिया गया है, जबकि अल्पसंख्यक मजहबों की शिक्षा का विशेष संरक्षण राज्य निधि के द्वारा किया गया है।

शिक्षा पाने वाले समूहों का मन और बुद्धि बड़ी सीमा तक शिक्षा द्वारा रची और सँवारी जाती है। अत: उक्त प्रावधानों द्वारा अल्पसंख्यक मजहबों को मानने वाले समाज को उनकी मजहबी समाज व्यवस्था के विषय में विस्तार से शिक्षा दी जा सकेगी और इसके लिए राज्य निधि सुलभ कराएगा। तदनुसार वे अल्पसंख्यक समूह अपने-अपने समाज की व्यवस्था चला सकेंगे, परंतु हिंदुओं को धार्मिक शिक्षा नहीं दी जाएगी। अत: हिंदू लोग हिंदू धर्म के अनुसार समाज व्यवस्था चलाने की कोई भी शिक्षा ग्रहण नहीं कर सकेंगे। यह विधिक स्थिति है। यद्यपि इसे माननीय संसद कभी भी हिंदुओं के प्रति न्यायपूर्ण बना सकती है। वह इसमें सक्षम है।

इसके अतिरिक्त, भारतीय राज्य समाज सुधार के लिए कृतसंकल्प है, जो व्यवहार में हिंदू समाज के सुधार के लिए ही संकल्प सिद्ध होता रहा है। संविधान का भाग 4 राज्य की नीति के निदेशक सिद्धांतों का निरूपण करता है। इसमें अनुच्छेद 38 का प्रावधान है कि भारत का राज्य भारतीय लोगों के 'वेलफेयर' के 'प्रमोशन' के लिए एक 'सोशल ऑर्डर' सुनिश्चित करेगा। इस प्रकार भारतीय समाज व्यवस्था कैसी होगी, यह सुनिश्चित करने का अधिकार भारत राज्य ने निश्चित कर रखा है, परंतु अल्पसंख्यकों के मजहबी हक विशेष संरक्षण प्राप्त हैं। अत: अल्पसंख्यकों की समाज-व्यवस्था उनके मजहबों के मुताबिक होगी। उसे ही उनका 'वेलफेयर' मान लिया गया है।

इस प्रकार भारत राज्य ने मुख्यत: हिंदुओं की समाज व्यवस्था के निर्धारण का अपना अधिकार संपूर्णत: माना है और हिंदू समाज की समाज व्यवस्था संबंधी धार्मिक शिक्षा राज्य निधि के द्वारा पोषित संस्थानों में सामान्यत: निषिद्ध कर रखी है। जबकि

अल्पसंख्यक समाजों की समाज व्यवस्था के विषय में उनके मजहबों की शिक्षा दी जाए, यह स्वयं राज्य निधि से पोषित मजहबी शिक्षण संस्थाओं द्वारा सुनिश्चित करना राज्य ने अपना कार्य घोषित कर रखा है।

ऐसी स्थिति में हिंदुओं की समाज व्यवस्था संबंधी धर्मशास्त्रीय प्रावधानों की कोई विधिक स्थिति वर्तमान भारत राज्य की संरचना में स्वीकृत नहीं है। 'हिंदू लॉ' में पहले जो स्मृतियों और धर्मशास्त्रों के प्रावधानों पर ब्रिटिश कालीन भारतीय न्यायालयों द्वारा निर्णय लिये गए थे, वे सभी निर्णय भारत का संविधान लागू होने के बाद सर्वोच्च न्यायालय और अनेक उच्च न्यायालयों द्वारा संविधान के ही प्रकाश में, विशेषकर अनुच्छेद 14 एवं 15 के प्रकाश में निर्णीत किए गए हैं और उनकी व्याख्या माननीय न्यायालयों ने अपनी दृष्टि से की है तथा इस प्रकार धर्मशास्त्रों के प्रावधान को गौण स्थान दे दिया गया है। इस तथ्य का ध्यान इस अध्ययन योजना में रखा गया है।

इस अध्ययन का उद्देश्य शासन की वर्तमान में प्रभावी नीतियों के विषय में कोई भी सुझाव देना या उनकी समीक्षा करना नहीं है। तथापि लोक कल्याणकारी राज्य को अपने द्वारा पूर्व निर्धारित लक्ष्यों की प्राप्ति में सहायक जानकारी इस अध्ययन से मिल सकती है।

अध्ययन का प्रथम उद्देश्य तो हिंदू धर्मशास्त्रों की व्यवस्था के विषय में फैली भ्रांतियों तथा अस्पष्टताओं के विषय में उनका सम्यक् स्वरूप उपस्थित करना है, जो किसी भी कल्याणकारी नीति के निर्धारण में उपादेय हो सकता है।

विशेषतः मानव धर्म एवं सभी धर्मशास्त्रों द्वारा मनुष्य मात्र के लिए निर्धारित सामान्य धर्म, सामासिक धर्म और साधारण धर्म इस विषय में सर्वाधिक उपादेय हो सकते हैं, क्योंकि वे सार्वभौम मानव मूल्यों के प्रतिपादक हैं।

इसके साथ ही धर्मशास्त्रों में नर-नारी संबंधों के विषय में क्या मान्यताएँ, स्थापनाएँ, प्रावधान और परंपराएँ रही हैं, इनका अध्ययन भी किया गया है। जाति और वर्ण का परस्पर संबंध क्या है, यह तो विवेचना का विषय है ही।

इसी प्रकार राज्य पर विचार के क्रम में राज्य के विविध कर्तव्यों, सुरक्षा, सुव्यवस्था और विधि के निर्माण में राज्य की स्थिति की भूमिका का भी विश्लेषण किया गया है। इस तरह सुरक्षा, सुव्यवस्था, शांति, समृद्धि एवं सुख के शास्त्रीय प्रतिपादनों और वर्तमान प्रतिमानों की तुलनात्मक विवेचना भी की गई है।

राज्य के विवेचन के क्रम में दैनिक लोक-व्यवहार और राज्य, शासन और दंड नीति, शिक्षा तथा व्यवहार और वाद, निर्णय आदि की विवेचना भी स्वाभाविक है। इसी प्रकार राजकोष, कराधान, कराधान की सीमाएँ, राज्य के कर्तव्य आदि की विवेचना भी संक्षेप में की गई है।

इस विषय में अब तक हुए कार्य

इस विषय में अब तक हुए कार्यों का उल्लेख भी आवश्यक है। ध्यातव्य है कि इस अध्ययन का जो विषय है, उस पर सीधे अब तक अधिक अध्ययन नहीं हुए हैं। महामहोपाध्याय डॉ. पांडुरंग वामन काणेजी ने अपने प्रख्यात ग्रंथ 'धर्मशास्त्र का इतिहास' के पाँच खंडों में इस विषय पर विस्तार से प्रकाश डाला है, परंतु इस ग्रंथ में धर्मशास्त्रों के प्रतिपादनों की प्रस्तुतियाँ हैं। उसमें निहित सिद्धांतों और आधारों पर अलग से कोई विवेचना उपस्थित नहीं की गई है। राज्य की वर्तमान संरचना के संदर्भ में धर्मशास्त्रों में निहित सिद्धांतों और आधारों का क्या स्वरूप है और नीति निर्धारण में उनकी क्या भूमिका है अथवा कोई भूमिका है भी या नहीं, इस विषय पर उन्होंने विचार करना आवश्यक नहीं माना, क्योंकि यह इस पुस्तक का प्रयोजन भी नहीं था।

ब्रिटिश काल में हिंदुओं को ईसाई बनाने की कुत्सित योजना से संचालित अनेक अध्ययन ईसाई पादरियों ने शुरू किए, जिनमें उन्होंने अपनी बुद्धि से भारतीय मान्यताओं और परंपराओं को समझने का प्रयास किया। संस्कृत की सुदीर्घ परंपरा से उनका परिचय नाममात्र को था और जिस प्रकार उन्होंने अपने यहाँ केवल 150–200 वर्षों में रचित साहित्य के सार अंश को थोड़े ही प्रयास से समझ लेना स्वाभाविक माना, कुछ वैसा ही उन्होंने संस्कृत के विशाल साहित्य को मान लिया। अपने संपर्क में आने वाले जानकार लोगों से सीखकर और पूछकर जो कुछ उन्होंने समझा, वह लिख दिया और उनका प्रयास था कि अंत में प्राचीन धर्मशास्त्रों की स्मृतियाँ भारत की नई पीढ़ी में न रहें और वे ईसाई और यूरोपीय लेखकों को ही इन विषयों में प्रमाण मानें। इस संदर्भ में आबे डुब्वा और लुईस ड्यूमांट की पुस्तकें विशेष रूप से महत्त्वपूर्ण हैं। डुब्वा ने 'हिंदू मैनर्स, कस्टम्स एंड सेरेमनीज' में हिंदू रीतियों और परंपराओं की अपनी समझ से विवेचना की। ड्यूमांट ने तो भारत में 'ट्राइब' और 'कास्ट' का अध्ययन करते हुए भारतीय समाजशास्त्र का आधार ही स्थापित करने की चेष्टा की। वेरियर एल्विन ने भी इस दिशा में प्रयास किए। भारत में नेतृत्व एवं राजनीतिक संस्थाओं पर अध्ययन कतिपय यूरोपीय विद्वानों ने किए और जे. एच. हटन ने भारत की जातीय स्थिति का अध्ययन किया।

वस्तुतः 'जाति' प्रथा यूरोपीय लोगों के लिए अत्यंत विस्मयजनक वस्तु रही है और उस पर अब तक कई हजार पुस्तकें और मोनोग्राफ भी लिखे गए हैं, जिनमें धर्मशास्त्रों के प्रासंगिक संदर्भ भी आते रहे हैं। भारतीय समाजशास्त्रियों में जाति को समझने का प्रयास करने वालों में आधुनिक काल में जी. एस. घुर्ये, सच्चिदानंद सिन्हा, एम. एन. श्रीनिवास, सुरजीत सिन्हा और प्रो. बी. बी. कुमार के अध्ययन अत्यधिक महत्त्वपूर्ण हैं।

घुर्ये ने 1932 में प्रकाशित अपनी पुस्तक में 'कास्ट एंड रेस इन इंडिया' के अध्याय एक के प्रारंभ में ही लिखा—'विदेशी यात्री भारत की जाति प्रथा को देखकर चकित रह

जाते हैं। वे इसके विषय में मोटी-मोटी बातें ही जानते हैं।'

उनका निष्कर्ष था कि 'जाति की कोई वास्तविक सामान्य परिभाषा दे पाना संभव नहीं है, क्योंकि यह एक अत्यंत जटिल संरचना है और इस विषय पर लिखा गया अधिकांश साहित्य असम्यक् है।' उन्होंने हिंदुओं की जाति प्रथा के छह मुख्य लक्षण बताए—

1. समाज में स्पष्ट विभाजन के रूप में जाति।
2. आनुवंशिक अनुक्रम अर्थात् उच्चावच क्रम।
3. आहार और व्यवहार संबंधी प्रतिबंध।
4. समाज के विविध भागों के धार्मिक और नागरिक विशेषाधिकार तथा अयोग्यताएँ।
5. व्यवसायों के चयन में सीमाएँ।
6. विवाह संबंधी प्रतिबंध।

इस विषय में महत्त्वपूर्ण बात यह है कि यूरोपीय अध्येताओं ने 'जाति' शब्द का जिस अर्थ में प्रयोग किया है, उस अर्थ में 'जाति' शब्द सामान्यत: धर्मशास्त्रों में है ही नहीं। क्योंकि धर्मशास्त्रों में 'जात' अर्थात् उत्पन्न अथवा जन्म लिये व्यक्ति के लिए यह संबोधन आया है और उसी अर्थ में कुल समूहों के लिए भी कहीं-कहीं इसका संकेत है। यहाँ ध्यातव्य है कि धर्मशास्त्रों के अनुसार भारतवर्ष में जाति का अभिप्राय जन्म के प्रकार से है। उदाहरणस्वरूप सभी मनुष्यों का जन्म एक ही प्रकार से होता है, अत: मनुष्य एक जाति है। इसी प्रकार 'प्रजाति' शब्द का निर्माण हुआ है, परंतु जिसे अंग्रेजी में 'कास्ट' कहा जाता है, वह शब्द पुर्तगाली भाषा के 'कास्टा' शब्द से यूरोपीय लोगों ने प्राप्त किया है, जो आनुवंशकीय शुद्धता के लिए यूरोप में प्रयुक्त होता था। जबकि धर्मशास्त्रों में ऐसी कोई धारणा नहीं पाई जाती। इसके विपरीत धर्मशास्त्रों में यही कहा गया है कि 'नदियों और कुलों के उद्गम को नहीं देखते'। इसलिए आचार-व्यवहार और संस्कारों के आधार पर ही यहाँ कुलों की पहचान होती रही है। भगवद्गीता में भी 'कुल-धर्म' को ही शाश्वत कहा गया है। 'जाति' शब्द का प्रयोग वहाँ नहीं है। शास्त्रों में जहाँ 'जातिभ्रंश' शब्द आया है, उसका आशय कुल के दूषित होने से है और उसका संबंध संस्कार और व्यवहार की परंपरा से ही है। नस्लीय शुद्धता की कोई भी बात धर्मशास्त्रों को अमान्य है। यही कारण है कि जाति से संबंधित अधिकांश यूरोपीय अध्ययन धर्मशास्त्रों के परंपरागत विद्वानों को हास्यास्पद और अजूबे दिखते हैं।

यह तो स्पष्ट है कि वर्ण, जातियाँ नहीं हैं, क्योंकि वर्ण केवल चार हैं और वैदिक काल से ही 100 से अधिक जनों का उल्लेख है, जिन्हें आधुनिक अर्थ में 100 जातियाँ भी कह सकते हैं और डॉ. काणे ने उन्हें 100 जातियाँ ही कहा है।

आधुनिक दृष्टि से तथा परंपराओं के ज्ञान के साथ जाति संबंधी विवेचना सच्चिदानंद सिन्हा ने अपनी पुस्तक 'कास्ट सिस्टम : मिथ, चैलेंज एंड रियलिटी' में की है। प्रो. बी.बी. कुमार ने अपनी पुस्तक 'कास्ट, कल्चर एंड ट्रेडिशन्स' में इस विषय में सर्वाधिक प्रामाणिक विचार प्रस्तुत किए हैं और हिंदू समाज व्यवस्था को उसकी समग्रता में प्रस्तुत किया है। प्रो. कुमार ने 'भूमिका' में लिखा है कि 'औसत भारतीय अपनी सामाजिक संरचना, संस्कृति और परंपराओं के विषय में इतना अधिक भ्रांत है कि इसे दुर्भाग्य की दशा ही कहा जा सकता है। विशेषकर विश्वविद्यालयों से उपाधियाँ लेकर निकलने वाले अधिकांश लोग संस्कृतियों और परंपराओं के विषय में अत्यल्प ज्ञान रखते हैं और वे इसे ही प्रगति का सूचक मानते हैं। जबकि संस्कृत तथा उससे जुड़ी सभी भारतीय भाषाओं में ज्ञान का विराट् भंडार भरा पड़ा है।

यूरोपीय विद्वानों के द्वारा प्रवर्तित समाजशास्त्रीय मानकों के अनुसार इधर कुछ वर्षों से उन्हीं मानकों को शाश्वत सत्य मानते हुए 'एप्लाइड समाजशास्त्रीय अध्ययनों' की बरसात हो गई है, जिन्हें राज्य की निधि के द्वारा भी संरक्षित और पोषित किया गया है, परंतु इनमें से अधिकांश अध्ययन भारतीय समाज व्यवस्था का सम्यक् स्वरूप सार रूप में उपस्थित नहीं करते और वे धर्मशास्त्रों को एक 'आउटडेटेड' संदर्भ मानकर चलते हैं तथा अनेक लोग तो उन्हें विस्मय और उपहास के भाव से ही देखते हैं।

दूसरी ओर, अधिकांश हिंदुओं को अभी तक यह पता ही नहीं है कि उनके धर्मशास्त्र भारत के वर्तमान संविधान के लागू होने के बाद स्वयं में विधि के मूल स्रोत और मूल प्रमाण की कोई हैसियत नहीं रखते। अपितु धर्मशास्त्रों को संविधान की विभिन्न धाराओं के अनुसार विवेचित करने का अधिकार 'एंग्लो सैक्सन लॉ' के विशेषज्ञों को प्राप्त हो गया है।

यह बड़ी अटपटी स्थिति है और भारतीय समाज को एक गहरे विभाजन में झोंक देने वाली है। जहाँ 'एंग्लो सैक्सन लॉ' के जानकार तथा उनके प्रति आज्ञाकारिता का भाव रखने वाले समूह भारतीय समाज के विषय में एक अलग ही नकारात्मक धारणा रखते हैं, वहीं दूसरी ओर, परंपरागत हिंदू समाज अपने विषय में और अपने धर्मशास्त्रों के विषय में बिल्कुल अलग धारणा रखता है। अत: एक स्वस्थ लोकतंत्र के लिए यह स्थिति अच्छी नहीं है और इसलिए एक ऐसे अध्ययन की आवश्यकता है, जो इन दो अलग-अलग दृष्टियों, मान्यताओं और व्यवहारों के मध्य संवाद और सौमनस्य ला सके। इस दृष्टि से भी प्रस्तुत अध्ययन का महत्त्व है।

अध्ययन का स्वरूप

प्रस्तुत अध्ययन मुख्यत: धर्मशास्त्रों पर ही आधारित है। इसमें धर्मशास्त्र के कतिपय विद्वानों से साक्षात्कार और वार्त्ता का भी उपयोग किया गया है, ताकि स्पष्ट हो कि वे

वर्तमान में धर्मशास्त्रीय प्रावधानों की कैसी स्थिति देखते हैं। इनमें शीर्ष धर्माचार्यों से वार्त्ता और चर्चा भी सम्मिलित है। जिन पूज्य धर्माचार्यों से इस विषय में प्रस्तुत अध्येता ने मंत्रणा की, वे हैं—पूज्य स्वामी रामदेवजी एवं पूज्य संवित सोमगिरिजी महाराज। इसके साथ ही परम पूज्य शंकराचार्य स्वामी निश्चलानंद सरस्वतीजी महाराज के सान्निध्य में बैठकर उनकी वार्त्ता सुनकर भी अनेक विषयों में शास्त्रीय पक्ष का ज्ञान प्राप्त हुआ। सनातन संस्था के परम पूज्य परात्पर गुरु डॉ. जयंत आठवलेजी का सान्निध्य भी इन विषयों पर चर्चा के लिए सुलभ हुआ। इन सत्संगों का सुलभ होना प्रस्तुत अध्येता का सौभाग्य है। इस विषय पर अनेक धार्मिक गोष्ठियों में प्रस्तुत अध्येता के अपने व्याख्यान भी हुए हैं और जिज्ञासुओं से प्रश्नोत्तर द्वारा चर्चा भी हुई है। तथापि इस शोध प्रबंध में निकाले गए निष्कर्ष प्रस्तुत अध्येता के अपने ही हैं। विशेषकर उनमें यदि कोई कमी या त्रुटि रह गई हो, तो उसका पूर्ण उत्तरदायित्व प्रस्तुत अध्येता का ही है।

यह संपूर्ण अध्ययन भारत के संविधान में प्रतिपादित समाज संबंधी दृष्टि का संज्ञान लेते हुए ही किया गया है और स्थान-स्थान पर उसका संदर्भ भी दिया गया है, ताकि लोगों को उसका अर्थ और महत्त्व स्पष्ट हो सके। इसे तीन खंडों और कुल 21 (प्रत्येक खंड में 7-7) अध्यायों में समाविष्ट किया गया है।

इस परिप्रेक्ष्य में समकालीन भारत में हिंदू समाज और हिंदू समाज जीवन में धर्मशास्त्रों की विधिक स्थिति का निरूपण प्रथम खंड के अध्याय 1 में किया गया है। इसमें बताया गया है कि हिंदू समाज की विधिक स्थिति तो संविधान में भारतीय नागरिकों को प्राप्त सामान्य स्थिति ही है, परंतु अल्पसंख्यक समाजों को संविधान के अनुच्छेद 28, 29 और 30 के अंतर्गत विशेष अधिकार प्राप्त हैं, जिससे वे सरकारी निधि से पूर्णतः पोषित होकर अपनी-अपनी आस्थाओं पर आग्रह रखने वाले समूहों के रूप में अल्पसंख्यकों द्वारा संचालित शिक्षण संस्थानों से शिक्षित और प्रशिक्षित होते हैं। जबकि दूसरी ओर, सनातन धर्म के शास्त्रों की शिक्षा का और उनकी धार्मिक आस्थाओं के प्रशिक्षण का कोई भी व्यय सरकारी निधि द्वारा नहीं उठाया जाता। इसके केवल विधिक और शैक्षणिक ही नहीं, राष्ट्रीय और सांस्कृतिक परिणाम भी विचार के योग्य हैं और इसीलिए इन विषयों पर विचार किया गया है।

अध्याय 2 में धर्मशास्त्रों में प्रतिपादित सामान्य धर्म की यूरोपीय मानववाद या मानवतावाद से तुलनात्मक विवेचना की गई है और यह दिखाया गया है कि धर्मशास्त्रों में प्रतिपादित मानव धर्म यूरोपीय मानवतावाद से अधिक व्यापक और गहन है तथा अनेक अंशों में यूरोपीय मानवतावाद सनातन धर्मशास्त्रों में प्रतिपादित मानव धर्म, सामान्य धर्म, साधारण धर्म और सामासिक धर्म के निकट है।

अध्याय 3 में भारत के मनुष्यों के लिए धर्मशास्त्रीय विधान और प्रावधानों का

विस्तार से निरूपण किया गया है और सामाजिक व्यवहार और आचरण के विषय में प्रचलित स्पष्ट नियमों की मीमांसा की गई है। इनमें सभी वर्णों और सभी आश्रमों तथा राज्य एवं व्यापारिक संघों, निगमों, श्रेणियों, पूगों तथा शिल्पियों के संघों और शिष्ट परिषदों संबंधी नियमों की भी विवेचना है। यह समस्त विवेचना महाकाल के विराट् बोध के संदर्भ के साथ है। राष्ट्र जीवन और मानव जीवन की प्रत्येक इकाई के विषय में धर्मशास्त्रों में जो गहन-गंभीर विवेचना है और आत्मज्ञान तथा परमसत्ता के ज्ञान की साधना का जैसा विशद प्रतिपादन हुआ है, उसे भी संक्षेप रूप में इस अध्याय में दर्शाया गया है।

अध्याय 4 में इस बात की विवेचना की गई है कि भारत में व्यापक रूप से मान्य वर्णाश्रम धर्म की स्थिति के संदर्भ में भारत से बाहर विश्वभर में फैले मानव समाज के लिए शास्त्रों की स्थापना क्या है और यह भी दर्शाया गया है कि सामान्य धर्म विश्वभर के मानवों के लिए है तथा इसके साथ ही प्रत्येक जनपद के अपने जानपद धर्म होते हैं और प्रत्येक कुल के भी कुलधर्म होते हैं। इस प्रकार सनातन धर्मशास्त्र वस्तुतः विश्वभर के सभी कुल समूहों तथा सभी मानव समूहों के विषय में सुस्पष्ट प्रतिपादन करते हैं। इस विषय में सामान्य धर्म का अत्यधिक महत्त्व है और वह सभ्य तथा सुसंस्कृत जीवन के लिए विश्वभर में मान्य शिष्टाचार तथा सभ्यता संबंधी नियमों से तुलनीय ही नहीं, वरन् श्रेष्ठ भी है।

अध्याय 5 में कुलों, गोत्रों, वर्णों और समाज के सभी समूहों के पारस्परिक संबंधों के विषय में धर्मशास्त्रीय प्रावधानों की विवेचना की गई है। इस संदर्भ में संपत्ति संबंधी भारतीय दृष्टि और दाय तथा दाय भाग की परंपरा की विवेचना का केंद्रीय महत्त्व है और इसीलिए संततियों के संपत्ति संबंधी अधिकारों और उनके आपसी संबंधों की विवेचना भी इस अध्याय में है।

इसी क्रम में अगले (6) अध्याय में समाज की विविध इकाइयों का विश्लेषण है और धर्मशास्त्रों में उनके प्रतिपादन को स्पष्ट किया गया है। दैहिक सामाजिक इकाई के रूप में कुल, ज्ञानात्मक सामाजिक इकाई के रूप में विद्यावंश, संस्कारगत सामाजिक इकाई के रूप में गोत्र और प्रवर, साधनात्मक और उपासनात्मक सामाजिक इकाई के रूप में संप्रदाय, भौगोलिक सामाजिक इकाई के रूप में मुहल्ला, गुण कर्म विभागानुसार सामाजिक इकाई के रूप में वर्ण और जीवन के विभागों से संबंधित सामाजिक इकाई के रूप में आश्रमों का शास्त्रीय स्वरूप स्पष्ट करते हुए वृत्ति विभाग के अनुसार तथा न्यायिक दृष्टि से सामाजिक इकाई के रूप में श्रेणियों, संघों, निगमों और शिल्पियों के संघों की भी शास्त्रीय विवेचना प्रस्तुत की गई है तथा न्यायिक सामाजिक इकाई अर्थात् जाति पंचायतों, खाप और शिष्ट परिषदों की भी विवेचना की गई है। सबका अनुशासन

और मर्यादा का व्यवस्थापन करने वाली शक्तिशाली इकाई राज्य का संकेत करते हुए राज्य संबंधी विवेचना अगले अध्याय (7) में की गई है।

सातवें अध्याय में सामान्य धर्म, वर्ण धर्म, आश्रम धर्म, विशेष धर्म, राजधर्म और स्वधर्म की विस्तृत विवेचना है तथा शिष्ट परिषदों और उनके द्वारा किए जाने वाले धर्म-निर्णयों की भी मीमांसा की गई है।

खंड 2 के अध्याय 1 में समाज और राज्य के संबंधों की विवेचना है और राजधर्म की प्रधानता और महत्त्व के कारणों की मीमांसा की गई है। इसके साथ ही अध्याय 2 में राज्य द्वारा किए जाने वाले व्यवहार के नियमों की भी धर्मशास्त्रीय प्रस्तुति की गई है। इसी में व्यवहार और व्यवहार पदों की शास्त्रीय व्याख्याएँ प्रस्तुत की गई हैं तथा न्याय की संस्थाओं और न्यायिक प्रक्रियाओं की विवेचना भी प्रस्तुत की गई है। इस संदर्भ में विधि के स्रोतों का प्रश्न महत्त्वपूर्ण हो जाता है। अत: अध्याय 3 'विधि के स्रोत' पर केंद्रित है। धर्मशास्त्रों की विधि के अनुसार ही पुण्य और पाप तथा कर्तव्य और अपराधों की विवेचना की जाती है और संपत्ति संबंधी अधिकार और व्यवहार की भी विवेचना इसी क्रम में होती है।

खंड 2 के अध्याय 4 में समाज और राज्य के कर्तव्यों और अधिकारों के आधारों और स्वरूप पर चर्चा की गई है। स्पष्ट किया गया है कि समाज का अधिकार व्यापक है और राज्य समाज की ही सर्वप्रमुख संस्था है। समाज के अधिकारों के संबंध में ब्राह्मणों और क्षत्रियों के अधिकारों को लेकर बहुत सी भ्रांतियाँ आधुनिक प्रचारतंत्र द्वारा फैलाई जाती हैं। अत: इस विषय में भी शास्त्रीय प्रतिपादनों के अनुसार सत्य की प्रस्तुति की गई है। साथ ही, यह स्पष्ट किया गया है कि भारत में राजधर्म का विवेचन अत्यंत प्राचीनकाल से विस्तार से किया जाता रहा है और राज्य की उत्साह शक्ति, प्रभु शक्ति और मंत्र शक्ति—तीनों के त्रिवर्ग के द्वारा राष्ट्र, कोष, दुर्ग और मंत्री परिषद् सहित संपूर्ण राज्य को दंडविधान के अधीन अनुशासित रखने के विषय में भारतीय राजशास्त्रों में विस्तार से नियम और प्रक्रियाएँ दी गई हैं। दंडनीति, न्याय और व्यवहार की शास्त्रीय नितेन्नना भी प्रस्तुत की गई है।

5वाँ अध्याय राजकोष और उसके धर्ममय स्वरूप पर है। इन सभी व्यवस्थाओं का प्रयोजन सुरक्षा और सुव्यवस्था सुनिश्चित करना है। इसके धर्मशास्त्रीय स्वरूप पर विचार अध्याय 6 में किया गया है तथा सुव्यवस्था और सुरक्षा से प्राप्त होने वाली तथा टिकी रहने वाली शांति, समृद्धि, संपत्ति और सुख पर विचार 7वें अध्याय में किया गया है।

अंतिम खंड तीसरा है। इसमें अध्याय 1 में ही गृहस्थ आश्रम की शास्त्रीय विवेचना है और अन्य आश्रमों से गृहस्थ आश्रम के संबंध पर संक्षेप में धर्मशास्त्रीय प्रतिपादन प्रस्तुत किए गए हैं। इसी क्रम में अध्याय 2 में विवाह के प्रकारों और उनकी वैधता के

स्वरूप पर शास्त्रीय चर्चा की गई है तथा अध्याय 3 में संततियों के प्रकार और संपत्ति विभाजन के विषय में शास्त्रीय नियमों पर चर्चा की गई है। यह भी स्पष्ट किया गया है कि धर्मशास्त्रों के अनुसार कोई भी संतान अवैध नहीं होती। हिंदू धर्म में अवैध संतान की कल्पना ही नहीं है। सभी संततियाँ वैध हैं और जनक तथा जननी की संपत्ति पर उनके सुनिश्चित अधिकार हैं, जिनके विषय में धर्मशास्त्रों में बहुत ही गंभीर और सूक्ष्म विवेचना प्रस्तुत की गई है।

अध्याय 4 में धर्मशास्त्रों में प्रतिपादित नर-नारी संबंधों की विवेचना है और उस विषय में स्त्री धर्म तथा स्त्री के अधिकारों की भी विस्तार से चर्चा करते हुए सनातन धर्म में स्त्री जीवन के ऐतिहासिक स्वरूप तथा वैविध्य पर प्रकाश डाला गया है।

अध्याय 5 में इष्ट कर्मों और पूर्त कर्मों की विवेचना है। इसके प्रारंभ में आह्निक अर्थात् दिनचर्या का शास्त्रीय स्वरूप भी स्पष्ट किया गया है। स्वाभाविक ही ब्रह्मचारी की दिनचर्या और दिन का काल विभाजन अलग है, गृहस्थ का अलग, वानप्रस्थी का अलग और संन्यासी का अलग, परंतु ब्राह्ममुहूर्त में जागरण और शौच कर्म सभी आश्रमों के लिए समान रूप से अनिवार्य है।

नित्य कर्मों को इष्ट कर्म कहा जाता है। इसमें यज्ञ तथा अतिथि सत्कार आदि आते हैं। समाज में व्याप्त अथवा उत्पन्न अभावों की पूर्ति पूर्त कर्म है। इसमें मंदिरों का निर्माण, उनकी व्यवस्था के लिए दान देना, कूप, वापी, तड़ाग तथा उद्यानों एवं उपवनों का निर्माण एवं व्यवस्था, रोगियों की सेवा, धर्मशालाओं और चिकित्सालयों का निर्माण और संचालन आदि की विवेचना है।

दान का आधार संपत्ति है। अत: अध्याय 6 में संपत्ति और स्वामित्व के धर्मशास्त्रीय स्वरूप की विवेचना है और दाय भाग की मीमांसा की गई है। इस खंड का अंतिम अध्याय 7 एक प्रकीर्ण विषय पर है, जिसमें जाति के उत्कर्ष और जाति के अपकर्ष की शास्त्रीय विवेचना की गई है।

इस प्रकार यह अध्ययन धर्मशास्त्रों में प्रतिपादित समाजशास्त्र के आधारों और सिद्धांतों की प्रस्तुति के साथ व्यवहार में उनके अनुरूप चल रही परंपराओं और नियमों को प्रस्तुत करते हुए भारतीय समाजशास्त्र की शास्त्रसम्मत धारणाओं और मान्यताओं को आधुनिक संदर्भ में स्पष्ट करने का प्रयास है, जिससे कि नीति निर्धारण में उनकी उपादेयता भी सामने आ सके।

आभार की अभिव्यक्ति

इस वृहद शोधकार्य को संपन्न कराने में मुख्य भूमिका एवं योगदान भारतीय सामाजिक विज्ञान अनुसंधान परिषद् एवं उसके पूर्व अध्यक्ष स्वर्गीय ब्रजबिहारी कुमारजी

तथा वर्तमान अध्यक्ष श्री जितेंद्र बजाजजी एवं परिषद् के पूर्व सचिव प्रो. वी.के. मल्होत्रा एवं वर्तमान सचिव महोदय प्रो. धनंजय सिंह का है। लेखक उन सबके प्रति आभार व्यक्त करता है। अटल बिहारी वाजपेयी हिंदी विश्वविद्यालय के पूर्व कुलपति स्व. प्रो. रामदेव भारद्वाज एवं वर्तमान कुलपति प्रो. खेम सिंह डहेरिया तथा विश्वविद्यालय के कुलसचिव श्री यशवंत सिंह पटेल के प्रति हार्दिक आभार, जिनके सहयोग से ही शोध कार्य संभव हो सका।

जिन लोगों से इस विषय पर संवाद एवं मार्गदर्शन प्राप्त हुआ, उनमें परम पूज्य स्वामी रामदेवजी महाराज, परम पूज्य स्वर्गीय संवित सोमगिरिजी महाराज, पूज्य स्वामी सुबोधगिरिजी महाराज एवं प्रख्यात समाजवैज्ञानिक प्रो. कुसुमलता केडियाजी के प्रति हार्दिक आभार! भारत शासन के संयुक्त सचिव और विद्वान् लेखक डॉ. शैलेंद्र कुमारजी ने पुस्तक प्रकाशन से पूर्व इसे आद्योपांत देखकर कतिपय महत्त्वपूर्ण सुझाव दिए, इसके लिए उनका स्नेहपूर्ण आभार। परम पूज्य शंकराचार्य स्वामी निश्चलानंद सरस्वतीजी महाराज और परम पूज्य शंकराचार्य ब्रह्मलीन स्वामी स्वरूपानंदजी महाराज के सत्संग से भी इस विषय में प्रकाशपूर्ण मार्गदर्शन प्राप्त हुआ। लेखक उनके प्रति प्रणत है। शोध कार्य में जिन लेखकों की कृतियों से सहायता मिली है, उन सबके प्रति कृतज्ञता।

—प्रो. रामेश्वर मिश्र 'पंकज'

ए 141, ब्लू, आकृति हाईलैंड

पोस्ट ऑफिस फंदा कला

भोपाल–462030

इ–मेल : prof.rameshwar@gmail.com

मो. 9425602596, 8349350267

अनुक्रम

खंड-1
समकालीन भारत राष्ट्र में हिंदू समाज

खंड-2

समाज और राज्य

खंड-3

आश्रम, संपत्ति और दान

धर्मशास्त्रीय पृष्ठभूमि

अत्यंत प्राचीन काल से रचे जाते रहे धर्मशास्त्रों में प्रतिपादित समाजशास्त्र का स्वरूप व्यापक है। गौतम धर्मसूत्र, बौधायन धर्मसूत्र, आपस्तंब धर्मसूत्र, हिरण्यकेषि धर्मसूत्र, वसिष्ठ धर्मसूत्र, विष्णु धर्मसूत्र, हारीत धर्मसूत्र, शंख धर्मसूत्र आदि सबसे प्राचीन धर्मसूत्र हैं। गौतम धर्मसूत्र सामवेद का धर्मसूत्र है, जो सामवेद की राणायनीय शाखा के नौ उपविभागों में से एक उपविभाग के आचार्य गौतम के द्वारा रचित है। सामवेद के गोभिल गृह्यसूत्र ने गौतम को प्रमाणस्वरूप माना है। टीकाकार हरदत्त के अनुसार गौतम धर्मसूत्र में 18 अध्याय हैं, परंतु एक अन्य संस्करण में 'कर्मविपाक' नामक 19वाँ अध्याय भी है। इसमें धर्म के उपादान और मूल वस्तुओं की व्याख्या के नियम तो दिए ही गए हैं, साथ ही प्रत्येक वर्ण के लिए आवश्यक उपनयन की प्रक्रिया तथा चारों आश्रमों के कर्तव्य भी दिए गए हैं। इसके साथ ही विवाह के आठों प्रकार और गृहस्थ के नियम भी प्रतिपादित हैं। यही नहीं, रतिकर्म के नियम भी प्रतिपादित हैं। माता-पिता, बंधु-कुटुंबी और गुरुओं को सम्मान देने के नियम, विविध वर्णों की वृत्तियाँ और उनसे संबंधित नियम आदि विस्तार से दिए गए हैं। इसके साथ ही इसमें राजा का उत्तरदायित्व और अधिकार, राजधर्म और राजपुरोहित के लिए अपेक्षित गुण का प्रतिपादन है। विभिन्न अपराधों के लिए दंड तथा कराधान के नियमों का भी प्रतिपादन है। पापों और उपपातकों का प्रतिपादन है और प्रायश्चित्त योग्य अपराधों के लिए प्रायश्यित का भी विस्तार से प्रतिपादन है। इसी प्रकार गृहस्थ जीवन में स्त्री के अधिकार, स्त्री धन और स्त्री के कर्तव्यों का भी विस्तार से निरूपण है तथा संपत्ति विभाजन के नियम दिए गए हैं और 12 प्रकार के पुत्रों और पुत्रिकाओं में किसे कितना दाय दिया जाना चाहिए, इसका भी प्रतिपादन है और साथ ही, उत्तराधिकार के नियम भी दिए गए हैं।

ऋषि बौधायन ने कहा है कि गौतम के धर्मसूत्र के नियम सनातन धर्म के सभी अनुयायियों के लिए हैं, चाहे वे उत्तर भारत के हों या दक्षिण भारत के। सब के लिए वे समान रूप से पालन योग्य हैं। इससे गौतम धर्मसूत्र की व्यापक मान्यता का पता चलता है।[1]

गौतम धर्मसूत्र में पाणिनीय व्याकरण का प्रयोग नहीं है। अत: स्पष्ट है कि ये धर्मसूत्र पाणिनि से पूर्व के हैं। इसलिए गौतम धर्मसूत्र का समय वर्तमान युग के पूर्व 1000 वर्ष अर्थात् आज से 3200 वर्ष से भी पहले का हो सकता है। गौतम धर्मसूत्र पर निरंतर टीकाएँ होती रही हैं। 13वीं शताब्दी के प्रसिद्ध आचार्य हरदत्त ने भी गौतम की प्राचीनता का उल्लेख करते हुए उनके धर्मसूत्र पर टीका लिखी है।[2] यह प्रक्रिया निरंतर चलती रही और 19वीं शताब्दी के पूर्वार्ध तक गौतम धर्मसूत्र के आधार पर धर्मविवेचन किए जाते रहे हैं। इनमें 17वीं शताब्दी में हुए आचार्य कमलाकर भट्ट विश्वविख्यात हैं, जिन्होंने 'निर्णयसिंधु:' नामक विख्यात ग्रंथ लिखा है।[3] कमलाकर भट्ट के अनुज नीलकंठ शंकर भट्ट ने बुंदेला सरदार भगवंत देव की राजसभा में रहते हुए 'भगवंत भास्कर' नामक धार्मिक ग्रंथ लिखा, जो 12 मयूखों (प्रकरणों) में है।[4] 18वीं शताब्दी में हुए प्रसिद्ध आचार्य श्री काशीनाथ उपाध्याय ने भी गौतम की चर्चा की है। उल्लेखनीय है कि श्री काशीनाथ उपाध्याय का 'धर्मसिंधु:' जगत् विख्यात है।[5] 19वीं शताब्दी के प्रारंभ तक गौतम धर्मसूत्र को आधार अथवा आधारभूत संदर्भ मानते हुए धर्मशास्त्रों की रचना होती रही है। इनमें जगन्नाथ तर्कपंचानन जैसी विभूतियाँ उल्लेखनीय हैं।[6]

बौधायन धर्मसूत्र के रचयिता बौधायन कृष्ण यजुर्वेद के आचार्य थे।[7] उनका ग्रंथ खंडित रूप में ही प्राप्त हो सका है। बौधायन ने भी गौतम की विवेचना की। बौधायन की परंपरा में ही विजयनगर साम्राज्य के आचार्य सायण हुए हैं।[8]

धर्मसूत्रों के उपरांत धर्मशास्त्र नाम से अनेक ग्रंथ लिखे गए हैं, जिनमें सबसे प्रसिद्ध है—'मानव धर्मशास्त्र'।[9] यह मनु द्वारा रचित है। इसका उल्लेख महाभारत में भी धर्मशास्त्र के रूप में हुआ है।[10] मानव धर्मशास्त्र के अनुसार धर्मशास्त्र को ही स्मृति भी कहा जाता है। जिस प्रकार वेदों को श्रुति कहा जाता है। मनु का कथन है—'श्रुतिस्तु वेदो विज्ञेयो, धर्मशास्त्रं तु वै स्मृति:'।[11] अर्थात् वेद ही श्रुतियाँ हैं और धर्मशास्त्र स्मृति। अंग्रेजों ने 19वीं शताब्दी में हिंदू समाज से संबंधित न्यायिक निर्णयों में मनुस्मृति को मुख्य आधार मान्य किया और इसके लिए भारत में ब्रिटिश न्यायालयों में इस विषय पर सुझाव और साक्ष्य के लिए धर्मशास्त्रों के ज्ञाता, पंडित अनिवार्य रूप से रखे जाते थे। 1881 के बाद यह नियम समाप्त कर दिया गया, क्योंकि विलियम जोन्स, हेनरी थॉमस कोलब्रुक, सदरलैंड, बोरोदेले आदि अंग्रेज स्वयं को ही संस्कृत का पंडित तथा हिंदू धर्म का ज्ञाता बताने लगे! मुसलमानों के मामले में यह हिम्मत नहीं करने के कारण उन्होंने मुस्लिम मामले में काजियों से सलाह लेना कुछ और दिनों तक जारी रखा।

एंग्लो-हिंदू लॉ की पृष्ठभूमि : अजनबी भाषा की विशेषज्ञता का दयनीय दावा

1864 के बाद ब्रिटिश भारतीय शासन ने 'एंग्लो-हिंदू लॉ' की रचना यह दावा

करते हुए की कि उनके अपने अंग्रेज विद्वान् अच्छी तरह जानते हैं कि हिंदू धर्मशास्त्रों में उपयोगी क्या है और त्याज्य क्या है। इस आधार पर उन्होंने लिखित रूप में एंग्लो-हिंदू लॉ बनाया तथा अधिकांश धर्मशास्त्रों की टीकाओं को संदिग्ध घोषित कर दिया। हिंदू धर्मशास्त्रों और पुराणों में प्रक्षिप्त अंश अधिक हैं, इस कहानी का प्रचार 19वीं शताब्दी के उत्तरार्ध और 20वीं शताब्दी के पूर्वार्ध में अंग्रेजों और उनके भारतीय अनुयायियों द्वारा किया गया। ब्रिटिश संसद द्वारा पारित कानूनों के अनुरूप एंग्लो-हिंदू लॉ विकसित किया गया और दावा किया गया कि यह कानून धर्मशास्त्रों से अधिक राजनीतिक समूहों की सर्वानुमति से बने हैं।

स्पष्ट है कि ये राजनीतिक समूह केवल वे थे, जो अंग्रेजों के प्रति मैत्रीभाव रखते थे, क्योंकि क्रांतिकारियों और वीर राजाओं तथा रानियों को तो अंग्रेज अपने विरुद्ध बताकर पूरी तरह कुचल चुके थे और जो बचे थे, उन्हें भी अंग्रेज कुचलना चाहते थे। यहाँ तक कि भारत में ब्रिटिश हस्तक्षेप के विरोध को राजद्रोह का कार्य बताया जाने लगा, जबकि ब्रिटिश हस्तक्षेप या शासन संपूर्ण भारत में एक दिन के लिए भी संभव नहीं हुआ और 700 से अधिक भारतीय राजाओं से संधि करके ही ब्रिटिश अपने क्षेत्र पर शासन करने में समर्थ हुए थे। यह सही है कि उन सब राजाओं, रानियों आदि ने 1857 के बाद ब्रिटिश शासन की ही सर्वोपरिता (पैरामाउंटेसी) स्वीकार्य की थी, परंतु वस्तुतः अपने-अपने क्षेत्र में वे सर्वाधिकार संपन्न थे और ब्रिटिश शासन को केवल वार्षिक भेंट तथा अन्य सुविधाएँ ही देते थे। इसका एक प्रमाण यह भी है कि स्वयं ब्रिटिश शासन ने जयपुर, उदयपुर, जोधपुर, जैसलमेर, डूँगरपुर, कोटा, बूँदी, कपूरथला, गोंदल, बड़ौदा, ग्वालियर, इंदौर, कूचबिहार, जैपुर-कलिंग, पंजाब, मैसूर आदि अनेक राज्यों के महाराजाओं को महाराजा की ही उपाधि दे रखी थी।[12] जो ब्रिटिश शासन के अनुसार 'ग्रेट किंग' का ही पर्याय है। इससे उन महाराजाओं की स्वायत्तता का पता चलता है। वहाँ सब जगह 15 अगस्त, 1947 तक धर्मशास्त्रों में प्रतिपादित 'राजधर्म' को ही शासन का आदर्श माना जाता था।[13]

पूर्व में, ईस्ट इंडिया कंपनी के भारत में महाप्रबंधक वारेन हेस्टिंग्स ने 15 अगस्त, 1772 को अपनी एक नीति घोषित कर दी थी कि विवाह, जाति तथा विरासत एवं अन्य रिलीजियस मामलों में या धार्मिक संस्थाओं के मामलों में मुहम्मडन (मुस्लिम) के मामले में हम कुरान को आधार मानेंगे और गेंटूज (हिंदुओं) के मामले में 'शास्तर' (शास्त्र) को आधार मानेंगे।[14] तदनुसार उन्होंने मुसलमानों के लिए तो 'अल-हदाया' तथा 'फतावा-ए-आलमगीरी' को आधार माना, जो कि औरंगजेब के समय रचे गए थे और हिंदुओं के बीच जब यह बात उठी कि हमारे अनेक शास्त्र हैं, तब उन्होंने संस्कृत के विद्वान् होने का दावा करने वाले विलियम जोन्स आदि अपने अनेक कर्मचारियों

को इस काम में नियुक्त किया कि वे 'शास्तर' के आधार पर अंग्रेजी कानूनों से सुसंगत अंशों को संगृहीत कर एक एंग्लो-हिंदू लॉ बनाएँ, ताकि प्रशासन में सुविधा हो और हिंदू धर्म के लोगों के द्वारा अधिक विरोध न हो, ताकि 'मिलिट्री' बल का अधिक प्रयोग न करना पड़े।[15]

बाद में अगला कंपनी प्रबंधक विलियम बैंटिक जब कलकत्ता पहुँचा, तो उसने थॉमस मैकाले के सुझावानुसार यह घोषणा की कि हमारे लिए हिंदू और मुसलमान सभी हमारी प्रजा हैं, अतः हम सभी के लिए एक-सा कानून बनाएँगे और उसका ही पालन सुनिश्चित करेंगे। क्योंकि हम सभी 'नेटिव' को एक-सा मानते हैं और उनके साथ एक-सा ही व्यवहार करेंगे। उसी के अनुसार ब्रिटिश संसद में भारत के विषय में अनेक एक्ट बनाए गए, जिनमें मतांतरण को मान्यता देने वाला एक्ट प्रमुख था और साथ ही विधवा के पुनर्विवाह और उत्तराधिकार के विषय में इच्छा-पत्र लिखने के अधिकार का एक्ट भी था।[16] इन एक्टों के द्वारा अंग्रेजों ने धर्मशास्त्रों को 'रिडंडेंट' अर्थात् अनुपयुक्त बना दिया। बाद में कांग्रेस ने भी यही परंपरा जारी रखी और आज भी यही परंपरा चल रही है।

विविधता और विराटता को आधार बनाकर अपनी संकीर्ण व्याख्याएँ थोपना

1910 में जॉन मेने ने हिंदू लॉ पर लिखते हुए कहा कि 'हिंदू लॉ' न्यायशास्त्र के इतिहास में प्राचीनतम लॉ है। उससे प्राचीन कोई लॉ विश्व में उपलब्ध नहीं है, परंतु हिंदू लॉ से संबंधित साहित्य इतना विशाल है और उसके जो अनुवाद प्रकाशित हुए हैं, उनमें परस्पर इतना विरोध है कि पश्चिमी यूरोप के संस्कृत के तथाकथित विद्वानों के बीच भी किसी भी विषय पर मतैक्य नहीं है। अतः विलियम जोन्स द्वारा मनुस्मृति का जो अनुवाद किया गया था, उसे ही एंग्लो-हिंदू लॉ का मुख्य आधार बनाया गया।[17]

उल्लेखनीय है कि वारेन हेस्टिंग्स के अनुरोध पर 19वीं शताब्दी के आरंभ से 11 वर्ष पूर्व विलियम जोन्स के परामर्श के अनुसार श्री त्रिवेदी सर्वोरू शर्मा ने 'विवादसारार्णव' नामक निबंध लिखा।[18] बाद में विलियम जोंस के ही आग्रह पर जगन्नाथ तर्क पंचानन ने 'विवादभंगार्णव' लिखा,[19] जिसे बंगाल में ईस्ट इंडिया कंपनी द्वारा हिंदुओं के विषय में न्यायिक निर्णयों का आधार बनाया गया। कोलब्रुक ने इसे अंग्रेजी अनुवाद के साथ लंदन से प्रकाशित किया। ऐसे ही अन्य अंग्रेजी प्रकाशनों के आधार पर मार्क्स तथा अन्य यूरोपीय अध्येताओं ने, जो कभी भी भारत नहीं आए थे, भारत के विषय में विशेषकर हिंदू समाज के विषय में दनादन फैसले देने की शैली में अनेक बातें लिखीं।

यहाँ स्मरणीय है कि विलियम जोन्स ने भारत के पक्ष में भी बहुत कुछ लिखा था। उन्होंने लिखा कि चीन के लोग भारत के क्षत्रिय लोग ही हैं। इसी प्रकार उन्होंने लिखा कि संस्कृत ग्रीक और लैटिन भाषाओं से बहुत अधिक परिष्कृत और परिपूर्ण भाषा है,[20]

परंतु यह सब स्वाधीन भारत में भुला दिया गया और केवल उनकी आर्य आक्रमण की परिकल्पना ही याद रखी गई।

प्रारंभ में अंग्रेज कंपनी के कर्मचारियों को नवाबों का विशेष सरंक्षण मिला था और हिंदुओं से विशेष प्रतिरोध मिला था, इसलिए वे नवाबों पर अधिक निर्भर रहते थे। इसलिए कंपनी के लोगों ने संस्कृत में प्रकाशित 'विवादार्णव सेतु' का फारसी भाषा में अनुवाद कराया और फिर नैथेनियल ब्रासे हालहेड ने इसे फारसी से अंग्रेजी में किया। हालहेड ईस्ट इंडिया कंपनी का एक मुलाजिम था और वह फारसी व्याकरण की पढ़ाई कंपनी के लिए कर रहा था। अतः उसने कंपनी के कहने पर 'विवादार्णव सेतु' के फारसी अनुवाद से अंग्रेजी में अनुवाद किया और उसे 'गेंटू कोड' नाम दिया।[21]

वस्तुतः कंपनी के अंग्रेज कर्मचारियों को प्रारंभ में हिंदी या कोई भी भारतीय भाषा बोलने में बहुत कठिनाई होती थी और वे सही उच्चारण नहीं कर पाते थे। यही कारण है कि 19वीं शताब्दी के आरंभ तक वे लोग हिंदुओं को 'गेंटू' ही कहते रहे। उनकी संस्कृत विषयक जानकारी का यह स्तर था कि उन्होंने संस्कृत और पालि के अभिलेखों को पढ़ना और समझना असंभव पाया तथा वे 'देवानाम पियदस्सी' को कभी यवन राजा बताते और कभी श्रीलंका का राजा।[22] इसी प्रकार भगवान् बुद्ध की प्रतिमा को वे इथियोपिया का कोई हब्शी योद्धा या फकीर बताते रहे थे।[23] इसी प्रकार वे हिंदुओं को 'गेंटू' कहते रहे थे। उन गेंटुओं के बीच कंपनी का और अंग्रेजों का अधिक विरोध न हो, इसके लिए यह 'गेंटू कोड' रचा गया।

अतः स्पष्ट है कि प्राचीन भारतीय समाज और संस्कृति के विषय में, विशेषकर धर्मशास्त्रों और महत्त्वपूर्ण संस्कृत ग्रंथों के विषय में अंग्रेजी तथा अन्य यूरोपीय भाषाओं में जो कुछ भी लिखा गया है, वह अधिकांशतः मनोरंजक है, परंतु वह किसी भी कसौटी पर सत्य और तथ्यपूर्ण तथा प्रामाणिक नहीं है। ब्रिटिश पूर्व भारत के विषय में अंग्रेजों तथा अन्य यूरोपीय विद्वानों द्वारा जो कुछ भी लिखा गया है, केवल उसे ही आधार बनाकर भारत के बारे में स्वयं भारतीयों द्वारा कुछ भी लिखा जाना कदापि प्रामाणिक नहीं है।

वस्तुतः धर्मसूत्रों और धर्मशास्त्रों की रचना का कालखंड कई हजार वर्षों तक फैला हुआ है और मात्रा की दृष्टि से विशाल है। अतः उसमें से प्रमुख और सर्वमान्य तथा बहुप्रचलित शास्त्रों का ही चयन इस पुस्तक में किया जा रहा है।

धर्मशास्त्र और मनुष्य

'धर्म' शब्द ऋग्वेद में 56 बार आया है, जो कहीं संज्ञा और कहीं विशेषण रूप में है।[24] इनमें से ऋग्वेद के तीसरे मंडल में 'प्रथम धर्माः' और 'सनता धर्माणि' शब्दों का भी प्रयोग है, जो सृष्टि के प्रथम धर्म और सनातन धर्म कहे गए हैं। वैदिक साहित्य से स्पष्ट

होता है कि ये धर्म हैं—ब्रह्म, सत्य, धर्म, ऋत और यज्ञ। ये प्रथम धर्म हैं और देवताओं ने इनसे ही यजन किया।[25]

परंतु मानव जीवन के धर्मों की धर्मशास्त्रों में अलग से और विस्तार से विवेचना की गई है। मीमांसा सूत्र के पहले दो सूत्र हैं—'अब हम धर्म मीमांसा करते हैं। श्रुतियाँ जिन आनंदमूलक कार्यों की प्रेरणा देती हैं, वे धर्म हैं।'[26]

दूसरी ओर, वैशेषिक सूत्र है कि 'जिससे लौकिक अभ्युदय और आध्यात्मिक परम उत्कर्ष की प्राप्ति हो, वह धर्म है।'[27]

इस विषय में 'मनुस्मृति' का सर्वाधिक महत्त्व है। मनुस्मृति की पुष्पिका में सर्वत्र उसे 'मानव धर्मशास्त्र' कहा गया है।[28] अत: स्पष्ट है कि 'मनुस्मृति' का मूल नाम 'मानव धर्मशास्त्र' है और उसका प्रारंभ ही धर्म जिज्ञासा से होता है।

मनुस्मृति के दसवें अध्याय में विश्व के सभी मनुष्यों के द्वारा अनिवार्य रूप से पालनीय धर्मों की विवेचना है, जो 63वें श्लोक में वर्णित है। वे धर्म हैं—अहिंसा अर्थात् अन्य को किसी भी प्रकार से कष्ट न पहुँचाना, सत्य, अस्तेय अर्थात् बिना पूछे किसी की कोई वस्तु न लेना, आंतरिक और बाहरी पवित्रता, इंद्रिय संयम, अपनी ही पत्नियों से संतान की उत्पत्ति, दूसरों के सुख में द्वेष भाव नहीं होना, धर्मसम्मत दान करना, ऋजु अर्थात् निश्छल भाव से जीवन जीना और श्राद्ध कर्म आदि करना।[29] मनु कहते हैं कि यह विश्व के सभी मनुष्यों के द्वारा करणीय कर्म है। मनुस्मृति में यह भी कहा गया है कि समस्त संसार में केवल चार वर्ण ही हैं।[30] पाँचवाँ कोई वर्ण नहीं होता, परंतु वर्णों के बीच प्रतिलोम विवाह आदि से समाज कतिपय कुलों को अपेक्षाकृत निचली स्थिति में रख सकता है। उन्हें चार वर्णों के ही अंतरवर्ती माना जाता है। (मनुस्मृति, अध्याय 10, श्लोक 4)[31]

इसी प्रकार महाभारत में तथा याज्ञवल्क्य स्मृति में भी सामान्य धर्म या साधारण धर्म के यही लक्षण बताए गए हैं। विष्णु धर्मसूत्र के अनुसार सामान्य धर्म हैं—'सत्य, अहिंसा, पवित्रता, इद्रिय संयम, दान, क्षमा, गुरुसेवा, प्राणियों के प्रति दया भाव, लोभशून्यता, ऋजुता तथा तीर्थयात्रा एवं देवताओं तथा ब्राह्मणों का पूजन करना।'[32]

महाभारत में आश्रमवासिक पर्व में सत्य एवं अक्रोध तथा निर्भयता को सर्वश्रेष्ठ गुण कहा गया है।[33] वामन पुराण ने भी अहिंसा, सत्य, अस्तेय, दान आदि को सामान्य धर्म कहा है।[34] इस प्रकार सामान्य धर्म, साधारण धर्म, सामासिक धर्म और मानव धर्म पर्याय हैं। महाभारत के शांति पर्व में नौ गुणों को सभी वर्णों के लिए आवश्यक बताया गया है, जो हैं—सत्य वचन, क्षमा, अद्रोह, ऋजुता, अक्रोध, पवित्रता, संपत्ति का उचित संविभाग करना, संतति उत्पादन और अधीनस्थ लोगों का भरण-पोषण करना।[35]

धर्मशास्त्रों में यह कहीं भी नहीं कहा गया है कि ये धर्म हिंदुओं के लिए हैं अथवा

भारतवर्ष के मनुष्यों के लिए हैं, अपितु इन्हें विश्व भर में सभी मनुष्यों के द्वारा अवश्य पालनीय कहा गया है। इसके उपरांत देश धर्म, कुल धर्म, वर्ण धर्म, आश्रम धर्म, राज धर्म, यति धर्म आदि की विस्तार से विवेचना है, परंतु सामान्य धर्म तो सबके द्वारा अनिवार्य रूप से पालनीय धर्म हैं।

जाति और वर्ण के विषय में तथा जातियों के उत्कर्ष और अपकर्ष के विषय में भी इस पुस्तक में भरपूर प्रकाश डाला गया है और इस विषय में फैली हुई भ्रांतियों का निरसन किया गया है।

राज्य के विषय में जो धर्मशास्त्रीय प्रावधान हैं, उनसे वर्तमान भारत राज्य का क्या संबंध है, यह भी इस अध्ययन में स्पष्ट किया गया है। विधि के स्रोत धर्मशास्त्रों में क्या बताए गए हैं और वर्तमान में क्या हैं, इनका भी अध्ययन किया गया है। इसी क्रम में न्याय की सनातन प्रक्रिया और उसके लिए गठित न्याय की परंपरागत संस्थाएँ तथा न्याय की वर्तमान प्रक्रियाओं और संस्थाओं में क्या साम्य है और क्या अंतर है, यह भी स्पष्ट किया गया है।

समृद्धि, संपत्ति और सुख के विषय में सनातन धर्मशास्त्रों का क्या प्रतिपादन है और इस संबंध में वर्तमान भारत राज्य क्या धारणाएँ रखता है, इसकी भी विवेचना इस अध्ययन में की गई है। इसी क्रम में समाज और राज्य के संबंधों की विवेचना भी हो गई है।

समाज के विविध अंगों की विवेचना के क्रम में अभी तक मुख्यत: जातियों और उनके परस्पर संबंधों पर ही पुस्तकें लिखी जाती रही हैं, परंतु धर्मशास्त्रों में जाति, गोत्र, वर्ण आदि की क्या स्थिति है और क्या परंपराएँ रही हैं तथा विवाह के विषय में और विभिन्न प्रकार के विवाहों से उत्पन्न संतानों के विषय में एवं उन संतानों की पैतृक संपत्ति के अधिकारों के विषय में क्या शास्त्रीय प्रावधान रहे हैं, इनका उचित अध्ययन भी इस पुस्तक का अंग है। हिंदू धर्मशास्त्रों में किसी भी प्रकार की संतान को अवैध नहीं माना गया है। ऐसा क्यों है? जबकि ईसाइयत में 'लेजिटिमेट और इलेजिटिमेट' तथा इस्लाम में 'जायज' और 'नाजायज' औलादों का स्पष्ट मजहबी प्रतिपादन है। हिंदू धर्म में सभी प्रकार की संतानों को संपत्ति में दाय भाग क्यों दिया गया है, इसकी विवेचना भी की गई है।

इसके साथ ही धर्मशास्त्रों में नर-नारी संबंधों के विषय में क्या मान्यताएँ, स्थापनाएँ, प्रावधान और परंपराएँ रही हैं, इनका अध्ययन भी किया गया है। जाति और वर्ण का परस्पर संबंध क्या है, यह तो विवेचना का विषय है ही।

इसी प्रकार राज्य पर विचार के क्रम में राज्य के विविध कर्तव्यों, सुरक्षा, सुव्यवस्था और विधि के निर्माण में राज्य की स्थिति की भूमिका का भी विश्लेषण किया गया है।

इसी तरह सुरक्षा, सुव्यवस्था, शांति, समृद्धि एवं सुख के शास्त्रीय प्रतिपादनों और वर्तमान प्रतिमानों की तुलनात्मक विवेचना भी की गई है।

राज्य के विवेचन के क्रम में दैनिक लोक-व्यवहार और राज्य, शासन और दंड नीति, शिक्षा तथा व्यवहार और वाद, निर्णय आदि की विवेचना भी स्वाभाविक है। इसी प्रकार राजकोष, कराधान, कराधान की सीमाएँ, राज्य के कर्तव्य आदि की विवेचना भी संक्षेप में आवश्यक थी, जो की गई है।

उल्लेखनीय है कि वैदिक संहिताओं और श्रौत सूत्र, गृह्य सूत्र तथा धर्मसूत्र हिंदू समाजशास्त्र के आधार रहे हैं। श्रीमद्भगवद्गीता को समस्त उपनिषदों और भारतीय तत्त्व ज्ञान का सार कहा गया है।[36] अत: गीता सबसे महत्त्वपूर्ण समाजशास्त्रीय ग्रंथ है। वाल्मीकि रामायण और महाभारत के अनेक पर्वों में समाजशास्त्रीय मान्यताओं और आधारों का विस्तृत विवेचन है। साथ ही, मनुस्मृति, याज्ञवल्क्य स्मृति, नारद स्मृति, कात्यायन स्मृति सहित अनेक धर्मशास्त्र हैं, जिनका प्रतिपाद्य सनातन धर्म के अनुयायियों के जीवन में प्रतिफलित होता रहा है। लोक-व्यवहार में आने वाले नियमों, मान्यताओं, परंपराओं और कसौटियों का प्रतिपादन धर्मशास्त्र करते हैं। इनमें से प्रत्येक की टीकाएँ और भाष्य समाज में 19वीं शताब्दी तक व्यवहार के निर्णायक शास्त्र रहे। टीकाओं का यह क्रम 19वीं शताब्दी तक निरंतर चलता रहा है।

ईस्ट इंडिया कंपनी के भारत में कार्यरत कर्मचारियों ने जिस सती प्रथा के बंगाल में होने को अतिरंजित रूप में दुर्भावपूर्वक इंग्लैंड में प्रचारित किया, उसके पीछे याज्ञवल्क्य स्मृति की मिताक्षरा टीका में प्रतिपादित विधवा स्त्री का पति की संपत्ति में प्रथम अधिकार होना और विपदा के समय उस संपत्ति के विभाजन से भयभीत लोगों का विधवा को सती होने के लिए भावोत्तेजित करना कारण था, यह सत्य वे छिपा गए। साथ ही, जैसा कि पहले ही बताया गया है कि समस्त बंगाल में 100 स्त्रियाँ भी सती नहीं हुईं, इस सत्य को छिपाकर वे प्रचारित करने लगे कि घर-घर में विधवाएँ सती हो रही हैं। जबकि सत्य यह है कि धर्मनिष्ठ सदाचारिणी विधवाएँ अपनी संपत्ति को मंदिरों के निर्माण, रखरखाव और ब्राह्मणों के पोषण में व्यय करती थीं। इस प्रकार हिंदू धर्म के उन्नयन को देखकर क्रिश्चियन पादरी बौखला रहे थे और ईसाइयत के पापपूर्ण प्रचार में उसे एक बड़ी बाधा मान रहे थे। सत्य के आधार पर प्रचार करने का उनमें कोई आत्मबल था नहीं। अत: वे बंगाल की सती नारियों की स्थिति एवं संख्या को लेकर लगातार झूठ रचते और फैलाते रहे तथा इस कार्य में ईस्ट इंडिया कंपनी के वेतनभोगी कर्मचारी राममोहन राय की जबरदस्त सेवाएँ ली गईं और फिर उन्हें नकली राजा बनाकर लंदन भी ले जाया गया, जहाँ बताया गया कि देखिए, ये हिंदू राजा हैं और सच्चे हैं और ये गवाही दे रहे हैं कि भारत में हिंदू विधवाओं की स्थिति बहुत बुरी है और ईस्ट इंडिया कंपनी वहाँ करुणा का

बड़ा काम कर रही है, जिससे कि इन बेचारी दु:खी विधवाओं का जीवन बच सके।[37] इसलिए कंपनी को ब्रिटिश शासन द्वारा अधिक-से-अधिक अधिकार दिए जाने चाहिए और ऋण देना चाहिए, ताकि कंपनी भारत में अपना कारोबार फैला सके।[38] यद्यपि कंपनी द्वारा माँगे गए ऋण को कई बार ब्रिटिश संसद ने ठुकरा दिया और उसे कहा गया कि तुम भारत में जो कर रहे हो, वह तुम्हारी मर्यादा से बाहर का काम है।[39] परंतु लगातार मिल रहे मुनाफे और लूट के धन को वैधता देने के लिए कंपनी भारत के विषय में निरंतर झूठ ही बोलती रही और स्वयं को भारत में अच्छा काम करने वाली कंपनी बताती रही। यही कारण है कि वर्तमान में कोई भी प्रबुद्ध अंग्रेज ईस्ट इंडिया कंपनी के कारनामों को सही नहीं मानता है और उसके बारे में संकोच तथा शर्म का ही अनुभव करता है एवं 'गिल्ट' अर्थात् अपराध-बोध भी पालता है, परंतु भारत में कांग्रेस के जवाहरलाल नेहरू के नेतृत्व वाले धड़े ने कंपनी के कामों को श्रेष्ठ काम बताने का धंधा विगत 77 वर्षों से जारी रखा है, जिसे अन्य पार्टियाँ भी बिना ध्यान दिए चलने देती रही हैं।

यहाँ ध्यातव्य है कि जब राममोहन राय इंग्लैंड पहुँचे, तो उन्हें ईसाई माना गया और उनकी मृत्यु पर उनके शव को ईसाई रीति से ही दफनाया गया। उनकी कब्र आज भी देखी जा सकती है!

'निर्णय सिंधु' 19वीं शताब्दी का कमलाकर भट्टजी का प्रसिद्ध धर्मशास्त्र है[40] और धर्म सिंधु 19वीं शताब्दी का श्री काशीनाथ उपाध्यायजी का प्रसिद्ध धर्मशास्त्र है।[41]

बंगाल में श्री जगन्नाथ तर्कपंचाननजी की प्रख्यात विधि पुस्तक 'विवाद भंगार्णव' हिंदू विधि और हिंदू न्याय प्रक्रिया का सर्वमान्य ग्रंथ 19वीं शताब्दी में था।[42] तर्क पंचानन की मृत्यु 19वीं शताब्दी के पूर्वार्ध में हुई और 20वीं शताब्दी में भी बंगाल में हिंदू समाज उनके ग्रंथ से निर्देशित होता रहा था। वे एक प्रख्यात धर्मशास्त्री थे।

इस प्रकार प्रामाणिक धर्मशास्त्रों का प्रणयन 19वीं शताब्दी तक निरंतर चलता रहा है और हिंदू समाज 15 अगस्त, 1947 तक उनसे ही संचालित रहा है। अत: धर्मशास्त्रों में सन्निहित समाजशास्त्र का अध्ययन अत्यंत महत्त्वपूर्ण है।

ईसाइयों द्वारा अब तक हुए कार्य

काणेजी ने अपने प्रख्यात ग्रंथ 'धर्मशास्त्र का इतिहास' के पाँच खंडों में इन सभी विषयों पर विस्तार से प्रकाश डाला है।[42-क] समाजशास्त्रीय अध्ययन के क्षेत्र में भारतीय शास्त्रों के आधार पर अध्ययन विरल ही है, परंतु ईसाइयत से प्रभावित होकर हिंदू धर्म और हिंदू समाज के विषय में किए गए समाजशास्त्रीय और नृतत्वशास्त्रीय अध्ययनों की विपुलता है और हजारों पुस्तकें लिखी गई हैं।

17वीं शताब्दी के आरंभ में टस्किन निवासी इतालवी जेसुइट मिशनरी रॉबर्ट डी

नोबिली दक्षिण भारत आया। उसने स्वयं को 'श्वेत ब्राह्मण' बताया। वह माथे पर चंदन लगाता था और यज्ञोपवीत धारण करता था। उसने तमिल के एक धर्मगुरु स्वामी शिवधर्म का स्वयं को शिष्य घोषित किया और संन्यासी वेशभूषा धारण करने लगा। उसने संस्कृत, तेलुगू और तमिल भाषाएँ सीखीं। इसके बाद वह कुछ अन्य मिशनरी सेवकों को साथ लाया और सबको ब्राह्मणों की तरह धोती पहनना और यज्ञोपवीत धारण करने को कहा। ईसाइयों के बीच वह यज्ञोपवीत की यह व्याख्या करता था कि इसमें जो तीन धागे हैं, वे ईसाइयत की 'होली ट्रिनिटी' के आधार हैं—होली फादर, होली सन और होली घोस्ट। अर्थात् जीसस का पिता गॉड, जीसस एवं पवित्र प्रेतात्मा, जिसने मरियम के गर्भ में जीसस को प्रतिष्ठित किया। इस प्रकार स्वयं को इतालवी ब्राह्मण बताते हुए ही वह तमिलनाडु और गोवा में ईसाइयत का प्रचार करने लगा। उसने 'येशुर्वेद' लिखा और उसमें यीशु को वेदों में वर्णित पवित्र देवता भी बताया। उसी समय गोवा में थॉमस स्टीफंस नामक एक अन्य दुष्ट पादरी ने 'ख्रीस्त पुराण' लिखा और उसमें यीशु को भगवान् का अवतार बताया तथा सर्वोपरि एवं सर्वपूज्य देवता बताया। नोबिली ने तमिल के अनेक शब्दों को ईसाइयों के बीच प्रतिष्ठित किया—पूजागृह के लिए 'कोविल' (इस तमिल शब्द का अर्थ है मंदिर) शब्द और बाइबिल के लिए 'वेदम' तथा ईसाई चर्च की विशेष रस्म 'मॉस' के लिए पूजा शब्द चलाया और उसमें बाँटे जाने वाले रोटी के टुकड़े और शराब को प्रसादम कहकर निचले वर्गों में बाँटने लगा।[43] माथे पर चंदन और कंधे पर यज्ञोपवीत धारण करने का जब अन्य मिशनरियों ने विरोध किया, तो मामला पोप तक पहुँचा और तब पोप ग्रेगरी 15वें ने 31 जनवरी, 1623 को विशेष आदेश जारी किया, जिसमें भारत में ईसाइयत के प्रचार के लिए स्नान करने, यज्ञोपवीत धारण करने और माथे पर चंदन लगाने को वैध करार दे दिया।

उल्लेखनीय है कि तब तक ईसाई मिशनरियों के अनुसार नित्य स्नान करना या महीने में एक से अधिक बार नहाना भी पापपूर्ण कार्य माना जाता था और कहा जाता था कि जो पापी है, उसे ही नित्य या सप्ताह में एक बार नहाने की जरूरत पड़ती है। शेष मिशनरी लोग तथा तत्कालीन सामान्य यूरोपीयजन भी वर्ष में एक या दो बार ही नहाते थे। इसीलिए नहाने की विशेष रस्म वहाँ होती थी, जिसे 'बाथ' कहा जाता था। 'नाइटहुड' उपाधि देने की रस्म में इस प्रकार नहाना एक विशेष रस्म थी, क्योंकि सामान्यत: यूरोपीयजन 20वीं शताब्दी से पहले नित्य स्नान अथवा महीने में एक बार स्नान भी नहीं करते थे। इसीलिए केरल, तमिलनाडु और गोवा क्षेत्र में ईसाइयत के प्रचार के लिए मिशनरी लोग नित्य स्नान कर सकते हैं और यज्ञोपवीत धारण कर सकते हैं तथा माथे पर चंदन लगा सकते हैं और इन सबकी ईसाई पंथ के अनुरूप व्याख्या कर सकते हैं तथा पुराणों की मान्यता भारतवर्ष में बहुत अधिक होने के कारण ख्रीस्त पुराण का पारायण

कर सकते हैं और वेदों की सर्वोपरि मान्यता होने के कारण 'येशुर्वेद' को वेदम् कहकर प्रचारित कर सकते हैं, इसके लिए पोप ग्रेगरी 15वें को विशेष आदेश जारी करना पड़ा। इन सब कामों को ही वे 'चर्च' की 'सर्विस' कहते हैं। इस तथ्य से अनजान शिक्षित हिंदू सर्विस को मानव सेवा समझ कर अपनाए हुए हैं और इस प्रकार छल-कपट, वंचना, विश्वासघात और पापाचार को सेवा मान बैठे हैं। इसीलिए गांधीजी को भी कहना पड़ा कि शिक्षित हिंदू ईसाइयत को उतना ही समझते हैं, जितना कि कोई बकरी (या भैंस) समझ सकती है।

परंतु प्रारंभ में जो अध्ययनशील सनातनधर्मी हुए, उन्हें बाइबिल और ईसाइयत की पोल पहचानने में कोई समस्या नहीं आई। स्वामी दयानंद ने तो उसकी धज्जियाँ ही उड़ा दीं। इसीलिए संन्यासियों और ब्राह्मणों से ईसाई मिशनरियों की आरंभ से ही दुश्मनी है और वे उन्हें अप्रतिष्ठित करने के लिए झूठी कहानियाँ गढ़ते रहे हैं, परंतु इसमें उन्हें तब तक सफलता नहीं मिली, जब तक उन्होंने भारत की अपनी शिक्षा परंपरा को नष्ट नहीं कर दिया। उसे नष्ट करने के बाद शिक्षा की यूरो-ईसाई जानकारी को ही आधुनिक ज्ञान-मान लेने के बाद क्या घटित हुआ है, यह हम इसी तथ्य से जान सकते हैं कि हिंदूवादी समूह भी पूर्त कर्मों के लिए अर्थात् समाज के अभावों की पूर्ति के लिए समाज के संपन्न समूहों द्वारा अनिवार्य रूप से किए जाने वाले पूर्त कार्यों को 'सेवा कार्य' कहने लगे हैं। ब्राह्मणों की पदावली का परित्याग व्यवहार में हिंदू पदावली का ही परित्याग बन गया।

ब्राह्मणों से तंग आकर ईस्ट इंडिया कंपनी के अधिकारियों ने यूरोप के अनेक पादरियों (ईसाई अध्येताओं) को ब्राह्मणों पर चोट करने के लिए ब्राह्मण-विरोधी साहित्य को पुरस्कृत करने की घोषणा की। फ्रेंच पादरी आबे डुब्वा ने फ्रेंच भाषा में एक बड़ा परचा लिखा। इसके लिए फोर्ट विलियम के कंपनी प्रबंधक विलियम हेनरी बेंटिक ने (जिसे इस विषय में मूर्ख और अनपढ़ भारतीय नेता तथा लेखक लोग भारत का गवर्नर जनरल कहते हैं) उस समय कंपनी की ओर से आठ हजार रुपए दिए, जिसका वर्तमान में मूल्य होगा, अस्सी लाख रुपए। फिर कंपनी की ओर से इसे अंग्रेजी में अनूदित कर छपवाया गया और बाद गें जब 1858 से लगभग आधे भारत में स्वयं ब्रिटिश शासन हिंदू राजाओं-रानियों और मुस्लिम नवाबों तथा बेगमों से संधि कर काबिज हो गया, तो उसने 1864 में संशोधित संस्करण के रूप में अंग्रेजी पाठ छपवाया। 1899 में इसे स्वयं पादरियों के सबसे बड़े बौद्धिक संस्थान ऑक्सफोर्ड यूनिवर्सिटी प्रेस से नए रूप में छापा गया। भारत में इसे पढ़ने की प्रेरणा दी गई और 1947 के बाद कांग्रेस शासन के शिक्षा विभाग ने इसे समस्त देश में समाजशास्त्र के अध्ययन का आधार बना दिया, जो लगातार जारी है। पुस्तक का नाम Hindu Manners, Customs and Ceremonies था।[44]

1823 में इसी आबे डुब्वा ने 'भारत में ईसाइयत का वर्तमान और भविष्य' (स्टेट

ऑफ क्रिश्चियनिटी इन इंडिया) नामक एक परचा लिखा जिसमें कहा कि 'अगर हम ईसाई लोग हिंदू समाज से बहुत अधिक घुलते-मिलते हैं, तो भी यहाँ के मुख्य समाज के लोग कभी भी ईसाई नहीं बनेंगे, परंतु वे हिंदू धर्म के प्रति शंका पाल सकते हैं और 'एथिस्ट' हो सकते हैं। ब्राह्मणों के अभेद्य और दुर्भेद्य पूर्वग्रहों के चलते भारत में ईसाइयत का कोई भविष्य नहीं है। नितांत गरीब और सबसे निचली कही जा रही जातियों में धन और चालाकी से हमें थोड़ी बहुत सफलता मिल सकती है। यह पत्र इंडिया ऑफिस लाइब्रेरी के रिकॉर्ड में सुरक्षित है।

इसके बाद ब्रिटिश शासन की प्रेरणा से लुई डुमा नामक एक दूसरे पादरी ने ईसाइयत की सेवा में बहुत परिश्रम किया। लुई डुमा उस्मान साम्राज्य के क्षेत्र में पैदा हुआ था और इस्लाम तथा हिंदू धर्म को नष्ट करने के लिए छटपटा रहा था। उसने भारत की जाति प्रथा को ईसाइयत के मार्ग में सबसे भीषण अवरोध के रूप में देखा और इसके लिए उसे ब्राह्मणों पर प्रहार आवश्यक लगा। तब उसने एक समाजशास्त्रीय और नृतत्वशास्त्री के रूप में Homo Hierarchicus : The Caste System and Its Implications नामक पुस्तक लिखी, जो मूल रूप में फ्रेंच में लिखी गई थी।[45] जिसका फ्रेंच शीर्षक था—'Homo Hierarchicus: Essai sur le systéme des castes'। विश्वविद्यालय अनुदान आयोग की अनुमति से यह पुस्तक भारत के विश्वविद्यालयों में समाजशास्त्र विभाग में उच्चतर अध्ययन का स्रोत ग्रंथ बनी हुई है। इसमें जाति प्रथा पर कटुतम आक्षेप हैं और ब्राह्मणों के विषय में जटिल शब्दावली में ऐसी विवेचना है, जो उन्हें कोई महाधूर्त समुदाय इंगित करती है। किसी भी बात के विषय में कोई भारतीय प्रमाण ये पुस्तकें नहीं दे पातीं। वस्तुतः ये केवल इन ईसाई लेखकों की दिमागी 'मिथ' या कल्पना हैं और सत्य से इनका दूर-दूर तक कोई संबंध नहीं है, परंतु शिक्षित भारतीय इनको ही वेद और उपनिषद् से अधिक प्रामाणिक मानते हैं।

इसके बाद एक अगला पादरी आया रिचर्ड द स्मेत। यह बेल्जियम का जेसुइट पादरी था। इसने ब्रिटिश शासन के सहयोग से स्वयं को सांख्य दर्शन और अद्वैत दर्शन का विद्वान् प्रचारित कराया और पुणे में दर्शनशास्त्र का प्राध्यापक हो गया। जब डॉ. राधाकृष्णन ने शंकराचार्य को महान् तर्कबुद्धि संपन्न दार्शनिक बताया, तो रिचर्ड द स्मेत ने तत्काल उन पर बौद्धिक आक्रमण कर दिया और कहा कि नहीं, शंकराचार्य तो 'स्तुतिवादिन' हैं और अपौरुषेय का सहारा लेकर अपनी बात रखते हैं। अतः रैशनल नहीं हैं। इस ख्रीस्त पादरी ने अनेक पुस्तकें लिखीं, जिनमें तीन हैं—Hinduismus und Christentum, Religious Hinduism तथा Brahman and Person।[46] इन तीनों ही पुस्तकों के द्वारा हिंदू धर्म पर सांघातिक चोटें की गईं और ब्राह्मणों को दोषी ठहराया गया।

आबे डुब्वा, लुई डुमा तथा रिचर्ड द स्मेत की पुस्तकें महत्त्वपूर्ण हैं। जहाँ आबे डुब्वा ने 'हिंदू मैनर्स, कस्टम्स एंड सेरेमनीस' में हिंदू रीति-रिवाजों और परंपराओं की अपनी समझ से विवेचना की, वहीं लुई डुमा ने तो भारत में 'ट्राइब' और 'कास्ट' का अध्ययन करते हुए यूरो-भारतीय समाजशास्त्र का आधार स्थापित करने की कोशिश की है। वेरियर एल्विन ने भी इस दिशा में प्रयास किए। भारत में नेतृत्व एवं राजनीतिक संस्थाओं पर कतिपय अध्ययन यूरोपीय विद्वानों ने किए और हटन ने भारत की जाति प्रथा का अध्ययन किया।[47]

भारतीय समाजशास्त्रियों में जाति प्रथा को समझने का प्रयास करने वालों में आधुनिक काल में जी.एस. घुर्ये, सच्चिदानंद सिन्हा, एम.एन. श्रीनिवास, सुरजीत सिन्हा और प्रो. बी.बी. कुमार के अध्ययन अत्यधिक महत्त्वपूर्ण हैं।[48] घुर्ये ने 1932 में प्रकाशित अपनी पुस्तक में 'कास्ट एंड रेस इन इंडिया' के अध्याय एक के प्रारंभ में ही लिखा— 'विदेशी यात्री भारत की जाति प्रथा को देखकर चकित रह जाते हैं, वे इसके विषय में मोटी-मोटी बातें ही जानते हैं।'[49]

परंतु जिसे अंग्रेजी में 'कास्ट' कहा जाता है, वह शब्द पुर्तगाली भाषा के 'कास्टा' शब्द से यूरोपीय लोगों ने प्राप्त किया है, जो आनुवंशिकीय शुद्धता के लिए यूरोप में प्रयुक्त होता था। जबकि धर्मशास्त्रों में कोई धारणा नहीं पाई जाती। इसलिए आचार-व्यवहार और संस्कारों के आधार पर ही यहाँ कुलों की पहचान होती रही है। भगवद्गीता में भी 'कुल-धर्म' को ही शाश्वत कहा गया है।[51] यही कारण है कि जाति से संबंधित अधिकांश यूरोपीय अध्ययन सनातन धर्मशास्त्रों के परंपरागत विद्वानों को हास्यास्पद और अजूबे दिखते हैं।

यह तो स्पष्ट है कि वर्ण, जातियाँ नहीं हैं, क्योंकि वर्ण केवल चार हैं और वैदिक काल से ही 100 से अधिक जनों का उल्लेख है, जिन्हें आधुनिक अर्थ में 100 जातियाँ भी कह सकते हैं और डॉ. पांडुरंग वामन काणे ने उन्हें 100 जातियाँ ही कहा है।[52]

जैसा हमने भूमिका में बताया है, आधुनिक दृष्टि से तथा परंपराओं के ज्ञान के साथ जाति संबंधी विवेचना सच्चिदानंद सिन्हा ने अपनी पुस्तक 'कास्ट सिस्टम : मिथ, चैलेंज एंड रियलिटी' में किया है।[53] प्रो. बी.बी. कुमार ने अपनी पुस्तक 'कास्ट, कल्चर एंड ट्रेडिशन्स' में इस विषय में सर्वाधिक प्रामाणिक जानकारियाँ प्रस्तुत की हैं और हिंदू समाज व्यवस्था को उसकी समग्रता में प्रस्तुत किया है।[54]

अत: इस अध्ययन के द्वारा धर्मशास्त्रों में प्रतिपादित भारतीय समाजशास्त्र का प्रामाणिक स्वरूप लाने का प्रयास किया गया है। व्यक्ति, कुल, समाज, उसकी विविध संस्थाएँ, उसकी परंपराएँ और नियमावली तथा आचारशास्त्र और इन सबको धर्मानुशासित रखने वाला उसका राज्य इन सबके विषय में धर्मशास्त्रों की दार्शनिक और आध्यात्मिक

बोध से जुड़ी मान्यताएँ तथा निरंतर व्यवहार में आने वाली परंपराएँ क्या रही हैं, उनका पालन और रक्षण किस प्रकार किया जाता रहा है और एक श्रेयस्कर समाज व्यवस्था तथा राज्य व्यवस्था के लिए उससे क्या सूत्र लिये जा सकते हैं, यह इस अध्ययन से सामने आएगा और इस विषय में शासन तथा समाज दोनों के लिए उपादेय होगा।

संदर्भ—

1. गौतम धर्मसूत्र का प्रकाशन कई बार हुआ है। सर्वप्रथम 1910 ईसवी में आनंदाश्रम संस्करण प्रकाशित हुआ और उसके बाद मैसूर संस्करण प्रकाशित हुए। कुमारिल भट्ट ने भी अपने प्रख्यात ग्रंथ 'तंत्र वार्तिक' में यही कहा है कि 'गौतम धर्मसूत्र' और 'गोभिल गृह्यसूत्र' प्राचीनतम धर्मसूत्र हैं।
2. 'गौतम धर्मसूत्र', हरदत्तकृत 'मिताक्षरा टीका', चौखंबा विद्याभवन, वाराणसी 1999
3. कमलाकर भट्ट : 'निर्णय सिंधु', चौखंबा विद्याभवन, वाराणसी 2014 का संस्करण।
4. नीलकंठ भट्ट : 'भगवन्तभास्करः' (दो भागों में), चौखंबा संस्कृत प्रतिष्ठान, दिल्ली 2016 का संस्करण।
5. काशीनाथ उपाध्याय : 'धर्मसिंधु' चौखंबा संस्कृत प्रतिष्ठान, दिल्ली 2012 का संस्करण।
6. जगन्नाथ तर्क पंचानन : 'विवादभंगार्णव' नेशनल लाइब्रेरी, कोलकाता वर्ग संख्या ए.सी. पुस्तक संख्या 340.094
7. बौधायन : 'बौधायन धर्मसूत्र', विद्यानिधि प्रकाशन, खजूरी खास, दिल्ली 2015 का संस्करण।
8. बी.आर. मोदक : सायण, साहित्य अकादमी, नई दिल्ली 1995 का संस्करण।
9. मनु : मनुस्मृति, चौखंबा संस्कृत संस्थान, वाराणसी विक्रम संवत् 2055 (1998)
10. वेदव्यास : महाभारत, खंड 5, शांतिपर्व, अध्याय 21, श्लोक 12, गीताप्रेस, गोरखपुर

    अद्रोहः सत्यवचनं संविभागो दया दमः॥
    प्रजनं स्वेषु दारेषु मार्दवं ह्रीरचापलम्।
    एवं धर्मं प्रधानेष्टं मनुः स्वायम्भुवोऽब्रवीत्॥ (साथ ही देखें अध्याय 57 में श्लोक 43)
11. मनु : मनुस्मृति, अध्याय 2, श्लोक 10, चौखंबा संस्कृत संस्थान, वाराणसी, 1999 संस्करण।
12. Anna Jackson (ed) : Maharaja : The Splendour of India's Royal Courts, Amazon, 2009
13. Barbara N. Ramusack : The Indian Princes And Their States, Cambridge University Press, United Kingdom, 2004
14. East India Company Act 1772
15. Ibid
16. Bengal Sati Regulation or Regulation XVII
17. William Jones : Manu Smriti {translation}, The Institutes of Hindu Law: Or, The Ordinances of Manu, Calcutta: Sewell & Debrett, 1796.
18. डॉ. पांडुरंग वामन काणे : धर्मशास्त्र का इतिहास (पाँच भागों में मूल अंग्रेजी से अनुवाद) प्रथम भाग पृष्ठ 97, उत्तर प्रदेश हिंदी संस्थान, लखनऊ, चतुर्थ संस्करण 1992
19. जगन्नाथ तर्क पंचानन : विवादभंगार्णव, नेशनल लाइब्रेरी कोलकाता में वर्ग —Rare Book

20. Singh, Upinder. The discovery of ancient India: early archaeologists and the beginnings of archaeology. Permanent Black. (2004)
21. Halhed, Nathaniel Brassey : 1911 Encyclopaedia Britannica volume 12
22. John Keay : India Discovered, Chapter 3, Thus Spake Ashoka, Harper Collins, London 2001
23. John Keay : India Discovered, Chapter 3, Thus Spake Ashoka, Pages 42-44, Harper Collins, London 2001
24. ऋग्वेद संहिता, चौखंबा विद्याभवन, वाराणसी, 2011
25. यज्ञेन यज्ञमयजन्त देवा:, तानि धर्माणि प्रथमान्यासन्।
ते ह नाकं महिमान: सचन्त यत्र पूर्वे साध्या: संति देवा: ॥
(ऋग्वेद मंडल 10, सूक्त 90, मंत्र 16)
26. आचार्य जैमिनि: पूर्वमीमांसा सूत्र 1/1/2: 'चोदनालक्षणोऽर्थो धर्म: '।
27. वैशेषिक सूत्र, 1 एवं 2: अथातो धर्मं व्याख्यास्याम:। यतोऽभ्युदयनि:श्रेयससिद्धि: स धर्म:
28. प्रत्येक अध्याय के अंत में उक्त है—
'इति मानव धर्मशास्त्रे भृगुप्रोक्तायां संहितायाँ (अमुक) अध्याय: '। देखें मनुस्मृति, पूर्वोद्धृत
29. मनुस्मृति, अध्याय 10, श्लोक 63
अहिंसा सत्यमस्तेयं शौचमिन्द्रियनिग्रह:। श्राद्धकर्मातिथेयं च दानमस्तेयमार्जवम्॥
प्रजनं स्वेषु दारेषु तथा चैवानसूयता। एतं सामासिकं धर्मं चर्तुवर्ण्येऽब्रवीन्मनु: ॥
30. मनुस्मृति, अध्याय 10, श्लोक 4
ब्राह्मण: क्षत्रियो वैश्यस्त्रयो वर्णा द्विजातय:। चतुर्थ एकजातिस्तु शूद्रो, नास्ति तु पंचम: ॥
31. मनुस्मृति, अध्याय 10, श्लोक 5 से 60 तक।
32. विष्णु धर्मसूत्र (2/16-17): क्षमा सत्यं दम: शौचं दानमिन्द्रियसंयम:। अहिंसा गुरुशुश्रूषा तीर्थानुसरणं दया। आर्जवं लोभशून्यतवं देवब्राह्मणपूजनम्। अनभ्यसूया च तथा धर्म: सामान्य उच्यते॥
33. महाभारत, आश्रमवासिक पर्व, अध्याय 28, श्लोक 9
एतद्धि त्रितयं श्रेष्ठं सर्वभूतेषु भारत।
निर्वैरता महाराज सत्यमक्रोध एव च॥
34. वामन पुराण, अध्याय 14, श्लोक 1 एवं 2
35. महाभारत, शांतिपर्व, अध्याय 162, श्लोक 21
अद्रोह: सर्वभूतेषु कर्मणा मनसा गिरा। अनुग्रहश्च दानं च सताँ धर्म: सनातन: ॥
36. भगवद्गीता का माहात्म्य, श्लोक 6
सर्वोपनिषदो गावो दोग्धा गोपालनंदन:। पार्थो वत्स: सुधीर्भोक्ता दुग्धं गीतामृतं महत्॥
37. Holden Furber, John Cmpany at Work, A Study of European Expansion in India in the Late Eighteenth Century, Harvard University Press, 1948
38. Turnbull, Patrick Warren Hastings : New English Library, London 1975
39. John Keay, The Honourable Company, A History of The English East India Company, Ch. 17&18, Harper Collins Publishers, London, Paperback, 1993
40. कमलाकर भट्ट, निर्णयसिंधु:, चौखंबा विद्याभवन, वाराणसी, 2014

41. काशीनाथ उपाध्याय : 'धर्मसिंधु' चौखंबा संस्कृत प्रतिष्ठान, दिल्ली 2012 का संस्करण।

42. जगन्नाथ तर्क पंचानन : 'विवादभंगार्णव' नेशनल लाइब्रेरी, कोलकाता वर्ग संख्या ए.सी. पुस्तक संख्या 340.094

42 डॉ. पांडुरंग वामन काणे : धर्मशास्त्र का इतिहास (पाँच भागों में मूल अंग्रेजी से अनुवाद) प्रथम भाग पृष्ठ 97, उत्तर प्रदेश हिंदी संस्थान, लखनऊ, चतुर्थ संस्करण 1992

43. Robert de Nobilli : 11, Encyclopaedia Britannica, Vol 12, Cambridge Uni. Press.

44. Abbe Dubois : Hindu Manners, Customs and Ceremonies, Oxford : Clarendon Press, 1899.

45. Louis Dumont : Homo Hierarchicus: Essai sur le système des castes {Homo Hierarchicus: The Caste System and Its Implications. University of Chicago Press 1966}

46. Richard De Smet :

(a) Hinduismus und Christentum (ed.) Vienna : Herder, 1962.

(b) Religious Hinduism (ed., with J. Neuner). Allahabad: St. Paul Publications, 1964, 1968, 1997.

(c) Brahman and Person : Essays by Richard De Smet. (Ed.) Delhi: Motilal Banarsidass, 2010.

(d) Understanding Sankara : Essays by Richard De Smet. (Ed.) Delhi: Motilal Banarsidass, 2013.

47. John Henry Hutton, Caste in India : its Nature, Function and Origins. Cambridge : Cambridge University Press. 1946.

48. (a) G.S. Ghurye : Caste and race in India. Popular Prakashan. New Delhi 2008

(b) M.N. Srinivas : Caste in Modern India and other essays, Asia Publishing House, New Delhi, 1962

(c) Sachchidanand Sinha : Caste System : Myth, Challenge & Reality, Intellectual Publishing House, New Delhi, 1982

(d) B.B. Kumar : Caste, Culture & Traditions, Yash Publications, Delhi 2009

(e) Surajit Chandra Sinha : Tribes and Indian Civilization: Structures and Transformation, Varanasi, 1982

49. G.S. Ghurye : Ibid

50. Ibid

51. श्रीमद्भगवद गीता : अध्याय 1, श्लोक 40 एवं 43

52. पांडुरंग वामन काणे : धर्मशास्त्र का इतिहास, प्रथम भाग, द्वितीय खंड, अध्याय 2 (वर्ण)

53. सच्चिदानंद सिन्हा : उपर्युक्त

54. ब्रजबिहारी कुमार : उपर्युक्त

□

खंड-1

समकालीन भारत राष्ट्र में हिंदू समाज

1

हिंदू समाज में धर्मशास्त्रों की विधिक स्थिति

समकालीन भारत में हिंदू समाज की विधिक स्थिति बहुत जटिल है और विधिक स्तर पर बिल्कुल स्पष्ट नहीं है। भारत का संविधान घोषित करता है कि यह भारत के लोगों के द्वारा रचित, अंगीकृत, अधिनियमित और आत्मार्पित है। मूल अंग्रेजी में उद्देशिका में कहा गया है कि—"हम भारत के लोग दृढ़ संकल्प होकर इस संविधान को 'कॉन्स्टीट्यूट' करते हैं," जिसे हिंदी में कहा गया है कि "हम भारत के लोग दृढ़ संकल्प होकर एतद् द्वारा इस संविधान को अंगीकृत, अधिनियमित और आत्मार्पित करते हैं।" (देखें, भारत का संविधान, उद्देशिका)[1]

मूल संविधान में भारत को संप्रभु लोकतांत्रिक गणराज्य कहा गया था। इसका अर्थ है कि भारत के नागरिक संपूर्ण प्रभुत्व संपन्न हैं और इस हैसियत से ही वे अपना राज्य चलाएँगे, परंतु आपातकाल में भारत के राज्य को समाजवादी पंथनिरपेक्ष लोकतांत्रिक गणराज्य घोषित किया गया,[2] जो अब तक चल रहा है। इसमें दार्शनिक दृष्टि से एक गंभीर समस्या उपस्थित है। पंथनिरपेक्षता का अर्थ स्पष्ट नहीं है और पंथ से आशय क्या है, यह भी स्पष्ट नहीं है। क्या हिंदू धर्म एक पंथ है और इस्लाम तथा ईसाइयत भी पंथ ही हैं?

मूल अंग्रेजी में जो संशोधन जोड़ा गया, उसमें राज्य को 'सेक्युलर'[3] कहा गया। 'सेक्युलर' शब्द विश्व में किसी भी महत्त्वपूर्ण लोकतांत्रिक गणराज्य के विशेषण के रूप में प्रयुक्त नहीं है। पश्चिमी यूरोप का प्रत्येक नेशन स्टेट 'रिलीजियस' है। ये सभी नेशन स्टेट ईसाइयत के किसी-न-किसी पंथ की सेवा को समर्पित हैं। सेक्युलर शब्द राजनीतिशास्त्र में कुल 200 वर्ष पुराना है और उसके अर्थों पर निरंतर विवाद चलते रहे हैं, परंतु सामान्य अर्थ है—'नेशन स्टेट किसी भी एक क्रिश्चियन चर्च का एकमात्र संरक्षक नहीं होगा।' इस दृष्टि से पश्चिमी यूरोप का कोई भी नेशन स्टेट सेक्युलर नहीं है। दूसरी ओर, कोई भी कम्युनिस्ट नेशन स्टेट भी सेक्युलर नहीं है, क्योंकि वे चर्च को कोई अधिकृत संस्था नहीं मानते। इसलिए उसके विषय में निर्लिप्तता का भी कोई दावा नहीं करते।

भारतीय राजनेताओं ने भारत में इस शब्द का किस अर्थ में प्रयोग किया है, इसे उनमें से अनेक लोग अनेक प्रकार से व्यक्त करते रहते हैं। उत्तम तो यह होगा कि स्वयं माननीय सांसद सर्वसम्मति से इसकी कोई परिभाषा निर्धारित कर दें। अभी सामान्यत: सेक्युलरिज्म के पक्ष में बोलने वाले लोग हिंदू धर्म और हिंदू समाज के प्रति कटुतम भाषा का प्रयोग करते हैं और हिंदू समाज पर ऐसे आरोप लगाते रहते हैं, जो तथ्यों और साक्ष्यों से पुष्ट नहीं होते। इसीलिए इस पद को स्वयं माननीय संसद द्वारा स्पष्ट किया जाना श्रेयस्कर होगा।

परंतु अधिक महत्त्वपूर्ण संशोधन तो दूसरा पद 'सोशलिज्म'[4] है। भारतीय राज्य को सोशलिस्ट घोषित करने का अर्थ है कि जो सोशलिज्म के विरोधी नागरिक होंगे, उन्हें भारत का राज्य नागरिकता नहीं देगा। विश्वभर में या तो पक्के कम्युनिस्ट राज्य स्वयं को सोशलिस्ट कहते हैं, या फिर कम्युनिज्म से प्रभावित ऐसे नेशन स्टेट स्वयं को सोशलिस्ट कहते हैं, जो अपने यहाँ एक ही दल का एकाधिकार रखते हैं। लोकतंत्र और सोशलिस्ट राज्य में प्रथम दृष्टि में सीधा विरोध नजर आता है। अत: भारत की माननीय संसद् इस विषय में भी एक स्पष्टता लाने वाली परिभाषा दे दें, तो इससे विविध प्रकार के विवादों का अंत हो जाएगा।

इस तरह 'संप्रभु लोकतांत्रिक गणराज्य' से 'संप्रभु समाजवादी पंथनिरपेक्ष लोकतंत्रात्मक गणराज्य' घोषित किए जाने की राजनीतिक यात्रा दार्शनिक स्तर पर अस्पष्टता का कारण है।

एक अन्य महत्त्वपूर्ण बात यह है कि संविधान में कहा गया है कि भारत अर्थात् इंडिया राज्यों का संघ होगा।[5] इसके अतिरिक्त भारत के विषय में और कुछ भी स्पष्ट नहीं किया गया है। अत: यह राज्य किसी संस्कृति या परंपरा या धर्म या ऐतिहासिक निरंतरता का पोषक होगा अथवा उनका उत्तराधिकारी है, यह बात स्पष्ट नहीं है। क्या राज्यों के संघ के अतिरिक्त भारत का कोई अस्तित्व है ? उस अस्तित्व का आधार और सार क्या है, यह संविधान से स्पष्ट नहीं होता। यद्यपि संघ लोकसेवा आयोग और अखिल भारतीय सेवाओं की रचना तथा संसद के दोनों सदनों में संपूर्ण भारत का प्रतिनिधित्व भारत की एक इकाई के रूप में सत्ता को पूरी तरह मान्यता देता है।[6] परंतु इससे इस सत्ता अर्थात् भारत का कोई स्थायी आधार या स्वरूप व्यक्त नहीं होता। संविधान निरंतर परिवर्तित किया जाता रहा है और परिवर्तित किए जाने योग्य है, ऐसा स्वयं संविधान में निहित है और ऐसी व्यवस्था है।[7] तब क्या भारत भी एक निरंतर परिवर्तनशील सत्ता है, जिसका कोई भी स्थायी आधार एवं स्वरूप नहीं है ? ये प्रश्न अनुत्तरित हैं। भारत का राज्य भारत के लोगों को नागरिकता देता है। इस नागरिकता का अधार 15 अगस्त, 1947 को भारत में उनकी विधिक उपस्थिति मात्र है। संविधान के प्रारंभ होने के समय जो भी व्यक्ति

भारत के राज्य क्षेत्र में जन्मा था या जिनके माता या पिता में से कोई भारत के राज्यक्षेत्र में जन्मा था या जो संविधान प्रारंभ होने से पहले कम-से-कम 5 वर्ष तक भारतीय क्षेत्र का सामान्य निवासी रहा, उन सबको भारत के राज्य ने भारत का नागरिक घोषित कर दिया।[8] इस प्रकार संविधान के माध्यम से राज्य ही भारत के लोगों को नागरिकता देता है और नागरिक होने पर प्रत्येक व्यक्ति को विधि के समक्ष समानता और वाणी तथा अभिव्यक्ति की स्वतंत्रता एवं शांतिपूर्ण सम्मेलन और संगठन की स्वतंत्रता तथा भारत के किसी भी भाग में आने-जाने और निवास करने तथा वृत्ति या कारोबार करने की स्वतंत्रता का अधिकार देता है। इसके साथ ही प्रत्येक नागरिक के कर्तव्य हो जाते हैं कि वह संविधान का पालन करे, उसके आदर्शों, संस्थाओं, राष्ट्रध्वज और राष्ट्रगान का आदर करे तथा अंग्रेजों के विरुद्ध किए गए राष्ट्रीय आंदोलन को प्रेरित करने वाले आदर्शों का पालन करे और भारत की एकता, अखंडता और प्रभुता को अक्षुण्ण रखे तथा उसकी रक्षा करे, देश की रक्षा करे, आह्वान किए जाने पर राष्ट्र की सेवा करे, भारत के सभी लोगों में समरसता और समानबंधुता की भावना का निर्माण करे, जो धर्म, भाषा, प्रदेश या वर्ग पर आधारित सभी भेदभावों से परे हो तथा स्त्री सम्मान की विरोधी सभी प्रथाओं का त्याग करे और सामासिक संस्कृति की गौरवशाली परंपरा का महत्त्व समझे और उसकी रक्षा करे तथा पर्यावरण की रक्षा करे, सार्वजनिक संपत्ति को सुरक्षित रखे तथा हिंसा से दूर रहे और व्यक्तिगत और सामूहिक गतिविधियों के सभी क्षेत्रों में कौशल का विकास करने का प्रयास करे, जिससे राष्ट्र उपलब्धि की नई ऊँचाइयों को छू सके। ये नागरिक कर्तव्य भी आपातकाल में ही जोड़े गए थे। स्पष्ट है कि कांग्रेस शासन द्वारा आपातकाल में जोड़े गए अधिकांश संशोधनों को भारत की अन्य सभी राजनीतिक पार्टियाँ भी स्वीकार करती हैं।

इस प्रकार भारत का संविधान भारत की सर्वाधिक प्राचीन सांस्कृतिक धारा को उतना ही महत्त्व देता है, जितना बाद में आए हुए समूहों की संस्कृति को, जिसका अर्थ है कि हिंदू धर्म, बौद्ध, जैन तथा सिख पंथ को, जिन सबको संविधान में हिंदू की परिभाषा के अंतर्गत समाविष्ट घोषित किया गया है, उनकी संस्कृति को भारत में जितना अधिकार और महत्त्व प्राप्त है, उतना ही इस्लाम, ईसाइयत और पारसी, यहूदी आदि को भी प्राप्त है। इस प्रकार इस संविधान के लागू होने की तिथि से भारत में सनातन धर्म के धर्मशास्त्रों की विधिक स्थिति समाप्त हो गई और वे केवल सम्मान तथा स्वैच्छिक अनुपालन के आधारग्रंथ के रूप में ही बचे रहे। किसी भी हिंदू को यह पूर्ण स्वतंत्रता प्राप्त है कि वह किसी भी हिंदू धर्मशास्त्र का पालन करे या न करे और आदर करे या न करे। यहाँ यह भी महत्त्वपूर्ण है कि 77 वर्षों में भारत में हिंदू कुलों में जन्मे ऐसे अधिकांश राजनेता सत्तारूढ़ हुए हैं, जो सनातन धर्मशास्त्रों को अपने जीवन का मार्गदर्शक शास्त्र नहीं मानते। जबकि ऐसा कोई मुस्लिम या ईसाई या पारसी राजनेता नहीं हुआ, जो, अपने मजहब या रिलीजन

के शास्त्रों को अपने जीवन का मार्गदर्शक शास्त्र नहीं मानता हो। इस विषय में संविधान उदासीन है।

इस प्रकार समकालीन भारत में हिंदू समाज की विधिक स्थिति वही है, जो इस्लाम या ईसाइयत आदि की है, परंतु हिंदू समाज जीवन में धर्मशास्त्रों की विचित्र विधिक स्थिति यह है कि कोई हिंदू व्यक्ति या परिवार धर्मशास्त्र का पालन करे या न करे, उसे संविधान ने पूर्ण स्वतंत्रता दे रखी है। इसके साथ ही, शिक्षण संस्थानों और संचार माध्यमों द्वारा हिंदू धर्मशास्त्रों का सामान्यत: कोई भी उल्लेखनीय प्रचार नहीं किया जाता, अपितु प्राय: उनका उपहास ही उड़ाया जाता है। जबकि मुसलमान या ईसाई व्यक्तियों को अपने-अपने मजहब या रिलीजन की किताबों का मजाक उड़ाते या उनके पालन में स्वतंत्रता लेते कभी नहीं देखा जाता।

इसके साथ ही एक विशेषता और है। संविधान के अनुच्छेद 28 के अनुसार राजकीय निधि से पूर्णत: पोषित किसी भी शिक्षा संस्थान में कोई भी धार्मिक शिक्षा नहीं दी जाएगी, परंतु यदि वह शिक्षा संस्थान किसी ऐसे न्यास या एनडावमेंट (धर्मस्व या धर्मादा स्थायी निधि) द्वारा स्थापित है और उसका प्रशासन राज्य करता है अथवा वह राजकीय निधि से पूर्ण पोषित है, तो भी वहाँ व्यावहारिक रूप से इस अनुच्छेद के प्रावधानों के अनुसार बहुसंख्यकों को धार्मिक शिक्षा नहीं दी जा सकती।[9] जहाँ ईसाइयों तथा मुसलमानों द्वारा संचालित संस्थाओं में किसी हिंदू छात्र की आपत्ति की बात नहीं की गई है, वहीं यहाँ किसी भी छात्र की धार्मिक शिक्षा को लेकर आपत्ति की बात की गई है।

संविधान के अनुच्छेद 29 एवं 30 के अनुसार भारत के किसी भी हिस्से के निवासी अल्पसंख्यक नागरिकों को अपनी विशेष भाषा, लिपि और संस्कृति बनाए रखने का अधिकार है तथा धर्म या भाषा पर आधारित सभी अल्पसंख्यक वर्गों को अपनी रुचि की शिक्षा संस्थाओं की स्थापना और प्रशासन का अधिकार है तथा राज्य इस आधार पर इन संस्थाओं को वित्तीय सहायता देने में कोई भेदभाव नहीं करेगा कि वे अल्पसंख्यकों के मजहब या रिलीजन के लिए ही चलाए जा रहे शिक्षण संस्थान हैं और उनके ही प्रबंधन में हैं।[10]

इस तरह एक ऐसा राष्ट्रीय परिवेश बना, जहाँ अल्पसंख्यक समूह अपनी अस्मिता की विशेषता को बनाए रखने के लिए सरकारी खजाने से पूरी तरह पोषित होकर अपने-अपने मजहब और रिलीजन की किताबों की सघन और गहन शिक्षा देते हैं तथा अपनी-अपनी आस्था पर आग्रह रखने वाले अल्पसंख्यक समुदाय के नागरिकों को तैयार करते हैं। जबकि बहुसंख्यक समाज की धार्मिक शिक्षा के लिए ऐसा कोई भी परिवेश नहीं है। यह एक विचित्र व भेदभाव वाली स्थिति है।

इस संदर्भ में यह देखना आवश्यक और महत्त्वपूर्ण है कि वस्तुत: सनातन धर्मशास्त्र

मनुष्य के लिए किन गुणों और कर्तव्यों का प्रतिपादन करते हैं और अन्य मजहब या रिलीजन किन गुणों और कर्तव्यों का प्रतिपादन करते हैं।

संदर्भ—

1. उद्देशिका, भारत का संविधान, भारत सरकार के विधायी विभाग द्वारा प्रकाशित, नई दिल्ली, तीसरा संस्करण, 1991
2. उक्त में प्रारंभिक पृष्ठ की पाद टिप्पणी, संविधान का बयालीसवाँ संशोधन, दिनांक 3 जनवरी, 1977 से प्रतिस्थापित।
3. वही, अंग्रेजी की प्रिएम्बल
4. वही
5. भारत का संविधान, ऊपर उद्धृत में भाग 1 'संघ और उसका राज्यक्षेत्र' शीर्षक के अंतर्गत क्रमांक 1 'संघ का नाम और राज्यक्षेत्र'
6. भारत का संविधान ऊपर उद्धृत में देखें, भाग 14, अध्याय 1 सर्विसेज (सेवाएँ) अनुच्छेद 312 तथा अध्याय 2 लोकसेवा आयोग (अनुच्छेद 315 से 323)
7. भारत का संविधान, ऊपर उद्धृत में भाग 20 एवं 21, विशेषत: भाग 20, अनुच्छेद 368
8. भारत का संविधान, भाग 2, नागरिकता, अनुच्छेद 5, 6, 7, 8, 9, 10 एवं 11
9. भारत का संविधान, भाग 3, मूल अधिकार के अंतर्गत अनुच्छेद 28
10. भारत का संविधान, भाग 3 मूल अधिकार, अनुच्छेद 29 एवं 30

□

2

धर्मशास्त्रों में प्रतिपादित सामान्य धर्म : यूरोपीय मानवतावाद से तुलनात्मक विवेचना

धर्मशास्त्रों में धर्म संबंधी विस्तृत विवेचना है। अत्यंत प्राचीनकाल से धर्मशास्त्रों के अंतर्गत बहुत से विषयों की विवेचना होती रही है। इनमें से आधारभूत रूप से महत्त्वपूर्ण है धर्मशास्त्रों में प्रतिपादित मानव धर्म। मनुस्मृति का मूल नाम मानव धर्मशास्त्र ही है। ऋग्वेद में मनु को ही मानव-जाति का पिता कहा गया है।[1]

तैत्तिरीय संहिता में कहा गया है कि मनु ने जो कुछ कहा है, वह मनुष्य के लिए औषधि है, अर्थात् उसे सदा स्वस्थ और रोगरहित एवं सबल रखने की विधि है।[2] यही बात ताण्ड्य-महाब्राह्मण में भी कही गई है।[3]

महाभारत में अनेक स्थलों पर मनु का उल्लेख है।[4] यह भी कहा गया है कि मनु राजशास्त्र प्रणेता हैं।[5] इसके साथ ही ब्रह्मा द्वारा दिए गए उपदेशों और ज्ञानशास्त्र को विशालाक्ष, इंद्र, बाहुदंतक, बृहस्पति एवं शुक्राचार्य ने संक्षिप्त रूप में प्रस्तुत किया।[6] शांतिपर्व में यह भी लिखा है कि स्वायंभुव मनु के लिखे ग्रंथ के आधार पर ही शुक्राचार्य और बृहस्पति ने अपने-अपने ग्रंथों का प्रणयन किया।[7]

वर्तमान मनुस्मृति में 12 अध्याय और 2694 श्लोक हैं।[8] इसकी शैली सरल एवं धाराप्रवाह है। परंपरा से इसके अनेक रूप मिलते रहे हैं और कालप्रवाह में कतिपय परिवर्तन भी होते रहे होंगे। उपलब्ध मनुस्मृति में प्रारंभ में यह उल्लेख है कि ऋषिगण मनु के पास जाते हैं और उनसे प्रणाम आदि निवेदन कर धर्म के विषय में बताने का निवेदन करते हैं। इस पर महातेजस्वी मनु उन महात्माओं के अनुरोध को सुनकर उनका सत्कार करते हुए सर्वप्रथम सृष्टि प्रक्रिया का वर्णन करते हैं और फिर यह बताते हैं कि अनादि परमेश्वर ने कर्मों का विवेक ज्ञान प्रदान किया है तथा धर्म और अधर्म का स्वरूप निश्चित किया है और यह स्पष्ट बताया है कि धर्म से ही सुख प्राप्त होगा और अधर्म से दु:ख प्राप्त होगा। मनुष्य में सदा द्वंद्वात्मक भाव रहते हैं और उसे पुरुषार्थपूर्वक धर्म का आचरण करना चाहिए, क्योंकि सुख उसी में है।

आगे मनु बताते हैं कि युग के भेद से मनुष्यों के धर्म में भी क्रम भेद आता रहता है। सतयुग में मनुष्यों का प्रमुख धर्म होता है तप, त्रेतायुग में ज्ञान, द्वापर में यज्ञ और कलियुग में दान ही प्रधान धर्म है। इस प्रकार भिन्न-भिन्न युगों में धर्म की प्रधानता का स्वरूप किंचित् भिन्न होता है। इसके बाद मनु चारों वर्णों के अलग-अलग धर्म-कर्तव्यों का प्रतिपादन करते हैं। छठे अध्याय के 91, 92 एवं 93वें श्लोक में वे धर्म को दस लक्षणों वाला बताते हैं और यह कहते हैं कि यह सामान्य धर्म है, जो सभी के द्वारा पालनीय है। ये दस लक्षण हैं—धृति, क्षमा, दम, अस्तेय, पवित्रता, ज्ञानेंद्रियों और कर्मेंद्रियों को वश में रखना, धी, विद्या, सत्य और अक्रोध। ये दशलक्षणक धर्म कहे गए हैं, जो सामान्य धर्म हैं और मनुष्य मात्र के लिए कल्याणकारक हैं। इसके बाद उन्होंने राजधर्म का और फिर वैश्यों के धर्म का तथा परिचर्या कर्म करने वालों के कर्तव्यों का वर्णन किया है। तदुपरांत स्त्रीधर्म और पुरुषधर्म का वर्णन है। 10वें अध्याय में पुनः धर्म तथा यज्ञ एवं दान संबंधी विस्तृत वर्णन है और 11वें अध्याय में विभिन्न पापों और उनके प्रायश्चित्त के उपायों का वर्णन है तथा 12वें अध्याय में शुभ और अशुभ कर्म की विशद विवेचना है। वहीं सभा और परिषद् के स्वरूप के विषय में तथा उनके द्वारा धर्म का निर्णय किए जाने के विषय में प्रतिपादन है।

समस्त मनुष्यों के द्वारा पालन किए जाने योग्य सामान्य धर्म को ही सामासिक धर्म भी कहा गया है और उसे ही साधारण धर्म भी कहा गया है। मनुस्मृति अर्थात् मानव धर्मशास्त्र में, महाभारत में और सभी पुराणों में तथा समस्त स्मृतियों में धर्म की ही विवेचना मुख्य है और उसे ही सर्वोपरि तथा पालन करने योग्य कहा गया है।

धर्म संबंधी यह बोध भारत में प्राचीनतम काल से है। ऋग्वेद में कहा गया है—'सत्य वचन एवं असत्य वचन में प्रतियोगिता चलती है। देवता सत्य की ही रक्षा करते हैं और असत्य का हनन करते हैं।'[9] शतपथ ब्राह्मण में भी कहा गया है कि मनुष्य को केवल सत्य ही बोलना चाहिए।[10] बृहदारण्यक उपनिषद् में सत्य और धर्म को पर्याय कहा गया है।[11] इसमें प्रार्थना ही है कि असत से सत की ओर, अंधकार से प्रकाश की ओर तथा मृत्यु से अमरत्व की ओर हमें ले जाएँ।[12]

महाभारत में सत्य के 13 स्वरूपों का वर्णन है। शांतिपर्व के 162वें अध्याय में पितामह भीष्म महाराज युधिष्ठिर को बताते हैं कि सत्य ही सनातन धर्म है। सत्य को ही सदा नमन करना चाहिए। सत्य ही जीव की परम गति है। सत्य ही सनातन ब्रह्म है। सत्य ही परम यज्ञ है। सत्य ही धर्म, तप और योग है तथा सत्य पर ही सबकुछ प्रतिष्ठित है। सत्य के 13 स्वरूप हैं—सत्य, समता, दम, अमात्सर्य (किसी के भी प्रति मत्सर भाव अर्थात् ईर्ष्या नहीं रखना), क्षमा, संकोच या किसी भी अमर्यादित आचरण के प्रति लज्जा, तितिक्षा (कष्ट-सहन), अनसूया (द्वेष-दुर्भाव नहीं रखना), त्याग, परमात्मा

का ध्यान, आर्य अर्थात् श्रेष्ठ आचरण, धृति (धैर्य एवं स्थिरता) तथा अहिंसा।[13] आगे इसकी व्याख्या करते हुए कहा गया है कि सदा अविकारी रहना ही सत्य का लक्षण है। धर्मसम्मत आचरण से सत्य की प्राप्ति होती है। प्रिय और अप्रिय दोनों में समान भाव रखना समता है। लालसाओं, कामनाओं और क्रोध का क्षय करने से समता प्राप्त होती है। उसी प्रकार किसी अन्य की कोई वस्तु लेने की कभी इच्छा नहीं करना, सदा धीर-गंभीर रहना और निर्भय रहते हुए मन को शांत रखना। यह दम का लक्षण है। इसकी प्राप्ति ज्ञान से होती है।

इसी प्रकार दान करते समय और धर्ममय आचरण करते समय मन में शांत भाव रखना तथा किसी से इस विषय में ईर्ष्या न करना यही अमात्सर्य है। इसके लिए सदा सत्य पालन का अभ्यास होना आवश्यक है। क्षमाशील होने का अर्थ है सहने और न सहने योग्य व्यवहार तथा प्रिय और अप्रिय वचन को समान रूप से ग्रहण करने की सामर्थ्य। यह क्षमा भाव भी सत्यवादी व्यक्ति को ही प्राप्त होता है। लज्जा नामक गुण धर्म के आचरण से प्राप्त होता है, जो बुद्धिमान व्यक्ति अन्य का सदा कल्याण करता है और मन में किसी प्रकार की ग्लानि नहीं लाता तथा मन और वाणी को प्रशांत रखता है, वही लज्जाशील है।

जो मनुष्य निश्चित पुरुषार्थ की सिद्धि के लिए तथा धर्म के लिए कष्ट सहन करता है, उसकी वह सहनशीलता ही तितिक्षा कहलाती है। तितिक्षा की प्राप्ति धैर्य से होती है। दूसरों के दोष नहीं देखने से अनसूया सिद्ध होती है।

वास्तविक त्याग है विषयों की आसक्ति का त्याग। यह राग और द्वेष से रहित होने पर ही सिद्ध होता है। परमात्मा अर्थात् परमसत्ता का चिंतन ही ध्यान है। अन्य की भलाई तथा धर्ममय आचरण को ही आर्यत्व कहा गया है। यह आसक्ति के त्याग से प्राप्त होता है। मन में सुख या दुःख किसी भी स्थिति में विकार का न होना धृति है। वह व्यक्ति धैर्यवान कहलाता है, जिसने हर्ष, भय और क्रोध को त्याग दिया है। मन, वाणी और कर्म द्वारा किसी भी प्राणी के साथ कभी भी द्रोह न करना, दया भाव रखना और दान करना, ये श्रेष्ठ पुरुषों के सनातन धर्म हैं। ये तेरहों धर्म सनातन सत्य हैं। ये सभी सत्य के ही आश्रय से पुष्ट होते हैं और बढ़ते हैं।

अंत में पितामह भीष्म कहते हैं कि हे महाराज! सत्य से बढ़कर कोई और धर्म नहीं है तथा मिथ्या से बढ़कर कोई पाप नहीं है। सत्य ही धर्म की आधारशिला है। यदि कोई मनुष्य सत्य का आचरण करता है और सदा सत्य बोलता है, तो उसे सब प्रकार के यज्ञों तथा दानों और अन्य धर्मों का भी फल प्राप्त हो जाता है। एक हजार अश्वमेध यज्ञ करने से बढ़कर है सत्य बोलना और सत्य का आचरण करना।[14]

अगले 163वें अध्याय में पितामह भीष्म महाराज युधिष्ठिर से मनुष्य के 13 दोषों

का भी वर्णन करते हैं। ये हैं—क्रोध, काम, शोक, मोह, शास्त्र के विरुद्ध काम करने की इच्छा (विधित्सा), दूसरों को मारने की इच्छा, मद, लोभ, मात्सर्य, ईर्ष्या, निंदा, दोषदृष्टि और दैन्यभाव। भीष्म कहते हैं कि ये 13 दोष सदा हर मनुष्य में छा जाने का अवसर देखते रहते हैं। इसलिए मनुष्य को कभी प्रमाद नहीं करना चाहिए और इन दोषों के प्रति सावधान रहना चाहिए।[15]

पितामह बताते हैं कि इनमें से क्रोध की उत्पत्ति लोभ से होती है और यह दूसरों के दोष देखकर बढ़ता है तथा क्षमा करने से शांत होकर निवृत्त हो जाता है। काम संकल्प से उत्पन्न होता है और सेवन से बढ़ता है तथा प्रज्ञा की जागृति से नष्ट हो जाता है।

क्रोध और लोभ से तथा अभ्यास से भी दूसरों को मारने की इच्छा प्रकट होती है। दया और वैराग्य से वह निवृत्त होती है। तत्त्वज्ञान से वह इच्छा नष्ट हो जाती है।

अज्ञान से मोह उत्पन्न होता है और पाप की आवृत्ति करने से या पाप के अभ्यास से मोह बढ़ता जाता है। जब कोई व्यक्ति प्रज्ञावानजनों में श्रद्धा रखता है तो उसका मोह नष्ट हो जाता है।

धर्म के विरुद्ध अन्य ग्रंथों का अवलोकन और अध्ययन करने से मन में अनुचित कर्म करने की इच्छाएँ पैदा होती हैं। इसे ही विधित्सा कहा जाता है, यह तत्त्वज्ञान से निवृत्त होती है।

जिस पर प्रेम हो, उसके वियोग से शोक होता है। शोक की निरर्थकता जानने से शोक की शांति हो जाती है। दुष्टों का साथ देने से तथा सत्य का त्याग कर देने से मात्सर्य पैदा होता है, जो सत्संग से समाप्त हो जाता है।

देहाभिमानी मनुष्यों पर अपने कुल, ज्ञान और ऐश्वर्य का अभिमान होता है। यही मद का कारण है। इनके यथार्थ स्वरूप का ज्ञान होने से मद समाप्त हो जाता है।

अन्य की विशेष हँसी-खुशी देखकर ईर्ष्या उत्पन्न होती है और विवेकशील बुद्धि होने पर ईर्ष्या का नाश होता है।

समाज में उपेक्षित, बहिष्कृत और नीच लोगों की बातें सुनकर कुत्सा पैदा होती है, जिसके कारण मनुष्य अन्य की निंदा करता रहता है। श्रेष्ठ व्यक्तियों की संगति से कुत्सा शांत हो जाती है। असूया भाव भी दोष-दर्शन की प्रवृत्ति का ही परिणाम है। करुणा जाग्रत रहने पर असूया का नाश होता है।

दैन्य भाव रखने वाले लोगों को देखते-सुनते रहने से दैन्य भाव पैदा होता है और धर्मनिष्ठ उदार चरित्र लोगों को जानने पर दैन्य समाप्त हो जाता है। इसी प्रकार अज्ञान के कारण भोगों के प्रति लोभ पैदा होता है, जो भोगों की क्षणभंगुरता और चपलता या अस्थिरता जान लेने से शांत हो जाता है। इस प्रकार ये 13 दोष हैं और इनकी निवृत्ति के उपाय बताए गए हैं।[16]

इस तरह सामान्य धर्म का संबंध मनुष्य मात्र के सदाचार से है। गौतम धर्मसूत्र में कहा गया है कि मनुष्य के आधारभूत आत्मगुण 8 हैं—दया, क्षांति, अनसूया, शौच, कृपणता का अभाव, स्पृहा का अभाव, कल्याण भावना और ऋजुता। गौतम का कहना है कि सभी संस्कारों को करने पर भी यदि किसी व्यक्ति में ये 8 गुण नहीं आए, तो वह श्रेष्ठ व्यक्ति नहीं है। यही बात अनेक स्मृतियों और टीकाओं में कही गई है।

आपस्तंब धर्मसूत्र में गुणों और अवगुणों की सूची ही दी गई है।[17] इसके साथ ही सभी धर्मशास्त्रों में अंत में यह कहा गया है कि प्रत्येक व्यक्ति के भीतर एक आंतर पुरुष होता है। अर्थात् अंतश्चेतना होती है। वह जिन कामों से आनंदित हो, वही करना चाहिए। मनु ने भी यही कहा है—'जिस कर्म के करने से कर्ता की अंतरात्मा को परितोष प्राप्त हो, वही करना चाहिए और जिस कर्म को करने से अंतरात्मा में अशांति का भाव आए, उसे छोड़ देना चाहिए।'[18]

मनु ने यह भी कहा है कि परलोक में न तो माता-पिता साथ देंगे, न पति या पत्नी और न ही पुत्र या पुत्री और न ही कुटुंबीजन। वहाँ तो केवल धर्म ही साथ जाएगा[19] (मनुस्मृति, अध्याय 4, श्लोक 241)। उन्होंने यह भी कहा है कि पाप करने वाले जो व्यक्ति यह समझते हैं कि हमें देख कौन रहा है, उन्हें जानना चाहिए कि देवता और आंतर पुरुष सदा सब कुछ देखते रहते हैं।[20] (वही, अध्याय 8, श्लोक 85) आगे यह भी कहा है कि आकाश, पृथ्वी, जल, हृद्य, चंद्र, सूर्य, सूक्ष्म रूप से सर्वत्र व्याप्त अग्निदेव, वायुदेव, संध्या, रात्रि, यम और धर्म, ये बारह देवता सदा ही सभी प्राणियों के, सभी देहधारियों के अच्छे और बुरे कर्मों को देखते रहते हैं। अतः यह सदा ध्यान रखना चाहिए।

यही बात महर्षि वेदव्यास ने भी कही है कि धर्म ही मनुष्य का एकमात्र साथी है। सदा धर्म का ही आचरण करना चाहिए। अनुशासन पर्व के दूसरे अध्याय में 73वाँ और 74वाँ श्लोक है—'पृथ्वी, वायु, आकाश, जल, नेत्र, बुद्धि, आत्मा, मन, काल और दिशाएँ। ये नित्य ही व्यक्ति के सुकृत एवं दुष्कृत सभी कर्मों को देखते रहते हैं।'[21]

आदि पर्व के अंतर्गत संभव पर्व के 74वें अध्याय के 28, 29, 30वें एवं 31वें श्लोक में भी यही कहा गया है—'सनातन परमात्मा सबके हृदय में अंतर्यामी रूप से विद्यमान है। वह सबके पाप और पुण्य सभी कर्मों को जानता रहता है। जो भी व्यक्ति यह समझता है कि पाप करते समय मुझे कोई नहीं देख रहा है, वह बहुत बड़ी भूल करता है, क्योंकि सभी देवता और अंतर्यामी पुरुष मनुष्य के पाप और पुण्य को देखते और जानते रहते हैं। सूर्य, चंद्रमा, वायु, अग्नि, अंतरिक्ष, पृथ्वी, जल, यमराज, रात्रि, दिन, दोनों संध्याएँ, हृदय और धर्म—ये सभी मनुष्य के भले और बुरे आचार-व्यवहार को, समस्त वृत्त को जानते रहते हैं। हृदय स्थित परमात्मा सभी कर्मों के साक्षी हैं और अपने क्षेत्र के क्षेत्रज्ञ हैं। वे जिस आचरण से प्रसन्न हों, उसके सभी पाप सूर्यपुत्र यमराज नष्ट

कर देते हैं, परंतु जिस दुरात्मा पर अंतर्यामी संतुष्ट नहीं होते, यमराज उस पापी को पापों का दंड देते हैं।[22]

यहाँ यह बात बहुत स्पष्टता से ध्यान में रखने योग्य है कि ये जो मानवीय गुण मानव धर्म या मनुष्य के सामान्य धर्म अथवा साधारण धर्म या सामासिक धर्म के रूप में शास्त्रों में प्रतिपादित हैं, ये मनुष्य मात्र के लिए हैं। ये सनातन धर्म नामक किसी पंथ विशेष को मानने वाले समूहों या समाज मात्र के लिए नहीं हैं। वस्तुतः इन्हें सनातन धर्म कहा ही इसी अर्थ में गया है कि ये संपूर्ण विश्व में व्याप्त नियम हैं। इन नियमों का पालन विश्व में अनिवार्य है और इनके पालन न करने से विश्व में सभी को कष्ट होगा। ऐसा नहीं है कि कोई स्वयं को किसी ऐसे पंथ विशेष का अनुयायी घोषित कर दे, जिसमें हिंसा, झूठ, दूसरे का धन छीनना या चुराना, मर्यादाविहीन तथा असामान्य या विकृति की पराकाष्ठा तक पहुँचा हुआ कामाचार एवं अन्य भोग और वस्तुओं का अंतहीन या अमर्यादित या सामान्य औसत से बहुत अधिक संचय आदि को उसके पंथ का लक्षण और गुण या अधिकार बता दिया जाए, तो इससे वह व्यक्ति या समूह या पंथ इन सार्वभौम नियमों के अनुशासन से मुक्त हो जाएगा। शास्त्र स्पष्ट बताते हैं कि इनसे कोई भी मुक्त नहीं हो सकता। जो भी इनके अनुशासन के अनुरूप आचरण नहीं करेगा, उसे कष्ट और दुःख निश्चित है। इसलिए ये सभी गुण अर्थात् ये धर्म सार्वभौम हैं और मनुष्य मात्र के लिए हैं।

वस्तुतः तो शास्त्रों में इन्हें प्राणी मात्र के लिए अनिवार्य कहा गया है, परंतु फिर अलग-अलग योनियों अर्थात् प्राणियों की अलग-अलग जातियों या प्रकारों के स्वभाव के अनुरूप इनका निर्धारण होता है। उदाहरण के लिए, सिंह अपने भोजन के लिए जो आखेट करेगा, वह हिंसा कर्म नहीं माना जाएगा। इस प्रकार मानवेतर प्राणियों में उनकी योनि के अनुरूप इन सार्वभौम नियमों की मर्यादा का निर्धारण होता है। सामान्यतः मानवेतर प्राणी अपने स्वभाव की मर्यादा से ही संचालित होते हैं। इसीलिए इन सार्वभौम गुणों को समस्त मनुष्यों के लिए विशेषकर अनिवार्य बताया गया है, क्योंकि अपने मन की लिप्साओं के अनुरूप बुद्धि और संकल्पमूलक क्रियाओं को करते हुए मनुष्य किसी सामान्य मानवीय स्वभाव की मर्यादा के भीतर रहता नहीं देखा जाता, अपितु प्रायः काम, क्रोध, मद, लोभ, मोह और मत्सर के कारण मर्यादा का अतिक्रमण ही करता रहता है। इसीलिए मानव जीवन के संदर्भ में सामान्य धर्म या साधारण धर्म या सामासिक धर्म का विशेष महत्त्व है और इसीलिए इसे मानव धर्म कहा गया है तथा मनु के द्वारा रचित स्मृति या संहिता को मानव धर्मशास्त्र कहा गया है।

याज्ञवल्क्य स्मृति की मिताक्षरा टीका 11वीं शताब्दी में आचार्य विज्ञानेश्वर ने की। उसमें उन्होंने पहले अध्याय के पहले श्लोक की ही टीका में लिखा है कि अहिंसा आदि

सभी मनुष्यों के लिए पालनीय धर्म है, भले ही व्यक्ति चांडाल कर्म क्यों न कर रहा हो।[23] इसी प्रकार मनुस्मृति के 10वें अध्याय का 62वाँ श्लोक है (कुछ संस्करणों में यह 63वाँ श्लोक है)—

अहिंसा सत्यमस्तेयं शौचमिन्द्रियनिग्रहः।
एतं सामासिक धर्मं चातुर्वर्ण्येऽब्रवीन्मनुः॥

(किसी भी प्राणी के प्रति द्रोह भावना का अभाव, सत्य वाणी एवं सत्य आचरण, अन्य के द्रव्य के प्रति लोभ या गिद्ध दृष्टि न रखना और न उसे चुराना, आंतरिक और बाहरी पवित्रता तथा इंद्रियों को अपनी मर्यादा में रखना—ये समस्त मानव जाति के लिए पालनीय धर्म हैं। अतः ये सामासिक धर्म हैं। सामासिक का हमारे यहाँ अर्थ सार्वभौमिक और सभी के लिए होने से है।)[24]

शंख स्मृति में (अध्याय 1, श्लोक 5) भी कहा गया है कि शांति, आत्मसंयम एवं पवित्रता ये सबके लिए धर्म हैं। महाभारत के अनुशासन पर्व में भी 120वें अध्याय के 10वें एवं 11वें श्लोक में कहा गया है—

त्रीण्येव तु पदान्याहुः पुरुषस्योत्तमं व्रतम्।
न दुरह्योच्चैव दद्याच्च सत्यं चैव परं वदेत्॥
इति वेदोक्तमृषिभिः पुरस्तात् परिकल्पितम्।
इदानीं चैव नः कृत्यं पुरस्ताच्च परिश्रुतम्॥

(वेद ने मनुष्य के लिए तीन व्रत उत्तम बताए हैं—किसी के प्रति द्रोह नहीं करना (अहिंसा), दान देना तथा सत्य बोलना। ऋषियों ने सर्वप्रथम इन्हीं धर्मों का पालन किया और हम निरंतर यही सुनते आए हैं कि वेद की आज्ञा का पालन हमारा प्रमुख कर्तव्य है।)[25]

महाभारत के ही आश्रमवासिक पर्व के 28वें अध्याय का 9वाँ श्लोक है, जो महर्षि वेदव्यास ने धृतराष्ट्र से कहा है—

एतद्धि त्रितयं श्रेष्ठं सर्वभूतेषु भारत।
निर्वैरता महाराज सत्यमक्रोध एव च॥

(हे भरतनंदन महाराज धृतराष्ट्र! सभी प्राणियों के लिए ये तीन गुण श्रेष्ठ माने गए हैं—किसी के प्रति वैर भाव नहीं पालना, अर्थात् द्रोह नहीं करना (अहिंसा), सत्य एवं अक्रोध।)[26]

ऋषि वसिष्ठ ने भी वसिष्ठ धर्मसूत्र में कहा है कि सत्य, अहिंसा, दान, अक्रोध और प्रजनन सभी वर्णों के धर्म हैं।[27] (4/4 तथा 10/30)

गौतम धर्मसूत्र में भी कहा गया है कि सत्य, अक्रोध और शुद्धि ये तो सभी वर्णों के लिए धर्म हैं।[28] (10/52)

महाभारत के शांतिपर्व के अंतर्गत राजधर्मानुशासन पर्व के 60वें अध्याय में 7वाँ एवं 8वाँ श्लोक है—

अक्रोधः सत्यवचनं संविभागः क्षमा तथा।
प्रजनः स्वेषु दारेषु शौचमद्रोह एच च॥
आर्जवं भृत्यभरणं नवैते सार्ववर्णिकाः।

(अक्रोध, सत्य वचन, संपत्ति का अर्थात् दाय भाग का न्यायपूर्ण वितरण, क्षमा, अपनी पत्नी से संतान की उत्पत्ति, आंतरिक एवं बाहरी शुद्धि, प्राणियों के प्रति द्रोह का अभाव अर्थात् अहिंसा, मन और व्यवहार की सरलता तथा अपने सेवकों का भलीभाँति भरण-पोषण। ये नौ गुण सार्ववर्णित हैं, अर्थात् सभी वर्णों के लिए ये गुण आचरण में लाना अपेक्षित है।)[29]

वामन पुराण में भी 14वें अध्याय के श्लोक 1, 2 तथा 18, 19 में सभी वर्णों के लिए ये दस गुण गिनाए गए हैं और इनके पालन को ही सदाचार कहा है—

अहिंसा सत्यमस्तेयं दानं क्षान्तिर्दमः शमः।
अकार्पण्यं च शौचं च तपश्च रजनीचर॥
दशांगो राक्षसश्रेष्ठ धर्मोऽसौ सार्ववर्णिकः।
ब्राह्मणस्यापि विहिता चातुराश्रम्यकल्पना॥
तस्य स्वरूपं वक्ष्यामः सदाचारस्य राक्षस।
श्रणुष्वैकमनास्तच्च यदि श्रेयोऽभिवांछसि॥
धर्मोऽस्य मूलं धनमस्य शाखा
पुष्पं च कामः फलमस्य मोक्षः।
असौ सदाचारतरुः सुकेशिन्
संसेवितो येन स पुण्यभोक्ता॥

(अर्थात् ऋषियों ने श्रद्धा और विनयपूर्वक प्रश्न पूछ रहे राक्षसराज सुकेशी की जिज्ञासा का समाधान करते हुए कहा कि हे राक्षसराज! अहिंसा, सत्य, अस्तेय, दान, शांति, इंद्रिय संयम, शम, उदारता, शौच और तपस्या, ये दस गुण सभी वर्णों के लिए निर्धारित हैं। इनके अतिरिक्त ब्राह्मणों के लिए तो चार आश्रमों का विधान है। सदाचार का मूल धर्म है, धन इसकी शाखा है, कामनाएँ या मनोरथ इसके पुत्र हैं और मोक्ष इसका फल है। सदाचार का पालन करने वाले मनुष्य को पुण्य भोग प्राप्त होते हैं तथा अंत में मोक्ष प्राप्त होता है।)[30]

इस प्रकार सदाचार का पालन मनुष्य मात्र के लिए प्रतिपादित है और सामान्य धर्म या साधारण धर्म या मानव धर्म का पालन ही सदाचार है, जिनके गुणों और लक्षणों का वर्णन शास्त्रों में है। देवगिरि के यादवराज महादेव एवं तदुपरांत महाराज रामचंद्र के मंत्री

एवं राजकीय लेख प्रमाणों के अधिकारी 13वीं शताब्दी के विद्वान् हेमाद्रि वत्स ने भी सामान्य धर्मों का विस्तार से प्रतिपादन किया है।

विष्णु धर्मसूत्र में भी सामान्य धर्म का उल्लेख है और ये 14 गुण सामान्य धर्म कहे गए हैं—

क्षमा सत्यं दमः शौचं दानमिन्द्रियसंयमः।
अहिंसा गुरुशुश्रूषा तीर्थानुसरणं दया॥
आर्जवं लोभशून्यत्वं देवब्राह्मणपूजनम्।
अनभ्यसूया च तथा धर्मः सामान्य उच्यते॥ (2/16, 17)

(अर्थात् क्षमा, सत्य, दम, पवित्रता, दान, इंद्रिय संयम, अहिंसा, गुरु की सेवा और उनकी बात ध्यान से सुनकर तदनुसार आचरण करना, अर्थात् शुश्रूषा, तीर्थयात्रा, दया, ऋजुता, लोभशून्यता, देवताओं की पूजा करना और ब्राह्मणों का आदर-सत्कार, ये 14 गुण सामान्य धर्म अर्थात् मानव धर्म हैं।)[31]

इस सामान्य धर्म या मानव धर्म के रूप में प्रतिपादित नैतिक आचरण अर्थात् सदाचार का आधार सर्वव्यापी परमसत्ता तथा उनके अनुशासन में प्रवर्तित कर्मफल का सनातन चक्र है। कर्मफल का सिद्धांत योगियों द्वारा देखे गए पुनर्जन्म के सत्य पर आधारित है। प्रत्येक व्यक्ति के भीतर स्थित आंतर पुरुष उसके कर्मों के साक्षी हैं और वे ही अगले जन्म तथा उस जन्म में मिलने वाले संस्कारों एवं परिणामों के भी साक्षी हैं तथा कर्म ही संस्कारों एवं परिणामों का आधार है। सभी आंतर पुरुष एक ही मूल परमसत्ता के चिदंश हैं। अतः एक व्यापक स्तर पर और सूक्ष्म स्तर पर एक के कर्मों का जो प्रभाव परिवेश में पड़ता है, वह दूसरे के लिए भी परिणामकारी होता है। इसलिए सत्कर्म का सभी पर कल्याणकारी प्रभाव होता है और दुष्कर्म का सब पर अकल्याणकारी प्रभाव होता है। व्यक्ति की बुद्धि और मन जिन अन्य व्यक्तियों के प्रति तीव्र संवेग रखता है (अर्थात् आत्मीयता की गहनता जिनके प्रति होती है), उन पर उस व्यक्ति के आचरण के परिणाम प्रतिफलित होते हैं। इसी अर्थ में पिता के कर्मों का फल संतान को और पत्नी या पति के कर्मों का फल साथी को भोगना पड़ता है और इसी अर्थ में व्यक्तियों के कर्मफल संपूर्ण कुल या परिवार को भी अंशतः प्रभावित करते हैं। राजा की आत्मीयता या ममता संपूर्ण राज्य से होती है, अतः उसके कर्मों का फल समस्त राज्य को भोगना पड़ता है। इस प्रकार कर्मफल एवं पुनर्जन्म के सिद्धांत ही नीति और सदाचार का आधार हैं। इसीलिए सदाचार के प्रमाण के लिए श्रुति एवं अंतःकरण के प्रकाश, दोनों को ग्रहण किया जाता रहा है। इन दो आधारों के कारण ही धर्मशास्त्रों के सभी टीकाकार अपना मुख्य ध्यान भारतवर्ष के धर्मपरायण लोगों तक ही मुख्यतः केंद्रित रखते रहे हैं, परंतु वे यह अवश्य सदा स्पष्ट करते रहे हैं कि मानव धर्म संपूर्ण मनुष्यों के लिए है और उसका

जो सामान्य स्वरूप है, वह सामान्य धर्म या साधारण धर्म या सामासिक धर्म है। जो सभी के लिए अनिवार्यतः पालनीय है और उनकी उपेक्षा से सभी को कष्ट होता है तथा उनके परिपालन से सुख की प्राप्ति होती है।

अंतर यह है कि ये सभी प्रतिपादन सर्वव्यापी परमसत्ता और सार्वभौम नियमों को ध्यान में रखकर किए गए हैं, किसी राजा या सम्राट् या पंथ प्रवर्तक को ध्यान में रखकर नहीं। इसीलिए जब कहा जाता है कि ये सामान्य धर्म सबके लिए हैं और सबके द्वारा पालनीय हैं तो यह उपदेशमूलक है और उपदेशमूलक अर्थ में ही आदेशमूलक है, परंतु यह किसी धर्मशास्त्र रचयिता के द्वारा अपने शास्त्र को न मानने वाले लोगों के लिए किसी दंडविधान के रूप में नहीं है।

यूरोपीय मानवतावाद का स्वरूप

यूरोप में मानवतावाद की कल्पना पहली बार 19वीं शताब्दी में सामने आई, परंतु अपने द्वारा प्रस्तुत किसी भी विचार को प्राचीन की निरंतरता में दिखाना अनिवार्य होता है, इसलिए यूरोपीय मानवतावाद ने सहानुभूति, करुणा जैसे मानवीय गुणों के अपने किसी भी प्राचीन ग्रंथ में किए गए वर्णन को उसका आधार बताना शुरू किया। किंतु यह सायास दुरागत संबंध जोड़ना है। इसका कारण यह है कि अतीत में कभी भी यूरोप में ज्ञात इतिहास में मानवता की या मानव धर्म की कोई बात नहीं की गई। सिसरो आदि यवन दार्शनिकों ने मनुष्य की बात केवल उसकी इस विशेषता को गिनाने के संदर्भ में की है कि मनुष्य के पास वाणी है और भाषा है। यह बात इस रूप में भी असत्य और निराधार है, क्योंकि वस्तुतः वाणी और भाषा प्रत्येक प्राणी की होती है, केवल मनुष्य की नहीं। जैसा कि भारतवर्ष में सभी शास्त्रों में बारंबार कहा गया है कि बुद्धि और ज्ञान केवल मनुष्यों में ही नहीं है, अन्य प्राणियों में भी है और कई प्रकार की बौद्धिक शक्तियाँ अन्य प्राणियों में मनुष्यों से अधिक हैं। श्री मार्कंडेय पुराण में देवी माहात्म्य में (जो श्री दुर्गा सप्तशती के रूप में सर्वपूजित है) प्रथम अध्याय में ही कहा गया है—

ज्ञानमस्ति समस्तस्य जन्तोर्विषयगोचरे॥
विषयश्च महाभाग याति चैवं पृथक् पृथक्।
दिवान्धाः प्राणिनः केचिद्रात्रावन्धास्तथापरे॥
केचिद्दिवा तथा रात्रौ प्राणिनस्तुल्यदृष्टयः।
ज्ञानिनो मनुजाः सत्यं किं तु ते न हि केवलम्॥
यतो हि ज्ञानिनः सर्वे पशुपक्षिमृगादयः।
ज्ञानं च तन्मनुष्याणां यत्तेषां मृगपक्षिणाम्॥

(अर्थात् विषयगोचर सभी विषयों में सभी प्राणियों को ज्ञान होता है। विविध प्राणियों

के लिए विषय भी अलग-अलग हैं। उदाहरण के लिए, कुछ प्राणियों को दिन में नहीं दिखाई देता, रात ही उनके लिए विषय गोचर है। अन्य के लिए दिन ही विषय गोचर है और उन्हें रात में दिखाई नहीं पड़ता। जबकि कुछ अन्य को दिन और रात दोनों में बराबर दिखाई पड़ता है। पशु-पक्षियों और मृग आदि सभी प्राणियों में समझ होती है और वह समझ मनुष्यों से कुछ कम नहीं होती।)

इस प्रकार प्राणियों की अलग-अलग प्रकार की बुद्धि है और उनकी भाषा भी अलग-अलग है, परंतु बोध की सामर्थ्य से पूर्णतः रहित कोई भी जीव नहीं है।

समस्या यह है कि यूरोप में मध्ययुग में विकसित ईसाइयत में मनुष्यता की कोई धारणा नहीं थी। सर्वप्रथम तो उन लोगों ने अर्थात् मध्ययुगीन प्रमुख पादरियों ने यह व्याख्या की कि आत्मा केवल नर में है, नारी में आत्मा नहीं होती तथा अन्य प्राणियों में तो आत्मा होने का प्रश्न ही नहीं। इसके बाद उन्होंने यह स्थापना की कि जिस नर को जीसस का प्रकाश मिल गया है, वह विकसित और सुसंस्कृत है। शेष सब नर भी अंधकार में डूबे हुए हैं। स्त्रियाँ तो आत्मा रहित हैं ही।

वैज्ञानिक प्रगति के बाद 19वीं शताब्दी में पहली बार यह बात उठी कि सभी मनुष्यों में कुछ समानता है। इस पर से ही कुछ लोग मानवतावाद की बात इस अर्थ में करने लगे कि क्रिश्चियनिटी तथा इस्लाम अपने-अपने मजहब और रिलीजन के अनुयायियों को श्रेष्ठतर और अन्य को कमतर मानते हैं, जो गलत है और सभी मनुष्यों में कुछ समान तत्त्व मानना चाहिए। विशेषकर तथाकथित फ्रेंच क्रांति के बाद तथा जर्मनी में हीगल के अनुयायियों के उभार के बाद यह बात उठी। कहा यह गया कि जीसस के पिता गॉड की अलौकिक सत्ता को मानने या न मानने के आधार पर मनुष्यों के बीच विभेद करना अथवा मुहम्मद को आखिरी रसूल मानने या न मानने के आधार पर मनुष्यों के बीच विभेद करना अनुचित है।

परंतु वस्तुतः व्यवस्थित रूप से मानवतावाद का एक घोषणा-पत्र उन लोगों ने पहली बार संयुक्त राज्य अमेरिका के शिकागो विश्वविद्यालय में 1933 में जारी किया, जिसमें जॉन डेवी तथा कतिपय अन्य पादरी थे। इसमें तर्कशक्ति और सामाजिक तथा आर्थिक न्याय को मुख्य माना गया और ईसाई मतवादों के स्थान पर विज्ञान को महत्त्व देने पर बल दिया गया। कहा गया कि वैज्ञानिक विवेचना के आधार पर नैतिकता तथा सही-गलत का निर्णय किया जाना चाहिए। रूसो और एडमंड बर्क ने भी मानवतावाद की बात कही। इन्हीं लोगों ने प्रत्येक वयस्क व्यक्ति को वोट देने के अधिकार की भी बात की।

इस बात पर बल दिया जाने लगा कि अच्छी तरह अपनी बात को कहना चाहिए और लिखना चाहिए। मुख्यतः लेखकों और बौद्धिकों के बीच ही यह मानवतावाद प्रचलित हुआ। 20वीं शताब्दी में इन लोगों ने यूरोप में ईसाइयत के पहले के बहुदेववादी

विचारों को मानवतावाद का आधार बनाया। इनका मुख्य जोर विज्ञान पर था। लियोनार्दो दा विंची ने और माइकल एंजेलो ने मानव शरीर के अध्ययन पर बल दिया और मानव शरीर को दर्शाती अनेक मूर्तियाँ भी बनाईं, जो बहुत प्रसिद्ध हुईं। धीरे-धीरे ईसाई पंथनिष्ठा के विरुद्ध मानवतावाद का विचार उभरा और फैलता चला गया तथा यूरोपीय मानवतावादियों ने विश्व के विभिन्न उपनिवेशों की स्वतंत्रता का प्रबल समर्थन किया। अमरीकी लेखक थॉमस पेन ने मानवतावाद का भरपूर पक्ष लिया। जॉर्ज इलियट नामक लेखिका ने (जिनका मूल नाम मेरी एन. इवैंस था) मानवतावाद का जमकर प्रचार किया। जूलियन हक्सली, ब्राक चिशोम और जॉन बॉयडार—ये तीन प्रसिद्ध मानवतावादी हुए।

वर्तमान में यूरोप में मानवतावाद का समर्थक एक बड़ा बौद्धिक वर्ग है। इस वर्ग का मानना है कि सामाजिक, आर्थिक, राजनीतिक और बौद्धिक सभी क्षेत्रों में प्रस्थान बिंदु है मानव। मानव को केंद्र में रखकर ही समस्त चिंतन किया जाना चाहिए। मानव की स्वाधीनता और प्रगति सबसे बड़े आदर्श हैं। समस्त मनुष्यों में एक अंतर्निहित गरिमा एवं उनकी परस्पर आंतरिक समता में विश्वास इस मानववाद के मुख्य लक्षण हैं। संसार में सबसे अधिक चिंता इस मनुष्य की ही करनी चाहिए। इसीलिए ये लोग ईसाइयत, इस्लाम तथा अन्य सभी ऐसे पंथों से अपने को दूर रखते हैं, जो किसी एक पैगंबर या मसीहा के ही विचारों के अनुसार दुनिया को नियंत्रित रखने की इच्छा रखते हैं। इसमें कम्युनिज्म का विरोध तो अंतर्निहित ही है, क्योंकि 75 वर्षों में करोड़ों निर्दोष लोगों की स्वयं को कम्युनिस्ट कहने वाले शासक या सत्तास्पर्धी समूहों द्वारा घिनौनी हत्या किए जाने के बाद से संपूर्ण प्रबुद्ध वर्ग विश्व कम्युनिज्म से गहरी घृणा करता है। किसी भी मजहब या रिलीजन या राजनीतिक पंथ से नहीं बँधने के अर्थ में ये मानवतावादी लोग स्वयं को 'सेक्युलर' कहते हैं। ऐसा इसलिए है, क्योंकि सामान्यतया हर यूरोपीय ईसाई स्वयं को 'रिलीजियस' ही मानता है।

परंतु यहाँ एक बहुत ही विचित्र स्थिति भारत के संबंध में बनती है। भारत में कम्युनिस्ट तथा ऐसे सभी समूह, जो अत्यंत संकीर्ण मतवादी हैं तथा केवल अपने पंथ का ही प्रभुत्व संसार में चाहते हैं, वे सब लोग हिंदुओं के विरुद्ध हैं और केवल इसलिए स्वयं को सेक्युलर बताते हैं, क्योंकि वे हिंदू धर्म का नाश चाहते हैं। इस प्रकार इनके द्वारा स्वयं को सेक्युलर कहना एक रणनैतिक और छलपूर्ण कदम है। इनका यह प्रयोजन स्वयं को हिंदुत्वनिष्ठ कहने वाले बहुत से बौद्धिकों द्वारा इन लोगों को ही 'सेक्युलर' कहने से सहज ही सिद्ध हो जाता है। विदेशों में ये अपने को सेक्युलर दिखाकर कई प्रकार का लाभ लेते हैं और समर्थन जुटाते हैं। जबकि यूरोप का कोई भी मानवतावादी व्यक्ति हिंदू धर्म का विरोधी कदापि नहीं होता। इस प्रकार भारत के तथाकथित 'सेक्युलर' केवल छल के सहारे अपना अस्तित्व बचाए हुए हैं।

रेनेसा के बाद ईसाइयत का तिरस्कार करने वाले लोगों ने यवन दार्शनिकों—अरस्तू, सुकरात, प्लेटो आदि की बातें शुरू कीं। रोम और यवन के इतिहास की खोज शुरू की और ईसाइयत के विरुद्ध स्वयं को यवन और रोम से जोड़ना शुरू कर दिया।

माइकल एंजेलो और लियोनार्दो दा विंची ने मानव देह और मानव मस्तिष्क के चित्रण शुरू किए। इससे ईसाई चर्च में तहलका मच गया। शिक्षा में तर्क और बुद्धि की प्रधानता करने वालों से आस्था पर टिका हुआ चर्च घबराने लगा। इसके साथ ही वहाँ बरूच पनोजा जैसे दार्शनिक उभरे, जिन्होंने भारतीय दर्शन से प्रेरणा ग्रहण की और समस्त प्रकृति में परमात्मा को व्याप्त बताया, जो चर्च की मूल स्थापनाओं की धज्जियाँ उड़ाने वाला तर्क है।

डार्विन ने विकासवाद के नाम से सृष्टि के विकास का एक नया वैज्ञानिक प्रतिमान प्रस्तुत किया, जो पूरी तरह चर्च विरोधी विचार है। क्योंकि चर्च की जहाँ मूलभूत मान्यता यह है कि 'गॉड' ने यह संपूर्ण सृष्टि बनाने के बाद अपनी 'इमेज' में 'मैन' को बनाया और उसे यह संपूर्ण सृष्टि उपभोग के लिए दे दी, वहीं डार्विन ने यह प्रतिपादित किया कि मनुष्य इस ब्रह्मांड की, विशेषकर इस पृथ्वी की अनंत प्रजातियों में से, उन जैसी ही एक प्रजाति विशेष है, जो उनका ही सहज विकास है। इस प्रकार उसने मानव जाति के अन्य 'स्पेसीज' से सर्वथा विलक्षण एवं अलग तथा उनका भोक्ता एवं उपभोक्ता होने की ईसाई आस्था की जड़ें खोद दीं। इससे चर्च बुरी तरह बौखला गया। लुडविग फायर बॉख, फ्रेडरिक नीश्चे (नीत्शे) तथा कार्ल मार्क्स ने ईसाइयत की सभी अवधारणाओं की धज्जियाँ उड़ा दीं और ईसाइयत को ध्वस्त कर दिया। यहाँ तक कि डेविड स्ट्रॉस तथा अन्य पादरियों ने भी बाइबिल की 'ॲथारिटी' पर प्रश्न उठाने शुरू कर दिए। ब्रिटेन में जेरेमी बैंथम और जॉन स्टुअर्ट मिल ने उपयोगितावाद का एक नैतिक दर्शन प्रस्तुत किया, जिसमें मानव सुख और मानवीय आनंद को ही केंद्रीय मूल्य बताया तथा मनुष्यों और प्राणियों के दु:ख को कम करना उच्चतम कोटि की नैतिकता बताया। इसके कारण यूरोप और संयुक्त राज्य अमेरिका में समाज का एक बहुत बड़ा हिस्सा स्वयं को ईसाइयत से अलग रखने लगा या दूरी बनाकर चलने लगा। नैतिक सभाओं या नीति की समर्थक सभाओं का गठन बड़े पैमाने पर हुआ और वे सब मानवतावाद पर बल देने लगे।

विशेषकर मानव व्यक्ति और मानव समुदायों के सुखों को सुनिश्चित करना और पीड़ा का कम किया जाना सबसे बड़े मूल्य बताए जाने लगे। यही मानवतावाद का यूरो अमेरिकी आधार है। सबसे पहले 'मानवता का रिलीजन' की अवधारणा अमेरिकी विचारक थॉमस पेन ने प्रस्तुत की। बर्ट्रेंड रसेल ने प्रसिद्ध पुस्तक लिखी—'मैं क्रिश्चियन क्यों नहीं हूँ?' (Why I am not a Christian?)।[33]

रसेल ने ईसाई पंथ के सिद्धांत को अपने तर्कों द्वारा खोखला सिद्ध कर दिया

और स्वयं को थियोलॉजी न मानने वाला कहा, जिसका मूर्खतापूर्ण अनुवाद भारत में 'नास्तिक' होना किया गया है। जबकि 'एथीस्ट' का अर्थ है ईसाइयत या किसी भी एक पंथवादी मत के पंथ सिद्धांत का अस्वीकार और तिरस्कार। इन लोगों ने नागरिक स्वतंत्रता के पक्ष में अभियान चलाया।

इस विषय में दिया गया बर्ट्रेंड रसेल का वह भाषण प्रसिद्ध है, जो उन्होंने 6 मार्च, 1927 को दक्षिणी लंदन में नेशनल सेक्युलर सोसायटी द्वारा आयोजित कार्यक्रम में दिया था। उसके प्रासंगिक अंश यहाँ विषय को स्पष्ट करने के लिए उपादेय हैं।

रसेल ने कहा कि सर्वप्रथम इस पर विचार करना आवश्यक है कि 'क्रिश्चियन' (ईसाई या ख्रिस्तपंथी) शब्द का अर्थ क्या है ? इंग्लैंड में सामान्यतः लोग जब यह अपने लिए कहते हैं कि मैं क्रिश्चियन हूँ, तो इससे उनका कुल आशय यह होता है कि मैं एक अच्छा जीवन जीने का प्रयास करता हूँ, पर यदि यही अर्थ लिया जाए, तब तो संसार के हर समाज में बहुत से लोग क्रिश्चियन सिद्ध होंगे, परंतु यह सही नहीं है। क्रिश्चियन शब्द का अर्थ इससे बहुत भिन्न होता है। क्योंकि यदि केवल यह अर्थ लिया जाए तब तो हिंदू, बौद्ध, मुहम्मडन आदि अच्छा जीवन जीने का प्रयास नहीं करते। कोई भी व्यक्ति, जो अपने बौद्धिक एवं आंतरिक प्रकाश के अनुरूप जीवन जीने का प्रयास करे, उसको तो क्रिश्चियन नहीं कहा जा सकता। अतः स्पष्ट है कि कतिपय विश्वास हैं, जिन्हें मानने या अपनाने वाला ही क्रिश्चियन कहा जाता है। सर्वप्रथम तो एक 'डॉग्मा' विशेष पर आस्था लाना ही क्रिश्चियन होना है, जिसका अर्थ है कि आप 'गॉड' पर अर्थात् 'गॉड' की ईसाई धारणा पर विश्वास करें, क्योंकि ऐसे बहुत से समाज हैं, जो परमसत्ता के अविनाशी होने पर पूरी श्रद्धा रखते हैं। उदाहरण के लिए, मुसलमान भी यही मानते हैं कि अल्लाह सारे संसार के नियामक हैं और वे शाश्वत हैं, पर वे स्वयं को कभी भी क्रिश्चियन नहीं कहेंगे। क्रिश्चियन होने के लिए आवश्यक है कि आप यह विश्वास करें कि क्राइस्ट हुए थे और वे सर्वोत्तम तथा परम बुद्धिमान व्यक्ति अवश्य थे, यदि आप उन्हें कोई दिव्य व्यक्तित्व नहीं भी मानें तो भी। हमें भूगोल में तो पढ़ा दिया जाता है कि हम इंग्लैंड के लोग ईसाई हैं और अमुक अन्य देश के लोग मुहम्मडन हैं या बौद्ध हैं इत्यादि। वह केवल भूगोल की बात है, परंतु मैं यह नहीं मानता कि क्राइस्ट ही सर्वोत्तम और सर्वाधिक बुद्धिमान मनुष्य थे। यद्यपि मैं उन्हें एक उच्च नैतिकता वाला व्यक्ति मानता हूँ। ईसाइयत के पक्ष में दिए जाने वाले अन्य सभी तर्क अमान्य हैं। यह कहना कि संसार में जो कुछ भी है, वह सब 'गॉड' ने ही रचा है, यह ऐसा कहने जैसा है कि संसार की सारी बुराई और कुटिलता भी 'गॉड' ने ही रची है। अगर 'गॉड' लाखों वर्षों में भी अपने रचे संसार को बेहतर नहीं बना पाए, तो वे कैसे 'गॉड' हैं ? एक ओर यह कहना कि 'गॉड' न्यायशील हैं, बहुत ही अटपटा है। क्योंकि संसार में दुष्ट और नीच लोग बहुत अधिक संपन्न और सुखी तथा

श्रेष्ठ और सज्जन लोग दु:खी पाए जाते हैं। यह कैसा न्याय है?

इसी प्रकार ईसाई लोगों की बाइबिल के इस कथन में आस्था है कि 'जज नॉट लेस्ट ये बी जज्ड' (दूसरों के न्यायाधीश मत बनो, क्योंकि तब दूसरा तुम्हारा भी न्यायाधीश बनेगा), परंतु यदि सचमुच ईसाई लोग बाइबिल के इस कथन पर विश्वास रखें, तो फिर तमाम ईसाई देशों में जो कोर्ट हैं, उनका क्या होगा? वे सब तो भंग कर देनी पड़ेंगी।

यों तो, तथ्य यह है कि ईसा कभी हुए ही नहीं हैं, पर यदि मान लें कि वे कभी हुए थे, तो यह तो निर्विवाद है कि हम लोग उस विषय में कुछ भी नहीं जानते। उनके होने का किसी के पास कोई प्रमाण नहीं है।

दूसरी बात यह है कि क्रिश्चियनिटी में अनंत नरक की जो धारणा है, वह पूरी तरह अनैतिक है। कोई व्यक्ति यदि जीसस में आस्था नहीं लाता, तो वह अनंत काल तक नरक भोगेगा, यह पूरी तरह अनैतिक धारणा है। कोई भी नैतिक व्यक्ति इस बात या इस तर्क को नहीं मान सकता। इसी प्रकार पवित्र प्रेतात्मा पर जो श्रद्धा नहीं रखते, उसे अनंत नरक मिलेगा, यह बात मुझे स्वयं में अनैतिक लगती है।

एक अन्य महत्त्वपूर्ण तथ्य यह है कि चर्च ने आज तक मानव जीवन और इस संसार की प्रत्येक उन्नति और प्रगति का विरोध किया है। उन्होंने 'इनक्विजिशन' के द्वारा लाखों लोगों को भयंकर यातनाएँ दी हैं, जो स्वयं में भयंकर अनैतिक कार्य है। इसी प्रकार चर्च के अधिकारियों ने करोड़ों स्त्रियों को डायन कहकर जिंदा जलाया है तथा स्त्रियों पर भी और संपूर्ण समाज पर भी 'रिलीजन' के नाम पर अनगिनत अत्याचार किए हैं। मानव जाति के हित में बनने वाले कानूनों का, युद्ध की समाप्ति या उसमें कमी के लिए किए जाने वाले प्रयासों का तथा गैर-यूरोपीय लोगों के साथ मानवीय व्यवहार का चर्च ने सदा विरोध किया है। इस प्रकार मानव इतिहास में होने वाले सभी अच्छे कामों का चर्च विरोध करते रहे हैं। इसीलिए मैं क्रिश्चियन नहीं हूँ।[34]

लेखिका जॉर्ज इलियट ने डेविड फ्रेडरिक स्ट्रॉस की पुस्तक 'दि लाइफ ऑफ जीसस' (जीसस का जीवन, द लेबेन जेसु) पुस्तक का जर्मन भाषा से अंग्रेजी में अनुवाद किया। साथ ही, फुइरवाख की पुस्तक 'द वेसे क्रिश्चियनिस्म्स' (दि एसेंस ऑफ क्रिश्चियनिटी) का भी अनुवाद किया तथा ईसाई 'गॉड की अवधारणा' को अस्वीकार कर दिया। जॉर्ज हेनरी लेविस तथा हेरियट मार्टिनो ने भी इसी विचार का विस्तार किया। ऑगस्टीन कोम्ते के दर्शन से ये तीन लोग प्रभावित हुए और मानवता के रिलीजन की बात करने लगे।

'थॉमस पेन' को मानवतावादियों का पिता कहा जाता है। उन्होंने 'मानवता का रिलीजन' मुहावरा चलाया, जिसे मूर्ख लोग हिंदी में मानवता धर्म कहते हैं, क्योंकि वे यूरोपीय ईसाइयत के दर्शन और इतिहास से पूर्णतः अनभिज्ञ हैं। पेन ने ईसाइयत के

सभी चमत्कारों को अमान्य किया और नैतिकता तथा मानवता की प्रचारक सभाओं और समितियों की स्थापना की प्रेरणा दी। बाइबिल के 'सुपर नैचुरल' दावों को उन्होंने तिरस्कृत किया। वाल्टेयर (वॉल्टे) ने भी इन्हीं विचारों को आगे बढ़ाया। प्रसिद्ध अमेरिकी लेखक टोनी डेवीज ने अपनी पुस्तक 'ह्यूमेनिज्म' में यह व्याख्या की है कि तुर्की से लेकर सीरिया तक फैले पश्चिमी एशिया क्षेत्र में जो लोककथाएँ फैली हैं, वे इस्लाम के ऐसे ही 'सुपर नैचुरल' दावों का मजाक उड़ाती हैं और वे कथाएँ मानवतावाद का आधार हैं। वस्तुत: अरबी भाषा में उस इलाके को 'अल मशरिक' कहा जाता है, जिसका अर्थ है पूर्व दिशा, जहाँ सूर्य उदित होता है। इसी को इतालवी भाषा में 'लवांते' कहा गया है। वेनिस से पूर्व के इलाके के लिए लवांते संबोधन का प्रयोग हुआ। इसी आधार पर 16वीं शताब्दी के अंत में इंग्लैंड में लवांते कंपनी बनी, जो उस्मान के राज्य से व्यापार के लिए बनी थी, जैसे भारत से व्यापार के लिए कुछ अंग्रेजों ने ईस्ट इंडिया कंपनी बनाई थी।

डेविड फ्रेडरिक स्टॉस ने 'ऐतिहासिक जीसस' की चर्चा शुरू की और कहा कि हमें किसी दिव्य जीसस की बात बंद कर देनी चाहिए। ज्यां फ्रेंको ल्योतार नामक फ्रेंच दार्शनिक ने साहित्य कला और समालोचना में मानवतावाद की प्रस्तुति की। जर्मन दार्शनिक लुडविग एंद्रियाज फुइरवाख ने ईसाइयत की प्रभावपूर्ण समालोचना प्रस्तुत की। जॉर्ज हेनरी लेविस ने गोयथे (गूटे) नामक प्रसिद्ध दार्शनिक के बारे में लिखा और मानवतावाद को गूटे का दर्शन बताया। महान् ब्रिटिश लेखक एवं कवि मैथ्यू अरनॉल्ड ने भी मानवतावाद का पक्ष प्रबलता से लिया।

प्रसिद्ध जीव विज्ञानी जूलियन सोरेल हक्सले ने जूलॉजी के आधार पर मानवतावाद की भी मीमांसा की और उन्होंने ही स्त्रियों के अधिकारों की पैरवी की तथा गर्भनिरोध के उपायों को और विवाह-विच्छेद के कानूनों को लागू करने को आवश्यक बताया। उन्होंने ही मृत्युदंड समाप्त करने के पक्ष में भी लगातार तर्क दिए। जूलियन हक्सले ही द्वितीय महायुद्ध के बाद यूनेस्को के प्रथम निदेशक हुए। दूसरे मानवतावादी ब्रॉक चिशोम विश्व स्वास्थ्य संगठन के निदेशक हुए तथा तीसरे मानवतावादी जॉन बॉयडार अंतरराष्ट्रीय खाद्य एवं कृषि संगठन के निदेशक हुए।

अमरिकी मानवतावादी एसोसिएशन का गठन 1941 में किया गया, जिसका घोष वाक्य था—'गुड विदाउट ए गॉड' (अर्थात् गॉड की क्रिश्चियन धारणा के बिना भी मानव हित संभव है और नैतिक जीवन संभव है)। यह एसोसिएशन किसी भी प्रकार के रिलीजियस या मजहबी पंथ की एकमात्र सही होने की दावेदारी को दृढ़ता से अस्वीकार करता था।

वर्ष 2004 में इस एसोसिएशन तथा अन्य संस्थाओं ने मिलकर 'सेक्युलर कोलिशन फॉर अमेरिका' बनाया और यह संगठन चर्च तथा राज्य एवं राष्ट्रीयता तीनों की अलग-

अलग स्वायत्तता तथा स्वतंत्रता मानने पर बल देने का कार्य कर रहा है। इस संगठन के कार्यकारी निदेशक 'लेरी टी डेकर' हैं।

इस प्रकार यूरोपीय एवं अमरिकी मानवतावाद अपने वैचारिक एवं राजनीतिक संदर्भों में ईसाइयत और इस्लाम के मजहबी तथा रिलीजियस दावों और कम्युनिज्म जैसे एकपंथवादी राजनीतिक विचारों का पूर्ण विरोधी है। परंतु भारत में इन संगठनों का लाभ उठाने के लिए इस्लाम और ईसाइयत तथा कम्युनिज्म के समर्थक आधुनिक शिक्षित लोग स्वयं को सेक्युलर कहकर हिंदू धर्म से स्वयं को उत्पीड़ित दिखाते हैं, जो कि स्पष्ट रूप से छल पर आधारित झूठ है। स्वयं को हिंदुत्व का समर्थक कहने और बताने वाले लोग और समूह भी आवश्यक जानकारी के अभाव में इस झूठ, छल और वंचना का सही स्वरूप अंतरराष्ट्रीय मंचों पर नहीं रख पाते।

वस्तुतः यूरोप और अमेरिका में जो लोग 'सेक्युलर ह्यूमेनिस्ट' हैं, वे सब-के-सब 'नॉन थिस्टिक वर्ल्ड व्यू' के मानने वाले हैं। इस प्रकार वे ईसाइयत, इस्लाम और कम्युनिज्म के पूर्ण विरोधी हैं। वे तर्कशक्ति तथा आनुपातिक न्याय और परोपकार की नीतिभावना पर बल देते हैं। भारत में ये सभी बातें हिंदू समाज के पक्ष में जाती हैं, परंतु हिंदू समाज में इन यूरो-अमेरिकी विचारों की सम्यक् जानकारी नहीं होने से ऐसी विडंबनापूर्ण स्थिति बनी हुई है कि इन 'सेक्युलर ह्यूमेनिस्ट' समूहों से समर्थन पाने के लिए अत्यंत निर्लज्ज और निकृष्ट रूप में कम्युनिस्ट हिंसा तथा विनाश और एकपंथवाद एवं ईसाई विस्तारवाद तथा मुस्लिम आतंकवाद के एजेंट ही स्वयं को सेक्युलर प्रचारित करते हैं और हिंदुओं से स्वयं को उत्पीड़ित प्रचारित कर अपनी रक्षा की आवश्यकता बताते हुए उन यूरोपीय एवं अमेरिकी समूहों का समर्थन भी पा लेते हैं। शासन यह स्थिति जानबूझकर चलने दे रहा था, परंतु अब यह स्थिति नितांत अज्ञान अथवा लापरवाही के चलते जारी है। भारत के राजदूत यूरोपीय एवं अमेरिकी देशों में हिंदुत्व का पक्ष कभी भी नहीं रख पाते और इस दृष्टि से वे पुरानी कांग्रेसी विदेश नीति के ही प्रसारक बने रहते हैं। यह विडंबनापूर्ण स्थिति है। अंतरराष्ट्रीय मानवतावादी एवं नीतिवादी संघ (इंटरनेशनल ह्यूमेनिस्ट एंड एथिकल यूनियन IHEU) 117 मानवतावादी तथा विवेकवादी सेक्युलर संगठनों का समूह है, जो 38 देशों में फैला हुआ है। इसका उद्घोष है 'हैप्पी ह्यूमेन'। हम हिंदी में इसे 'आनंदमय मनुष्य' कह सकते हैं। यह सब प्रकार के पंथवाद का विरोधी है और ईसाइयत तथा इस्लाम के 'सुपर नेचुरल' दावों को तथा मान्यताओं को अस्वीकार करता है। स्पष्ट रूप से यह संगठन हिंदू धर्म के अत्यंत निकट है और हिंदुओं का मित्र संगठन होना चाहिए था, परंतु भारत में इसके प्रायः सभी सदस्य हिंदूद्रोही तथा पंथवादी लोग हैं और इस प्रकार वे अपने मूल संगठन से वंचना करने वाले लोग हैं। हिंदुत्व की शक्तियाँ अभी तक इस संगठन से अपरिचित ही दिखती हैं, जबकि यह हमारा एक मित्र संगठन सिद्ध हो सकता है।

निश्चय ही ईसाइयत के भीतर भी एक धारा उभरी है, जो अपने आप को 'रिलीजियस ह्यूमेनिस्ट' कहती है और ईसाई कर्मकांडों की मानवतावादी व्याख्या करती है, परंतु अंत में यह धारा ईसाइयत की पोषक ही बनकर रह जाती है। इसीलिए 'सेक्युलर ह्यूमेनिस्ट' इस धारा से स्वयं को दूर रखते हैं और ईसाई पंथ विद्या की किसी भी मानवतावादी व्याख्या को स्वीकार नहीं करते, क्योंकि वे उसे वंचनापूर्ण और पांथिक आग्रहों वाली व्याख्या मानते हैं।

वास्तविक मानवतावादियों को सदा ही एकपंथवादी मतों और आग्रहों से विरोध होता है और वे ऐसे पंथों को मानवता विरोधी ही मानते हैं। दोस्तोएवस्की के प्रसिद्ध उपन्यास 'दि ब्रदर्स करमाजफ' में उपन्यासकार का मत है कि अगर 'गॉड नहीं है तो फिर कोई निषेध भी नहीं है और उचित-अनुचित कुछ भी किया जा सकता है।' इसके उत्तर में वास्तविक मानवतावादियों अर्थात् सेक्युलर मानवतावादियों (भारतीय सेक्युलरवादी इनसे नितांत विपरीत और भिन्न हैं) का कहना है कि बिना एकपंथवादी (मोनोथीस्ट) गॉड की अवधारणा के भी नैतिक नियमों का स्वीकार संभव है, बल्कि बिना ऐसी अवधारणा के सार्वभौम नैतिकता सहज रूप में संभव है। क्योंकि वस्तुतः एकपंथवाद (मोनोथिज्म) सच्ची नैतिकता के विरोध में है। वास्तव में ऐसा एकपंथवाद मानवता को द्विभाजित करता है और पंथ पर आस्था के आधार पर लोगों को अच्छा और बुरा बताता है, न कि वास्तविक नैतिक आचरण के आधार पर। प्रायः पंथ पर आस्था रखकर और उसकी सेवा के नाम पर झूठ, छल और वंचना का बड़े पैमाने पर अवलंबन इतिहास में देखा गया है। इसका संदर्भ देकर सेक्युलर मानवतावादी (भारतीय नहीं) कहते हैं कि सच्ची नैतिकता तो बिना ऐसी अवधारणा के संभव है।[35]

इस तरह हम पाते हैं कि विश्व के सेक्युलर मानवतावादी समूह ईसाई और मुसलमानों या कम्युनिस्टों जैसे एकपंथवादियों के विपरीत और धर्म के निकट हैं। यह बात अलग है कि भारत में स्वयं को सेक्युलर बताने में सबसे आगे ईसाई, मुसलमान और कम्युनिस्ट लोग ही हैं।

यूरोपीय मानवतावाद या मानववाद एक सार्वभौम नैतिक नियमों का आग्रह रखता है। यह पूर्णतः धर्मसम्मत है। सनातन धर्म भी यही आग्रह रखता है। वस्तुतः सनातन धर्म आग्रह रखता है, यह कहना उपयुक्त नहीं होगा। सनातन धर्म के द्रष्टा और जानकार यह देखते रहे हैं कि नैतिक नियम तो सार्वभौम ही होते हैं। इसे ही उन्होंने साधारण धर्म या सामान्य धर्म या सामासिक धर्म या मानव धर्म कहा है। मानव धर्मशास्त्र सार्वभौम नैतिक नियमों की ही विवेचना करता है, परंतु सृष्टि के अधिक गहरे रहस्यों और परमसत्ता के स्वरूप के विषय में अपने व्यापक ज्ञान के आधार पर सनातन धर्म कर्मफल और पुनर्जन्म के सत्य को जानता है और इस दृष्टि से वह यूरोपीय मानवतावाद से सर्वथा भिन्न है।

यदि कर्मफल और पुनर्जन्म तथा आत्मा और परमात्मा की सत्ता को नहीं जाना जाए और माना भी नहीं जाए, तो फिर सार्वभौम नैतिकता की बात केवल राज्य के बल से ही मानने को लोगों को विवश किया जा सकता है, परंतु इसमें दो समस्याएँ हैं। पहली तो यह कि राज्यकर्ता ऐसा करेंगे ही क्यों, अगर उन्हें परमात्मा में और कर्मफल तथा पुनर्जन्म में विश्वास नहीं है। क्योंकि तब तो उनके लिए ऐसा करना मन की एक लहर मात्र होगा, जो कभी भी बदल सकती है। इसी से दूसरी बात निकलती है कि राज्यकर्ता यदि बिना किसी ज्ञान और बोध के, संपूर्ण शासित क्षेत्र में स्वतः कोई सार्वभौम मानदंड लागू करते हैं, तो यह निरंकुश राज्य का आधार बनेगा और तब कोई भी राज्यकर्ता कभी भी कोई अन्य मानदंड अपनी इच्छा के अनुसार लागू करता रह सकेगा। जैसा कि आधुनिक यूरोपीय राष्ट्र राज्यों में एक सीमा तक है भी, और जैसा 15 अगस्त, 1947 के बाद एक लोकतांत्रिक प्रक्रिया को अपनाते हुए भारत के शासक भी करते रहे हैं। इसमें राज्यकर्ता कोई नियम पूरे राज्य में लागू करने का विचार या इच्छा पहले करता है और फिर उसे लागू करने के बाद उसके पक्ष में राज्य के सेवकों और उपकृत लोगों से तर्क द्वारा प्रचारित करता है। स्पष्ट रूप से यह धर्म से नितांत विपरीत स्थिति है।

हमारे प्रामाणिक इतिहास ग्रंथ महाभारत में शांतिपर्व में 142वें अध्याय में पितामह भीष्म महाराज युधिष्ठिर को बताते हैं कि—

बुद्धिश्रेष्ठा हि राजानश्चरन्ति विजयैषिणः।
धर्मः प्रतिविधातव्यो बुद्ध्या राज्ञा ततस्ततः॥

अर्थात् विजय की एषणा वाले सभी श्रेष्ठ बुद्धि वाले राजा धर्म का ही आचरण करते हैं। अतः राजा को बुद्धिपूर्वक धर्म का ज्ञान प्राप्त कर धर्माचरण करना चाहिए।

आगे पितामह ने यह भी कहा है कि—

नैकशाखेन धर्मेण राज्ञो धर्मो विधीयते।
दुर्बलस्य कुतः प्रज्ञा पुरस्तादनुपाहृता॥

अर्थात् धर्म की किसी एक शाखा मात्र से अर्थात् एक अंग मात्र से धर्म का पालन नहीं हो सकता। राजा को तो धर्म के समस्त अंगों का ज्ञान होना चाहिए। जो राजा धर्म के ज्ञान में दुर्बल है, अर्थात् संपूर्ण ज्ञान नहीं रखता, उसे शासन विषयक प्रज्ञा कहाँ से प्राप्त हो सकती है, अर्थात् नहीं हो सकती है।[36]

यहाँ स्पष्ट है कि अहिंसा या करुणा या कठोरता या अनुशासन जैसे किसी एक धर्मांग के द्वारा शासन संभव नहीं है, क्योंकि शासन के लिए धर्म के समस्त अंगों का ज्ञान आवश्यक है। इसीलिए कहा गया है कि—

चातुराश्रम्यधर्माश्च यतिधर्माश्च पाण्डव।
लोकवेदोत्तराश्चैव क्षात्रधर्मे समाहिताः॥

सर्वाण्येतानि कर्माणि क्षात्रे भरतसत्तम।
निराशिषो जीवलोका: क्षत्रधर्मे अव्यवस्थिते ॥[37]

(शांतिपर्व, अध्याय 64, श्लोक 1, 2)

अर्थात् सभी आश्रमों और वर्णों के धर्म तथा संन्यासियों के धर्म और लौकिक और वैदिक सभी धर्म राजधर्म में प्रतिष्ठित हैं। यदि किसी राज्य में राजधर्म अव्यवस्थित हो, तो वहाँ का समस्त जीवलोक आशीर्वाद रहित हो जाता है। अर्थात् उनका जीवन संकट में पड़ जाता है। यह भी कहा गया है कि—

पुत्रवत् पाल्यमानानि राजधर्मेण पार्थिवै: ।
लोके भूतानि सर्वाणि चरन्ते नात्र संशय: ॥
सर्वधर्मपरं क्षात्रं लोकश्रेष्ठं सनातनम्।
शश्वदक्षरपर्यंतमक्षरं सर्वतोमुखम् ॥

(उक्त अध्याय 64, श्लोक 29, 30)

अर्थात् राजा का कर्तव्य है कि वह राजधर्म का पालन करते हुए अपनी समस्त प्रजा का पुत्र की भाँति पालन करे। जो शासक ऐसा करता है, उसके राज्य की समस्त प्रजा और समस्त प्राणी निर्भय विचरते हैं, क्योंकि वे धर्म मर्यादा में रहकर स्वधर्म का पालन करते हुए कार्य करते हैं। इसीलिए संसार में राजधर्म ही सनातन और श्रेष्ठ है तथा वह राजा को शाश्वत शांति एवं परम लक्ष्य की प्राप्ति कराता है।[38]

महाभारत में शांतिपर्व के 65वें अध्याय में यह भी स्पष्ट कर दिया गया है कि जो सार्वभौम नीतिधर्म है, वे सभी के द्वारा अनुशीलन किए जाने हैं, क्योंकि उनका पालन सभी का धर्म है। यह केवल वर्ण और आश्रम को मानने वालों का धर्म नहीं है। वर्णों और आश्रमों के समस्त धर्मों का पालन मुख्यतः ब्राह्मणों का कर्तव्य है। साथ ही, उनके निर्देशन में चारों वर्णों के लोगों का कर्तव्य स्वधर्म पालन है, परंतु जो सार्वभौम नीति धर्म हैं, वे तो समस्त मनुष्यों के द्वारा सदा पालन किए ही जाने हैं और सभी के द्वारा उनका पालन सुनिश्चित करना राजा का सर्वोपरि कर्तव्य है। इसके लिए भगवान् विष्णु और महाराज मांधाता का संवाद प्रसिद्ध है। महाराज मांधाता का शासन समस्त पृथ्वी पर था। उन्होंने एक महान् यज्ञ किया। यज्ञ का प्रयोजन भगवान् का दर्शन पाना था। यज्ञ संपन्न होने पर भगवान् विष्णु राजा के समक्ष देवराज इंद्र के रूप में उपस्थित हुए और उन्होंने राजा मांधाता द्वारा विनम्रतापूर्वक पूछे जाने पर उन्हें राजधर्म का उपदेश दिया। उन्होंने कहा कि सर्वप्रथम हमने राजधर्म को ही प्रवर्तित किया है, क्योंकि सामान्य जनों के धर्म तो असंख्य हैं, अनंत हैं और उनका फल भी सीमित है, परंतु राजधर्म उन सबसे श्रेष्ठ है और उसमें उन सभी धर्मों का अनुशासन समाहित है।

महाराज मांधाता के राज्य में उस समय वर्णाश्रम धर्म का परिपालन करने वाले लोग तो आर्यावर्त में थे ही, परंतु उनके द्वारा शासित पृथ्वी के अन्य देशों में यवन, किरात, गांधार, चीन, शबर, बर्बर, शक, तुषार, कंक, पह्लव, आंध्र, मद्रक, पौंड्र, पुलिंद, रमठ और कांबोज लोग भी अपने-अपने क्षेत्र में थे। महाराज ने जानना चाहा कि इन सबको किस प्रकार मर्यादा के भीतर स्थापित किया जाए?

इस पर इंद्र रूपधारी भगवान् विष्णु ने कहा—

अहिंसा सत्यमक्रोधो वृत्तिदायानुपालनम्।
भरणं पुत्रदाराणां शौचमद्रोह एव च॥
दक्षिणा सर्वयज्ञानां दातव्या भूतिमिच्छता।
पाकयज्ञा महार्हाश्च दातव्याः सर्वदस्युभिः॥
एतान्येवंप्रकाराणि विहितानि पुरानघ।
सर्वलोकस्य कर्माणि कर्तव्यानीह पार्थिव॥[39]

(वही अध्याय 65, श्लोक 20, 21 एवं 22)

(अहिंसा, सत्य, अक्रोध, अपनी-अपनी वृत्ति का निष्ठापूर्वक पालन, उत्तराधिकार में मिली समस्त संपत्ति की रक्षा, पत्नी और संतानों का भरण-पोषण, आंतरिक और बाहरी शुद्धि एवं पवित्रता तथा समस्त मनुष्यों सहित समस्त प्राणियों के प्रति द्रोह का सर्वथा त्याग करना, ये सभी का धर्म कर्तव्य है, फिर वे कोई भी क्यों न हों। इसके साथ ही दस्युओं को पाठयज्ञ करना चाहिए और भरपूर दान देना चाहिए तथा अपने माता-पिता, आचार्य, गुरु तथा आश्रमों में रहने वाले यति लोगों की सेवा करनी चाहिए और राजा के प्रति निष्ठा रखते हुए उनके लिए अपेक्षित सेवा करनी चाहिए। इस प्रकार सभी मनुष्यों के लिए कर्तव्य पूर्व में ही हमने निर्धारित कर दिए हैं।)

इसीलिए इंद्र रूपधारी भगवान् विष्णु ने आगे महाराज मांधाता से यह भी कहा कि—

यदा निवर्त्यते पापो दंडनीत्या महात्मभिः।
तदा धर्मो न चलते सद्भूतः शाश्वतः परः॥

(श्लोक 27)

(जब तक महात्मा राजा दंडनीति का सम्यक् प्रयोग कर पापियों को पाप करने से रोकते रहते हैं, तब तक शाश्वत सनातन धर्म का ह्रास नहीं होता। जब वे दंडनीति का सम्यक् प्रयोग नहीं करते, तब सनातन धर्म का विलोप हो जाता है।)

अंत में भगवान् विष्णु ने कहा—

अन्यायेन प्रवृत्तानि निवृत्तानि तथैव च।
अंतरा विलयं यान्ति यथा पथि विचक्षुषः॥

आदौ प्रवर्तिते चक्रे तथैवादिपरायणे।
वर्तस्व पुरुषव्याघ्र संविजानामि तेऽनघ॥

(श्लोक 34, 35)

(राजधर्म की अवहेलना करना राजा का बहुत बड़ा अन्याय है। ऐसे राजा के राज्य से प्रवृत्ति धर्म भी लुप्त हो जाते हैं और निवृत्ति धर्म भी। आदिकाल में ही हमने यह राजधर्मरूपी चक्र प्रवर्तित कर दिया है और सदा से ही श्रेष्ठ पुरुषसिंह राजा लोग राजधर्म का ही अवलंबन लेते रहे हैं। उसका अवलंबन नहीं लेने पर सभी धर्म और उनको मानने वाले उसी प्रकार मार्ग से भटक जाते हैं, जैसे कोई अंधा मनुष्य राह भटक जाए। अत: हे महाराज, आप राजधर्म के ही राजमार्ग पर चलिए और चलते रहिए, क्योंकि आप इसमें पूर्ण समर्थ हैं।)[40]

राजधर्म का यह महत्त्व भली-भाँति समझना चाहिए। अपितु यह इसलिए महत्त्वपूर्ण है, क्योंकि यह सामान्य मानव धर्म की सार्वभौम रूप से रक्षा करता है और उसका पोषण करता है तथा उसमें बाधा डालने वाले कंटकों का शोधन करता है और संपूर्ण शासित समाज को अर्थात् जिस समाज का सर्वप्रिय एवं शोभायमान वह राज्य है, उस राज्य के सभी नागरिकों और संपूर्ण प्रजा को वह धर्ममार्ग में चलने का पथ प्रशस्त करता है और उसके अवरोधों को दूर करता है। उसके बिना सामान्य मानव धर्म का पालन दुष्टों और आततइयों के कारण तथा स्वैराचारियों की बहुलता के कारण असंभव हो जाता है। इसीलिए महाभारत का निर्देश है—

स्वेषु धर्मेष्ववस्थाप्य प्रजा: सर्वा महीपति: ।
धर्मेण सर्वकृत्यानि शमनिष्ठानि कारयेत् ॥[41]

अर्थात् राजा का यह कर्तव्य है कि वह समस्त प्रजा को अपने-अपने धर्म कर्तव्यों में स्थापित रखे तथा यह सुनिश्चत करे कि वे सब शांतिपूर्वक धर्माचरण में रत हैं।

यह भी कहा गया है कि—

परिनिष्ठितकार्यस्तु नृपति: परिपालनात्।
कुर्यादन्यन्न वा कुर्यादैन्द्रो राजन्य उच्यते ॥[42]

अर्थात् राजा और कोई कर्म करे या न करे, प्रजा के परिपालन से ही वह कृत-कृत्य हो जाता है। इतना करने से ही वह 'ऐंद्र' कहलाता है। (जिस प्रकार इंद्र देवताओं के प्रतिपालक हैं, उसी प्रकार अपने बल और विक्रम से राजा प्रजा का परिपालन करता है। इसलिए 'ऐंद्र' कहलाता है।)

समस्त प्रजा के द्वारा पालनीय जो धर्म हैं, जिनका पालन सुनिश्चित करना राजा का सर्वोपरि कर्तव्य है, पितामह भीष्म के अनुसार वे धर्म हैं—

अक्रोधः सत्यवचनं संविभागः क्षमा तथा।
प्रजनः स्वेषु दारेषु शौचमद्रोह एव च॥
आर्जवं भृत्यभरणं नवैते सार्ववर्णिकाः।[43]

(राजधर्मानुशासन, 60वाँ अध्याय, श्लोक 7 एवं 8)

अर्थात् ये नौ कर्तव्य सभी लोगों के द्वारा पालनीय हैं और इनका पालन सब करें, यह सुनिश्चित करना राज्य का कर्तव्य है—अक्रोध, सत्य वचन, दाय का धर्मानुकूल वितरण और विभाजन, क्षमाभाव, अपनी पत्नी से संतान की उत्पत्ति, पवित्रता, किसी के भी प्रति द्रोह का अभाव, व्यवहार में निश्छलता और सरलता तथा अपने अधीनस्थ सेवक आदि का समुचित भरण-पोषण।

सभी वर्णों, सभी आश्रमों तथा वर्णाश्रम धर्म से बाहर के सभी प्रकार के मानव समूहों के कर्तव्यों की और अकर्तव्य की विवेचना करना विद्वानों (ब्राह्मणों) का मुख्य कर्तव्य है। इसीलिए महाभारत का कथन है—

ब्राह्मणो जायमानो हि पृथिव्यामनुजायते।
ईश्वरः सर्वभूतानां धर्मकोशस्य गुप्तये॥ (श्लोक 6)
विप्रस्य सर्वमेवैतद् यत् किंचिज्जगतीगतम्।
ज्येष्ठेनाभिजनेनेह तद्धर्मकुशला विदुः॥
स्वमेव ब्राह्मणो भुंक्ते स्वं वस्ते स्वं ददाति च।
गुरुहि सर्ववर्णानां ज्येष्ठः श्रेष्ठश्च वै द्विजः॥
पत्यभावे यथैव स्त्री देवरं कुरुते पतिम्।
आनन्तर्यात् तथा क्षत्रं पृथिवी कुरुते पतिम्।
एष ते प्रथमः कल्प आपद्यन्यो भवेत् ततः॥
यो राजानं नएद् बुद्ध्या सर्वतः परिपूर्णया।
ब्राह्मणो हि कुले जातः कृतप्रज्ञो विनीतवान्॥
श्रेयो नयति राजानं ब्रुवंश्चित्रां सरस्वतीम्।
राजा चरित यद् धर्मं ब्राह्मणेन निदर्शितम्॥
शुश्रूषुरनहंवादी क्षत्रधर्मव्रते स्थितः।
तावता सत्कृतः प्राज्ञश्चिरं यशसि तिष्ठति॥
तस्य धर्मस्य सर्वस्य भागी राजपुरोहितः।
एवमेव प्रजाः सर्वा राजानमभिसंश्रिताः॥
सम्यग्वृत्ताः स्वधर्मस्था न कुतश्चिद् भयान्विताः।
राष्ट्रे चरन्ति यं धर्मं राज्ञा साध्वभिरक्षिताः॥[44]

(राजधर्मानुशासन, श्लोक 10, 11, 12, 15, 16, 17, 18 एवं 19)

अर्थात् ब्राह्मण (स्वभाव से ही विद्या परायण) को प्रजापति ब्रह्मा ने धर्मकोश की रक्षा के लिए ही रचा है। इसीलिए वह सबका नियंता होता है। धर्मकुशल विद्वानों का मत है कि इस पृथ्वी पर जो कुछ भी है, वह सब ब्राह्मण का ही है। ब्राह्मण अपना ही खाता, पहनता और दान देता है। वह सभी वर्णों का गुरु और ज्येष्ठ है। इसीलिए श्रेष्ठ है। जैसे पति के नहीं रहने पर स्त्री देवर को ही पति बनाती है। उसी प्रकार पृथ्वी, जिसका पति ब्राह्मण है, ब्राह्मण के बाद राजा का पति रूप में वरण करती है। यह प्रथम कल्प से प्रचलित नियम है, जिसका केवल आपत्तिकाल में कुछ परिवर्तन हो सकता है। जो ब्राह्मण महामात्य एवं पुरोहित अपनी सब प्रकार से परिपूर्ण बुद्धि के द्वारा राजा को सन्मार्ग पर ले जाता है और जो कुल और शील तथा बुद्धि में विशुद्ध एवं विनीत है, वह विद्वान् भाँति-भाँति की वाणी से राजा को कल्याण के मार्ग पर ले जाता है। उसके निर्देशानुसार आचरण करने वाला राजा चिरकाल तक यशस्वी बना रहता है तथा ऐसे राजा के धर्म और यश का भागीदार ऐसा ब्राह्मण राजपुरोहित एवं महामात्य होता है। ऐसे विद्वानों की बातों को ध्यान से सुनकर उनका पालन करने को सदा उत्सुक रहने वाला अहंकार शून्य नरेश विद्वान् और यशस्वी होता है और ऐसे विद्वान् राजपुरोहित को भी राजा के यश और धर्म का पुण्य फल मिलता है। ऐसे राज्य में रहकर समस्त प्रजा सदाचार परायण, स्वधर्मरत्, अपने-अपने कर्तव्यों के पालन में निष्ठा रखने वाली तथा निर्भय होती है। ऐसे श्रेष्ठ विद्वान् और राजा के द्वारा अभिरक्षित राष्ट्र में सभी लोग धर्माचरण करते हैं। यह भी कहा गया है कि—

यद् राष्ट्रेऽकुशलं किन्चिद् राज्ञोऽरक्षयतः प्रजाः।
चतुर्थं तस्य पापस्य राजा भारत विन्दति॥
अप्याहुः सर्वमेवेति भूयोऽर्धमिति निश्चयः।
कर्मणः पृथिवीपाल नृशंसोऽनृतवागपि ॥[45]

(राजधर्मानुशासन पर्व, अध्याय 75, श्लोक 8 एवं 9)

अर्थात् जो राजा प्रजा की रक्षा नहीं करता, प्रजा से धर्म का पालन कराना सुनिश्चित नहीं करता, उसे धर्म विमुख प्रजा के पापों का फल भोगना पड़ता है। कुछ विद्वानों के अनुसार राजा को प्रजा के पापों का एक-चौथाई फल भोगना पड़ता है, कुछ अन्य विद्वानों के अनुसार आधा और शेष विद्वानों का मत है कि ऐसे राजा को उन पापों का पूरा ही फल भोगना पड़ता है। सभी विद्वानों का यह मत है कि ऐसा राजा नृशंस, क्रूर और झूठ बोलने वाला कहा जाता है।

इस प्रकार हम देखते हैं कि जिसे भारत में सनातन धर्म कहा जाता रहा है, उसी के अनुरूप यूरोपीय मानवतावादियों की दृष्टि में सार्वभौम नैतिकता के तत्त्व हैं। इस प्रकार यूरोपीय मानवतावाद सनातन धर्म के निकट है, परंतु यूरोपीय मानवतावादियों ने केवल

यूरोप में फैली हुई ईसाइयत और पड़ोस के क्षेत्र में फैले हुए इस्लाम को ही ध्यान में रखकर समस्त प्रतिपादन किए हैं और वे उसी के ही प्रतिपादन मार्क्सवाद या कम्युनिज्म के संदर्भ में भी प्रभावी हैं। हिंदू धर्म का रक्षक और प्रतिपालक तथा धर्मज्ञान का विश्व में प्रसार करने के लिए संकल्पित कोई भी राज्य भारत सहित विश्व में कहीं नहीं होने से हिंदू धर्म के विषय में यूरोपीय मानवतावादियों को पर्याप्त ज्ञान नहीं है। यद्यपि इतना ज्ञान तो है कि उन्होंने अंग्रेजी तथा अन्य यूरोपीय भाषाओं में 'धर्म' शब्द को अलग स्थान दिया है और रिलीजन को अलग। प्रारंभ से ही जर्मन लोगों ने 'धर्म' शब्द का अपनी भाषा में अर्थ मानवीय गुण (दि वर्च्यू तथा सार्वभौम नियम-दि लॉ) किया, परंतु भारत में ईस्ट इंडिया कंपनी के अनपढ़ और मूर्ख कर्मचारियों ने धर्म को रिलीजन कह दिया। भारत में उन कंपनी कर्मचारियों के शिष्यों ने भी धर्म को रिलीजन कहना जारी रखा। यूरोप में सभी प्रबुद्ध लोग जानते हैं कि 'धर्म' शब्द 'धृ' धातु से बना है, जिसका अर्थ है धारण करना और सुदृढ़ रूप से धारण किए रहना। इसीलिए 'लॉ' ही उसका निकटतम शब्द है। साथ ही, प्रत्येक वस्तु एवं व्यक्ति के अपने आंतरिक और विशिष्ट गुण, जो उसे वह विशेष रूप और संज्ञा देते हैं, वे भी उसके धारक होने से उन वस्तुओं और व्यक्तियों का धर्म कहे जाते हैं। इस अर्थ में 'दि वर्च्यू' भी धर्म का पर्याय है। जैसे अग्नि का धर्म है दाहकता और वायु का धर्म है बहना तथा आकाश का धर्म है शब्द। इस प्रकार धर्म के इन मूल अर्थों से यूरोप के प्रबुद्ध लोग अच्छी तरह परिचित हैं। धर्म को या अधिकतर रिलीजन का पर्याय केवल ईस्ट इंडिया कंपनी के मूर्ख और मंदबुद्धि कर्मचारियों ने तथा उनके बाद भारत में उनके भक्तों ने ही माना है।

इस दृष्टि से यह स्पष्ट है कि आधुनिक यूरोपीय मानवतावाद वस्तुतः भारत के धर्म का समानार्थक ही है, परंतु ईसाइयत, इस्लाम और कम्युनिज्म पर ही विशेष ध्यान केंद्रित रखने के कारण यूरोपीय मानवतावादी लोग 'नॉन रिलीजियस' के अर्थ में 'सेक्युलर' शब्द का प्रयोग पसंद करते हैं। क्योंकि वहाँ रिलीजन मानवता को विभाजित करता है और 'बिलीवर्स' तथा 'नॉन बिलीवर्स' में एवं मोमिन और काफिर में तथा वंचित-शोषित और शोषक में मानव जाति को विभाजित करता है। इसलिए वे लोग रिलीजन को संकीर्ण तथा मानवता विरोधी मानकर उसका विरोध करते हैं और इसीलिए तथाकथित 'वैज्ञानिक समाजवाद' का भी प्रचंड विरोध करते हैं। हिंदू धर्म भी इन सबका विरोधी है और संपूर्ण मानवता के लिए सार्वभौम नैतिक नियमों को ही मानव धर्म या सामान्य धर्म या साधारण धर्म या सामासिक धर्म कहता है। इस दृष्टि से सार रूप में यूरोपीय मानवतावाद और हिंदू धर्म की अनेक मान्यताएँ एक-सी हैं, परंतु यूरोपीय मानवतावादियों ने अभी तक इस तथ्य का संज्ञान नहीं लिया है।

यद्यपि स्टीवन रोजेन ने अपनी पुस्तक 'एसेंशियल हिंदुइज्म' में यह कहा है कि

चीनी भाषा में 'ताओ', मिस्त्र में 'मात' तथा सुमेर सभ्यता में जिसे 'मे' कहा जाता था और पारसीक धर्म में जिसे 'दाएना' कहा जाता था, वही संस्कृत में 'धर्म' कहा गया है।[46] परंतु यूरोपीय मानवतावादियों की बौद्धिक समस्याएँ और सीमाएँ अपनी जगह हैं। विगत 150 वर्षों में यूरोपीय बौद्धिकों ने शब्दों और वाक्यों के सूक्ष्म विश्लेषण की अनेक शाखाएँ विकसित की हैं और शब्द मीमांसा की सूक्ष्मता में बड़ी उन्नति की है, परंतु यही कई बार समस्याओं का कारण भी बन जाता है। उदाहरण के लिए, मानवतावाद सभी मनुष्यों को बौद्धिक तथा आंतरिक सामर्थ्य में समान संभावनाओं वाला मानता है, परंतु फिर उसी में यह व्याख्या की जा सकती है कि यूरोप के लोग विश्व की अन्य अनेक सभ्यताओं के लोगों को 'अपेक्षाकृत कम ह्यूमेन' अर्थात् अल्पविकसित मनुष्य जैसा कुछ कहते रहते हैं और तब मानवतावाद को भी साम्राज्यवाद का एक आधार बनाया जा सकता था। फ्रेंच दार्शनिकों ज्यां फ्रेंको लियोतार्द तथा पॉल माइकेल फुफो ने यह आशंका जताई है।[47] (देखें, मैडनेस एंड सिविलाइजेशन)

इस प्रकार बौद्धिक सूक्ष्मताओं के मकड़जाल में किसी भी शब्द का कुछ-का-कुछ अर्थ संभव है, परंतु यदि हम सार्वभौम नैतिक गुणों का आग्रह रखने वाले मानवतावाद का ध्यान रखें तो निश्चय ही यूरोपीय मानवतावाद सनातन धर्म में प्रतिपादित मानव धर्म, सामान्य धर्म, साधारण धर्म और सामासिक धर्म के निकट है।

संदर्भ—

1. यामथर्वामनुष्पिता दध्यंधियमत्लत।
   तस्मिन् ब्रह्माणि पूर्वथेंद्र उक्थासमग्मतार्चन् अनु स्वराज्यम्॥
   (ऋग्वेद प्रथम अष्टक, अध्याय 5, वर्ग 31, मंडल 1, अनुवाक् 13, सूक्त 80, ऋचा 16)
   अर्थात् ऋषि अथर्वा, समस्त मनुष्यों के पिता मनु और दध्यंग ऋषि ने धी की जो भी साधनाएँ कीं, वे सब इंद्र के स्वराज्य की ही पोषक हुईं।
2. तैत्तिरीय संहिता 2/2/10/2 धर्मशास्त्र इतिहास, पांडुरंग वामन काणे, भाग 1, पृष्ठ 42, उत्तर प्रदेश हिंदी संस्थान, लखनऊ, 1992 संस्करण में उद्धृत।
3. ताण्ड्य ब्राह्मण 23/16217 उपर्युक्त में उद्धृत।
4. देखें, महाभारत, शांतिपर्व, अध्याय 21, श्लोक 11 एवं 12—

   अद्रोहेणैव भूतानां यो धर्मः स सतां मतः।
   अद्रोहः सत्यवचनं संविभागो दया दमः॥1॥
   प्रजनं स्वेषु दारेषु मार्दनं ह्रीरचापलम्।
   एवं धर्म प्रधानेष्टं मनुः स्वायम्भुवोऽब्रवीत्॥ 2॥

   साथ ही देखें, शांतिपर्व, अध्याय 57, श्लोक 43

   प्राचेतसेन मनुना श्लोकौ चेमावुदाहृतौ।
   राजधर्मेषु राजेन्द्र ताविहैकमनाः श्रृणु॥

5. महाभारत, शांतिपर्व, अध्याय 57, श्लोक 43, 44, 45 तथा अध्याय 58, श्लोक 2 एवं 3।
6. महाभारत, शांतिपर्व, अध्याय 58, श्लोक 29 से 86 तक।
7. महाभारत, शांतिपर्व, अध्याय 58, श्लोक 29 से 79, तदुपरांत श्लोक 80 से 85।
8. देखें, मनुस्मृति, चौखंभा संस्कृत संस्थान, वाराणसी, कुल्लूक भट्ट की टीका सहित (1969)। साथ ही मनुस्मृति मूल एवं हिंदी अर्थ, विद्या विहार, नई दिल्ली से प्रकाशित, 2008
9. सुविज्ञानं चिकितुषे जनाय सच्चासच्च वचसी परस्पृधाते।
   तयोर्यत्सत्यं यतरदृजीयस्तद्रित्सोमोऽवति हन्त्यासत्॥
   (ऋग्वेद, पंचम अष्टक, अध्याय 7, वर्ग 7, मंडल 7, अनुवाक् 6, सूक्त 104, ऋचा 12)
10. शतपथ ब्राह्मण, प्रथम कांड, अध्याय 1, ब्राह्मण 1, मंत्र 4 एवं 5
    सत्यं चैवानृतं च सत्यमेव देवा अनृतं मनुष्या
    इदमहम् अनृतात् सत्यमुपैमि इति तन्मनुष्येभ्यो देवानुपैति॥4॥
    स वै सत्यमेव वदेत्।
    एतद् वै देवा व्रतं चरन्ति यत्सत्यं तस्यात्ते यशो यशो ह
    भवति य एवं विद्वांत्सत्यं वदति॥5॥
11. बृहदारण्यक उपनिषद्, अध्याय 1, ब्राह्मण 4, मंत्र 14
12. बृहदारण्यक उपनिषद्, अध्याय 1, ब्राह्मण 3, मंत्र 28
    अथातः पवमानानामेवाभ्यारोहः।
    स वे खलु प्रस्तोता साम प्रस्तौति स यत्र प्रस्तुयात्तदेतानि जपेत्॥
    असतो मा सद्गमय तमसो मा ज्योतिर्गमय मृत्योर्माऽमृतं गमय इति॥"
13. महाभारत, शांतिपर्व, अध्याय 162, श्लोक 7 से 9
    सत्यं त्रयोदशविधं सर्वलोकेषु भारत॥7॥
    सत्यं च समता चैव दमश्चैव न संशयः।
    अमात्सर्यं क्षमा चैव ह्रीस्तितिक्षानसूयता॥8॥
    त्यागो ध्यानं अथार्यत्वं धृतिश्च सततं स्थिरा॥
    अहिंसा चैव राजेन्द्र सत्याकारास्त्रयोदश॥9॥
14. महाभारत, शांतिपर्व, अध्याय 162, श्लोक 10 से 26
15. उपर्युक्त, अध्याय 163, श्लोक 1 से 4
16. उपर्युक्त, अध्याय 163, श्लोक 6 से 23
17. आपस्तंब धर्मसूत्र 1/8/23/3 से 6
18. मनुस्मृति, अध्याय 4, श्लोक 161, चौखंभा, वाराणसी
19. मनुस्मृति अध्याय 4, श्लोक 241, चौखंभा, वाराणसी
20. वही, अध्याय 8, श्लोक 85
21. महाभारत, आदिपर्व, अध्याय 74, श्लोक 73, 74
22. महाभारत, आदिपर्व, अध्याय 74, श्लोक 28 से 31
23. याज्ञवल्क्य स्मृति, अध्याय 1, श्लोक 1, मिताक्षरा टीका
24. मनुस्मृति, अध्याय 10, श्लोक 63 (किसी प्रति में 62), चौखंभा संस्कृत संस्थान, वाराणसी
25. महाभारत, अनुशासन पर्व, अध्याय 120, श्लोक 10 एवं 11

26. महाभारत, आश्रमवासिक पर्व, अध्याय 28, श्लोक 9
27. वसिष्ठ धर्मसूत्र 4/4 तथा 10/30
28. गौतम धर्मसूत्र 10/52
29. महाभारत, शांतिपर्व, राजधर्मानुशासन पर्व, अध्याय 60, श्लोक 7, 8
30. वामन पुराण, अध्याय 14, श्लोक 1 एवं 2 तथा 18, 19
31. विष्णु धर्मसूत्र, अध्याय 2, श्लोक 16, 17
32. श्री मार्कंडेय पुराण, देवी माहात्म्य, प्रथम अध्याय
33. बर्ट्रेंड रसेल-व्हाय आई एम नॉट ए क्रिश्चियन, राउटलेज, लंदन, रिप्रिंट 2021
34. उपर्युक्त में अध्याय 1, पृष्ठ 1 से 19
35. टोनी डेवीस, ह्यूमेनिज्म, राउटलेज, लंदन, इंडिया रिप्रिंट 2009
36. महाभारत, शांतिपर्व, अध्याय 142, श्लोक 6 एवं 7
37. महाभारत, शांतिपर्व, अध्याय 64, श्लोक 1 एवं 2
38. उक्त में श्लोक 29 एवं 30
39. महाभारत शांतिपर्व, अध्याय 65, श्लोक 20-22
40. वही श्लोक 27, 34-35
41. महाभारत, शांतिपर्व के अंतर्गत राजधर्मानुशासन पर्व, अध्याय 60, श्लोक 19
42. वही, श्लोक 20
43. वही, श्लोक 7 एवं 8
44. महाभारत, राजधर्मानुशासन पर्व, अध्याय 72, श्लोक 6, 10 से 12 एवं 15 से 19
45. वही, राजधर्मानुशासन पर्व, अध्याय 75, श्लोक 8 एवं 9
46. Steven J. Rosen, Graham M. Schweig, Essential Hinduism, Chapter 1, Praeger Publishers Inc, Westport, U. S. A.
47. Michel Foucault : Madness & Civilization, {English translation by Richard Howard} Published by Vintage Publishing, U.K.

□

3

भारतवर्ष के मनुष्यों के लिए धर्मशास्त्रीय विधान एवं प्रावधान

जैसा कि पूर्व में विवेचना हो चुकी है, 'धर्म' शब्द अत्यंत व्यापक है और वह समस्त प्राणियों तथा समस्त महाभूतों के गुण और लक्षण तथा सामर्थ्य एवं वृत्ति को दर्शाता है। मनुष्यों के संदर्भ में धर्म का अर्थ है मानव धर्म। मानवों के लिए सनातन धर्म में धर्मशास्त्रीय विधान एवं प्रावधान व्यापकता से विवेचित हैं।

वस्तुतः भारतवर्ष में धर्मशास्त्रों का प्रणयन अत्यंत प्राचीन काल में हुआ था और इस प्रकार हजारों वर्ष पूर्व से धर्मशास्त्र अस्तित्व में हैं। शतपथ ब्राह्मण में तथा पारस्कर गृह्यसूत्र और बौधायन धर्मसूत्र में धर्मशास्त्रीय प्रावधानों का विशद प्रतिपादन है। कल्पसूत्र[1] और गृह्यसूत्र इन विषयों पर प्रकाश डालते हैं। कल्पसूत्रों में श्रुतिसम्मत यज्ञों तथा यज्ञ वेदियों आदि के विषय में सूत्र दिए गए हैं और साथ ही गृह्यसूत्रों में अवश्यमेव करणीय संस्कारों का और वर्णाश्रम धर्म का प्रतिपादन हुआ है।[2]

शतपथ ब्राह्मण में जहाँ उपनयन संस्कार का उल्लेख है, वहीं मेधाजनन और आयुष्य संस्कारों का भी उल्लेख है।[3] पारस्कर गृह्यसूत्र में विवाह संस्कार, पुंसवन संस्कार, सीमंतोन्नयन संस्कार, सोष्यंतीकर्म, जातकर्म, मेधाजनन, आयुष्यकर्म, नामकरण, निष्क्रमण, अन्नप्राशन, कर्णवेध, उपनयन आदि संस्कारों की विवेचना है। चूड़ाकर्म और केशांत, उपनयन, समिदाधान, अभिवादन, भिक्षाचरण, गुरुसेवा, ब्रह्मचारिवस्त्रादि निरूपण, स्नातक लक्षण एवं स्नातक नियम, निरूपण, लुप्त संस्कार प्रयोग निरूपण, आग्नेयशुक्रीयव्रत निरूपण, गोदानवेदारम्भप्रयोग निरूपण, समावर्तन, उपाकर्म, श्रवणाकर्म, अनध्याय, उत्सर्जन प्रयोग, हलप्रवर्तन, इंद्र यज्ञ प्रयोग निरूपण, पृषातक प्रयोग, सीतायज्ञ, नवप्राशन, आग्रहायणीकर्म, स्त्रस्तरारोहणकर्म, अष्टकाकर्म, शालाकर्म, दासवशीकरण निरूपण, शूलगवकर्म, वृषोत्सर्ग तथा अंत्येष्टि निरूपण आदि विस्तार से दिए गए हैं। इसके साथ ही अर्ध्यपशु निरूपण, अवकीर्णि प्रायश्चित्त,

सभाप्रवेश, रथारोहण, हस्त्यारोहण, नैमित्तिकदोष निवारण, अधीताविस्मरणोपाय, स्नान निरूपण, संध्योपासन निरूपण, तर्पण प्रयोग, श्राद्ध निरूपण, विप्रावाहनादिपूजांत निरूपण, अग्नौकरणादिविसर्जनान्त निरूपण, पार्वणश्राद्धप्रयोग निरूपण, एकोदिष्ट निरूपण, एकादशाहकृत्य निरूपण, सपिण्डीकरण निरूपण, तृप्ति निरूपण, अक्षय्यतृप्तिजनक पदार्थ निरूपण, काम्यश्राद्ध निरूपण, यमलजननशांति निरूपण, शौच निरूपण, भोजन निरूपण, उत्सर्गप्रयोग निरूपण आदि विधियाँ विस्तार से दी गई हैं।[4]

इससे अनुमान होता है कि अत्यंत प्राचीन काल से भारतीय मनुष्यों के सामाजिक व्यवहार एवं आचरण के विषय में इतने स्पष्ट नियम प्रचलित रहे हैं। इसी प्रकार बौधायन धर्मसूत्र में धर्म और शिष्ट की लक्षण मीमांसा के साथ धर्मभेद, विद्वत परिषद् तथा तदुपरांत ब्रह्मचर्य, उपनयन, वेदाध्ययन, स्वच्छता, प्रसाधन और अभिवादन के नियम, स्नातक के कर्तव्य, शौच एवं शुद्धि, भिक्षान्न की पवित्रता का ध्यान, भूमि शुद्धि, भोजन शुद्धि, अन्न एवं फल-फूल के सेवन की विधि, शारीरिक पवित्रता, क्षौरकर्म, मल-मूत्र त्याग की विधि, ब्राह्मण के कर्म, राजा एवं राज्य संबंधी विवेचना, पशु संबंधी विवेचना, पवित्रता के विस्तृत नियम, मिट्टी के पात्रों को बरतने के नियम, यज्ञाग्नि एवं यज्ञ विधि, विवाह एवं संतान तथा अशुद्धिकारक कर्म, व्यभिचार एवं दंड, भोजन एवं भोजनोपरांत शुद्धि, संध्या उपासना की विधियाँ, तर्पण विधियाँ, पंचमहायज्ञ विधियाँ, अन्न की पवित्रता एवं अपवित्रता, पितरों की संतुष्टि, ब्रह्मयज्ञ विधि, संन्यास विधि, वृत्ति एवं वृत्तिभेद, वानप्रस्थ एवं ब्रह्मचारी के लिए पालनीय नियम, प्रायश्चित्त, महाहवि, अश्वमेध यज्ञ आदि सभी विधियाँ विस्तार से दी गई हैं। मानवीय गुणों और दोषों की भी विस्तृत विवेचना है। इस तरह ये सूत्र क्रमशः सामाजिक आचरण के नियमों का विस्तार से प्रतिपादन करते हैं।[5]

एक विराट् सुव्यवस्था और राज्य के द्वारा उसकी निरंतर रक्षा के कारण सामाजिक आचरण के इन नियमों में देशकाल के अनुरूप लचीलापन भी रहा और साथ ही, प्राचीनतम काल से निरंतरता भी बनी हुई है। सभी धर्मशास्त्रों ने चारों ही आश्रमों के लिए दिनचर्या और विशेष कर्तव्यों की भी विस्तार से विवेचना की है। इसके साथ ही विवाह के प्रकार, विवाह की विधियाँ, विवाह के उद्देश्य, विवाह के समय के आचार एवं व्यवहार तथा आह्निक कृत्यों एवं तर्पण आदि की तथा पंचमहायज्ञों की विवेचना है। दिवस विभाजन, देवयज्ञ, देवपूजा, षोडश उपचार विधि, वैश्वदेव एवं बलि, मनुष्य यज्ञ, भोजन, भोज्य-अभोज्य विचार आदि पर भी विपुल साहित्य है। दान सामाजिक आचरण का अत्यंत महत्त्वपूर्ण विषय है और इस पर धर्मशास्त्रों एवं पुराणों में विस्तार से विवेचना की गई है। इष्टकर्म एवं पूर्तकर्म की विशद व्याख्या से समाज जीवन अनुशासित और गतिशील रहता रहा है। गृहस्थों, वानप्रस्थों और संन्यासियों तीनों के द्वारा करणीय

आचरण एवं पालन योग्य सजगता का शास्त्रों में विस्तार से वर्णन है। इसके साथ ही विविध प्रकार के यज्ञों का विस्तृत निरूपण है और यज्ञ की संपूर्ण प्रक्रिया भी शास्त्रों में विश्लेषित है।

राजा एवं राज्य, राज्य के सभी अंग तथा प्रत्येक अंग की विशेषताओं पर धर्मशास्त्रों ने प्रकाश डाला गया है। राज्य के सभी अंगों को स्वस्थ एवं पुष्ट रखने के लिए नियम और व्यवहार प्रतिपादित किए गए हैं। व्यवहार अर्थात् न्याय की विधियाँ भी संपूर्ण विस्तार के साथ धर्मशास्त्रों में प्रतिपादित हैं।

सामाजिक जीवन में व्यावसायिक एवं आध्यात्मिक दोनों ही पक्षों का गहराई से चिंतन एवं अनुशासन धर्मशास्त्रों में किया गया है। मंदिर एवं देवपूजा, मंदिर निर्माण एवं प्रतिमा निर्माण की विधियाँ तथा उपासना संबंधी विवरण भी धर्मशास्त्रों का प्रिय विषय है। इसके साथ ही तीर्थों एवं तीर्थयात्राओं तथा व्रत एवं उपवास और त्योहारों के विषय में भी विस्तृत निरूपण किया गया है।

धर्मशास्त्रों के अध्ययन से ये तथ्य प्राप्त होते हैं कि सर्वप्रथम तो उनमें पृथ्वी एवं ब्रह्मांड के स्वरूप के विषय में विवेचन है। इसके बाद इस सृष्टि की क्रियाओं को समझने के लिए काल की मीमांसा की गई है और काल के स्वरूप पर अत्यंत सूक्ष्म तथा गहन चिंतन किया गया है।

उपनिषदों एवं सभी पुराणों में यह बात बारंबार कही गई है कि सृष्टि अनादि है और प्रलयकाल में इसका लय मूल प्रकृति में होता है, परंतु उसे सृष्टि का विनाश नहीं कहा जा सकता। अपितु अत्यंत संकुचित रूप ही कहा जा सकता है। प्रत्येक प्रलय के उपरांत पुनः सृष्टि का क्रमशः विकास होता है। इस प्रकार सृष्टि अनादि भी है और अनंत भी है, क्योंकि वह ब्रह्म (परमसत्ता) की ही अभिव्यक्ति है।[6]

सृष्टि का नया विकास और फिर यथासमय प्रलय और लय अनेक बार हो चुके हैं और अब तक अनेक मनवंतर हो चुके हैं।

वैदिक काल में भी 'काल' शब्द दो अर्थों में प्रयुक्त होता था। एक है सामान्य अर्थ में काल। दूसरा, महाकाल, जो सृष्टि का मूल है तथा परमतत्त्व अर्थात् परमसत्ता की ही एक और संज्ञा एवं विशेषण है। अथर्ववेद में कहा गया है कि—

कालो अश्वो वहति सप्तरश्मिः सहस्राक्षो अजरो भूरिरेताः। तमा रोहन्ति कवयो विपश्चितस्तस्य चक्रा भुवनानि विश्वा॥ स एव सं भुवनान्याभरत् स एव सं भुवनानि पर्यैत्। पिता सन्नभवत्पुत्र एषां तस्माद्वै नान्यत्परमस्ति तेजः॥ काले मनः काले प्राणः काले नाम समाहितम्। कालेन सर्वा नंदंत्यागतेन प्रजा इमाः॥ कालः प्रजा असृजत कालो अग्रे प्रजापतिम्। स्वयम्भूः कश्यपः कालात्तपः कालादजायत॥ अथर्ववेद (19/53/1, 4, 7 एवं 10)

इसके साथ ही—

कालो ह भूतं भव्यं च पुत्रो अजनयत्पुरा।
कालादृच: समभवन्यजु: कालादजायत॥
इमं च लोकं परमं च लोकं पुण्यांश्च लोकान् विधृतीश्च पुण्या:।
सर्वाल्लेकानभिजित्य ब्रह्मणा काल: स ईयते परमो नु देव:॥

अथर्ववेद (19/54/5)

अर्थात् काल उस महान् अश्व पर आरूढ़ होकर गतिशील रहता है, जो महान् अश्व सात रश्मियों से नियंत्रित है। उस अश्व की हजारों आँखें हैं और वह कभी भी जीर्ण नहीं होता तथा उसमें वीर्य (शक्ति एवं ओज) की प्रचुरता है। उस अश्व पर केवल द्रष्टा ज्ञानी कवि ही आरूढ़ हो सकते हैं। वह अश्व जिस रथ को हाँकता है, उस रथ के चक्र समस्त भुवन हैं। काल ने ही सब भुवनों को एक कर रखा है और वही समस्त भुवनों में घूमता रहता है। काल ही समस्त लोकों का भरणकर्ता है और वही भुवनों का पोषक भी है। इस प्रकार वह भुवनों का पिता भी है और पुत्र भी। उससे श्रेष्ठतर कोई अन्य तेज नहीं है। काल में ही मन समाहित है और काल में ही प्राण समाहित हैं तथा समस्त नाम काल में ही समाहित हैं। समस्त प्राणी (जीव) और समस्त जगत् उसकी ही संतति हैं और उसी से सब आनंदित रहते हैं। काल ने सर्वप्रथम प्रजापति को रचा। स्वयंभू कश्यप काल में ही व्यक्त हुए। तप भी काल से ही उत्पन्न है। काल ही अतीत और भविष्य को रचता है। काल से ही ऋचाएँ और यज्ञ के नियम (यजु:) उत्पन्न हुए। लोक एवं परमलोक तथा पुण्यलोक और पुण्य विधृतियाँ ये सभी लोक काल के द्वारा ही ब्रह्म ने वशवर्ती कर रखे हैं। काल ही परमदेव है और सदा गतिशील है। वही सर्वत्र है।[7]

श्वेताश्वतर उपनिषद् में जिज्ञासा उठाई गई है कि—

हरि: ओम् ब्रह्मवादिनो वदंति—
किं कारणं ब्रह्म कुत: स्म जाता जीवाम केन क्व च संप्रतिष्ठा चिंतया।
अधिष्ठिता: केन सुखेतरेषु वर्तामहे ब्रह्मविदो व्यवस्थाम्॥
काल: स्वभावो नियतिर्यदृच्छा भूतानि योनि: पुरुष इति चिंतया।
संयोग एषां न त्वात्मभावादात्माप्यनीश: सुखदु:खहेतो॥ (1/1, 2)

अर्थात् ब्रह्मवादी परस्पर विमर्श करते हैं कि कारण ब्रह्म क्या है? वह कहाँ से उत्पन्न हुआ? हम सब किस पर प्रतिष्ठित हैं और किससे जीवित रहते हैं? काल? किसमें प्रतिष्ठित रहकर हम निश्चित व्यवस्था के अनुसार सुख-दु:ख से भरा जीवन जी रहे हैं और बरत रहे हैं? काल? या स्वभाव? या नियति? या यदृच्छा? या प्रकृति? या पुरुष?[8]

आगे बताया गया है कि—

त ध्यानयोगानुगता अपश्यन् देवात्मशक्तिं स्वगुणैर्निगूढाम्।
यः कारणानि निखिलानि तानि कालात्मयुक्तान्यधितिष्ठत्येकः॥ (1/3)

अर्थात् ध्यान योग में स्थित होकर उन्होंने देखा कि अचिंत्य देवात्म शक्ति अपनी त्रिगुणात्मिता प्रकृति से ढँकी है और उससे परे भी है। वही समस्त कारणों का भी कारण है और काल से लेकर आत्मा तक सब पर वही देवात्म शक्ति शासन कर रही है।[9] वहीं पर उन्होंने तीन घेरों वाले, सोलह सिरों वाले, पचास अरों वाले, बीस सहायक अरों से तथा छह अष्टकों से युक्त एक नेमि वाले चक्र को देखा। चक्र तीन भिन्न-भिन्न मार्गों में संचरण करता है और अनेक रूपों वाले एक ही पाश से बँधा हुआ है। इसका केंद्र एक ही है। यहाँ अव्यक्ता प्रकृति ही एक नेमि है। नेमि वह गोल घेरा है, जो चक्र के अरों और नाभि सबको वेष्टित किए रहता है तथा यथास्थान बनाए रखता है। इस नेमि के ऊपर, सत्व, रज और तप के तीन घेरे हैं। मन, बुद्धि, अहंकार तथा पंचमहाभूत और इन आठों पर स्थूल रूप ये सोलह उसके सिरे हैं। अंत:करण की वृत्तियों के पचास भेद ही इस चक्र के पचास अरे हैं। दसों इंद्रियाँ, पाँच प्राण और पाँच विषय, ये बीस इसके सहायक अरे हैं। इस चक्र में छह अष्टक हैं—1. पंचमहाभूत, मन, बुद्धि और अहंकार, 2, शरीरगत आठ धातुएँ—त्वचा, चमड़ी, रक्त, मांस, मज्जा, मेद, हड्डी और वीर्य, 3. आठ प्रकार के ऐश्वर्य, 4. धर्म, ज्ञान, वैराग्य, ऐश्वर्य और अधर्म, अज्ञान, राग और अनैश्वर्य—ये आठ भाव, 5. आठ प्रकार की देवयोनियाँ और आत्मसत्ता के आठ गुण। आसक्ति या अभिनिवेश ही इसका एकमात्र पाश है, जो अनंत रूपों वाला है। तीन इसके मार्ग हैं—देवयान, पितृयान और तीसरा मृत्युलोक में ही एक योनि से दूसरी योनि में भ्रमण। पुण्य और पाप ये दो जीव के चित्त को बहाकर ले जाने वाले निमित्त हैं। इन निमित्तों में ही अंत:करण की वृत्तियों वाले पचासों अरे टँगे रहते हैं। अविद्या ही इसका एकमात्र केंद्र है।[10]

महाभारत में भी कहा गया है—

कालः पचति भूतानि कालः संहरते प्रजाः।
कालः सुप्तेषु जागर्ति कालो हि दुरतिक्रमः॥ (स्त्रीपर्व, अध्याय 2, श्लोक 24)

अर्थात् काल ही प्राणियों का पाचन करता है, वही प्रजा का संहार करता है। जब सब सोते हैं, तब भी काल ही जागता है। काल का उल्लंघन अत्यंत कठिन है।[11]

शांतिपर्व में भी कहा गया है—

अनीशस्याप्रमत्तस्य भूतानि पचतः सदा॥
अनिवृत्तस्य कालस्य क्षयं प्राप्तो न मुच्यते।
अप्रमत्तः प्रमत्तेषु कालो जागर्ति देहषु॥

प्रयत्नेनाप्यपक्रांतो दृष्टपूर्वो न केनचित्।
पुराणः शाश्वतो धर्मः सर्वप्राणभृतां समः॥
कालो न परिहार्यश्च न चास्यास्ति व्यतिक्रमः।
इदमद्य करिष्यामि श्वः कर्तास्मीति वादिनम्॥
कालो हरित सम्प्राप्तो नदीवेग इव दुरमम्।

(शांतिपर्व, अध्याय 227, श्लोक 94, 95, 96 एवं 98)

अर्थात् काल ही सबका ईश है, स्वामी है। काल का स्वामी कोई नहीं है। वह सदा अप्रमत्त रहता है और समस्त महाभूतों को पकाता रहता है। वह कभी निवृत्त नहीं होता और कोई भी प्राणी उसकी अधीनता से मुक्त नहीं हो सकता। समस्त देहधारी जीव प्रमाद में पड़ते रहते हैं, परंतु काल कभी भी प्रमाद में नहीं पड़ता। वह सदा अप्रमत्त रहकर जागता रहता है। उसे हटाने की सामर्थ्य किसी में भी नहीं है। किसी को उसे कभी पीछे करते नहीं देखा गया। काल ही पुराण अर्थात् सनातन है और वही धर्म है तथा समस्त प्राणियों के प्रति वह समभाव रखता है। उसका परिहार नहीं हो सकता और उसका उल्लंघन भी नहीं हो सकता। सामान्यतः मनुष्य सोचते ही रह जाते हैं कि आज यह करूँगा और कल वह पूरा करूँगा, परंतु काल उन्हें सहसा उसी प्रकार हरण कर ले जाता है, जैसे अपने किनारे के वृक्ष को वेगवती नदी सहसा बहा ले जाती है।[12]

इस प्रकार काल संबंधी विराट् दार्शनिक चिंतन के साथ ही धर्मशास्त्रों में सभी विवेचनाएँ की जाती हैं। मनुस्मृति ने परमात्मा को ही काल और उसके विभागों का सर्जक कहा है। (यह श्लोक आर्यसमाज द्वारा प्रकाशित मनुस्मृति के अध्याय 1 में 26वाँ श्लोक है और चौखंभा संस्कृत संस्थान द्वारा प्रकाशित मनुस्मृति में अध्याय 1 का 24वाँ श्लोक है।)[13]

कूर्म पुराण, वायु पुराण, भागवत पुराण, ब्रह्म पुराण और विष्णु पुराण में भी काल की महत्ता का गायन किया गया है। कूर्म पुराण ने काल को महेश्वर कहा है।

प्राचीन काल से ही काल के सूक्ष्मातिसूक्ष्म विभाजन देखे जाते हैं। क्षण, लव, निगेष, काष्ठा, कला, मुहूर्त, याम (प्रहर या दिन का आधा भाग), अहोरात्र, अर्धमास, मास, ऋतु, अयन, संवत्सर (वर्ष), युग, मन्वंतर, कल्प, प्रलय एवं महाप्रलय। पुराणों में भी निमेष से प्रलय या कल्प तक के काल-विभाजन उल्लिखित हैं।

भारतीय ज्ञान परंपरा में और इस ज्ञान परंपरा के वाहक धर्मशास्त्रों में मनुष्य को इस विराट् सृष्टि का ही एक महत्त्वपूर्ण अवयव देखा और माना गया है। इसीलिए मानवीय व्यवहारों को काल के व्यापक परिप्रेक्ष्य में ही देखा जाता है। इसीलिए प्रत्येक कार्य के लिए शुभ और अशुभ मुहूर्त का विचार आवश्यक है। इसीलिए धर्मशास्त्रों में काल की विवेचना विस्तार से की गई है और काल निर्णय धर्मशास्त्रों का एक मुख्य विषय है।

इसके साथ ही मनुष्यों को भिन्न-भिन्न जनपदों में भिन्न-भिन्न सामाजिक संस्थाओं और इकाइयों के माध्यम से विवेचित किया गया है। तदनुसार जिस कुल और गोत्र में व्यक्ति का जन्म होता है, उसके प्रति उसके दायित्व एवं कर्तव्यों की विवेचना के साथ ही ग्राम और जनपद जैसी बड़ी होती इकाइयों के संदर्भ में भी दायित्वों और कर्तव्यों का निर्धारण किया गया है। इसके साथ ही आत्मसत्ता को सर्वोपरि मानते हुए आत्मबोध के लिए समस्त सीमाओं से परे जाकर आत्मज्ञान की साधना को सर्वोच्च महत्त्व दिया गया है। इसीलिए कहा गया है—'आत्मानं सततं रक्षेद्।'[14]

इस प्रकार कुल और गोत्र मनुष्य की दैहिक सामाजिक इकाई है। जबकि अपना व्यवसाय उसकी आर्थिक सामाजिक इकाई है और जाति पंचायत या खाप पंचायत न्यायिक सामाजिक इकाई है। संप्रदाय ज्ञानात्मक एवं आध्यात्मिक-सामाजिक इकाई है। जनपद और राज्य राजनीतिक सामाजिक इकाई है। संन्यास इन सब इकाइयों और सीमाओं की मर्यादा तथा सीमा को पहचानते हुए आत्मसत्ता का बोध प्राप्त करने की साधना है। इसलिए वह सभी सामाजिक इकाइयों से परे की संस्था है। आत्मज्ञान की दृष्टि से इसका सर्वोच्च महत्त्व है।

इनमें से प्रत्येक इकाई के विषय में और आत्मज्ञान तथा परमसत्ता के ज्ञान की साधना के विषय में धर्मशास्त्रों में गहन, गंभीर विवेचनाएँ हैं। सृष्टि के संचालक सार्वभौम नियमों का इन सभी विवेचनों के मूल में केंद्रीय स्थान होता है। संतोष की बात है कि इन सभी विषयों और अनुशासनों पर जितने विस्तार से भारतीय या हिंदू धर्मशास्त्रों ने विवेचना की है, वे ज्ञात विश्व में अपवाद या दुर्लभ ही हैं। इसीलिए धर्मशास्त्रों में प्रतिपादित समाजशास्त्र को विस्तार से समझना आवश्यक है।

संदर्भ—

1. कल्पसूत्र मुख्यतः चार प्रकार के हैं—

   1 श्रौत सूत्र 2 गृह्यसूत्र 3 धर्मसूत्र 4 शुल्व सूत्र

   (क) देखें, शांखायन श्रौतसूत्र, से. रामनाथ दीक्षित, काशी हिंदू विश्वविद्यालय, वाराणसी (1980)

   (ख) सूत्र की परिभाषा विष्णुधर्मोत्तर पुराण में यह है—अल्पाक्षरमसन्दिग्धं शाश्वद्वि श्वतोमुखम्।
   अक्षोभमनवद्यं च सूत्रं सूत्राविदो विदुः॥

   (अल्प शब्दों में मूल तत्त्व को सुस्पष्ट एवं प्रशांत ढंग से सर्वग्राह्य रूप में प्रस्तुत करना सूत्र का लक्षण है)। कल्प वह है जो वेदविहित कर्मों की क्रमपूर्वक व्यवस्था को प्रस्तुत करे। कल्पोवेदविहितानां कर्मणां अनुपूर्वेण कल्पना शास्त्रम्।

2. (क) बौधायन गृह्यसूत्र, गवर्नमेंट ओरियंटल लाइब्रेरी, मैसूर तथा चौखंभा प्रकाशन, वाराणसी (2014 का संस्करण)

   (ख) आपस्तंब कल्पसूत्र, चौखंभा प्रकाशन, वाराणसी (2018 संस्करण)

(ग) पारस्कर गृह्यसूत्रम्, सं. डॉ. सुधाकर मालवीय, चौखंभा, वाराणसी, 2018 (चतुर्थ संस्करण)

(घ) बौधायन धर्मसूत्र, गोविंदस्वामी, चौखंभा, वाराणसी (2018 संस्करण)

3. शतपथ ब्राह्मण माध्यन्दिनी शाखा, सं. स्वामी सत्यप्रकाश सरस्वती, (3 खंडों में) विजयकुमार गोविंदराम हासानंद, नई सड़क, दिल्ली 2019 संस्करण।
4. (क) बौधायन धर्मसूत्र, पूर्वोद्धृत में अध्याय 1

   (ख) पारस्कर गृह्यसूत्र, पूर्वोद्धृत, प्रथम कांड 21 कंडिका एवं परिशिष्ट, द्वितीय खंड 17 कंडिका एवं तृतीय कांड, 16 कंडिका, साथ ही परिशिष्ट खंड
5. बौधायन धर्मसूत्र, पूर्वोद्धृत, प्रश्न 1 में 11 अध्याय 2। खंड, प्रश्न 2 में 10 अध्याय। 8 खंड, प्रश्न 3 में 10 अध्याय 10 खंड तथा प्रश्न 4 में 8 अध्याय 8 खंड।
6. (क) तैत्तिरीय उपनिषद्, भृगु वल्ली, प्रथम अनुवाक

   (वरुणजी ने अपने पुत्र भृगु की जिज्ञासा का समाधान करते हुए बताया)

   —यतो वा इमानि भूतानि जायन्ते,
   येन जातानि जीवन्ति। यत्प्रयन्त्यभिसंविशन्ति।
   तद्विजिज्ञासस्व। तद् ब्रह्म इति।

   (ख) छांदोग्य उपनिषद् (3 / 14 /1)

   सर्वं खल्विदं ब्रह्म। तज्जलान् इति शांत उपासीत॥

   यह सब कुछ निश्चय ही ब्रह्म है। उसी से सब उत्पन्न है (तज्ज), उसी में जीवित है, प्राणित है, चेष्टित है (अन्), उसी में सबका लय है (तल्लं)। ज=जन्म, ल=लय, अन्=रहना, चेष्टाएँ करना, जीवित रहना। यह जानकर शांत भाव से उसकी ही उपासना करनी चाहिए।

   (ग) साथ ही देखें, श्री विष्णु पुराण, प्रथम अंश, द्वितीय अध्याय—

   नमो हिरण्यगर्भाय हरये शंकराय च।
   वासुदेवाय ताराय सर्गस्थित्यन्तकारिणे॥2॥
   एकानेक स्वरूपाय स्थूलसूक्ष्मात्मने नमः।
   अव्यक्त व्यक्त रूपाय विष्णवे मुक्तिहेतवे॥3॥
   सर्गस्थिति विनाशानां जगतो यो जगन्मयः।
   मूलभूतो नमस्तस्यै विष्णवे परमात्मने॥4॥
7. अथर्ववेद 19/53/1, 4, 7, 10 तथा 19/54/5
8. श्वेताश्वतर उपनिषद्, प्रथम अध्याय, प्रथम एवं द्वितीय मंत्र।
9. वहीं, तृतीय मंत्र।
10. वही, मंत्र 4 से 10
11. महाभारत, स्त्री पर्व, अध्याय 2, श्लोक 24
12. महाभारत, शांतिपर्व, अध्याय 227, श्लोक 94 से 98
13. मनुस्मृति, अध्याय 1, श्लोक 24 (चौखंभा प्रकाशन, वाराणसी) तथा मनुस्मृति, अध्याय 1, श्लोक 20 (गोविंदराम हासानंद, दिल्ली)
14. मनुस्मृति, 7/213

□

4

विश्व में वर्णाश्रम धर्म से बाहर के लोगों के लिए प्रतिपादित सामान्य धर्म एवं जानपद धर्म

भारत के मनीषियों को सदा से ज्ञात था कि विश्व में विविध प्रकार के राज्य और समाज हैं तथा उनमें बहुत से ऐसे हैं, जहाँ वर्णाश्रम धर्म का पालन नहीं होता। यद्यपि वर्णों का विभाजन सार्वभौम है, अर्थात् वह संपूर्ण पृथ्वी के लिए है और सभी मनुष्य गुण और कर्मों के आधार पर चार वर्णों में ही समाहित हो जाते हैं, परंतु जहाँ वर्णाश्रम धर्म संबंधी ज्ञान की जीवंत परंपरा नहीं है, वहाँ वे सामाजिक व्यवस्था को भिन्न-भिन्न ढंग से स्थापित और अनुशासित करते हैं।

इस विषय में धर्मशास्त्रों ने सांगोपांग विचार किया है। महाभारत में शांतिपर्व के अंतर्गत राजधर्मानुशासन पर्व में इस पर विस्तार से प्रकाश डाला गया है। 60वें अध्याय में वर्णधर्म की विस्तार से विवेचना है। वहाँ कहा गया है कि अक्रोध, सत्य बोलना, धन का न्यायपूर्ण वितरण करते हुए उसे भोगना, क्षमाशीलता, संतान परंपरा, ऋजुता और आश्रितों तथा अधीनस्थों का भरण-पोषण सभी का कर्तव्य है, चाहे वे वर्ण व्यवस्था को मानें या न मानें। साथ ही, 63वें अध्याय में यह भी स्पष्ट किया गया है कि कोई समुदाय वर्ण व्यवस्था को माने या न माने, उसे सामाजिक मर्यादा के भीतर रखना राजधर्म है। राजा यह कार्य दंडनीति के बल पर ही करता है। इसीलिए कहा गया है—

सर्वे धर्मा राजधर्मप्रधाना:
सर्वे वर्णा पाल्यमाना भवन्ति॥
सर्वस्त्यगो राजधर्मेषु राजन्
त्यागं धर्म चाहुरग्र्यं पुराणम्॥

(अध्याय 63, श्लोक 27)

अर्थात् मनुष्यों के सभी धर्मों में राजधर्म ही प्रधान है, क्योंकि उसके द्वारा ही समस्त वर्णों का पालन होता है। इसीलिए राजधर्म को सभी प्रकार के त्यागों में सर्वोत्तम कहा गया है। यही प्राचीन धर्म है।[1]

आगे ऐसा बताया गया है कि यह कार्य दंडनीति के द्वारा ही होता है। यदि दंडनीति नहीं हो, तो ज्ञान परंपरा और समाज व्यवस्था सभी कुछ रसातल में चले जाएँगे। चारों आश्रमों के धर्म तथा इनसे परे जो भी अन्य समाज व्यवस्थाएँ हैं, उन सबका धर्म राजधर्म में प्रतिष्ठित है। यदि राजधर्म प्रतिष्ठित न रहे, तो जगत् के सभी जीव निराश हो जाएँगे, क्योंकि वे प्राप्य को पाने का पुरुषार्थ करने में सक्षम ही नहीं होंगे—

सर्वाण्येतानि कर्माणि क्षात्रे भरतसत्तम।
निराशिषो जीवलोका: क्षत्रधर्मे अव्यवस्थिते॥

(अध्याय 64, श्लोक 2)[2]

सम्राट् मांधाता राजेंद्र थे। वे समस्त पृथ्वी के शासक थे। उन्होंने यज्ञ संपन्न होने पर प्रकट हुए इंद्र रूपधारी भगवान् विष्णु से निवेदन किया कि भगवन्! मेरे राज्य में यवन, किरात, गांधार, चीन, शबर, बर्बर, शक, तुषार, कंक, पह्लव, आंध्र, मद्रक, पौंड्र, पुलिंद, रमठ और कांबोज देशों के निवासी रहते हैं। वे वर्णाश्रम धर्म का पालन नहीं करते। तो ऐसे लोगों को राजा किस प्रकार मर्यादित रखे—

कथं धर्माश्चरिष्यन्ति सर्वे विषयवासिन:।
मद्विधैश्च कथं स्थाप्या: सर्वे वै दस्युजीविन:॥

(अध्याय 65, श्लोक 15)[3]

इस पर भगवान् ने उत्तर दिया कि उन सबको सर्वप्रथम तो अपने माता-पिता, आचार्य, गुरु तथा आश्रमों में रहने वाले संन्यासियों की सेवा करनी चाहिए। साथ ही, उन सबको राजा के अनुशासन में रहना चाहिए। आजीविका का सम्यक् पालन करते हुए वे अपने पूर्वजों की स्मृति को सुरक्षित रखने के लिए आवश्यक श्राद्ध आदि करते रहें और उन्हें सबके कल्याण के लिए पूर्तकर्म अवश्य करना चाहिए। कुआँ खुदवाना, जलक्षेत्र की व्यवस्था करना, लोगों के ठहरने के लिए धर्मशालाएँ बनवाना तथा पवित्र ज्ञानियों को दान देना उनका कर्तव्य है और वे यह कर्तव्य ठीक से करते रहें, यह देखना दंडनीति एवं दंडबल से संपन्न राजा का कर्तव्य है। वे दूसरों से शिष्ट व्यवहार करें तथा किसी की आजीविका न छीनें तथा किसी से द्रोह भाव न रखें। अपनी पत्नी एवं संतति का समुचित पालन करते हुए शुद्धि और पवित्रता का ध्यान रखना भी उनका कर्तव्य है और इस कर्तव्य में उन्हें नियोजित रखना राजा का धर्म है। क्योंकि यदि राजा दंडनीति का त्याग कर देता है, तो राजधर्म निराकृत हो जाता है और सभी लोग मोहपूर्ण आचरण करने लगते हैं तथा कर्तव्य और अकर्तव्य का विवेक खो बैठते हैं। (वही अध्याय 65, श्लोक 17 से 30)[4]

पितामह भीष्म ने सम्राट् युधिष्ठिर के पूछने पर यह भी उत्तर दिया कि समाज में जब अव्यवस्था फैल रही हो और दस्युओं के दल चारों ओर फैल रहे हों तथा मनमानी कर रहे हों, उस समय शूद्र सहित कोई भी सक्षम व्यक्ति सुव्यवस्था संपन्न करने के लिए

यदि आगे आता है, तो उसे राजोचित सम्मान ही मिलना चाहिए। क्योंकि काठ का हाथी या चमड़े का बना हिरन या षण्ढ मनुष्य या ऊसर खेत या वर्षा नहीं करने वाले बादल व्यर्थ होते हैं, वे अपना-अपना कार्य नहीं कर पाते। उसी प्रकार अविद्वान् विप्र और प्रजा की रक्षा न करने वाला राजा निरर्थक है और उस समय जो भी व्यक्ति सत् पुरुषों की रक्षा करे और दुष्टों को दंड दे, वही राजा होने योग्य है, क्योंकि उसी से राज्य सुरक्षित रहेगा—

यथा दारुत्रमयो हस्ती यथा चर्ममयो मृगः।
यथा ह्यनर्थः षण्ढो वा पार्थ क्षेत्रं यथोषरम्॥
एवं विप्रोऽनधीयानो राजा यश्च न रक्षिता।
मेघो न वर्षते यश्च सर्वथा ते निरर्थकाः॥
नित्यं यस्तु सतो रक्षेदसतश्च निवर्तयेत्।
स एव राजा कर्तव्यस्तेन सर्वमिदं धृतम्॥

(वही अध्याय 78, श्लोक 43, 44)[5]

धर्मशास्त्रों के मूल प्रतिपादन के अनुसार तो संपूर्ण विश्व के सभी मनुष्य किसी-न-किसी वर्ण के अंतर्गत ही आते हैं। इस विषय में धर्मशास्त्रीय प्रतिपादन यह है कि सभी मनुष्य प्रजापिता ब्रह्मा ने उत्पन्न किए हैं और विश्व भर के सभी मनुष्य मूलतः ब्राह्मणों से ही उत्पन्न हैं, परंतु ज्ञान और कर्म में स्तर-भेद और रूप-भेद के कारण तथा शास्त्रों की मर्यादाओं के पालन के भेद से वे अलग-अलग वर्णों के हो गए हैं। यह तो सभी धर्मशास्त्रों और पुराणों में विस्तार से बताया गया है कि समस्त क्षत्रिय ब्राह्मणों से ही उत्पन्न हैं, परंतु क्षात्र धर्म के कारण वे क्षत्रिय हैं। वस्तुतः सभी वर्ण ब्राह्मण वर्ण से ही विखंडित होकर बने हैं। इस विखंडन का कारण भी गुण और कर्म की भिन्नता और ज्ञान के स्तर की भिन्नता है।

ऋग्वेद के पुरुष सूक्त में यह स्पष्ट कहा गया है कि एक ही विराट् पुरुष से सभी वर्णों की उत्पत्ति हुई। हिंदू धर्म के प्रति द्वेषभाव रखने वाले अथवा हिंदू धर्म से अपरिचित एवं अपने यहाँ छोटे-छोटे भेदों के आधार पर बहुत अधिक टकराव देखने के अभ्यस्त लोगों ने विराट् पुरुष के अलग-अलग अंगों से वर्णों की उत्पत्ति का विंवरण देखते ही उस विराट् पुरुष के एक होने के सत्य को चर्चा के योग्य ही नहीं माना और अंगों के भेद को ही सबकुछ मान लिया। इस प्रकार मूल को अनदेखा करके उसके बाद के विवरण को ही प्रधानता देना विद्वान् होने के लक्षण नहीं हैं, अपितु किसी दुष्ट प्रयोजन से की गई चर्चा के प्रमाण हैं। एक ही विराट् पुरुष सबका मूल है, यह सत्य ही आधारभूत है। इसकी अस्वीकृति या उपेक्षा के बाद उस संपूर्ण प्रसंग पर कुछ भी चर्चा करने का कोई अधिकार नहीं रह जाता। मूल की उपेक्षा करके डालियों और पत्तों की चर्चा मूर्खता अथवा दुष्टता का प्रमाण होती है।

सभी पुराणों ने पृथ्वी के सात द्वीपों की चर्चा की है और पुराणों में लिखा है कि लगभग सभी द्वीपों में वर्ण व्यवस्था विद्यमान है। कूर्म पुराण का कहना है कि जंबू द्वीप के विस्तार से दुगुने विस्तार में चारों ओर से क्षार सागर को आवृत कर प्लक्षद्वीप स्थित है। प्लक्षद्वीप में भी वर्णव्यवस्था ही है। उसके चारों ओर इक्षुरस के समुद्र को आवेष्टित कर शाल्मलि नामक द्वीप है। वहाँ भी ब्राह्मण, क्षत्रिय, वैश्य, शूद्र चारों वर्ण हैं। इसी प्रकार कुश द्वीप और क्रौंच द्वीप में भी चारों वर्णों के लोग हैं। इसी तरह शक द्वीप में भी चारों वर्ण हैं। इस प्रकार लगभग संपूर्ण विश्व में चारों वर्ण हैं—

जंबूद्वीपस्य विस्ताराद् द्विगुणेन समन्ततः।
संवेष्टयित्वा क्षारोदं प्लक्षद्वीपो व्यवस्थितः॥
आर्यकाः कुरवाश्चैव विदशा भाविनस्तथा।
ब्रह्मक्षत्रियविट्शूद्रास्तस्मिन् द्वीपे प्रकीर्तिताः॥

(उपरिविभाग अध्याय 47, श्लोक 1 एवं 9)[6]

प्लक्षद्वीपप्रमाणं तु द्विगुणेन समन्ततः।
संवेष्टयेक्षुरसाम्बोधिं शाल्मलिः संव्यवस्थितः॥

(श्लोक 12)

कपिला ब्राह्मणाः प्रोक्ता राजानश्चारुणास्तथा।
पीता वैश्याः समृताः कृष्णा द्वीपेऽस्मिन् वृषला द्विजाः॥

(श्लोक 18)

शाल्मलस्य तु विस्ताराद् द्विगुणेन समन्ततः।
संवेष्टय तु सुरोदाब्धिं कुशद्वीपो व्यवस्थितः॥

(श्लोक 19)

ब्राह्मणा द्रविणो विप्राः क्षत्रियाः शुष्मिणस्तथा।
वैश्याः स्नेहास्तु मन्देहाः शूद्रास्तत्र प्रकीर्तिताः॥

(श्लोक 23)

कुशद्वीपस्य विस्ताराद् द्विगुणेन समन्ततः।
क्रौन्चद्वीपस्ततो विप्रा वेष्टयित्वा घृतोदधिम्॥

(श्लोक 26)

पुष्कराः पुष्कला धन्यास्तिष्यास्तस्य क्रमेण वै।
ब्राह्मणाः क्षत्रिया वैश्याः शूद्राश्चैव द्विजोत्तमाः॥

(श्लोक 29)

क्रौंचद्वीपस्य विस्ताराद् द्विगुणेन समन्ततः।
शाकद्वीपः स्थितो विप्रा आवेष्ट्य दधिसागरम्॥

(श्लोक 32)

मगाश्च मगधाश्चैव मानवा मन्दगास्तथा।
ब्राह्मणाः क्षत्रिया वैश्याः शूद्राश्चात्र क्रमेण तु॥

(श्लोक 36)[7]

यह भी स्पष्ट है कि कोई भी राजा या ब्राह्मण ज्ञान और आचरण के विकृत स्वरूप के कारण राक्षस हो जाता है और उसकी शासित प्रजा भी यदि उसमें अनुरक्त हुई तो उसे भी राक्षस ही माना जाता है। वाल्मीकि रामायण के बालकांड के 70वें सर्ग में बताया गया है कि पवित्र सूर्य वंश में इक्ष्वाकु कुल में महाराज कुक्षि, विकुक्षि, बाण, अनरण्य, पृथु, त्रिशंकु, धुंधुमार, महान् सम्राट् मांधाता, उनके पुत्र सुसंधि, उनके ध्रुवसंधि और प्रसेनजित, फिर भरत तदुपरांत असित आदि के क्रम में महाराज दिलीप, महाराज भगीरथ, महाराज ककुत्स्थ और महाराज रघु हुए। उन पवित्र महाराज रघु के ही एक तेजस्वी पुत्र प्रवृद्ध ऋषियों के शाप से कल्माषपाद नामक राक्षस हो गए और फिर आगे चलकर उनके कुल में पुनः पवित्र सूर्य वंशी क्षत्रिय ही होते रहे—शंखण, सुदर्शन, अग्निवर्ण इत्यादि। (देखें श्लोक 21 से 40)[8]

इस प्रकार स्पष्ट है कि राक्षस कोई अलग नस्ल नहीं होती, अपितु श्रेष्ठ कुलों और श्रेष्ठ वर्णों में भी कोई व्यक्ति किन्हीं कारणों से राक्षस हो सकता है। वह कारण केवल आचरण से संबंधित नहीं होता, अपितु अन्य दोषों के दंड स्वरूप भी होता है। स्वयं रावण एक महान् विद्वान् था, पर साथ ही राक्षस भी था। चंद्र वंशी सम्राट् ययाति के कुल में ब्राह्मणी कन्या देवयानी के पुत्र यदु हुए, जिन्हें सम्राट् ययाति ने शाप दिया, क्योंकि उन्होंने पिता की आज्ञा का उल्लंघन किया था तथा उनका अपमान किया था। इस कारण उस शाप से यदु के अनेक राक्षस पुत्र हुए—

पितरं गुरुभूतं मां यस्मात् त्वमवमन्यसे।
राक्षसान् यातुधानांस्त्वं जनयिष्यसि दारुणान्॥
यदुस्तु जनयामास यातुधानान् सहस्रशः।
पुरे क्रौंचवने दुर्गे राजवंशबहिष्कृतः॥

(वाल्मीकि रामायण, उत्तरकांड, सर्ग 59, श्लोक 15 एवं 20)[9]

इस प्रकार स्पष्ट है कि राक्षसत्व का संबंध किसी जाति या कुल या वर्ण या नस्ल से नहीं है, अपितु वह आचरणगत स्खलन या विकृति से प्राप्त दंड का परिणाम है। इसीलिए दैत्य, दानव और राक्षस सभी सदा वैदिक यज्ञ ही करते थे और ब्राह्मणों को ही अपना पुरोहित मानते तथा अपनाते थे एवं ब्राह्मणों का अतिशय सम्मान करते थे। देवता

भी ऐसा ही सम्मान ब्राह्मणों का करते रहे हैं। महाभारत में राक्षसराज वृषपर्वा और देवगुरु बृहस्पति के पुत्र कच, दोनों ही ब्राह्मणों का समान रूप से आदर करते हैं।

पद्म पुराण के अनुसार तो राक्षस होने पर भी रावण ब्राह्मण ही माना जाता रहा और इसीलिए भगवान् राम को ब्राह्मण रावण का वध करने का प्रायश्चित्त कर शुद्धि के लिए अश्वमेध यज्ञ करना पड़ा।

स्पष्ट है कि राक्षस या शूद्र आदि के विषय में नस्लवादी और विभाजनवादी परिवेश तथा समाज से आए हुए एवं भारत से अपरिचित तथा धर्मशास्त्रों के बोध में अक्षम लोगों ने जो कुछ लिखा है, वह सर्वथा अप्रमाणित है और शास्त्रीय तथा साहित्यिक साक्ष्यों से एवं सामाजिक साक्ष्यों से भी वह किसी भी प्रकार पुष्ट एवं प्रमाणित नहीं होता। उन अक्षम लोगों के भारतीय अनुयायी भी बहुत से लोग हो गए हैं। वर्णों का कोई भी संबंध त्वचा के रंग से नहीं है। उसका संबंध आचरण के स्वरूप से है। भारत के प्रत्येक क्षेत्र में और प्रत्येक वर्ण में काले और गोरे दोनों ही प्रकार के लोग विपुलता से पाए जाते हैं। स्वयं वैदिक देवता इंद्र अथवा अवतारी विभूति श्रीराम एवं श्रीकृष्ण गोरे नहीं थे। ऋषि आंगिरस और ऋषि कण्व श्याम वर्ण के थे। यही नहीं, कृष्ण ऋषि और कृष्णासुर दोनों ही शब्दों का प्रयोग पतंजलि के महाभाष्य में मिलता है।

जानपद धर्म

धर्मशास्त्रों में व्यक्ति और कुल की ही भाँति जनपद को स्वाभाविक सामाजिक इकाई माना गया है। इसीलिए प्रत्येक जनपद की अपनी परंपराओं और चली आ रही रीतियों को जानपद धर्म कहा गया है और जानपद धर्म का पालन उस जनपद के सभी व्यक्तियों के लिए अनिवार्य है। इस विषय में मनु का स्पष्ट निर्देश है कि—

एतद्दंडविधिः कुर्याद्धार्मिकः पृथिवीपतिः।
ग्रामजातिसमूहेषु समयव्यभिचारिणाम्॥

(मनुस्मृति अध्याय 8, श्लोक 219)

अर्थात् किसी भी जनपद या ग्राम या जाति या समुदाय में जो समय (परंपराएँ एवं अनुबंध) प्रचलित हो, उसका पालन न करने वाले व्यक्ति व्यभिचारी (दुराचारी) माने जाएँगे और उन्हें दंडित करना राजा का कर्तव्य है।[10]

इस विषय में आपस्तंब धर्मसूत्र का प्रावधान है कि 'समय (परंपराएँ और संविदा) का पालन धर्मसम्मत है। मेधातिथि ने समय की व्याख्या करते हुए लिखा है कि बहुत से लोगों द्वारा किसी विशिष्ट नियम या रूढ़ि या परंपरा को अंगीकार करना ही समय है।' मेधातिथि ने इसका उदाहरण यह दिया है कि यदि किसी ग्राम के लोग यह निर्णय करें कि

पड़ोसी गाँव के लोग उनके खेतों या गोचर भूमि पर अपने पशु नहीं लाएँ, तो पड़ोसी ग्राम के लोगों को यह अधिकार नहीं है कि वे उस 'समय' का उल्लंघन करें। यदि वे ऐसा करते हैं तो राजा उन्हें दंडित करें। इस प्रकार ग्राम या जाति या जनपद के अधिकांश लोगों के द्वारा मान्य परंपरा का पालन सुनिश्चित करना राजा का कर्तव्य है।[11]

नारद स्मृति का तो यह कथन है कि पुरों और जनपदों के संघों, नैगमों, श्रेणियों, पूगों और गणों के नियमों की रक्षा राजा का कर्तव्य है—

पाषण्डिनैगमश्रेणीपूतव्रातगणादिषु।
सरंक्षेत् समयं राजा दुर्गे जनपदे तथा॥

(नारद स्मृति 13/2)[12]

स्मृतिचंद्रिका में लिखा है कि 'नास्तिक या पाखंडी लोग भी अपने मठों के लिए नियम बनाते हैं। जब तक वे नियम जनपद के नियमों के अंतर्गत हों, उन्हें इसकी अनुमति होनी चाहिए।[13] नारदस्मृति (13/4, 5) ने यह व्यवस्था दी है कि कोई भी समय अर्थात् किसी भी समुदाय में आपसी व्यवहार के लिए बनाए गए नियम या करार राज्य के विरोध में नहीं होने चाहिए और अनैतिक नहीं होने चाहिए।[14]

याज्ञवल्क्य स्मृति की व्यवस्था है कि—'संघों, श्रेणियों आदि के व्यापार कार्य को देखने के लिए दो या तीन या पाँच व्यक्तियों की एक सभा होनी चाहिए। सभाओं के सदस्य लोभशून्य, पवित्र एवं धार्मिक हों।' इन्हें 'कार्यचिंतक' कहा गया है।[15]

इसीलिए समय अर्थात् ग्रामधर्म और जानपद धर्म का पालन न करने वाले को दंडित करने का निर्देश दिया गया है। बृहस्पति स्मृति में भी यही कहा गया है कि किसी संघ के द्वारा बनाए गए नियमों को उस संघ का कोई भी सदस्य नहीं तोड़ सकता। अन्यथा उसे अर्थदंड दिया जाना चाहिए। याज्ञवल्क्य स्मृति का कहना है कि गण की संपत्ति का दुरुपयोग करने वाले और समय को तोड़ने वाले की संपत्ति छीन लेनी चाहिए और उसे देश निकाला दे दिया जाना चाहिए।

बृहस्पति ने यह व्यवस्था भी दी है कि—

निवेशकालादरभ्य गृहवार्यापणादिकम्।
येन यावद्यथा भुक्तं तस्य तन्न विचालयेत्॥
वातायनं प्रणालीं च तथा निर्व्यूहवेदिका:।
चतु:शालस्यन्दनिका: प्राडनिविष्टा न चालयेत्॥

अर्थात् किसी भी ग्राम या गृह की स्थापना के समय से चले आ रहे द्वारों, वातायनों, प्रणालिका तथा जलमार्ग और बाजार के स्थान के विषय में परंपरा का पालन होना चाहिए। कात्यायन स्मृति एवं बृहस्पति दोनों का यही मत है। उनका यह भी कथन है कि वाहनों के जनमार्ग का अवरोध नहीं करना चाहिए और मार्ग के ऊपर कोई पेड़ नहीं

लगाना चाहिए, अपितु मार्ग के दोनों ओर ही पेड़ लगाने चाहिए, जो लोग इन नियमों का पालन न करें, राजा उन पर अर्थदंड लगाए।

इस प्रकार कुलधर्म, जातिधर्म, ग्रामधर्म, जानपदधर्म, वर्णधर्म, श्रेणीधर्म और आश्रमधर्म का पालन कर्तव्य है। सामान्य धर्मों के व्यापक अनुशासन के अंतर्गत ये विविध धर्म होते हैं।

संदर्भ—

1. महाभारत, शांतिपर्व, अध्याय 63, श्लोक 27
2. वही, अध्याय 64, श्लोक 2
3. शांतिपर्व, अध्याय 65, श्लोक 15
4. वही, श्लोक 17 से 30
5. शांतिपर्व, अध्याय 78 श्लोक 43-44
6. कूर्म पुराण, उपरि विभाग, अध्याय 47, श्लोक 1 से 9
7. वही, श्लोक 12, 18, 19, 23, 26, 29, 32 एवं 36
8. वही, श्लोक 21 से 40
9. वाल्मीकि रामायण, उत्तरकांड, सर्ग 59, श्लोक 15 एवं 20
10. मनुस्मृति, अध्याय 8, श्लोक 219
11. मनुस्मृति, अध्याय 8, श्लोक 219-220, मेधातिथि की टीका
12. नारद स्मृति 13/1
13. स्मृति चंद्रिका, धर्मशास्त्र का इतिहास, तृतीय खंड, अध्याय 21, व्यतिक्रम एवं अन्य व्यवहार-पद में पृष्ठ 84 पर उद्धृत (चतुर्थ संस्करण 1992)
14. नारद स्मृति 13/4, 5
15. याज्ञवल्क्य स्मृति अध्याय 2, श्लोक 188-192

□

5

सनातन धर्म में कुल, गोत्र, वर्ण एवं परस्पर संबंधों का प्रावधान

धर्मशास्त्रों के अनुसार आत्मज्ञान, आत्मबोध और ब्रह्मज्ञान अर्थात् परमसत्ता के स्वरूप के बोध की साधना की दृष्टि से व्यक्ति ही इकाई है, परंतु शेष समस्त सामाजिक व्यवहार में कुल ही आधारभूत इकाई है। निश्चय ही किसी भी कुल के प्रत्येक सदस्य की वृत्ति, कार्यक्षेत्र और भूमिका अलग-अलग होती है और किए गए कार्य के सद् या असद् होने का परिणाम संस्कार भी सब पर अलग-अलग ही होता है, परंतु सामाजिक दृष्टि से किसी कुल के सभी सदस्यों के द्वारा किए गए कार्यों की श्रेष्ठता या अश्रेष्ठता का श्रेय अथवा लांछन समस्त परिवार पर आता है। इसी के साथ प्रत्येक व्यक्ति के द्वारा किया गया अर्जन भी समस्त कुल की ही संपत्ति माना जाता है। यद्यपि स्वअर्जित संपत्ति का एक अंश पृथक् संपत्ति भी मान्य है। इस विषय को और स्पष्टता से समझने के लिए सर्वप्रथम संपत्ति संबंधी भारतीय दृष्टि का स्मरण आवश्यक है।

संपत्ति : भारतीय दृष्टि

संपत्ति के तीन प्रकार कहे गए हैं। 1. भू (भूमिखंड और घर तथा भवन), 2. निबंध (बंधान) और 3. द्रव्य। निबंध का अर्थ है वह स्थायी द्रव्य, जो दान के रूप में या कि आवधिक शुल्क के रूप में किसी व्यक्ति या परिवार को या निकाय को किसी संगठन द्वारा, यथा—पंचायत, श्रेणी, निगम आदि द्वारा या राज्य के द्वारा दिया जाए।

द्रव्य को चल संपत्ति और अचल संपत्ति दोनों ही रूपों में द्रव्य कहा जाता है। संपत्ति को धर्मशास्त्रों में अधिकांशतः 'दाय' कहा गया है। दाय शब्द का प्रयोग ऋग्वेद में भी है। ब्राह्मण ग्रंथों में और धर्मशास्त्रों में संपत्ति के लिए 'दाय' शब्द का प्रयोग अधिक है।

संपत्ति के स्वामित्व की मूल इकाई कुल या परिवार ही है। यहाँ तक कि राजा की संपत्ति का स्वामित्व भी राजवंश में अर्थात् राजकुल में ही निहित माना जाता है, न कि केवल राजा में। इस प्रकार संपत्ति के स्वामित्व की दृष्टि से कुल को ही धर्मशास्त्रों

में सार्वभौम इकाई माना गया है। यह संपत्ति की यूरो-ईसाई अथवा भारत में वर्तमान में व्यवहार में लागू मान्यताओं और धारणाओं से पूरी तरह अलग है।

पैतृक संपत्ति को 'अप्रतिबंध दाय' कहा जाता है। जब पैतृक संपत्ति अन्य कुटुंबी को दी जाती है तो उसे 'सप्रतिबंध दाय' कहा जाता है। यूँ समस्त दाय 'सप्रतिबंध' ही होते हैं। क्योंकि स्वामी (पिता या माता) की मृत्यु होने पर अथवा पति या पिता के संन्यासी होने या पतित हो जाने पर ही संपत्ति का स्वामित्व पत्नी या पुत्र, पुत्री, पौत्र आदि को मिलता है, परंतु सप्रतिबंध दाय शब्द का प्रयोग मुख्यतः कुटुंबीजनों को दी गई संपत्ति के लिए ही होता है।

संपत्ति के स्वामित्व को धर्मशास्त्रों में स्वत्व कहा गया है। स्वत्व के पाँच उद्गम हैं—1. रिक्थ या वसीयत, 2. क्रय या खरीद, 3. संविभाग या विभाजन, 4. अधिगम अर्थात् अनायास प्राप्त संपत्ति और 5. परिग्रह अर्थात् बलपूर्वक ली हुई संपत्ति।[1]

गौतम स्मृति का कहना है कि ब्राह्मणों को दान से, क्षत्रियों को विजय से और शूद्रों को अनुग्रह से संपत्ति प्राप्त होती है। ये संपत्तियाँ भी पैतृक संपत्ति ही मानी जानी चाहिए।

यहाँ मुख्य बात यह है कि सभी धर्मशास्त्रों में यह एक सर्वमान्य धारणा सन्निहित दिखती है कि संपत्ति के स्वत्व या स्वामित्व की एक लोकसिद्ध परंपरा अनादिकाल से अथवा स्मरणातीत काल से चली आ रही है और उस लोकसिद्ध परंपरा को ही धर्मशास्त्र व्यवस्थित करते हैं। इसलिए संपत्ति के संबंध में भी मूल विचार पवित्र और अपवित्र तथा पुण्य और अपुण्य का ही है। इसके साथ ही संपत्ति के विभाजन के संबंध में सुस्पष्ट नियम धर्मशास्त्रों में विवेचित हैं, जो परंपरा से चले आ रहे हैं। राज्य को समस्त राष्ट्र या समाज की संपत्ति का स्वामी किसी भी धर्मशास्त्र में नहीं माना गया है। यह आधुनिक राज्य की संपत्ति संबंधी मान्यता से नितांत भिन्न है। आधुनिक राज्य में समस्त संपत्ति और संसाधनों का स्वामी राज्य को मान लिया गया है। यद्यपि अधिकांश लोकतांत्रिक देशों में संपत्ति को नागरिकों का मौलिक अधिकार माना गया है और भारतीय संविधान में भी अपने मूल स्वरूप में संपत्ति का मौलिक अधिकार मान्य किया था, परंतु बाद में यह अधिकार हटा दिया गया। समाजवादी राज्यों में तथा तानाशाही वाले राज्यों में संपत्ति का मौलिक अधिकार मान्य नहीं है, परंतु भारतीय धर्मशास्त्रों में संपत्ति का स्वामित्व स्पष्ट रूप से कुल में ही निहित माना गया है। इसके बाद उस संपत्ति के संविभाग या विभाजन के विस्तार से नियम हैं। व्यक्ति का भी संपत्ति पर मूलभूत स्वामित्व मान्य नहीं है। संपत्ति का बहुलांश पैतृक होता है और उस संपत्ति पर कुल का स्वामित्व ही मान्य है। विद्या, ज्ञान, शूरता एवं सेवा आदि गुणों एवं कर्मों से प्राप्त पृथक् संपत्ति पर अवश्य व्यक्ति का स्वत्व होता है, परंतु उसके भी उपयोग के विशद नियम हैं, जिससे कि कुल एवं समाज का उस पर बड़ी सीमा तक नियंत्रण रहता है।

संपत्ति का मुख्य हिस्सा सदा संयुक्त कुल संपत्ति होता है।[2] इसके साथ ही पृथक् संपत्ति व्यक्ति द्वारा अर्जित होती है। जो दान, विजय, खेती, व्यापार, वेतन या अनुग्रह के द्वारा प्राप्त होती है। धर्मशास्त्रों का प्रतिपादन है कि यदि कोई व्यक्ति कुल की संपत्ति को हानि पहुँचाए बिना अपने परिश्रम और पुरुषार्थ से कुछ अर्जित करता है, तो वह संपत्ति पृथक् संपत्ति मानी जाएगी।[3] विद्या और ज्ञान से प्राप्त धन को विद्याधन कहा जाता है और विद्याधन भी पृथक् संपत्ति ही है। इसी प्रकार, यदि किसी सैनिक या कर्मचारी को शूरता प्रदर्शित करने पर शासक या स्वामी द्वारा कोई धन दिया जाता है, तो उसे शौर्य धन कहते हैं। युद्ध में अथवा शत्रु को भगाकर प्राप्त किए जाने वाले धन को ध्वजाहृत धन कहा जाता है। यह परिग्रह नहीं है। यह परिग्रह से भिन्न है और धर्मसम्मत शौर्य का एक रूप है।[4]

इसीलिए श्रीमद्भगवद्गीता में कुलों के धर्मों को शाश्वत कहा है। इस प्रकार परमज्ञान और आत्मज्ञान की दृष्टि से जहाँ व्यक्ति इकाई है, वहीं शेष समस्त सामाजिक व्यवहार के लिए कुल ही इकाई है, परंतु इसका यह अर्थ नहीं है कि व्यक्ति की अपनी अस्मिता का कुल की अपेक्षा कम सम्मान है, क्योंकि सभी 16 संस्कार व्यक्ति के ही होते हैं और वे संस्कार कुल परंपरा तथा क्षेत्र और जनपद की परंपराओं के अनुसार होते हैं। इस प्रकार कुल आधारभूत सामाजिक इकाई है, जबकि व्यक्ति ज्ञानात्मक एवं आध्यात्मिक इकाई है।

कुल परंपरा वस्तुतः जन्म से ही प्राप्त होती है। कोई व्यक्ति किसी परिवार में ही जन्म लेता है और इस प्रकार वह कुल का सदस्य बनकर ही जन्म लेता है।

गोत्र एवं प्रवर

गोत्र का अर्थ है किसी एक पूर्वज से चली आ रही पंक्ति परंपरा। उदाहरण के लिए, जब कोई स्वयं को वत्स गोत्र कहता है, तो इसका अर्थ है कि वह वत्स ऋषि का वंशज है। इसी प्रकार जब वह अपने प्रवर का उल्लेख करेगा, तो वह इस परंपरा में पूर्व और पश्चात् में हुए अन्य ऋषियों का उल्लेख करेगा। जैसे कि वत्स गोत्रीय व्यक्ति कहेगा कि मेरा प्रवर है—'भार्गव, च्यवन, आप्नवान, और्व, जामदग्न्य' तो इसका अर्थ है कि वह महर्षि भृगु, ऋषि च्यवन, अप्नवान, उर्व और जमदग्नि ऋषियों का वंशज है। शास्त्रों के अनुसार, गोत्र भी अनादि हैं, परंतु यदि कोई व्यक्ति विद्या, राज्य, धन, शक्ति या दान आदि के फलस्वरूप यशस्वी होता है और उसके वंशज अपने को उसी नाम से घोषित करने लगते हैं, तो इसे उनका लौकिक गोत्र कहा जाता है। उदाहरण के लिए भगवान् श्रीराम को राघव भी कहा जाता है, जो यशस्वी महाराज रघु के वंशज होने का स्मरण कराता है।

प्राचीन काल से ही गोत्रों के संस्थापक ऋषि आठ रहे हैं। इनसे ही फिर शाखाओं का विस्तार हुआ है। पतंजलि का महाभाष्य में कथन है कि 80,000 ऋषियों ने विवाह नहीं किया, केवल आठ ऋषियों ने ही विवाह किया और उन्हीं से वंश परंपरा चली। ये आठ ऋषि हैं—विश्वामित्र, जमदग्नि, भारद्वाज, गौतम, अत्रि, वसिष्ठ, कश्यप एवं अगस्त्य। इसी प्रकार प्रवर 49 हैं। 'धर्मसिंधु' के तृतीय परिच्छेद के पूर्वार्ध में कहा गया है कि 7 भृगुगण, 17 आंगिरसगण, 4 अत्रिगण, 10 विश्वामित्रगण, 3 कश्यपगण, 4 वसिष्ठगण और 4 अगस्तिगण, ये सब मिलकर 49 गण होते हैं, तथापि सब ग्रंथों के मतों का संग्रह करके देखें तो इससे अधिक गण मिलते हैं।[5]

'सप्तभृगवः सप्तदशांगिरसः चत्वारोत्रयः दशमिश्वामित्राः त्रयः कश्यपः चत्वारोवसिष्ठाः चत्वारोऽगस्तय इत्येकोनपंचाशद् गणाःतथापिसर्वग्रंथमतसंग्रहेणाधिकास्तत्रतत्रवक्षयंते।'

(धर्मसिंधु, पृष्ठ 346)[6]

आगे 'धर्मसिंधु' कहता है—वत्स और विद ये दो जामदग्न्य भृगु हैं, आर्ष्टिषेण, यस्क, मित्रयु, वैन्य और शुनक, ये पाँच केवल भृगु हैं। इन्हें मिलाकर सात भृगुगण हैं। इनमें से 200 से अधिक वत्स गोत्र के भेद हैं और इनके भार्गव, च्यवन, आप्नवान, और्व और जामदग्न्य ऐसे पाँच प्रवर होते हैं अथवा भार्गव, और्व और जामदग्न्य ऐसे तीन प्रवर हैं। इसी प्रकार विद् गोत्र के बीस से अधिक भेद हैं। आर्ष्टिषेण के भी बीस से अधिक भेद हैं। इसी प्रकार आंगिरसगण के तीन प्रकार हैं—गौतम, भारद्वाज और आंगिरस। इनके प्रवर तीन हैं और इसी प्रकार शारद्वत के सत्रह से अधिक भेद हैं इत्यादि।[7] इस तरह 'धर्मसिंधु' और 'निर्णयसिंधु' दोनों में गोत्रों और प्रवरों का विस्तार दिया गया है। (देखें कमलाकर भट्ट कृत 'निर्णयसिंधु', पृष्ठ 490 से 502)[8]

गोत्र का अर्थ है आपस में संबंधित मनुष्यों का एक समूह या दल। इसके साथ ही गायों के समूह विशेष को भी अलग-अलग गोत्र कहा जाता था और दुर्ग को भी गोत्र कहा गया है। एक ही पूर्वज के वंशजों को एक गोत्र का कहते हैं। प्रवर का अर्थ है वरण करने या आह्वान करने योग्य अर्थात् प्रार्थनीय ऋषिगण। इसीलिए प्रत्येक यजमान या साधक को अपने गोत्र के मूलपुरुष और अपने प्रवर के सभी ऋषियों के पुण्य स्मरण की साधना अवश्य करनी चाहिए और किसी भी पुण्यकर्म के समय उनसे प्रार्थना करनी चाहिए।

महाभारत के अनुसार मूल गोत्र चार ही हैं—अंगिरा, कश्यप, वसिष्ठ एवं भृगु। वस्तुतः भृगुगण और अंगिरागण का बहुत अधिक विस्तार है। बौधायन ने सहस्रों गोत्र बताए हैं और उनमें से 500 गोत्र ऋषियों तथा प्रवर ऋषियों का उल्लेख किया है।

महत्त्वपूर्ण यह है कि ऐतरेयब्राह्मण के अनुसार क्षत्रियों के प्रवर उनके पुरोहितों के प्रवर ही होते हैं। मेधातिथि ने भी यही लिखा है कि गोत्रों और प्रवरों का विचार मुख्यतः ब्राह्मणों से संबंधित है, परंतु प्राचीन काल के विवरणों में राजाओं के गोत्रों का स्पष्ट

उल्लेख है। महाराज युधिष्ठिर जब ब्राह्मण के रूप में राजा विराट् के यहाँ गए, तो उनसे उनका गोत्र पूछा गया और उन्होंने बताया कि वे वैयाघ्रपद गोत्र के हैं—

युधिष्ठिरस्यासमहं पुरा सखा
वैयाघ्रपद्यः पुनरस्मि विप्रः।
अक्षान् प्रयोक्तुं कुशलोऽस्मि देविनां
कंकेति नाम्नास्मि विराट् विश्रुतः॥

(विराट् पर्व, अध्याय 7, श्लोक 12)[9]

यह गोत्र वस्तुतः पांडवों का गोत्र था और सभी सनातन धर्मानुयायी आज तक पितरों के तर्पण में भीष्म को तर्पण देते हुए उनके गोत्र वैयाघ्रपद का स्मरण करते हैं—

वैयाघ्रपद गोत्राय सांकृत प्रवराय च
गंगापुत्राय भीष्माय ददाम्येतद् तिलोदकम्।
अपुत्राय ददामि एतद् सतिले भीष्मवर्मणे॥

पांडवों का प्रवर सांकृति था। कांची के पल्लवों का गोत्र था, भारद्वाज। चालुक्यों का गोत्र मानव था। जयचंद्र देव का गोत्र वत्स था।

यदि अपना गोत्र और प्रवर स्मरण न हो, तो आचार्य के गोत्र और प्रवर उपयोग में लाए जा सकते हैं, ऐसा आपस्तंब धर्मसूत्र का कहना है। कालांतर में गोत्र से कुल का परिचय भी दिया जाने लगा, यह हमें अभिलेखों से विदित होता है। एपिग्रैफिया इंडिका में ऐसे कई अभिलेखों का उल्लेख है। इस प्रकार गोत्र और प्रवर मुख्यतः कुलों की पहचान में काम आते हैं। वर्ण इससे नितांत भिन्न हैं।

वर्ण

धर्मशास्त्रों के अनुसार संसार भर के मनुष्यों को कुल चार वर्णों में ही विभाजित करके देखा जाता है और एक से अधिक वर्णों का मिश्रण होने पर व्यक्ति को 'वर्णसंकर' कहा जाता है। इस प्रकार वर्ण कुल या जाति से एकदम अलग हैं। कुलों का समूह ही जाति है। वर्ण संपूर्ण विश्व के लिए कुल चार ही हैं। पाँचवाँ वर्ण नहीं होता। यह मनु ने स्पष्ट कहा है।[10] जिन्हें वर्णसंकर कहा जाता है, उन पर आगे विचार किया जाएगा।

उदाहरण के लिए, धर्मशास्त्रों में 3000 वर्ष से पहले ही जो जातियाँ भारतवर्ष में थीं और जिनका उल्लेख हमें धर्मशास्त्रों में मिलता है, उस पर हम आगे चर्चा करेंगे। धर्मशास्त्र के इतिहासकार श्री काणे ने अपनी पुस्तक 'धर्मशास्त्र का इतिहास' के प्रथम भाग के द्वितीय खंड के अध्याय 2 में ये विवरण विस्तार से दिए हैं।

यहाँ सबसे पहले मनुस्मृति के दशम अध्याय में वर्णित जातियों का विवरण देते हैं, क्योंकि वह एकत्र और व्यवस्थित है। यहाँ मुख्य बात यह है कि स्वयं मनु के

अनुसार इस विषय में आचार्यों के कतिपय भिन्न-भिन्न मत रहे हैं। 10वें अध्याय का 70वाँ श्लोक है—

बीजमेके प्रशंसंति क्षेत्रमन्ये मनीषिण:।
बीजक्षेत्रे तथैवान्ये तत्रेयं तु व्यवस्थिति: ॥ 70 ॥[11]

अर्थात् कतिपय आचार्यों के अनुसार संतान जिस वीर्य से जन्म लेती है, वही वर्ण का निर्धारक है और कुछ अन्य आचार्यों के अनुसार जिस क्षेत्र में अर्थात् जिस माता से उत्पन्न होती है, वही उसके वर्ण का निर्णायक है। जबकि अन्य अनेक आचार्यों के मत से बीज और क्षेत्र दोनों का समान महत्त्व है, क्योंकि ऊसर खेत में बोया गया बीज फल नहीं दे पाता और खेत कितना भी उत्तम हो, श्रेष्ठ बीज के बिना उसमें श्रेष्ठ उपज नहीं हो सकती। अत: बीज और खेत दोनों का महत्त्व है।

इस विषय में आगे मनु महाराज ने कतिपय ऋषियों के उदाहरण दिए हैं, जो श्रेष्ठ वीर्य की संतति थे, परंतु जिस क्षेत्र में वे उत्पन्न हुए, वह श्रेष्ठ नहीं था। तब भी वे पूजित हुए और प्रशस्त जीवन से संपन्न हुए।

वर्णसंकर संतानों के विषय में मनु का शासन पृथक् एवं स्पष्ट है और हीन जाति के विषय में भी शासन पृथक् और स्पष्ट है। वर्णसंकर अलग बात है और हीन जाति का होना अलग बात है। मुख्यत: प्रतिलोम विवाह हीन जाति का कारण बनता है और उस जाति भ्रष्टता से उबरने और जाति का उत्कर्ष प्राप्त करने का भी विधान धर्मशास्त्रों में दिया हुआ है।

जातियों के विषय में मनु ने अलग से विधान दिए हैं। इनमें अनुलोम विवाह परंतु भिन्न वर्ण में विवाह की जातियाँ अलग हैं और प्रतिलोम विवाह तथा भिन्न वर्ण में विवाह की जातियाँ अलग हैं। संक्षेप में इनका संकेत करने के लिए यहाँ 10वें अध्याय के श्लोक 8 से 40 तक में वर्णित जातियों का उल्लेख किया जा रहा है—

ब्राह्मण यदि वेश्या को पत्नी बना लेता है तो उससे उत्पन्न पुत्र अंबष्ठ कहा जाएगा और शूद्रा से विवाह करने पर पुत्र को निषाद कहा जाएगा तथा उसे 'पारशव' भी कहा जाता है। यहाँ स्मरणीय है कि बाणभट्ट ने 'हर्षचरित' में परम माहेश्वर (शैव) सम्राट् हर्ष के पारशव भाई का उल्लेख किया है, जिससे लगता है कि क्षत्रिय का भी शूद्रा पत्नी से उत्पन्न पुत्र पारशव ही कहा जाता है। जबकि मनु कहते हैं कि क्षत्रिय पुरुष और शूद्रा स्त्री से उत्पन्न पुत्र 'उग्र' कहा जाता है। ('हर्षचरित' में हर्ष के पारशव भाई को वर्णसंकर कहीं भी नहीं कहा गया है।)

यदि क्षत्रिय ब्राह्मण कन्या से विवाह करता है, तो उत्पन्न पुत्र 'सूत' कहलाता है। यदि वैश्य किसी क्षत्रिय कन्या से विवाह करता है तो उत्पन्न पुत्र 'मागध' कहलाता है और वैश्य पुरुष की ब्राह्मण पत्नी से उत्पन्न संतान को 'वैदेह' कहा जाता है। उग्र, सूत,

मागध और वैदेह किसी को भी वर्णसंकर नहीं कहा गया है। केवल यह कहा गया है कि ये क्षत्रिय या वैश्य नहीं रह जाते, अपितु नई जातियाँ बन जाते हैं। प्रतिलोम विवाह के कारण इनकी प्रशंसा न होकर निंदात्मक संकेत भी कहीं-कहीं हैं, परंतु वर्णसंकर कहीं भी नहीं कहा गया है।[12]

बौधायन धर्मसूत्र प्रश्न 1, अध्याय 8, खंड 16 का सूत्र 6 कहता है—

'तासु पुत्रास्सवर्णानान्तरासु सवर्णाः ॥6॥'

अर्थात् पूर्व वर्णित पत्नियों में सवर्ण पत्नी से या अपने से निम्न वर्ण की पत्नी से उत्पन्न पुत्र को सवर्ण कहते हैं। यहाँ उल्लेखनीय है कि जिन पूर्व वर्णित पत्नियों की बात इस सूत्र में कही गई है, उनका वर्णन सूत्र 2 से 5 तक है। इसका अर्थ है कि ब्राह्मण की चार पत्नियाँ चारों वर्णों की हो सकती हैं। क्षत्रिय की क्षत्रिय, वैश्य एवं शूद्र वर्ण की पत्नी हो सकती है तथा वैश्य की वैश्य एवं शूद्र वर्ण की पत्नी हो सकती है और शूद्र की शूद्र वर्ण की ही पत्नी हो सकती है। यह तत्कालीन समाज व्यवस्था का ऋषि बौधायन द्वारा चित्रण है, परंतु यहाँ जो मुख्य बात है, वह यह है कि प्रथम तीन वर्णों की एक से अधिक जो पत्नियाँ हैं, वे भिन्न वर्ण की हैं। तथापि उनकी संतति सवर्ण है। उसे वर्णसंकर नहीं कहा गया है। अपितु कहा गया है कि वे संतानें सवर्ण हैं अर्थात् पिता का वर्ण ही उनका वर्ण है। तात्पर्य यह कि ब्राह्मण का न केवल क्षत्राणी से उत्पन्न पुत्र ब्राह्मण वर्ण का ही है, अपितु ब्राह्मण की वैश्य पत्नी और शूद्रा पत्नी से उत्पन्न पुत्र भी ब्राह्मण ही है। इसी प्रकार क्षत्रिय के वैश्या एवं शूद्रा पत्नी से उत्पन्न संतान भी क्षत्रिय ही है तथा वैश्य की शूद्रा पत्नी से उत्पन्न संतान भी वैश्य ही है। शूद्र की शूद्रा पत्नी से उत्पन्न संतान भी शूद्र ही है और इसलिए सवर्ण है, क्योंकि ब्राह्मण, क्षत्रिय, वैश्य और शूद्र—चारों ही वर्ण सवर्ण हैं।[13] स्पष्ट रूप से ऊपर वर्णित कोई भी संतान धर्मशास्त्र में वर्णसंकर नहीं कही गई है।

यहाँ उग्र, सूत, माधव तथा वैदेहक के विषय में विचार उपयोगी होगा। उग्र की चर्चा वैदिक साहित्य में भी है। जबकि वेदों में वर्णसंकर का कोई अस्तित्व नहीं है। बौधायन धर्मसूत्र (प्रश्न 1, अध्याय 8, खंड 16 का सूत्र 7) के अनुसार—

'एकान्तरद्रव्यन्तरास्बम्बष्ठोग्रनिषादाः ॥[14]

अर्थात् एक वर्ण को छोड़कर अपने से तीसरे वर्ण की पत्नी से क्रमशः अंबष्ठ तथा उग्र पुत्र की उत्पत्ति होती है और अपने वर्ण से दो वर्ण के अंतर वाले वर्ण की पत्नी से निषाद पुत्र की उत्पत्ति होती है।

मनु ने भी 10वें अध्याय के 9 से 27 तक के श्लोकों में इनकी चर्चा की है।[15] श्लोक 9 में उग्र नामक पुत्र की चर्चा की है। श्लोक 11 में सूत, मागध और वैदेह की चर्चा की है। इनको 'अपसदाः' कहा है। इसका अर्थ है असद और अप्रशंसनीय, परंतु कहीं भी इन्हें वर्णसंकर नहीं कहा है। ऋषि उशना अर्थात् शुक्राचार्य के अनुसार उग्र का काम है राजा

के साथ या पीछे चलते हुए राजदंड को ढोना। जबकि मनु के अनुसार उग्र आखेटजीवी हैं। इसी प्रकार सूत भी प्रतिलोम संतान है, जो क्षत्रिय पुरुष और ब्राह्मणी कन्या से उत्पन्न होता है। यह राजाओं और धनिकों की वंशावली सुरक्षित रखकर परंपराओं की सुरक्षा करने वाला होता है। अपनी जीविका के लिए यह सदा राजाओं पर आश्रित रहता है और रथों, घोड़ों तथा हाथियों की देखभाल करता है। ये लोग वैद्य भी होते हैं। यह बात वायु पुराण और महाभारत के कर्ण पर्व एवं मनुस्मृति में तथा अन्यत्र भी लिखी हुई है।

मागध लोग वैश्य पुरुष और क्षत्रिय नारी की प्रतिलोम संतान हैं। महाभारत के अनुशासन पर्व और मनुस्मृति, याज्ञवल्क्य स्मृति तथा कौटिल्य के अर्थशास्त्र में इनका उल्लेख है। मनु ने इन्हें स्थलमार्ग का व्यापारी कहा है और महाभारत के अनुशासन पर्व में इन्हें बंदीजन अर्थात् राजाओं की स्तुति गाने वाला बताया गया है। जबकि शुक्राचार्य ने इन्हें ब्राह्मणों और क्षत्रियों दोनों की स्तुति गाने वाला कहा है।

वैश्य पुरुष एवं ब्राह्मण नारी की प्रतिलोम संतान है वैदेह्क। मनुस्मृति, अग्निपुराण, कौटिल्य के अर्थशास्त्र, याज्ञवल्क्य स्मृति और महाभारत के अनुशासन पर्व में इनका उल्लेख है। मनुस्मृति और अग्निपुराण के अनुसार इनका कार्य है अंत:पुर की स्त्रियों की रक्षा करना। किंतु बैखानस्थ धर्मसूत्र में इन्हें बकरी, भेड़ और भैंस चराने वाला तथा दूध, दही तथा मक्खन बेचने वाला कहा गया है। स्पष्ट रूप से ये भिन्न-भिन्न जातियाँ हैं और इनमें से कोई भी वर्णसंकर नहीं है। यद्यपि ये भिन्न वर्ण की और प्रतिलोम विवाह की संततियाँ हैं। इससे पुन: स्पष्ट होता है कि किसी संतान की जाति प्रतिलोम विवाह की दशा में पिता की जाति से निम्नतर हो जाती है, परंतु वह वर्णसंकर संतति नहीं कही जाती। यह इन दोनों के बीच बहुत स्पष्ट अंतर है। अत: भिन्न-भिन्न जाति के विवाह को ही वर्णसंकर मान लेना शास्त्रों के विषय में अज्ञान का परिणाम है।

ब्राह्मण पुरुष और अंबष्ठ कन्या की संतान को मनु ने आभीर जाति कहा है। वात्स्यायन ने 'कामसूत्र' में कोट्टराज नामक एक आभीर राजा का उल्लेख किया है। अमरकोश में आभीरों को गाय चराने वाला कहा है और उनकी पत्नी आभीरी कही गई है। दूसरी ओर, महाभारत के आश्वमेधिक पर्व में एक अलग ही बात कही गई है। आश्वमेधिक पर्व के 29वें अध्याय में 'ब्राह्मण गीता' नामक अंश में कहा गया है कि जब अपने बल के घमंड में चूर कार्तवीर्य अर्जुन समुद्र के किनारे अपने बाणों की वर्षा से समुद्र को आच्छादित कर रहा था, तो समुद्र ने उससे अनुरोध किया कि कृपा कर यहाँ बाण मत छोड़िए, क्योंकि इससे बहुत से प्राणियों के प्राण संकट में पड़ रहे हैं। तब गर्व से भरे कार्तवीर्य ने कहा कि मैं तुम्हें तभी छोड़कर जाऊँगा, जब तुम ऐसे धनुर्धर वीर का पता बताओ, जो संग्राम में मेरा सामना कर सके। इस पर समुद्र ने उन्हें महर्षि जमदग्नि के पुत्र परशुराम का उल्लेख किया कि वे ही तुम्हारा यथावत्

आतिथ्य-सत्कार कर सकते हैं। (यहाँ पुन: यह तथ्य भी स्पष्ट हो जाता है कि जैसा अतिथि हो, वैसा ही उसका आतिथ्य किया जाए, यही शास्त्रीय विधान है। अर्थात् यदि कोई दुष्ट अतिथि बनकर आए तो उसका वध ही आतिथ्य है और यदि कोई लड़ने के भाव से आए, तो उसे लड़कर पराजित करना ही आतिथ्य है। अतिथि को अंग्रेजी भाषा के 'गेस्ट' शब्द को अनूदित कर फिर वह दुष्टता से आए या नीचता से, उसका सत्कार ही करना है, यह मूर्खतापूर्ण बात संभवत: दुष्ट मुस्लिमों या ईसाइयों के प्रभाव काल में उनके दलालों ने फैलाई है। दुष्टों का स्वागत उनके अनुरूप किया जाता है, न कि सम्मानित अतिथि की तरह।)

समुद्र की बात सुनकर घमंड से भरा कार्तवीर्य महर्षि जमदग्नि के आश्रम पहुँच गया और वहाँ प्रतिकूल व्यवहार करने लगा। तब महात्मा परशुराम का तेज प्रज्वलित हो उठा और उन्होंने अपना परशु लेकर कार्तवीर्य की हजार भुजाओं को सहसा काट डाला, जैसे कोई अनेक शाखाओं से युक्त वृक्ष को काटे। उसे भूमि पर मृत पड़ा देखकर उसके बंधु-बांधव शस्त्र लेकर परशुरामजी पर टूट पड़े। तब भगवान् परशुराम रथ पर सवार होकर धनुष से उन सबका संहार करने लगे। इस पर बहुत से क्षत्रिय परशुरामजी के भय से पीड़ित होकर पर्वतों की गुफाओं में घुस गए। जैसे सिंह से भयभीत होकर मृग छिप जाते हैं। उन्होंने क्षत्रियोचित कर्मों का त्याग कर दिया। ब्राह्मणों से भी दूर रहने के कारण धीरे-धीरे वे स्वधर्म भूल गए और इसलिए वृषल हो गए। ऐसे ही वृषल क्षत्रिय आभीर कहे जाते हैं। अंत में पितरों ने समझाया कि बहुत हुआ, अब यह संहार कर्म छोड़ दो। पितरों के समझाने से परशुरामजी संहार त्यागकर तपस्या के लिए हिमालय में चले गए और महान् तपस्या की, जिससे उन्हें और दुर्लभ सिद्धियाँ प्राप्त हो गईं।[16]

इस प्रकार महाभारत के इस वर्णन के अनुसार क्षात्र धर्म से वंचित लोग ही ब्राह्मणों के सत्संग से दूर होकर आभीर, द्रविड़, पुण्ड्र और शबर आदि बन जाते हैं। अमरकोश में आभीरों को गाय चराने वाला कहा गया है, जबकि महाभारत के ही सभापर्व में आभीरों और पारदों का एक साथ वर्णन है।[17]

शूद्र पुरुष वैश्य कन्या से विवाह करे तो 'आयोगव' संतान होती है। मनु ने 10वें अध्याय के 12वें श्लोक में आयोगव, क्षत्ता तथा चांडाल को वर्णसंकर कहा है। महाभारत के अनुशासन पर्व में आयोगव को निंदित जाति (विगर्हित) कहा गया है। महाभारत के अनुसार शूद्र यदि वैश्य जाति की स्त्री से ग्राम्य धर्म का आश्रय ले, तो आयोगव पुत्र उत्पन्न होता है। यहाँ ग्राम्य धर्म से आशय बिना विवाह के मैथुन कर्म करने से है। आयोगव लोग बढ़ई का काम करके जीवन निर्वाह करते हैं, ऐसा कहा गया है। महत्त्व की बात यह है कि महाभारत में संकर जातियों की संख्या 15 ही कही गई है।

महाभारत में कहा गया है कि अगम्या स्त्री के साथ समागम करने पर वर्णसंकर

संतान उत्पन्न होती है। अगम्या से अर्थ है ऐसे संबंध वाली कन्या या स्त्री, जिससे संबंध वर्जित है। जैसे परस्त्री, गुरुपत्नी आदि।

शूद्र क्षत्रिय कन्या से विवाह करे, तो संतान की जाति 'क्षत्ता' कहलाती है और शूद्र यदि ब्राह्मण कन्या से विवाह करे तो उत्पन्न संतान को 'चांडाल' कहा जाता है। इस प्रकार ये नई जातियाँ बन जाती हैं, फिर इनकी संतानें इसी जाति की कहलाती रहती हैं। उनके जाति उत्कर्ष के भी नियम हैं, जिन पर आगे विचार किया जाएगा।

इसी प्रकार यदि ब्राह्मण उग्र जाति की कन्या से विवाह करता है तो फिर उससे उत्पन्न संतान की जाति 'आवृत' कहलाती है और ब्राह्मण अंबष्ठ से विवाह करे तो उत्पन्न संतान की जाति 'आभीर' होती है और ब्राह्मण आयोगव कन्या से विवाह करे तो उसकी जाति 'धिग्वर्ण' होती है।

इसी प्रकार 'पुकस', 'कुक्कुट', 'श्वपाक', 'वेण', 'व्रात्य', 'भूर्जकंटक', 'शैख', 'पुष्पध', 'झल्ल', 'मल्ल', 'निच्छिवि', 'नट', 'करण', 'खस' और 'द्रविड़' आदि जातियों की उत्पत्ति कही गई है।

इस प्रकार ये सभी जातियाँ धर्मशास्त्र के अनुसार जातियाँ कही गई हैं। इनको धर्मशास्त्रों ने वर्णसंकर नहीं कहा है। मनु ने बहुत स्पष्ट कहा है कि वर्णसंकर संतानें कुल तीन प्रकार की ही होती हैं—

1. व्यभिचार से अर्थात् पुरुष द्वारा परस्त्री से उत्पन्न संतान को वर्णसंकर कहा जाता है। अपनी पत्नी से उत्पन्न संतान को वर्णसंकर नहीं कहा जाता। भले ही वह भिन्न वर्ण की है। उसकी एक स्पष्ट जाति होती है, जिसका निर्धारण मनु ने किया है तथा अन्य धर्मशास्त्रों में भी उसका निर्धारण है। उसके वर्ण का निर्धारण समाज के वेदवेत्ता ब्राह्मणों द्वारा और शिष्टजनों द्वारा उसके गुणों और कर्मों को देखकर किया जाता है। वह चार वर्णों में से ही किसी वर्ण के अंतर्गत आएगा।
2. सगोत्र विवाह से उत्पन्न संतति को वर्णसंकर कहा जाता है।
3. कोई भी व्यक्ति भले किसी शुद्ध वर्ण में ही उत्पन्न हुआ हो, परंतु यदि वह अपना वर्ण धर्म पालन छोड़ देता है तो उसकी संतति वर्णसंकर कहलाती है।

इस विषय में अध्याय 10 का श्लोक 24 प्रसिद्ध है—

व्यभिचारेण वर्णानामवेद्यावेदनेन च।
स्वकर्मणां च त्यागेन जायन्ते वर्णसंकरा: ॥24॥[18]

यहाँ दो अलग-अलग बातों को समझना आवश्यक है। धर्मशास्त्रों में जिन्हें हीन जाति कहा गया है, वे अलग हैं और वर्णसंकर अलग हैं। वर्णसंकर केवल उपर्युक्त तीन

विधियों से होते हैं। सगोत्र विवाह से और स्वधर्म का परित्याग कर चुके व्यक्ति से उत्पन्न संतति वर्णसंकर है तथा परस्त्री से उत्पन्न संतति वर्णसंकर है। अनुलोम विवाह यदि भिन्न वर्ण से भी हो तो भी वह प्रशस्त है और जब प्रतिलोम विवाह भिन्न वर्ण से होता है तो उससे उत्पन्न संतान को हीन जाति कहा जाता है। यह बहुत ही स्पष्ट और सूक्ष्म विवेचन है। शास्त्रों के गैर-जानकार लोग मनमाने तौर पर केवल भिन्न जाति के विवाह को ही वर्णसंकर समझ बैठे हैं और बताते रहते हैं, यहाँ तक कि अनुलोम विवाह भी यदि भिन्न जाति में हो, तो उसे भी वर्णसंकर बताते रहते हैं, जो हास्यास्पद अज्ञान मात्र है। इसका कोई शास्त्रीय आधार नहीं है।

आगे मनु ने प्रत्येक जाति के स्वाभाविक कर्म का भी विस्तार से उल्लेख किया है। जिससे भी स्पष्ट है कि जातियाँ स्वाभाविक सामाजिक इकाई हैं और उनके व्यवसाय तथा कर्म स्पष्ट परिभाषित हैं। इसके साथ ही जातियों के उत्कर्ष और अपकर्ष का भी एक क्रम है, जिसका प्रतिपादन मनु ने किया है तथा याज्ञवल्क्य सहित अन्य ऋषियों ने भी किया है। जाति में होना और अलग-अलग जाति के व्यक्तियों का आपस में विवाह करना किसी भी अर्थ में वर्णसंकर होना नहीं है। यह अवश्य है कि वर्णों की जो व्यवस्था है और तारतम्य है, उसमें सामान्य व्यवस्था का पालन करने की प्रशंसा है और उसके विपरीत चलने की निंदा है, परंतु इससे किसी भी जाति की जीविका छीनने की कोई बात नहीं है और प्रतिकूल चलने वाले की निंदा अवश्य है, परंतु वह निंदा ध्यान से देखें तो बहुत ही सीमित और सामान्य है, क्योंकि उससे जीविका या अन्य अधिकार बाधित नहीं होते। ईसाई मिशनरियों के प्रचार से इस विषय में भारी भ्रम फैला दिया गया है। तथापि आज तक किसी भी जाति की जीविका छीने जाने का या उसके जीवित रहने के विरोध करने का एक भी उदाहरण संपूर्ण भारतीय इतिहास में नहीं दिखता। जबकि यूरोप और मुस्लिम देशों के इतिहास में इसके उदाहरण भरे पड़े हैं और प्रचुरता से मिलते हैं।

यह तो स्वाभाविक है कि व्यक्तियों और समुदायों के मध्य प्रतिस्पर्धा होती रहती है और कई बार एक समूह दूसरे समूह को सामाजिक प्रतिष्ठा और प्रभाव के मामले में अपने से पीछे दिखाना चाहता है, परंतु शास्त्रों के कारण और पंचायत परंपरा के कारण ये प्रयास सदा ही मर्यादित और नियंत्रित रहे हैं। इस विषय में यूरोपीय ईसाई देशों का इतिहास इससे नितांत विपरीत और विकराल रहा है और मुस्लिम देशों में तो एक समुदाय दूसरे समुदाय को अभी तक पूरी तरह नष्ट कर डालने के प्रयास में लगा दिखता है। यूरोपीय ईसाई समाज में भी पहले यही प्रवृत्ति थी और कैथोलिक ईसाई प्रोटेस्टेंट ईसाइयों को तथा कैथोलिकों में भी एक ईसाई सेक्ट दूसरे ईसाई सेक्ट को नष्ट कर डालने का प्रयास करता रहा है, परंतु प्रबुद्ध यूरोप में अब वह प्रयास पूरी तरह प्रतिबंधित है और सामाजिक व्यवस्था को उदार तथा उदात्त बनाने के प्रयास विगत 150 वर्षों में वहाँ भी

आरंभ हुए हैं, जबकि हिंदू समाज में ये प्रयास हजारों वर्षों से निरंतर चल रहे हैं।

विभिन्न धर्मशास्त्रों एवं अन्य ग्रंथों में तथा बौद्ध साहित्य में जिन अन्य जातियों के उल्लेख हुए हैं और संदर्भ मिलते हैं, वे लगभग 100 जातियाँ हैं। स्पष्ट रूप से ये जातियाँ अलग-अलग वर्णों की हैं। इस प्रकार वर्ण और जाति भिन्न-भिन्न हैं। ऊपर वर्णित जातियों के अतिरिक्त ये अन्य प्रमुख जातियाँ हैं—कर्मकार, कांबोज, कायस्थ, किरात, कुक्कुट, कुंड, कुंभकार, कुलाल, कुशीलव, कैवर्त, खनक, गोप, गोलक, चक्री, चूचुक, जालोपजीवी, तंतुवाय, तांबूलिक, तैलिक, दरद, धीवर, पहलव, भट, भिल्ल, मल्ल, मातंग आदि। इन सबका उल्लेख वैदिक साहित्य में मिलता है। इससे पता चलता है कि ये प्राचीन काल से चली आ रही जातियाँ हैं, जो कि चार वर्णों में ही समाहित हैं। यहाँ यह अवश्य उल्लेखनीय है कि कई बार वर्णों के मिश्रण के सामान्य अर्थ में भी वर्णसंकर शब्द का प्रयोग है और कई बार मनु द्वारा निर्धारित कसौटी के अनुसार ही वर्णसंकर शब्द प्रयोग में आया है। इन दो अलग-अलग प्रयोगों के कारण कई बार कुछ भ्रम हो जाता है। इससे यह पता चलता है कि इस विषय में सदा सर्वसम्मति नहीं रहती थी और समाज व्यवस्था के अनुसार मान्यताओं में परिवर्तन होते रहते थे तथा सामाजिक हैसियत या स्टेटस का पुनर्निर्धारण होता रहता था।

जाति, व्यवसाय और पारस्परिक संबंध

सामान्यतः यह धारणा फैला दी गई है कि वर्णों का संबंध व्यवसाय से है, परंतु भारतीय इतिहास का तथ्य यह है कि न तो वर्णों का संबंध कभी भी व्यवसाय से रहा है और न ही ऐसा कोई उल्लेख है। वर्णों का संबंध गुणों और कर्म से है और क्योंकि कर्मों में अपने-अपने व्यवसाय से जुड़े कर्म भी आ ही जाते हैं, इसलिए शास्त्रों से अपरिचित व्यक्ति को वर्ण भी व्यवसाय से जुड़े प्रथम दृष्टि में प्रतीत हो सकते हैं, परंतु भारतीय समाज की संरचना का जानकार प्रत्येक व्यक्ति जानता है कि व्यवसाय का संबंध जातियों से रहा है। इसका मुख्य कारण यह है कि भारत एक अत्यधिक विकसित और समृद्ध समाज है और यहाँ हजारों व्यवसाय रहे हैं तथा उन सभी व्यवसायों में पीढ़ी-दर-पीढ़ी निपुणता प्राप्त लोग रहे हैं और इसीलिए व्यवसायों को वर्णों में वर्गीकृत करना असंभव है, क्योंकि तब हजारों वर्ण हो जाएँगे। जबकि वर्ण कुल चार हैं और उनका आधार गुण, कर्म, विभाजन है। व्यवसाय या वृत्ति उनका आधार नहीं है।

प्राचीनतम काल से प्रत्येक वर्ण में अनेक वृत्तियों और अनेक व्यवसायों को करने वाले लोग रहे हैं। उदाहरण के लिए ब्राह्मणों में विद्वान्, पुरोहित, योद्धा, राजपुरुष, कृषक, व्यवसायी और शिल्पी आदि अनेक वृत्तियाँ प्राचीनतम काल से अभिलिखित हैं।[19] इसी प्रकार शिल्पियों तथा शूद्रों में भी परम पूजनीय संत-महात्मा, विद्वान्, उपदेशक,

कथोपदेशक, कथावाचक तथा मीमांसक आदि होते रहे हैं।[20] इसलिए व्यवसाय को वर्ण से जोड़कर देख पाना असंभव है। व्यवसाय एक प्रकार की शिल्पगत और कौशलगत दक्षता है। वह कुलों से जुड़ी रहे, यह स्वाभाविक है, क्योंकि तभी पीढ़ी-दर-पीढ़ी उस व्यवसाय का कौशल और हुनर संबंधित कुल में बना रहेगा। यह एक तरह से नई पीढ़ी के प्रशिक्षण की परंपरा है, जो सहज ही चलती रहती है। यद्यपि इसमें किसी भी कुल का व्यक्ति अपनी कुल की वृत्ति छोड़कर विद्या विशेष या साधना विशेष या आचार विशेष का अवलंबन करता और साधना करता देखा गया है। साधना और सिद्धि के अनुरूप उसका सम्मान और पूजन-वंदन भी सदा से ही होता रहा है। यह काम वैदिक काल से 19वीं शताब्दी तक निरंतर होता रहा है और इसके विपुल अभिलेखीय साक्ष्य विद्यमान हैं। अंतिम चरण के रूप में संत रैदास, संत कबीर, संत पीपा, संत सेन, संत दादू आदि प्रसिद्ध हैं।

संदर्भ—

1. दाय भाग, जीमूत वाहन, 1/30-31 साथ ही देखें, धर्मशास्त्र का इतिहास (काणे रचित, पूर्वोक्त) का तृतीय खंड, अध्याय 27 (संपत्ति विभाजन)
2. स्मृति चंद्रिका, अध्याय 2
3. कात्यायन स्मृति, 844-845
4. मनुस्मृति, अध्याय 9, श्लोक 202 से 219
5. आपस्तंब धर्मसूत्र तथा बौधायन धर्मसूत्र में प्रवरा अध्याय
6. धर्मसिंधु, चौखंभा वाराणसी, 2012 संस्करण, पृष्ठ 246
7. धर्मसिंधु, पूर्वोद्धृत, पृष्ठ 246-247
8. निर्णयसिंधु, चौखंभा, 2014 का संस्करण, पृष्ठ 490-502
9. महाभारत, विराट् पर्व, अध्याय 7, श्लोक 12
10. महाभारत, राजधर्मानुशासन पर्व, अध्याय 60 तथा मनुस्मृति, अध्याय 10, श्लोक 4 ब्राह्मणः क्षत्रियो वैश्यस्त्रयो वर्णा द्विजातयः। चतुर्थ एकजातिस्तु शूद्रो नास्ति तु पन्चमः॥ (10/4)
11. मनुस्मृति, अध्याय 10, श्लोक 70
12. मनुस्मृति, अध्याय 10, श्लोक 8 से 40
13. बौधायन धर्मसूत्र, प्रश्न 1, अध्याय 8, खंड 16, सूत्र 6
14. उपर्युक्त में सूत्र 7
15. मनुस्मृति, अध्याय 10, श्लोक 9 से 27
16. महाभारत, आश्वमेधिक पर्व, अध्याय 29
17. महाभारत, सभापर्व के अंतर्गत दिग्विजय पर्व, अध्याय 31
18. मनुस्मृति, अध्याय 10, श्लोक 24
19. राजकिशोर भार्गव, भार्गव ऋषियों की सनातन संस्कृति, इंद्र पब्लिशिंग हाउस, महर्षि अगस्त्य वैदिक संस्थान, भोपाल 2018
20. देखें महाभारत के आदिपर्व, अध्याय 4, सूतपुत्र उग्रश्रवा द्वारा कथावाचन का प्रसंग

□

6

समाज की विविध इकाइयों का धर्मशास्त्र में निर्धारण

हिंदू धर्मशास्त्रों के अनुसार समाज की इकाइयाँ विविध एवं बहुस्तरीय हैं और उनके परस्पर संबंध अनेक आयामों वाले हैं। इसमें मूल बात यह है कि एक ओर तो कुल, परिवार और गोत्र तथा प्रवर के रूप में जन्म के आधार पर बनी स्वाभाविक इकाइयाँ हैं, तो दूसरी ओर गुण और कर्म के आधार पर वर्णों की इकाइयाँ हैं, जो चार हैं। इसी प्रकार अध्यात्म और आध्यात्मिक उपासना के आधार पर संप्रदाय भेद एवं साधना भेद से अनेक इकाइयाँ हैं।

साथ ही, भौगोलिक सामाजिक इकाई के रूप में गाँव, खाप और जनपद जैसी इकाइयाँ हैं। इसी प्रकार शिल्प और व्यापार की श्रेणियाँ हैं, जो स्वयं में व्यावसायिक सामाजिक इकाइयाँ हैं। इस तरह यह एक अत्यंत समृद्ध और बहुआयामी तथा बहुस्तरीय समाज रहा है। इसकी पहचान किसी इकहरे समाज की कसौटियों के आधार पर संभव नहीं है।

धर्मशास्त्रों के विविध प्रतिपादनों के आधार पर यदि सबका सार-संक्षेप देखें, तो हिंदू समाज के समाजदर्शन के अनुसार समाज की कुल 11 इकाइयाँ होती हैं। व्यक्ति को समाज की इकाई नहीं माना गया है। व्यक्ति ब्रह्मांडीय इकाई है। सामाजिकता उसका एक पक्ष है, परंतु व्यक्ति चाहे तो समाज के प्रति अपने ऋण अदा कर समस्त सामाजिकता से ऊपर उठकर अन्य उच्चतर स्तरों पर कार्य कर सकता है। सामाजिकता उसका एक गुण है। समष्टि से एकाकार होने की अर्थात् आध्यात्मिक होने की सामर्थ्य उसका उच्चतर गुण है। इसीलिए मनु ने कहा है—

त्यजेदेकं कुलस्यार्थे, ग्रामस्यार्थे कुलं त्यजेत्।
ग्रामं जनपदस्यार्थे, आत्मार्थे पृथ्वीं त्यजेत्॥

इस विषय में व्यक्ति के कर्तव्यों का धर्मशास्त्रीय प्रतिपादन भलीभाँति समझ लेना चाहिए। मानव धर्मशास्त्र अर्थात् मनुस्मृति में अध्याय 6 में ही श्लोक 35 से 43 तक इस विषय का विस्तार से विवेचन निम्नानुसार है—

ऋणानि त्रीण्यपाकृत्य मनो मोक्षे निवेशयेत्।
अनपाकृत्य मोक्षं तु सेवमानो व्रजत्यधः ॥35॥
अधीत्य विधिवद् वेदान् पुत्रांश्चोत्पाद्य धर्मतः।
इष्टा च शक्तितो यज्ञैर्मनो मोक्षे निवेशयेत्॥36॥
अनधीत्य द्विजो वेदाननुत्पाद्य तथा सुतान्।
अनिष्टा चैव यज्ञैश्च मोक्षमिच्छन्व्रजत्यधः ॥37॥
एक एव चरेन्नित्यं सिद्धयर्थमसहायवान्।
सिद्धिमेकस्य संपश्यन् न जहाति न हीयते॥42॥
अनग्निरनिकेतः स्याद् ग्रामं अन्नार्थमाश्रयेत्।
उपेक्षकोऽसंकुसुको मुनिर्भावसमाहितः ॥43॥

अर्थात् देवऋण, ऋषिऋण एवं पितृऋण पूर्ण करने के बाद ही मन को मोक्ष में लगाने का अधिकार है। उसके पहले जो मोक्ष का सेवन करता है, वह नरक में जाता है। वेदों को विधिपूर्वक पढ़कर तथा धर्मपूर्वक संतान उत्पन्न कर और शक्ति के अनुसार यज्ञ संपन्न करने के बाद ही मोक्ष में मन लगाने का अधिकार है। बिना ऐसा किए मोक्ष की इच्छा करना भी नरक की ओर यात्रा करना है। अकेले ही अपने लक्ष्य को देखता हुआ मोक्ष के लिए घर से निकले, ऐसा करने वाला व्यक्ति न तो किसी को छोड़ने वाला माना जाता है और न ही किसी से आसक्त अथवा लजाने वाला। जिसने यज्ञ छोड़ दिया है और घर भी छोड़ दिया है तथा जिसकी बुद्धि स्थिर है और जो शारीरिक स्थिति के प्रति उपेक्षा का भाव रखता है तथा सदा ब्रह्मविषयक मनन करता रहता है, ऐसे संन्यासी को केवल भिक्षा के लिए ग्राम में प्रवेश करना चाहिए, अन्य किसी कार्य के लिए नहीं।

इस प्रकार आत्मसत्ता के बोध की साधना में रत व्यक्ति समस्त सामाजिकता से ऊपर है और वह एक ब्रह्मांडीय इकाई है अर्थात् समष्टिगत इकाई है। इसीलिए व्यक्ति को सामाजिक इकाई के रूप में अलग से नहीं गिना गया है। सामाजिक इकाइयाँ वे हैं, जो समाज की अंगभूत हैं। ऐसी 11 इकाइयाँ हैं—1. कुल एवं कुलसमूह, 2. गोत्र एवं प्रवर, 3. वर्ण, 4. विद्यावंश एवं गुरुकुल, 5. संप्रदाय, 6. गाँव, 7. आश्रम, 8. श्रेणियाँ, निगम एवं संघ, 9. शिष्ट परिषदें और विद्वत परिषदें, 10. पंचायत, जाति पंचायत, ग्राम पंचायत, जनपद पंचायत, खाप पंचायत और 11. राज्य। ये 11 सामाजिक इकाइयाँ हैं। जिनका संक्षिप्त सार निम्नानुसार है—

1. कुल : दैहिक सामाजिक इकाई

जन्म के आधार पर मनुष्य का कुल निर्धारित होता है। इस प्रकार कुल ही आधारभूत दैहिक सामाजिक इकाई है। कुलों के समूह को किसी समय जाति कहा जाने लगा। अतः

जाति द्वितीय स्तर की दैहिक सामाजिक इकाई है। भगवद्गीता में कुल-धर्मों को सनातन एवं शाश्वत कहा गया है।[1]

2. गोत्र एवं प्रवर : संस्कारगत पारंपरिक सामाजिक इकाई

कोई भी व्यक्ति जिस कुल में जन्म लेता है, उस कुल का एक गोत्र होता है। यह गोत्र कुल के मूल पूर्वज ऋषि के नाम पर होता है। यदि बाद में उन ऋषि की संततियों की अनेक शाखाएँ हो गई हों, तो उन सबका जो गोत्र समूह होता है, उसे प्रवर के नाम से पहचानते हैं। गोत्र एवं प्रवर दोनों मूल पूर्वज ऋषियों का स्मरण कराते हैं। परंपरा के अनुसार प्रत्येक व्यक्ति को वयस्क होने पर अपने गोत्र और प्रवर के अनुसार ही विशेष अध्ययन करना चाहिए और यजन की विधि का भी तदनुसार अनुसरण करना चाहिए। क्योंकि पूर्वजन्म के संस्कारों के आधार पर ही कोई व्यक्ति किसी कुल विशेष में जन्म लेता है। अतः संस्कारों के पोषण से उस कुल में जन्म लेने की सार्थकता बनती है। इसीलिए अपने गोत्र और प्रवर के ऋषियों के ज्ञान और आध्यात्मिक साधना का स्मरण आवश्यक है।[2]

3. वर्ण : गुणकर्म विभागानुसार सामाजिक इकाई

हिंदू समाज में धर्मशास्त्रों के अनुसार गुणकर्म विभाग के आधार पर चार वर्ण हैं—ब्राह्मण, क्षत्रिय, वैश्य एवं शूद्र। वर्ण का विभाजन जाति से अलग है। जाति जन्म के आधार पर स्वतः निश्चित हो जाती है, क्योंकि वह जन्म की ही सूचक है। जिसका जहाँ, जिस कुल में जन्म हुआ, वह उसका कुल है और कुलों का समूह जाति है। वर्ण का संबंध गुण और कर्म से है। यह अलग-अलग गुणों और कर्मों के आधार पर किया गया विभाजन है। इसमें आधुनिक काल में सबसे बड़ा विभ्रम यह है कि धर्मशास्त्रों में जिन जातियों को वैश्य कहा गया है, उनमें से बहुत सी जातियाँ वर्तमान में अपने को अन्य पिछड़ा वर्ग (ओबीसी) कहती हैं और उनके राजनीतिक प्रतिनिधि कई बार स्वयं को शूद्रों से एकाकार बताते हैं। जिसकी किसी भी प्रकार सनातन धर्मशास्त्रों से पुष्टि नहीं होती। इसका सबसे बड़ा उदाहरण निम्नानुसार है, जो मनुस्मृति के नवम अध्याय में श्लोक 326 से 333 तक कहा गया है—

वैश्यस्तु कृतसंस्कारः कृत्वा दारपरिग्रहम्।
वार्त्तायां नित्ययुक्तः स्यात्पशूनां चैव रक्षणे॥326॥
प्रजापतिर्हि वैश्याय सृष्ट्वा परिददे पशून्।
ब्राह्मणाय च राज्ञे च सर्वाः परिददे प्रजाः॥327॥
न च वैश्यस्य कामः स्यान्न रक्षेयं पशूनिति।
वैश्ये चेच्छति नान्येन रक्षितव्याः कथंचन॥328॥

मणिमुक्ताप्रवालानां लोहानां तान्तवस्य च।
गन्धानां च रसानां च विद्यादर्घंबलाबलम् ॥ 329 ॥
बीजानामुप्तिविन्च स्यात्क्षेत्रदोषगुणस्य च।
मानयोगं च जानीयात्तुलायोगांश्च सर्वशः ॥ 330 ॥
सारासारं च भाण्डानां देशानां च गुणागुणान्।
लाभालाभं च पण्यानां पशूनां परिवर्धनम् ॥ 331 ॥
भृत्यानां च भृति विद्याद् भाषाश्च विविधा नृणाम्।
द्रव्याणां स्थानयोगांश्च क्रयविक्रयमेव च ॥ 332 ॥
धर्मेण च द्रव्यवृद्धावातिष्ठेद् यत्नमुत्तमम्।
दद्याश्च सर्वभूतानामन्नमेव प्रयत्नतः ॥ 333 ॥[3]

अर्थात् यज्ञोपवीत संस्कार संपन्न होने के उपरांत गृहस्थ आश्रम में प्रवेश के लिए पत्नी का पाणिग्रहण करके वैश्य गृहस्थ धर्म का पालन करे। वह नित्य वार्त्ता अर्थात् विभिन्न जीविकाओं में से अपने-अपने उपयुक्त जीविका का अवलंबन लेते हुए कृषि, गौरक्षा, वाणिज्य, पशुपालन एवं उससे जुड़े व्यापार में प्रवृत्त हो। क्योंकि प्रजापति ने सभी प्रकार के पशुओं और संपत्ति के पालन का दायित्व वैश्यों को दिया है और प्रजाओं की रक्षा का कार्य ब्राह्मणों तथा राजा को दिया है। किसी भी वैश्य को यह नहीं कहना चाहिए कि मैं पशुओं और संपत्ति आदि की रक्षा का कार्य नहीं करूँगा। राजा को देखना चाहिए कि वैश्य ही यह कार्य करे, अन्य नहीं।

वैश्य विविध रत्नों तथा धातुओं और वस्त्रों तथा रसों का व्यापार करे। मणि, मुक्ता, मूँगा, लोहा, कपड़े, सुगंध और रसों के दाम की कमीबेशी को वह देश और काल के अनुसार सदा जानता रहे। सभी प्रकार के बीजों को बोने की विधि, कौन बीज किस समय में, किस प्रकार के खेत में, कितने परिमाण में, किस प्रकार बोया जाता है, इत्यादि सभी बातों की जानकारी रखना तथा खेतों के गुण और दोष को जानना वैश्य का कार्य है। इसी प्रकार तौल और माप को जानना चाहिए तथा तुलायोग आदि का भी अच्छा ज्ञान रखना चाहिए।

वस्तुओं की सारता और निस्सारता अर्थात् अच्छाई और खराबी वैश्य को जाननी चाहिए। अलग-अलग देशों के गुण और दोष को जानना वैश्य का धर्म है। बेचे जाने वाली वस्तुओं के लाभ और हानि को उसे भलीभाँति जानना चाहिए और कब किस प्रकार किस पशु और संपत्ति को बढ़ाया जाए, यह भी उसे जानना चाहिए। इसके साथ ही काम करने वाले भृत्यों का वेतन आदि कब कितना होना चाहिए, इसका ज्ञान वैश्य को ही होता है।

वैश्यों को अनेक देशों के अनेक मनुष्यों की अनेक भाषाओं का जानकार होना चाहिए। इसी प्रकार किसी वस्तु का प्रामाणिक स्वरूप कौन सा है और उसमें मिलावट

का स्वरूप क्या है, या किस वस्तु में क्या मिलावट संभावित है, इसकी भलीभाँति जानकारी वैश्य को ही होनी चाहिए। खरीद और बिक्री के समस्त व्यापार का ज्ञान तथा उससे होने वाले लाभ आदि का ज्ञान वैश्य को अच्छी तरह होना चाहिए। इस प्रकार वैश्य कृषि, गौरक्षा, पशुपालन और व्यापार वाणिज्य के द्वारा निरंतर धन बढ़ाने का उद्योग करता रहे तथा समाज में सब प्राणियों के लिए प्रयत्नपूर्वक अन्न आदि का भरपूर दान करता रहे, यह वैश्य का धर्म है।

धर्मशास्त्र के इस आदेश से स्पष्ट है कि खेती, पशुपालन, गौरक्षा, वाणिज्य और व्यवसाय के विविध रूपों से तथा समस्त शिल्प रूपों से और देश-देशांतर का भ्रमण कर वहाँ के लोगों के विषय में तथा वहाँ की भाषाओं के विषय में ज्ञान से वैश्य सदा संपन्न होते हैं। अतः वर्तमान में ओबीसी कही जाने वाली अधिकांश जातियाँ, जो खेती या शाक या गौरक्षा या फल-फूल या औषधियाँ और सुगंधि द्रव्य का कार्य और व्यापार करती हैं या जो जौहरी का काम करती हों अथवा जो शिल्पी हों या किसी भी प्रकार का व्यापार करते हैं, वे सभी लोग वैश्य हैं। इस प्रकार अहीर, कुर्मी, काछी, पटेल, जौहरी, व्यापारी, सुनार, लुहार, बढ़ई, कुम्हार, तेली, तमोली, नाई तथा विविध शिल्पी जातियाँ धर्मशास्त्र के अनुसार वैश्य ही हैं। वे इन दिनों अन्य पिछड़ा वर्ग में गिनी जाती हैं। शिल्पी जातियों को शूद्र मानना शास्त्रसिद्ध नहीं है, क्योंकि शूद्र का कार्य केवल परिचर्या बताया गया है। शिल्प आदि तो वैश्य कर्म हैं।

4. विद्यावंश एवं गुरुकुल : ज्ञानात्मक सामाजिक इकाई

सदा से ही भारत में हिंदू समाज में जातिवंश और विद्यावंश दोनों का समान महत्त्व रहा है। जातिवंश या कुलवंश का निर्धारण माता-पिता से होता है और विद्यावंश का निर्धारण गुरु से, क्योंकि व्यक्ति एक विराट् चेतना पुंज है। इसलिए उसकी मूल पहचान भी बहुआयामी है। उसकी देह के समान ही, उसके मन, बुद्धि, अंतःकरण और बौद्धिक साधना तथा बौद्धिक विस्तार का भी महत्त्व है। देह के जन्म का माध्यम माता-पिता बनते हैं, जो स्वयं अपने पूर्वजों की कुल परंपरा का एक मध्यवर्ती बिंदु होते हैं। इसी प्रकार विद्याबुद्धि के उत्कर्ष का माध्यम गुरु होते हैं, जो स्वयं पूर्वज ऋषियों की गुरु परंपरा में एक मध्यवर्ती बिंदु होते हैं। आपका विद्यावंश विद्या के क्षेत्र में आपकी विशेषज्ञता की पहचान है। इसलिए विद्यावंश का भी कुल परंपरा के समान ही महत्त्व है। किसी व्यक्ति ने किस गुरु से शिक्षा प्राप्त की है और किस अनुशासन और किस शाखा में शिक्षा प्राप्त की है, इसका बहुत महत्त्व है।[4]

5. संप्रदाय : उपासनात्मक या आत्मसाधनात्मक सामाजिक इकाई

ज्ञान तथा उपासना की इकाई है संप्रदाय। यह समाज की ही एक इकाई है। यह कोई स्वतंत्र वस्तु नहीं है। इसलिए कोई भी संप्रदाय सनातन धर्म की मर्यादा से बाहर नहीं जा सकता। जाने पर वह सनातन धर्म का अंग नहीं रह जाएगा। इन दिनों भाँति-भाँति के स्वयं को गुरु प्रचारित करने वाले लोग अपने मतवाद को एकमात्र और सर्वश्रेष्ठ बताने की जो होड़ करते हैं, वह उन्हें संप्रदाय की मर्यादा से बाहर कर देता है। वे यूरोपीय 'आइडियोलॉजी' के आधार पर बने आइडियोलॉग जैसा होने की नकल करते हैं और इस स्तर पर स्वयं को सबसे पृथक् और स्वतंत्र बताने या प्रचारित करने का काम करते हैं, परंतु ऐसा करते ही वे अनजाने में यूरो-ईसाई परंपरा के अनुसरणकर्ता ही हो जाते हैं। किसी का स्वतंत्र विचारक होना अर्थात् परंपरा से असिद्ध होना भारतीय ज्ञान परंपरा में उस व्यक्ति के अप्रामाणिक होने का लक्षण माना जाता है। प्रामाणिक वही है, जो स्वतंत्र नहीं है। जो स्वतंत्र है, वह अविश्वसनीय है, उसकी प्रामाणिकता संदिग्ध है। केवल उसकी ही प्रामाणिकता मान्य है, जो श्रुति और स्मृति की परंपरा से पुष्ट हो और उसका ही अनुसरण करता दिखे, क्योंकि मंत्रद्रष्टा ऋषि आप्त पुरुष हैं। अतः उनके कथन आप्त प्रमाण हैं, परंतु शेष लोगों के कथन तो तर्क द्वारा परीक्षणीय हैं और जब तक वे आप्त प्रमाण के अनुसरण में न दिखें, उनकी सत्यता मानी नहीं जा सकती।[5]

6. गाँव या भौगोलिक सामाजिक इकाई

प्रत्येक व्यक्ति चेतन अंश है। परमसत्ता की अंशभूत सत्ता है। अतः कोई व्यक्ति किसी भी कुल में जन्मा हो, वह एक भौगोलिक सामाजिक इकाई का अंगभूत होता है और इसलिए उस इकाई में विद्यमान सभी कुल सामाजिक प्रयोजन की दृष्टि से महत्त्व रखते हैं, विशेषकर व्यवहार और न्याय की दृष्टि से। इसीलिए भौगोलिक सामाजिक इकाइयों का बहुत महत्त्व है। गाँव के सभी कुल गाँव का सहज अंग हैं और उन सभी इकाइयों का समवेत विचार और समवेत व्यवहार आवश्यक है। इसीलिए सदाचार और अनाचार, सत् और असत्, पाप और पुण्य का निर्धारण संपूर्ण गाँव की पंचायत द्वारा किसी संन्यासी या सर्वमान्य ब्राह्मण की अध्यक्षता में ही किया जा सकता है। इसलिए गाँव सामाजिकता और व्यवहार तथा न्याय की भी आधारभूत इकाई है। गाँव का पूरे क्षेत्र का एक समुच्चय खाप कहलाता है और खाप इस दृष्टि से गाँव की इकाई का बड़ा रूप है। खाप की पंचायतों में ही व्यवहार का निर्धारण और न्याय होता रहा है। इसी प्रकार व्यापारियों के अपने समूह के मध्य यदि व्यवहार का निर्णय करना हो, तो वह काम श्रेणियों की पंचायतों से होता रहा है।[6]

7. आश्रम : जीवन विभागात्मक सामाजिक इकाई

ब्रह्मचर्य, गृहस्थ, वानप्रस्थ और संन्यास ये चार जीवन विभागात्मक सामाजिक इकाइयाँ हैं, जो मनुष्य की आयु को 100 वर्ष का मानकर चार चरणों में विभाजित की गई हैं। इनमें से संन्यास आश्रम सबके लिए अनिवार्य नहीं है, परंतु शेष तीनों आश्रम सामान्यत: सभी के लिए अनिवार्य कहे गए हैं। पूर्वजन्म के संस्कारों के कारण अगर किसी ब्रह्मचारी को वेदाध्ययन के समय ही मोक्ष की अभिलाषा तीव्र हो जाए, तो उसे ब्रह्मचर्य से सीधे संन्यास आश्रम में प्रवेश करने का अधिकार है। शेष सभी लोगों को ब्रह्मचर्य के उपरांत गृहस्थ आश्रम में और फिर गृहस्थ आश्रम के कर्तव्य संपन्न कर वानप्रस्थ आश्रम में प्रवेश का विधान है, परंतु स्त्री के लिए यह अनिवार्यता नहीं है। वह चाहे तो संतति के साथ गृहस्थ आश्रम में ही रह सकती है।[7]

8. श्रेणी : वृत्ति विभागानुसार सामाजिक इकाइयाँ

वृत्ति के भेद से हजारों इकाइयाँ हैं। आधुनिक दौर में जिन्हें प्रोफेशनल्स कहा जाता है, उन्हें ही धर्मशास्त्रों में श्रेणियाँ कहा गया है। पुरोहित, पुजारी, सैनिक आदि में से प्रत्येक की अनेक श्रेणियाँ हैं। इसी प्रकार सुनार, लुहार, बढ़ई, कर्मकार, ताम्रकार, कांस्यकार, कुम्हार, तैलिक, कृषक, भविष्यवक्ता, नक्षत्रवेत्ता, दर्जी, भूमिवेत्ता, जलस्रोतवेत्ता, विविध प्रकार के शिल्पी तथा राजकीय अधिकारी एवं कर्मचारी—इनकी अलग-अलग श्रेणियाँ शक्तिशाली रही हैं। विशेषकर व्यापारियों की श्रेणियाँ अत्यंत संपन्न रही हैं और इतिहास में उनके द्वारा बहुत बड़े-बड़े मंदिरों, तालाबों, कुओं, बावड़ियों, उद्यानों, धर्मशालाओं, वीथियों और सड़कों (राजमार्गों) तथा सेतुओं आदि का निर्माण होता रहा है। दान के लिए अनेक व्यापारियों की श्रेणियाँ प्रसिद्ध और सम्मानित रही हैं। इसके साथ ही न्याय के संबंध में भी राजा को श्रेणियों के नियम के अनुसार ही श्रेणियों से संबंधित व्यवहार में निर्णय करना होता है। इस प्रकार श्रेणियाँ न्यायिक सामाजिक इकाई भी रही हैं।[8]

9. शिष्ट परिषदें एवं विद्वत परिषदें : विद्यामूलक सामाजिक इकाइयाँ

जहाँ ज्ञान और उचित-अनुचित के संबंध में धर्मशास्त्रों की दृष्टि से कोई संशय उपस्थित हो, इसके लिए शिष्ट परिषदों और विद्वत परिषदों का विधान रहा है। इसके विस्तृत विधि-विधान हैं, जिनका संक्षिप्त विवेचन यथास्थान आगे किया जाएगा।[9]

10. पंचायतें, ग्राम पंचायतें, जाति पंचायतें, खाप आदि न्यायिक सामाजिक इकाइयाँ

न्याय के लिए भारत में अत्यंत प्राचीन काल से पंचों की परंपरा रही है। संबंधित क्षेत्र के प्रतिष्ठित एवं धर्मात्मा के रूप में मान्य लोगों को किसी भी विवाद में न्याय के

लिए कम-से-कम पाँच या अधिक लोगों को जब एकत्र कर उनके समक्ष प्रकरण प्रस्तुत किया जाता है, तो उस समय ऐसे पंचों को पंच परमेश्वर कहा जाता है और उनका निर्णय संबंधित क्षेत्र में सर्वमान्य होता है। न्याय की ऐसी दृढ़ भावना एवं सर्वमान्य परंपरा रही है कि पंच परमेश्वर के रूप में चुने गए व्यक्ति स्वयं अपने या अपने परिजनों के भी दोषपूर्ण कार्य या अनुचित कार्य के विरुद्ध निष्पक्ष न्यायिक निर्णय देते रहे हैं। यह परंपरा 20वीं शताब्दी के आरंभ तक भारत में विद्यमान थी और इस परंपरा की विश्व स्तर पर ख्याति थी। अनेक विदेशी यात्रियों ने इस पंच परमेश्वर की पंरपरा की अद्‌भुत प्रशंसा की है।

11. राज्य

राज्य सर्वोपरि सामाजिक इकाई है और उसके विषय में धर्मशास्त्रों में विस्तृत विधान हैं। अत: उस पर अगले खंड में विस्तार से विचार किया जाएगा। वर्णाश्रम धर्मप्रतिपालन, सभी को धर्म की मर्यादा में मर्यादित रखना और उसके लिए राजदंड का प्रयोग करना तथा दंडनीति का दृढ़ता से अवलंबन करना राजधर्म है। सामाजिक दृष्टि से राज्य ही सबका शास्ता है, जबकि आध्यात्मिक दृष्टि से गुरु या परमेश्वर ही शास्ता है। राज्य भारत की सदा से समादृत इकाई है, क्योंकि राज्य या शासक कभी भी अपनी ओर से कोई नियम बनाने के अधिकारी नहीं हैं। वे समाज की सर्वमान्य परंपराओं और शास्त्रों के अनुसार ही न्यायिक निर्णय दे सकते हैं और वही उनका कर्तव्य भी है। इस प्रकार राज्य धर्म से शासित हैं और धर्म के अधीन हैं। वह लोक के कल्याण के लिए राजधर्म का पालन धर्मशास्त्रों के प्रकाश में करता है। गौ-ब्राह्मण प्रतिपालन एवं वर्णाश्रम धर्म प्रतिपालन सर्वोपरि राजधर्म है।

संदर्भ—

1. श्रीमद्‌भगवद्‌गीता, अध्याय 1, श्लोक 40 एवं 43
   कुलक्षये प्रणश्यन्ति कुलधर्माः सनातनाः। (1/40)
   उत्साद्यन्ते जातिधर्माः कुलधर्माश्च शाश्वताः॥ (1/43)
2. मत्स्यपुराण, अध्याय 195 से अध्याय 203 तक। साथ ही वायु पुराण में अध्याय 88 एवं 99। मत्स्य पुराण में महाराज मनु को प्रथम अवतार मत्स्यावतार में भगवान् का उपदेश है। सर्वप्रथम अध्याय 195 में देवभृगुओं के उल्लेख के बाद उनसे कनिष्ठ भूदेवों में भृगुवंशी ब्राह्मणों के गोत्रों का उल्लेख है—

   तस्यामस्य सुत जाता देवा द्वादश याज्ञिकाः।
   भुवनो भौवनश्चैव सुजन्यः सुजनस्तथा॥12
   क्रतुर्वसुश्च मूर्धा च त्याज्यश्च वसुदश्च ह।
   प्रभवश्चाव्ययश्चैव दक्षोऽथ द्वादशस्तथा॥13
   इत्येते भृगवो नाम देवा द्वादश कीर्तिताः।

पौलोम्यां जनयद् विप्रान् देवानां तु कनीयसः ॥14
च्यवनं तु महाभागमाप्नुवानं तथैव च।
आप्नुवानात्मजश्चैर्वो जमदग्निस्तदात्मजः ॥15
और्वो गोत्रकरस्तेषां भार्गवाणां महात्मनाम्।
तत्र गोत्रकरान् वक्ष्ये भृगोर्वै दीप्ततेजसः ॥16
भृगुश्च च्यवनश्चैव आप्नुवानस्तथैव च।
और्वश्च जमदग्निश्च वात्स्यो दंडिर्नडायनः ॥17
वैगायनो वीतिहव्यः पैलश्चैवात्र शौनकः।
शौनकायनजीवन्तिरायेदः कार्षणिस्तथा ॥18
वैहीनरिर्विरुपाक्षो रौहित्यायनिरेव च।
वैश्वानरिस्तथा नीलो लुब्धः सावर्णिकश्च सः ॥19
विष्णुः पौरोऽपि बालाकिरैलिकोऽनन्तभागिनः।
मृगमार्गेयमार्कंडजविनो नीतिनस्तथा ॥20
मण्डमाण्डव्यमाण्डूकफेनपाः स्तनितस्तथा।
स्थलपिण्डः शिखावर्णः शार्कराक्षिस्तथैव च ॥21
जालधिः सौधिकः क्षुभ्यः कुत्सोऽन्यो मौद्गलायनः।
माड्.कायनो देवपतिः पाण्डुरोचिः सगालवः ॥22
सांस्कृत्यश्चातकिः सर्पिर्यज्ञपिण्डायनस्तथा।
गार्ग्यायणो गायनश्च ऋषिर्गार्हायणस्तथा ॥23
गोष्ठायनो वाह्यायनो वैशम्पायन एव च।
वैकर्णिनिः शार्ङगरवौ याज्ञेयिभ्राष्ट्रकायणिः ॥24
लालाटिर्नाकुलिश्चैव लौक्षिण्योपरिमंडलौ।
आलुकिः सौचकिः कौत्सस्तथान्यः पैंगलायनिः ॥25
सात्यायनिर्मालयनिः कौटिलिः कौचहस्तिकः।
सौहः सोक्तिः सकौवाक्षिः कौसिश्चान्द्रमसिस्तथा ॥26
नैकजिह्वो जिह्वकश्च व्याधाज्यो लौहवैरिणः।
शारद्वतिकनेतिष्यौ लोलाक्षिश्चलकुण्डलः ॥27
वागायनिश्चानुमतिः पूर्णिमागतिकोऽसकृत्।
सामान्येन यथा तेषां पश्चैते प्रवरा गताः ॥28
भृगुश्च च्यवनश्चैव आप्नुवानस्तथैव च।
और्वश्च जमदग्निश्च पंचैते प्रवरा मताः ॥29

इसके साथ ही भृगुवंश में उत्पन्न अन्य ऋषियों का विवरण श्लोक 30 से श्लोक 46 तक है। फिर अंगिरा वंश का वर्णन अध्याय 196 में, अत्रि वंश का वर्णन अध्याय 197 में, विश्वामित्र के वंश का वर्णन अध्याय 198 में, महर्षि कश्यप के वंश का वर्णन अध्याय 199 में, वसिष्ठ वंश की शाखाओं का वर्णन अध्याय 200 में, पराशर वंश का वर्णन 201 में और अगस्त्य, पुलह, पुलस्त्य और क्रतुकी शाखाओं का वर्णन अध्याय 202 में है तथा अध्याय 203 में धर्मऋषि के वंश का वर्णन है।

इसी प्रकार 'धर्मसिंधुः' ग्रंथ में तृतीय परिच्छेद के पूर्वार्ध में पृष्ठ 345 से 358 तक (चौखंबा संस्कृत प्रतिष्ठान, दिल्ली का 2012 का संस्करण) और कमलाकर भट्ट कृत 'निर्णयसिंधुः' में भी तृतीय परिच्छेद में ही 'विवाहे गोत्रप्रवरनिर्णयः' शीर्षक अध्याय में पृष्ठ 489 से 502 तक (चौखंबा विद्याभवन, वाराणसी का 2014 का संस्करण) गोत्रों और प्रवरों के विवरण दिए हैं।

3. मनुस्मृति, अध्याय 9, श्लोक 326 से 333 तक
4. इस विषय में देखें, मनुस्मृति, अध्याय 2 तथा याज्ञवल्क्य स्मृति में आचाराध्याय में ब्रह्मचारिप्रकरणम्। साथ ही डॉ. वासुदेवशरण अग्रवाल : पाणिनीकालीन भारतवर्ष, लखनऊ विश्वविद्यालय 1953
5. संप्रदायों पर विशेषकर अलग-अलग संप्रदायों के अलग-अलग शास्त्र हैं, जो धर्मशास्त्र के अंतर्गत ही आते हैं। विशेषतः द्रष्टव्य शतपथ ब्राह्मण, प्रथम भाग, प्रथम कांड, अध्याय 4, ब्राह्मण 1, मंत्र 13। इसमें अलग-अलग संप्रदायों में यजमानों एवं यजमान पत्नी द्वारा अलग-अलग ढंग से हवि देने की विधियाँ वर्णित हैं। व्यवहार संबंधी भेदों और भिन्नताओं के लिए तृतीय भाग, 12वाँ कांड, अध्याय 3, ब्राह्मण 5 एवं अध्याय 4, ब्राह्मण 1। साथ ही पांडुरंग वामन काणे रचित 'धर्मशास्त्र का इतिहास' में तृतीय खंड के अध्याय 32 एवं 33।
6. इस विषय में मनुस्मृति, गौतम धर्मसूत्र, कात्यायन स्मृति आदि में विस्तार से उल्लेख है। महाभारत में भी ग्राम को एक इकाई के रूप में बारंबार गिनाया गया है। यथा, मनुस्मृति, अध्याय 6, श्लोक 4 एवं 28, अध्याय 7, श्लोक 114 से 120, अध्याय 8, श्लोक 219-221 तथा अध्याय 9, श्लोक 271। इस विषय में सप्तम अध्याय में शासक द्वारा 2, 3 या 5 गाँवों के समूह का एक-एक रक्षक तथा सौ गाँवों के समूह का एक प्रधान रक्षक नियुक्त करने का निर्देश है और उनके कर्तव्यों के विषय में विस्तृत विवेचना है।
7. गौतम धर्मसूत्र 3/2, बौधायन धर्मसूत्र, प्रश्न 1, खंड 3, प्रथम सूत्र तथा अध्याय 10, खंड 18, सूत्र 1 से 6 एवं खंड 3, प्रश्न 2, अध्याय 2 में सूत्र 50 से 53 साथ ही मनुस्मृति अध्याय 6, श्लोक 87 - 'ब्रह्मचारी गृहस्थश्च वानप्रस्थो यतिस्तथा। एते गृहस्थप्रभवाश्चत्वारः पृथगाश्रमाः॥
8. पांडुरंग वामन काणे : धर्मशास्त्र का इतिहास, खंड 2, अध्याय 2, पृष्ठ 123-124 उत्तर प्रदेश हिंदी संस्थान 1992 का संस्करण। साथ ही चाणक्य रचित कौटिलीयं अर्थशास्त्रं, द्वितीय एवं चतुर्थ अधिकरण।

   इसके साथ ही याज्ञवल्क्य स्मृति में व्यवहाराध्यायः का श्लोक 192
   श्रेणिनैगमपाखंडिगणानामप्ययं विधिः। भेदं चैषां नृपो रक्षेत्पूर्ववृत्तिं च पालयेत्॥
9. याज्ञवल्क्य स्मृति, व्यवहाराध्यायः, साधारणव्यवहारमातृकाप्रकरणम्, श्लोक 1 से 3, मनुस्मृति अध्याय 7, श्लोक 54 से 60।

□

7

सामान्य धर्म, वर्ण धर्म, आश्रम धर्म, विशेष धर्म, राज धर्म और स्वधर्म

इस संदर्भ में समकालीन भारत राष्ट्र में हिंदू समाज की स्थिति को सम्यक् रूप से समझने के लिए सर्वप्रथम धर्मशास्त्रों में प्रतिपादित मानव धर्म के सभी पक्षों को समझना और स्मरण रखना आवश्यक है। साथ ही, वर्तमान भारतवर्ष में राज्य का जो स्वरूप है, उसमें सनातन धर्म की क्या विधिक स्थिति है, इसे भी जानना आवश्यक है और फिर इस संपूर्ण परिप्रेक्ष्य में समकालीन भारत राष्ट्र में हिंदू समाज की स्थिति और स्वरूप के विषय में स्पष्टता अपेक्षित है।

धर्मशास्त्रों में सामान्य धर्म का अर्थ है मानव धर्म अर्थात् वे सार्वभौम नियम, जो संपूर्ण मनुष्यों के द्वारा संपूर्ण विश्व में सदा पालनीय हैं। उनका संबंध केवल हिंदू या भारतीय समाज मात्र से नहीं है। वे तो संपूर्ण विश्व में मनुष्यों के विषय में हैं अर्थात् उनका पालन अपने और अपने-अपने समाज के तथा राष्ट्र के और विश्व के कल्याण के लिए समस्त मनुष्यों को करना ही होगा। नहीं करने पर अकल्याण सुनिश्चित है। वे कोई राजकीय अनुशासन नहीं हैं, अपितु वे दैवी अनुशासन हैं, आध्यात्मिक अनुशासन हैं और सृष्टि के रहस्य के ज्ञाता ऋषियों ने उनका साक्षात्कार करने के उपरांत अपनी करुणा और प्रेम के कारण मनुष्य मात्र के कल्याण के लिए उनका उपदेश किया है। उसमें न तो उनकी कोई अपनी निजी योजना है और न ही उनके द्वारा परिकल्पित किसी समाज व्यवस्था या राज्य व्यवस्था से उनका कोई संबंध है। इसीलिए उस विषय में उनका अपना कोई आग्रह नहीं है। वे तो करुणापूर्वक आप तक दिव्य सत्य को पहुँचा रहे हैं। आप उन्हें मानेंगे या नहीं, यह आपकी बुद्धि, संस्कार और भाग्य पर निर्भर है, परंतु उनके मानने से कल्याण और न मानने पर अकल्याण निश्चित है। इस प्रकार सामान्य धर्म मानव धर्म हैं, जो सृष्टि के सत्य के बोध से निगमित हैं और करुणावश हम तक संप्रेषित हैं।

वर्ण धर्म

वस्तुतः वर्ण धर्म भी सार्वभौम हैं, क्योंकि वे गुण और कर्मों पर आधारित मानवीय श्रेणियाँ हैं। उनके विषय में भी शास्त्रों का स्पष्ट मत है कि जो वर्ण धर्म का ज्ञान रखकर उनका समुचित पालन करेगा, वह अपने जीवन को सार्थक करेगा। जो वर्ण धर्म का ज्ञान नहीं रखेगा, वह न तो इहलोक में वास्तविक कल्याण पाएगा और न ही यह देह समाप्त होने के उपरांत की अगली यात्रा में उसका पथ सहज प्रशस्त हो सकेगा। इस प्रकार वर्ण धर्म भी कोई राजकीय विधान नहीं हैं। वे भी सत्य द्रष्टा ऋषियों के द्वारा उपदेशित सत्य हैं। आप उन्हें मानें या न मानें, यह आपके समाज और राज्य पर निर्भर है। यही कारण है कि वर्तमान भारतीय राज्य में वर्ण धर्म की कोई भी विधिक मान्यता नहीं होने के बाद भी धर्मशास्त्र के किसी भी विद्वान् ने राज्यकर्ताओं को या समाज के प्रमुख लोगों को अथवा प्रधान और मुखिया लोगों को सनातन धर्म से बहिष्कृत घोषित नहीं किया है और उन्हें अहिंदू भी नहीं कहा है। जिस रिलीजन और मजहब में सामाजिक व्यवस्था और मान्यताएँ स्थिर और किताबी होती हैं, वहाँ उनको न मानने वालों को उस मजहब से बहिष्कृत या विमुख घोषित कर दिया जाता है। इस्लाम और ईसाइयत के अनुयायियों में ऐसी व्यवस्थाओं और मान्यताओं को लेकर रक्तरंजित संघर्ष विश्व इतिहास का तथ्य है, परंतु हिंदू समाज में आज तक इन मान्यताओं और व्यवस्थाओं पर केवल तर्क-वितर्क, वाद-विवाद आदि ही चलते रहे हैं, कोई रक्तरंजित युद्ध नहीं हुआ है और न ही राज्य के द्वारा ऐसे कामों के लिए कोई दंड दिया गया है।

समकालीन भारत में वर्णधर्म की कोई भी विधिक स्थिति नहीं है और समाज को भी वर्तमान संविधान में कोई विधिक मान्यता नहीं दी गई है। यूरोपीय देशों की नकल में 'बहुसंख्यक' शब्द का प्रयोग कर दिया गया है, परंतु उसके विषय में भी एक तो कोई स्पष्टता नहीं है और दूसरे, बहुसंख्यकों के धर्म, संस्कृति, ज्ञान-परंपरा और प्रथाओं तथा परंपराओं को कोई विधिक अधिकार नहीं दिया गया है, जो कि यूरोपीय देशों से उल्टी स्थिति है। यूरोप के प्रत्येक राष्ट्र-राज्य में बहुसंख्यकों की ज्ञान परंपरा, न्याय परंपरा और प्रथाओं तथा रीतियों को विधिक शक्तियाँ प्राप्त हैं और राष्ट्र-राज्य का मुख्य कार्य इन सबका पोषण है।[1] भारत में स्थिति इससे विपरीत है।[2]

इस प्रकार वर्तमान भारत में न तो सामान्य धर्म को विधिक मान्यता प्राप्त है और न ही वर्ण धर्म को। सामान्य धर्म में गिनाए गए सार्वभौम गुणों की भारत के राजनेता और उनके बौद्धिक अनुयायी भी तथा प्रशासक एवं साहित्यकार आदि भी खूब प्रशंसा करते हैं, परंतु समकालीन भारतीय समाज में और राज्य व्यवस्था में इन गुणों को कोई स्थान नहीं दिया गया है। क्योंकि यदि सत्य और अहिंसा को या अस्तेय को अथवा संयम और मर्यादित संग्रह को विधिक महत्त्व प्राप्त होता, तो ऐसे किसी भी मजहब या

रिलीजन को, जो अन्य के सत्य को असत्य कहता है और अन्य की आध्यात्मिक तथा धार्मिक परंपराओं के नाश की सार्वजनिक घोषणा करता है और अन्य की संपत्ति छीनने और जलाने के प्रति कानूनी दृढ़ता को अनुचित बताता है, भारत में ऐसा कोई अधिकार नहीं प्राप्त हो सकता, जो उन्हें वर्तमान में प्राप्त है। इस प्रकार सामान्य धर्म के नाम से धर्मशास्त्रों में प्रतिपादित मानवीय गुणों को भारत की राज्य व्यवस्था में कोई अधिकार या शक्ति प्राप्त नहीं है।

वर्ण धर्म को तो वैधानिक रूप से वर्जित किया गया है और वर्ण धर्म के पालन का अधिकार हिंदू समाज को प्राप्त नहीं है। अपितु उसकी चर्चा भी एक सीमा के बाद दंडनीय अपराध बना दी गई है।[3] ऐसे में जब वर्ण धर्म की चर्चा ही राष्ट्र के लिए हानिकर घोषित हो, तब उसका पालन तो अकल्पनीय और असंभव ही है।

यद्यपि उसके स्थान पर वर्ण धर्म का एक दयनीय-सा अनुकरण प्रशासन के स्तर पर स्वीकृत है। नीति-निर्धारक शासकीय प्रमुख और प्रमुख प्रशासक एक प्रकार से ब्राह्मण और क्षत्रिय दोनों की ही शक्तियों से संपन्न रखे गए हैं। एक साथ दोनों प्रकार की शक्तियों का एक ही वर्ग को सौंपा जाना वर्णसंकरता की स्थिति है। इस तरह शासक और प्रशासक वर्ण धर्म के निकष पर वर्तमान में वर्णसंकर हैं।

इसके साथ ही व्यापार आदि का भी सर्वोच्च अधिकार समाजवादी दौर में प्रशासन और शासन के ही पास था, जो वैश्य वर्ण की भी शक्तियाँ उनमें ही निहित कर देने की स्थिति है। जिससे वर्णसंकरता और भी गहरी तथा पक्की होती है। इधर सोवियत संघ के बिखराव के बाद वैश्य वर्ण के कार्यों को शासकों और प्रशासकों ने अपने नियंत्रण से थोड़ी छूट दी है।

प्रशासन का चतुर्थ श्रेणी वर्ग मुख्यतः परिचर्या कर्म के लिए ही है। इसे ही हमारे शास्त्रों में शूद्र कर्म कहा गया है। इस प्रकार चतुर्थ श्रेणी कर्मचारी नाम देकर चतुर्थ वर्ण को यथावत् रखा गया है।[4]

आश्रम धर्म

समकालीन भारत राष्ट्र में आश्रम धर्म को कोई विधिक मान्यता प्राप्त नहीं है। वस्तुतः स्वयं ब्रह्मचर्य आश्रम को समकालीन भारतीय राज्य व्यवस्था में कई स्तरों पर अस्वीकृत और रद्द कर दिया गया है। पहला स्तर तो यह है कि शिक्षा देने का दायित्व विद्वानों और ज्ञानियों के स्थान पर स्वयं शासकों और प्रशासकों ने अपने हाथ में ले लिया है। यह भारतवर्ष के लिए तो अभूतपूर्व स्थिति है ही, स्वयं यूरोप और अमेरिका की दृष्टि से भी यह स्थिति अलग है। पश्चिमी यूरोप और संयुक्त राज्य अमेरिका में शिक्षा के स्वरूप का निर्धारण बहुसंख्यकों की रिलीजियस संस्थाओं के संगठनों के हाथ में है,

जिन्हें चर्च की परिषद् या महासभा आदि कहा जाता है। भारत में यह दायित्व शासकों और प्रशासकों ने स्वयं ले रखा है। इस प्रकार गुरुकुल या गुरुगृह निवास की ब्रह्मचर्य की अनिवार्य शर्त का दूर-दूर तक कहीं कोई अस्तित्व ही नहीं है।

दूसरा स्तर जीवन और दिनचर्या से संबंधित है। ब्रह्मचर्य की आयु में विद्यार्थियों को संयम की प्रेरणा देना तो समाप्त ही है, उन्हें सेक्स संबंधी शिक्षा दिए जाने का उत्साह शासन-प्रशासन में है। इसके अतिरिक्त विभिन्न प्रकार के व्यसनों और स्वच्छंदता को विद्यार्थी जीवन का गौरव बना डाला गया है। यह काम प्रशासन और संचार माध्यमों के द्वारा संपन्न हुआ है। इस प्रकार ब्रह्मचर्य आश्रम का समकालीन भारत में कोई अस्तित्व नहीं है।

आकार और बाहरी स्वरूप की दृष्टि से गृहस्थ आश्रम का रूप व्यापक हुआ है। यही नहीं, गृहस्थ आश्रम न सही, गृहस्थ जीवन में रति और आसक्ति की पराकाष्ठा का प्रचार और प्रोत्साहन किया जाता है, परंतु गृहस्थ जीवन के विषय में शासन और संचार माध्यमों के द्वारा व्यक्ति और उसकी पत्नी या पति तथा बच्चों को ही परिवार कहे जाने और बताए जाने का चलन व्यापक है। शेष लोगों से या समाज से परिवार का संबंध केवल संस्कार के रूप में या रीति-रिवाजों के अवशेष के रूप में अवश्य बचा है, परंतु शिक्षा और विधि व्यवस्था में उसका कोई औपचारिक स्थान नहीं है। व्यक्ति अपनी पत्नी और पति तथा संतति के सिवाय अन्य को अपने परिवार का अंग माने या न माने अथवा माने तो किस रूप में माने, इस विषय में व्यक्ति को ही निर्णय करने की संपूर्ण स्वतंत्रता प्राप्त है। यह स्वतंत्रता गृहस्थ आश्रम की अवधारणा को पूरी तरह समाप्त करने पर ही संभव है। न तो अतिथि-सत्कार की कोई विधिक मान्यता है, न ही नित्य कर्म के रूप में गोबलि, श्वान बलि, वायस बलि, पिपीलिकादि बलि और देव बलि की कोई विधिक मान्यता या अनिवार्यता है और न ही उसका कोई गौरव प्रचारित किया जाता है।

इसी प्रकार ज्ञातियों, संबंधियों, पड़ोस आदि से धर्मसम्मत व्यवहार की भी कोई विधिक मान्यता नहीं है। इसके स्थान पर इन सब विषयों में भी व्यक्ति स्वतंत्र है। साथ ही, विवाह संस्कार के समय राष्ट्रभृद आहुतियाँ देते हुए राष्ट्र के लिए कार्य करने की जो प्रतिज्ञा लेने का गृहस्थ आश्रम में प्रवेश के लिए अनिवार्य विधान है, उसका भी कोई विधिक स्थान स्वीकृत नहीं है। यह व्यक्ति के अपने विवेक और निर्णय पर है कि वह वैसी किसी भावना को जीवित रखे या न रखे।

इसके साथ ही गृहस्थ आश्रम के लिए धर्मशास्त्रों में विहित अन्य नियम एवं उपबंध भी कोई विधिक अधिकार नहीं रखते। सगोत्र विवाह यदि बंद है, तो केवल परंपरा के संस्कारों के कारण। शासन के स्तर पर उस संबंध में कोई कानून नहीं है और व्यक्ति को सगोत्र विवाह भी करने की छूट है। धर्मशास्त्रों के ज्ञान से रहित और उस ज्ञान के प्रति

सम्मान से रहित विधिपालिका के अधिकारीगण ऐसे सगोत्र विवाह को वयस्क व्यक्ति का अधिकार घोषित करते हैं।

अनुराग होने पर अथवा राजनीतिक कारणों से एक से अधिक विवाह की परंपरा धर्मशास्त्रों में सहज रूप से मान्य है। महाभारत के आदिपर्व में अध्याय 160 का 36वाँ श्लोक है—

न चाप्यधर्मः कल्याण बहुपत्नीकता नृणाम्।
स्त्रीणामधर्मः सुमहान्भर्तुः पूर्वस्य लंघने॥[5]

(अनेक पत्नियों का होना कोई अधर्म नहीं है, अपितु कल्याणकारी भी हो सकता है, परंतु स्त्रियाँ अपने पति के प्रति कर्तव्य का लंघन करें, तो इसमें अधर्म है। इसका यह अर्थ है कि पति के प्रति किसी भी पत्नी का अनुराग शिथिल होने की स्थिति आ रही हो, तो अनेक पत्नियाँ अकल्याणकारी सिद्ध होंगी।)

चाणक्य ने भी लिखा है कि एक व्यक्ति अनेक विवाह कर सकता है, परंतु किसी भी पत्नी को स्त्री धन से वंचित नहीं किया जा सकता।

चाणक्य के समय 12 वर्ष की कन्या और 16 वर्ष के लड़के को 'प्राप्त व्यवहार' (वर्तमान पदावली में वयस्क) माना जाता था। लड़की पत्नी रूप में कुछ अनुचित करे, तो पति कठोर वाक्यों से शिक्षा दे, ऐसा चाणक्य का कथन है। परंतु फिर तत्काल यह भी कहा है कि अधिक कठोर वचन बोलने पर या हल्का भी प्रहार करने पर वाक्पारुष्य और दंड पारुष्य का दंड मिलेगा। इसी प्रकार स्त्री यदि पति से कठोर वचन बोले तो उसे भी अर्थदंड मिलेगा।

पति के मना करने पर भी किसी अन्य के साथ मद्यमान करने पर या क्रीड़ा करने पर स्त्री अर्थदंड से दंडित होगी। पराए पुरुष से कामवार्त्ता करने पर स्त्री को अपने स्त्री धन में से 24 पर्ण अर्थदंड पति को देना होगा और जिस परपुरुष से वह वार्त्ता कर रही है, उसे भी दुगुना अर्थात् 48 पर्ण अर्थदंड स्त्री के पति को देना होगा। संदिग्ध अवस्था में मिलने पर दोनों को बेंत भी मारे जाएँगे।

पुरुष के द्वारा एक से अधिक विवाह करने के नियम चाणक्य के समय प्रचलित थे। अतः उनका ही उल्लेख चाणक्य ने किया है। तदनुसार यदि संतान न होती हो, तो आठ वर्ष तक प्रतीक्षा करने के बाद पुरुष अन्य विवाह कर सकता है, परंतु पहली पत्नी का अधिकार घर में यथावत् बना रहेगा। यदि मृत पुत्र ही पैदा होते हों, तो दस वर्ष की प्रतीक्षा के उपरांत अन्य विवाह किया जा सकता है और यदि केवल कन्या ही होती हो, तो पुत्र के लिए 12 वर्ष तक प्रतीक्षा के उपरांत पति दूसरा विवाह कर सकता है, परंतु यदि 12 वर्ष से पहले ही पुरुष विवाह कर लेता है, तो प्रथम पत्नी को उसका स्त्री धन में मिला संपूर्ण धन देना होगा और साथ ही क्षतिपूर्ति धन भी देना होगा।

स्त्री संगम की इच्छा न रखती हो, तो पति की कितनी भी तीव्र कामवासना हो, वह धर्मपरायणा पत्नी को संगम का आग्रह नहीं कर सकता। इसी प्रकार स्त्री की कामना हो, परंतु पति की न हो, तो पत्नी भी पति पर दबाव नहीं डाल सकती है।

पति के शरीर पर अन्य स्त्री से मिलने का कोई चिह्न देखने पर पत्नी को पति 12 पण अर्थदंड देगा, परंतु निर्दोष पति या पत्नी को एक-दूसरे से अलग होने का अधिकार नहीं है। हाँ, यदि परस्पर द्वेष भाव दृढ़ हो जाए तो दोनों को अलग होने का अधिकार है (परस्परं द्वेषान्मोक्षः)। अन्यथा धर्ममय विवाह में किसी को अलग होने का अधिकार नहीं है (अमोक्षो धर्मविवाहानाम्)। नीच चरित्र वाले पति का त्याग पत्नी कर सकती है। इसी प्रकार नपुंसक या महापापी पति का त्याग करने का भी पत्नी को अधिकार है। यदि पति परदेश जाकर वहीं बस गया हो और कई वर्षों तक नहीं आए, तो पत्नी को पति त्यागने का अधिकार है। पति को त्यागने के बाद पत्नी अन्य विवाह कर सकती है।[6] याज्ञवल्क्य स्मृति का भी प्रावधान है कि यदि पत्नी मदिरा पीती हो या वंचना करती हो, धोखेबाज हो और कटुभाषिणी हो तथा अपव्ययी हो, तो दूसरा विवाह करणीय है।[7] मनुस्मृति एवं बौधायन धर्मसूत्र के अनुसार कटुवादिनी पत्नी का त्याग कर दूसरा विवाह करणीय है।[8]

इस प्रकार सिद्धांत रूप में बहुपत्नीकता धर्म शास्त्रसम्मत है।[9] परंतु यह भी सत्य है कि व्यवहार में सामान्यतः प्रथम पत्नी के रहते दूसरा विवाह करने का गृहस्थ आश्रम में चलन नहीं था, परंतु ईसाइयों के मैरिज लॉ से प्रेरित होकर, जो हिंदू कानून वर्तमान में लागू है, वह बहुत ही विचित्र है और गृहस्थ आश्रम को सब प्रकार से ध्वस्त करने वाला है। उसमें प्रावधान है कि किसी भी रूप में दूसरा विवाह नहीं हो सकता।[10] परंतु दूसरी ओर 'लिव इन' तथा अन्य सहमतिपूर्ण दैहिक संबंधों को पूरी तरह विधिक मान्यता प्राप्त है। यह दिखाया तो स्त्री के पक्ष में जाता है, परंतु वस्तुतः यह पूरी तरह स्त्रीविरोधी है, क्योंकि लिव इन या अन्य दैहिक रिश्तों से स्त्री को कोई भी वित्तीय या सामाजिक या अन्य गौरवपूर्ण स्थान एवं अधिकार प्राप्त नहीं होता। परिणाम यह कि उसकी मनोदशा एक गहरी कुंठा से भर जाती है। यह स्थिति किसी भी प्रकार स्त्री के पक्ष में नहीं है। या तो स्त्री या पुरुष किसी का भी विवाहेतर संबंध दंडनीय अपराध घोषित हो, जो यद्यपि मनोवैज्ञानिक दृष्टि से मानव इतिहास में सर्वथा असंभव स्थिति है, क्योंकि एक से अधिक से संबंध मानवीय इतिहास का सर्वविदित सत्य है, परंतु विवाहेतर संबंध रखने को विधिक मान्यता देकर संबंधित स्त्री को पुरुष की संपत्ति में अधिकार नहीं देने की स्थिति तो पूरी तरह विचित्र है और शासकों के इस विषय में विचारविहीन होने का प्रमाण है, परंतु मुख्य बात यह है कि ये सब विचित्र प्रकार के कानून एक टेढ़े-मेढ़े जीवन का ही लक्षण हैं। इसमें गृहस्थ आश्रम की मूल भावना और धारणा का सर्वथा विलोप है।

मुख्य बात यह है कि मनुस्मृति का यह निर्देश कि 'पति-पत्नी को धर्म, अर्थ और काम विषयक कार्यों में परस्पर कभी भी पृथक् नहीं होना चाहिए। इन सभी विषयों में अव्यभिचारी संबंध आजीवन होना चाहिए'[11] (अध्याय 9, श्लोक 101 एवं 102), वह तो वर्तमान विधि व्यवस्था में पूरी तरह अमान्य है। क्योंकि इसमें दोनों ही व्यक्तियों की निजता और स्वतंत्रता का लोप वर्तमान कानून में माना जाएगा, जो कानूनन अमान्य होगा। इस प्रकार गृहस्थ आश्रम की आधारभूत अवधारणा ही वर्तमान विधि व्यवस्था में अस्वीकृत एवं अमान्य है। दोनों ही पक्षों के अन्य कर्तव्यों का धर्मशास्त्रों में जो विवेचन है, उनकी तो कोई विधिक मान्यता है ही नहीं। ऐसी स्थिति में समकालीन भारत राष्ट्र में गृहस्थ आश्रम नाम की कोई भी संस्था विधिक रूप में स्वीकृत नहीं है। 'फैमिली लाइफ' और 'मैरिज' ही वर्तमान में स्वीकृत हैं।

गृहस्थ आश्रम की धर्मशास्त्रों में महत्ता विस्तार से वर्णित है। गौतम धर्मसूत्र (3/3) का कथन है कि 'गृहस्थ आश्रम ही सभी आश्रमों की योनि अर्थात् आधार है। क्योंकि शेष तीनों ही आश्रम अपनी संतति उत्पन्न नहीं करते अर्थात् ब्रह्मचारी किसी अन्य ब्रह्मचारी को पैदा नहीं कर सकता, वानप्रस्थी किसी अन्य वानप्रस्थी को पैदा नहीं कर सकता और संन्यासी किसी अन्य संन्यासी को पैदा नहीं कर सकता। इस प्रकार ये तीनों ही आश्रम प्रजनन या अपने जैसा उत्पादन करने में असमर्थ हैं। केवल गृहस्थ आश्रम ही इन सभी प्रकार के लोगों को न केवल उत्पन्न करता है, अपितु आश्रय देता है, आधार देता है, संरक्षण देता है और पोषण तथा समृद्धि देता है। इस प्रकार यह आश्रम सबका मूलभूत है। मनुस्मृति में भी यही कहा गया है कि—

सर्वेषामपि चैतेषां वेदस्मृतिविधानतः।
गृहस्थ उच्यते श्रेष्ठः स त्रीनेतान्बिभर्तिहि॥

(अध्याय 6, श्लोक 89)[12]

अर्थात् इन सभी आश्रमों में वेद और स्मृति के विधान से गृहस्थ ही श्रेष्ठ है, क्योंकि वही इन तीनों का भरण-पोषण करता है।

महाभारत के शांतिपर्व में अध्याय 269 में कहा गया है कि—

यथा मातरमाश्रित्य सर्वे जीवन्ति जन्तवः।
एवं गार्हस्थ्यमाश्रित्य वर्तन्त इतराश्रमाः॥
गृहस्थ एव यजते गृहस्थस्तप्यते तपः।
गार्हस्थ्यमस्य धर्मस्य मूलं यत्किंचिदेजते॥[13]

(जिस प्रकार समस्त प्राणी माँ के आश्रय से ही जीवित रहते हैं, उसी प्रकार गृहस्थ आश्रम का आश्रय लेकर ही अन्य आश्रम टिके हुए हैं। गृहस्थ ही यज्ञकर्ता है और तप तथा शुभ कर्मों का आचरण करता है। इस प्रकार धर्म का मूल गृहस्थ आश्रम ही है।)

वाल्मीकि रामायण, बौधायन धर्मसूत्र, याज्ञवल्क्य स्मृति आदि में भी यही कथन है और मार्कंडेयपुराण, नृसिंहपुराण, कूर्मपुराण आदि में भी गृहस्थ धर्म का विस्तार से प्रतिपादन है।

गृहस्थ आश्रम का आचार-विचार और व्यवहार धर्मशास्त्रों का एक बड़ा विषय है। जिन्हें आह्निक कृत्य कहा जाता है, उनमें प्रात: काल उठना, शौच आदि, स्नान, संध्या और तर्पण तथा पंचमहायज्ञ, भोजन, धनार्जन के लिए आवश्यक कृत्य, दान और यथासमय शयन आदि सम्मिलित हैं। इन सभी विषयों पर धर्मशास्त्रों में विस्तार से प्रतिपादन है। उनके पालन के बिना विवाहित व्यक्ति के जीवन को गृहस्थ आश्रम का जीवन नहीं कहा जा सकता। दिवस विभाजन धर्मशास्त्रों में स्पष्टता से प्रतिपादित है। इसी प्रकार आंतरिक और बाह्य शौच और स्वच्छता के नियम भी विस्तार से प्रतिपादित हैं। विभिन्न प्रकार के स्नानों का भी विस्तृत निरूपण है और वस्त्रधारण की विधियों का भी। इसी प्रकार होम और पंच महायज्ञ का भी विस्तृत प्रतिपादन है तथा जप भी प्रत्येक गृहस्थ के लिए अनिवार्य बताया गया है।[14]

वर्तमान में सर्वाधिक उल्लेखनीय बातें चार हैं—

1. **तर्पण**—इन दिनों अधिकांश गृहस्थ न तो नित्य तर्पण करते हैं और न ही पितृपक्ष में शास्त्रसम्मत कोई तर्पण आदि कर्म करते हैं। इस प्रकार तर्पण से रहित गृहस्थ व्यक्ति को गृहस्थ आश्रमी नहीं कहा जा सकता।

2. **जप**—नियमित संध्या ब्राह्मण के लिए अनिवार्य है, परंतु होम और जप प्रत्येक गृहस्थ के लिए अनिवार्य है। इन दिनों अधिकांश विवाहित हिंदू जप नहीं करते। अत: वे गृहस्थ आश्रमी नहीं माने जा सकते। इसी प्रकार पंच महायज्ञों का न करना भी गृहस्थ आश्रमी होने का प्रमाण नहीं है। ये पंच महायज्ञ प्रत्येक गृहस्थ के लिए आवश्यक हैं।

3. **भोजन संबंधी विचार अर्थात् भक्ष्य-अभक्ष्य विचार**—भोजन संबंधी विचार गृहस्थ आश्रम में भी अत्यंत महत्त्वपूर्ण हैं। आहार शुद्धि पर वेदों, उपनिषदों, पुराणों और धर्मशास्त्रों का स्पष्ट बल है। भोजन करने की विधियाँ और आवश्यक शिष्टाचार आदि तो महत्त्वपूर्ण हैं ही, परंतु विहित और निषिद्ध तथा भक्ष्य और अभक्ष्य का विचार सर्वाधिक महत्त्वपूर्ण है। इन दिनों हिंदू गृहस्थों में इस विचार का तेजी से लोप हो रहा है। लोप का कारण वर्तमान शासन तंत्र के द्वारा दी जा रही शिक्षा का स्वरूप है। अत: इस लोप का संपूर्ण दोष शासकों और प्रशासकों

पर है और वे ही इस विषय में पाप के मुख्य भागी हैं। इसी प्रकार मद्यपान को धर्मशास्त्रों में महापाप कहा गया है। यह महापाप हिंदू गृहस्थों का अधिकांश इन दिनों कर रहा है।

4. **दान**—गृहस्थ आश्रम में दान का सर्वाधिक महत्त्व है। वर्तमान भारत राष्ट्र में हिंदू समाज से धर्मशास्त्रसम्मत दान का लगभग लोप हो चला है। दान के अभाव में विवाहित व्यक्ति को गृहस्थ आश्रमी नहीं कहा जा सकता। दान गृहस्थ आश्रम का मर्मभाग है। वैदिक काल से ही दान की प्रशस्तियाँ गाई गई हैं। स्वयं ऋग्वेद में दाताओं की प्रशस्ति का गायन है। तदुपरांत उपनिषदों में भी।

दान के छह अंग हैं—दाता, प्रतिग्रहीता, श्रद्धा, धर्मयुक्त देय, उचित काल एवं उचित स्थान। इन छहों का विचार दान में आवश्यक है। इष्ट एवं पूर्त कर्म दोनों में ही दान का प्रधान स्थान है। मुख्यतः पूर्त कर्मों में दान सबसे प्रधान है। वापी (बावड़ी), कूप, तड़ाग (तालाब), मंदिर, आराम (जनोद्यान या जनवाटिका) के लिए दान देना तथा अन्न दान प्रत्येक गृहस्थ का यथाशक्ति कर्तव्य है। इसीलिए आज भी परंपरागत हिंदू भिक्षुक भी ग्रहण आदि के समय दान अवश्य देते हैं।

दान के योग्य एवं अयोग्य पात्रों पर भी धर्मशास्त्रों में विस्तार से विचार है। इसी प्रकार क्या देय है और क्या अदेय है, इसका भी सांगोपांग विवरण है। दान के प्रकारों की भी मीमांसा है और दान के समय, दान के स्थान तथा दान देने की विधि का भी बहुत विस्तार से वर्णन है (जिसका अलग से संदर्भ दे चुके हैं)। वर्तमान में दान के इन रूपों का विलोप हो चला है और इस प्रकार गृहस्थ आश्रम का भी विलोप ही हो चला मानना चाहिए। 'मैरिड लाइफ' मात्र को ही गृहस्थ आश्रम नहीं कहा जा सकता। उसे ही गृहस्थ आश्रम कहना अतिचार होगा।

वानप्रस्थ धर्म

तीसरा आश्रम वानप्रस्थ है।[15] वानप्रस्थ आश्रम के विषय में भी धर्मशास्त्रों में विस्तार से विचार किया गया है। जाबालोपनिषद् के मत से कुछ लोग ब्रह्मचर्य के बाद ही वानप्रस्थी हो सकते हैं, परंतु सामान्यतः गृहस्थ आश्रम संपन्न करके ही वानप्रस्थ में प्रवेश करना चाहिए। मनु का कहना है कि नाती-पोते होने के बाद तो वानप्रस्थ अवश्य ही ग्रहण करना चाहिए। कुल्लूक भट्ट ने इसकी टीका करते हुए कहा है कि 50 वर्ष की आयु के बाद वानप्रस्थ उचित है।

आपस्तंब धर्मसूत्र, बौधायन धर्मसूत्र, वसिष्ठ धर्मसूत्र, विष्णु धर्मसूत्र, मनुस्मृति, याज्ञवल्क्य स्मृति, महाभारत आदि में और कूर्मपुराण में भी वानप्रस्थ के नियम बताए गए हैं। वानप्रस्थ में यदि पत्नी पति के साथ जाना चाहे, तो उसकी भी अनुमति शास्त्र देते हैं

और यदि पत्नी न जाना चाहे, तो वह अपने बेटों के साथ रह सकती है।

मनुस्मृति और गौतम धर्मसूत्र के अनुसार वानप्रस्थी को उस भोजन का आग्रह नहीं रखना चाहिए, जो वह गृहस्थ आश्रम में रहते हुए करता है और साथ ही, उसे गृहस्थी के सामान का भी आग्रह नहीं रखना चाहिए। वानप्रस्थ आश्रम में उसे अन्न और भोजन का भी अधिक संग्रह नहीं करना चाहिए। अन्य वस्तुओं का संग्रह तो वर्जित ही है। वानप्रस्थी को शरीर की पवित्रता और ज्ञान की वृद्धि के लिए निरंतर प्रयास करना चाहिए तथा उपनिषदों का अध्ययन करना चाहिए।

महाभारत के शांति पर्व में प्रत्येक राजा और राजन्य के लिए वानप्रस्थ अनिवार्य बताया गया है। महाभारत में अनेक महान् राजाओं के वानप्रस्थ ग्रहण का विवरण दिया गया है।

वर्तमान में वानप्रस्थ आश्रम का हिंदू समाज में लगभग लोप है। उसके स्थान पर वृद्धाश्रम आदि बन रहे हैं, क्योंकि पुत्र गृहस्थ आश्रम के नियमों और कर्तव्यों का पालन नहीं करते और माता-पिता के प्रति वैसे भाव भी नहीं रखते, जो गृहस्थ पुत्र के लिए धर्म कर्तव्य है। यद्यपि कतिपय संगठनों ने समाज के बहुत से लोगों को वानप्रस्थ जीवन जीते हुए समाज में पूर्त कर्म करने अथवा समाज के किसी अभाव की पूर्ति के लिए कार्य करने में संलग्न रहने की प्रेरणा को व्यापक बनाया है। उसके शुभ परिणाम भी निकल रहे हैं, परंतु यह एक सामान्य नियम के रूप में प्रचलित नहीं हो पाया है।

संन्यास धर्म

संन्यास धर्म अत्यंत कठिन और विरल है।[16] प्रत्येक व्यक्ति के लिए संन्यास का न तो कोई प्रावधान है और न ही धर्मशास्त्रों में इसकी व्यवस्था है। आजकल भ्रमवश यह मान लिया जाता है कि प्रत्येक धर्मनिष्ठ हिंदू का कर्तव्य है चौथेपन में संन्यास आश्रम में प्रवेश करना, परंतु धर्मशास्त्रों में ऐसा कोई भी प्रावधान नहीं है।

छांदोग्योपनिषद् में अध्याय 2, खंड 23 में पहला ही मंत्र है—

त्रयो धर्मस्कंधा यज्ञोऽध्ययनं दानमिति प्रथमस्तप एव द्वितीयो ब्रह्मचार्याचार्यकुलवासी तृतीयोऽत्यन्तमात्मानमाचार्यकुलेऽवसादयन्सर्व एते पुण्यलोका भवन्ति ब्रह्मसंस्थोऽमृतत्त्वमेति।[17]

(धर्म के तीन स्कंध हैं—प्रथम है, यज्ञ, अध्ययन और दान। दूसरा है, तप जो कि आचार्य कुल में रहने वाले ब्रह्मचारी के द्वारा विशिष्ट तप के रूप में किया जाता है। तीसरा है, जीवन भर आचार्य कुल में रहते हुए ब्रह्मसंस्थ होकर शरीर को क्षीण कर देना। ये तीनों ही पुण्य लोक के भागी होते हैं।)

यद्यपि आदि शंकराचार्य ने ब्रह्मसंस्थ होने को संन्यास का पर्याय बताया है, परंतु

तथ्य यह है कि उपनिषद् में स्पष्ट रूप से धर्म के तीन ही स्कंध कहे गए हैं। अन्य अनेक विद्वानों ने इसे ब्रह्मचर्य, गृहस्थ एवं वानप्रस्थ इन तीन आश्रमों की ओर संकेत माना है। दान आदि गृहस्थ आश्रम के ही कर्म हैं और ब्रह्मसंस्थ होना वानप्रस्थ आश्रम का कर्म मान लिया गया है। प्राचीन काल में बड़े-बड़े सम्राट् और राजा वन को जाते थे, तो वह वानप्रस्थ आश्रम का ही जीवन था। संन्यास लेने वाले राजाओं का वर्णन सनातन धर्म की मुख्य परंपरा में प्राचीन काल में नहीं मिलता। अपवाद रूप में ही राजा संन्यासी होते थे।

वृहदारण्यक उपनिषद् में अध्याय 2, ब्राह्मण 4 का पहला मंत्र है—

मैत्रेयीति होवाच याज्ञवल्क्य उद्यास्यन्वा अरेऽहमस्मात्स्थानादस्मि हस्त तेऽनया कात्यायन्यान्तं करवाणीति॥[18]

अर्थात् अरी मैत्रेयी, मैं इस गृहस्थ आश्रम से ऊपर (वानप्रस्थ आश्रम) जाने वाला हूँ। इसलिए यहाँ की समस्त संपत्ति का तुममें और कात्यायनी में बँटवारा कर दूँ।

इससे यह ज्ञात होता है कि जब वानप्रस्थ आश्रम के लिए विद्वान् जाते थे, तो वे घर-द्वार, पत्नी और समस्त संपत्ति का परित्याग कर देते थे। यहाँ वानप्रस्थ आश्रम में पति और पत्नी दोनों के जाने का संकेत नहीं है। इसी उपनिषद् में अध्याय 3, ब्राह्मण 5 का पहला मंत्र है—

एतं वै तमात्मानं विदित्वा ब्राह्मणाः पुत्रैषणायाश्च वित्तैषणायाश्च लोकेषणायाष्च। व्युत्थायाथ भिक्षाचर्यं चरन्ति या ह्योव पुत्रैषणा सा वित्तैषणा या वित्तैषणा सा लोकेषणोभे ह्येते एषणे एव भवतः। तस्माद् ब्राह्मणः पाण्डित्यं निर्विद्य बाल्येन तिष्ठासेत्। बाल्यं च पाण्डित्यं च निर्विद्याथ मुनिरमौनं च मौनं च निर्विद्याथ ब्राह्मणः स ब्राह्मणः केन स्याद् येन स्यात् तेनेदृश एवातोऽन्यदार्तं ततो ह कहोलः कौषीतकेय उपरराम॥[19]

अर्थात् हे कहोल! (मुनि का नाम), आत्मा को जानकर ब्राह्मण पुत्रैषणा, वित्तैषणा और लोकैषणा से ऊपर उठकर (व्युत्थाय) भिक्षा द्वारा जीवन निर्वाह करते हुए विचरते हैं। ये सभी एषणाएँ त्याज्य हैं। ब्राह्मण को चाहिए कि वह संपूर्ण पांडित्य से संपन्न होकर (निर्विद्य अर्थात् निःशेषं विदित्वा-समग्र ज्ञान से संपन्न होकर) बालक की तरह बना रहे। इसके उपरांत मौन या अमौन दोनों स्थितियों से ऊपर उठकर ब्रह्म की अनुभूति में रमना चाहिए। जो ऐसा हो, वही ब्राह्मण है। शेष सब आर्तजन हैं।

यहाँ वानप्रस्थ अवस्था का ही वर्णन है। इसमें संन्यास से संबंधित किसी भी कर्मकांड का निर्देश नहीं है। अपितु ज्ञान साधना का ही निर्देश है। संन्यास आश्रम ब्रह्मचर्य, गृहस्थ एवं वानप्रस्थ आश्रमों की तरह सभी के द्वारा प्रवेश के योग्य नहीं है। उसके लिए विशेष अर्हता चाहिए, क्योंकि संन्यास का अर्थ है समस्त सांसारिक दायित्वों से मुक्त होकर तथा समस्त सांसारिक कामनाओं का संकल्पपूर्वक त्याग करके परमज्ञान, परमसत् या परमसत्ता और परमानंद की बोधदशा में रहना। इसीलिए सभी के लिए

संन्यास विहित नहीं है और सभी के लिए संन्यास की परंपरा भी नहीं रही है।

महाभारत के शांतिपर्व में भगवान् वेदव्यास कहते हैं—बेटे! जब गृहस्थ पुरुष के बाल सफेद हो जाएँ, शरीर में झुर्रियाँ पड़ जाएँ और पौत्र की प्राप्ति हो जाए तब अपनी आयु का तृतीय भाग व्यतीत करने के लिए वन में जाकर वानप्रस्थ आश्रम में रहना चाहिए। वहाँ बिना जुती हुई जमीन से उत्पन्न धान, जौ, नीवार आदि से जीवन निर्वाह करे या कंद-मूल से ही जीवन चलाए। वानप्रस्थ की अवधि पूरी कर लेने के उपरांत जब शरीर अत्यंत दुर्बल हो जाए, तब एक ही दिन में पूर्ण हो सकने वाला यज्ञ करके अपना सर्वस्व दक्षिणा में दे डाले।[20] (शांतिपर्व, अध्याय 244, श्लोक 4, 5, 6 एवं 24)।

फिर आत्मा का ही यजन करे। आत्मा में ही रति रखे और आत्मक्रीड़ा करे। सब प्रकार से आत्मा का ही आश्रय ले। यज्ञ आदि भी आत्मा के स्तर पर ही करे अर्थात् द्रव्य यज्ञ नहीं करे। फिर जब मन और उन्नत हो जाए तो केवल आत्मयज्ञ करे। प्राणाग्निहोत्र करे, मौन भोजन करे, समस्त प्राणियों को अभयदान देकर ब्रह्म में ही रमे। ऐसा ब्राह्मण तेजोमय लोक में जाता है और फिर मोक्ष प्राप्त करता है। वह न तो इहलोक के लिए कोई कर्म करता है और न ही परलोक के लिए। वह अहिंसा आदि सार्वभौम यमों का सहज पालन करता है और संयम से जीवन जीता है।[21] (वही अध्याय 244, श्लोक 24 से 31)

अगले अध्याय में भगवान् वेदव्यास पुत्र शुकदेव को समझाते हैं—तीनों आश्रमों के कर्तव्यों से निवृत्त होकर अकेले ही संन्यास धर्म में प्रवृत्त होना चाहिए। कभी किसी की निंदा न करे और न ही सुने। ब्राह्मणों के प्रति कोई भी अनुचित बात कदापि न सुने। अपनी निंदा सुनकर भी चुप रह जाए। जो भी वस्त्र मिल जाएँ, उनसे ही शरीर को ढके और जो भी भोजन योग्य वस्तु समय पर मिल जाए, उससे ही भूख मिटाए और जहाँ कहीं भी स्थान मिले, वहीं सो जाए। न तो जीवन का अभिनंदन करे और न ही मृत्यु का। काल की प्रतीक्षा करता रहे, जैसे सेवक स्वामी के आदेश की प्रतीक्षा करता है।

स्पष्ट है कि यह स्थिति अत्यंत विरल है और इसका सामान्य लोकजीवन से कोई संबंध नहीं है।

यद्यपि संन्यासी की उपस्थिति मात्र से लोकजीवन पवित्र और धन्य हो जाता है, परंतु स्वयं संन्यासी को लोकजीवन से कोई भी रति नहीं होती। यह अत्यंत दुर्लभ स्थिति है। इसीलिए संन्यास आश्रम सबके लिए अनिवार्य नहीं है।

मनु ने भी कहा है कि—ऋणानि त्रीणि अपाकृत्वा ततो मोक्षे निवेशयेत्। अर्थात् पितृऋण, ऋषिऋण और देवऋण तीनों से मुक्त होने के बाद ही संन्यास ग्रहण करना चाहिए।

परंतु इसका यह अर्थ भी नहीं है कि संन्यास आश्रम वैदिक काल के बाद का विकास है, जैसा कि यूरो-ईसाई लोग कहते रहते हैं। क्योंकि प्राचीनतम धर्मसूत्रों और

धर्मशास्त्रों में संन्यास का विस्तार से वर्णन है। अंतर केवल यह है कि वह सबके लिए नहीं है, केवल ऐसे समर्थ व्यक्ति के लिए है, जो सभी प्रकार की एषणाओं से मुक्त होकर परमसत्ता और परमानंद की साधना का इच्छुक हो।

गौतम धर्मसूत्र, आपस्तंब धर्मसूत्र, बौधायन धर्मसूत्र, वसिष्ठ धर्मसूत्र, मनुस्मृति, याज्ञवल्क्य स्मृति, वैखानस स्मृति, विष्णु धर्मसूत्र, अग्निपुराण, कूर्मपुराण तथा महाभारत में संन्यास के लक्षणों और कर्तव्यों की विस्तार से विवेचना है।

संन्यास आश्रम में प्रवेश करने के लिए व्यक्ति को प्रजापति के लिए यज्ञ करना पड़ता है और अपनी समस्त संपत्ति ब्राह्मणों, दरिद्रों और असहायों में बाँटनी होती है। नृसिंहपुराण के अनुसार संन्यास आश्रम में प्रविष्ट होने से पहले आठ प्रकार के श्राद्ध करने चाहिए। वे हैं—दैव, आर्ष, दिव्य, मानुष, भौतिक, पैतृक, मातृ श्राद्ध और आत्मश्राद्ध। नृसिंहपुराण में यह भी लिखा है कि जो व्यक्ति भूख में संयम रख सके, जिह्वा पर संयम रख सके, स्वाद से ऊपर उठ सके और अत्यंत अनिवार्य होने पर ही बोले तथा कामसंवेग पर पूर्ण संयम रख सके, केवल उसे ही संन्यासी होने का अधिकार है।[22]

घर, पत्नी, पुत्रों एवं संपत्ति का त्याग करके संन्यासी को गाँव के बाहर रहना चाहिए, उसे बेघर होना चाहिए, जब सूर्यास्त हो जाए तो पेड़ों के नीचे या परित्यक्त घर में रहना चाहिए और सदा एक स्थान से दूसरे स्थान तक चलते रहना चाहिए। वह केवल वर्षा के मौसम में एक स्थान पर ठहर सकता है[23] (मनुस्मृति, अध्याय 6, श्लोक 41 एवं 43-44, वसिष्ठ धर्मसूत्र, अध्याय 10, श्लोक 12-15, शंखस्मृति, अध्याय 7, श्लोक 6) तथा मिताक्षरा टीका (याज्ञवल्क्य स्मृति, अध्याय 3, श्लोक 58) द्वारा उद्धृत शंख के वचन से पता चलता है कि संन्यासी वर्षा ऋतु में एक स्थान पर केवल दो मास तक रुक सकता है। कण्व का कहना है कि वह एक रात्रि गाँव में, या पाँच दिन कस्बे में (वर्षा ऋतु को छोड़कर) रह सकता है। आषाढ़ की पूर्णिमा से लेकर चार या दो महीनों तक वर्षा ऋतु में एक स्थान पर रुका जा सकता है। संन्यासी यदि चाहे तो गंगा के तट पर सदा रह सकता है।

संन्यासी को सदा अकेले घूमना चाहिए। यह दक्ष स्मृति (7/34 से 38) का कथन है।[24] दक्ष ने तो कहा है कि वास्तविक संन्यासी वही है, जो अकेला रहे। जब दो संन्यासी एक साथ कहीं रहें तो यह संन्यासी की मर्यादा का उल्लंघन है और यदि तीन संन्यासी एक साथ रहें, तब तो उन्हें एक गाँव के समान ही मान लेना चाहिए और इससे अधिक हों तो उन्हें नगर बसाने वाला मान लेना चाहिए। ऐसा करना धर्मच्युत होना है। दो संन्यासी साथ रहते हैं, तो लोकवार्त्ता करने लगते हैं और कई बार उनमें परस्पर स्नेह अथवा ईर्ष्या-द्वेष भी देखा जाता है। इससे तपस्या भंग होती है। यदि धन के लिए या आदर-मान के लिए संन्यासी व्याख्यान आदि देने लगें और शिष्यों का बड़ा समूह एकत्रित करने लगें, तो वे कुतपस्वी कहे जाएँगे। क्योंकि तपस्वी को केवल शौच, भिक्षा, एकांतवास और

ध्यान ही करना चाहिए। अन्यथा फिर वह संन्यासी नहीं कहा जाएगा। महर्षि नारद ने इन चार कर्मों में जप और देवार्चन को भी जोड़ दिया है।

याज्ञवल्क्य स्मृति के अध्याय 3 के 58वें श्लोक की मिताक्षरा टीका में विज्ञानेश्वर (11वीं शताब्दी) ने लिखा है—

एको भिक्षुर्यथोक्तस्तु द्वौ भिक्षु मिथुनं स्मृतम्।
त्रयो ग्रामः समाख्यात ऊर्ध्व तु नगरायते॥
नगरं हि न कर्तव्यं ग्रामो वा मिथुनं तथा।
एतत्र्यं प्रकुर्वाणः स्वधर्माच्यवते यतिः॥
राजवार्त्ता ततस्तेषां भिक्षावार्त्ता परस्परम्।
स्नेहपैशुन्यमात्सर्य संनिकर्षान्न संशयः॥
लाभपूजानिमित्तं तु व्याख्यानं शिष्यसंग्रहः।
एते चान्ये च बहवः प्रपन्चाः कुतपस्विनाम्॥
ध्यानं शौचं तथा भिक्षा नित्यमेकान्तशीलता।
भिक्षोश्चत्वारि कर्माणि पन्चमं नोपपद्यते॥[25]

दक्ष 7/34–38 (अपरार्क पृ. 952 में तथा मिताक्षरा, याज्ञ. 3/58 में उद्धृत)।

मनु महाराज का कहना है कि—

ऋणानि त्रीण्यपाकृत्य मनो मोक्षे निवेशयेत्।
अनपाकृत्य मोक्षं तु सेवमानो व्रजत्यधः॥
अधीत्य विधिवद्वेदान्पुत्रांश्चोत्पाद्य धर्मतः।
इष्ट्रवा च शक्ति तो यज्ञैर्मनो मोक्षे निवेशयेत्॥
अनधीत्य द्विजो वेदाननुत्पाद्य तथा प्रजाम्।
अनिष्ट्वा चैव यज्ञैश्च मोक्षमिच्छन्व्रजत्यधः॥
प्राजपत्यां निरुप्येष्टिं सर्ववेदसदक्षिणाम्।
आत्मन्यग्नीन्समारोप्य ब्राह्मणः प्रव्रजेद्गृहात्॥

यो दत्वा सर्वभूतेभ्यः प्रव्रजत्यभयं गृहात्।
तस्य तेजोमया लोका भवन्ति ब्रह्मवादिनः॥
यस्मादण्वपि भूतानां द्विजान्नोत्पद्यते भयम्।
तस्य देहाद्विमुक्तस्य भयं नास्ति कुतश्चन॥
एक एव चरेन्नित्यं सिद्ध्यर्थम् असहायवान्।
सिद्धिमेकस्य सम्पश्यन्न जहानि न हीयते॥[26]

(मनुस्मृति, अध्याय 6, श्लोक 35 से 40 तथा 42)

अर्थात् पितृऋण, ऋषिऋण और देवऋण इन तीनों ऋणों को चुकाने के उपरांत ही अर्थात् गृहस्थ आश्रम में प्रजा उत्पादन, शिक्षा का प्रसार, ज्ञान का विस्तार तथा देवपूजन-यजन आदि को निर्धारित अवधि तक संपन्न करने के उपरांत ही संन्यास आश्रम में (मोक्ष साधना में) प्रवृत्त होना चाहिए। जो तीनों ही ऋणों को चुकाए बिना मोक्ष की कामना और प्रवृत्ति करता है, उसका अध:पतन होता है। विधिपूर्वक वेदों का अध्ययन करके, विवाह से धर्मपूर्वक संतान उत्पन्न करके और अपनी शक्ति भर इष्ट कर्म संपादित करके ही व्यक्ति को मोक्ष में चित्त का निवेश करना चाहिए। वेदों का स्वाध्याय किए बिना, संतान उत्पन्न किए बिना और इष्ट कर्मों का संपादन किए बिना मोक्ष की इच्छा करने वाला अधोलोक में जाता है।

प्राजापत्य यज्ञ का अनुष्ठान करके और सर्वस्व का दान करके आत्मज्ञान की ज्योति को प्रज्वलित करके ब्राह्मण को संन्यास लेना चाहिए। समस्त प्राणियों को अभय प्रदान करके जो व्यक्ति संन्यास में प्रवेश करता है, उस ब्रह्मवादी को तेजोमय लोक की प्राप्ति होती है। जिससे जीवन में किसी भी जीव को अणुमात्र भी भय नहीं हो, उसके आगे के मार्ग भयरहित हो जाते हैं। देहयात्रा की समाप्ति के उपरांत उसे किसी प्रकार का भय नहीं रहता। बिना किसी की सहायता लिये, नितांत असहाय रहकर, एकाकी विचरण करने वाले को ही मोक्ष की सिद्धि होती है। उसे सदा यह बोध रहना चाहिए कि वह न तो कुछ छोड़ रहा है और न ही उससे कुछ छूट रहा है। अपितु वह महान् आत्मबोध का लाभ प्राप्त कर रहा है।

इसीलिए संन्यासी ही व्यापक अर्थ में अहिंसक होता है। वह किसी भी जीव को कष्ट नहीं देता और अपने अपमान के प्रति भी उदासीन रहता है तथा अपने ऊपर प्रहार के प्रति भी उदासीन रहता है। वह कभी भी क्रोधावेश में नहीं आता। वह कभी भी असत्य भाषण नहीं करता, भले सत्य बोलने में प्राणों पर संकट ही आ रहा हो। इस तरह का महान् अहिंसा धर्म केवल संन्यासी के लिए है, ब्रह्मचारी, गृहस्थ या वानप्रस्थ के लिए नहीं है।

संन्यासी को केवल भिक्षा से प्राप्त भोजन ही करना चाहिए। भिक्षाटन के लिए भी केवल एक बार ही जाना चाहिए और वर्षा की स्थिति के सिवाय और कभी भी किसी गाँव या नगर के किसी घर में एक रात भी नहीं रुकना चाहिए। वर्षा की स्थिति हो, तो भी एक जगह एक दिन से अधिक नहीं रुके। बिना किसी पूर्व योजना के अथवा बिना अपने मन से घरों का चयन किए, सात घरों से ही भिक्षा माँगनी चाहिए। एक घर के सामने अधिक-से-अधिक इतनी देर ही रुका जा सकता है, जितने में एक गाय दुह ली जाती है। संन्यासी भिक्षा तो सभी वर्णों के घर से माँग सकता है, परंतु भोजन वह केवल द्विजों के यहाँ ही कर सकता है। वायुपुराण के अनुसार संन्यासी को एक ही घर से माँगकर एक

दिन का भोजन नहीं लेना चाहिए, अपितु थोड़ा-थोड़ा कई घरों से लेने के बाद भोजन करना चाहिए। भोजन में नमक कम हो या अधिक, अलग से नहीं लेना चाहिए। मधु का सेवन नहीं करना चाहिए और मांस भक्षण तो सर्वथा वर्जित है ही।

शुक्राचार्य का मत है कि संन्यासी केवल इन पाँच प्रकारों से भोजन ग्रहण कर सकता है—

1. किन्हीं तीन या पाँच या सात घरों से प्राप्त भिक्षा से। इसे मधुकरी वृत्ति कहते हैं।
2. जब रात्रि में शयन का समय होने से पूर्व कोई भक्त भोजन ग्रहण करने की प्रार्थना करे।
3. भिक्षा के लिए प्रस्थान करने से पूर्व ही यदि कोई भक्त भोजन के लिए अनुरोध करे।
4. किसी ब्राह्मण के द्वार पहुँचने पर यदि वह ब्राह्मण बिना पूर्व योजना के भोजन करने का अनुरोध करे।
5. भक्तों या शिष्यों द्वारा मठ में लाया गया पका हुआ भोजन।

याज्ञवल्क्य स्मृति पर सम्राट् शिलाहार द्वारा लिखित अपरार्क टीका (12वीं शताब्दी) के अनुसार संन्यासी को सर्वप्रथम ब्राह्मण घर में भिक्षा माँगनी चाहिए। यदि ब्राह्मण भोजन के लिए अनुरोध करे, तो स्वीकार कर लेना चाहिए। ऐसा न होने पर क्षत्रिय एवं वैश्य के यहाँ भोजन किया जा सकता है। दूसरी ओर, वसिष्ठ धर्मसूत्र का कहना है कि संन्यासी को शूद्र के घर में भोजन नहीं करना चाहिए, परंतु पराशर स्मृति में विशेषकर वृद्ध एवं रोगी संन्यासी को इसकी छूट है।

संन्यासी को कभी भी प्रवचन आदि के द्वारा अथवा विद्यादान करके अथवा ज्योतिष का प्रयोग करके अथवा भविष्यवाणी करके किसी भी प्रकार का भोजन आदि कुछ भी ग्रहण नहीं करना चाहिए।

मनु, गौतम और वसिष्ठ तीनों का ही एकमत है कि संन्यासी को अपने पास कुछ भी संग्रह नहीं रखना चाहिए। केवल सामान्य परिधान, जलपात्र, आसन, भिक्षापात्र और सामान्य शय्या (कंथा या कथरी) ही रखनी चाहिए। यद्यपि वायुपुराण ने कुछ अन्य सामग्रियों यथा खड़ाऊँ आदि को भी रखने की बात कही है।

संन्यासी को केवल कौपीन धारण करने का विधान है। कौपीन सदा स्वच्छ हो। आवश्यकता पड़ने पर शरीर को किसी वस्त्र से ढका जा सकता है। संन्यासी मुंडित रहे या जटा रखे, धर्मशास्त्र के अनुसार यह उसकी अपनी इच्छा पर निर्भर है। सामान्यत: उसे खाली चबूतरे पर सोना चाहिए। मृत्यु का कभी भी भय नहीं करना चाहिए और वैदिक मंत्रों के जप के अतिरिक्त सामान्यत: मौन रहना चाहिए। संन्यासियों के लिए छड़ी लेकर

चलने का भी विधान है। मनु के अनुसार, संन्यासी को दंडी होना चाहिए अर्थात् एक दंड लेकर चलना चाहिए, जबकि याज्ञवल्क्य के अनुसार त्रिदंडी होना चाहिए, परंतु त्रिदंडी का वास्तविक अर्थ है—शरीर, मन और वाणी तीनों पर नियंत्रण, क्योंकि दंड का अर्थ है नियंत्रण। राजदंड में भी दंड का मुख्य कार्य अकरणीय कर्म पर नियंत्रण रखना ही है। संन्यासी चलते समय भूमि पर यह निरीक्षण करता रहे कि उससे कोई कीटादि को हानि न हो। पानी भी इसीलिए छानकर पीना चाहिए और वाणी भी छानकर ही बोलनी चाहिए। सत्य, अक्रोध, पवित्रता, विवेक, मनोजय, इंद्रियविग्रह और आत्मज्ञान इन्हें संन्यासी को अवश्य साधना चाहिए। प्राणायाम तथा योग साधना के द्वारा संन्यासी को आत्मज्ञान एवं ब्रह्मज्ञान की साधना करनी चाहिए।

महाभारत में ब्राह्मणों एवं क्षत्रिय राजाओं, दोनों के ही संन्यासी होने का वर्णन है। राजाओं को चौथी अवस्था में संन्यास ग्रहण करने की प्रेरणा दी गई है, परंतु बृहदारण्यक के अध्याय 4 में चौथे ब्राह्मण में संन्यास के विषय में विस्तार से वर्णन है और उसमें 21वाँ मंत्र है—

तमेव धीरो विज्ञाय प्रज्ञां कुर्वीत ब्राह्मणः।
नानुध्यायाद् बहून शब्दान् वाचो विग्लापनं हि तदिति॥[27]

अर्थात् धीर-गंभीर ब्राह्मण को संन्यास आश्रम में ब्रह्म में ही प्रज्ञा करनी चाहिए और अधिक शब्दों का चिंतन नहीं करना चाहिए, क्योंकि अधिक शब्द तो वाणी का विग्लापन ही है। (विग्लापन का अर्थ है विशेष रूप से ग्लानिकर। आदि शंकराचार्य ने ग्लानिकर का अर्थ श्रमकर अर्थात् बहुत श्रमकारक बताया है।)

इस प्रकार बृहदारण्यक उपनिषद् के अनुसार ब्राह्मण ही संन्यास का अधिकारी है। मुंडक उपनिषद् में द्वितीय खंड का 12वाँ मंत्र है—

परीक्ष्य लोकान्कर्मचितान्ब्राह्मणो निर्वेदमायान्नास्त्यकृतः कृतेन।
तद्विज्ञानार्थं स गुरुमेवाभिगच्छेत् समित्पाणिः श्रोत्रियं ब्रह्मनिष्ठम्॥[28]

अर्थात् ब्राह्मण को लोक की समस्त कर्म चिंताओं का परीक्षण करके सहज ही निर्वेद प्राप्त होता है। बिना ऐसे परीक्षण के केवल कृत कर्म करते रहने से स्वतः सिद्ध परमेश्वर का बोध नहीं होता। वह बोध प्राप्त करने के लिए ब्राह्मण को समित्पाणिः होकर ब्रह्मनिष्ठ श्रोत्रिय गुरु के पास विनयपूर्वक उपस्थित होना चाहिए। यहाँ स्पष्ट रूप से ब्राह्मण को ही संन्यास का अधिकारी कहा गया है।

मनुस्मृति में भी यही कथन है—आत्मन्यग्नीन्समारोप्य ब्राह्मणः प्रवजेद्गृहात्।[29] (6/38 पूर्वोद्धृत)

अर्थात् ब्राह्मण को आत्म में ही प्रज्वलित अग्नि में यज्ञ कर संन्यास आश्रम में प्रवेश करना चाहिए, परंतु कात्यायन का कहना है कि ब्राह्मण, क्षत्रिय और वैश्य तीनों

का ही चारों आश्रमों में अधिकार है, परंतु जाबाल उपनिषद् के 43वे मंत्र का कथन है—पुनरव्रतीया व्रती वा स्नातको वा अस्नातको वा उत्सन्नाग्निको वा यदहरेव विरजेतदहरेव प्रव्रजेत् ।[30]

अर्थात् व्यक्ति ने व्रत किए हों या न किए हों, वह स्नातक हो या न हो, उसने वैदिक अग्नियों का संपादन कर उनका त्याग किया हो अथवा यों ही विरक्त हो गया हो, जो भी संसार से विरक्त हो जाए, वह संन्यासी हो सकता है। यहाँ सभी वर्णों के लोगों को संन्यास की अनुमति का संकेत मिलता है। कूर्म पुराण में उपरिविभाग में दूसरा श्लोक है—

अग्नीनात्मनि संस्थाप्य द्विजः प्रव्रजितो भवेत्।
योगाभ्यासरतः शांतो ब्रह्मविद्यापरायणः ॥[31]

अर्थात् द्विज को आत्माग्नि को प्रदीप्त कर संन्यास ग्रहण करना चाहिए। वहाँ योगाभ्यास में रत रहकर शांत रहते हुए ब्रह्मविद्या परायण रहना चाहिए।

यहाँ स्पष्ट रूप से ब्राह्मण, क्षत्रिय एवं वैश्य तीनों ही द्विजों को संन्यास की आज्ञा दी गई है। आदि शंकराचार्य ने भी केवल ब्राह्मणों को ही संन्यास के योग्य कहा है, परंतु उनके प्रमुख शिष्यों में से एक सुरेश्वराचार्य ने शांकरभाष्य के वार्तिक में स्वयं अपने गुरु के मत से भिन्न बात कही है और द्विजों को अर्थात् तीनों वर्णों को संन्यास के योग्य कहा है। महाकवि कालिदास ने भी रघुवंश में सम्राट् रघु के संन्यास का भव्य वर्णन किया है। इस प्रकार संन्यास की योग्यता के विषय में भिन्न-भिन्न मत चले आए हैं।

संन्यास एवं नारियाँ

याज्ञवल्क्य की मिताक्षरा टीका में अध्याय 3 के श्लोक 58 की टीका कहती है कि 'कुछ आचार्यों के मत से नारियाँ संन्यास आश्रम में प्रविष्ट हो सकती हैं, परंतु सामान्यतः नारियों के लिए संन्यास के विषय में प्रोत्साहन नहीं मिलता।'[32]

दिव्यांग और संन्यास

इसी प्रकार आदि शंकराचार्य तथा स्वयं मनु ने अंधे, लूले-लँगड़े आदि दिव्यांगों और नपुंसकों को संन्यास के अयोग्य कहा है, क्योंकि संन्यास के नियमों का पालन उनसे नहीं हो सकेगा।

संन्यासी और मठ

आदि शंकराचार्य जीवनपर्यंत ब्रह्मचारी रहे। उन्होंने सनातन धर्म के तत्त्वदर्शन के उत्कर्ष के लिए श्रृंगेरी, पुरी, द्वारका एवं बद्रीधाम में चार मठ स्थापित किए, परंतु बाद में देश में मठों की संख्या निरंतर बढ़ती रही। महाभारत में भी मठों और चैत्य के वर्णन आए

हैं। वस्तुतः संस्कृत की ज्ञान परंपरा से अनभिज्ञ यूरो-ईसाई लोगों ने हिंदू धर्म के विरुद्ध विशेष आग्रह के कारण चैत्य का अर्थ बौद्धों के मठ या विहार आदि कर दिया, जोकि पूरी तरह गलत है। चैत्य सनातन धर्म परंपरा में अत्यंत प्राचीनकाल से चले आए हैं और बौद्ध पंथ प्रारंभ में सनातन धर्म की एक शाखा होने के कारण उसमें भी चैत्य स्थापित किए जाते रहे। अनजान लोगों ने चैत्य को बौद्ध धर्म से जोड़ दिया, तो इससे केवल उनका अज्ञान प्रकट होता है। सत्य का इससे कोई संबंध नहीं।

संन्यासियों की बहुत सी शाखाएँ हैं और बहुत से प्रकार हैं। अनुशासन पर्व में 4 प्रकार के संन्यासी बताए हैं—कुटीचक, बहूदक, हंस एवं परमहंस। कुटीचक संन्यासी वह है, जो अपने घर के पास ही पुत्रों द्वारा बना दी गई कुटिया में रहता है और परिजनों से ही भिक्षा ग्रहण करता है। ऋषियों के आश्रम में वह जाता-आता रहता है। बहूदक संन्यासी वे हैं, जो सात पवित्र ब्राह्मणों के यहाँ से भिक्षा माँगकर भोजन लेते हैं। हंस लोग किसी ग्राम में एक रात से अधिक नहीं ठहरते और किसी नगर में पाँच रात्रि से अधिक नहीं ठहरते। वे बीच-बीच में चांद्रायण आदि कठिन व्रत करते रहते हैं। परमहंस सदा पेड़ के नीचे या श्मशान या किसी खाली पड़े मकान में रहते हैं और सभी वर्णों के यहाँ भिक्षा माँगते हैं तथा सबको एक समान मानते हैं। परमहंसों की भी कई श्रेणियाँ शास्त्रों में वर्णित हैं। अवधूत, तुरीयातीत आदि भी संन्यासियों के प्रकार हैं।

केवल अद्वैत दर्शन के अनुयायी संन्यासियों की ही दस शाखाएँ हैं—तीर्थ, आश्रम, वन, अरण्य, गिरि, पर्वत, सागर, सरस्वती, भारती एवं पुरी। अन्य दर्शनों—द्वैत, अद्वैताद्वैत, विशिष्टाद्वैत आदि की भी अनेक शाखाएँ हैं और अनेक मठ हैं। हिंदुओं में इन सभी के अनुयायियों की भी बहुत बड़ी संख्या है। मठों के स्वामी महंत कहलाते हैं। महंतों की भी मंडलेश्वर, महामंडलेश्वर आदि श्रेणियाँ हैं।

शस्त्रधारी मुसलमान फकीरों ने अपने-अपने मुसलमान जागीरदारों की जागीर बढ़ाने के लिए हिंदुओं के विरुद्ध जेहाद की घोषणा करके या बिना घोषणा किए भी बड़ी संख्या में हिंदुओं का संहार किया और हिंदू राजाओं का भी वध किया। हिंदुओं की हत्या से दुःखी मधुसूदन सरस्वती ने दस में से सात नामों वाले संन्यासियों को अस्त्र-शस्त्र से सुसज्जित किया और उन्हें मुसलमान फकीरों के अत्याचारों को रोकने के लिए खड़ा किया। अंग्रेजों ने दोनों को ही ठग एवं डकैत घोषित कर उनका दमन किया और उन्हें आपस में लड़ने को भी उकसाया।

महत्त्वपूर्ण बात यह है कि 18वीं शताब्दी में 'प्रायश्चितेंदुशेखर' तथा 'प्रायश्चितनिर्णय' के लेखक नागेश भट्ट या नागोजिभट्ट ने लिखा है कि वेदव्यासकृत संन्यास पद्धति के अनुसार, जब कलियुग के 4400 वर्ष बीत जाएँ तो विवेकी ब्राह्मणों को संन्यास नहीं ग्रहण करना चाहिए। 14वीं शताब्दी के आरंभ में 4401 वर्ष बीत चुके थे।

इस प्रकार इस व्यवस्था के अनुसार तो 14वीं शताब्दी के आरंभ से किसी को संन्यासी होना ही नहीं चाहिए, परंतु 14वीं शताब्दी के बाद हिंदू धर्म में संन्यासियों की संख्या लगातार बढ़ती रही है। 17वीं शताब्दी में महान् विद्वान् कमलाकर भट्ट ने 'निर्णयसिंधु' नामक श्रेष्ठ ग्रंथ लिखा। उसके पंचम परिच्छेद में कहा गया है कि संन्यास संबंधी वर्जना केवल त्रिदंडी संन्यासियों के लिए है। शेष सभी प्रकार के संन्यास के लिए कलियुग में लोग संन्यास ग्रहण की पात्रता रखते हैं।[33]

धर्मनिर्णय और संन्यासी

संन्यासी को लौकिक जीवन में किसी भी प्रकार की रति नहीं होनी चाहिए। अतः गृहस्थ जीवन के किसी भी कार्य में संन्यासी किसी प्रकार की रति नहीं रखते। ऐसी स्थिति में धर्म संबंधी किसी विषय पर दुविधा या संशय की स्थिति में धर्मनिर्णय का अधिकारी कौन है ? यह प्रश्न निरंतर उठता रहा है। इसका समाधान धर्मशास्त्रों ने यह किया है कि वस्तुतः ब्राह्मणों की सम्मति से राजा ही इस विषय में निर्णय कर सकता है। यह निर्णय विद्वान् ब्राह्मणों की परिषद् के परामर्श के अनुसार ही हो सकता है। अतः संन्यासी को धर्मनिर्णय के प्रसंग से दूर ही रखा गया है।

तैत्तिरीय उपनिषद् में शिक्षावल्ली का 11वाँ अनुवाक है—

अथ यदि ते कर्मविचिकित्सा वा वृत्तविचिकित्सा वा स्यात्। ये तत्र ब्राह्मणाः सम्मर्शिनः। युक्ता आयुक्ताः। अलूक्षा धर्मकामाः स्युः। यथा ते तत्र वर्तेरन्। तथा तत्र वर्तेथाः। एष आदेशः। एष उपदेशः। एषा वेदोपनिषत्। एतदनुशासनम्। एवमुपासितव्यम्। एवमु चैतदुपास्यम्।[34]

अर्थात् यदि किसी कर्म के विषय में दुविधा उत्पन्न हो जाए अथवा किसी वृत्त अर्थात् आचरण के विषय में दुविधा हो जाए, तो ऐसी स्थिति में उत्तम विवेकवान तथा परामर्शपटु और सदाचार परायण एवं रूखेपन वाले स्वभाव से रहित ब्राह्मणों से परामर्श कर लेना चाहिए अथवा उनके आचरण को देखना चाहिए, जैसा-जैसा वे धर्माभिलाषी ब्राह्मण आचरण करते हों, वैसा-ही-वैसा आचरण तुम्हें करना चाहिए। यही गुरुजनों का उपदेश है और यही वेदरहस्य है तथा यही परंपरागत अनुशासन है। तुमको इसी प्रकार बर्ताव करना चाहिए।

संन्यास की वर्जना वाले हिंदू संप्रदाय

स्वामी रामानुजाचार्य, स्वामी वल्लभाचार्य एवं स्वामी मध्वाचार्य के अनेक शिष्यों ने बहुत से मठ स्थापित किए। स्वामी वल्लभाचार्य ने संन्यास नहीं लिया और उनके शिष्यों ने भी संन्यास नहीं लिया। उनका मत है कि कलियुग में संन्यास वर्जित है। उन्होंने

श्रीमद्भागवत पुराण के तृतीय स्कंध के चतुर्थ अध्याय का उल्लेख करते हुए उद्धव को परम भागवत कहे जाने का उदाहरण दिया तथा स्मरण दिलाया कि स्वयं श्रीहरि ने यह कहा है कि संयमी-शिरोमणि भक्त श्री उद्धव मेरे ज्ञान को ग्रहण करने के सच्चे अधिकारी हैं।

अस्माल्लोकादुपरते मयि ज्ञानं मदाश्रयम्।
अर्हत्युद्धव एवाद्धा सम्प्रत्यात्मवतां वरः॥
नोद्धवोऽण्वपि मन्न्यूनो यद्गुणैर्नार्दितः प्रभुः।
अतो मद्वयुनं लोकं ग्राहयन्निह तिष्ठतु॥[35]

(श्रीमद्भागवत महापुराण 3/4/30, 31)

अर्थात् श्रीहरि ने कहा कि इस लोक से मेरे चले जाने पर श्रेष्ठ आत्मवान् एवं संयमी उद्धव ही मेरे ज्ञान के उत्तराधिकारी होंगे, क्योंकि वे आत्मजयी हैं, विषयों से अविचलित रहते हैं और मेरे द्वारा दिए गए ज्ञान की शिक्षा लोक को देने के अधिकारी हैं।

अतः इस आधार पर स्वामी वल्लभाचार्यजी ने भागवत होने पर बल दिया और संन्यास को कलियुग में वर्जित किए जाने का आधार लिया तथा संन्यास को निषिद्ध घोषित किया।

मुख्य बात यह है कि जो बहुत से मठ बने, वे मुख्यतः उस समय अव्यवस्था और अराजकता का शिकार हो गए, जिस समय हिंदू से मुसलमान बने बहुत से अनाचारी भारतीय लोगों ने काम और लोभ की अधिकता से लुब्ध होकर मजहब का सहारा लेकर लूटपाट और हिंसा तेज की तथा समाज के वीर और विद्वान् लोग उस युद्ध में उलझने को विवश हो गए। उस स्थिति में समाज के अनाचारी लोगों पर नियंत्रण की सहज स्थिति नहीं रही और ऐसे लोग मनमानी करने लगे। बहुत से लोग बहुत ही कम पढ़-लिखकर महंत बनने की अभिलाषा से संन्यासी बनने लगे और इस प्रकार वे संपत्ति से समृद्ध मठों के स्वामी हो गए। यहाँ तक कि जिन्हें ठीक से संस्कृत भाषा का ज्ञान नहीं होता और जो धर्मशास्त्रों को पढ़ तक नहीं सकते, ऐसे लोग भी संन्यासी होने लगे तथा इसके बाद अनेक मठों में उससे जुड़े लोगों ने संन्यासी महंतों की मृत्यु निकट देखकर अपने किसी प्रिय गृहस्थ को पकड़कर महंत का चेला बनाने लगे और इस प्रकार संन्यासी की मृत्यु के बाद वह सदाचारविहीन चेला ही महंत बनने लगा। हिंदू राजा आतताइयों के आक्रमण को निरस्त करने में अधिक समय और शक्ति तथा ध्यान देने को विवश होने के कारण और मठों पर राज्य के नियंत्रण की कोई परंपरा नहीं होने के कारण शिष्ट परिषदों आदि को बुलाकर धर्मनिर्णय के लिए समय नहीं निकाल सके और विशेषकर 15वीं शताब्दी से इस विषय में अराजकता और मनमानी फैलती गई। अभी तक वही स्थिति है। वर्तमान राज्यकर्ताओं ने इसमें अपने लिए एक अवसर ढूँढ़ निकाला है और इस विषय में भारत में

प्रशासन करने वाले अंग्रेजों की नकल करते हुए, जो नीति अंग्रेज हिंदू राजाओं के राज्य हड़पने के लिए अवसर ढूँढ़ने के काम में अपनाते थे, वही नीति वर्तमान राज्यकर्ता हिंदू मठों और मंदिरों की संपत्ति हड़पने के लिए अवसर ढूँढ़ने के काम में अपनाते हैं और लोगों की शिकायत पर या अपने ही दल के कार्यकर्ताओं की प्रायोजित शिकायत पर मंदिरों का प्रबंधन राजकीय कर्मचारियों को सौंप देते हैं, जो वहाँ की संपत्ति का तथा दान और दक्षिणा में आए हुए धन का उपयोग स्वयं के लिए और अपने को नियुक्त करने वाले उपकारी शासकों के लिए निर्बाध रूप से करते हैं।

धर्मशास्त्रों में किसी व्यक्ति के संन्यासी होने के बाद भ्रष्ट या च्युत होने वाले व्यक्ति की भीषण निंदा है। जो व्यक्ति संन्यासी होने के बाद ब्रह्मचर्य के नियमों का पालन न करे, धर्मज्ञ राज्यकर्ता को उस व्यक्ति के मस्तक पर कुत्ते के पैर का निशान अंकित कर देशनिकाला दे देना चाहिए।

परंतु अराजकता और आपसी कलह की स्थिति में राजाओं के लिए यह किया जाना संभव नहीं हुआ और संन्यास आश्रम में कहीं-कहीं नियमभ्रष्टता पनप गई। यद्यपि परंपरागत आश्रमों में बहुलांश संन्यासी संयम और तपस्वी जीवन के लिए ही आज भी प्रसिद्ध हैं। किसी भी अन्य मजहब या रिलीजन के शीर्ष लोगों में उस स्तर के तपस्वी और संयमी लोग सामान्यतः नहीं पाए जाते।

ब्रिटिश प्रभाव वाले क्षेत्रों में सर्वप्रथम महंतों को एंग्लो-क्रिश्चियन कानूनों वाली कचहरी में मुकदमे के लिए जाते सर्वप्रथम देखा गया है। यहाँ तक कि अपने क्षेत्र में पालकी पर चढ़ने का अधिकार मुझे है, अमुक अन्य महंत को नहीं है, इस प्रकार की हास्यास्पद दावेदारियाँ भी कचहरी में वाद के रूप में दायर की गईं।

पादरियों का अनुसरण करते हुए 19वीं शताब्दी में कतिपय महंत लोग चेली के रूप में रक्षिता स्त्री रखने लगे, जबकि यह शास्त्रों के अनुसार भयंकर अपराध माना जाता है। वायुपुराण का कहना है कि ऐसा व्यक्ति मृत्यु के उपरांत हजारों वर्षों तक नाली का कीड़ा बना रहता है और फिर क्रमशः चूहा, गिद्ध, कुत्ता, बंदर, सूअर, वृक्ष, पुष्प, फल और अंत में प्रेत योनि में जन्म लेते हुए मनुष्य के रूप में चांडाल के घर में जन्म लेता है, परंतु ऐसे कठोर नियमों को जो पढ़ ही नहीं सकते थे, वे भी महंत बनने लगे।

कलिवर्ज्य और संन्यास

वर्तमान में कलिवर्ष 5124 (मतांतर से 5125) चल रहा है। कलियुग के 4400 वर्षों के उपरांत संन्यास को वर्जित किया गया था, परंतु स्मृतिमुक्ताफल एवं यतिधर्मसंग्रह के अनुसार, जब तक वर्णाश्रम धर्म की परंपरा चलती रहेगी, तब तक संन्यास और अन्य परंपराएँ भी चलती रहेंगी—

अग्न्याधेयं गवालम्भं संन्यासं पलपैतृकम्।
देवरेण सुतोत्पत्तिं कलौ पन्च विवर्जयेत्॥
तस्यापवादमाह स एव।
यावद्वर्णविभागोऽस्ति यावद्वेदः प्रवर्तते।
तावन्न्यासोऽग्निहोत्रं च कर्तव्यं तु कलौ युगे॥[36]

अर्थात् अग्न्याधेय यज्ञ में स्पर्शपूर्वक गाय को मुक्त छोड़ देना (वृषभ छोड़ने या वृषोत्सर्ग से यह भिन्न है। इसमें गायों को मुक्त छोड़ने की बात है।) संन्यास, पल-पैतृक तथा पति के नहीं रहने पर अथवा पति की अनुमति से देवर से पुत्र की उत्पत्ति ये पाँच बातें कलि के 4400 वर्ष बीतने के बाद वर्जित हैं, परंतु इसका अपवाद भी शास्त्र में निर्दिष्ट है। जब तक समाज के एक बड़े हिस्से में वर्ण व्यवस्था एवं आश्रम व्यवस्था प्रवर्तित है और वेदों का पठन-पाठन प्रवर्तित है, तब तक यज्ञ, अग्निहोत्र एवं संन्यास कलियुग में भी कर्तव्य है।

हेमाद्रि (13वीं शताब्दी) ने 7 कलिवर्ज्य गिनाए हैं और कुछ अन्य विद्वानों ने (17वीं शताब्दी में) 26 कलिवर्ज्यों का उल्लेख किया है। इसमें मुख्य हैं बड़े बेटे को पैतृक संपत्ति का अधिकांश या संपूर्ण देना, नियोग, औरस तथा दत्तक पुत्र को छोड़कर अन्य पुत्रों की परंपरा चलाना, विधवा विवाह, भूख की स्थिति में तीन दिन तक भूखे रहने पर शूद्रों या नीच लोगों से भी अन्न ग्रहण करना, समुद्र यात्रा, वृद्ध लोगों द्वारा आत्महत्या करना, संन्यास ग्रहण, दीर्घ अवधि का ब्रह्मचर्य आदि।

परंतु इन कलिवर्ज्यों का संपूर्ण पालन कभी देखने को नहीं मिलता। इसका अर्थ है कि विभिन्न धर्मशास्त्रकारों ने इन कलिवर्ज्यों की उपेक्षा की अनुमति अवश्य दी होगी। क्योंकि 15 अगस्त, 1947 तक संपूर्ण हिंदू समाज में धर्मशास्त्रों के पालन पर सर्वानुमति थी। अतः इन कलिवर्ज्यों की उपेक्षा तब तक असंभव है, जब तक धर्मशास्त्र में ही इस उपेक्षा की अनुमति न हो। इसी संदर्भ में हमने स्मृतिमुक्ताफल और यतिधर्मसंग्रह के श्लोकों को उद्धृत किया है। ऐसा लगता है कि जब तक वेदों के प्रति आदरपूर्ण पठन-पाठन विद्यमान है और वर्णव्यवस्था के प्रति आदरभाव विद्यमान है, तब तक ये कलिवर्ज्य उपेक्षणीय माने गए हैं। क्योंकि 18वीं शताब्दी तक मराठे एवं गुजराती तथा दक्षिण भारत के सभी प्रतापी हिंदू सम्राट् निरंतर समुद्र यात्रा करते रहे हैं और अत्यंत समृद्ध नौसेना रखते रहे हैं एवं भारतीय व्यापारी 20वीं शताब्दी के मध्य तक समुद्री मार्गों से व्यापार करते रहे हैं और वे पूर्णतः धर्मनिष्ठ माने जाते रहे हैं।

20वीं शताब्दी के उत्तरार्ध के बाद भी भारतीय व्यापारी समुद्री मार्ग से व्यापार करते रहे हैं, परंतु उसका उल्लेख इस संदर्भ में सम्यक् नहीं है। क्योंकि 15 अगस्त, 1947 के बाद तो हिंदू धर्मशास्त्रों को वर्तमान भारतीय राज्य ने कोई विधिक मान्यता ही नहीं दे रखी

है और हिंदू धर्म को वैसा कोई राजकीय संरक्षण भी नहीं दिया है, जैसा कि विश्व के सभी राष्ट्र-राज्यों में बहुसंख्यकों को प्राप्त है।

अत: धर्मशास्त्रों को समाज व्यवस्था का अंग नहीं रहने देने वाला वर्तमान भारतीय राज्य सनातन धर्म से उदासीन राज्य है और शक्तिशाली तथा संपन्न हिंदुओं ने इस पर कोई प्रभावपूर्ण आपत्ति भी विगत 75 वर्षों में नहीं की है। अपितु इन विषयों पर वे लोग भी विचित्र वाग्जाल से युक्त चर्चाएँ ही करते रहे हैं। धर्मशास्त्रों को अस्वीकृत करने वाली शासन व्यवस्था के प्रति सक्षम विरोध के अभाव में वर्तमान सामाजिक कार्यों को धर्मशास्त्रों की निरंतरता में नहीं देखा जा सकता।

परंतु तीर्थयात्रा, पूजा-पाठ, मठ-मंदिर, यज्ञ-हवन, दान-पुण्य आदि अभी भी धर्मशास्त्रों को ही प्रमाण मानते हुए किए जाते हैं। अत: उस संदर्भ में धर्मशास्त्र ही महत्त्वपूर्ण हैं।

स्त्रियों की तीर्थयात्रा

स्त्रियों की तीर्थयात्रा भी कलिवर्ज्य मानी गई है, परंतु सभी धर्मज्ञ विद्वानों की उपस्थिति में और सहमति से धर्मनिष्ठ सदाचारिणी स्त्रियाँ विशाल संख्या में तीर्थयात्रा करती हैं। इससे प्रमाणित है कि यह कलिवर्ज्य धर्मज्ञ विद्वानों द्वारा मान्य नहीं किया गया है।

अन्य प्रसंग

यहाँ सदा यह स्मरणीय है कि सार्वभौम सत्य, अहिंसा, इंद्रियसंयम, अतिसंग्रह की वर्जना और अस्तेय जैसे यमों को और शौच, संतोष, तप, स्वाध्याय तथा भगवद्भक्ति जैसे सार्वभौम नियमों को और मानव धर्म (सामान्य धर्म या साधारण धर्म) को मानने पर ही हिंदुओं में सर्वानुमति है। शेष कर्मकांडों को लेकर व्यापक मत भिन्नता को हिंदुओं में सहज-स्वाभाविक एवं समादरणीय माना गया है, परंतु इसका अर्थ भी मनमानी या अराजकता नहीं है। इस विषय में नियम यह है कि आप हिंदू धर्म के जिस भी संप्रदाय के अनुयायी हों, उसके कर्मकांडी विस्तार को और नियम-विस्तार को मानें। केवल यम-नियम और मानव धर्म अर्थात् सामान्य धर्म के विषय में सभी को मानने की अनिवार्यता है। जो इन्हें नहीं माने, वह हिंदुओं के किसी भी संप्रदाय का अंग नहीं है। कुशिक्षा के प्रभाव से चोंचलिस्टों, कम्युनिस्टों और धर्मद्रोहियों को भी हिंदू मानने का आग्रह कुछ हिंदू संगठनों ने शुरू किया है, जो केवल कुबुद्धि और धर्मशून्यता का प्रमाण है। चार्वाक मत के विषय में दो-चार श्लोकों के अतिरिक्त और कहीं कोई भी प्रमाण नहीं है और उन्हें कहीं धर्मनिष्ठ समाज का अंग भी नहीं माना गया है। अपितु उन्हें समाजद्रोही और

धर्मद्रोही व्यक्तियों के रूप में ही वर्णित और चिह्नित किया गया है। इसलिए उस उल्लेख मात्र को धर्मसम्मत बताना उतना ही दुष्टतापूर्ण और अमान्य है, जितना कि कंस या अन्य नरपिशाचों को धर्मसम्मत बताना।

न्याय का अर्थ है धर्म का पालन सुनिश्चित करना

राजा अर्थात् राज्यकर्ता ही शासन का मुख्याधिकारी है। साथ ही वह न्याय का भी प्रमुख स्रोत है। शुक्रनीतिसार के प्रथम अध्याय में कहा गया है—

स्वर्णदण्डधरौ पार्श्वे प्रवेशनतिबोधकौ।
विशिष्टचिह्नयुग्राजा स्वासने प्रविशेत्सुखम्॥
सुभूषणः सुवसनः कवची मुकुटान्वितः।
सिद्धास्त्रनग्नशस्त्रस्सन् सावधानमनाः सदा॥
सर्वस्मादधिको दाता शूरस्त्वं धार्मिको ह्यसि।
इति वाचं न शृणुयाच्छ्रावका वञ्चकास्तु ते॥
रागाल्लोभाद् भयाद्राज्ञः स्युर्मूका इन मन्त्रिणः।
नताननुमतान्विद्यान्नृपतिः स्वार्थसिद्धये॥
पृथक्पृथङ्मतं तेषां लेखयित्वा ससाधनम्।
विमृशेत्स्वमतेनैव यत्कुर्याद्बहुसम्मतम्॥
गजाश्वरथपश्वादीन् भृत्यान्दासांस्तथेव च।
संभारान्सैनिकान् कार्यक्षमान्ज्ञात्वा दिनेदिने॥
संरक्षयेत्प्रयत्नेन सुजीर्णान् संत्यजेत्सुधीः।
अयुतक्रोशजां वार्त्तां हरेदेकदिनेन वै॥
सर्वविद्याकलाभ्यासे शिक्षयेद् भृतिपोषितान्।
समाप्तविद्यं सन्दृष्ट्वा तत्कार्ये तं नियोजयेत्॥
विद्याकलोत्तमान्दृष्ट्वा वत्सरे पूजयेच्च तान्।
विद्याकलानां वृद्धिः स्यात्तथा कुर्यान्नृपः सदा॥[37]

(शुक्रनीतिसार, प्रथम अध्याय, श्लोक 362 से 370)

(स्वर्णदंडधारी दो प्रहरी सिंहासन के दोनों ओर खड़े रहें और राजा सदा अपने विशिष्ट चिह्नों से युक्त होकर अस्त्र एवं शस्त्र सहित समलंकृत होकर राजसिंहासन पर सावधान मन से बैठे। जो लोग राजा की चाटुकारिता करें, उन्हें ठग समझकर उनकी उपेक्षा करे और यथार्थ न्याय में सहायक न होने वाले सचिवों को न्याय संबंधी विमर्श से दूर रखे। विवेकवान सचिवों की ही सम्मति पर विचार करे।

राजा को हजारों कोस दूर तक फैले अपने राज्य की आवश्यक बात का पता नित्य लगाते रहना चाहिए। इसकी पूरी व्यवस्था रखनी चाहिए। साथ ही सर्वविद्या निपुण लोगों या ऐसी निपुणता की सामर्थ्य करने वाले लोगों को वृत्ति देकर शिक्षा दिलाकर अपने सहायक के रूप में रखे।)

इस प्रकार धर्मशास्त्र के ज्ञाता विद्वानों की सहायता से ही न्याय हो सकता है। न्याय का अर्थ है—धर्मानुकूल निर्णय। जो व्यवस्था और जो निर्णय धर्म की ओर ले जाए (नय अर्थात् ले जाना, नयति—ले जाता है), उसे ही न्याय कहते हैं। इस अर्थ में धर्म और न्याय पर्याय हैं। धर्म के अनुकूल व्यवहार को समाज में सुनिश्चित करना ही न्याय है और धर्म का उल्लंघन करने वाले कार्यों को रोकना तथा ऐसा उल्लंघन करने वाले व्यक्ति या व्यक्तियों को दंडित करना न्याय का अंग है। किसी भी स्थिति में राजा स्वतः अपने मन से कोई निर्णय नहीं कर सकता। उसे केवल धर्मशास्त्रों के नियमों के आधार पर ही न्याय करना है। इसीलिए मनुस्मृति, कात्यायन स्मृति और याज्ञवल्क्य स्मृति, तीनों का यह मत है कि धर्मज्ञ विद्वानों तथा सभ्यों की उपस्थिति में ही वाद-निर्णय करना चाहिए। राजा चाहे जितना बुद्धिमान हो, पर उसे स्वयं ही कोई निर्णय नहीं करना चाहिए।

तस्माच्छास्त्रानुसारेण राजा कार्याणि कारयेत्।[38]

(कात्यायन स्मृति, धर्मशास्त्र का इतिहास भाग 2,
चतुर्थ संस्करण में पृष्ठ 718 में उद्धृत)

इस विषय में धर्मशास्त्रों में बहुत विस्तार से न्याय कार्य की विधि तथा व्यवहार एवं व्यवहार पदों, न्यायालय के प्रकारों आदि का विवरण दिया हुआ है। वस्तुतः सर्वप्रथम जर्मनों ने तथा बाद में अंग्रेज, डच, पुर्तगाली आदि ने भारत के संपर्क में आने के बाद यहाँ के धर्मशास्त्रों का यहाँ के ही पंडितों से अर्थ सुन-समझकर अपने ढंग से उसकी नकल करते हुए अपने यहाँ न्यायिक प्रक्रिया रची है। उससे पहले इस प्रकार की व्यवस्थित प्रक्रिया यूरोप के किसी भी राज्य में व्यवहार में देखी-सुनी नहीं गई है। उसके पहले वहाँ बहुत ही अविकसित कोटि की न्याय प्रक्रिया के ही प्रमाण मिलते हैं। यह बात आधुनिक शिक्षित भारतीयों को ज्ञात नहीं है तो इसके लिए भी दोषी वे राज्यकर्ता ही हैं, जिन्होंने शिक्षा और संचार माध्यमों पर पूर्ण राजकीय नियंत्रण स्थापित करने के बाद अपने सेवकों के माध्यम से शिक्षा को नियंत्रित किया और ऊपर से राजकीय कर्मचारियों को, जोकि अनेक मामलों में प्रत्यक्षतः एवं व्यवहारतः लोकहंता, लोकदमनकर्ता तथा लोकनियंता बन बैठे, उन्हें समाज में भ्रम फैलाने के लिए लोकसेवक (पब्लिक सर्वेंट का गलत अनुवाद) नाम दिया है।

शिष्ट परिषदें एवं धर्मनिर्णय

प्रजा को धर्मपालन में व्यवस्थित रखना और धर्मपालन में आने वाली बाधाओं को दूर करना, बाधा पहुँचाने वाले अथवा धर्म का उल्लंघन करने वालों को दंडित करना और कंटकों का शोधन करना राजा का कर्तव्य है। यह सब धर्मशास्त्रों के अनुसार ही करना राजा का कर्तव्य है। राजा या राज्यकर्ता धर्म के रक्षक हैं, परंतु धर्म के विषय में अपने मन से निर्णय करने के अधिकारी नहीं हैं। राज्यकर्ता को धर्मशास्त्रों तथा धर्म परंपराओं और लोक में प्रचलित धर्ममय परंपराओं के अनुसार ही निर्णय करना होता है। इस निर्णय में सहायता के लिए मंत्रियों की सम्मति तथा पुरोहित की सम्मति आवश्यक है। इसके साथ ही विद्वानों की एक परिषद् बुलाकर राजा समय-समय पर किसी भी ऐसे विषय में, जहाँ उन्हें धर्मशास्त्रों के द्वारा निर्देशित आज्ञा का पालन करने के विषय में किंचित् भी दुविधा हो या अनिश्चय हो या उस विषय में एक से अधिक मत उपस्थित हों, तो परिषद् के द्वारा दिए गए निर्णय के अनुसार न्याय करते थे। इसीलिए सभी धर्मशास्त्रों और धर्मसूत्रों में शिष्ट परिषद् के निर्माण के विषय में नियम दिए गए हैं। उपनिषदों में भी समिति और परिषद् का उल्लेख है। छांदोग्य उपनिषद् एवं बृहदारण्यक उपनिषद् में इनका उल्लेख है—

श्वेतकेतुर्हारुणेयः पन्चालानां समितिमेयाय तं ह प्रवाहणो जैवलिरुवाच।
कुमारानु त्वाशिषत्पियेत्यनु हि भगव इति॥[39]

(छांदोग्य उपनिषद्, अध्याय 5, खंड 3, मंत्र 1)

श्वेतकेतुर्ह वा आरुणेयः पन्चालानां परिषद्माजगाम।
स आजगाम जैवलिं प्रवाहणं परिचारयमार्णं तमुदीक्ष्याभ्युवाद कुमारा
इति स भो ३इति प्रतिशुश्रावानुश्ष्टिोऽन्वसि पित्रेत्योमिति होवाच॥[40]

(बृहदारण्यक उपनिषद्, अध्याय 6, ब्राह्मण 2, मंत्र 1)

इससे स्पष्ट है कि उपनिषद् काल में भी शिष्ट परिषदों की स्थापित परंपराएँ थीं। यहाँ पांचालों की परिषद् की बात कही गई है और आगे परिषद् में राजा श्वेतकेतु से प्रश्न करते हैं। यह भी वहीं कहा गया है कि राजा श्वेतकेतु के गर्व को दूर करने के लिए प्रश्न करते हैं। इससे यह भी स्पष्ट होता है कि राजा को विद्या प्राप्त कर आए हुए ऐसे ब्रह्मचारियों से भी बहुत अधिक ज्ञान रहता था और अपने ही समान या अपने से भी अधिक ज्ञानियों और विद्वानों की परिषद् में शास्त्र चर्चा कर वे निर्णय करते थे।

आपस्तंब धर्मसूत्र एवं गौतम धर्मसूत्र में भी यह स्पष्ट कहा गया है कि किसी भी विषय में संदेह होने पर राजा को विद्वानों से परामर्श कर उनके बताए अनुसार ही निर्णय लेना चाहिए। राजा या राज्यकर्ता अपने मन से कोई निर्णय नहीं ले सकते।

तैत्तिरीय उपनिषद् में भी यही कहा गया है कि किसी विषय में या किसी कृत्य अथवा आचार के विषय में किसी प्रकार की आशंका होने पर विद्वान् धर्मनिष्ठ ब्राह्मणों का ही अनुसरण करना चाहिए। बौधायन धर्मसूत्र ने परिषद् और उसके कार्यों की चर्चा की है। स्पष्ट है कि आज से हजारों वर्ष पहले से परिषदें अत्यंत शक्तिशाली होती थीं और वे सभी प्रकार के निर्णय देने में समर्थ थीं। वसिष्ठ धर्मसूत्र ने स्पष्ट कहा है कि तीनों वेदों के ज्ञाता और धर्मशास्त्रों के ज्ञाता विद्वान् जो कुछ कहें, वही धर्म है। आपस्तंब धर्मसूत्र ने भी यही कहा है कि धर्मवेत्ता लोगों के द्वारा स्थापित परंपराएँ ही राजा तथा प्रजा के लिए प्रमाण हैं।

धर्मशास्त्रों में कहा गया है कि धर्म के तीन उपकरण हैं—वेद, स्मृति एवं शिष्टाचार। शिष्टजन ही समय-समय पर धार्मिक आचरण के स्वरूप के विषय में निर्णय के अधिकारी हैं। मनुस्मृति के 12वें अध्याय में स्पष्ट कहा गया है कि—

अनाम्नातेषु धर्मेषु कथं स्यादिति चेद्भवेत्।
यं शिष्टा ब्राह्मणा ब्रूयुः स धर्मः स्यादशंकितः॥[41] (श्लोक 108)

अर्थात् धर्म के विषय में किसी भी प्रकार का संशय होने पर शिष्ट ब्राह्मण जो कुछ कहें, वही धर्म होता है, इसमें कहीं कोई शंका नहीं है। शिष्ट के विषय में अगला श्लोक है—

धर्मेणाधिगतो यैस्तु वेदः सपरिबृंहणः।
ते शिष्टा ब्राह्मणा ज्ञेयाः श्रुतिप्रत्यक्षहेतवः॥[42]

(श्लोक 109)

अर्थात् जिन्होंने वेद और धर्मशास्त्र पढ़े हैं, वे वेद के तत्त्व को प्रत्यक्ष करने वाले ब्राह्मण ही शिष्ट कहलाते हैं अथवा वे ही शिष्ट ब्राह्मण कहलाते हैं।

इसके आगे के छह श्लोक पूरी प्रक्रिया को और स्पष्ट कर देते हैं—

दशावरा वा परिषद् यं धर्मं परिकल्पयेत्।
त्र्यवरा वापि वृत्तस्था तं धर्मं न विचालयेत्॥

(श्लोक 110)

त्रैविद्यो हेतुकस्तर्की नैरुक्तो धर्मपाठकः।
त्रयश्चाश्रमिणः पूर्वे परिषत्स्याद्दशावरा॥

(श्लोक 111)

ऋग्वेदविद्यजुर्विच्च सामवेदविदेव च।
त्र्यवर परिषज्ज्ञेया धर्मसंशयनिर्णये॥

(श्लोक 112)

एकोऽपि वेदविद्धर्म यं व्यवस्येद् द्विजोत्तमः।
स विज्ञेयः परो धर्मो नाज्ञानामुदितोऽयुतैः॥

(श्लोक 113)

अव्रतानाममंत्राणां जातिमात्रोपजीविनाम्।
सहस्रशः समेतानां परिषत्त्वं न विद्यते॥

(श्लोक 114)

यं वदंति तमोभूता मूर्खा धर्ममतद्विदः।
तत्पापं शतधा भूत्वा तद्वक्तनाशुगच्छति॥[43]

(श्लोक 115)

अर्थात् दस विद्वानों की परिषद् को दशावरा कहते हैं। वह दशावरा परिषद् धर्म के विषय में जो भी निर्णय करे, उस धर्म का उल्लंघन राजा और प्रजा को नहीं करना चाहिए। दस विद्वान् नहीं सुलभ हों तो तीन विद्वान् ब्राह्मणों की ही सभा से निर्णय देने का अनुरोध किया जा सकता है। तीनों वेदों के ज्ञाता तीन विद्वान् (प्रत्येक एक वेद के शीर्ष विद्वान्), न्यायशास्त्र का एक विद्वान्, तर्कशास्त्र का एक विद्वान्, मीमांसा शास्त्र का विद्वान्, निरुक्त शास्त्र का विद्वान् और धर्मशास्त्रों का एक विद्वान् तथा ब्रह्मचर्य आश्रम, गृहस्थ आश्रम और वानप्रस्थ आश्रम इन तीन आश्रमों के एक-एक प्रतिनिधि ब्राह्मण विद्वान् इस प्रकार ये दस ब्राह्मणों की परिषद् को दशावरा कहते हैं। यह दशावरा परिषद् धर्मनिर्णय में समर्थ होती है। यदि दस विद्वान् उपलब्ध न हों तो ऋग्वेद, यजुर्वेद और सामवेद के तत्त्व को जानने वाले एक-एक विद्वान् अर्थात् कुल तीन विद्वान् भी धर्म के विषय में कोई भी संशय होने पर निर्णय देने में समर्थ हैं। यदि तीन भी उपलब्ध न हों तो एक ही वेदज्ञ विद्वान् धर्मनिर्णय में समर्थ है, परंतु दस हजार मूर्ख मिलकर भी किसी एक धर्मविषय में निर्णय नहीं ले सकते। उन दस हजार मूर्खों का कहा हुआ कथन धर्म नहीं माना जा सकता। अहिंसा, सत्य, अस्तेय, संयम, अपरिग्रह आदि महाव्रतों से हीन और वेदाध्ययन से हीन तथा केवल जातिमात्र से ब्राह्मण व्यक्तियों की एक हजार संख्या भी हो, अर्थात् जातिमात्र से ऐसे एक हजार ब्राह्मण भी हों, तो उन एक हजार ब्राह्मणों की परिषद् या सभा धर्मनिर्णय में मान्य नहीं है। तमोगुण से भरे हुए मूर्ख व्यक्तियों का धर्म के विषय में दिया गया मत जो लोग मानते हैं, उन्हें तो धर्म का श्रेय नहीं ही मिलता, साथ ही ऐसा ज्ञानरहित होकर भी धर्मविषय में निर्णय देने वाले व्यक्ति को 100 गुना पाप लगता है। इसीलिए किसी को ज्ञान से रहित धर्मोपदेशक नहीं बनना चाहिए और किसी को ऐसे ज्ञानशून्य धर्मोपदेशकों का मत नहीं मानना चाहिए।

याज्ञवल्क्य स्मृति का भी यही मत है। वसिष्ठ धर्मसूत्र एवं पराशर स्मृति तथा अंगिरा स्मृति का भी यही निर्देश है। धर्मशास्त्रों के ज्ञाता विद्वानों की परिषद् पवित्र और

यज्ञ के सदृश कही गई है। बृहदारण्यक उपनिषद् के चतुर्थ अध्याय के तीसरे ब्राह्मण के मंत्र के भाष्य में आदि शंकराचार्य ने लिखा है—

अतएव धर्मसूक्ष्मनिर्णये परिषद्-व्यापार इन्यते।
पुरुषविशेषश्चापेक्ष्यते दशावरा परिषत् त्रयो वैको वेति॥

(शांकरभाष्य)

अर्थात् धर्म के विषय में सूक्ष्म निर्णय करने के लिए परिषद् का कार्य व्यापार (परिषद् का संपन्न होना) आवश्यक है। यदि परिषद् में दस या तीन अधिकारी विद्वान् नहीं उपस्थित हों, तो कम-से-कम एक वेदज्ञ और प्रसिद्ध ब्राह्मण का निर्णय आवश्यक है।

गौतमस्मृति ने भी परिषद् में कम-से-कम दस व्यक्ति होने की बात कही है—चार वेदज्ञ विद्वान्, एक नैष्ठिक ब्रह्मचारी, एक वानप्रस्थी तथा तीन धर्मशास्त्र के ज्ञाता। वसिष्ठ धर्मसूत्र और बौधायन धर्मसूत्र का भी कहना है कि परिषद् में दस व्यक्ति होने चाहिए—

चातुर्वैद्यं विकल्पी च अङ्.गविद्धर्मपाठकः।
आश्रमस्थास्त्रयो विप्राः पर्ष देषा दशावरा॥ 8॥
पन्च वा स्युस्त्रयो वा स्युरेको वा स्यादनिंदितः।
प्रतिवक्ता तु धर्मस्य नेतरे तु सहस्रशः॥ 9॥
अव्रतानामंत्राणां जातिमात्रोपजीविनाम्।
सहस्रशस्समेतानां परिषत्त्वं न विद्यते॥ 10॥
यथा दारुमयो हस्ती यथा चर्ममयो मृगः।
ब्राह्मणश्चाऽनधीयानस्त्रयस्ते नामधारकाः॥ 11॥
यद्वदंति तमोमूढा मूर्खा धर्मजानतः।
तत्पापं शतधा भूत्वा वक्तृन् समधिगच्छति॥ 12॥
बहुद्वारस्य धर्मस्य सूक्ष्मा दुरनुगा गतिः।
तस्मान्न वाच्चो ह्येकेन बहुज्ञेनाऽपि संशये॥ 13॥
धर्मशास्त्ररथारुढ़ा वेदखड्गधरा द्विजाः।
क्रीडार्थमपि यद् ब्रूयुस्स धर्मः परमःस्मृतः॥ 14॥
यथाऽश्मनि स्थितं तोयं मारुतोऽर्कः प्रणाशयेत्।
तद्वत्कर्तरि यत्पापं जलवत् संप्रलीयते॥ 15॥[44]

अर्थात् चार वेदविद्, एक मीमांसक, एक वेदांग का विद्वान्, एक धर्मशास्त्र का विद्वान् और ब्रह्मचर्य, गृहस्थ तथा वानप्रस्थ आश्रमों के तीन प्रतिनिधि विद्वान् ब्राह्मण, इस प्रकार दस विद्वानों की दशावरा परिषद् होती है। यह दशावरा परिषद् जो निर्णय दे, वही मान्य है। यदि दस विद्वान् नहीं हों तो पाँच या तीन भी हो सकते हैं, वे भी न हों तो सदाचारी और शिष्ट तथा निष्पाप एक विद्वान् भी पर्याप्त है, परंतु धर्मज्ञान से रहित 1000

भी ब्राह्मण हों, तो धर्म के विषय में उनका निर्णय मान्य नहीं है। जिस प्रकार देखने में काष्ठ का हाथी और चर्म का मृग जैसी वस्तुएँ हाथी या हिरण कही जाती हैं, उसी प्रकार ज्ञान विहीन ब्राह्मण मात्र ब्राह्मण जाति में जन्म लेने के कारण ब्राह्मण के नाम से जाना तो जाता है, परंतु तत्त्वत: वह ब्राह्मण नहीं होता, उसमें ब्राह्मणत्व का तत्त्व ही नहीं होता।

अज्ञान से भरे हुए, तमस में डूबे मूढ़, जो धर्म संबंधी नियम बनाते हैं, उससे पाप बढ़ जाता है और स्वयं उन मूढ़ों को वह पाप सौ गुना होकर लगता है। धर्म के अनेक द्वार हैं और वे सूक्ष्म तथा गहराई से विचार के द्वारा ही खुलने वाले हैं। प्रमादी व्यक्ति के लिए धर्म का द्वार कभी नहीं खुलता, इसलिए यदि धर्म के किसी विषय पर कोई संशय हो, तो उस स्थिति में एक विद्वान् का निर्णय पर्याप्त नहीं होता। उसमें अनेक विद्वानों से परामर्श आवश्यक हो जाता है। धर्मशास्त्ररूपी रथ पर आरूढ़ और वेदज्ञानरूपी शस्त्र से संपन्न द्विज यदि सहज भी कोई निर्णय दें तो वह धर्म ही होता है। यदि उनसे किंचित् नगण्य-सी भूल भी हो जाए, तो उस भूल का प्रभाव समाज पर नहीं होता। क्योंकि उनका ब्रह्मतेज उन नगण्य भूलों का प्रभाव वैसे ही शून्य कर देता है, जैसे पत्थर पर गिरी पानी की बूँदों को सूर्य का ताप और वायु का प्रवाह मिटा देता है। (बौधायन धर्मसूत्र, प्रश्न 1, अध्याय 1, खंड 1, सूत्र 8 से 15)

यहाँ बौधायन धर्मसूत्र का यह निर्देश भी स्मरणीय है कि धर्म का स्रोत श्रुति, स्मृति एवं शिष्टजन हैं। सर्वोपरि और मूल स्रोत श्रुति अर्थात् वेद हैं। उनके उपरांत स्मृति अर्थात् धर्मशास्त्र हैं और फिर इनके विषय में शिष्टों का आगम अर्थात् व्यवहार परंपरा धर्म का स्रोत है। शिष्ट वे हैं, जिन्होंने वेद और वेदांत तथा इतिहास और पुराण का गहन अध्ययन कर लिया हो और जो किसी से द्वेष न करें, निरंकारी हों तथा अन्न तक का भी अधिक संग्रह न करें, धन का लोभ तनिक भी न हो और मोह, क्रोध, दंभ, दर्प तथा लोभ से पूर्णत: रहित हों, उन्हें ही शिष्ट कहा जाता है—

उपदिष्टो धर्मः प्रति वेदम्। तस्याऽनु व्याख्यास्यामः।
स्मार्तो द्वितीयः। तृतीयः शिष्टागमः।
शिष्टाः खलु विगतमत्सराः निरहङ्.काराः कुम्भीधान्या अलोलुपा
दम्भदर्पलोभमोहक्रोधविवर्जिताः॥[45]

(बौधायन धर्मसूत्र, प्रश्न 1, अध्याय 1, खंड 1, सूत्र 1 से 5)

गौतम धर्मसूत्र का भी यही कहना है कि यदि तीन विद्वान् न पाए जा सकें, तो विशिष्ट गुणों से संपन्न एक ही विद्वान् पर्याप्त है। अंगिरा स्मृति का कहना है कि—

वृतीनां सत्यतपसां ज्ञानविज्ञानचेतसाम्।
शिरोव्रतेन स्नातानामेकोपि परिषद् भवेत्॥[46]

(धर्मशास्त्र का इतिहास, प्रथम भाग, चतुर्थ संस्करण में पृष्ठ 505 पर उद्धृत)

अर्थात् श्रेष्ठ संन्यासी एक भी हो, तो वह परिषद् का रूप ले सकता है। उसका निर्णय ही परिषद् का निर्णय होगा।

यहाँ संन्यासी का उल्लेख है। जबकि अधिकांशतः परिषद् में संन्यासी का नहीं, अपितु ब्रह्मचर्य, गृहस्थ एवं वानप्रस्थ आश्रम के प्रतिनिधि ब्राह्मणों का उल्लेख है। ऐसा लगता है कि तीनों आश्रमों में पर्याप्त योग्य प्रतिनिधि सदा नहीं मिलने के कारण संन्यासी का भी विकल्प दिया गया है। कारण यह कि संन्यासी तो सर्वपूज्य हैं ही और सर्वस्व त्यागकर अपना श्राद्ध स्वयं संपन्न कर संन्यासी बने हुए धर्मनिष्ठ तपस्वी के निष्पक्ष निर्णय में कोई शंका नहीं होती।

इस विषय में याज्ञवल्क्य स्मृति के अध्याय 3 के 300वें श्लोक में कहा गया है कि छोटे-छोटे दोषों के लिए तो एक या कुछ एक विद्वानों का प्रायश्चित्त निर्णय पर्याप्त है, परंतु यदि महापातक हुआ है तो अनेक विद्वानों की परिषद् द्वारा ही निर्णय लिया जाना उचित है। देवल स्मृति का तो कथन है कि सामान्य पापों के लिए ब्राह्मणों द्वारा दिया गया निर्णय पर्याप्त है और उन पापों की बात राजा या राज्य के सम्मुख की जाए, यह अपेक्षित नहीं है। किंतु यदि महापातक है, तो राजा ब्राह्मणों की मंडली से परामर्श के उपरांत निर्णय देते हैं। यही परंपरा है। पराशर का कहना है कि न तो ब्राह्मणों को राजा की जानकारी के बिना या राजाज्ञा के बिना किसी प्रायश्चित्त का निर्णय देना चाहिए और न ही राजा को विद्वान् ब्राह्मणों की सहमति के बिना किसी निर्णय की घोषणा करनी चाहिए। अन्यथा राजा को सौ गुना पाप लगता है। यह भी कहा गया है कि यदि कोई व्यक्ति परिषद् के सम्मुख आता है और अपने सामान्य पापों का कथन करता है, तो परिषद् को उसे उचित प्रायश्चित्त सुझाकर संतुष्ट करके ही भेजना चाहिए। परिषद् के समक्ष पाप निवेदन करके, परिषद् के द्वारा बताए गए प्रायश्चित्त को करके व्यक्ति शुद्ध हो जाता है, परंतु महापातकों के विषय में राजाज्ञा का उद्घोष आवश्यक है।

संन्यासी और शिष्ट परिषद्

धर्मशास्त्रों में शिष्ट परिषद् के जो नियम हैं, उनमें विद्वान्, ब्राह्मण तथा तीनों आश्रमों के प्रतिनिधि की उपस्थिति में राज्यकर्ता द्वारा निर्णय लिये जाने का ही प्रावधान है। अंगिरा स्मृति में अन्य विकल्पों के अभाव में संन्यासी का निर्णय मान्य किया गया है, परंतु हजारों वर्षों तक शिष्ट परिषदों में विद्वान् और तीन आश्रमों के प्रतिनिधि ही होते रहे हैं। संन्यासियों के परिषद् में होने का कोई प्राचीन प्रमाण नहीं मिलता। मराठा इतिहास में अवश्य यह विवरण मिलता है कि धार्मिक मामलों में ब्राह्मणों की सम्मति तो ली ही जाती थी, पर कभी-कभी संकेश्वर मठ और करवीर मठ की गद्दियों के शंकराचार्य से भी राय ली जाती थी। पहली बार ब्रिटिश प्रभाव वाले प्रशासन में शंकराचार्यों ने धार्मिक

मामलों में सम्मति देने की विशेष पहल की। उस अवधि की शंकराचार्य की गद्दी द्वारा जारी कतिपय आज्ञाएँ अभिलेखागार में सुरक्षित हैं, परंतु शिष्ट परिषद् में संन्यासियों की उपस्थिति का सामान्यत: अनुरोध नहीं किया जाता था।

विशेष धर्म और स्वधर्म

सामान्य धर्मों के व्यापक अनुशासन के अंतर्गत वर्ण धर्म और आश्रम धर्म का पालन करते हुए लोकजीवन और लोक-व्यवहार चलता रहता है। अपनी कुल परंपरा, ग्राम परंपरा, क्षेत्र परंपरा और जिस व्यवसाय में हैं, उसकी श्रेणी या निगम या पंचायतों द्वारा मान्य परंपराओं का पालन करते हुए व्यक्ति स्वधर्म का पालन करता है। स्वधर्म का ज्ञान सामान्य धर्म के व्यापक अनुशासन में अपने कुल की परंपरा का विचार रखते हुए अपनी योग्यता और सामर्थ्य तथा रुचि एवं दक्षता के अनुसार होता है। इस विषय में गुरु का और गुरुजनों का मार्गदर्शन सहायक होता है। समाज में जो व्यक्ति जहाँ स्थित है, वहाँ रहते हुए, अपने संस्कारों और अपनी सामर्थ्य के अनुसार व्यक्ति स्वधर्म का निश्चय करता है और उस विषय में गुरुजनों का मार्गदर्शन प्राप्त करता है। यह स्वधर्म की स्थिति है। विशेष धर्म का अर्थ है किसी विशेष परिस्थिति या विपत्ति या प्रयोजन विशेष या कार्य विशेष के संदर्भ में अपने धर्म के विषय में अनिर्णय की स्थिति आ जाने पर उससे संबंधित विशेष धर्म का चिंतन, मनन और निश्चय करना होता है। जहाँ तक राजधर्म की बात है, सामान्य धर्म और धर्मशास्त्रों के अनुशासन में राज्य के कर्तव्य को ही राजधर्म कहा जाता है।

संदर्भ—

1. (a) The Constitutional History of England, Cambridge, 1950
   (b) The Constitutional History of Modern Britain, Adam & Charles Black, London (1960), 6th edition
   (c) How Britain is Governed by Ramsay Muir Newyork, 1930
   (d) Major European Governments, by Alex N. Dragnich and Jorgen Rasmussen, London, 1982 (6th edition)
2. भारत का संविधान, पूर्वोद्धृत में देखें, उद्देशिका एवं भाग 2 तथा भाग 3
3. विशेषत: देखें, संविधान का अनुच्छेद 13, 14, 15, 16, 28 तथा 29
4. Governance in India by M. Laxmikanth, Mc Graw India, New Delhi
5. महाभारत, आदिपर्व, अध्याय 160, श्लोक 36
6. याज्ञवल्क्य स्मृति, 1/80
7. वही
8. मनुस्मृति, अध्याय 9, श्लोक 77 से 83
   (क) तैत्तिरीय संहिता 6/6/4/3,

(ख) ऐतरेय ब्राह्मण 12/11,

(ग) शतपथ ब्राह्मण, माध्यदिन शाखा, कांड 13, अध्याय 4, ब्राह्मण 1, कंडिका 8

9. वही
10. हिंदू मैरिज एक्ट, 1955
11. मनुस्मृति, अध्याय 9, श्लोक 101 एवं 102

    अन्योन्यस्याव्यभिचारो भवेद् आमरणान्तिकः।
    एष धर्मः समासेन ज्ञेयः स्त्रीपुंसयोः परः ॥101॥
    तथा नित्यं यतेयातां स्त्री पुंसौ तु कृतक्रियौ।
    यथा नाभिचरेतां तौ वियुक्तावितरम् ॥102॥

12. मनुस्मृति, अध्याय 6, श्लोक 89
13. महाभारत, शांतिपर्व, अध्याय 269, श्लोक 6 एवं 7
14. देखें, धर्मशास्त्र का इतिहास, (डॉ. पांडुरंग वामन काणे कृत), द्वितीय खंड, अध्याय 9 से 26
15. उपर्युक्त में अध्याय 27
16. उपर्युक्त में अध्याय 28
17. छांदोग्य उपनिषद्, अध्याय 2, खंड 23, मंत्र 1
18. बृहदारण्यक उपनिषद्, अध्याय 2, ब्राह्मण 4, मंत्र 1
19. वही, अध्याय 3, ब्राह्मण 5, मंत्र 1
20. महाभारत, शांतिपर्व, अध्याय 244, श्लोक 4, 5, 6 एवं 24
21. महाभारत, शांतिपर्व, अध्याय 224, श्लोक 24 से 31
22. नृसिंह पुराण, अध्याय 60
23. मनुस्मृति अध्याय 6, श्लोक 41 एवं 43-44, वसिष्ठ धर्मसूत्र अध्याय 10, श्लोक 12-15, शंखस्मृति अध्याय 7, श्लोक 6
24. दक्ष स्मृति, अध्याय 7, श्लोक 34 से 38
25. याज्ञवल्क्य स्मृति, अध्याय 3, प्रकरण 4, यतिधर्म प्रकरण, श्लोक 56 से 58, उप पर मिताक्षरा टीका, साथ ही दक्ष स्मृति, अध्याय 7, श्लोक 34-37
26. मनुस्मृति, अध्याय 6, श्लोक 35 से 42
27. बृहदारण्यक उपनिषद्, अध्याय 4, ब्राह्मण 4, मंत्र 21
28. मुंडक उपनिषद्, द्वितीय खंड, मंत्र 12
29. मनुस्मृति, अध्याय 6, श्लोक 38
30. जाबाल उपनिषद्, मंत्र 43
31. कूर्म पुराण, उपरि विभाग, श्लोक 2
32. याज्ञवल्क्य स्मृति, अध्याय 3, श्लोक 58 पर मिताक्षरा टीका
33. कमलाकर भट्ट, निर्णय सिंधु, पंचम परिच्छेद, उत्तरार्ध, संन्यास निर्णयः
34. तैत्तिरीय उपनिषद्, शिक्षा वल्ली, अनुवाक 11
35. श्रीमद्भगवत महापुराण, 3/4/30-31
36. (स्मृतिमुक्ताफल, वर्णाश्रम, पृष्ठ 176 तथा यतिधर्मसंग्रह, पृष्ठ 2 एवं 3, पांडुरंग वामन काणे कृत धर्मशास्त्र का इतिहास, उत्तर प्रदेश हिंदी संस्थान, लखनऊ द्वारा प्रकाशित, प्रथम भाग, चतुर्थ संस्करण 1992 में पृष्ठ 501 एवं 502 में उद्धृत)

37. शुक्रनीति सार, प्रथम अध्याय, श्लोक 362–70
38. कात्यायन स्मृति, धर्मशास्त्र का इतिहास, भाग 2, चतुर्थ संस्करण में पृष्ठ 718 पर उद्‌धृत
39. छांदोग्य उपनिषद्, अध्याय 5, खंड 3, मंत्र 1
40. बृहदारण्यक उपनिषद्, अध्याय 6, ब्राह्मण 2, मंत्र 1
41. मनुस्मृति, अध्याय 12, श्लोक 108
42. वही, श्लोक 109
43. मनुस्मृति, अध्याय 12, श्लोक 110 से 115
44. बौधायन धर्मसूत्र, प्रश्न 1, खंड 1, अध्याय 1, सूत्र 8 से 15
45. बौधायन धर्मसूत्र, प्रश्न 1, खंड 1, अध्याय 1, सूत्र 1 से 5
46. पांडुरंग वामन काणे : धर्मशास्त्र का इतिहास, प्रथम भाग, चतुर्थ संस्करण में पृष्ठ 505 पर उद्‌धृत

□

खंड-2

समाज और राज्य

1

समाज और राज्य

'समाज' शब्द वस्तुतः अंग्रेजी के 'सोसायटी' शब्द का प्रचलित हिंदी अनुवाद है। प्राचीन भारतीय वाङ्मय में 'समाज' शब्द का प्रयोग संगीत एवं कलाओं के सहृदय समूह के लिए ही किया जाता था। जिसे आज समाज कहा जाता है, उसके लिए जन और लोक ये दो शब्द ही प्रचलित थे, परंतु लोक का अर्थ है समस्त दृश्यमान जगत्, विशेषकर चैतन्य से संपन्न संपूर्ण दृश्यमान जगत् को लोक कहते हैं और भारतीय ज्ञान परंपरा अनेक अदृश्य लोकों के विषय में अत्यंत प्राचीनकाल से विचार करती रही है। अतः यहाँ पृथ्वी के लोक के लिए पृथ्वीलोक, भूलोक, इहलोक आदि शब्द ही प्रयुक्त होते रहे हैं। जबकि अन्य लोकों को परलोक या संबंधित लोक के नाम से संबोधित करते हैं, जैसे—भूलोक, भुवःलोक, स्वःलोक, देवलोक आदि। 'जन' शब्द का प्रयोग मानव समुदाय के लिए ही किया जाता है। यद्यपि उसका प्रयोग अन्य चेतन सत्ताओं के लिए भी होता है, परंतु सामान्यतः भारतवर्ष तथा पृथ्वी के अलग-अलग मानव समुदायों को जन कहा जाता रहा है। साथ ही, स्वयं भारत के भीतर अलग-अलग क्षेत्रों को अलग-अलग जनपद कहते हुए वहाँ रहने वालों को उस जनपद का जन कहा जाता है और इसके साथ ही कुल समूहों के अलग-अलग समुदायों को भी अलग-अलग जन के रूप में संबोधित किया जाता है, जैसे—पंचजनाः आदि।[1]

आधुनिक काल में अंग्रेजी के 'सोसायटी' शब्द के लिए समाज शब्द का प्रचलन बढ़ा है, परंतु इसमें भी कई समस्याएँ हैं। क्योंकि 'सोसायटी' व्यक्तियों के उस समूह को कहते हैं, जो निरंतर परस्पर सामाजिक अंतःक्रिया करता हो अथवा एक ही क्षेत्र में निवास करता हो अथवा एक ही राज्य के अधीन हो अथवा जो एक ही सांस्कृतिक परंपराओं को मानता हो। उसका कारण यह है कि संबंधों के स्वरूप के आधार पर ही 'सोसायटी' शब्द का प्रयोग होता है। इसलिए एक ही संस्कृति के अनुयायी समुदाय को एक 'सोसायटी' कहते हैं और एक ही संस्था, जैसे राज्य संस्था या धर्म संस्था या पंथ संस्था या मजहब या रिलीजन के अनुशासन में रह रहे लोगों को भी सोसायटी ही कहते हैं। व्यवहार के

कतिपय आधारभूत नियमों के विषय में सर्वानुमति रखने वाला जनसमुदाय ही सोसायटी या समाज है।[2]

वस्तुत: यूरोप में 'सोसायटी' शब्द सर्वप्रथम किसी कंपनी के लिए ही प्रयुक्त हुआ। 12वीं शताब्दी ईसवी में फ्रेंच शब्द 'सोसाइते' प्रयोग हुआ और उसे ही अंग्रेजी में 'सोसायटी' कहा गया। यह शब्द लैटिन के दो शब्दों 'सोसाइतास' तथा 'सोसियस' से निगमित हुआ, जो वस्तुत: परस्पर मैत्री संबंध में बँधे हुए समूह के लिए ही कहा जाता था। बाद में संपूर्ण मानव समाज के लिए भी इस शब्द का प्रयोग 17वीं शताब्दी के बाद चल पड़ा, परंतु किसी एक सभा या समिति के अर्थ में भी सोसायटी शब्द का प्रयोग होता रहा है। व्यक्तियों का ऐसा निकाय, जो परस्पर निर्भरता और भाषा या सांस्कृतिक संबंध आदि से बँधा हो, उसे सोसायटी कहते हैं।

समाजशास्त्र में 'समाज'

इसे हम समाजशास्त्र के विकास से अधिक अच्छी तरह समझ सकते हैं। पश्चिम के समाजशास्त्र का विकास 19वीं शताब्दी में ही पहली बार हुआ है। शिकागो यूनिवर्सिटी में पहली बार समाजशास्त्र अर्थात् सोशियोलॉजी विभाग 1892 में खोला गया। 1895 में एक छोटे से प्रयास के रूप में 'अमेरिकन जर्नल ऑफ सोशियोलॉजी' शुरू किया गया।

सोशियोलॉजी की प्रेरणा मुख्यत: एमिल दुखाइम से ली गई, जोकि एक फ्रेंच दार्शनिक हैं।[3] यद्यपि कोम्ते ने इससे पहले 'सोशियोलॉजी' शब्द का प्रयोग कर लिया था। महत्त्व की बात यह है कि यूरोप तथा अमेरिका का कोई भी विद्वान् ऐसा नहीं मानता कि समाजशास्त्र का विकास भारत में कभी भी हुआ। यहाँ समस्त समाजशास्त्रीय विवेचना धर्मशास्त्रों में होती रही है, जो कि ईसाइयत या इस्लाम की रिलीजन या मजहबी किताबों में कभी नहीं हुई। इसका कारण यह है कि भारतीय धर्मशास्त्र मानव धर्म की बात करते हैं और समस्त मनुष्यों को एक इकाई मानकर फिर उनकी अलग-अलग छोटी इकाइयों, श्रेणियों आदि में पहचान निरूपित करते हैं। जबकि रिलीजन या मजहबी किताबें अपने अनुयायियों और अपने रिलीजन या मजहब को न मानने वाले 'अन्य' इन दो परस्पर विरोधी युग्मों में ही सारा चिंतन करते हैं। जबकि समाजशास्त्र के लिए विभिन्न समाजों के अस्तित्व का और उनमें से प्रत्येक की वास्तविक विशेषता का संज्ञान लेना अनिवार्य है। इसलिए वहाँ समाजशास्त्र की अभिव्यक्ति असंभव है।

सोशियोलॉजी का विकास

वैसे तो आधुनिक यूरोप अपनी हर विचारशैली के लिए ग्रीक दार्शनिकों का संदर्भ लेता है, परंतु यह संदर्भ लेने का काम 19वीं शताब्दी में ही शुरू किया गया। तदनुसार

पुरानी हास्य कविताओं को सोशियोलॉजी का उद्गम बताया जाता है। इसके साथ ही प्लेटो और अरस्तू ने 'सर्वे' जैसे शब्दों का जो प्रयोग किया है, उन्हें भी इसके उद्गम का स्रोत बताया जाता है। 11वीं शताब्दी (1086) में 'डूम्स डे बुक' छपी, उसे भी सोशियोलॉजी का स्रोत बता दिया जाता है। इसी प्रकार चीनी विद्वान् कनफ्यूशियस ने कतिपय सामाजिक व्यवहारों की चर्चा की, तो उन्हें भी सोशियोलॉजी का स्रोत बताया जाता है और ट्यूनिशिया के मुस्लिम विद्वान् इब्न-खालदून को भी यही बताया जाता है। यद्यपि वस्तुतः यूरोप में सोशियोलॉजी की किसी भी पुस्तक में उनके किसी भी ग्रंथ या कथन का उद्धरण या संदर्भ नहीं दिया जाता, तब भी उनके लिखे 'मुकदमा' को समाज चिंतन से जुड़ा मानते हैं।

1780 में फ्रेंच लेखक इमेनुअल जोसफ सी.एस. ने एक लेख में 'सोशियालॉजी' शब्द का पहली बार उल्लेख किया, परंतु उस विषय में कोई विचार नहीं किया। तब भी उसे इस विषय के संदर्भ में याद किया जाता है। 1838 में ऑगस्त कोम्ते ने बाद में समाजशास्त्र शब्द को परिभाषित किया।[4] पहले उन्होंने इसके लिए 'सोशल फिजिक्स' शब्द का प्रयोग किया और बाद में सोशियोलॉजी का। कार्ल मार्क्स ने 19वीं शताब्दी में ही 'साइंस ऑफ सोसायटी' की चर्चा की।

कोम्ते ने फ्रेंच क्रांति को समाज की बुराइयों से उपजे विक्षोभ से जोड़कर विश्लेषित किया और कहा कि 'पॉजिटिविज्म' के द्वारा इन बुराइयों का समाधान संभव है। कोम्ते के बाद अल्बर्ट स्पेंसर और एमिल दुखाइम ने 19वीं शताब्दी में ही सोशियोलॉजी पर चर्चा की। उनका लक्ष्य था वैज्ञानिक तर्कबुद्धि से मानव व्यवहार की व्याख्या करना। इसके लिए उन्होंने 1895 में 'दि रूल्स ऑफ सोशियोलॉजिकल मैथड' नामक एक लेख लिखा।[5] बाद में यूरोप में पॉजिटिविज्म के विरोध में कई विचारक उभरे। हीगल ने पॉजिटिविज्म को यांत्रिक विचार बताया। कार्ल मार्क्स ने भी पॉजिटिविज्म को रिजेक्ट कर दिया। अंत में वैचारिक घात-प्रतिघातों के साथ सोशियोलॉजी का विकास होता रहा और 20वीं शताब्दी में ही पहली बार उसका एक स्वरूप स्पष्ट हुआ है, जो 1892 में शिकागो यूनिविर्सिटी में एक छोटे से विभाग के साथ शुरू हुआ था। दुखाइम ने सोशियोलॉजी को संस्थाओं का साइंस (साइंस ऑफ इंस्टीट्यूशन) कहा। उन्होंने 1897 में कैथोलिक और प्रोटेस्टेंट ईसाइयों द्वारा बड़े पैमाने पर की जा रही आत्महत्याओं का विश्लेषण करते हुए 'सुसाइड' नामक एक मोनोग्राफ लिखा। हर्बर्ट स्पेंसर ने 19वीं शताब्दी के अंत में 'सर्वाइवल ऑफ दि फिटेस्ट' (जो परिवेश में सर्वाधिक फिट हो, वही बचा रहता है और बढ़ता है) का एक नारा दिया और इंग्लैंड तथा संयुक्त राज्य अमेरिका में 'कंजरवेटिव पॉलिटिक्स' के पक्ष में विचार व्यक्त किए।

20वीं शताब्दी में इसका भली-भाँति विकास हुआ। विशेषकर जर्मन समाजशास्त्री

एवं ईसाई पादरी मैक्सीमिलियन कार्ल एमिल वेबर ने आधुनिक पश्चिम यूरोपीय समाज के विकास की व्याख्या की, जिसे सोशियोलॉजी में महत्त्वपूर्ण योगदान माना जाता है।[6] उन्होंने प्रोटेस्टेंट ईसाइयों के नीति संबंधी विचारों को पूँजीवाद की आत्मा बताते हुए 1905 में एक पुस्तक लिखी। उन्होंने ही पहली बार तर्कबुद्धि आधारित राष्ट्र-राज्य के पश्चिमी यूरोप में विकास की भरपूर प्रशंसा करते हुए पूँजीवाद (कैपिटलिज्म) को प्रोटेस्टेंट ईसाइयत का फलितार्थ बताया और इसके पक्ष में अनेक लेख लिखे। पूँजीवाद के विरुद्ध कार्ल मार्क्स सहित अनेक यूरोपीय लेखकों ने कई लेख लिखे और मार्क्स ने 'दॉस कैपिटल' (पूँजी) नामक पुस्तक लिखी। इसमें कैपिटलिज्म के विरोध में सोशलिज्म की अवधारणा प्रस्तुत करते हुए उस दिशा में विकास को ही ऐतिहासिक नियति बताया। इस प्रकार कैपिटलिज्म एवं सोशलिज्म दोनों ही ईसाई समाजों के भीतर विकसित हो रही प्रवृत्तियों के लिए प्रयुक्त समाजशास्त्रीय अवधारणाएँ हैं। वस्तुतः विश्व के गैर-ईसाई समाजों से इन शब्दों का कोई संबंध नहीं है, परंतु ईसाइयों के अधीन रहे सभी राष्ट्र-राज्यों में इन शब्दों को सार्वभौम सत्य की तरह पढ़ाया और लिखा-बोला जाता है। स्पष्ट है कि भारतीय धर्मशास्त्रों में वस्तुतः समाज की अत्यंत विस्तृत और गहन विवेचना है, परंतु धर्मशास्त्र या स्मृति शब्द के प्रयोग के कारण पश्चिमी यूरोप के लोग इसे समाजशास्त्र से बाहर की वस्तु मानते हैं। समाजों का दार्शनिक आधार ज्ञान की परंपराओं के आधार पर तथा आचार-विचार और मान्यताओं के आधार पर एवं पुरुषार्थ रूपों के आधार पर और ऐतिहासिक काल में अलग-अलग समाजों के द्वारा किए गए पुरुषार्थ रूपों के गहन विस्तृत विश्लेषण के साथ वास्तविक समाजशास्त्र का स्वरूप हिंदू धर्मशास्त्रों में और पुराणों में दिखता है। इसी प्रकार राज्य संबंधी विचार भी विश्व में सर्वाधिक प्राचीन काल से केवल भारत में ही हुआ दिखता है। अन्यत्र यदि रहा भी तो कहीं मुस्लिम और कहीं ईसाई समुदायों में उन्हें नष्ट कर दिया है और विश्व के विषय में अभी तक जो जानकारी अंग्रेजी भाषा के माध्यम से हमें प्राप्त है, उसमें कहीं भी राज्य और राजनीतिशास्त्र संबंधी कोई प्राचीन विवरण नहीं मिलता।

भारतवर्ष में प्राचीनतम समय से राजशास्त्र और दंडनीति के शास्त्र विद्यमान रहे हैं। इन्हें ही अर्थशास्त्र भी कहा गया है। समस्त धर्मशास्त्रकारों ने राजधर्म का सांगोपांग विवेचन किया है, क्योंकि राजधर्म एक विशिष्ट महत्त्व का विषय है। आपस्तंब धर्मसूत्र और बौधायन धर्मसूत्र में राजा के अनेक कार्यों एवं कर्तव्यों का उल्लेख मिलता है। महाभारत के अनुशासन पर्व एवं शांतिपर्व में विस्तार से राजधर्म की विवेचना है। ब्रह्माजी ने धर्म की रक्षा के लिए एक लाख अध्यायों वाला एक महाग्रंथ लिखा, जिसमें धर्मशास्त्र, अर्थशास्त्र, कामशास्त्र एवं मोक्षशास्त्र चारों की विस्तृत विवेचना थी, ऐसा शांतिपर्व के अध्याय 59 में बताया गया है।

ततोऽध्यायसहस्राणां शतं चक्रे स्वबुद्धिजम्।
यत्र धर्मस्तथैवार्थः कामश्चैवाभिवर्णितः ॥ 29 ॥
त्रिवर्ग इति विख्यातो गण एष स्वयम्भुवा।
चतुर्थो मोक्ष इत्येव पृथगर्थः पृथग्गुणः ॥ 30 ॥
मोक्षस्यास्ति त्रिवर्गोऽन्यः प्रोक्तः सत्त्वं रजस्तमः।
स्थानं वृद्धिः क्षयश्चैव त्रिवर्गश्चैव दंडजः ॥ 31 ॥
आत्मा देशच्च कालश्चाप्युपायाः कृत्यमेव च।
सहायाः कारणं चैव षड्वर्गो नीतिजः स्मृतः ॥ 32 ॥
त्रयी चान्वीक्षिकी चैव वार्त्ता च भरतर्षभ।
दंडनीतिश्च विपुला विद्यास्तत्र निदर्शिताः ॥ 33 ॥
अमात्यरक्षा प्रणिधी राजपुत्रस्य लक्षणम्।
चारश्च विविधोपायः प्रणिधेयः पृथग्विधः ॥ 34 ॥
साम भेदः प्रदानं च ततो दंडश्च पार्थिव।
उपेक्षा पश्चिमी चात्र कात्स्न्र्येन समुदाहृता ॥ 35 ॥
मंत्रश्च वर्णितः कृत्स्नस्तथा भेदार्थ एव च।
विभ्रमश्चैव मंत्रस्य सिद्धयसिद्धयोश्च यत् फलम् ॥ 36 ॥
संधिश्च त्रिविधाभिख्यो हीनो मध्यस्तथोत्तमः।
भयसत्कारवित्ताख्यं कात्स्न्र्येन परिवर्णितम् ॥ 37 ॥
यात्राकालाश्च चत्वारस्त्रिवर्गस्य च विस्तरः।
विजयो धर्मयुक्तश्च तथार्थविजयश्च ह ॥ 38 ॥
आसुरश्चैव विजयस्तथा कात्स्न्र्येन वर्णितः।
लक्षणं पंचवर्गस्य त्रिविधं चात्र वर्णितम् ॥ 39 ॥
प्रकाशश्च अप्रकाशस्य दंडोऽथ परिशब्दितः।
प्रकाशोऽष्टविधस्तत्र गुह्यश्च बहुविस्तरः ॥ 40 ॥
रथा नागा हयाश्चैव पादाताश्चैव पाण्डव।
विष्टिर्नावश्चराश्चैव देशिका इति चाष्टमम् ॥ 41 ॥
अंगान्येतानि कौरव्य प्रकाशानि बलस्य तु।
जंगमाजंगमाश्चोक्ताश्चूर्णयोगा विषादयः ॥ 42 ॥
स्पर्शे चाभ्यवहार्ये चाप्युपांशुर्विविधः स्मृतः।
अरिर्मित्र उदासीन इत्येतेऽप्यनुवर्णिताः ॥ 43 ॥
कृत्स्ना मार्गगुणाश्चैव तथात्र भूमिगुणाश्च ह।
आत्मरक्षणमाश्वासः सर्गाणां चान्ववेक्षणम् ॥ 44 ॥

कल्पना विविधाश्चापि नृनागरथवाजिनाम्।
व्यूहाश्च विविधाभिख्या विचित्रं युद्धकौशलम्॥ 45॥
उत्पाताश्च निपाताश्च सुयुद्धं सुपलायितम्।
शस्त्राणां पालनं ज्ञानं तथैव भरर्षभ॥ 46॥
बलव्यसनमुक्तं च तथैव बलहर्षणम्।
पीडा चापदकालश्च पत्तिज्ञानं च पाण्डव॥ 47॥
तथा खातविधानं च योग: संचार एव च।
चौरैराटविकैश्चोग्रै: परराष्ट्रस्य पीडनम्॥ 48॥
अग्निदैर्गरदैश्चैव प्रतिरूपककारकै:।
श्रेणिमुख्योपजापेन वीरुधश्छेदनेन च॥ 49॥
दूषणेन च नागानामातङ्.कजननेन च।
आराधनेन भक्तस्य प्रत्ययोपार्जनने च॥ 50॥
सप्तांगडस्य च राज्यस्य ह्रासवृद्धिसमंजसम्।
दूतसामर्थ्यसंयोगात् सराष्ट्रस्य विवर्धनम्॥ 51॥
अरिमध्यस्थमित्राणां सम्यक् चोक्तं प्रपंचनम्।
अवमर्द: प्रतीघातस्तथैव च बलीययाम्॥ 52॥[7]

इस प्रकार ब्रह्माजी ने उक्त ग्रंथ में चारों पुरुषार्थों की विवेचना की और दंडजनित त्रिवर्ग की भी विवेचना की। दंड का त्रिवर्ग है—स्थान, वृद्धि और क्षय। अर्थात् धनियों की स्थिति की रक्षा, धर्मात्मा धनियों की वृद्धि और दुरात्मा धनियों का विनाश। इसी प्रकार मोक्ष के त्रिवर्ग में सत्व गुण, रजो गुण और तमो गुण की गहरी मीमांसा की गई। फिर आत्मा, देश, काल, उपाय, कार्य और सहायक आदि के प्रति राज्य द्वारा कैसी नीति अपनाई जाए, यह लिखा। फिर वेदत्रयी, आन्वीक्षिकी, वार्त्ता और दंडनीति की विपुल विद्याओं का वर्णन किया। फिर राज्य द्वारा आत्मरक्षा, राजपुत्रों के लक्षण, राजदूतों की नियुक्ति, गुप्तचर व्यवस्था और साम, दाम, दंड, भेद और उपेक्षा इन पाँच उपायों का प्रतिपादन किया। भेद नीति के प्रयोग के प्रयोजन, मंत्रणा की सिद्धि और असिद्धि के फलों का प्रतिपादन किया। उत्तम, मध्यम और अधम इन तीन संधियों की मीमांसा की और वित्त संधि, सत्कार संधि तथा भय संधि के प्रकारों का वर्णन किया। अपने मित्रों की वृद्धि, कोष का भरपूर संग्रह, शत्रु के मित्रों का नाश और शत्रु के कोष की हानि इन चार प्रयोजनों से शत्रु पर चढ़ाई के अवसरों की मीमांसा की और धर्म विजय, अर्थ विजय तथा आसुर विजय के भेद बताए। मंत्री, राष्ट्र, दुर्ग, सेना और कोष इनके लक्षणों का और उत्तम, मध्यम तथा अधम भेदों का वर्णन किया। प्रकट और गुप्त सेनाओं का वर्णन

किया, जिनके अनेक भेद हैं। हाथी, घोड़ा, रथ, पैदल, विष्टि, नौकारोही, गुप्तचर और गुरु इन आठ सैन्य अंगों की विवेचना की तथा जंगम और अजंगम विषों के प्रयोग का और चूर्ण योग आदि विनाशकारक औषधियों का ज्ञान दिया। शत्रु, मित्र और उदासीन की विवेचना की। मार्ग और भूमि के गुण और लक्षण बताए तथा आत्मरक्षा के उपाय बताए और सेना की पुष्टि करने वाली विविध युक्तियाँ बताईं। व्यूह रचना और रण कौशल के नाना प्रकार बताए तथा युद्ध करने और आवश्यकता पड़ने पर भली भाँति पलायन करने के भी उपाय बताए। शस्त्रों के संरक्षण और प्रयोग का ज्ञान दिया। सेनाओं की विपत्ति से रक्षा करने और सेना का हर्ष और उत्साह निरंतर बढ़ाने तथा समय-समय पर पैदल सैनिकों की स्वामिभक्ति की परीक्षा करने आदि के भी उपाय उस शास्त्र में थे। दुर्ग के चारों ओर खाई खुदवाना, सेना का युद्ध के लिए तैयार होना और रणयात्रा करना, शत्रु के राज्य को चोरों और जंगली लुटेरों द्वारा पीड़ा देना, गुप्तचरों द्वारा शत्रु को हानि पहुँचाना, शत्रु के प्रधान लोगों में भेद डालना, आवश्यकता पड़ने पर उनकी फसल नष्ट कर देना, हाथियों को भड़काना और लोगों में आतंक पैदा करना तथा शत्रु पक्ष के लोगों में अपने प्रति विश्वास जगाना आदि उपायों का भी ब्रह्माजी ने वर्णन किया। फिर सात अंगों से युक्त राज्य की वृद्धि कैसे होती है और ह्रास किन कारणों से होता है, इसे विस्तार से बताया और राष्ट्र की वृद्धि के उपाय बताए तथा बलवान शत्रुओं को कुचल डालने या समयानुसार व्यवहार की भी विधि बताई।

इसके साथ ही उक्त ग्रंथ में और भी अनेक वर्णन बड़े ही विस्तार से थे, विशेषत: कोष की वृद्धि और माया के प्रयोगों की भी विधि बताई।

बाद में भगवान् शंकर ने इस नीतिशास्त्र को कुछ संक्षिप्त किया। उसके बाद इंद्र ने उसे और संक्षेप करके देवताओं के शासन की विधि प्रतिपादित की तथा राजाओं के लिए भी निर्देश दिए। इस प्रकार राजशास्त्र प्रणेताओं की बहुत विस्तृत सूची हमारे धर्मशास्त्रों में है, जो अत्यंत प्राचीनकाल से दंडनीति और राजशास्त्र के भारत में प्रतिष्ठित होने का प्रमाण है।

भगवान् शिव के बाद उस महान् राजशास्त्र को देवराज इंद्र ने ग्रहण किया। फिर उन्होंने उसे और संक्षिप्त कर 5000 अध्यायों का ग्रंथ कर दिया, जिसे 'बाहुदंतक राजशास्त्र' नाम दिया गया। फिर महान् सामर्थ्यशाली बुद्धिवाले देवगुरु बृहस्पति ने उसे और संक्षिप्त कर 3000 अध्यायों का बार्हस्पत्य राजशास्त्र रचा। तदुपरांत महायोगी शुक्राचार्य ने अपनी अमित प्रज्ञा से उसे 1000 अध्यायों में संक्षिप्त कर दिया। तब से इसका नाम शुक्रनीति हुआ। देवताओं ने भगवान् विष्णु से अनुरोध किया कि कोई एक श्रेष्ठ राजपुरुष दीजिए, जो राजा बनने का अधिकारी हो तत्पश्चात् भगवान् ने अपने मानस पुत्र 'विरजा' की सृष्टि की, परंतु विरजा ने संन्यास का निश्चय किया। तब उससे पहले

भगवान् की आज्ञा से विरजा का पुत्र कीर्तिमान हुआ और फिर कीर्तिमान के पुत्र कर्दम हुए। ये दोनों ही संन्यास मार्ग में आगे बढ़ गए तब कर्दम के पुत्र अनंग को राजपद दिया गया। वहाँ से राजपद की परंपरा चली। अनंग महान् दंडनीति विशारद थे। उनके पुत्र अतिबल भी दंडनीति के महान् ज्ञाता हुए, परंतु दंडबल से राज्यश्री को भोगते हुए इंद्रियों के वश में हो गए। तब उनकी पुत्री के पुत्र वेन को राजपद दिया गया, परंतु वह राग और द्वेष के वश होकर स्वधर्म से विचलित हो गया, जिसे वेदज्ञ ऋषियों ने प्रजा की रक्षा का ध्यान कर, हाहाकार कर रही प्रजा को उसके अत्याचार से बचाने के लिए उसे मार डाला। शास्त्र की दृष्टि से यज्ञ परम अहिंसा कर्म था। ऋषियों ने वेन की दक्षिण जंघा का मंथन कर निषाद नामक एक व्यक्ति को उत्पन्न किया। उसे विंध्यगिरि में रहने के लिए भेज दिया, जिसके वंशज निषाद तथा अन्य जातियाँ हुईं। तदुपरांत ऋषियों ने एक और पुरुष को वेन की दाहिनी भुजा से मथकर प्रगट किया। वे पृथु नाम से प्रसिद्ध हुए और वे पूर्णतः धर्मनिष्ठ राजा हुए। उन्होंने समस्त पृथ्वी का पालन किया और उनके द्वारा पालित होने से ही यह भूमि पृथ्वी कहलाने लगी। सभी देवताओं और ऋषियों ने राजपथ पर पृथु का अभिषेक किया और समस्त पृथ्वी पर पृथु ने शासन किया। संपूर्ण जगत् में धर्म की प्रधानता स्थापित करने के कारण महाराज पृथु को महात्मा कहा गया और प्रजा को प्रसन्न करने वाले तथा आनंद का वर्धन करने वाले होने के कारण उन्हें राजा कहा गया। ब्राह्मणों को क्षति से बचाने के कारण वे क्षत्रिय कहे गए। इस प्रकार क्षत्रिय शिरोमणि महात्मा राजा पृथु लोक में पूजित हुए। भगवान् विष्णु ने उन्हें आदेश दिया कि हे नरेश्वर! तुम चारों ओर गुप्तचर नियुक्त करके राज्य की रक्षा करो, जिससे कि कोई भी आसुरी शक्तियाँ इसका घर्षण न कर सकें—

तेन धर्मोत्तरश्चायं कृतो लोको महात्मना।
रंजिताश्च प्रजाः सर्वास्तेन राजेति शब्दते॥ 125॥
ब्राह्मणानां क्षतत्राणात् ततः क्षत्रिय उच्यते।
प्रथिता धर्मतश्चेयं पृथिवी बहुभिः स्मृता॥ 126॥
स्थापनं चाकरोद् विष्णुः स्वयमेव सनातनः।
नातिवर्तिष्यते कश्चिद् राजंस्त्वामिति भारत॥ 127॥
दंडनीत्या च सततं रक्षितव्यं नरेश्वर।
नाधर्षयेत् तथा कश्चिच्चारनिष्पन्ददर्शनात्॥ 129॥[8]

पितामह भीष्म कहते हैं कि हे युधिष्ठिर! राजा के वश में लोक क्यों रहता है, यह समझना चाहिए। चित्त और क्रिया द्वारा सदा समभाव रखने वाले तथा समस्त प्रजा के प्रति शुभ कर्म करने वाले दैवी गुणों के कारण प्रजा राजा को अपना स्वामी मानती है। अन्यथा और कोई कारण नहीं है कि लोग एक व्यक्ति की अधीनता स्वीकार करें।

धर्म की ही संगिनी है श्री। श्री देवी से अर्थ की उत्पत्ति होती है। इस प्रकार राज्य में धर्मनिष्ठ और धर्मज्ञ राजा के शासन के कारण धर्म, अर्थ और श्री प्रतिष्ठित होते हैं। कोई महान् पुण्यात्मा व्यक्ति पुण्यों का थोड़ा क्षय होने के बाद स्वर्गलोक से पृथ्वी पर आकर दंडनीति विशारद राजा के रूप में प्रतिष्ठित होता है और बुद्धि संपन्न शासन के कारण महात्मा कहलाता है—

अथ धर्मस्तथैवार्थः श्रीश्च राज्ये प्रतिष्ठिता।
सुकृतस्य क्षयाच्चैव स्वर्लोकादेत्य मेदिनीम्॥
पार्थिवो जायते तात दंडनीतिविशारदः।
महत्त्वेन च संयुक्तो वैष्णवेन नरो भुवि॥
बुद्धया भवति संयुक्तो माहात्म्यं चाधिगच्छति।[9]

पितामह भीष्म कहते हैं कि राजा अन्य मनुष्यों के समान ही होता है, परंतु उसमें दैवी संपत्ति और धर्म तथा शुभ कर्म के परिणाम से लोग उसकी आज्ञा मानते हैं।

आगे कहा गया है कि दंड के महत्त्व के कारण और स्पष्ट लक्षणों वाली नीति तथा न्याय को संपन्न करने वाले आचरण के कारण यह सारा जगत् सहज गतिशील रहता है—

महत्त्वात् तस्य दंडस्य नीतिर्विस्पष्टलक्षणा।
नयचारश्च विपुलो येन सर्वमिदं ततम्॥ 138॥[10]

पितामह भीष्म बताते हैं कि राजशास्त्र में इन विषयों का समावेश है—इतिहास, वेद, न्याय, तप, ज्ञान, अहिंसा, सत्य और असत्य तथा दोनों से परे का तत्त्व, वृद्धजनों की सेवा, दान, आंतरिक और बाहरी पवित्रता, उत्कर्ष, समस्त प्राणियों पर दया, पुराणशास्त्र, चारों आश्रमों और चारों वर्णों तथा चारों विद्याओं का शास्त्र एवं नक्षत्रों आदि का ज्ञान और तीर्थों का ज्ञान एवं यज्ञ कर्मों का विशद ज्ञान।

स्पष्ट है कि इन सब विद्याओं का ज्ञाता ही भारतीय शास्त्रों के अनुसार सुयोग्य राजा और महात्मा राजा कहे जाने का अधिकारी है। आगे 60वें अध्याय में पितामह बताते हैं कि सामान्यतः किसी पर क्रोध न करना, सत्य वचन बोलना, संपत्ति का धर्मशास्त्रों के अनुसार उचित वितरण, क्षमाभाव रखना, अपनी पत्नी से संतान की उत्पत्ति, बाहरी और भीतरी पवित्रता तथा प्राणियों के प्रति द्रोह का अभाव एवं मन की सरलता तथा भरण-पोषण योग्य लोगों का पालन-पोषण करना। ये नौ धर्म सभी मनुष्यों के द्वारा पालनीय हैं। इसीलिए ये सार्ववर्णिक धर्म, सामान्य धर्म, साधारण धर्म और मानव धर्म, इन नामों से वर्णित किए जाते हैं। राजा को यह देखना चाहिए और दंडनीति के द्वारा यह सुनिश्चित करना चाहिए कि सभी मनुष्य इन मानव धर्म, सामान्य धर्म, साधारण धर्म या सार्ववर्णिक धर्म का पालन अवश्य करें।

इसके अतिरिक्त इन सामान्य धर्मों के साथ ही ब्राह्मण को अन्य से अधिक इंद्रिय संयम करना चाहिए तथा वेदों और शास्त्रों का स्वाध्याय करना चाहिए। यदि यह सब करते हुए समाज के सद्गृहस्थों द्वारा ब्राह्मण को दान दिया जाए, तो उस दान से अथवा ब्राह्मणोचित कर्म करने के फलस्वरूप प्राप्त धन से परिवार पालने की सामर्थ्य आ जाने पर विवाह करे और संतान पैदा करे अथवा विवाह का मन न हो तो दान से प्राप्त समस्त धन को अन्य सुपात्र को दान कर दे तथा यज्ञ में लगा दे।

क्षत्रिय को दान तो करना चाहिए, परंतु दान की याचना कभी नहीं करनी चाहिए। यज्ञ करना चाहिए, परंतु दूसरों का यज्ञ पुरोहित बनकर नहीं करना चाहिए। अध्ययन करे, परंतु अध्यापन न करे। धर्म का उल्लंघन करने वालों और लुटेरों, डाकुओं तथा दस्युओं का वध करने के लिए सदा तत्पर रहे और युद्धभूमि में पराक्रम प्रकट करने के लिए भी सदा तत्पर रहे। जो क्षत्रिय शरीर पर घाव हुए बिना ही समर भूमि से लौट आता है, उसकी प्रशंसा इतिहासवेत्ता लोग कभी भी नहीं करते। इसीलिए युद्ध ही क्षत्रियों का प्रधान धर्म है। सनातन धर्म को बाधित करने वाले तथा वर्णाश्रम धर्म का पालन कर रहे सद्गृहस्थों के जीवन में एवं ब्रह्मचारियों तथा वानप्रस्थियों और संन्यासियों के जीवन में किसी भी प्रकार का विघ्न डालने वाले दस्युओं का संहार क्षत्रिय का श्रेष्ठतम कर्म है। राजा और कुछ कर्म करे या न करे, पर यदि वह प्रजापालन और प्रजा का रक्षण करता है, तो इसी से वह परिनिष्ठित कार्य अर्थात् कृत-कृत्य माना जाता है।

वैश्यों को सदा उद्योगशील रहना चाहिए और कृषि एवं पशुओं तथा अपनी संपत्ति का पालन करना चाहिए। धर्मपूर्वक क्रय और विक्रय का व्यापार करना चाहिए और अनाजों, फसलों तथा बीजों की रक्षा करनी चाहिए। इसी प्रकार परिचर्या कर्म करने वालों को सेवाकर्म भलीभाँति करना चाहिए। धर्मात्मा शूद्र राजाज्ञा के अनुसार कोई भी धार्मिक कृत्य कर सकता है। सभी लोगों को सदा शूद्र के भरण-पोषण को अपना कर्तव्य मानना चाहिए और उन्हें अन्न, वस्त्र तथा आवश्यक वस्तुओं की कभी भी कमी नहीं होने देनी चाहिए। अपनी सेवा में उपस्थित शूद्र की आजीविका की व्यवस्था करना धर्म कर्तव्य है, ऐसा धर्मवेत्ताओं का कथन है। यदि कोई स्वामी संतानहीन मर जाए, तो उसका पिंडदान भी सेवक शूद्र को ही करना चाहिए। अपने स्वामी का किसी भी स्थिति में परित्याग नहीं करना चाहिए। अगर किसी कारण स्वामी के धन का नाश हो जाए तो अब तो उसे जो धन मिला है, उससे कुटुंब पालन के बाद बचे हुए धन से अशक्त हुए स्वामी का भी भरण-पोषण करना चाहिए। यज्ञ चारों वर्णों का धर्म है, सभी धर्म के वर्णों के लोगों को यज्ञ करना चाहिए, परंतु शूद्र के यज्ञ में स्वाहा, वषट्कार तथा वैदिक मंत्रों का प्रयोग नहीं होता है। ऐसे अनेक शूद्र हुए हैं, जिन्होंने इन मंत्रों के बिना विधिपूर्वक यज्ञ किए हैं और दक्षिणा के रूप में ब्राह्मणों को हजारों या एक लाख तक पूर्णपात्र दान किए

हैं। सभी वर्ण के लोगों ने यज्ञों का अनुष्ठान किया है और उनसे मनोवांछित फल प्राप्त किया है। इसीलिए सभी वर्ण यज्ञ कराने वाले ब्राह्मणों को देवता ही मानते हैं। ब्राह्मणों के निर्देशानुसार ही यज्ञों का अनुष्ठान किया जाता है। इसके साथ मानसिक संकल्प द्वारा भावनात्मक यज्ञ भी किए जाते हैं, जिनपर सभी वर्णों का अधिकार है। वह यज्ञ भी श्रद्धा के कारण परम पवित्र होता है। वस्तुतः सभी वर्ण ब्राह्मणों से ही उत्पन्न हुए हैं और इसलिए मूल रूप में तो सभी वर्ण ब्राह्मणों के ज्ञाति ही हैं। इसीलिए ब्राह्मणों के साथ सबकी अभिन्नता है। सभी को ब्राह्मण का सम्मान करना चाहिए।[11] अभिन्नता का द्योतक अंतिम 47वाँ श्लोक इस प्रकार है—

तस्माद् वर्णा ऋजवो ज्ञातिवर्णाः
संसृज्यन्ते तस्य विकार एव।
एकं साम यजुरेकमृगेका
विप्रश्चैको निश्चये तेषु सृष्टः ॥ [12]

अर्थात् भगवान् ने तीनों वर्णों की सृष्टि ब्राह्मणों से ही की है। अतः शेष तीन वर्ण भी वस्तुतः ब्राह्मणों के ही विकार हैं। अर्थात् आचरण और अध्ययन संबंधी न्यूनता एवं स्खलन के कारण शास्त्र के अनुसार ये वर्ण अन्यत्र को प्राप्त होते हैं। जिस प्रकार एक ओंकार से ही ऋग्वेद, यजुर्वेद और सामवेद तीनों की सृष्टि है, उसी प्रकार एक ब्राह्मण वर्ण से ही शेष तीन वर्णों की विकृतिपूर्वक निष्पत्ति है। अतः आध्यात्मिक स्तर पर ब्राह्मण के साथ उनकी सबकी अभिन्नता है, क्योंकि सभी रूप मूलतः ब्राह्मण से ही प्रकट हुए हैं। इसीलिए श्रद्धा ही प्रधान है—'श्रद्धा वै कारणं महत्।'[13]

इसके बाद पितामह भीष्म ने सभी आश्रमों के धर्म की भी विवेचना की। ब्रह्मचर्य आश्रम में वेदाध्ययन पूर्ण करना चाहिए। यदि ब्रह्मचारी के मन में मोक्ष की तीव्र अभिलाषा जग जाए, तो उसे सीधे ही संन्यास ग्रहण करने का अधिकार होता है। अन्यथा गृहस्थ आश्रम में प्रवेश करना चाहिए। शुभ कर्मों का अनुष्ठान करना और पत्नी के साथ न्यायोचित भोग भोगना तथा संतान उत्पन्न करना गृहस्थ आश्रम का धर्म है। गृहस्थ आश्रमी को देवताओं और पितरों की तृप्ति के लिए हव्य और कव्य समर्पित करने में कभी प्रमाद नहीं करना चाहिए। निरंतर अन्नदान करना चाहिए और शेष तीनों आश्रमों का पालन करना चाहिए तथा यज्ञ, याग आदि में प्रवृत्त रहकर ईर्ष्या, द्वेष से रहित जीवन जीना चाहिए। गृहस्थ आश्रम के धर्म का पालन करने पर स्वर्गलोक अवश्य मिलता है। स्वर्गलोक में पुण्य फल भोगकर पुनः पृथ्वी पर मानव रूप में अगले जन्म में आने पर यहाँ भी उसके सभी मनोरथ सहज सिद्ध होते हैं।

गृहस्थ आश्रम के दायित्व संपन्न कर व्यक्ति को, विशेषकर प्रत्येक ब्राह्मण को, यदि पत्नी साथ जाए, तो पत्नी के साथ और यदि पत्नी घर में ही बाल-बच्चों के साथ

सुख का अनुभव करे, तो अकेले ही वानप्रस्थ आश्रम में प्रवेश करना चाहिए। वहाँ आरण्यक शास्त्रों का अध्ययन करना चाहिए तथा संयमित जीवन जीते हुए स्वाध्याय करते रहना चाहिए।

तत्पश्चात् संन्यास आश्रम में प्रवेश करना चाहिए। वहाँ रहते हुए मुनिवृत्ति से रहे। अपना कोई घर नहीं बनाए। किसी भी भोग वस्तु की कामना न करे। जो कुछ भी उपलब्ध हो जाए, उसी से जीवन निर्वाह करे और हृदय में किसी प्रकार का विकार न आने दे। सबके प्रति समभाव रखे तथा अविनाशी ब्रह्म के ज्ञान की साधना करे।

राजधर्म की प्रधानता और महत्त्व

तदुपरांत पितामह भीष्म ने राजधर्म को सभी धर्मों में प्रधान बताते हुए उसका विस्तार से वर्णन किया। पितामह ने कहा—

अल्पाश्रयानल्पफलान् वदंति
धर्मानन्यान् धर्मविदो मनुष्याः।
महाश्रयं बहुकल्याणरूपं
क्षात्रं धर्मं नेतरं प्राहुरार्याः॥ 26॥
सर्वे धर्मा राजधर्मप्रधानाः
सर्वे वर्णाः पाल्यमाना भवन्ति।
सर्वस्त्यागो राजधर्मेषु राजं-
स्त्यागं धर्मं चाहुरग्रयं पुराणम्॥ 27॥
मज्जेत् त्रयी दंडनीतौ हतायां
सर्वे धर्माः प्रक्षयेयुर्विबुद्धाः।
सर्वे धर्माश्चाश्रमाणां हताः स्युः
क्षात्रे त्यक्ते राजधर्मे पुराणे॥ 28॥
सर्वे त्यागा राजधर्मेषु दृष्टाः
सर्वा विद्या राजधर्मेषु चोक्ताः।
सर्वा विद्या राजधर्मेषुः युक्ताः
सर्वे लोका राजधर्मे प्रविष्टाः॥ 29॥
यथा जीवाः प्राकृतैर्वध्यमाना
धर्मश्रुतानामुपपीडनाय।
एवं धर्मा राजधर्मैर्वियुक्ताः
संचिन्वन्तो नाद्रियन्ते स्वधर्मम्॥ 30॥ [14]

अर्थात् राजधर्म ही सभी धर्मों में प्रधान है। राजधर्म के द्वारा ही सबका पालन

होता है। सभी वर्ण और सभी आश्रम सहित समस्त प्रजा राजधर्म के द्वारा ही पालनीय है। इसीलिए राजधर्म को सर्वश्रेष्ठ त्याग भी कहा गया है और प्राचीन धर्म भी यही है। दंडनीति के नष्ट हो जाने पर वेदों का भी विलोप हो जाता है और समाज से धर्म नष्ट हो जाता है। समस्त दीक्षाएँ और समस्त त्याग राजधर्म में ही प्रतिष्ठित हैं और समस्त लोक तथा समस्त विद्याएँ भी राजधर्म से सुरक्षित हैं। राजपुरुष यदि राजधर्म से रहित हो जाएँ तो वे दस्युओं के उत्पात से समाज की रक्षा नहीं कर पाते और तब समाज उसी प्रकार विनष्ट हो जाता है, जैसे व्याध आदि के द्वारा पशु-पक्षी आदि जीवों का संपूर्ण विनाश हो जाता है। इसीलिए राजधर्म सर्वश्रेष्ठ है। चारों आश्रमों और चारों वर्णों की प्रतिष्ठा राजधर्म से ही है।

इस प्रकार समाज और राज्य का संबंध स्पष्ट है। धर्म का ज्ञान समाज में है। वह ज्ञान परंपरा से चला आया है। उस ज्ञान का प्रतिपादन वेद और धर्मशास्त्र करते हैं तथा शिष्टजन उसे जीवन में चरितार्थ करते हैं। इन सबकी रक्षा राजधर्म है। इस प्रकार राज्य समाज के धर्म का रक्षक है। वह धर्म का विधायक या सर्जक नहीं है। स्वयं धर्म का विधान करने वाला या उसका सृजन करने वाला राज्य धर्मविरोधी है, अधर्मी है। राज्य का कार्य धर्म का विधान करना या धर्म की सृष्टि करना नहीं है। उसका कार्य केवल धर्म की रक्षा करना है। यही समाज और राज्य का संबंध है।

संदर्भ—

1. ऋग्वेद में पंचजना: का उल्लेख तीसरे, छठे, आठवें और दसवें मंडल में हुआ है। इसी प्रकार 'जन' शब्द का प्रयोग भी वेदों में हुआ है और 'विश' शब्द का प्रयोग भी। विश का अर्थ झुंड या समुदाय है तथा मनुष्यों के समुदाय को मानुषी विश ऋग्वेद के तीसरे मंडल में कहा गया है। 'जना:' शब्द अलग-अलग जनपद के निवासियों के लिए प्रयुक्त हुआ है।
2. (क) समाजशास्त्री पीटर एल. बर्गर का कहना है कि निरंतर क्रियाओं में संलग्न मनुष्यों का एक उत्पाद है समाज, परंतु समाज स्वयं मनुष्यों के जीवन को भी प्रभावित करता है। देखें Berger Peter L : The Sacred Canopy : Elements of a Sociological Theory of Religion, Garden City, New York, 1967

   (ख) Gerhard Emmanuel 'Gerry' Lenski ने प्रौद्योगिकी के स्तर के अनुसार अलग-अलग समाजों के भेद किए हैं। जिनमें आखेटजीवी समाज, सामंती समाज, औद्योगिक-पूर्व समाज, औद्यौगिक समाज आदि विभेद हैं। देखें Gerhard Lenski. Power and Privilege : A Theory of Social Stratification. McGraw-Hill. New York, 1966
3. Emile Durkheim : The Elementary Forms of the Religious Life {Translated from the French by Joseph Ward Swain} George Allen & Unwin Ltd, London, Fifth Impression 1964
4. Auguste Comte : The Stanford Encyclopedia of Philosophy. Metaphysics

Research Lab, Stanford University. 2018

5. Emile Durkheim : The rules of the sociological method, Chapter V Rules for the Explanation of Social Facts {Tr. by W.D. Halls. The Free Press} New York : 1982 [1895]
6. Max Weber; Peter R. Baehr; Gordon C. Wells The Protestant ethic and the 'spirit' of capitalism and other writings, Penguin, 2002
7. महाभारत, शांति पर्व, अध्याय 59, श्लोक 29 से 62
8. महाभारत, शांतिपर्व, अध्याय 59, श्लोक 125 से 129
9. महाभारत, शांतिपर्व, अध्याय 59, श्लोक 133 से 135
10. महाभारत, शांतिपर्व, अध्याय 59, श्लोक 138
11. महाभारत, शांतिपर्व, अध्याय 60, श्लोक 6 से 47
12. महाभारत, शांतिपर्व, अध्याय 60, श्लोक 47
13. महाभारत, शांतिपर्व, अध्याय 60, श्लोक 49
14. महाभारत, शांतिपर्व, अध्याय 63, श्लोक 26 से 30

□

2

न्याय का स्वरूप और संस्थाएँ

धर्म की स्थापना ही न्याय है। तदनुसार राज्य के द्वारा अपनाई जाने वाली न्याय पद्धति को धर्मशास्त्रों में व्यवहार कहा गया है। याज्ञवल्क्य स्मृति के अध्याय 2 के पहले श्लोक की मिताक्षरा टीका में विज्ञानेश्वर ने लिखा है कि प्रजारक्षण राज्य का सर्वोच्च कर्तव्य है और यह कर्तव्य अपराधियों को दंडित किए बिना पूर्ण नहीं हो सकता। अतः राजा या राज्यकर्ता को व्यवहार-दर्शन करना चाहिए। यहाँ व्यवहार-दर्शन शब्द न्याय के लिए ही प्रयुक्त है। शुक्रनीति के चतुर्थ अध्याय में पंचम प्रकरण में राजधर्म का निरूपण किया गया है। इसका पहला ही श्लोक है—

दुष्टनिग्रहणं कुर्याद् व्यवहारानुदर्शनैः।
स्वाज्ञया वर्तितुं शक्त्या स्वाधीना च सदा प्रजा॥[1]

अर्थात् व्यवहार अनुदर्शन के लिए यह आवश्यक है कि राजा सदा दुष्टों का निग्रहण करे। ऐसा करने वाले राज्य की प्रजा सदा मर्यादापूर्ण व्यवहार करती है और स्वाधीन रहती है।

आगे 'दुष्ट' की व्याख्या करते हुए महर्षि शुक्राचार्य कहते हैं कि आचरण के द्वारा पाप का प्रचार करने वाला 'दुष्ट' कहलाता है—'दुष्टः पापप्रचारवान्।' अतः प्रजा का पालन करने के लिए राजा द्वारा न्याय किया जाना आवश्यक है, जिससे कि प्रजा का अभीष्ट सदा सिद्ध होता रहे—

स्वेष्टहानिकरः शत्रुर्दुष्टः पापप्रचारवान्।
इष्टसंपादनं न्याय्यं प्रजानां पालनं हि तत्॥[2] (4/5/2)

मनुस्मृति में भी अष्टम अध्याय में व्यवहार संबंधी व्यवस्था दी गई है। मनु महाराज का कहना है कि जहाँ पर ऋग्वेद, यजुर्वेद और सामवेद के तीन अलग-अलग अधिकारी विद्वान् ब्राह्मण हों और राजा द्वारा अधिकृत अन्य विद्वान् ब्राह्मण भी हों, उसे सभा कहते हैं। जिस सभा में धर्म की प्रतिष्ठा हो, वही सभा श्रेष्ठ है। सभा में सदा सच ही बोलना चाहिए और किसी के भी भय से या पक्ष लेकर सत्य को छिपाना नहीं चाहिए। अन्यथा

सत्य भाषण न करने वाला और सत्य को छिपाने वाला व्यक्ति पाप का भागी होता है। जब राजा स्वयं विवादों का न्याय करने की स्थिति में न हो तो उसे न्याय के लिए विद्वान् ब्राह्मण को नियुक्त करना चाहिए। इस प्रकार न्यायशासन ही धर्मशासन है और धर्मानुसार व्यवहार ही न्याय है।[3] (श्लोक 9 से 12)

मनुस्मृति में यह भी कहा गया है कि अगर शासन द्वारा व्यवहार को सम्यक् रूप से नहीं देखा जाए और न्याय न हो तो पाप होता है। इस पाप का एक-चौथाई अंश पाप या अधर्म करने वाले को मिलता है, दूसरा चतुर्थांश साक्षी को, तीसरा चतुर्थांश न्याय करने वाले न्यायाधीशों को और चौथा चतुर्थांश राजा या शासन को। इस प्रकार किसी भी समाज या राष्ट्र में होने वाले अन्याय का अधर्म और पाप सदा अन्य लोगों के साथ राज्यकर्ता को भी लगता है। वहीं आगे कहा गया है कि जो राज्य नास्तिकों और शूद्रों से भरपूर हो तथा द्विजों से रहित हो, वह संपूर्ण राज्य व्याधियों तथा दुर्भिक्ष से नष्ट हो जाता है। इसीलिए राजा को सदा न्याय व्यवस्था सम्यक् रखना चाहिए।

मनुस्मृति में 18 प्रकार के व्यवहार पद कहे गए हैं—

तेषामाद्यमृणादानं निक्षपोऽस्वामिविक्रयः।
संभूय च समुत्थानं दत्तस्यानपकर्म च॥ 4॥
वेतनस्यैव चादानं संविदश्च व्यतिक्रमः।
क्रयविक्रयानुशयो विवादः स्वामिपालयोः॥ 5॥
सीमाविवादधर्मश्च पारुष्ये दंडवाचिके।
स्तेयं च साहसं चैव स्त्रीसंग्रहणमेव च॥ 6॥
स्त्रीपुंधर्मो विभागश्च द्यूतमाह्व एव च।
पदान्यष्टादशैतानि व्यवहारस्थिताविह॥ 7॥[4]

इस प्रकार मनुस्मृति के अनुसार ये 18 व्यवहार पद हैं—ऋणादान, निक्षेप, अस्वामिविक्रय, सम्भूय-समुत्थान, दत्तस्यानपाकर्म, वेतनादान, सविद्-व्यतिक्रम, क्रय-विक्रयानुशय, स्वामिपालविवाद, सीमाविवाद, वाक्पारुष्य, दंडपारुष्य, स्तेय, साहस, स्त्रीसंग्रहण, स्त्रीपुंधर्म, विभाग, द्यूतसमाह्वय। अर्थात् ऋण लेना और समय पर न लौटाना, धरोहर या थाती रख लेना, किसी वस्तु या भूमि आदि का स्वामित्व न होने पर भी उसे बेच देना, साजिशन मिलीभगत से कोई गलत कार्य करना, दान में दी गई संपत्ति या वस्तु को क्रोधवश या लोभवश या जिसे दिया है, उसे योग्य न मानकर वापस ले लेना, नौकरों को वेतन या मजदूरों को मजदूरी न देना, पूर्वनिर्णीत व्यवस्था या संविदा का व्यतिक्रम अर्थात् उल्लंघन, खरीदने और बेचने संबंधी कोई भी विवाद, स्वामी और उनके द्वारा पालित व्यक्ति के मध्य विवाद, सीमा संबंधी विवाद, अधिक मारपीट कर देना, अनुचित अपशब्द कहना, चोरी, अतिसाहस अर्थात् आग लगाना या डाका डालना,

स्त्री का परपुरुष से समागम, स्त्री और पुरुष के धर्मों के विषय में किसी प्रकार का वाद, पिता की संपत्ति या भूमि के बँटवारे से संबंधित विवाद, जुए की बाजी या दाँव पर धन लगाने संबंधी विवाद तथा पशु-पक्षी को लड़ाने से उपजा विवाद। ये 18 व्यवहार पद कहे गए हैं।

व्यवहार का अर्थ है लेन-देन। इसका एक अन्य अर्थ है किसी प्रकार का झगड़ा या मुकदमा। साथ ही, किसी विषय को निश्चित करने का साधन भी व्यवहार कहलाता है। खारबेल के हाथीगुंफा शिलालेख में (एपिग्राफिया इंडिका, जिल्द 22, पृष्ठ 79) तथा अशोक के दिल्ली स्तंभ के अभिलेख में व्यवहार शब्द का प्रयोग हुआ है। 16वीं शताब्दी में रघुनंदन ने व्यवहार तत्त्व लिखा।

आपस्तंब धर्मसूत्र में व्यवहार शब्द का अर्थ लेन-देन ही कहा गया है। शुक्रनीतिसार के चतुर्थ अध्याय के पंचम प्रकरण में चतुर्थ एवं पंचम श्लोक में व्यवहार पद को वाद के अर्थ में ही प्रयुक्त किया गया है—

स्वप्रजाधर्मसंस्थानं सदसत्प्रविचारतः।
जायते चार्थसंसिद्धिर्व्यवहारस्तु येन सः॥ 4॥
धर्मशास्त्रनुसारेण क्रोधलोभविवर्जितः।
सप्राड्विवाकः सामात्यः सब्राह्मणपुरोहितः।
समाहितमतिः पश्येद् व्यवहाराननुक्रमात्॥ 5॥ [5]

अर्थात् राजा अर्थात् राज्यकर्ता अपनी प्रजा की धर्म में सम्यक् स्थिति बनाए रखने के लिए अच्छे और बुरे (सत् और असत्) की सम्यक् विवेचना कर निर्णय देते हैं तो उसे व्यवहार कहते हैं। इसीलिए राजा को चाहिए कि वह व्यवहार पद (वाद) उपस्थित होने पर धर्मशास्त्रों के प्रकाश में उसका निर्णय करे तथा निर्णय की इस प्रक्रिया में प्राड्विवाक और अमात्य अर्थात् मंत्रियों के साथ एवं ब्राह्मणों और पुरोहित से परामर्श करते हुए शांत चित्त से और बिना किसी क्रोध या लोभ के निर्णय दे। आगे शुक्रनीतिसार में कहा गया है कि न्याय में कभी भी पक्षपात का लेशमात्र भी नहीं रहना चाहिए। राग, लोभ, भय, द्वेष और वादी या प्रतिवादी किसी एक पक्ष की ओर विशेष ध्यान देकर सुनना, ये पाँच पक्षपातरूपी दोष का कारण बनते हैं। इसीलिए इन दोषों से मुक्त रहकर ही निर्णय करना चाहिए। जिन विषयों में राजा स्वयं निर्णय करने में किसी कठिनाई या दुविधा का अनुभव करे, उन विषयों में निर्णय के लिए वेदज्ञ ब्राह्मण तथा जितेंद्रिय एवं कुलीन धर्मात्मा ब्राह्मणों को उसके लिए नियोजित करना चाहिए अथवा उन्हें मध्यस्थ बनाकर निर्णय करना चाहिए—

यदा न कुर्यान्नृपतिः स्वयं कार्यविनिर्णयम्।
तदा तत्र नियुंजीत ब्राह्मणं वेदपारगम्॥ 12॥

दान्तं कुलीनं मध्यस्थमनुद्वेगकरं स्थिरम्।
परत्र भीरुं धर्मिष्ठमुद्युक्तं क्रोधवर्जितम्॥ 13॥

फिर यह भी कहा गया है कि यदि वेदज्ञ विद्वान् ब्राह्मण उपलब्ध न हों, तो धर्मशास्त्र के ज्ञाता क्षत्रिय अथवा वैश्य को अभियोग निर्णय के लिए नियुक्त करना चाहिए, परंतु जो धर्मशास्त्र के ज्ञान से रहित है, ऐसे व्यक्ति को यत्नपूर्वक इस प्रक्रिया से बाहर रखें—

यदा विप्रो न विद्वान् स्यात् क्षत्रियं तत्र योजयेत्।
वैश्यं वा धर्मशास्त्रज्ञं मूढं यत्नेन वर्जयेत्॥ 14॥[6]

वस्तुतः व्यापक समाज में जो भी विवाद या झगड़े होते हैं, वे उन 18 श्रेणियों में या शीर्षकों में वर्गीकृत हो जाते हैं, परंतु स्वयं मनु महाराज ने यह स्पष्ट कर दिया है कि ये 18 व्यवहार पद सामान्य रूप से हैं, इनके अतिरिक्त भी व्यवहार पद हो सकते हैं। राज्यकर्ता को सभी का निर्णय संबंधित पक्षों के वंश में चले आए नित्य धर्मों और कुल धर्मों तथा व्यवहार परंपरा का विचार करते हुए करना चाहिए—

एषु स्थानेषु भूयिष्ठं विवादं चरतां नृणाम्।
धर्म शाश्वतमाश्रित्य कुर्यात्कार्यविनिर्णयम्॥[7]

(मनुस्मृति, अध्याय 8, श्लोक 8)

कौटिल्य के अर्थशास्त्र में तथा याज्ञवल्क्य स्मृति में और नारद स्मृति और बृहस्पति स्मृति में एक श्रेणी 'प्रकीर्णक' की है, जो फुटकर एवं विविध के अर्थ में है।

इस विषय में सबसे महत्त्वपूर्ण बात यह है कि मनु महाराज और याज्ञवल्क्य ने भी यह स्पष्ट कहा है कि राजा या राजकर्मचारी को कभी कोई विवाद या मुकदमा स्वयं नहीं उत्पन्न करना चाहिए और कोई विवाद उनके सम्मुख लाया जाए, तो उसे न तो दबाना चाहिए और न ही उसकी उपेक्षा करनी चाहिए, अपितु धर्मतत्त्व के अनुसार न्याय करना चाहिए। यदि राजा ऐसा नहीं करता, तो उसे स्वर्ग की प्राप्ति नहीं होगी। साथ ही, किसी भी न्यायिक निर्णय में दोनों ही पक्षों के कुल और वंश में तथा जाति में और उनके क्षेत्र में जो परंपराएँ सर्वमान्य हों, उनके संदर्भ में ही न्यायिक निर्णय लेना चाहिए। परंपराओं का ज्ञान प्राप्त करने के लिए, संबंधित देशकाल के विशेषज्ञों से आवश्यक जानकारी प्राप्त कर लेनी चाहिए—

नोत्पादयेत्स्वयं कार्य राजा नाप्यस्य पूरुषः।
न च प्रापितमन्येन ग्रसेदर्थ कथंचन॥ 43॥
यथा नयत्यसृक्पातैर्मृगस्य मृगयुः पदम्।
नएत्तथाऽनुमानेन धर्मस्य नृपतिः पदम्॥ 44॥
सत्यमर्थ च संपश्येदात्मानमथ साक्षिणः।
देशं रूपं च कालं च व्यवहारविधौ स्थितः॥ 45॥

सद्भिराचरितं यत्स्याद्धार्मिकैश्च द्विजातिभि: ।
तद्देशकुलजातीनामविरुद्धं प्रकल्पयेत् ॥ 46 ॥[8]

अर्थात् न तो राजा को और न ही राजपुरुष को कभी भी स्वयं कोई विवाद उत्पादित करना चाहिए और अगर कोई विवाद सम्मुख लाया जाए, तो उसकी उपेक्षा भी नहीं करनी चाहिए। अनुमान आदि के द्वारा तथा अन्य प्रमाणों के साथ तत्त्व का निर्णय करना चाहिए। सदा ही सत्य को और न्याय को ध्यान में रखकर देश और कुल का विचार करते हुए तथा साक्षियों का परीक्षण करते हुए निर्णय करना चाहिए। इस विषय में सदाचारी सत् पुरुषों और धार्मिक द्विजों का अनुसरण करते हुए ही व्यवहार का निर्णय किया जाता है।

प्राचीन भारतीय व्यवहार पद्धति का परिचय मृच्छकटिक नाटक (अंक 9) में मिल जाता है। इस नाटक का काल चौथी या पाँचवीं शताब्दी माना जाता है। इस नाटक में वर्णित बातों की तुलना नारद, बृहस्पति एवं कात्यायन की बातों से की जा सकती है, क्योंकि ये स्मृतिकार उक्त नाटक-काल के आसपास ही हुए थे। सामान्य बातें बहुत अंशों में मिलती हैं, केवल छोटी-मोटी बातों में ही कुछ हेर-फेर पाया जाता है। बातें निम्नोक्त हैं। न्यायालय-कक्ष को अधिकरण कहा जाता था, मुख्य न्यायाधीश का नाम अधिकरणिक था, उसे श्रेष्ठी (प्रसिद्ध व्यापारी एवं वणिक लोग) एवं कायस्थ सहायता देते थे, इन तीनों को अधिकृत या नियुक्त (राजा द्वारा नियुक्त) भी किया जाता था। यदि राजा निरंकुश होता था, तो न्यायाधीश की स्थिति डाँवाँडोल रहती थी, वह उसकी इच्छा पर निर्भर रहता था। एक भृत्य होता था, जो आसन ठीक करता था और मुकदमेबाजों की टोह लेता था। यह भृत्य शास्त्रों में वर्णित पुरुष या साध्यपाल ही है। न्यायाधीश मुकदमों के विषय में पूछताछ करते थे। मुख्य न्यायाधीश श्रेष्ठी तथा कायस्थ से वादी के मुकदमे की महत्त्वपूर्ण बातें लिख लेने को कहता था। कोई भी व्यक्ति (जो रिश्तेदार नहीं होता था) किसी हत्या का समाचार ला सकता था। बूढ़े तथा अन्य सम्मानित व्यक्ति आसन ग्रहण कर सकते थे। न्यायालय के पास ही मंत्री, दूत, गुप्तचर, एक हाथी, एक अश्व (समाचार लाने के लिए, यथा—मरा हुआ व्यक्ति कथित स्थान पर है कि नहीं) एवं कायस्थ लोग रहते थे। परिस्थितिजन्य साक्षी मिल जाने पर अपराधी से अपराध स्वीकार करने को कहा जाता था, ऐसा न करने पर उसे कोड़ा मारा जा सकता था, न्यायाधीश को निर्णय की घोषणा करनी पड़ती थी और तदनुकूल दंड विधान करना होता था एवं राजा को उचित दंड के विषय में अंतिम निर्णय देना पड़ता था। मनुस्मृति को ही सर्वोच्चता प्राप्त थी। ब्राह्मण अपराधी को फाँसी का दंड नहीं मिलता था, किंतु उसे धन के साथ निष्कासित किया जा सकता था। कुछ राजा इस नियम का पालन नहीं भी करते थे। चांडाल फाँसी देते थे। अग्नि, जल, विष एवं तुला द्वारा निर्दोषिता सिद्ध की जा सकती थी, किंतु साक्षियों एवं परिस्थितिजन्य बातों की पुष्टि के रहते इन विधियों का सहारा नहीं भी लिया जा सकता था।

ऊपर जिस न्यायालय का वर्णन हुआ है, वह सबसे बड़ा न्यायालय था। स्मृतियों एवं निबंधों में अन्य न्यायालयों का वर्णन भी मिलता है। याज्ञ. (1/30) एवं नारद (1/7) का कहना है कि विवादों का फैसला कुलों (गाँव की पंचायतों), श्रेणियों, सभाओं (पूगों) तथा गणों द्वारा भी होता था।[9] ये स्वयं राजा द्वारा मान्यता प्राप्त संस्थाएँ हैं, ऐसा ऋषि याज्ञवल्क्य लिखते हैं।

उच्च से निम्न न्यायालयों का क्रम यों था—राजा, न्यायाधीश, गण, पूग, श्रेणी एवं कुल। इन शब्दों की व्याख्या के लिए देखिए मेधातिथि (मनु 8/2), मिताक्षरा एवं व्यवहार प्रकाश (पृष्ठ 29), स्मृति चंद्रिका, अपरार्क, मनु (7/119 पर कुल्लूक), गुप्त संवत् 124 वाला दामोदरपुर पत्रक, एपिग्रैफिया इंडिका (15, पृष्ठ 130), एपिग्रैफिया इंडिका (17, पृष्ठ 348) व्यवहारमातृका (पृष्ठ 290), स्मृति चंद्रिका 2 (पृष्ठ 18), पराशरमाधवीय (3, पृष्ठ 352) आदि।[10] मेधातिथि के अनुसार 'कुलानि' का अर्थ है 'रिश्तेदारों का दल', कुछ लोग इसे 'मध्यस्थ पुरुष' समझते हैं। 'गण' का अर्थ है 'गृह-निर्माण करने वाले या मठों में रहने वाले ब्राह्मण।'[11] मिताक्षरा एवं व्यवहारप्रकाश (पृष्ठ 29) के मत से 'कुलानि' का तात्पर्य है 'रिश्तेदारों, एक ही कुल के लोगों एवं संबंधियों या मुकदमेबाजों की सभा या संघ।'[12] स्मृतिचंद्रिका के मत से इसका अर्थ है 'दलों' (मुकदमा लड़ने वाले दलों) के कुटुंब (एक ही कुल या खानदान) के लोग।[13] अपरार्क के अनुसार इसका अर्थ है, 'कृषिकर्म करने वाले।'[14] यह भी संभव है कि 'कुलानि' का तात्पर्य उन राजकर्मचारियों से हो, जो आठ या दस ग्रामों पर शासन करते थे और उन्हें वेतन के रूप में भूमि से उत्पन्न उपज का एक कुल प्राप्त होता था। मनु के टीकाकार कुल्लूक एवं दामोदरपुर पत्रक (गुप्त संवत् 124) के अनुसार 'विषयपति' अर्थात् जिले के मालिक को 'नगरश्रेष्ठी', 'प्रथमकुलिक' एवं 'प्रथम कायस्थ' (एपिग्रैफिया इंडिका 15, पृ. 130) सहायता देते थे।[15] इस विषय में और देखिए एपिग्रैफिया इंडिका, 17, पृष्ठ 345 एवं 348, जहाँ कुमारगुप्त प्रथम के शासनकाल में 'ग्रामाष्ट-कुलाधिकरणम्' नामक वाक्यांश के प्रयोग का उल्लेख मिलता है।[16] चंद्रगुप्त द्वितीय (गुप्त संवत् 93 अर्थात् 412-13 ई. सन्) के साँची वाले शिलालेख से प्रकट होता है कि 'पंचायत' को उन दिनों 'पंचमंडली' (गुप्ताभिलेख, पृष्ठ 29, 31) कहा जाता था।[17] बहुत से टीकाकारों के मत से 'श्रेणी' का अर्थ है वह संघ या समुदाय, जो एक ही प्रकार की वृत्ति (पेशा) या शिल्प करने वालों का हो, यथा—घोड़ों का व्यापार करने वालों, बरइयों (पान बेचने वालों), जुलाहों, खाल बेचने वालों का संघ।[18] जीमूतवाहन कृत व्यवहारमातृका (पृष्ठ 280) के अनुसार 'श्रेणी' शिल्पकारों एवं व्यापारियों का संघ है।[19] 'पूग' एक ही ग्राम या बस्ती में रहने वाली विभिन्न जातियों एवं विभिन्न वृत्तियाँ करने वालों के समुदाय को कहते हैं।[20] कात्यायन (225 एवं 682) ने 'गण' एवं 'पूग' में भेद किया है और उन्हें क्रम से 'कुलों

का संघ' तथा 'व्यापारियों का संघ' कहा है।[21] व्यवहारप्रकाश (पृष्ठ 30) ने 'गण' एवं 'पूग' को एकार्थक (पर्याय) माना है।

न्याय प्रक्रिया के विविध चरण एवं स्तर

भारत में न्याय प्रक्रिया बहुत ही विराट् और प्रशस्त थी। एक तो कुलों के स्तर पर व्यवहार के अपने सुनिश्चित विधान एवं परंपराएँ थीं। कुल के वृद्ध अधिकांश प्रकरणों का निस्तारण कुल के स्तर पर ही करते थे। फिर, जाति पंचायत थी और इसके साथ पूरे क्षेत्र की सभी जातियों की सम्मिलित पंचायत थी, जिसे पश्चिमी उत्तर प्रदेश में 'खाप' कहा जाता है और दक्षिण भारत में यह 'सभा' कही जाती थी। इस विषय में विस्तृत साहित्य उपलब्ध है। ग्रामम, कुर्म और नाडू तथा मंडल स्तर पर पंचायतें थीं और इनकी सभाएँ न्यायिक संस्थाएँ थीं। साथ ही, परिषदों का भी विस्तार से उल्लेख मिलता है। आधुनिक समय में मराठा न्याय व्यवस्था बहुत ही व्यवस्थित और शास्त्रबद्ध थी।

धर्मशास्त्रों में यह स्पष्ट उल्लेख है कि ग्राम के स्तर पर जो ग्रामिक या ग्रामकूट होते थे, वे उस स्तर में अधिकांश अपराधों और विवादों के निर्णय में समर्थ होते थे। इसी प्रकार विभिन्न व्यापारिक वर्गों की अपनी श्रेणियाँ थीं, जो व्यापारियों के मध्य होने वाले विवादों पर न्यायिक निर्णय करती थीं। स्मृतिचंद्रिका के अनुसार दस प्रकार के न्यायालय थे—कुल, ग्रामसभा, नगरसभा, गण, श्रेणी आदि।[22] स्मृतिचंद्रिका में ही उल्लेख है कि ग्राम के स्तर पर यदि किसी वाद के विषय में धर्मनिर्णय न हो पाए, तो वह प्रकरण नगर स्तर पर जाता है और यदि वहाँ भी कोई विवाद रह जाए, तो प्रकरण सीधे राजा के समक्ष उपस्थित होता है।

महत्त्वपूर्ण यह है कि राजा को सभी निर्णय धर्मशास्त्रों के अनुसार ही करने होते थे। उसे चारों वर्णों और अन्य जातियों की परंपराओं और प्रथाओं की भी जानकारी रखनी होती थी—

जातिजानपदान्धर्मान् श्रेणीधर्मांश्च धर्मवित्।
समीक्ष्य कुलधर्मांश्च स्वधर्मं प्रतिपादयेत्॥
स्वानि कर्माणि कुर्वाणा दूरे संतोऽपि मानवाः।
प्रिया भवन्ति लोकस्य स्वे स्वे कर्मण्यवस्थिताः॥[23]

(मनुस्मृति अध्याय 8, श्लोक 41, 42)

अर्थात् राजा को चाहिए कि विभिन्न जातियों का धर्म, प्रत्येक जनपद का धर्म और अलग-अलग श्रेणियों का धर्म जाने और संबंधित पक्षों के धर्म की समीक्षा कर फिर यह व्यवस्था करे कि वे सब अपने-अपने धर्म का पालन करते रह सकें। गौतम स्मृति में भी यही बात कही गई है। कुल्लूक भट्ट ने इन दोनों श्लोकों की टीका करते हुए लिखा है—

धर्मान्ब्राह्मणादिजातिनियतान्याजनादीन् जानपदांश्च नियतदेशव्यवस्थितानाम्नायाविरुद्धान्, "देशजातिकुलधर्माश्चाम्नायैरप्रतिषिद्धाः प्रमाणम्" इति गोतमस्मरणात्। श्रेणीधर्माश्च वाणिगादिधर्मान्प्रतिनियतकुलव्यवस्थितान्ज्ञात्वा तदविरुद्धान्राजा व्यवहारेषु तत्तद्धर्मान्व्यवस्थापयेत्॥

जातिदेशकुलधर्मादीन्यात्मीयकर्माण्यनुतिष्ठन्तः, स्वे स्वे च नित्यनैमित्तिकादौ कर्मणि वर्तमानाः, दूरेऽपि संतः सान्निध्यनिबंधनस्नेहाभावेऽपि लोकस्य प्रिया भवन्ति॥[24]

(ब्राह्मण आदि सभी जातियों के तथा सभी जनपदों के नियत पारंपरिक धर्म और आम्नाय अर्थात् शास्त्र परंपरा के अविरोधी निर्णय ही किए जाने चाहिए। व्यापारियों आदि के श्रेणी धर्मों को जानते हुए उन सबके अनुकूल व्यवहार का निर्णय करके धर्म की स्थापना की जाती है। जाति और देश के कुल धर्मों को अच्छी तरह जानकर आत्मीय भाव से निर्णय करना चाहिए, जिससे कि समस्त प्रजा अपने-अपने नित्य और नैमित्तिक कर्मों को भलीभाँति करती रहे। ऐसा करने से राजा प्रजा के निकट नित्य नहीं रहने पर भी लोकप्रिय होता है। लोग उसे अपना ही मानते हैं।)

इस प्रकार न्यायालय की अनेक कोटियाँ रही हैं और सबसे उच्च स्तर पर स्वयं राजा का न्यायालय भारत में सर्वत्र मान्य रहा है।

न्याय की प्रक्रिया

न्याय कार्य के चार स्तर हैं—सूचना प्राप्त करना, प्राप्त सूचना को व्यवहार पदों की किसी निश्चित श्रेणी या वर्ग में रखना, दोनों पक्षों की बहसों और साक्षियों पर विचार तथा अंत में निर्णय करना। नारदस्मृति में इसका विवरण यों है—

उपस्थित वादी से राजा प्रश्न करते हैं कि 'बताओ, क्या कार्य है, तुम्हें किस प्रकार की पीड़ा दी गई है? डरो नहीं, बोलो।'

तब वादी उत्तर देता है। उक्त उत्तर पर सभ्यों और ब्राह्मणों द्वारा विचार किया जाता है। यदि वाद विचार योग्य पाया जाता है, तो वादी को एक मुहरबंद आदेश दिया जाता है या कि प्रतिवादी को बुलाया जाता है। वादी का समस्त कथन लेखबद्ध किया जाता है, परंतु इन लोगों को नहीं बुलाया जाता—रोगी, अवयस्क, 70 वर्ष से अधिक के वृद्ध, किसी विपत्ति में पड़ा हुआ व्यक्ति, किसी धार्मिक आयोजन में संलग्न व्यक्ति या मृत्यु आदि किसी दुर्भाग्यपूर्ण घटना, जिसके घर में घट गई हो, राजकर्म में संलग्न व्यक्ति, पागल, नवयुवती आदि। यह भी कहा गया है कि अगर गाय चराने का समय हो, तो उस समय गौरक्षकों या गाय चराने वालों को न्यायालय में नहीं बुलाया जाता। इसी प्रकार बुवाई के समय कृषकों को नहीं बुलाया जाता और शिल्पकर्म में लगे हुए शिल्पियों को नहीं बुलाया जाता। रणभूमि में युद्धरत् योद्धा को न्यायालय में नहीं बुलाया जाता। उनके

स्थान पर उनके प्रतिनिधियों को बुला लिया जाता है। यह भी कहा गया है कि हत्या या बलात्कार या चोरी या बिना आज्ञा सिक्का ढालने वाले अपराधियों को राजकीय सुरक्षा में लाया जाता था। गंभीर अपराधों में अपराधी को स्वयं उपस्थित होना पड़ता था।[25]

यह भी कहा गया है कि स्मृति परंपरा में दक्ष लोगों की सहायता से ही व्यवहार पद पर विचार हो पाता है। इसीलिए ऐसे व्यक्तियों को प्रतिनिधि के रूप में नियुक्त किया जाता था। इन्हें वर्तमान काल के वकीलों जैसा मान सकते हैं। इन्हें वाद प्रकरण के अधीन संपत्ति का 20वाँ या 40वाँ या 80वाँ या 120वाँ भाग निर्णय के उपरांत मिलता था।[26]

न्यायाधीश के समक्ष वादी और प्रतिवादी दोनों खड़े होते थे। दोनों की ओर से प्रतिभूति (जमानतें) होती थीं। प्रतिवादी के जमानतदार को प्रतिवादी पर लगा अर्थदंड देना पड़ता था (यदि प्रतिवादी अर्थदंड न दे और कहीं भाग जाए तभी ऐसा होता था)। यदि वादी का दावा झूठा सिद्ध हो जाए, तो उसके जमानतदार को झगड़े की संपत्ति का दूना अर्थदंड देना पड़ता था। यदि जमानतदार न मिले, तो वादी या प्रतिवादी को न्यायालय के साध्यपाल के अभिरक्षण या हिरासत में रहना पड़ता था और उसे साध्यपाल को उसकी प्रतिदिन की वेतन-रकम देनी पड़ती थी। निम्नलिखित व्यक्ति जमानतदार नहीं हो सकते थे—स्वामी (यदि वादी या प्रतिवादी उसका नौकर हो), शत्रु, स्वामी द्वारा अधिकृत व्यक्ति, बंदी, दंडित व्यक्ति, बड़े-बड़े पापों एवं अपराधों के दोषी, कुटुंब-संपत्ति का साझीदार, मित्र, नैष्ठिक ब्रह्मचारी, जिसे राजा का कार्य करने के लिए नियुक्त किया गया हो, संन्यासी जो उतना अर्थदंड न दे सके, जीवित पिता वाला व्यक्ति, वह जिसने जमानत वाले व्यक्ति को उधार दिया हो तथा जिसके विरोध में बहुत सी बातें ज्ञात हों। यदि कोई व्यक्ति जमानत न मिलने पर हिरासत में रखा जाता हो, तो उसे दिनचर्या संबंधी आवश्यक कार्य (यथा—स्नान, संध्या, वंदन आदि) करने दिए जाते थे। यदि वह हिरासत से भाग जाए तो उसे आठ पण दंड के रूप में देने पड़ते थे (कात्यायन 119, पराशरमाधवीय द्वारा उद्धृत 3, 58)।[27]

जब प्रतिवादी न्यायालय में उपस्थित होता है, तो वादी द्वारा दी गई सूचना उसकी उपस्थिति में वर्ष, मास, पक्ष, दिन, दलों के नाम, जाति आदि के साथ लिखी जाती है। जब वादी प्रथम बार न्यायालय में आता है, तो केवल विवाद का विषय मात्र लिखा जाता है। जब प्रत्यर्थी अथवा प्रतिवादी आता है, तो सारी बातें विस्तार से लिखी जाती हैं। इस कार्य को स्मृतियों में पक्ष, भाषा, प्रतिज्ञा आदि की संज्ञा से जाना जाता है। कहीं-कहीं पक्ष के लिए 'पूर्वपक्ष' लिखा जाता है (कात्यायन 131, नारद 2/1)।[28] 'वादी' एवं 'प्रतिवादी' शब्द सामान्यतः क्रम से 'प्लेंटिफ' एवं 'डिफेंडेंट' के लिए प्रयुक्त होते थे, किंतु कभी-कभी 'वादी' शब्द मुकदमेबाजों (प्लेंटिफ या डिफेंडेंट दोनों) के लिए भी प्रयुक्त होता था। 'अर्थी' (जो न्यायालय की सहायता की माँग करता है) एवं 'अभियोक्ता' 'वादी'

के पर्याय शब्द हैं। इसी प्रकार 'प्रत्यर्थी' एवं 'अभियुक्त' 'प्रतिवादी' के पर्याय शब्द हैं। उपर्युक्त 'पक्ष', 'भाषा' एवं 'प्रतिज्ञा' शब्द 'प्लेंट' के द्योतक हैं।[29] कात्यायन (130-131) के अनुसार, न्यायाधीश पक्ष (भाषा, प्रतिज्ञा या प्लेंट) को बड़ी सावधानी से लिखित कराता है। इस विषय में विशेष वर्णन के लिए देखिए, कात्यायन (130-131), व्यवहारतत्त्व (पृ. 205), मृच्छकटिक (अंक 9), नारद (2/7), कौटिल्य (3/1) और देखिए, कात्यायन (127-128), मिताक्षरा (याज्ञ. 2/6), अपर (पृ. 608), बृहस्पति (स्मृतिचंद्रिका, पृ. 36 एवं व्यवहारमयूख, पृ. 294)।[30] ये नियम इंडियन प्रोसीजर कोड, ऑर्डर 7, नियम-1-5 में भी पाए जाते हैं।

शुल्क या फीस

यह बात ध्यान में रखने योग्य है कि प्राचीन भारत में मारपीट या फौजदारी के विवादों में कोई न्यायालय-शुल्क नहीं देना पड़ता था। जो अपराधी सिद्ध होता था, उसे स्मृतियों द्वारा निर्धारित एवं निर्णीत दंड भरना पड़ता था। यही बात संपत्ति के विवादों में भी लागू होती थी और आरंभ में कुछ भी नहीं देना पड़ता था। कौटिल्य (3/1), याज्ञवल्क्य, विष्णु धर्मसूत्र, नारद आदि के कुछ नियमों द्वारा यह प्रकट होता है कि विवाद के निर्णय के उपरांत कुछ ऐसा धन देना पड़ता था, जिसे हम न्यायालय शुल्क की संज्ञा दे सकते हैं।[31] मनु (8/159 एवं 139) ने भी इस विषय में नियम दिए हैं।[32] और भी देखिए, याज्ञ. (2/33, 171 एवं 188) तथा कौटिल्य (3/1)।[33] आजकल न्यायालय शुल्क आदि इतना अधिक है और विवाद निर्णय में इतना अधिक समय लगता है कि वादी एवं प्रतिवादी नष्टप्राय हो जाते हैं। आजकल उचित रसीदी टिकट न लगने पर आवेदन अस्वीकृत हो जाते हैं। प्राचीन भारत में इस विषय में सुविधाएँ प्राप्त थीं और विवादों के निर्णय में अधिक समय नहीं लगता था। इस विषय में देखिए, कौटिल्य (3/1), मनु (8/58), याज्ञ. (2/12), नारद (1/45), पितामह (स्मृतिचंद्रिका 2, पृ. 42) जहाँ विवाद के स्थगन आदि के समय की ओर संकेत है। गौतम (13/28-30), अपरार्क (पृ. 619), स्मृतिचंद्रिका (2, पृ. 42), पराशरमाधवीय (3, पृ. 69-72) ने विवाद स्थगन के विषय में नियम दिए हैं। विलंब करने से न्याय की मृत्यु हो जाती है।

किसी भी विवाद का अनुक्रम निम्नलिखित प्रकार का है—सर्वप्रथम वादी, अर्थी या अभियोक्ता अपना आवेदन प्रस्तुत करता है, तब प्रतिवादी, प्रत्यर्थी या अभियुक्त प्रत्युत्तर उपस्थित करता है। इन दोनों क्रियाओं के उपरांत न्यायालय के सदस्य विचार-विमर्श करते हैं और इसके उपरांत न्यायाधीश निर्णय सुनाता है।[34] ये ही चार पाद कहे जाते हैं। इन्हीं को याज्ञ. (2/6-9) एवं बृहस्पति ने भाषापाद (प्लेंट), उत्तरपाद (प्रत्युत्तर), क्रियापाद (साक्षी या प्रमाण उपस्थित करना) तथा साद्धसिद्धि या निर्णय के नामों से

पुकारा है।[35] कात्यायन (31) ने इन्हें क्रम से पूर्वपक्ष, उत्तर, प्रत्याकलित एवं क्रिया कहा है। प्रत्याकलित का अर्थ है प्रमाण या साक्षी के विषय में सभ्यों के बीच विचार-विमर्श। यदि कई आवेदन एक साथ उपस्थित हो जाते हैं तो वर्ण के क्रम से उन पर विचार होता है। अर्थात् सर्वप्रथम ब्राह्मण के आवेदन पर विचार होता है (मनु 8/24)।[36] कौटिल्य (1/19) ने यह क्रम दिया है—मंदिर या मूर्ति, संन्यासी, वेदज्ञ ब्राह्मण, पशु एवं तीर्थस्थान, अवयस्क, वयोवृद्ध, रोगग्रस्त या विपत्तिग्रस्त या असहाय एवं स्त्री के मुकदमे इसी क्रम से देखे जाने चाहिए, या जिसकी अत्यधिक गुरुता हो। किंतु कात्यायन (122) ने उस विवाद को प्राथमिकता दी है, जिसमें अपेक्षाकृत अधिक अनिष्ट हो अथवा जो सबसे अधिक महत्त्वपूर्ण सिद्ध हो।[37]

जब भाषापाद (प्लेंट) अंतिम रूप पकड़ लेता है, तब प्रतिवादी वादी की उपस्थिति में लिखित रूप से उत्तर देता है या प्रतिपक्ष उपस्थित करता है (याज्ञ. 2/7 एवं नारद 2/2)।[38] इसके लिए प्रतिवादी को समय मिलता है। प्रतिपक्ष स्पष्ट, विरोधरहित शब्दों से गुंफित होना चाहिए। उत्तर या प्रतिपक्ष के चार प्रकार होते हैं, मिथ्या (पक्ष या भाषापाद को अस्वीकार करना) संप्रतिपत्ति या सत्य (भाषापाद को स्वीकार कर लेना), कारण या प्रत्यवस्कंदन (सकारण उत्तर देना या विकल्प देना) तथा प्राङ्.न्याय या पूर्वन्याय (पूर्व निर्णय उपस्थित करना)।

शासकीय आलेख्य

प्रमाण-पत्र कई प्रकार के होते थे। विष्णुधर्मसूत्र (7/2) में इसके तीन प्रकार हैं—(1) वह जो राजा के समक्ष लिखा जाए (अर्थात् राजकर्मचारियों के सम्मुख लिखा हुआ), (2) वह जिस पर साक्षियों के हस्ताक्षर हों तथा (3) वह जो बिना साक्षियों के हस्ताक्षर का हो। प्रथम प्रकार आजकल के रजिस्टर्ड डॉक्यूमेंट के समान था। बृहस्पति (व्यवहार-प्रकाश, पृ. 141 एवं व्यवहारमयूख, पृ. 24) ने भी तीन प्रकार बतलाए हैं, यथा—राजकीय लेख्यप्रमाण (राज्यलेख्य), किसी निश्चित स्थान पर लिखा हुआ (स्थानकृत) तथा अपने हाथ का लिखा हुआ (स्वहस्त-लिखित)। नारद (4/135) ने केवल दो प्रकार दिए हैं—स्वहस्त-लिखित एवं दूसरे के हाथ से लिखित, जिनमें प्रथम प्रकार बिना साक्ष्य के भी प्रमाणयुक्त माना जाता है, किंतु दूसरे पर साक्ष्य होना आवश्यक माना जाता है।

मिताक्षरा (याज्ञ. 2/84) आदि ने प्रमाण-पत्रों को दो भागों में बाँटा है—राजकीय एवं जानपद। इन दोनों में प्रथम तो पब्लिक और दूसरा प्राइवेट कहा जा सकता है। व्यवहारमयूख (पृ. 24) के मत से लौकिक एवं जानपद पर्यायवाची हैं। जानपद लेख-प्रमाण दो प्रकार का होता है—स्वहस्त-लिखित तथा अन्य हस्तलिखित, जिनमें प्रथम

के लिए साक्षियों के प्रमाण की आवश्यकता नहीं है, किंतु दूसरे पर साक्षियों का प्रमाण अनिवार्य है। मिताक्षरा (याज्ञ. 2/22) में दो प्रकार हैं—शासन एवं चिरक। शासन याज्ञ. (1/319-320) द्वारा वर्णित राजकीय ही है तथा चिरक जानपद के समान है। याज्ञ. (2/89) की टीका में मिताक्षरा का कथन है कि राजकीय लेखप्रमाण सुंदर संस्कृत में लिखित होना चाहिए, किंतु साधारण जनता द्वारा प्रस्तुत लेखप्रमाण (डीड) जनभाषा या स्थानीय भाषा में भी प्रयुक्त किया जा सकता है।[39]

राजकीय लेखप्रमाण तीन प्रकार के होते हैं—शासन (राजकीय भूमि अर्थात् राजा द्वारा दी गई भूमि का ब्योरा) अर्थात् राजप्रदत्त भूमि का पत्रक, जय-पत्र (किसी मुकदमे की जीत का फैसला), प्रसाद-पत्र (बहादुरी के इनाम एवं भक्तवत्सलता पर राजा द्वारा दिए गए पुरस्कार का लेखप्रमाण)। वसिष्ठ (स्मृति चंद्रिका 2, पृ. 55 एवं व्यवहारमयूख, पृ. 28) ने राजकीय लेखप्रमाण के चार स्वरूप बताए हैं—शासन, जय-पत्र, आज्ञा-पत्र (सामंतों तथा अन्य कर्मचारियों को दी गई आज्ञाएँ) तथा, प्रज्ञापना-पत्र (यज्ञ कराने वालों, पुरोहित, गुरु, वेदज्ञ ब्राह्मणों तथा अन्य श्रद्धास्पद लोगों के लिए लिखित प्रार्थना)। सरस्वती विलास (पृ. 111-113) में पाँच प्रकार बताए गए हैं—शासन, जय-पत्र, आज्ञा-पत्र, प्रज्ञापना-पत्र तथा प्रसाद-पत्र। कौटिल्य (2/10) ने कई प्रकार की राजाज्ञाओं के नाम दिए हैं, प्रज्ञापना (किसी की प्रार्थना का आवेदन), आज्ञा-पत्र, परिदान (सुपात्र को समादर या विपत्ति में भेंट), परिहार (राजा द्वारा कुछ जातियों अथवा ग्रामों की मालगुजारी या कर की माफी करना), निसृष्टि लेख (वह लेख जिसके द्वारा राजा किसी विश्वासपात्र व्यक्ति की क्रियाओं अथवा शब्दों को अपना लेता है), प्रावृत्तिक (किसी होने वाली घटना की सूचना या शत्रु आदि के विषय में समाचार देना), प्रतिलेख (किसी से प्राप्त संदेश पर राजा से विचार-विमर्श कर उत्तर देना) तथा सर्वत्रग (यात्रियों के कल्याण के लिए राजकर्मचारियों को आज्ञा देना)।[40]

जानपद लेख के कई प्रकार होते हैं, बृहस्पति (अपरार्क, पृ. 683, स्मृति चंद्रिका 2, पृ. 60) के अनुसार सात, व्यास (स्मृति चंद्रिका 2, पृ. 59) के अनुसार आठ प्रकार हैं। स्मृति चंद्रिका का कहना है कि इसके अन्य प्रकार भी संभव हैं, अतः किसी विशिष्ट संख्या पर बल देना ठीक नहीं है। बृहस्पति, कात्यायन (254-257) तथा अन्य लोगों ने जानपद लेखों का विवरण दिया है—भाग या विभाग-पत्र (बँटवारे का लेख-प्रमाण), दान-पत्र, क्रय-पत्र (सेल डीड), आधान-पत्र (बंधक-पत्र), स्थिति-पत्र या संवित-पत्र (किसी ग्राम, नगर या श्रेणी, पूग आदि के सदस्यों द्वारा निर्णीत परंपराओं का लेख-प्रमाण), दास-पत्र (भोजन-वस्त्र के अभाव से गुलामी करने का लेख-प्रमाण), ऋण-लेख या उद्धार-पत्र (ब्याज के साथ भविष्य में किसी तिथि तक लौटा देने वाले ऋण का लेख), सीमा-पत्र (तय हो जाने पर सीमा-निर्धारण का लेख), विशुद्धि-पत्र

(शुद्धि हो जाने पर साक्षियों के साथ लिखा गया लेख), संधि-पत्र (अपराध-स्वीकृति पर विशिष्ट लोगों की उपस्थिति में समझौते का लेख), उपगत (ऋण दे देने पर मिली रसीद), अन्वाधि-पत्र (बंधक रखने वाले की ओर से लिखा गया पत्र)।[41]

निजी तौर से लिखा गया प्रमाण-पत्र (जानपद) दो कोटियों का होता है, चिरक और चिरकहीन। चिरक वह प्रमाण-पत्र है, जिसे पुश्तैनी लिपिक लिखते हैं। ये पुश्तैनी लिपिक राजधानी में रहते हैं और उनके पास दोनों पक्ष के लोग साक्षियों, पिताओं के हस्ताक्षर के साथ पहुँचते हैं, इस विषय में देखिए, संग्रह (स्मृति चंद्रिका 2, पृ. 59, पराशरमाधवीय 3, पृ. 127, शुक्र. (2/299-318, 4/5/172-177)। व्यास (स्मृति चंद्रिका 2, पृ. 59) के अनुसार, जनपद के आठ प्रकार हैं, चिरक, उपगत (रसीद), स्वहस्त (अपने हाथ से लिखित पत्र), आधि-पत्र, क्रय-पत्र, स्थिति-पत्र, संधि-पत्र तथा विशुद्धि-पत्र।[42] कुछ ग्रंथों में 'चीरक' एवं 'चिरक' दोनों प्रकार के प्रयोग हुए हैं। लगता है, यह पत्र भोज-पत्र की छाल (भोज या भूर्ज के पत्र) या किसी अन्य वृक्ष की छाल पर लिखा जाता था। यदि वह शब्द चिरक है तो यह 'चिर' से बना होगा, क्योंकि यह राजा द्वारा नियुक्त लिपिकों द्वारा लिखित होता था और चिरकाल तक चलता था। इस अर्थ में चिरक शब्द 'स्थानकृत' के समान ही है।

नारद (4/136), विष्णुधर्मसूत्र (7/11) एवं कात्यायन के अनुसार वही लेख-प्रमाण अखंड्य या सिद्ध माना जाता है, जो देशाचार के विरुद्ध न हो, जो नियमानुकूल लिखित हो और हो संदेहहीन एवं अर्थयुक्त शब्दों से पूर्ण। स्मृति चंद्रिका (2, पृ. 59) के अनुसार उसे पंचारूढ़ होना चाहिए, अर्थात् उस पर ऋणी, ऋणदाता, दो साक्षियों एवं लिपिक के हस्ताक्षर हों। सामान्यत: दो साक्षियों का होना आवश्यक माना गया है, किंतु अति महत्त्वपूर्ण लेख-प्रमाणों पर दो से अधिक साक्षियों का होना आवश्यक है। यदि साक्षी आसव या मद पीने वाला हो, अपराधी या स्त्री हो, अवयस्क हो या रोगी या पागल हो या बलपूर्वक लिख रहा हो, तो लेख-प्रमाण उचित नहीं माना जाता। देखिए नारद (4/137), विष्णुधर्मसूत्र (7/6-10), कात्यायन (271)।[43]

साक्ष्य पद्धति

पाणिनि ने 'अष्टाध्यायी' में 5वें अध्याय में द्वितीय पाद के 91वें सूत्र में साक्षी शब्द की व्युत्पत्ति दी है—साक्षाद् द्रष्टरि संज्ञायाम्। अर्थात् साक्षात् द्रष्टा को साक्षी कहते हैं। इस प्रकार साक्षी का अर्थ है प्रत्यक्ष द्रष्टा। उपनिषदों में इसीलिए परमात्मा को सबका साक्षी कहा गया है। श्वेताश्वतरोपनिषद के 6वें अध्याय का 11वाँ मंत्र है—

एको देव: सर्वभूतेषु गूढ: सर्वव्यापी सर्वभूतान्तरात्मा।
कर्माध्यक्ष: सर्वभूताधिवास: साक्षी चेता केवलो निर्गुणश्च॥[44]

यहाँ परमेश्वर को समस्त प्राणियों में गूढ़ रूप में विद्यमान सर्वव्यापी और सर्वांतरयामी परमात्मा को सबके कर्मों का अध्यक्ष अर्थात् देखने और फल देने वाला तथा सबका साक्षी विशुद्ध निर्गुण चेता कहा गया है। इस प्रकार यहाँ परमात्मा को ही समस्त सृष्टि का साक्षी कहा गया है। इसीलिए जीवों की भी अंतरात्मा को उसके सभी कर्मों का साक्षी माना जाता है। अत: किसी भी घटना का साक्षी बनने वाले व्यक्ति को या तो घटना का वास्तविक साक्ष्य देना होता है या यदि उसने अवास्तविक अथवा असत्य साक्ष्य दे दिया तो इससे उसकी अंतरात्मा ही उस पर कुपित हो जाएगी और इस कारण उसे निश्चय ही दु:ख उठाना पड़ेगा। इसीलिए साक्षी का बहुत महत्त्व है। यह अंग्रेजी के 'विटनेस' शब्द से सर्वथा भिन्न है। 'विटनेस' का अर्थ होता है अपनी इंद्रियों से ग्रहण किए गए घटना से संबंधित तथ्य को प्रस्तुत करना। इसमें आत्मतत्त्व का कोई भी स्थान नहीं है। इंद्रियों का ही महत्त्व है। आँखों से देखा या कान से सुना या किसी गंध को सूँघा या स्पर्श से जाना, तो उस इंद्रिय संवेदन के आधार पर किसी तथ्य को प्रस्तुत करना 'विटनेस' है। इसीलिए उसमें 'आई विटनेस' का सर्वाधिक महत्त्व है।

'टेस्टिमॉनी' का अर्थ है प्रमाणित करना। विधि में वादरत दोनों पक्षों से भिन्न किसी तृतीय पक्ष द्वारा प्रतिज्ञापूर्वक किसी वक्तव्य को तथ्यात्मक वक्तव्य कहकर प्रस्तुत करना टेस्टिमॉनी है। ख्रीस्तपंथ में 'टेस्टिमॉनी' का अर्थ है चर्च में किसी व्यक्ति द्वारा यह बताना कि वह किस प्रकार ख्रीस्त बना है। वहाँ उसका उद्देश्य होता है, यह बताना कि 'गॉड' पर मेरा 'फेथ' जग गया है और इसलिए अब मैं सभी पापों से मुक्त हूँ। इस प्रकार 'टेस्टिमॉनी' के अर्थ 'साक्षी' से भिन्न हैं।

साक्षी का अर्थ है प्रत्यक्ष द्रष्टा, परंतु उसमें यह अंतर्निहित है कि जो व्यक्ति किसी घटना का साक्ष्य दे रहा है, उस घटना का वह साक्ष्य सत्य है या नहीं, यह अंतर्यामी परमेश्वर साक्षी भाव से देख रहे होते हैं। इस प्रकार यह मान्यता साक्ष्य दे रहे व्यक्ति के चित्त में गहरा प्रभाव डालती है। जबकि विटनेस या 'टेस्टिमॉनी' देने के पीछे केवल भौतिक कारण ही होते हैं।

मनु का कहना है कि—

साक्षी दृष्टश्रुतादन्यद्विब्रुवन्नर्यसंसदि।
अवाङ्. नरकमभ्येति प्रेत्य स्वर्गाच्च हीयते॥[45]

अर्थात् जो साक्षी देखे या सुने हुए किसी विषय को अन्यथा रूप में न्यायालय में बोलता है तो वह अधोमुखी होकर नरक में गिरता है तथा उसने जो पुण्य कर्म किए हों, उन सबका फल भी नष्ट हो जाता है।

महाभारत के सभापर्व में भी साक्षी के सत्य और असत्य कथन पर विस्तार से विचार किया गया है। विदुर कौरव सभा में राजाओं से कहते हैं कि यदि कोई पुरुष सभा

में उपस्थित प्रश्न का उत्तर नहीं देता तो वह झूठ बोलने से होने वाले पाप के आधे फल का भागी होता है। जबकि असत्य निर्णय देने वाले को असत्य भाषण का पूरा ही पाप लगता है और तदनुसार दंड मिलता है। इस विषय में महर्षि कश्यप ने कहा है, जो साक्षी गाय-बैल के ढीले कानों की तरह ढीला बनकर ढीली-ढाली गवाही देता है अर्थात् स्पष्ट कथन नहीं करता, वह पाप का भागी होता है। जो लोग धर्म या न्याय संबंधी किसी भी प्रश्न का असत्य उत्तर देते हैं, उनके इष्ट और पूर्त कर्मों के करने से सभी पुण्य नष्ट हो जाते हैं और वे अपने आगे-पीछे की सात पीढ़ियों के पुण्य का हनन करते हैं। झूठी गवाही देने वाले को वैसा ही दुःख भोगना पड़ता है, जैसा उन व्यक्तियों को भोगना पड़ता है, जिनका सबकुछ छीन लिया गया हो अथवा जिनका पुत्र मर गया हो अथवा जिस स्त्री का पति मर गया हो अथवा जिस व्यक्ति पर राजा क्रुद्ध हो जाए। इस प्रकार झूठा साक्ष्य देने पर बहुत दुःख भोगना पड़ता है, क्योंकि यह पापकर्म है।

(महाभारत सभापर्व, अध्याय 68, श्लोक 63-64 एवं 80 से 84)

यो हि प्रश्नं न विब्रूयाद् धर्मदर्शी सभां गतः।
अनृते या फलावाप्तिस्तस्याः सोऽर्धं समश्नुते॥ 63॥
यः पुनर्वितथं ब्रूयाद धर्मदर्शी सभां गतः।
अनृतस्य फलं कृत्स्नं सम्प्राप्नोतीति निश्चयः॥ 64॥
वितथं तु वदेयुर्ये धर्म प्रह्लाद पृच्छते।
इष्टापूर्तं च ते घ्नन्ति सप्त सप्त परावरान्॥ 80॥
हृतस्वस्य हि यद् दुःखं हतपुत्रस्य चैव यत्।
ऋणिनः प्रति यच्चैव स्वार्थाद् भ्रष्टस्य चैव यत्॥ 81॥
स्त्रियाः पत्या विहीनाया राज्ञा ग्रस्तस्य चैव यत्।
अपुत्रायाश्च यद् दुःखं व्याघ्राघ्रातस्य चैव यत्॥ 82॥
अध्यूढायाश्च यद् दुःखं साक्षिभिर्विहितस्य च।
एतानि वै समान्याहुर्दुःखानि त्रिदिवेश्वराः॥ 83॥
तानि सर्वाणि दुःखानि प्राप्नोति वितथं ब्रुवन्।
समक्षदर्शनात् साक्षी श्रवणाच्चेति धारणात्॥ 84॥[46]

यह मान्यता व्यापक होने पर हिंदू समाज में लोग असत्य साक्ष्य देने से सदा डरते थे। अंग्रेजी प्रभाव के समय से जब शिक्षा और संचार माध्यमों के द्वारा आत्मा, अंतरात्मा और पुनर्जन्म के तथ्य शिक्षा एवं चर्चा से बाहर कर दिए गए तथा इनका निषेध शिक्षा और संचार माध्यमों द्वारा बलपूर्वक किया जाने लगा, तब से झूठी गवाही एक सामान्य बात हो गई। इन दिनों आधुनिक अदालतों में झूठी गवाहियाँ धड़ल्ले से चलती हैं, क्योंकि साक्षी के पीछे की धार्मिक एवं आध्यात्मिक मान्यताएँ कुशिक्षा के द्वारा समाप्त कर दी गई हैं।

भारतीय धर्मशास्त्रों में इस बात पर सदा बल दिया जाता था कि साक्ष्य ऐसे व्यक्ति द्वारा दिया जाना उचित है, जिसने देखा हो या सुना हो या उपस्थित मामले में उसे कोई प्रामाणिक जानकारी हो। मनुस्मृति के अध्याय 8 के 74वें श्लोक की टीका में मेधातिथि ने कहा है कि यदि कोई साक्षी यह कहता है कि उसने अमुक बात किसी ऐसे व्यक्ति से सुनी है, जिसने वह घटना स्वयं देखी और सुनी थी, तो ऐसा साक्ष्य प्रामाणिक साक्ष्य नहीं माना जाता।[47] इस पर विष्णुधर्मसूत्र ने अध्याय 8 सूत्र 12 में यह अपवाद दिया है कि अगर कोई साक्षी मर जाए या विदेश चला जाए तो उसने जो कहा हो, उसे सुनने वाला साक्ष्य दे सकता है।[48]

साक्षी की जाँच करना सभासदों और राजा का कर्तव्य है। संदेह होने पर प्रमाण माँगना चाहिए। संतोषप्रद प्रमाण मिलने पर ही व्यवहारपद आगे बढ़ाया जा सकता है।

मुख्य बात यह है कि सामान्यत: किसी भी वाद में कम-से-कम 3 साक्षी होने चाहिए। ऐसा मनु और याज्ञवल्क्य तथा गौतम तीनों का कहना है, जबकि बृहस्पति का कहना है कि साक्षी 9 या 7 या 5 या 3 हो सकते हैं, परंतु यदि विद्वान् ब्राह्मण साक्षी हों तो केवल 2 पर्याप्त हैं।

याज्ञवल्क्य (2/72), विष्णुधर्मसूत्र (8/9) एवं नारद (4/192) का कथन है कि एक व्यक्ति भी, यदि वह नियमित रूप से धार्मिक कृत्य करता हो और दोनों पक्षों को स्वीकार हो, तो साक्षी का कार्य कर सकता है। बृहस्पति ने दूतक, गणक या उसे, जिसने अचानक साक्षात् देखा हो, राजा या मुख्य न्यायाधीश को अकेले साक्षी के रूप में स्वीकार किया है। व्यास का कथन है कि विशेषत: साहस नामक अपराधों में एक व्यक्ति भी, यदि वह शुचि, क्रियावान्, धार्मिक एवं सत्यवादी हो और पहले भी जिसकी सत्यता प्रमाणित हो चुकी हो, साक्षी का कार्य कर सकता है। कौटिल्य का कहना है कि गुप्त रूप से लेन-देन के मामले में एक व्यक्ति भी (स्त्री या पुरुष) साक्षी हो सकता है, किंतु राजा या तपस्वी ऐसा नहीं कर सकते। कात्यायन का मत है कि प्रतिभूति (धरोहर) रखते समय किसी विश्वस्त व्यक्ति का साक्ष्य हो सकता है, इसी प्रकार उस दूत का भी साक्ष्य हो सकता है, जो आभूषण उधार लेने के लिए भेजा गया हो, सामान बनाने वाली स्त्री का साक्ष्य भी पहचान के लिए हो सकता है। यदि निर्णय हो चुका हो तो राजा या मुख्य न्यायाधीश, लिपिक या कोई सभ्य अकेले भी वादी या प्रतिवादी के कथन की पुष्टि कर सकता है।

साक्ष्य देने वालों की विशेषताओं का उल्लेख बहुत से ग्रंथों में हुआ है, यथा—गौतम, कौटिल्य, मनु, वसिष्ठ, शंख लिखित, याज्ञवल्क्य, नारद। प्रमुख विशेषताएँ ये हैं—कुलीनता, वंश-परंपरा से देशवासी होना, संतानयुक्त गृहस्थ होना, धनी होना, चरित्रवान् होना, विश्वासपात्रता, धर्मज्ञता, लोभहीनता तथा दोनों दलों द्वारा स्वीकार किया

जाना। कुछ स्मृति ग्रंथों, यथा—कौटिल्य, मनु, कात्यायन ने व्यवस्था दी है कि सामान्यत: साक्षी को पक्ष के वर्ण या जाति का होना चाहिए, स्त्रियों के विवाद में स्त्रियों को ही साक्ष्य (गवाही) देना चाहिए, अंत्यजों के विवाद में अंत्यजों को साक्ष्य देना चाहिए, हीन जातिवालों को उच्च जाति के लोगों या ब्राह्मण को साक्षी बनाकर अपने मुकदमे की सिद्धि का प्रयत्न नहीं करना चाहिए (हाँ, जब ब्राह्मण किसी वाद में साक्षी रहा हो तो बात दूसरी है)। किंतु बहुधा सभी स्मृतियों ने (यहाँ तक कि गौतम एवं मनु ने भी) कहा है और विकल्प बताया है कि सभी जातियों के लोग (यहाँ तक कि शूद्र भी) सभी के लिए साक्षी हो सकते हैं। देखिए, गौतम (13/3), मनु (8/69), याज्ञवल्क्य (2/69), नारद (4/154), वसिष्ठ (16/29), 'सर्वे सर्व एव वा'। नारद (4/155) एवं कात्यायन ने व्यवस्था दी है कि ऐसे लोगों के दलों में जो अपने लिए विशिष्ट चिह्न (लिंग) रखते हैं, श्रेणियों (वणिकों के समाजों), पूगों (संस्थाओं), व्यापारियों के व्रातों (कंपनियों) तथा अन्य लोगों में, जो दलों में रहते हैं और इस प्रकार वर्गों की संज्ञा पाते हैं तथा दासों, चारणों (भाटों), मल्लों (कुश्ती वालों), हाथी की सवारी करने वालों, घोड़ों को प्रशिक्षण देने वालों एवं सैनिकों में उनके नायक लोग (वर्गी लोग) उचित साक्षी कहे जाते हैं। गौतम का कहना है कि खेतिहरों, व्यापारियों, चरवाहों, महाजनों, शिल्पकारों (बढ़इयों एवं धोबियों) के वर्गों के सदस्यों के बीच विवादों में उसी वृत्ति वाले सदस्य साक्षी हो सकते हैं एवं मध्यस्थता का कार्य कर सकते हैं।

साक्ष्य देने में अयोग्य ठहराए गए लोगों की सूचियाँ निम्न ग्रंथों में पाई जाती हैं—कौटिल्य, मनु, उद्योगपर्व, याज्ञवल्क्य, नारद, विष्णु धर्मसूत्र, बृहस्पति, कात्यायन। मनु ने इस विषय में तर्क उपस्थित किया है कि मौखिक साक्ष्य क्योंकर झूठे ठहराए जा सकते हैं! लोभ, विमोह, भय, आनंदेच्छा, क्रोध, मित्रता, अबोधता एवं अल्पवयस्कता से गवाही झूठी पड़ सकती है। नारद द्वारा उपस्थापित सूची विस्तृत है, अत: हम उसे ही उद्धृत करते हैं। ये लोग साक्ष्य के लिए अयोग्य ठहराए गए हैं—अर्थ से संबंधित लोग (साझेदार), मित्र, साथी (काम-धाम के), जिसने पहले झूठी गवाही दी हो, पापी, दास, छिद्रान्वेषी, अधार्मिक, बहुत बूढ़ा (अस्सी वर्षीय व्यक्ति), अल्पवयस्क, स्त्री, चारिक (तेली या भाट), शराबी, पागल, असावधान व्यक्ति, दु:खित व्यक्ति, जुआरी, ग्राम-पुरोहित, लंबी यात्रा करने वाला, समुद्र यात्रा वाला वणिक, संन्यासी, रुग्ण, अंगभंगी, जो अकेला साक्षी हो, वेदज्ञ ब्राह्मण, जो धार्मिक कृत्य न करता हो, नपुंसक, अभिनेता, नास्तिक, व्रात्य (जिसका उपनयन संस्कार न हुआ हो), स्त्री-परित्यागी, जिसने अग्निहोत्र छोड़ दिया हो, जिसने अपनी जाति का कर्तव्य छोड़ दिया हो, कुलिक (राजा द्वारा नियुक्त व्यक्ति, जो विवाद आदि में निर्णय दे), भाट, नीच जाति की नौकरी करने वाला, पिता से लड़ाई करने वाला तथा वह जो झगड़ा खड़ा करे। कौटिल्य, मनु,

विष्णु धर्मसूत्र तथा अन्य स्मृतिकारों ने लिखा है कि राजा साक्ष्य का कार्य नहीं कर सकता। यह राजा की निष्पक्षता की प्रतिष्ठा की दृष्टि से भी आवश्यक है।[49]

वस्तुतः धर्मशास्त्रों से यह प्रमाणित होता है कि साक्ष्य प्रामाणिक और निर्दोष हो, इस विषय में धर्मशास्त्रकार सदा सतर्क रहते थे। विशेषकर 'धनमूल' अर्थात् सिविल या दीवानी मामलों में साक्षियों की सघन जाँच पर सदा बल दिया गया है। जबकि हिंसामूल अर्थात् क्रिमिनल या फौजदारी मामलों में अपराध घटित होते देखने वाले का साक्ष्य पर्याप्त है, भले वह अन्य योग्यताएँ नहीं रखता हो, जिनकी चर्चा धनमूल या अर्थमूल विवादों के साक्षियों के संदर्भ में की गई है। उदाहरण के लिए, धनमूल विवादों में साक्षी बनने से स्त्रियों को रोका गया है, भले ही वे सच्चरित्र हों। इसका कारण मनु ने यह बताया है कि स्त्रियाँ भावमयी होने से किसी के प्रति स्नेहद्रवित होकर सत्य के विषय में शिथिल हो सकती हैं, परंतु दुस्साहस वाले अपराधों के संदर्भ में जैसे चोरी या आगजनी आदि अथवा वर्जित स्त्री-संबंध आदि में स्त्री को साक्षी बना लेना सम्यक् है—

साहसेषु च सर्वेषु स्तेयसंग्रहणेषु च।

(मनुस्मृति, अध्याय 8, श्लोक 72)[50]

साक्षी के साक्ष्य का परीक्षण अत्यंत महत्त्वपूर्ण है। धर्मशास्त्रों में उसकी विधि भी दी गई है। नारद स्मृति के अनुसार पाँच प्रकार के साक्षी अनुपयुक्त होते हैं। पहला वेदज्ञ ब्राह्मण, अतिवृद्ध व्यक्ति या संन्यासी। क्योंकि इनको साक्षी के रूप में बुलाना उचित नहीं है। अर्थात् उनकी मर्यादा के अनुरूप नहीं है। इसीलिए उन्हें अकृत साक्षी कहा गया है। अर्थात् राजा उन्हें आज्ञा देकर नहीं बुला सकते। वे यदि स्वयं साक्ष्य के लिए आ जाएँ, तो उनका साक्ष्य लिया जा सकता है।

अनुपयुक्त साक्ष्य में चोर, लुटेरे, जुआरी और हत्यारे असत्य भाषण कर सकते हैं और इसलिए विश्वसनीय नहीं हैं।

तीसरे प्रकार के अनुपयुक्त साक्षी वे लोग हैं, जो संबंधित प्रकरण में परस्पर विरोधी साक्ष्य दे रहे हों। उनका साक्ष्य न्यायाधीश अर्थात् राज्यकर्ता द्वारा उपयुक्त नहीं माना जाएगा। इसी प्रकार अगर कोई व्यक्ति मर गया है, तो उसके स्थान पर किसी अन्य को साक्षी के रूप में लाए जाने पर वह साक्ष्य अनुपयुक्त माना जाता है, क्योंकि यह माना जाता है कि उक्त व्यक्ति को प्रकरण का पूर्ण ज्ञान नहीं है, परंतु यदि कोई पिता पुत्रों से ऐसा कहे कि अमुक विवाद में अमुक-अमुक लोग साक्षी हैं, तो उन्हें पिता की मृत्यु के बाद भी साक्षी के रूप में बुलाया जा सकता है। नारद के अनुसार अनुपयुक्त साक्षी की पाँचवीं कोटि में वे लोग आते हैं, जो बिना बुलाए स्वयं साक्ष्य के लिए आ जाएँ। इनमें विद्वान् या संन्यासी आदि प्रथम श्रेणी के लोगों की गणना नहीं होती, क्योंकि इस प्रकार आने वाले लोग किसी पक्ष की ओर झुकाव रखने वाले हो सकते हैं।

जिन साक्षियों को मानना उचित है, उनके विषय में भी नारद ने लिखा है। लिखित प्रमाण को कृत साक्ष्य अर्थात् उपयुक्त साक्ष्य माना जाएगा। इसी प्रकार किसी लेन-देन के समय अचानक आ जाने वाले व्यक्ति को यदि साक्षी के रूप में उपस्थित किया जाए, तो उसे भी उपयुक्त साक्षी माना जाएगा। ऐसा व्यक्ति, जो घटना या लेन-देन के समय सामने उपस्थित नहीं हो, परंतु दीवार की ओट से या परदे की ओट से समस्त व्यवहार को सुन रहा हो, उसे भी उपयुक्त साक्षी माना जाता है।

साक्ष्य देने की पूरी विधि धर्मशास्त्रों में वर्णित है। साक्षी से प्रश्न-प्रतिप्रश्न करने का कार्य स्वयं न्यायाधीश का है।[51] इन दिनों न्यायालय में जिस प्रकार किसी पक्ष के वकील प्रश्न-प्रतिप्रश्न करते हैं, वैसी कोई व्यवस्था प्राचीन समय में नहीं थी।

महत्त्वपूर्ण बात यह है कि धर्मशास्त्र न्यायाधीश के लिए निर्देश देते हैं कि वे धर्मशास्त्रों के उद्धरण देकर सत्य और धर्म की महत्ता बताते हुए साक्षी को सत्य बोलने की प्रेरणा दें। सामान्यतः साक्षियों का परीक्षण खुले में अर्थात् सबकी उपस्थिति में दोनों ही दलों के सामने होता है, परंतु अचल संपत्ति के विवाद में भिन्न प्रक्रिया भी अपनाई जा सकती है।

इस प्रकार न्याय की एक पूरी प्रक्रिया रही है और सबसे महत्त्वपूर्ण बात यह है कि न्याय की ऐसी संपूर्ण और विस्तृत प्रक्रिया वर्तमान में ज्ञात सभ्यताओं में से किसी के उपलब्ध ग्रंथों में नहीं मिलती। केवल सनातन धर्म के धर्मशास्त्रों में ही यह प्रक्रिया मिलती है और इसके उपरांत हम पहली बार आधुनिक समय में लगभग उसी जैसी प्रक्रिया एंग्लो सैक्सन लॉ और लॉ प्रोसीजर में पाते हैं।

इससे पहले छठवीं शताब्दी में पहली बार रोमन लॉ के विषय में कुछ लिखा गया, ऐसा कहा जाता है, यद्यपि उसकी मूल प्रतियाँ कहीं नहीं मिलतीं। इंग्लैंड में 11वीं शताब्दी के बाद पहली बार राजा के समक्ष एक याचिका दायर कर सकने की अनुमति का उल्लेख मिलता है। इंग्लिश कॉमन लॉ वस्तुतः 19वीं शताब्दी में ही व्यवस्थित हुआ है, यद्यपि उसका आरंभ 12वीं शताब्दी से बताते हैं, परंतु कोई भी पुस्तक या पांडुलिपि पहले की नहीं मिलती।[52] इसी प्रकार जर्मन लॉ भी 19वीं शताब्दी में ही अस्तित्व में आया। जिसे 'बर्गरलिचेस जेसेत्जबख' कहते हैं, वह जर्मनी के नागरिक कानूनों की पुस्तक है, जो 19वीं शताब्दी के अंतिम चरण में ही लिखी गई और फिर 20वीं शताब्दी के पूर्वार्ध में 'वाइमार संविधान' लिखा गया।[53]

इस बात के अनेक संकेत हैं कि जर्मनों ने और बाद में अंग्रेजों ने भी लॉ और लॉ प्रोसीजर का विस्तृत ज्ञान सर्वप्रथम भारतीय धर्मशास्त्रों से ही प्राप्त किया। इसकी पुष्टि इस तथ्य से भी होती है कि एक तो इतने स्पष्ट और प्रशस्त रूप में न्यायिक प्रक्रिया का कोई वर्णन जर्मनी या इंग्लैंड में या किसी भी यूरोपीय देश में 18वीं शताब्दी से पहले की

किसी पांडुलिपि या कृति में नहीं मिलता और दूसरे यह लॉ और लॉ प्रोसीजर भारतीय धर्मशास्त्रों और राजशास्त्रों में वर्णित प्रक्रिया से अत्यधिक साम्य रखता है। प्लेटो की 'लॉ' नामक जो कृति मिलती है, वह कतिपय विधि संबंधी वाक्यों का संकेत मात्र है।[54] इसमें न तो कोई व्यवस्थित लॉ का वर्णन है और न ही विधिक प्रक्रिया का। जबकि भारतीय धर्मशास्त्रों तथा राजनीतिशास्त्र से परिचय के बाद हमें इंग्लैंड, फ्रांस और जर्मनी तीनों ही जगह विधिक प्रक्रिया का विस्तार मिलता है।

संदर्भ—

1. शुक्रनीति, चतुर्थ अध्याय, पंचम प्रकरण, श्लोक 1
2. वही, श्लोक 2
3. मनुस्मृति, अध्याय 8, श्लोक 9-12
4. मनुस्मृति, अध्याय 8, श्लोक 4-7
5. शुक्रनीति सार, अध्याय 4, प्रकरण 5, श्लोक 4-5
6. शुक्रनीति सार, अध्याय 4, प्रकरण 5, श्लोक 12-14
7. मनुस्मृति, अध्याय 8, श्लोक 8
8. मनुस्मृति, अध्याय 8, श्लोक 43-46
9. नारद स्मृति, अध्याय 1, श्लोक 7 एवं याज्ञवल्क्य स्मृति, व्यवहाराध्याय, श्लोक 30—
   नृपेणाधिकृताः पूगाः श्रेणयोऽथ कुलानि च।
   पूर्वं पूर्वं गुरु ज्ञेयं व्यवहारविधौ नृणाम्॥
10. मनुस्मृति, अध्याय 8, श्लोक 2 की मेधातिथि की टीका, व्यवहार प्रकाश पृष्ठ 2, मनुस्मृति, अध्याय 7, श्लोक 119 पर कुल्लूक भट्ट की टीका, साथ ही एपिग्रैफिया इंडिका जिल्द 15, पृष्ठ 130 तथा जिल्द 17 पृष्ठ 348 आदि।
11. मनुस्मृति, अध्याय 7, श्लोक 119 के 'कुलानि' पद की मेधातिथि द्वारा की गई टीका
12. व्यवहार प्रकाश, पूर्वोद्धृत, पृष्ठ 29
13. स्मृतिचंद्रिका, पूर्वोद्धृत, अध्याय 2, पृष्ठ 1-11
14. देखें, धर्मशास्त्र का इतिहास, तृतीय खंड, व्यवहार न्याय पद्धति, अध्याय 11
15. एपिग्रैफिया इंडिका, जिल्द 15, पृष्ठ 130
16. वही, जिल्द 17, पृष्ठ 345-348
17. गुप्ताभिलेख, पृष्ठ 29-31
18. देखिए मानसोल्लास 2/6, श्लोक 5-56, साथ ही नारद स्मृति, अध्याय 13, श्लोक 2 की टीका।
19. व्यवहारमातृका, पृष्ठ 280 (धर्मशास्त्र का इतिहास, खंड 3, अध्याय 21 में उद्धृत)
20. धर्मशास्त्र का इतिहास, पूर्वोद्धृत, खंड 3, अध्याय 21, पृष्ठ 805
21. कात्यायन स्मृति, पृष्ठ 225 एवं 682
22. धर्मशास्त्र का इतिहास, पूर्वोद्धृत, खंड 3, अध्याय 21
23. मनुस्मृति, अध्याय 8, श्लोक 41 एवं 42
24. उक्त की कुल्लूक भट्ट कृत टीका

25. पांडुरंग वामन काणे, धर्मशास्त्र का इतिहास, पूर्वोद्धृत द्वितीय भाग, अध्याय 13
26. उपर्युक्त
27. उपर्युक्त
28. उपर्युक्त
29. उपर्युक्त
30. याज्ञवल्क्य स्मृति, व्यवहाराध्याय, श्लोक 6 की मिताक्षरा टीका
31. कौटिलीयं अर्थशास्त्रं 3/1
32. याज्ञवल्क्य स्मृति, व्यवहाराध्याय, श्लोक 33, 171 एवं 188
33. मनुस्मृति, अध्याय 8, श्लोक 159
34. कात्यायन 121, अपरार्क, पृ. 611, पराशरमाधवीय 3, पृ. 58
35. याज्ञवल्क्य स्मृति, व्यवहाराध्याय, श्लोक 6-9
36. मनुस्मृति, अध्याय 8, श्लोक 24
37. पांडुरंग वामन काणे, धर्मशास्त्र का इतिहास, पूर्वोद्धृत द्वितीय भाग, अध्याय 11 न्यायपद्धति एवं न्याय कार्यविधि
38. याज्ञवल्क्य स्मृति, व्यवहाराध्याय, प्रकरण 1, श्लोक 7
    ततोऽर्थी लेखयेत्सद्यः प्रतिज्ञातार्थसाधनम्।
39. याज्ञवल्क्य स्मृति, व्यवहाराध्याय, प्रकरण 1 एवं 2
40. कौटिल्य अर्थशास्त्र, धर्मस्थीय तृतीयमधिकरणम्, प्रथमोध्यायः
41. पांडुरंग वामन काणे, धर्मशास्त्र का इतिहास, पूर्वोद्धृत द्वितीय भाग, अध्याय 11, आलेख्य प्रकार
42. शुक्रनीति, अध्याय 2, श्लोक 299 से 318
43. व्यास स्मृति
44. धर्मशास्त्र का इतिहास, अध्याय 11
45. श्वेताश्वतर उपनिषद्, अध्याय 6, मंत्र 11
46. महाभारत, सभापर्व, अध्याय 66, श्लोक 63 से 64 तथा 80 से 84
47. मनुस्मृति, अध्याय 8, श्लोक 74 पर मेधातिथि की टीका
48. विष्णु धर्मसूत्र, अध्याय 8, सूत्र 12
49. पांडुरंग वामन काणे, धर्मशास्त्र का इतिहास, पूर्वोद्धृत द्वितीय भाग, अध्याय 13 साक्षीगण
50. मनुस्मृति, अध्याय 8, श्लोक 72
51. देखें मनुस्मृति, अध्याय 8, याज्ञवल्क्य स्मृति, व्यवहाराध्याय, साक्ष्यप्रकरणं, साक्षिविभावनम् तथा अथ साक्षिणाः इत्यादि श्लोक 60 से 90, पराशर स्मृति, अध्याय 5 तथा धर्मशास्त्र का इतिहास, द्वितीय भाग, पूर्वोद्धृत, अध्याय 13
52. G.M. Trevelyan : History of England, Book 1, Introduction & Ch. 1, Longman, London 1926
53. Michael Stolleis : A History of Public Law in Germany 1914–1945, Oxford University Press, London, 2004
54. Plato : Laws, Prabhat Prakashan, New Delhi, 2015

□

3

विधि के स्रोत

किसी भी व्यवहार अर्थात् न्यायपूर्ण निर्णय के लिए विधि के स्रोतों का प्रश्न सर्वाधिक महत्त्वपूर्ण है। जिस विधि के आधार पर निर्णय लिया जाता है, वह विधि ही न्याय का स्रोत कहलाती है। भारत में राज्य के द्वारा या शासक के द्वारा कोई भी विधि का निर्माण धर्मसम्मत नहीं माना गया है। राजा या न्यायाधीश विधि के अनुसार निर्णय देता है, परंतु राजा या राज्यकर्ता को विधि का निर्माण करने का कोई अधिकार नहीं है। इसके पीछे मुख्य भाव यह है कि प्रत्येक व्यक्ति के भीतर सनातन सत्ता का चिदंश है और अपने कर्मों के लिए वह स्वयं उत्तरदायी है तथा कोई भी अन्य उसके लिए उत्तरदायी नहीं है। इसलिए राज्य की ओर से विधि का निर्माण अन्य चिदंश का अपमान है, अनादर है और अधर्म है। राजा भी धर्म के अधीन है और प्रजा भी। धर्म किसी के अधीन नहीं है। वह सार्वभौम नियम है। राजा जो कहता है या जो आज्ञा जारी करता है, वह स्वयं में सत्य नहीं है। उसे सत्य के अनुरूप होना चाहिए। सत्य राजाज्ञा के अधीन नहीं है, अपितु राजाज्ञा ही सत्य के अधीन है। धर्म राजाज्ञा के अधीन नहीं है, अपितु राजाज्ञा ही धर्म के अधीन है। न्याय राजाज्ञा के अधीन नहीं है, अपितु राजाज्ञा ही न्याय के अधीन है। अत: धर्म ही सर्वोपरि है, सत्य ही सर्वोपरि है और न्याय ही सर्वोपरि है। सत्य, धर्म एवं न्याय वह है, जो सृष्टि रचयिता ने सृष्टि के नियम के रूप में रचा है या स्थिर किया है और जिसका सत्यद्रष्टा, मंत्रद्रष्टा ऋषियों ने धर्मशास्त्रों में वर्णन किया है। अत: धर्मशास्त्र ही विधि का स्रोत हैं, परंतु धर्मशास्त्र स्वयं यह कहते हैं कि श्रुति, स्मृति, सदाचार और आत्मानुकूल आचरण ये ही धर्म का स्रोत हैं। अत: ये ही विधि का स्रोत भी हैं।[1]

प्रत्येक व्यक्ति के अनेक उत्तरदायित्व हैं। इसी प्रकार राज्यकर्ता और न्यायाधीश के भी उत्तरदायित्व हैं। देवऋण, ऋषिऋण और पितृऋण का उत्तरदायित्व सभी पर है। धर्मशास्त्रों के अनुरूप धर्माचरण से ही देवऋण की पूर्ति होती है। विद्या परंपरा का ज्ञान प्राप्त करना, उसे जीवन में चरितार्थ करना या उसका पठन-पाठन और श्रवण तथा फिर उस विद्या परंपरा को आगे बढ़ाना, इससे ऋषि ऋण चुकाया जाता है। अपने कुल की

परंपरा को आगे बढ़ाना पितृऋण चुकाने का मार्ग है।[2] इस प्रकार प्रत्येक व्यक्ति के मुख्य दायित्व हैं—

1. अपने कुल की परंपरा का पालन करना और उसकी पुष्टि करना।
2. अपनी विद्या परंपरा का पालन करना और उसकी पुष्टि करना।
3. सनातन सार्वभौम नियमों—सत्य, अहिंसा, संयम, अस्तेय, मर्यादित जीवन के द्वारा सृष्टि चक्र को प्रवर्तित रखने में अपनी शक्ति और सामर्थ्य के अनुरूप योगदान देना। गीता में कहा गया है कि जो दैव प्रवर्तित सृष्टि चक्र का अनुवर्तन नहीं करता, उसका जीवन व्यर्थ ही है।[3]

इस प्रकार विधि के सर्वोच्च स्त्रोत हैं—धर्मशास्त्र और कुल तथा देश और क्षेत्र की परंपराएँ।[4] वस्तुतः समस्त विश्व में विधि का मूल स्त्रोत संबंधित समाज की परंपराएँ और प्रथाएँ ही हैं। किसी अन्य समाज की परंपराओं और प्रथाओं को विधि का स्त्रोत बनाने का अर्थ है अपने समाज का अनादर और उसके अस्तित्व पर प्रहार, परंतु वर्तमान भारत में विधि के इस मूल स्त्रोत की उपेक्षा की गई है। भारतीय विधि परंपरा में पुण्य और पाप का विचार ही प्रधान है। करणीय और श्रेयस्कर कार्य पुण्य हैं तथा अकरणीय और अनुचित कार्य अथवा स्वयं की देह या मन की प्रियता के लिए अन्य को दुःख या पीड़ा देना पापकर्म है। अतः न्याय का निर्णय पुण्य और पाप के आधार पर ही होता है।

इसीलिए पाप संबंधी विचार धर्मशास्त्रों में बहुत महत्त्व रखता है। धर्मशास्त्रों ने पाप के स्वरूप और उसकी श्रेणियों पर विस्तार से विचार किया और तदनुसार प्रायश्चित्त एवं दंड की व्यवस्था की। मनुस्मृति में, याज्ञवल्क्य स्मृति में एवं विष्णु पुराण में अतिप्रसिद्ध पाँच महापातक गिनाए गए हैं। मनु का कहना है—

ब्रह्महत्या सुरापानं स्तेयं गुरु-अंगनागमः।
महान्ति पातकान्याहुः संसर्गश्चापि तैः सह॥ 54॥
अनृतं च समुत्कर्षे राजगामि च पैशुनम्।
गुरोश्चालीकनिर्बंधः समानि ब्रह्महत्यया॥ 55॥
ब्रह्मोज्क्ता वेदनिंदा कौटसाक्ष्यं सुहृद्वधः।
गर्हितानाद्ययोर्जग्धिः सुरापानसमानि षट्॥ 56॥
निक्षेपस्यापहरणं नराश्वरजतस्य च।
भूमिवज्रमणीनां च रुक्मस्तेयसमं स्मृतम्॥ 57॥
रेतःसेकः स्वयोनीषु कुमारीष्वन्त्यजासु च।
सख्युः पुत्रस्य च स्त्रीषु गुरुतल्पसमं विदुः॥ 58॥[5]

(अर्थात् ब्राह्मण की हत्या, वर्जित मद्य का पीना, चोरी विशेषकर सोने की, गुरुपत्नी से समागम और ये चारों महापाप करने वाले किसी भी व्यक्ति से लगातार एक वर्ष तक

संगति करना, ये महापाप हैं। अपनी जाति-श्रेष्ठता के लिए झूठ बोलना, राजा से अन्य का अनिष्ट करने के लिए चुगलखोरी करना, गुरु से असत्य बोलना ये भी ब्रह्महत्या के समान ही पाप हैं। इसी प्रकार वेदों का अभ्यास नहीं करना और किए हुए अभ्यास को भुला देना, वेद की निंदा करना, झूठी गवाही देना, मित्र का वध तथा निंदनीय और अभक्ष्य भोजन करना, ये छह कार्य मद्यपान के समान महापाप हैं। रखी हुई धरोहर को हड़प लेना तथा दूसरों के सेवकों को या उनके घोड़े या रत्न या भूमि आदि को चुराना स्वर्ण की चोरी के समान ही महापाप हैं तथा इसी प्रकार सहोदर बहन या किसी कुमारी कन्या, जिसे पत्नी बनाने का संकल्प न हो, चांडाली और मित्र की पत्नी तथा पुत्रवधू से समागम, ये गुरुपत्नी से समागम के समान ही महापाप हैं।)

निरुक्त शास्त्र में कहा गया है कि चोरी, गुरु की शय्या पर सोना, ब्रह्महत्या, झूठ बोलना और बार-बार दुष्कृत्य करना तथा भ्रूण हत्या एवं पापकर्म ये सात पाप हैं। छांदोग्य उपनिषद् के अध्याय 5 के 10वें खंड में 9वाँ मंत्र है—

स्तेनो हिरण्यस्य सुरां पिबंश्च गुरोस्तल्पमावसन्ब्रह्महा चैते पतन्ति चत्वारः
पन्चमश्चाचरंस्तैरित।[6]

अर्थात् स्वर्ण की चोरी करना, सुरा पीना, गुरुपत्नी के साथ समागम और ब्रह्महत्या, ये चार महापाप हैं और इन चारों में से किसी भी महापाप को करने वाले का संसर्ग करना पाँचवाँ महापाप है।

इस प्रकार अत्यंत प्राचीन काल से ये पाँच महापातक प्रसिद्ध रहे हैं और हजारों वर्षों तक हिंदू समाज में इस विषय में सर्वमान्यता रही है। इसके साथ ही अन्य पातकों की भी सूची आपस्तंब धर्मसूत्र तथा अन्य धर्मशास्त्रों एवं पुराणों में है।[7]

विष्णु पुराण में भी बहुत विस्तार से पापों को गिनाया गया है। इनमें मुख्य हैं—झूठी गवाही देना या वाद में मिथ्या भाषण करना, गोहत्या, भ्रूण हत्या, ब्रह्महत्या, भगिनीगामी, राजदूतों को मारने वाला, सती-साध्वी स्त्री को किसी अन्य को दे देने वाला, पुत्रवधू और पुत्री के साथ संपर्क करने वाला, गुरुजनों का अपमान करने वाला, अगम्या से गमन करने वाला, चोरी करने वाला, ये सब पातकी हैं। इसी प्रकार चुगलखोरी करना, पत्नी से असद् वृत्तियाँ कराना, मित्र की हत्या करना, दूसरों के घर में आग लगाना, खेतों की बाड़ तोड़ना और वनों को बिना आवश्यकता के काटना तथा पशुओं या पक्षियों का शिकार करना।[8] (विष्णु पुराण, द्वितीय अंश, छठा अध्याय)

इसके साथ ही विष्णु पुराण के तृतीय अंश के 12वें अध्याय में कहा गया है कि गृहस्थ को सदा ही बिना फटे वस्त्र पहनने चाहिए और उत्तम औषधियाँ और कल्याणकारी रत्नों को धारण करना चाहिए। दूसरे की स्त्री में रुचि नहीं रखे और कुलटा स्त्री या कुलटा के स्वामी अथवा मिथ्यावादी और दुष्ट पुरुषों के साथ कभी भी मित्रता

न करे। अन्यथा पाप का भागी होता है। अनार्य व्यक्तियों का संग न करे और मंदिर तथा चौराहे एवं पूज्य व्यक्तियों को सदा अपने दाहिने रखते हुए निकले।[9]

इसके साथ ही पातकों की और भी विस्तृत सूची है, परंतु उनके लिए प्रायश्चित्त का विधान भी है। जिसे इन दिनों ख्रीस्त पंथ के प्रभाव से बहुत अधिक पाप के रूप में प्रचारित किया जाता है, उस अन्य स्त्री या अन्य पुरुष से समागम को धर्मशास्त्रों में सामान्यत: एक उपपातक ही माना जाता है, जिसके लिए मध्यम स्तर के प्रायश्चित्त हैं।[10] केवल अगम्या से गमन करना ही गंभीर दोष एवं महापातक कहा गया है।[11]

इसी प्रकार दाय भाग का उचित वितरण न करना भी गंभीर पाप कहा गया है और राज्यकर्ताओं का यह कर्तव्य है कि वे देखें कि दाय भाग का वितरण धर्मपूर्वक हो। इसके विषय में धर्मशास्त्रों में बहुत विस्तार से व्यवस्था है और तदनुकूल व्यवहार के निर्णय की भी बात कही गई है।[12] व्यवहार के इन सभी विषयों में धर्मशास्त्रों की स्पष्ट व्यवस्था है कि धर्मशास्त्र के ज्ञाताओं के साथ परामर्शपूर्वक ही न्याय करने का अधिकारी शासन होता है।[13] जब शासक स्वयं किसी न्यायिक निर्णय के लिए उपस्थित न हो पाए, तो धर्मशास्त्र के ज्ञाता विद्वानों को उसके लिए नियुक्त कर दे।[14]

जहाँ तक संतान की बात है, हिंदू धर्म में कोई भी संतान अवैध नहीं होती। अवैध संतान या इलेजिटिमेट संतान वर्तमान में कानून में वर्णित है, परंतु हिंदू धर्मशास्त्र में किसी भी संतान को कभी भी अवैध नहीं कहा जाता और न ही कहा जा सकता।

हिंदू धर्मशास्त्रों के अनुसार विवाह के आठ प्रकार हैं—ब्राह्म, आर्ष, दैव, प्राजापत्य, गांधर्व, आसुर, राक्षस और पैशाच।[15] वर्णानुसार उनमें से कुछ प्रशस्त अर्थात् श्रेष्ठ कहे गए हैं और कुछ अप्रशस्त।[16]

इसी प्रकार 13 प्रकार की संतानों का वर्णन है, जो इस प्रकार हैं—औरस, पुत्रिकापुत्र, पारशव, दत्तक, गूढ़ोत्पन्न, पौनर्भव, स्वयंदत्त या क्रीत, कानीन, सहोढ़, अपविद्ध, दासीपुत्र, कुंडपुत्र और गोलकपुत्र।[17]

जितने भी प्रकार की संतानें संभव हैं, वे सभी इन 13 प्रकारों में आ जाती हैं। इसलिए कोई भी संतति अवैध नहीं है। फिर भले वह गुप्त संबंध का परिणाम हो या विधवा की संतति हो अथवा कुमारी कन्या संतान को जन्म दे अथवा किसी अन्य पुरुष से स्त्री संतान पैदा करे अथवा बिना विवाह के रक्षिता के रूप में रखी गई स्त्री की संतान हो, सभी प्रकार के पुत्र वैध हैं और संपत्ति में सबका दाय भाग निर्धारित है। उदाहरण के लिए, रक्षिता या सेविका की संतान का भी भरण-पोषण व्यक्ति को करना ही होगा। गुप्त प्रेम और उससे उत्पन्न संतति को भी दाय भाग मिलता है। सभी धर्मशास्त्रों का कहना है कि जिन्हें किसी बड़े दोष के कारण दाय भाग न भी मिले, उन्हें भी परिवार की संपत्ति में से आजीवन जीविका के साधन अवश्य देने होंगे। इसी प्रकार व्यभिचारिणी स्त्री से पुरुष

शारीरिक संपर्क त्याग देगा, परंतु उसे घर से बाहर नहीं किया जाएगा। सामान्य भरण-पोषण की व्यवस्था उसकी भी करनी होगी।[18]

पारिवारिक संपत्ति के विभाजन के विषय में प्रमुख व्यवस्थाएँ निम्नानुसार हैं—

1. यदि परिवार में कोई अविवाहित बहन है, तो सबसे पहले उसके विवाह के लिए अपेक्षित संपत्ति परिवार के धन में से सुनिश्चित और सुरक्षित की जाएगी। मनु और याज्ञवल्क्य के अनुसार, सभी भाइयों को अपने-अपने हिस्से की संपत्ति में से एक-चौथाई भाग अविवाहित बहन के लिए देना चाहिए। अन्यथा वे पतित होते हैं और नरक के भागी होते हैं।

   स्वेभ्योंऽशेभ्यस्तु कन्याभ्यः प्रद्धुभ्रातरः पृथक्।
   स्वात् स्वादंशांतुर्भगं पतिताः स्युरदित्सवः॥[19]

   (मनुस्मृति, अध्याय 2, श्लोक 118)

2. दाय भाग के विभाजन की विस्तार से व्यवस्था धर्मशास्त्रों में वर्णित है। मनु के अनुसार, संपत्ति का विभाजन एक ही बार होना चाहिए। विभाजन हो जाने के बाद उस पर पुनः विचार का आग्रह नहीं करना चाहिए, परंतु यदि संयुक्त परिवार की संपत्ति का कोई भाग छल से छिपा लिया हो, तो प्रथम विभाजन के आधार पर ही बाद में या उस धन की जानकारी होने पर उसका भी विभाजन भाग अनुसार ही होता है।[20]

3. व्यक्ति की मृत्यु होने पर उसके उत्तराधिकार के विषय में अलग-अलग स्मृतियों में व्यवस्था संबंधी तनिक भेद है। यहाँ कुछ स्मृतियाँ संततिहीन विधवा को संपत्ति में अधिकार दिए जाने का समर्थन नहीं करतीं, वहीं याज्ञवल्क्य स्मृति की मिताक्षरा टीका में विज्ञानेश्वर ने कहा है कि संतानहीन विधवा मृत पति की संपूर्ण संपत्ति की अधिकारिणी है। अन्य अनेक स्मृतियाँ यह व्यवस्था देती हैं कि विधवा स्त्री को पति के धन के उपभोग का अधिकार तो प्राप्त है, परंतु वह उसे न तो बेच सकती है, न ही दान दे सकती है। इस विषय में धर्मशास्त्रों की व्यवस्था यह है कि जिस समाज या जिस क्षेत्र से संबंधित विवाद हो, उस क्षेत्र या उस समुदाय में प्रचलित परंपरा को ही मान लेना चाहिए।[21]

इसके अतिरिक्त स्त्री धन की भी परंपरा से मान्यता रही है। स्त्री धन के विषय में वैदिक काल से यह परंपरा है कि स्त्री धन संबंधित कन्या या स्त्री का ही है। उस पर किसी और का कोई अधिकार नहीं है। धर्मशास्त्रों में स्त्री धन के विषय में विस्तृत प्रावधान हैं। सामान्य स्वरूप यह है कि विशिष्ट अवसरों पर तथा जीवन के विभिन्न स्तरों पर स्त्री को जो धन दिया जाता है, वह स्त्री धन है। अत्यंत प्राचीन काल से आज

तक परंपरा से यह स्त्रियों को ही प्राप्त होता रहा है। मनु ने स्त्री धन की परिभाषा इस प्रकार की है—

अध्यग्न्यव्यावाहनिकं दत्तं च प्रीतिकर्मणि।
भ्रातृमातृपितृप्राप्तं षड्विधं स्त्री धनं स्मृतम्॥[22]

(मनुस्मृति, अध्याय 9, श्लोक 194)

(विवाह के समय अग्नि की साक्षी में जो कुछ भी कन्या को दिया जाता है, पिता के घर से पतिगृह जाने वाली कन्या को जो-जो कुछ दिया जाता है, किसी पर्व, त्योहार आदि में जो कुछ दिया जाता है, पति द्वारा प्रेमपूर्वक जो कुछ दिया जाता है और परंपरागत अवसरों पर भाई द्वारा, माता द्वारा तथा पिता के द्वारा जो कुछ दिया जाता है, वह समस्त (छह प्रकार से) दिया गया धन स्त्री धन है और उस पर केवल कन्या का अधिकार है।)

इसमें वे सब भेंटें भी सम्मिलित हैं, जो कन्या को विदाई के समय किसी भी व्यक्ति द्वारा प्राप्त होती हैं। यद्यपि इसमें भी धर्मशास्त्रों के भिन्न-भिन्न मत हैं। चाणक्य ने भी स्त्री धन का विशेष उल्लेख किया है। स्त्री धन के उत्तराधिकार के विषय में भी धर्मशास्त्रों में व्यवस्था है कि सर्वप्रथम पुत्रियों को ही स्त्री धन दिया जाएगा।[23] पुत्र को उसके बाद अर्थात् पुत्रियाँ नहीं होने पर ही दिया जाएगा। विभिन्न स्मृतियों में इस विषय में किंचित् भिन्नता होने पर हर स्मृतिकार का अंतिम मत यही है कि जहाँ जो लोकाचार हो, वहाँ वही मानना चाहिए।

दत्तक संतान के विषय में भी धर्मशास्त्रों में विस्तार से विचार किया गया है। दत्तक का सुविदित अर्थ है—गोद लिया हुआ पुत्र या पुत्री। इस विषय में भी धर्मशास्त्रों में मूल आधार पर सर्वानुमति है, परंतु विस्तार में किंचित् भेद है। अत्रि स्मृति के अनुसार केवल वही व्यक्ति किसी पुत्र को दत्तक ले सकता है, जिसके कोई भी पुत्र नहीं हुआ हो, ताकि दत्तक पुत्र पिंडदान दे सके और तर्पण कर सके। इस विषय में शास्त्र कहते हैं कि पिंडोदक क्रिया धार्मिक दृष्टि से अनिवार्य है अर्थात् पिंडदान और जलतर्पण अनिवार्य धर्म कर्तव्य हैं। इसके साथ ही गोद लेने वाले के नाग और कुल को अविच्छिन्न रूप से चलने देने के लिए भी दत्तक आवश्यक है। दत्तक के रूप में पुत्र को दूसरे को देने वाले व्यक्तियों में माँ का अधिकार अधिक है या पिता का, इस पर भी धर्मशास्त्रों में विवेचना है और धर्मशास्त्रों का सर्वसम्मत निष्कर्ष है कि पिता को ही यह अधिकार प्राप्त है, परंतु उसे पुत्र की माता की सहमति प्राप्त करने का प्रयास अवश्य करना चाहिए। व्यक्ति की मृत्यु के उपरांत पत्नी किसी को गोद ले सकती है। कौन से या किस प्रकार के व्यक्ति गोद लेने के योग्य हैं, इस पर भी धर्मशास्त्रों में विस्तृत प्रतिपादन है। इसी प्रकार उत्तराधिकार के अन्य नियम भी धर्मशास्त्रों में विस्तार से वर्णित हैं।[24]

उत्तराधिकार के संबंध में पारलौकिक कल्याण का विचार ही मुख्य है। माना जाता है कि पुत्र ही पिता को ऋणमुक्त करता है, विशेषकर पितृऋण से। इस अर्थ में यह पारलौकिक कल्याण का विषय है और इसी दृष्टि से मनु महाराज ने अंधे पुत्र को रिक्थ या वसीयत के अधिकार से वंचित कर दिया है, क्योंकि अंधा पुत्र श्राद्ध आदि धार्मिक कार्य नहीं कर सकता।

इस अध्याय में हमने धर्मशास्त्रों में वर्णित विधि के स्रोतों का उल्लेख करते हुए मुख्य प्रकरणों का संक्षेप में उल्लेख किया है। मूल बात यह है कि विश्व के सभी महत्त्वपूर्ण समाजों में विधि का मूल स्रोत सबके अपने धर्मशास्त्र या शास्त्र या 'होली बुक' अथवा 'पाक किताब' हैं। साथ ही, मुख्य समाज या बहुसंख्यक समाज की अपनी प्रथाएँ, परंपराएँ और रीति-रिवाज विधि का मूल स्रोत हैं। कहीं भी बहुसंख्यक समाज के द्वारा मान्य शास्त्रों, परंपराओं तथा रीतियों एवं प्रथाओं से भिन्न किसी शासनकर्ता समूह की इच्छाओं को विधि का स्रोत नहीं माना गया है। यदि शासक अपने या अपने समूह के मनोभावों और लालसाओं से प्रेरित होकर मुख्य समाज के शास्त्रों, मान्यताओं और परंपराओं का विरोधी कोई कानून बनाने का प्रयास करते हैं, तो उसे अवैध और अमान्य ही कहा तथा माना जाता है। यह विधि के स्रोतों के विषय में सर्वमान्य तथा सार्वभौम नियम है। केवल कम्युनिस्ट शासन में शासक दल के लोगों की इच्छाएँ ही विधि का स्रोत मान ली जाती हैं और इसीलिए कम्युनिस्ट शासन जनगण के व्यापक दमन पर ही निर्भर करता है। वास्तव में ऐसे दमन के बिना कोई भी समाज अपनी परंपराओं और अपने शास्त्रों तथा अपने रीति-रिवाजों का दमन और हनन सहन नहीं करता। संपूर्ण विश्व में जीवन का प्रयोजन सबके अपने-अपने शास्त्रों से ही निर्धारित माना जाता है और अपनी आस्था तथा मान्यताएँ और परंपराएँ ही विश्व भर में ऐसे आदर्श माने जाते हैं, जिनके लिए जीना और जीवन समर्पित कर देना सर्वोच्च लक्ष्य और सराहनीय कार्य माना जाता है। धर्म या मजहब या रिलीजन के लिए प्राण तक दे देने को लोग सहर्ष तैयार रहते हैं। यही सार्वभौम मानवीय प्रवृत्ति है। अत: शासकों की अपनी इच्छाएँ और लालसाएँ, विधि का स्रोत कहीं भी मान्य नहीं हैं। कम्युनिस्टों ने इन्हें मान्य कराने का प्रयास किया, परंतु इसके लिए व्यापक हिंसा और हत्याएँ तो करनी ही पड़ीं, व्यापक झूठे प्रोपेगंडा का भी सहारा लेना पड़ा और लोगों के मन-मस्तिष्क को प्रभावित एवं रूपांतरित करने के लिए बहुत बड़े स्तर पर कार्य किए गए। गुप्तचरी, उत्पीड़न और दमन के विराट् आयोजन के बाद भी सोवियत संघ में कम्युनिस्ट शासन उखाड़ फेंका गया, क्योंकि वह जनगण के द्वारा मान्य शास्त्रों, आस्थाओं और परंपराओं तथा मान्यताओं का विरोधी था और उनका दमन कर रहा था। अत: विधि के स्रोत जनगण की आस्थाएँ, मान्यताएँ और परंपराएँ तथा शास्त्र और सर्वमान्य लोगों का आचरण एवं प्रतिमान ही होते हैं।

भारत में विधि के स्रोतों पर विचार करने का कार्य अत्यंत प्राचीन समय से होता रहा है। उपलब्ध प्राचीन ग्रंथों में महाभारत, कौटिल्य का अर्थशास्त्र, मार्कंडेय पुराण, मत्स्य पुराण, शुक्रनीति एवं शुक्रनीतिसार, कामंदक नीतिसार, मनुस्मृति, याज्ञवल्क्य स्मृति, बृहस्पति स्मृति, विष्णु धर्मसूत्र आदि में विधि के स्रोतों की विवेचना है। विवेचना का यह क्रम 16वीं शताब्दी में राजा प्रतापरुद्रदेव, श्री गोविंदानंद, श्री नारायण भट्ट, श्री रघुनंदन और नंद पंडित की रचनाओं में पाया जाता है तथा 17वीं शताब्दी की रचनाओं—निर्णयसिंधु, व्यवहारमयूख, नीतिमयूख, राजधर्मकौस्तुभ आदि और 18वीं शताब्दी की रचनाओं—धर्मसिंधु एवं राजनीति प्रकाश तथा याज्ञवल्क्य स्मृति की मिताक्षरा टीका पर बालभट्ट की टीका में यह विवेचना जारी रही।

स्वयं राजा शब्द समाज से शासक के संबंध के आधार को स्पष्ट कर देता है। 'राजृ दीप्तौ' धातु से राजा शब्द की उत्पत्ति है, जिसका अर्थ है कि जो अपने समाज में शोभित और प्रकाशित हो, वही राजा है। इसे ही 'राजा प्रकृति रंजनात' भी कहा गया है। महाभारत का शांतिपर्व कहता है—

'लोकरंजनमेवात्र राज्ञां धर्मः सनातनः।'

(शांतिपर्व के अंतर्गत राजधर्मानुशासन पर्व 57/11)

मार्कंडेय पुराण में कहा गया है—

राज्ञां शरीरग्रहणं न भोगाय महीपते। क्लेशाय महते पृथ्वीस्वधर्मपारिपालने॥

(130/33-34)

(अर्थात् राजा का शरीर भोग के लिए नहीं है। यह तो पृथ्वी के प्रति स्वधर्म का पालन अर्थात् राजधर्म का पालन करने के लिए महान् कष्ट सहन करने के लिए ही मिला है।)

वस्तुतः धर्मशास्त्रों में विधि का स्रोत शास्त्र एवं परंपराओं तथा श्रेष्ठ लोगों का आचरण ही कहा गया है। राजा के द्वारा जो विधान बनाने का निर्देश है, वह उन शास्त्रों और परंपराओं के पालन संबंधी विधान बनाने का ही है। धर्मशास्त्र और लोक-व्यवहार तथा श्रेष्ठ जनों के चरित्र एवं राजशासन इन चार के आधार पर ही राजकार्य चलता था। न्यायानुशासन राजा का सबसे पवित्र कर्तव्य है। न्याय वही है, जो धर्मशास्त्र में वर्णित है तथा परंपराओं से अनुमोदित है। न्यायालय को धर्मशास्त्रों में इसीलिए धर्मासन या धर्मस्थान अथवा धर्माधिकरण कहा जाता रहा है। महाकवि कालिदास ने भी शाकुतलम् में 'धर्मासन' शब्द का प्रयोग किया है और कविवर भवभूति ने भी। इससे पता चलता है कि हजारों वर्षों तक इसी शब्द का प्रयोग होता रहा है। राजा की अर्थात् शासन की उपयोगिता समाज में मान्य धर्म के पालन को सुनिश्चित कराने में ही है। इसके लिए धर्म का उल्लंघन करने वालों को कठोर दंड देने की व्यवस्था धर्मशास्त्रों में है और उस दंड

को सुनिश्चित करना अर्थात् धर्मशास्त्र की आज्ञा को व्यवहार में लागू करना राजा का कार्य है। विवाद का अर्थ ही है, जहाँ किसी विषय पर 'वि' अर्थात् विविध प्रकार के वाद या पक्ष या मत उपस्थित हों। उस विवाद का धर्मानुकूल निपटारा करना ही न्यायिक निर्णय है।

यदि शासकों का कोई वर्ग या समूह या पंथ अपनी वैचारिक अवधारणाओं और योजनाओं तथा मानसिक तरंगों एवं लालसाओं को ही विधि का स्रोत मान बैठता है तो ऐसा शासन न तो लोकतांत्रिक कहा जा सकता है और न ही धर्ममय। अपनी विदेश प्रेरित या विधर्म प्रेरित आस्थाओं और मान्यताओं को समाज पर आरोपित करना वैचारिक एकाधिकारवाद (डिक्टेटरशिप) है। अपने मन से या किसी विदेशी प्रेरणा से रचित विधि की कोई भी पुस्तक लोकतांत्रिक शासन का प्रतिनिधि विधान या विधिस्रोत नहीं हो सकती।

संदर्भ—

1. (क) मनुस्मृति, अध्याय 2, श्लोक 6 से 14 विशेषकर द्रष्टव्य 6 एवं 12वाँ श्लोक तथा अध्याय 8 का श्लोक 1
   वेदोऽखिलो धर्ममूलं स्मृतिशीले च तद्विदाम। आचारश्चैव साधूनामात्मनस्तुष्टिरेव च॥6
   वेदः स्मृतिः सदाचारः स्वस्य च प्रियमात्मनः। एतच्चतुर्विधं प्राहुः साक्षाद्धर्मस्य लक्षणम्॥12
   व्यवहारान्दिदृक्षुस्तु, ब्राह्मणैः सह पार्थिवः। मंत्रज्ञैर्मंत्रिभिश्चैव विनीतः प्रविशेत्सभाम्॥8/1
   (ख) साथ ही महाभारत, अनुशासन पर्व, अध्याय 141, श्लोक 65 –
   वेदोक्तः परमो धर्मः स्मृतिशास्त्रगतोऽपरः। शिष्टाचीर्णोऽपरः प्रोक्तस्त्रयो धर्माः सनातनाः॥
2. मनुस्मृति, अध्याय 6, श्लोक 35 एवं उसमें मेधातिथि तथा कुल्लूक भट्ट की टीका—ऋणानि त्रीण्यपाकृत्य मनो मोक्षे निवेशयेत्। अनपाकृत्य मोक्षं तु सेवमानो व्रजत्यधः॥35
3. (क) श्रीमद्भगवद गीता, अध्याय 3, श्लोक 14, 15 एवं 16 –
   अन्नाद्भवन्ति भूतानि पर्जन्यादन्नसंभवः। यज्ञाद्भवति पर्जन्यो यज्ञः कर्मसमुद्भवः॥14
   कर्म ब्रह्मोद्भवं विद्धि ब्रह्माक्षरसमुद्भवम्। तस्मात्सर्वगतं ब्रह्म नित्यं यज्ञे प्रतिष्ठितम्॥15
   एवं प्रवर्तितं चक्रं नानुवर्तयतीह यः। अघायुरिन्द्रियारामो मोघं पार्थ स जीवति॥16
   (ख) शुक्रनीति, चतुर्थ अध्याय, चतुर्थ प्रकरण, लोकधर्मनिरूपण, श्लोक 3
   वर्तयन्त्यन्यथा दंड्या या वर्णाश्रम जातयः।
   (ग) श्रीमद्भगवद गीता, अध्याय 1, श्लोक 43 एवं 44 – 'कुल धर्माश्च शाश्वताः' इत्यादि।
   (घ) शुक्रनीतिसार, चतुर्थ अध्याय, चतुर्थ प्रकरण, श्लोक 39 एवं 40
   स्वस्वजात्युक्तधर्मो यः पूर्वैः आचरितः सदा। तमाचरेच्च सा जातिः दंड्या स्यादन्यथानृपैः॥
   जातिवर्णाश्रमान् सर्वान् पृथक्चिन्हैः सुलक्षयेत्। यन्त्राणि धातुकाराणां संरक्षेद् वीक्ष्य सर्वदा॥
4. कौटिल्य अर्थशास्त्र, प्रथम अधिकरण, तृतीय अध्याय, श्लोक 16 एवं 17—

तस्मात् स्वधर्म भूतानां राजा न व्यभिचारयेत।
स्वधर्म संदधानो हि प्रेत्य चेह च नंदति॥
व्यवस्थित आर्यमर्याद: कृतवर्णाश्रमस्थिति:।
त्रय्या हि रक्षितो लोक: प्रसीदति, न सीदति॥

5. मनुस्मृति, अध्याय 11, श्लोक 54 से 58
6. छांदोग्य उपनिषद्, अध्याय 5, खंड 10, मंत्र 9
7. (क) देखें, पांडुरंग वामन काणे : धर्मशास्त्र का इतिहास, तृतीय भाग, चतुर्थ खंड, पृष्ठ 1030–32
   (2003 का संस्करण), उ.प्र. हिंदी संस्थान, लखनऊ
   (ख) मनुस्मृति, अध्याय 11, श्लोक 59 से 66
8. विष्णु पुराण, द्वितीय अंश, अध्याय 6
9. विष्णु पुराण, द्वितीय अंश, अध्याय 12
10. मनुस्मृति, अध्याय 11, श्लोक 59
11. मनुस्मृति, अध्याय 11, श्लोक 58
12. (क) जीमूत वाहन–दाय भाग, अध्याय 1 से 5, ऑक्सफोर्ड यूनिवर्सिटी, न्यूयॉर्क 2002
   (ख) याज्ञवल्क्य स्मृति, मिताक्षरा टीका, व्यवहाराध्याय:, दायविभाग प्रकरणं, चौखंबा संस्कृत प्रतिष्ठान, दिल्ली, 2017 संस्करण
13. याज्ञवल्क्य स्मृति, पूर्वोद्धृत, व्यवहाराध्याय, साधारण व्यवहार प्रकरणं, प्रथम श्लोक—
   व्यवहारान्नृप: पश्येद्, विद्वद्भि: ब्राह्मणै: सह।
   धर्मशास्त्रानुसारेण क्रोधलोभविवर्जित:॥
14. याज्ञवल्क्य स्मृति, पूर्वोद्धृत, व्यवहाराध्याय, साधारण व्यवहार प्रकरणं, 2 व 3 श्लोक—
   श्रुताध्ययन संपन्न धर्मज्ञा: सत्यवादिन:।
   राज्ञा सभासद: कार्या रिपौ मित्रे च ये समा:॥
   अपश्यता कार्यवशाद् व्यवहारान् नृपेण तु।
   सभ्यै: रूह नियोक्तव्यो ब्राह्मण: सर्वधर्मवित्॥
15. (क) मनुस्मृति, अध्याय 3, श्लोक 20 एवं 21
   चतुर्णामपि वर्णानां प्रेत्य चेह हिताहितम्।
   अष्टाविमान् समासेन स्त्रीविवाहान् निबोधत्॥
   ब्राह्मो दैवरतथैवार्ष: प्राजापत्यरतथाऽसुर:।
   गांधर्वो राक्षसश्चैव पैशाचश्चाष्टमोऽधम:॥
   (ख) साथ ही देखें, याज्ञवल्क्य स्मृति, आचाराध्याय: विवाह प्रकरणं।
16. (क) मनुस्मृति, अध्याय 3, श्लोक 23 एवं 24
   षडानुपूर्व्या विप्रस्य क्षत्रस्य चतुरोऽवरान्।
   विट् शूद्रयोस्तु तानेव विद्याद् धर्म्यानराक्षसान्॥
   चतुरो ब्राह्मणस्याद्या: प्रशस्तान्कवयो विदु:।
   राक्षसं क्षत्रियस्यैकं आसुरं वैश्यशूद्रयो:॥
   (ख) याज्ञवल्क्य स्मृति, आचाराध्याय, विवाह प्रकरणं, श्लोक 57 एवं 58

17. इस विषय पर विविध धर्मशास्त्रों के विवेचनों के सार के लिए देखें, पांडुरंग वामन काणे : धर्मशास्त्र का इतिहास, तृतीय खंड (द्वितीय भाग), अध्याय 27, 28 एवं 29, विशेषत: पुत्रों के भेद हेतु पृष्ठ 878-893, उत्तर प्रदेश हिंदी संस्थान, लखनऊ, 1992 का संस्करण
18. याज्ञवल्क्य स्मृति, आचाराध्याय, विवाह प्रकरणं, श्लोक 70 एवं 72, विशेषत: 72वाँ श्लोक तथा व्यास स्मृति अध्याय 2, श्लोक 49-50 एवं मनुस्मृति, अध्याय 11, श्लोक 176, 177
19. मनुस्मृति, अध्याय 2, श्लोक 118
20. देखें, जीमूत वाहन कृत दाय भाग, पूर्वोद्धृत
21. विशेषत: काणे : धर्मशास्त्र का इतिहास, तृतीय खंड (द्वितीय भाग), अध्याय 27 (पूर्वोद्धृत)
22. मनुस्मृति, अध्याय 9, श्लोक 194
23. मनुस्मृति, अध्याय 9, श्लोक 192-193, गौतम स्मृति, अध्याय 28, श्लोक 22, पाराशर माधवीय, अध्याय 3, श्लोक 552
24. विशेषत: देखें, काणे (पूर्वोद्धृत), धर्मशास्त्र का इतिहास, तृतीय खंड, द्वितीय भाग, अध्याय 27, 28 एवं 29

□

4

समाज और राज्य के कर्तव्यों एवं अधिकारों के आधार और स्वरूप

धर्मशास्त्रों में समाज और राज्य के कर्तव्यों और अधिकारों का आधार एवं स्वरूप भलीभाँति स्पष्ट किया गया है। विष्णुपुराण में कहा गया है कि यह पृथ्वी सबको जन्म देने वाली, बनाने वाली तथा धारण और पोषण करने वाली है—

सैषा धात्री विधात्री च धारिणी पोषणी तथा।[1]
सर्वस्य तु ततः पृथ्वी विष्णुपादतलोद्भवा॥

(विष्णुपुराण, प्रथम अंश, अध्याय 13, श्लोक 92)

इसीलिए यह पृथ्वी सबकी है। यह केवल राजा की या राज्य की नहीं है। राजा जो है, वह इसलिए राजा कहा जाता है कि वह प्रजा का रंजन करता है, राजा प्रकृति रंजनात्। विष्णु पुराण में इसके लिए कहा गया है 'राजाभूज्जनरन्जनात्'। अतः जनता को प्रसन्न रखना राजा का कर्तव्य है और प्रजा को आनंदित रखने वाला शासक ही 'राजा' कहे जाने का अधिकारी है।

इसीलिए विष्णु पुराण में कहा गया है कि ब्रह्माजी ने नक्षत्रों, ग्रहों, वनस्पतियों और ब्राह्मणों का राजा चंद्रमा को बनाया और कुबेरजी को राजाओं का राजा बनाया। वरुण को जलों का राजा बनाया। दक्ष को प्रजापतियों का राजा बनाया और गरुड़ को पक्षियों का, इंद्र को देवताओं का, ऐरावत हाथी को हाथियों का तथा उच्चैःश्रवा को घोड़ों का राजा बनाया। हिमालय को स्थावरों का राजा बनाया, सिंह को वन्य पशुओं का राजा बनाया और शेषनाग को सर्पों का राजा बनाया। इसके बाद सभी दिशाओं में दिक्पालों को राजा बनाया, जो सभी दिशाओं में धर्म को व्यवस्थित रखते हैं। इस प्रकार राजा का काम है धर्म को व्यवस्थित रखना। राजा धर्म के अधीन है और धर्म ही उसका शासक है। वस्तुतः इस पृथ्वी और पृथ्वी के किसी भी भाग का शासन भगवान् विष्णु ही करते हैं। और किसी में पृथ्वी का पालन करने की शक्ति है ही नहीं। अतः राजा वस्तुतः राष्ट्र

के या पृथ्वी के पालक नहीं हैं, अपितु प्रजा का आनंदवर्धन करने का कर्तव्य पूरा करते रहने पर ही वे राजा कहे जाने के अधिकारी हैं।

संपूर्ण समाज भगवान् का ही अंश है। इस प्रकार समाज का स्वामी भी परमेश्वर ही है तथा राज्य के स्वामी भी वे ही हैं। समाज और राज्य दोनों का इस दृष्टि से अधिकार का आधार एक ही है और कर्तव्य का आधार भी एक ही है। सर्वव्यापी परमेश्वर ही सबके आधार हैं और उनके बनाए नियमों के अनुसार स्वधर्म का पालन करना सबका समान रूप से कर्तव्य है। धर्म के व्यापक अनुशासन में अलग-अलग वर्णों, अलग-अलग आश्रमों और जीविका तथा कार्यक्षेत्र की पृथकता के आधार पर अलग-अलग स्वधर्म निश्चित होते हैं। स्वधर्म पालन ही कर्तव्य है।

समाज के अधिकार

सर्वप्रथम तो इस विषय में यह भलीभाँति स्मरण रखना चाहिए कि धर्मशास्त्र धर्मशास्त्र हैं, तर्कशास्त्र नहीं। तर्कशास्त्र धर्मशास्त्रों को समझने में सहायक एक शास्त्र है। जैसा प्रारंभ में कहा है, धर्म के उपादान हैं वेद, वेदज्ञों की परंपरा और व्यवहार, सत् पुरुषों का आचरण तथा आत्मतुष्टि। मनु महाराज के शब्दों में—

वेदोऽखिलो धर्ममूलं स्मृतिशीले च तद्विदाम्।
आचारश्चैव साधूनामात्मनस्तुष्टिरेव च॥[2]

(मनुस्मृति, अध्याय 2, श्लोक 6)

अतः वेद धर्म का मूल आधार होने से उस विषय में वेदों के अनुशीलन के लिए आवश्यक तर्कशास्त्र ही उपादेय है। यह मानकर कि सामने कोरी स्लेट है और तर्क के द्वारा समझ-समझकर या निष्कर्ष निकालकर कुछ लिखते जाना है, इस दृष्टि से धर्म के विषय में तर्कशास्त्र की कोई स्थिति नहीं है और भूमिका भी नहीं है। वेद अनादि हैं, नित्य हैं और काल से अनवच्छिन्न हैं। मंत्र नित्य एवं अमर हैं, परंतु पद-पाठ पौरुषेय है। वह ऋषि शाकल्य द्वारा लिखित या निर्देशित है। स्वयं आदि शंकराचार्य (वर्तमान युग के पूर्व 509 से 477) के शिष्य विश्वरूप सुरेश्वराचार्य ने याज्ञवल्क्य स्मृति की अपनी टीका में भी कहा है कि वैदिक पद और क्रम के संगठन में मानवीय प्रयास है। अतः तर्कशास्त्र की उपयोगिता वेदों के सम्यक् अर्थ को समझने के लिए है।[3]

यही कारण है कि प्राचीनतम काल से भारत के ऋषियों और मनीषियों ने सर्वव्यापी सत्ता 'ब्रह्म' के अस्तित्व पर तर्क-वितर्क की कल्पना तक नहीं की, क्योंकि वह दुस्साहस मात्र है। जबकि विगत 150-200 वर्षों में पहली बार भलीभाँति विकसित यूरोपीय तर्कशास्त्र ईश्वर के अस्तित्व पर बहस से भरा पड़ा है। सैकड़ों वर्षों तक यूरोपीय दार्शनिकों ने ईश्वर के अस्तित्व के संबंध में बहुत से तर्क उपस्थित किए। इसका एक

रोचक रूप यह है कि 'सत्ता मीमांसात्मक' तर्क के रूप में यूरोपीय दार्शनिकों ने तर्क दिया कि गॉड के विषय में भावना और धारणा का होना ही गॉड के अस्तित्व को आवश्यक बना देता है (एफ.डब्ल्यू. वेस्टवे ने अपनी पुस्तक 'ऑब्सेशन्स एंड कन्विक्शंस ऑफ दि ह्यूमन इंटेलेक्ट' में पृष्ठ 378–80 में यह तर्क दिया है।)[4] परंतु साथ ही वेस्टवे ने यह भी कहा है कि वस्तुत: 'गॉड' के अस्तित्व के विषय में कोई तार्किक प्रमाण नहीं है।[5] तब भी सृष्टि के उद्देश्य का तर्क इस विषय में संभावना को जन्म देता है और यह दिखता है कि यह विश्व कोई आगंतुक घटना नहीं है। जबकि 'प्रेग्मैटिज्म' के लेखक विलियम जेम्स ने आंतरिक अनुभूति को ही ईश्वर के अस्तित्व के विषय में साक्ष्य माना है।[6]

परंतु भारतीय ऋषियों और मनीषियों के लिए ब्रह्म की सत्ता तर्क के द्वारा जानने का विषय है ही नहीं। क्योंकि तर्क भी इस परम सत्ता से ही प्रतिष्ठित है। वह स्वयं में प्रतिष्ठित नहीं है। अत: स्वयं प्रतिष्ठित ब्रह्मसत्ता के विषय में वह सामर्थ्यहीन है।

सभी उपनिषदों ने परमब्रह्म को समस्त जीवों और समस्त तत्त्वों का सर्जक, पोषक और संहारक कहा है। तैत्तिरीयोपनिषद् में भृगुवल्ली का प्रथम अनुवाक है—

यतो वा इमानि भूतानि जायन्ते येन जातानि जीवन्ति। यत्प्रयन्त्यभिसंविशन्ति।
तद्विजिज्ञासस्व। तद् ब्रह्मेति। स तपोऽतप्यत। स तपस्तप्त्वा।[7]

अर्थात् उसे जानने की इच्छा करनी चाहिए, जिससे कि समस्त प्राणी और तत्त्व उत्पन्न हुए हैं और जिससे वे सब जीवित हैं तथा अंत में जिसमें वे पुन: लौट जाते हैं। वह ब्रह्म है। तप से ही ब्रह्म को जाना जा सकता है। पिता से यह सुनकर भृगु तप करने लगे।

इस प्रकार परमसत्य को जानने के लिए तप ही एकमात्र उपाय है। ब्रह्म ही परमसत्य है। इस संपूर्ण ब्रह्मांड का जन्म, सर्जन, पोषण और विलयन ब्रह्म से ही होता है, ब्रह्म में ही होता है। छांदोग्य उपनिषद् का भी यही कथन है—

सर्वं खल्विदं ब्रह्म तज्जलानिति शांत उपासीत।[8]

(छांदोग्य उपनिषद्, अध्याय 3, चतुर्दश खंड, प्रथम मंत्र)

इसीलिए वेदांत सूत्र का कथन है कि ब्रह्म के सत्यज्ञान के लिए शास्त्र ही योनि है अर्थात् वही उपकरण है। ब्रह्मांड के स्रष्टा, पालक और संहारकर्ता के रूप में ही ब्रह्म हैं, वे सर्वज्ञ और सर्वशक्तिमान हैं तथा शास्त्र के द्वारा उनका स्वरूप समझा जाता है।

इस प्रकार समाज का आधार ब्रह्म और शास्त्र हैं। इसलिए समाज के अधिकार का स्रोत भी शास्त्र हैं। कोई आधुनिक राज्य या लॉ बुक समाज के अधिकार का स्रोत नहीं है। इस दृष्टि से आधुनिक संविधान समाज के अधिकार का स्रोत नहीं है। अपितु वह समाज के अधिकार की पुष्टि करता है तथा उसकी रक्षा, सुरक्षा और संरक्षण का कर्तव्य निभाता है। इसीलिए शास्त्रों का यह कथन है कि यज्ञ और तप के बिना कुछ भी उपलब्ध नहीं

किया जा सकता। शुक्ल यजुर्वेदीय शतपथ ब्राह्मण माध्यांदिनी शाखा के पंचम कांड के दूसरे अध्याय में चतुर्थ ब्राह्मण का सातवाँ मंत्र स्पष्ट करता है कि यज्ञ से ही देवताओं ने विजय प्राप्त की। वस्तुतः संपूर्ण चतुर्थ ब्राह्मण यही निर्वचन करता है। इस यज्ञ से प्राणवायु पुष्ट होती है और राक्षसत्व को नष्ट करने का बल आता है।

ऋग्वेद में मंत्र है—

हिरण्यगर्भः समर्वताग्रे भूतस्य जातः पतिरेक आसीत्।[9]

(ऋग्वेद 10/121/1)

यही बात तैत्तिरीय संहिता में कही गई है—

हिरण्यगर्भः समवर्तताग्रे इत्याधारमाधारयति प्रजापतिर्वे हिरण्यगर्भः प्रजापतेरनुरुपत्वात्।[10]

ऋग्वेद का यह भी कथन है कि सर्वोच्च पूज्य देव वे ही हैं, जो आत्मसत्ता देते हैं, जीवन देते हैं, बल देते हैं और जिनकी आज्ञा का पालन संपूर्ण विश्व और समस्त देव करते हैं। अमरता और मृत्यु दोनों उनकी ही छाया हैं। वे कौन से देव हैं? हमें उनकी ही उपासना करनी है। हम उनकी ही उपासना करते हैं—

य आत्मवा बलदा यस्य विश्व उपासते प्रशिषं यस्य देवाः।
यस्य छायाऽमृतं यस्य मृत्युः, कस्मै देवाय हविषा विधेम॥[11]

(ऋग्वेद 10/121/2)

इस प्रकार मूल तत्त्व, जिसे यूरोपीय दर्शन परंपरा में 'फर्स्ट प्रिंसिपल' कहा जाता है, किसी भी संज्ञा से परे है, क्योंकि सभी संज्ञाएँ उससे ही निःसृत हैं। अर्थात् समस्त संज्ञाओं का स्रोत वह मूल तत्त्व ही है और इस प्रकार समाज या लोक या जन नामक संज्ञा तथा उसके समस्त अधिकारों का स्रोत भी वही है। राज्य आदि समाज के अधिकारों का स्रोत नहीं है। अंततः तो शास्त्र भी समाज के अधिकारों का स्रोत स्वतः नहीं है, अपितु परमसत्ता का निर्वचन करने के कारण ही वे स्रोत हैं।

शतपथ ब्राह्मण के 11वें कांड के दूसरे अध्याय का तीसरा ब्राह्मण कहता है—

'ब्रह्म वा इदमग्र आसीत्'।[12]

प्रारंभ में सर्वप्रथम ब्रह्म ही थे, ब्रह्म ही हैं, ब्रह्म से ही सब दैव हैं। ब्रह्म ने ही नाम और रूप की रचना की। नाम और रूप के द्वारा ही इस संसार में ब्रह्म को पहचाना जाता है। संसार वहीं तक है, जहाँ तक नाम-रूप है। नाम और रूप ब्रह्म की बड़ी शक्तियाँ हैं। जो ब्रह्म के इन दो महत् आविर्भावों को जानता है, वह स्वयं महती शक्ति वाला हो जाता है। मन ही रूप है और वाक् ही नाम है। वाक् से ही नाम ग्रहण करते हैं और मन से ही रूप को पहचानते हैं।

इस प्रकार सृष्टि और मूलतत्त्व की दार्शनिक विवेचना उपनिषदों में हुई है। नामों और रूपों में विकसित यह विश्व ब्रह्म का ही वैभव है। निर्गुण, निराकार, निरुपाधिक ब्रह्म

नाम रूप सहित व्यक्त होकर पूजित होता है। इस प्रकार निर्गुण, निराकार, निरुपाधिक ब्रह्म पारमार्थिक सत्ता है। सगुण नामरूपात्मक ब्रह्म व्यावहारिक सत्ता है और नाम रूप स्वयं में प्रातिभासिक सत्ता है। परमार्थ की दृष्टि से यह अवास्तव है। इसीलिए उसकी उपमा स्वप्न आदि से देकर उसे संकेतित किया गया है।

प्रातिभासिक सत्ता के स्तर पर सामान्यत: मनुष्य एवं सभी जीव जीते हैं। व्यावहारिक सत्ता के बोध के साथ धर्मपूर्वक धर्म, अर्थ, काम, पुरुषार्थ संपन्न होते हैं। पारमार्थिक सत्ता के ज्ञान की साधना मोक्ष पुरुषार्थ है।

महाभारत, धर्मशास्त्र अर्थात् सभी समृतियाँ और सभी पुराण सृष्टि संबंधी विवरण देते हैं।[13] पुराणों में विश्व के विवरण से संबंधित हजारों श्लोक हैं, जो सब महत्त्वपूर्ण हैं। पुराणों में ही सर्ग, प्रतिसर्ग, वंश अर्थात् राजवंश, मन्वंतर और वंशानुचरित दिए हुए हैं। पुराणों में जगत् का विवरण विशद रूप से दिया गया है। धर्मशास्त्रों में द्वीपों, वर्षों, पर्वतों, नदियों, समुद्रों आदि का विस्तार पुराणों के अनुरूप ही है। अशोक के शिलालेख में भी जंबूद्वीप का उल्लेख हुआ है। सभी विवरणों का सार यह है कि समाज दैवकृत है और इसलिए समाज के अधिकारों का स्रोत स्वयं दैव है और इस प्रकार प्रत्येक समाज को नैसर्गिक अधिकार दैवी व्यवस्था से प्राप्त हैं।[14]

तदनुसार समाज के कर्तव्य भी दैवी व्यवस्था से उद्भूत हैं। इसीलिए सार्वभौम नियमों, सत्य, अहिंसा, अस्तेय, संयम और मर्यादित जीवन मनुष्य मात्र का कर्तव्य है। वह केवल भारत के लोगों या हिंदू लोगों का कर्तव्य नहीं है, अपितु मनुष्य मात्र का है। इसके साथ ही समाज की व्यवस्था में अपनी अवस्थिति के अनुरूप करणीय कर्म या कर्तव्य का निर्धारण होता है। यह मर्यादा निर्धारित रखना राज्य एवं अन्य सामाजिक व्यवस्थाओं का सर्वोपरि कर्तव्य है।

समाज की विविध संस्थाएँ

समाज के अधिकार का स्रोत ब्रह्मांडीय सत्ता है अर्थात् परमब्रह्म ही मूल स्रोत है, परंतु स्वयं अपनी संरचना में समाज वैविध्यमय है और विराट् है। अत: स्वाभाविक ही उसकी अनेक संस्थाएँ हैं। इस दृष्टि से समाज के स्तरविन्यास का पक्ष निर्णायक महत्त्व का हो उठता है। आधुनिक संदर्भ में इसे समझने के लिए आधुनिक यूरोपीय समाजों में विद्यमान स्तर विन्यास को देखना उपादेय होगा।

आधुनिक पश्चिम यूरोपीय समाजों में सामाजिक स्तर विन्यास का आधारभूत वर्गीकरण तीन सामाजिक वर्गों के रूप में है—उच्च वर्ग, मध्य वर्ग और निम्न वर्ग। इसके बाद इनमें से प्रत्येक वर्ग में ऊपरी स्तर, मध्यवर्ती स्तर और निम्न स्तर ये तीन विभाजन हैं और इस प्रकार यूरोपीय समाज नौ स्तरों में विभक्त है, परंतु प्रत्येक स्तर कुटुंब, ट्राइब,

रिश्तेदारियों और जातियों के आधार पर गतिशील रहता है। इसके साथ ही आजीविका की वृत्तियों और कौशल के रूप तथा समाज व्यवस्था और शासन व्यवस्था में प्रत्येक समूह की अवस्थिति स्तर विन्यास को रूपायित करती है।

यूरोपीय समाजों में क्योंकि कोई प्राचीन स्मृति सुरक्षित नहीं है, 10 हजार वर्षों पूर्व शांत हुए हिमयुग के बाद क्रमशः वहाँ शिकारी, वनवासी और लुटेरे समूहों के रूप में विविध स्तर निर्मित हुए। इसीलिए वे सामाजिक स्तर विन्यास को खेती के विकास के साथ जोड़ते हैं और इसीलिए उनके यहाँ सामाजिक स्तर विन्यास की स्थिति लगभग वर्तमान युग से पूर्व 500 वर्ष से ही आई। वह भी मुख्य यूरोपीय भूमि के लोगों की इस विषय में कोई स्मृति नहीं है और वे किसी प्रकार रोम और यवन प्रांत (ग्रीस) को अपने से जोड़ते हैं।[14.1]

जहाँ तक ग्रीस की बात है, वस्तुतः यह यवन प्रांत प्राचीनकाल में भारत का अंग था। इतिहास में यूरोप से ग्रीस का रिश्ता अधिकांश समय तक नहीं रहा है। 15वीं शताब्दी से 19वीं शताब्दी के मध्य तक ग्रीस क्षेत्र उस्मान तुर्क के अधीन था। ईसाइयों ने तुर्कों से जब युद्ध छेड़ा, तब उन्होंने ग्रीस में भी अपनी मिशनरियों के द्वारा ख्रीस्त पंथ को बढ़ाया और उन लोगों को उस्मान राज्य के विरुद्ध तथा ईसाइयत के लिए लड़ने की प्रेरणा दी और धन साधन की सुविधा और सहायता भी दी।

ग्रीस के ईसाइयों ने तुर्क शासक के विरुद्ध स्वाधीनता संग्राम का नारा दिया और 1830 में ग्रीस को एक आधुनिक ईसाई राष्ट्र राज्य बनाने में निर्णायक सफलता प्राप्त की। इस प्रकार प्राचीन भवन सभ्यता की स्मृति तक मिटा दी गई और वे अपने को ईसाई ही मानने लगे। यद्यपि ग्रीस के लोग अभी भी स्वयं को 'ऐल' ही कहते हैं। अंग्रेजी में उसे ही 'एलनिक' या 'हेलेनिक' कह दिया जाता है। यह 'इला' के वंशजों के लिए संबोधन है। जब यवन प्रांत भारतवर्ष का अंग था, तब सोमवंशी राजाओं की एक शाखा 'ऐल' वंश वहाँ शासन करता था। महाभारत के भीष्म पर्व के अंतर्गत यवन प्रांत को भारत का एक जनपद कहा गया है और यवन सेनाएँ महाभारत में कौरव पक्ष से कृपाचार्य के नियंत्रण में लड़ रही थीं। ग्रीस वस्तुतः पहली बार 19वीं शताब्दी में एक ईसाई राज्य बना। इस प्रकार इंग्लैंड, फ्रांस और जर्मनी आदि से इसका संबंध दूरागत ही है। मुस्लिम शासन से पूर्व का ग्रीस का कोई व्यवस्थित इतिहास नहीं मिलता और कतिपय अनुमानों से ही काम चलाया जाता है। ग्रीस को यूरोप का अंग 19वीं शती में ही पहली बार कहा गया।

रोम भी पहली शताब्दी से ही एक व्यवस्थित राज्य हुआ। उस समय सम्राट् विक्रमादित्य का यह करद राज्य था। जब ईसाइयों ने यहाँ अपना प्रभाव फैलाया, तो वे रोम को संपूर्ण विश्व का केंद्र बताने लगे। 8वीं शताब्दी के अंत में पोप ने यहाँ अपना केंद्र बनाया। 1000 वर्षों तक अर्थात् 1870 तक पोप का ही राज्य रहा। रेनेसा के बाद धीरे-

धीरे रोम पुरानी कला-परंपरा और वास्तु-परंपरा का स्मरण करते हुए तालमेल बनाने लगा। 1946 में यह पहली बार इतालवी गणतंत्र घोषित हुआ। इस प्रकार रोम का भी कोई प्राचीन इतिहास सुरक्षित नहीं है और यूरोपीय समाजशास्त्रियों ने इसे बहुत थोड़ी उपलब्ध सामग्री के आधार पर अपने अनुमान के अनुरूप स्तर विन्यासों में प्रदर्शित किया है तथा विवेचना की है। यही कारण है कि प्राचीन समाजों को यूरोपीय लोग शिकारी या घुमंतू या लुटेरे समुदाय के रूप में ही देख पाते हैं।

स्ट्रेटम शब्द लैटिन का है, जिसका अर्थ होता है लोगों के उच्चावचक्रम के स्तर का निर्धारण। यह स्तर विन्यास क्षैतिज संस्तर का होता है। इसमें उच्च और नीच की धारणा मानसिक या बौद्धिक ही होती है। रहते तो सब एक ही धरातल पर हैं, परंतु आर्थिक, सामाजिक या धार्मिक आधार पर अथवा राजनीतिक आधार पर उनमें ऊँच-नीच के कई संस्तर होते हैं।

कुल 150 वर्ष में विकसित हुआ है यूरोपीय समाजशास्त्र

कतिपय आधुनिक समाजशास्त्रियों का मानना है कि केवल विकसित समाज में ही स्तर विन्यास होता है, क्योंकि ऊँच-नीच का एक निर्धारित क्रम ही सामाजिक व्यवस्था को नियंत्रित रखते हुए गतिशील रहता है। इसके स्थान पर मार्क्सवाद आदि टकराव के समाजशास्त्रीय सिद्धांत यह मानते हैं कि ऊँच-नीच के स्तर वाला समाज सामाजिक गतिशीलता को रोकता है। उनके अनुसार धनी लोग राजनीतिक सत्ता पर नियंत्रण रखते हैं और श्रमिक वर्ग का शोषण करते हैं। जबकि कुछ आधुनिक समाजशास्त्रियों का मानना है कि सार्वभौम मूल्यों के आधार पर ही सामाजिक व्यवस्था बनी रह सकती है और गतिशील रह सकती है। ये सार्वभौम मूल्य सर्वानुमति से निर्धारित हों, यह आवश्यक नहीं है, अपितु ये सामाजिक संघर्ष को प्रेरणा दे सकते हैं।

राल्फ गुस्ताव डेरेनडार्फ नामक समाजशास्त्री का मत है कि आधुनिक समाजशास्त्र में तकनीकी अर्थव्यवस्था बढ़ी है, एक शिक्षित 'वर्कफोर्स' बढ़ी है तथा मध्यवर्ग का दायरा बहुत बढ़ा है।[15] स्पष्ट रूप से ये सब लगभग 150 वर्ष पूर्व यूरोपीय लोगों की कल्पना में उभरी अवधारणाएँ हैं और इन पर विगत 100 वर्षों में अधिक काम हुआ है। ये कोई विश्वभर में मान्य अवधारणाएँ नहीं हैं, जबकि विश्व के समाज अत्यंत प्राचीनकाल से अपनी-अपनी सामाजिक व्यवस्था बनाकर कार्य करते रहे हैं।

जाति पर अध्ययन की होड़

समाजशास्त्र में सामाजिक संरचना के अध्ययन के लिए यूरोपीय इतिहास में पर्याप्त सामग्री सुलभ नहीं होने के कारण अधिकांश यूरोपीय और अमेरिकी समाज वैज्ञानिकों

में भारत की जाति व्यवस्था पर बारीक-से-बारीक अध्ययन करने की होड़ विगत सौ वर्षों से अधिक से चल रही है। स्पष्ट है कि ये अध्ययन हिंदू समाज के लिए एलियन या अजनबी हैं और उनमें व्यक्त विचार का भारत की अपनी ज्ञान परंपरा तथा मूल्य परंपरा से कोई संबंध नहीं है। ये एक बाहरी और अजनबी व्यक्ति द्वारा लगाए गए अनुमान या अटकल मात्र हैं। इसीलिए प्रयासपूर्वक उन्हें राज्य के बल से भारत के शिक्षण संस्थानों में पढ़ाया जाता है और संचार तथा प्रचार माध्यमों के द्वारा प्रचारित किया जाता रहता है, परंतु अधिकांश हिंदुओं के लिए ये सारी बातें अभी भी अजनबी-सी हैं।

सामाजिक स्तर विन्यास के विषय में चार बातें लगभग सर्वमान्य हैं। पहला तो यह कि सामाजिक स्तरों का निर्धारण कोई व्यक्ति नहीं करता, वह समाज के द्वारा ही होता है। दूसरा यह कि पीढ़ी-दर-पीढ़ी इन स्तरों की मान्यता चलती रहती है। तीसरा यह कि संसार के हर समाज में सामाजिक स्तर विन्यास है, परंतु सब जगह उसके चर (वेरिएबिल्स) अलग-अलग हैं और वे देश और काल के भेद से भिन्न-भिन्न होते रहते हैं। चौथा यह कि यह स्तर विन्यास केवल संख्यात्मक नहीं होता, अपितु गुणवृत्तियों और सामाजिक प्रवृत्तियों तथा मान्यताओं के आधार पर ही निर्धारित होता है।

साधनों के वितरण में अत्यंत विषमता आधुनिक समाज का अनिवार्य लक्षण है

किसी भी आधुनिक समाज में भोग के साधन समान रूप से वितरित नहीं होते। वितरण की असमानता प्रत्येक आधुनिक समाज का अनिवार्य लक्षण है। विशेष अधिकार संपन्न लोग और परिवार समाज के औसत से कई गुना अधिक धन और सत्ता के स्वामी होते हैं। सामाजिक संबंधों का निर्धारण भी स्तर विन्यास के अनुसार होने से उस स्तर पर भी विषमता होती है। प्राय: सामाजिक संस्थाएँ कतिपय वस्तुओं को अधिक महत्त्वपूर्ण और मूल्यवान मान लेती हैं या प्रचारित करती हैं। समाज में इनका वितरण विषम ही होता है जैसे गृहिणी, किसान और चिकित्सक या अभियंता के पास साधनों की भिन्नता होती है। इसके साथ ही समाज और शासन के पद व्यक्ति की स्थिति को निर्धारित करते हैं और वे संसाधनों के विषमतापूर्ण वितरण का भी कारण बनते हैं।

कार्ल मार्क्स का समाजशास्त्र

मार्क्स का समाजशास्त्र संक्षेप में यह है कि उत्पादन की विधियाँ या उत्पादन के प्रकार के दो भेद हैं—आधार (या अधोसंरचना) और ऊपरी संरचना। अधोसंरचना के आधार पर ही उत्पादन के संबंध निर्धारित होते हैं और नियोक्ता तथा नियुक्त की कार्यसंबंधी दशाएँ और सामाजिक वर्ग भी इसी से निर्धारित होते हैं। उत्पादन के साधनों पर नियंत्रण के अनुसार सामाजिक वर्ग निर्धारित होता है। उत्पादन के साधनों के स्वामियों

का एक वर्ग है और वही शासक वर्ग है तथा उत्पादन के लिए कार्यरत श्रमिक दूसरा वर्ग है। श्रमिक अपना श्रम संसाधनों के स्वामी को बेचते हैं, परंतु वे यह श्रम कम दामों में बेचने को मजबूर होते हैं। इस संबंध के अनुसार ही समाज में तरह-तरह के विचार और मान्यताएँ फैलती हैं। शासक वर्ग संसाधनों के स्वामित्व के आधार पर मिथ्या चेतना फैलाता है और इसके लिए वह कला एवं संस्कृति का भी उपयोग करता है। पूँजीवादी पद्धति में कोई अभिजात वर्ग तो बचता नहीं, केवल पूँजी से संपन्न बुर्जुआ लोग उत्पादन के साधनों के स्वामी बन जाते हैं। इसीलिए आंतरिक संघर्षों के द्वारा यह पूँजीवादी ढाँचा टूटता है, जिसे क्रांतिकारी चेतना के द्वारा टूटने की गति को तेज किया जा सकता है और तब समतामूलक समाज की स्थापना हो सकती है। बीच में पेटी बुर्जुआ अर्थात् क्षुद्र बुर्जुआ और लंपट सर्वहारा (लुंपेन प्रोलितेरिएत) वर्ग उभरते हैं। छोटे-छोटे व्यापारी या खुदरा व्यापारी ही पेटी बुर्जुआ हैं। वे अधिक लाभ नहीं कमा पाते और इसलिए न तो असली बुर्जुआ वर्ग में शामिल हो पाते हैं और न ही उनके स्तर को कोई चुनौती दे पाते हैं। लुंपेन प्रोलितेरिएत या लंपट सर्वहारा की समाज में कोई खास हैसियत नहीं होती। भिखारी, बेरोजगार और बेघर लोग तथा समाज में अस्पृश्य बना दिए गए लोग लंपट सर्वहारा होते हैं।[16]

मार्क्सवादी वर्ग संघर्षवाद का समाजशास्त्रीय सिद्धांत यूरोप में अधिक मान्य नहीं हुआ, परंतु यूरोप से बाहर के समाजों में उसे फैलाने का काम स्वयं यूरोप के बौद्धिकों, राजनीतिशास्त्रियों और समाजशास्त्रियों ने किया है, जो उनके राजनीतिक एजेंडे का अंग है, किसी बौद्धिक जिज्ञासा या श्रद्धा का अंग नहीं है।

यूरोपीय समाजशास्त्रियों द्वारा वर्ग संघर्षवाद का खंडन

वर्गसंघर्षवाद का खंडन करने वाला एक अन्य समाजशास्त्रीय सिद्धांत यूरोप में संरचनात्मक व्यवहारवाद है। किंग्सले डेविस और विल्बर्ट मुरे का कहना है कि सामाजिक विषमता तो वस्तुतः सामाजिक गतिशीलता का सहज अंग है और वह समाज को गतिशील रखने में बाधा नहीं बनती, अपितु सहायक ही बनती है। इनका कहना है कि किसी पद या प्रतिष्ठा के कारण अधिक आमदनी होती हो, ऐसा नहीं है। उसके स्थान पर अधिक आमदनी का कारण है संबंधित पद पर संबंधित व्यक्ति का उपयोगी होना और उसके कार्य का महत्त्वपूर्ण होना। उन्होंने निष्कर्ष निकाला है कि आधुनिक यूरोप और अमरीका में अधिक वेतन या अधिक आय वाले सभी काम वस्तुतः शिक्षा का उच्च स्तर माँगते हैं और उन दायित्वों को निभाना जटिल होता है, इसलिए उनको अधिक वेतन दिया जाता है। इससे उन्हें ऐसे जटिल या अधिक कुशलता की माँग करने वाले काम और उत्साह से तथा अधिक कौशल के साथ करने के लिए प्रोत्साहन मिलता है।

मैक्स वेबर नामक समाजशास्त्री मार्क्स के विचारों से प्रभावित तो थे, परंतु उन्होंने कम्युनिज्म की संभावना को सिरे से खारिज कर दिया और कहा कि मार्क्स जिस कम्युनिस्ट सोसायटी की बात करते हैं, वह कथित पूँजीवादी समाज से कहीं अधिक प्रशासनतंत्र पर निर्भर होगा और उससे कहीं अधिक नियंत्रण समाज पर रखेगा, जो समाज के लिए घातक सिद्ध होगा। बाद की घटनाओं ने इसे सत्य सिद्ध कर दिया।[17]

इसके साथ ही सर्वहारा की क्रांति के विचार के द्वंद्वात्मक आधार को भी उन्होंने अस्वीकार कर दिया और कहा कि ऐसी द्वंद्वात्मकता कहीं नहीं है और नजर भी नहीं आती। वेबर ने सामाजिक स्तर विन्यास के तीन कारक माने। उनका कहना था कि समाज में उससे कहीं अधिक वर्ग विभाजन है जितना मार्क्सवादी या संरचनावादी लोग कहते हैं। प्रत्येक वर्ग की स्थिति, हैसियत और शक्ति अलग-अलग है और सामाजिक कार्यों पर प्रत्येक का अलग-अलग प्रभाव पड़ता है। वेबर ने समाज में चार वर्ग निरूपित किए—उच्च वर्ग, सफेदपोश वर्ग, पेटी बुर्जुआ और मजदूर वर्ग। जर्मनी के समाज की संरचना को आधार बनाकर उन्होंने अपने सिद्धांत प्रस्तुत किए और कहा कि पूँजी का स्वामित्व ही सामाजिक स्तर निर्धारण का आधार नहीं है, क्योंकि जर्मनी के अनेक अभिजनों के पास अधिक धन नहीं था, परंतु राजनीतिक शक्ति अधिक थी। इसके स्थान पर यहूदियों के पास बहुत अधिक धन था, परंतु यहूदी नस्ल के होने के कारण उनको ईसाइयों के बीच प्रतिष्ठा और शक्ति नहीं मिली।

वेबर ने सामाजिक स्तर विन्यास और उच्चावच क्रम के तीन कारक बताए—वर्ग, हैसियत या स्टेटस और शक्ति या सत्ता। उनका कहना था कि कोई व्यक्ति समाज में किस परिवार में जन्म लेता है और उसकी आर्थिक स्थिति अपने समाज में क्या है तथा जीवन में उसने कौन सी उपलब्धियाँ अर्जित की हैं, इससे उस व्यक्ति का वर्ग निर्धारित होता है। फिर उन्होंने कॉरपोरेट घरानों के कार्यकारी अधिकारियों के उदाहरण दिए, जो अपने फर्म के स्वामी नहीं होते, परंतु उन फर्मों पर उनका पूरा नियंत्रण होता है। उन्होंने कहा कि मार्क्स तो इन कॉरपोरेट अफसरों को सर्वहारा या प्रोलितेरिएत कह देते। यद्यपि वे आधुनिक यंत्र का और तकनीक का इस्तेमाल कर रहे हैं, परंतु उसके स्वामी नहीं हैं, अपितु उसके लिए अपना 'स्किल' बेच रहे हैं, परंतु वस्तुत: वे उच्च वर्ग में आते हैं।

इसी प्रकार वेबर का कहना है कि समाज में किसी व्यक्ति की हैसियत उसके पास मौजूद पूँजी भर से नहीं बनती, बल्कि व्यक्ति की अपनी एक हैसियत अन्य कारणों से भी होती है जैसे कि कवि या संत न तो पैसे वाले होते हैं और न ही किसी फर्म के मालिक, परंतु समाज में उनकी हैसियत बहुत ऊँची होती है और वे बहुत प्रभाव डाल सकते हैं।[18]

इसी प्रकार सत्ता के विषय में सामान्यत: यह माना जाता है कि साधन संपन्न होना ही सत्तावान होना है, परंतु वेबर का कहना है कि वस्तुत: सामाजिक परिवर्तन लाने की

अपनी सामर्थ्य के कारण व्यक्ति सत्ता संपन्न होता है और इसलिए भी कि वह प्रबल प्रतिरोध के बीच भी अपना मार्ग निकाल लेता है।

राइट मिल्स का समाजशास्त्र

राइट मिल्स ने मार्क्स का यह मत तो मान लिया कि समाज में एक संपन्न और शक्तिशाली वर्ग होता है, जो समाज पर प्रभावी रहता है, परंतु उस व्यक्ति का यह प्रभाव और आधिपत्य केवल उसकी पूँजी या आर्थिक संपन्नता पर निर्भर नहीं है, अपितु राजनीतिक और सैनिक क्षेत्र में उसके दखल पर भी निर्भर है।

मिल्स का कहना है कि शासक अभिजन एक विशेषाधिकार संपन्न वर्ग है और वे समाज में अपनी ऊँची हैसियत जानते हैं तथा उसके लिए वे अपने ही अभिजन वर्ग में विवाह करते हैं तथा अन्य रिश्ते बनाते हैं और परस्पर मिलकर ही कार्य करते हैं। शिक्षा के क्षेत्र में भी वे अपना एक अलग वर्ग बना लेते हैं और स्कूली शिक्षा से लेकर विश्वविद्यालय स्तर तक की शिक्षा में वे एक उच्च वर्ग के संस्थानों से ही जुड़ते हैं। मिल्स ने इस विषय में हार्वर्ड, येल तथा प्रिंसटन यूनिवर्सिटी के उदाहरण दिए हैं। साथ ही, इन विश्वविद्यालयों के उच्चस्तरीय कार्यकारी अधिकारियों के क्लबों के भी उदाहरण दिए हैं। ये क्लब देश के सभी शहरों में होते हैं और समाज में उनका एक दबदबा तो होता ही है। साथ ही, वे व्यापार के महत्त्वपूर्ण संपर्कों के भी केंद्र होते हैं। मिल्स ने दिखाया कि अभिजनों के शिक्षण संस्थानों का विशेषकर ऐसा परिवेश होता है कि ऐसे संस्थानों के लोग ही राजनीतिक नेतृत्व, सैनिक अधिकारी और कॉरपोरेट घरानों के अभिजन बनते हैं।

परंतु यह तथ्य अपनी जगह है कि सामाजिक स्तर विन्यास का कोई एक सार्वभौम प्रतिमान नहीं है। इस प्रकार सामाजिक स्तर विन्यास या उच्चावच क्रम के निर्धारण में आर्थिक और सामाजिक अनेक कारक पाए गए हैं। आधुनिक युग में यूरोप में पहली बार ईसाइयत की जकड़न से स्त्रियाँ मुक्त हुईं और तब से स्त्री-पुरुष संबंधी विचार भी सामाजिक स्तर के निर्धारण के संबंध में दिया जाने लगा है।[19]

नस्लवाद एक काल्पनिक मान्यता है

जहाँ तक नस्ल की बात है, अभी तक नस्लों के बीच ऊँच-नीच का कोई निर्विवाद प्रमाण नहीं मिला है। तब भी यूरोप और अमेरिका के लोगों में नस्ल के आधार पर समाजों को ऊँचा या नीचा मानने की प्रवृत्ति या रैंक निर्धारण की प्रवृत्ति भरपूर है। किसी भी समाज में जब नस्ल के आधार पर किसी समूह को अल्पसंख्यक की श्रेणी में डाल दिया जाता है, तो प्रायः अल्पसंख्यकों के साथ भेदभाव देखा जाता है। यूरोप और अमेरिका में इस आधार पर दमन, उत्पीड़न, समाज से बहिष्कृत करना और जातिसंहार ही कर

देना इतिहास का तथ्य रहा है। यद्यपि आधुनिक समाज प्राय: नस्लवाद को खुलकर नहीं व्यक्त करते, फिर भी नस्लवाद का विचार यूरोप और अमेरिका में व्यापक है।

नस्ल की ही तरह अलग-अलग नृवंश या मानव समुदाय संबंधी मान्यता भी समाज में विषमता का कारण बनती है। यूरोप और अमेरिका में अलग-अलग घरानों या कुलसमूहों के प्रति भेदभाव की नीतियाँ लंबे समय से रही हैं।

वैश्वीकरण के इस दौर में समाजों में परस्पर घुलने-मिलने की प्रक्रिया बढ़ी है और एक-दूसरे के विचार और संस्कृति को जानने की जिज्ञासा भी तीव्र हुई है। इसके साथ ही परिवहन और संचार माध्यमों में तेजी से उन्नति हुई है और इससे विशेषकर इंटरनेट के आने से परस्पर संपर्क अधिक सघन हुआ है, परंतु वैश्विक स्तर पर भी सामाजिक स्तर विन्यास देखे जा सकते हैं। राष्ट्रों और राष्ट्र-राज्यों के बीच संपत्ति या समृद्धि और सैन्य तैयारी तथा हैसियत की दृष्टि से अनेक भेद विद्यमान हैं। इस प्रकार सामाजिक स्तर विन्यास एक विश्वव्यापी सच्चाई है और उच्चावच क्रम या ऊँच-नीच संबंधी व्यवस्थाएँ और मान्यताएँ विश्व भर में विद्यमान हैं तथा प्रभावी हैं।

हिंदू समाज का स्तर विन्यास

इस संदर्भ में भारतीय समाज के मुख्य भाग हिंदू समाज के स्तर विन्यास को देखना उचित है। हिंदू समाज एक परिपक्व और बहुस्तरीय विन्यास वाला समाज है। इसमें उच्चावच क्रम के अनेक स्तर और अनेक श्रेणियाँ हैं तथा वे एक-दूसरे पर प्रभाव डालती हैं। एक तो वर्ण विभाजन और आश्रम व्यवस्था के आधार पर उच्चावच क्रम है। दूसरे, समाज में किसी कुलसमूह अर्थात् जाति की स्थिति और हैसियत के आधार पर उच्चावच क्रम है। साथ ही, जाति के भीतर भी अलग-अलग कुलों की अलग-अलग हैसियत है। यह हैसियत समय के अनुसार बहुत बदली है।

धर्मशास्त्रों के अनुसार व्यक्ति पूर्वजन्म के संस्कारों के साथ जन्म लेता है और जीवात्मा स्वयं अपने लिए उपयुक्त माता-पिता चुनती है अर्थात् अपने लिए गर्भाशय का चयन जीव स्वयं करता है, परंतु यह चयन मनमाना या सर्वाधिकार संपन्न नहीं है। इस जन्म के कर्मों के संस्कार के आधार पर कर्माशय बनता है और तदनुसार अगले जन्म की योनि, वर्ण और कुल निर्धारित होते हैं। इस प्रकार माता-पिता वस्तुत: जीवात्मा के प्रकट होने का माध्यम मात्र हैं, परंतु यह चयन भी आगंतुक नहीं होता अर्थात् कोई भी जीवात्मा चाहे जिसको माता-पिता नहीं चुन सकती। सृष्टि के सार्वभौम नियमों के अनुसार वह अपने भोग और कर्मफल के अनुसार तथा संस्कारों के अनुसार ही यह चयन करती है। इस प्रकार व्यक्ति का जन्म किस कुल में हुआ है और किस वर्ण में हुआ है, इसका संबंध उसके पूर्व कर्मों से है। जब तक समाज में यह तथ्य व्यापक है, तब तक किसी भी कुल

या वर्ण के व्यक्ति को अपनी श्रेष्ठता अथवा हीनता का कोई आत्यंतिक भाव नहीं हो सकता, क्योंकि ऐसा भाव होने पर पतन निश्चित है, परंतु शिक्षा और संस्कारों का विलोप राज्य सत्ता के द्वारा योजनापूर्वक या अनजाने ही किया गया है और इससे सर्वसाधारण हिंदू को ये तथ्य स्मरण नहीं रहते। वह तो अपना वर्तमान ही देखता है। उस वर्तमान का उसके अतीत से क्या संबंध है, यह प्राय: स्मरण नहीं रख पाता। ऐसी स्थिति में कथित उच्चवर्ण में जन्म लेने पर दर्प और उससे कथित अवर वर्ण में जन्म लेनै पर द्वेष होना अवश्यंभावी है। यद्यपि ऐसा दर्प और द्वेष धर्मशास्त्रों के अनुसार पतन का कारण है, परंतु शिक्षा और संस्कारों के अभाव के कारण यह होता ही है।[20]

आधुनिक भारत में जाति या वर्ण के आधार पर सामान्यत: किसी विशेष अवसर को दिए जाने की बात नहीं कही गई है, परंतु व्यवहार में अनुसूचित जाति एवं जनजाति तथा अन्य पिछड़ा वर्ग को जाति के आधार पर ही विशेष अवसर देने का प्रावधान है। साथ ही, संविधान में केवल राज्य के संचालन की नियमावली और व्यवस्था दिए जाने की स्थिति का लाभ उठाते हुए राजनेताओं ने हिंदू समाज की अन्य सभी संस्थाओं को राज्य के द्वारा ही नियंत्रण के योग्य बनाने का विधिक प्रावधान कर लिया है, जबकि गैर-हिंदू समाजों को, भले ही उनकी संख्या करोड़ों में हो तथा अनेक देशों की कुल जनसंख्या से अधिक हो, फिर भी उन्हें अल्पसंख्यक घोषित कर उनके विशेष संरक्षण और पोषण का भी विधिक प्रबंध कर रखा है। इससे भारतीय समाज में हाइरार्की (उच्चावच क्रम) की एक नई व्यवस्था आ गई है, जिसमें हिंदू होना स्वयं में विधिक दृष्टि से एक निचले स्तर पर होना तथा गैर-हिंदू होना एक विशेष लाभार्थी स्तर पर होने का पर्याय हो गया है।

इसके साथ ही राज्य के अलग-अलग अंगों के उच्च अधिकारी एक विशेष अभिजन वर्ग का अंग हैं और उन्हें कॉरपोरेट घरानों के मुख्य लोगों तथा अन्य धनी व्यापारियों के परिवारों के साथ मिलकर सामाजिक स्तर विन्यास का सबसे उच्च स्तर प्राप्त है।

यूरोपीय और अमेरिकी समाजशास्त्रियों ने विशेष स्कूलों और विशेष क्लबों तथा कतिपय विशेष विश्वविद्यालयों के एक अभिजन वर्ग के होने की जो बात कही है, वह भारत में भी प्रभावी है। प्रमुख पब्लिक स्कूल, विशेष केंद्रीय विद्यालय, प्रमुख ईसाई मिशनरी स्कूल तथा अन्य विशेष शिक्षण संस्थान एक आंतरिक अभिजन वर्ग बनाते हैं। इसके साथ ही उन क्लबों की भी विशेष भूमिका है, जिनका उल्लेख मिल्स आदि समाजशास्त्रियों ने किया है। मुख्य बात यह है कि सामाजिक स्तर विन्यास के जो भी निकष और प्रतिमान हिंदू धर्मशास्त्रों में दिए गए हैं, उन्हें वर्तमान राजव्यवस्था में कोई विधिक मान्यता प्राप्त नहीं है। केवल हिंदू धर्म और धर्मशास्त्रों की निंदा के लिए ही कभी-कभी उनका वास्तविक संदर्भों से हटकर मनमाना उल्लेख किया जाता है। पुनर्जन्म का सत्य तो समकालीन सामाजिक और राजनीतिक व्यवहार में सर्वथा अनुपस्थित और

अमान्य है। यद्यपि अंत्येष्टि आदि क्रियाएँ तथा श्राद्ध आदि कर्म औपचारिक रूप में पूर्ववत् ही चल रहे हैं, परंतु उनके पीछे की मान्यताओं का कोई संस्कार या संज्ञान कम-से-कम नगरवासी हिंदुओं में पूरी तरह अनुपस्थित है।

जहाँ तक वर्णों की बात है, वर्ण व्यवस्था एक जीवंत अवयवों वाली व्यवस्था है और उसमें प्रत्येक अवयव की अपनी स्थिति है। ब्राह्मण वर्ण के समक्ष अति उच्च आदर्श रखे गए, जो विश्व में पूर्णतः अपवाद स्थिति है। ऐसा न तो ईसाई पादरियों के लिए कोई विधान है और न ही इमामों और मुल्लाओं आदि के लिए।

ब्राह्मणों को वेद एवं वेदांगों का अध्ययन करना, यज्ञ करना-कराना और दान लेना एवं देना, ये ही मुख्य कर्तव्य थे। विशेषकर वेद एवं शास्त्रों की शिक्षा देना, यज्ञ तथा अन्य धार्मिक कार्यों को संपन्न कराना और दान ग्रहण करना ही उनकी जीविका के मुख्य साधन थे। जनसंख्या बढ़ने पर स्वाभाविक ही जीवित रहने के लिए उन्हें कृषि कर्म तथा वाणिज्य-व्यापार आदि कर्म भी अपनाने पड़े। आधुनिक काल में ब्राह्मणों के लिए किसी विशेष कर्म की कोई बात नहीं है। पौरोहित्य कर्म के लिए भी गैर-ब्राह्मणों को बड़ी संख्या में शासन द्वारा चुना और प्रशिक्षित किया जा रहा है, परंतु समाज में उच्च स्तरीय जीवन के आदर्श की अपेक्षा ब्राह्मणों से पूर्ववत् ही की जाती है। यद्यपि उनका सामान्य पालन आज की परिस्थिति में न तो होता है, न ही संभव है, तथापि धार्मिक साहित्य को कंठाग्र करने का, स्मरण रखने और बारंबार स्मृति सजीव रखने तथा उनका पठन-पाठन या धार्मिक कार्यों में उनका प्रयोग करने का मुख्य दायित्व अभी भी ब्राह्मण ही निभा रहे हैं, परंतु दान मिलने की गति अत्यंत कम हो गई है तथा विशेषकर अनुसूचित जाति के लोगों को दान देने का प्रोत्साहन राजनीतिक लोगों द्वारा अधिक दिया जाता है। इसके साथ ही शासन के द्वारा समस्त प्रजा के टैक्स से संचित भारत के राजकोष का बड़ा अंश अनुसूचित जाति एवं जनजाति तथा अन्य पिछड़ा वर्ग को शिक्षा की सुविधाएँ एवं छात्रवृत्ति तथा पुरस्कारों आदि के रूप में और तदुपरांत राजपदों के रूप में दिया जाता है। इस भीषण सच को छिपाने के लिए राजपदों को जनसेवा का पद कह दिया गया है, जो झूठ का अनूठा उदाहरण है। यह राजाओं द्वारा दिए जाने वाले दान का आधुनिक रूप है, परंतु दान के इस रूप का वर्णन किसी भी धर्मशास्त्र में नहीं है और इस प्रकार समकालीन राजनीति एवं सार्वजनिक जीवन में धर्मशास्त्रों की कोई स्थिति नहीं रह गई है।

अन्य द्विज वर्णों की स्थिति और धर्मशास्त्र

कुलसमूह एक नैसर्गिक सामाजिक इकाई है। इसे ही जन भी कह दिया जाता है और जाति भी। जन का सामान्य अर्थ व्यापक है, किंतु उसका विशेष अर्थ व्यंजित करने के लिए विशेषण जोड़ा जाता है। जैसे, पांचाल जन, गांधार जन, बाह्लीक जन, काशेय

जन, मागध जन, द्रविड़ जन, चोल जन, चालुक्य जन, पांड्य जन आदि। जन के ये विशेषण युक्त प्रयोग कुलसमूहों के लिए भी होते हैं और राज्य के लिए भी।

क्षत्रियों के वंश भी परंपरा से सर्वज्ञात हैं। सूर्य वंश एवं चंद्र वंश तो विख्यात हैं ही, अन्य वंश भी परंपरा से चले आ रहे हैं। सभी महत्त्वपूर्ण पुराणों में इनका विस्तार से वर्णन है और इतिहास लेखन का आधार वंशानुशासन भी है। इस प्रकार शक, हूण और कुषाण, सभी भारतीय क्षत्रिय हैं, इसके अत्यधिक प्रमाण पुराणों में हैं। तब भी भंडारकर आदि फिरंग चेलों ने अपने गुरुओं की भक्ति में सबको विदेशी घोषित करने का पाप जारी रखा। प्रत्येक क्षत्रिय वंश का गोत्र और प्रवर तथा गण और वेद एवं उपवेद तथा शाखा और सूत्र एवं छंद तथा देवता एवं मूल स्थान आदि हजारों वर्षों से सुरक्षित हैं। सर्वविदित है कि युवनाश्व, मांधाता, अंबरीष, पुरुकुत्स, त्रसदस्यु आदि महान् सम्राटों ने भी अनेक मंत्रों का दर्शन किया है। इसी प्रकार अनेक राजवंश हैं, जो ब्राह्मण हैं, यथा मुद्गल और आंगिरस राजागण। स्वयं विश्वामित्र क्षत्रिय भी हैं और ब्राह्मण कुल शिरोमणि भगवान् परशुराम के संबंधी भी हैं तथा ऋषि विश्वामित्र के कुल में कौशिक गोत्रीय ब्राह्मण भी हुए हैं। इन्हीं कारणों से 'ब्रह्म-क्षत्र' शब्द का प्रयोग होता है।

महत्त्वपूर्ण यह है कि जिन यूरोपीय यात्रियों और अध्येताओं ने राजपूतों की शुद्धता और पूर्वजों के प्रति उनके आदर का प्रामाणिक वर्णन किया है, फिरंग चेले उनके उक्त कथनों का उल्लेख नहीं करते। जैसे कि बर्नियर ने राजपूतों की महान् सभ्यता और अदम्य साहस को अपने पूर्वजों की परंपरा का पालन बताया है और ह्वीलर ने भी यही लिखा है तथा उन्हें भारतवर्ष की अत्यंत प्राचीन और शुद्ध जाति कहा है। वाल्टर ने भी राजपूतों को अपने पूर्वजों के गौरवशाली इतिहास के प्रति गर्व करने का उल्लेख किया है। और तो और, अबुल फजल ने भी यही लिखा है, परंतु फिरंग चेले, जिन्हें मैं यूरंडपंथी कहता हूँ, अन्य संदर्भ तो इन लोगों के लेते हैं, परंतु जहाँ वे राजपूतों की अथवा भारत की प्रशंसा करते हैं, उसका उल्लेख तक ये लोग नहीं करते।

हूण वस्तुतः सूर्य वंशी क्षत्रिय हैं। सूर्य वंश से 22 शाखाएँ निकलीं—

सूर्य वंश, निमि वंश, निकुंभ वंश, नाग वंश, गोहिल वंश, गहलौत वंश, राठौड़ वंश, गौतम वंश, मौर्य वंश, परमार वंश, चावड़ा वंश, डोड वंश, कछवाहा वंश, परिहार वंश, बड़गूजर वंश, सिकरवार, गौड़ वंश, चौहान वंश, बैस वंश, दाहिमा वंश, दहिया वंश, दीक्षित वंश।

सूर्य वंश की ही एक शाखा महाराज रघु के नाम पर रघुवंश कहलाई और दूसरी शाखा महाराज निमि के नाम से निमि वंश कहलाई। निमि वंश की भी अनेक शाखाएँ हुईं। इसी प्रकार नाग वंश भी सूर्य वंश की ही एक शाखा है। नागवंशियों का शासन अमेरिका के मयद्वीप (मेक्सिको) में भी था। गहलौत भी सूर्य वंशी क्षत्रिय ही हैं। सिसोदिया,

चूड़ावत या चुंडावत, चमियाल, मड़ियार, भोंसला आदि सभी सूर्य वंशी क्षत्रिय हैं। सर्वविदित है कि चित्तौड़ के सूर्य वंशी सम्राट् महाराणा लक्ष्मण सिंह के पुत्र हमीर सिंह के ही चचेरे भाई सज्जन सिंह और क्षेमसिंह ने वर्तमान महाराष्ट्र क्षेत्र में जाकर भोंसला वंश की नींव रखी। छत्रपति शिवाजी महाराज ने काशी से गंगाभट्ट नामक महापंडित को बुलवाकर उनसे वह अभिलेख प्रमाणित करवाया था, जो शिवाजी महाराज की राजसभा के इतिहास का बालाजी चिटणीस को उदयपुर भेजकर अपनी वंशावली मँगाई थी। तदनुसार सज्जन सिंह के बाद तीसरी पीढ़ी से भोंसला नाम प्रसिद्ध हुआ।

इसी प्रकार राठौर भी सूर्य वंशी क्षत्रिय हैं। सर्वविदित है कि भगवान् राम के छोटे पुत्र कुश के वंश में राष्ट्रकूट राजा हुए और उनके समय से उस वंश का नाम राष्ट्रकूट वंश हुआ, जो बोलचाल की भाषा में राठौर प्रचलित हो गए। राव जोधा भी इसी वंश के थे, जिन्होंने जोधपुर बसाया। उनके एक पुत्र बीकासिंह ने 15वीं शताब्दी में बीकानेर बसाया।[21]

शुभ कार्यों में मोर के पंख का उपयोग करने के कारण मौर्य वंश प्रचलित हुआ, जिन्हें फिरंग चेलों ने महाराज नंद की मूरा नामक दासी से उत्पन्न होने के कारण मौर्य प्रचारित कर दिया। जबकि भगवान् बुद्ध के जीवनकाल में ही मौर्य वंश प्रतिष्ठित हो गया था और महान् ब्राह्मण चाणक्य ने हिमाचल प्रदेश के पिप्पलि वन से चंद्रगुप्त मौर्य का चयन किया था और उस महान् क्षत्रिय के द्वारा नंद को राज्यच्युत् किया था। अशोक इन्हीं का पौत्र था। अशोक कभी भी बौद्ध नहीं हुआ था। उसने सदा धर्म और सद्धर्म की बात कही है। कहीं भी सुगत धर्म या तथागत का धर्म या बौद्ध धर्म शब्द का उल्लेख अशोक के किसी भी शिलालेख या अभिलेख में नहीं है। बृहद्रथ अशोक के ही वंश में हुए हैं, जिनसे पुष्यमित्र शुंग ने राज्य छीना। न तो बृहद्रथ मौर्य बौद्ध थे, न अशोक मौर्य।

शत्रुओं को मारने वाले वीरों के अर्थ में पर-मार शब्द चला। इन्हें ही परमार वंश कहा गया। परमार वंश भी सूर्य वंशी क्षत्रिय ही है और सम्राट् विक्रमादित्य इसी वंश में हुए।[22] महान् संत भर्तृहरि भी इसी वंश में हुए।[23] सम्राट् विक्रमादित्य ने रोम और अरब को जीता था और सबको अपने राज्य में मिला लिया था।[24] बाद में इसी वंश में उतने ही प्रतापी महाराज भोज हुए।[25] महाराज भोज की ही 7वीं पीढ़ी के नारायणमल्ल ने बिहार के भोजपुर में अपना राज्य बनाया।[26] बाद में भोजपुर राज्य की जगदीशपुर, डुमराँव और मैठिलागढ़ रियासतें अलग-अलग राजकुमारों ने सँभालीं।[27] जगदीशपुर के राजा कुँवरसिंह और उनके अनुज अमरसिंह ने 1857 में दुष्ट फिरंगियों का अच्छी संख्या में वध किया था[28] और कंपनी का साथ दे रहे हिंदुओं के द्वारा वे मारे गए थे तथा उन सभी राजपूतों की रानियों और अन्य राजपूत वीरांगनाओं ने 1857 में जौहर किया था।[29] इसी प्रकार के जौहरों से घबराकर फिरंगियों ने इसके विरुद्ध अभियान चलाया।

इसी प्रकार चावड़ा, डोड, कछवाहा, शेखावत, परिहार, प्रतिहार, बड़गूजर, सिकवार, गौड़, चौहान, बैस, दाहिमा, दहिया, बिसेन, कौशिक, डोगरा, गुप्त, पाल, लिच्छवि और वाकाटक भी सूर्य वंशी क्षत्रिय ही हैं।[30]

चंद्र वंश की भी अनेक शाखाएँ चलीं। ययाति से ब्राह्मणी अर्थात् देवयानी का जो पुत्र हुआ, वह यदु कहलाया और उससे यदु वंश चला।[31] इस प्रकार यदु वंशी चंद्रवंशी क्षत्रिय हैं और ब्राह्मणी के वंशज हैं, परंतु अहीर या आभीर से या गोपों से यदु वंश का कोई संबंध नहीं है सिवाय इसके कि महाराज वसुदेव ने अपने गोप सखा नंद के यहाँ कृष्ण को छिपाकर पालन हेतु दिया था। इसी के आधार पर 20वीं शताब्दी में अंग्रेजों द्वारा कराई जा रही जनगणना के समय से अहीरों और ग्वालों ने स्वयं को यादव लिखवाया और तब से वे यादव नाम का प्रयोग करने लगे, परंतु यादव क्षत्रिय वंशी हैं, इस तथ्य को छिपाने का प्रयास भी करते हैं और स्वयं को ओबीसी भी बताते हैं। यह संभवतः अपनी मूल जाति की स्मृति से उत्पन्न भावना के कारण है या फिर राजनीतिक लोभ के कारण।

चंद्र वंश में स्वयं चंद्र वंशी क्षत्रिय के रूप में प्रसिद्ध वंश तो है ही, यदु वंश भी चंद्र वंश ही है। इनके अतिरिक्त हैहय, भाटी, जाडेजा, चंदेल, तंवर, सेंगर, गहरवार, बुंदेला, झाला, सोलंकी, बघेल, बनाफर आदि चंद्र वंश के ही क्षत्रिय हैं।[32] कुरुवंश या पुरुष वंश चंद्र वंश की ही एक प्रमुख शाखा है।[33] सम्राट् ययाति से क्षत्राणी शर्मिष्ठा के तीन पुत्र हुए—द्रह्यु, पुरुष और अनु।[34] इनमें से पुरुष वंश केंद्रीय क्षेत्र में रहा।[35] भीष्म पितामह तथा पांडव और कौरव इसी वंश में हुए।[36] द्रह्यु वंश के नरेशों का इंग्लैंड तथा यूरोप के कुछ हिस्सों में और भारत में बंगाल, असम तथा त्रिपुरा में शासन रहा। बाद में जब अन्य भरतवंशी क्षत्रियों से द्रह्यु इंग्लैंड और यूरोपीय देशों में पराजित हुए तो उनमें से अनेक द्रह्यु जन पौरोहित्य कर्म करने लगे, जो द्रुइद कहे जाते हैं।

विष्णु पुराण के चतुर्थ अंश के 16वें, 17वें एवं 18वें अध्याय में क्रमशः तुर्वसु, द्रह्यु और अनु वंश का वर्णन है। दुरह्यु या द्रह्यु वंश ने उत्तर के अनेक म्लेच्छ क्षेत्रों का शासन किया—

द्रुह्योस्तु तनयो बभ्रुः। बभ्रोस्सेतुः। सेतुपुत्र आरब्धनामा। आरब्धस्यात्मजो गान्धारो गान्धारस्य धर्मो धर्माद् घृतः घृताद् दुर्दमस्ततः प्रचेताः। प्रचेतसः पुत्रश्शतधर्मो बहुलानां म्लेच्छानामुदीच्यानामाधिपत्यमकरोत्।[37]

(विष्णु पुराण, चतुर्थ अंश, अध्याय 17, श्लोक 1 से 5)

इस प्रकार द्रह्यु के एक वंशज गांधार ने गांधार राज्य बसाया और प्रचेता के पुत्र शतधर्म ने उत्तर के अनेक राज्यों को अपने आधिपत्य में लिया जिनमें पहले म्लेच्छ शासन कर रहे थे। उल्लेखनीय है कि इंग्लैंड सहित समस्त यूरोप भारत के उत्तर में ही है। भारत को अपने पूर्व में तो यूरोप के ईसाइयों ने यरुशलम को केंद्र मानकर कहना शुरू

किया। तथ्य यह है कि भारत यूरोप के दक्षिण में है और यूरोप भारत के उत्तर में है। विष्णु पुराण ने उसी उत्तर क्षेत्र में म्लेच्छ राज्यों पर आधिपत्य द्रह्यु वंश के राजाओं द्वारा किए जाने का उल्लेख किया है।

तुर्वसु वंश के सम्राट् मरुत निस्संतान थे। अत: उन्होंने पुरुष वंश के महाराज दुष्यंत को गोद ले लिया तब से तुर्वसु वंश और पुरुष वंश एक ही हो गए।[38]

अनुवंश के राजाओं ने अंग देश, बंग देश, कलिंग देश, सुह्म देश तथा पौंड्र देश पर राज किया।[39] अनु वंश में ही महाराज शिबि हुए और फिर शिबि के कैकय और मद्रक तथा दो अन्य पुत्र हुए।[40] उनमें से कैकय ने कैकय प्रदेश पर राज किया और मद्रक ने मद्रक राज्य की स्थापना की। अनुवंश में ही सम्राट् उशीनर और तितिक्षु हुए।[41] उशीनर सम्राट् शिबि के पिता थे। शिबि के एक भाई सम्राट् नृग थे। तितिक्षु के वंश में अंग, बंग, कलिंग, सुह्म और पौण्ड्र हुए तथा महाराज हस्ति के वंश में मुद्गल और उनके चार अन्य भाई हुए, जो पांचाल कहलाए।[42] चंद्र वंश में ही सम्राट् प्रतीप के वंश में देवापि, शांतनु और बाह्लीक हुए।[43] उनमें से बाह्लीक ने बाह्लीक या बल्ख-बुखारा क्षेत्र में राज किया।[44]

पुरुष वंश में चक्रवर्ती सम्राट् भरत उत्पन्न हुए। भरत ने मरुत्सोम यज्ञ किया।[45] यज्ञ के अंत में उन्हें बृहस्पति के पुत्र भरद्वाज को देवताओं ने पुत्र रूप में दिया।[46] भरद्वाज के वंश में संकृति, उनसे रंतिदेव आदि हुए। साथ ही, इसी वंश में तीन ऐसे तेजस्वी पुत्र हुए, जो बृहस्पति की वंश परंपरा का स्मरण कर तपस्या द्वारा ब्राह्मण हो गए।[47] पुरुष वंश में ही आगे चलकर पाँच पुत्र हुए, जिन्होंने पाँच राज्यों पर शासन किया और पांचाल कहलाए।[48]

वस्तुत: महानंदी का शूद्रा के गर्भ से उत्पन्न महापद्म नामक नंदवंशी राजा हुआ,[49] जिसने अन्य सब क्षत्रियों को पराजित कर डाला, इसीलिए 'नंदान्तम् क्षत्रियकुलम्' कहा जाता है। राजपुत्र नंद क्षत्रिय ही था। फिरंगियों और फिरंग चेलों ने इस कथन को धूर्ततापूर्वक चंद्रगुप्त मौर्य से जोड़ दिया। जबकि शूद्रा से उत्पन्न नंद के अन्य क्षत्रिय वंशों के विरोधी आचरण के कारण ही महामति चाणक्य ने पिप्पलि वंश से मौर्य क्षत्रिय वंश के चंद्रगुप्त का चयन कर नंद को सत्ताच्युत् किया था और पुन: क्षत्रिय वंश की राजपद पर प्रतिष्ठा की थी।[50]

यदु वंश में सिंघेल, जादौन, होयसल, डाबी, खागर, खरबड़, छोकर और जाडेजा हुए।[51] जबकि चंद्र वंश की एक शाखा हैहय वंश का भी बड़े क्षेत्र में राज्य रहा।[52] इसी प्रकार कलचुरि वंश, भाटी वंश, चंदेल वंश, सेंगर वंश, तँवर वंश, कदंब वंश, गहरवार वंश, बुंदेला वंश, झाला वंश, सोलंकी वंश, बघेल वंश, बनाफर वंश आदि चंद्र वंशी क्षत्रिय हैं।[53]

चंद्र वंशी राजा कान के वंशज ही मंगोलिया आदि में कान या खान कहलाए।

जबकि कटौज, मौखरि, सेन, पाण्ड्य, चोल, चेर, शिलाहार, पल्लव, चालुक्य, प्रद्योत, शिशुनाग, नंद, भंज, कूच, कोलिय, चितियार, भोट, राज गौड़, कर्णाट, प्रद्योत, बृहद्रथ, वर्धमान, भद्र और मान वंश भी चंद्र वंश के प्रसिद्ध वंश हैं।[54]

इस प्रकार क्षत्रिय वंश का भारत वर्ष में विराट् विस्तार है।[55] ये सब मूल रूप से एक ही वर्ण और परस्पर जुड़े हुए वंशों के लोग थे। इनमें से कोई किसी को पराया या विदेशी न तो कह सकता था और न मान सकता था। इसीलिए इनके परस्पर युद्ध धर्म-मर्यादा में रहते हुए शौर्य और पराक्रम को प्रमाणित करने के लिए ही थे। किसी भी वंश को किसी अन्य वंश के वंशनाश का न तो कोई अधिकार था और न ही कभी किसी ने किसी अन्य के वंश का नाश करने का कोई विचार किया।[56] इसलिए इनकी तुलना दूर देश से आए हुए फिरंगियों से नहीं की जा सकती। यद्यपि अपने अतीत काल में उनमें से भी अधिकांश भरतवंशी क्षत्रिय ही रहे हैं, परंतु ब्राह्मणों के संसर्ग से वंचित होने के कारण और आर्यजनोचित क्रियाओं के लोभ के कारण वे म्लेच्छ जैसे हो गए।

तुरुष्क और शक तथा हूण भरतवंशी क्षत्रिय ही हैं।[57] इसीलिए वे देश भर में फैले थे और अन्य क्षत्रियों की ही तरह रह रहे थे। इसीलिए महाराज गोविंदचंद्र ने जिस प्रकार कलचुरियों और चंदेलों से युद्ध कर विजय प्राप्त की, उसी प्रकार तुरुष्कों से भी युद्ध कर विजय प्राप्त की, परंतु दोनों महायुद्धों में तुर्की द्वारा जर्मनी का साथ देने के कारण जर्मनी से भयभीत अंग्रेजों और उनके सहायकों ने जानबूझ कर तुरुष्कों को बाहरी या विदेशी बताया। सारनाथ अभिलेख में तुरुष्कों का वैसा ही उल्लेख है जैसा कलचुरियों का उल्लेख नागौद अभिलेख में है।[58] इसमें अचानक किसी एक को विदेशी कहने की दुष्टता सप्रयोजन है। दिल्ली शिवालिक स्तंभलेख में चाहमानों से ढिल्लिका अर्थात् दिल्ली और आसिका अर्थात् हाँसी छीनने का उल्लेख भी उसी प्रकार का है। जयचंद्र के कमौली अभिलेख में हम्मीर को पराजित करने की जो बात है, वह भी इसी प्रकार की है।[59] उल्लेखनीय है कि हम्मीर का उल्लेख किसी मुसलमान लेखक ने नहीं किया है, परंतु अंग्रेजों ने उसे मुसलमान कहा है। बंगाल के राजा लक्ष्मणसेन ने जब काशी नरेश को हराया और वाराणसी तथा प्रयाग में विजयस्तंभ की स्थापना की, तब वह भी राजाओं का आपसी युद्ध ही था। तुरुष्कों से युद्ध भी इसी की एक कड़ी है। तुरुष्क भी शकों और हूणों की तरह भारतीय क्षत्रिय ही रहे हैं और बाद में उन्होंने जिस क्षेत्र पर स्थायी शासन किया, उसे तुरुष्क या तुर्की कहा गया। इस्लाम उन्होंने लालच और अमर्यादित भोग की लिप्सा से बाद में अपनाया। इसीलिए भारत में 20वीं शताब्दी के आरंभ तक उन्हें सदा तुर्क ही कहा जाता रहा। द्वितीय महायुद्ध के बाद जर्मनी के मित्र रहे तुर्की देश को नष्ट कर डालने के उद्देश्य से अंग्रेजों और फ्रेंच लोगों ने तुर्कों का नाम ही मिटा डालने की योजना से तुर्कों को भी अरब मुस्लिम कहना शुरू कर दिया और भारत में फिरंगियों के चेले भी यही

कहने लगे। इस प्रकार प्रामाणिक इतिहास को छोड़कर अपने एजेंडे के अनुसार किए गए प्रोपेगंडा को 15 अगस्त, 1947 के बाद भारत में पहली बार इतिहास बताया जाने लगा। इससे संपूर्ण समाज व्यवस्था के रूप में भयंकर भ्रम फैला और समाज को छिन्न-भिन्न करने की ब्रिटिश योजना पर काम होने लगा। जिसे कुशिक्षा के कारण स्वयं को हिंदुवादी कहने और मानने वाले लोग भी उत्साह के साथ अपनाए हुए हैं, बिना यह जाने कि यह समाज को छिन्न-भिन्न करने की कुचाल का अंग है।

क्षत्रियों के ही समान वैश्य जातियों का भी विशाल विस्तार है। जैसा हमने पूर्व में मनुस्मृति तथा अन्य धर्मशास्त्रों के श्लोकों से बताया है, खेती, गौरक्षा, विविध प्रकार का वाणिज्य व्यापार और विविध प्रकार के शिल्प ये सब वैश्य कर्म हैं। वैश्य कर्म की महिमा मनुस्मृति में स्पष्ट है। प्रत्येक वैश्य जाति का अपना गौरवशाली इतिहास और कुल परंपरा है। पिछड़ा बनने की होड़ में सार्वजनिक विमर्श से वह इतिहास अनुपस्थित कर दिया गया है।

सभी धर्मशास्त्रों में सेवाकर्म को ही शूद्र का लक्षण कहा गया है। अत: वर्तमान में जो हजारों अन्य जातियाँ स्वयं को शूद्र कहती हैं या अन्य गैर-शूद्र लोग उन्हें शूद्र कहते हैं, वह कहीं भी शास्त्रों से प्रमाणित नहीं होता। केवल सेवा कार्य ही शूद्र कर्म है। उस कार्य को भलीभाँति करने में ही शूद्र का गौरव रहा है।

आधुनिक काल में वर्तमान भारतीय राज्य और उसकी संचालक नियमावली के रूप में भारतीय संविधान वर्ण व्यवस्था को नहीं मानता। अत: ऐसी स्थिति में वर्ण अब समकालीन समाज में कोई वास्तविक व्यावहारिक सामाजिक इकाई नहीं है। अब वस्तुत: कोई भी शूद्र नहीं है। राजपद को ही इन दिनों सेवा कह दिया गया है और राजपद में सदा से ही सभी वर्णों की सहभागिता रही है। अत: सभी वर्ण राजपद रूपी सेवा के लिए सतत प्रतिस्पर्धा में लगे हैं। इसीलिए इस संदर्भ में वर्ण विवेचना का कोई समकालीन अर्थ नहीं है। वह केवल ऐतिहासिक स्थितियों के विवेचन तक ही उपादेय है।

राज्य के अधिकार और कर्तव्य

प्रजा को सब प्रकार से वर्णाश्रम और धर्म-मर्यादा में व्यवस्थित रखते हुए प्रत्येक कुल और व्यक्ति द्वारा स्वधर्म पालन को निर्बाध बनाए रखना और इस प्रकार समाज में आनंद का प्रवाह निर्बाध रखना तथा इस प्रवाह के अवरोधक कंटकों का शमन और दमन राजधर्म है। अपने इस कर्तव्य से ही राज्यकर्ता को अधिकार प्राप्त होते हैं। कर्तव्य बहुत कठिन और बहुस्तरीय है। इसलिए अधिकार भी बहुत और बहुस्तरीय हैं। ये अधिकार व्यापक धर्मबोध से ही निगमित हैं।

यूरोप में केवल राज्य को केंद्र में रखकर किए जाने वाले चिंतन की नकल में

विभिन्न भारतीय शास्त्रों से संदर्भच्युत् अंशों का संकलन कर उनको यूरोपीय ढंग से प्रस्तुत करना आत्मवंचना है। यूरोप में आधुनिक राष्ट्र–राज्य का उदय केवल 150 से 175 वर्ष पहले ही हुआ है और यही अवधि वहाँ राजनीतिशास्त्रीय चिंतन की है।

वस्तुत: जर्मन प्रोटेस्टेंट पादरी एवं राजनीतिशास्त्री वेबर ने पहली बार 20वीं शताब्दी के प्रारंभ में राज्य की एक व्यवस्थित व्याख्या प्रारंभ की।[60] यद्यपि दुखाइम से कुछ बातों में उनका भिन्न मत था,[61] उन्होंने सदा इस बात पर बल दिया कि प्रत्येक महत्त्वपूर्ण संस्थारूपी कार्य के पीछे अनेक कारण होते हैं, परंतु साथ ही उन्होंने राज्य का व्यवस्थित सिद्धांत पहली बार दिया। वेबर का कहना है कि 'राज्य किसी निश्चित क्षेत्र में भौतिक बल और राजकीय हिंसा के प्रयोग के एकाधिकार को वैधता देने वाली मनुष्य निर्मित संस्था है।'[62]

यूरोप के लोगों ने रोमन राज्य आदि के बारे में जो भी कल्पनाएँ प्रस्तुत की हैं, वे वस्तुत: किसी प्राचीन ग्रंथ या संदर्भ पर आधारित नहीं हैं, अपितु कतिपय फुटकर उल्लेखों की परिश्रमपूर्वक और मनोयोजनापूर्वक सजाई गई और प्रस्तुत की गई रचनाएँ मात्र हैं। इसीलिए उन्होंने सर्वानुमति से कहा है कि प्राचीन समाज राज्य रहित दशा में थे। इसका महाभारत तथा अन्य शास्त्रों में वर्णित सतयुग के वर्णन से कोई भी साम्य निकाल लेना घोर तमस है, क्योंकि सतयुग का वर्णन अत्यंत प्राचीनकाल के अर्थ में है, जो लाखों से लेकर करोड़ों वर्षों पूर्व की बात है। जबकि यूरोप के लोग जब प्राचीन समाजों की बात करते हैं तो वह केवल दो या तीन हजार वर्ष पहले की ही बात करते हैं। इसलिए दोनों बातों में समानता देखना मूढ़ता का ही प्रमाण है।

राज्यपद या राजत्व का उद्‍गम

राजधर्म की श्रेष्ठता पर पूर्व में विचार हो चुका है। सभी वर्णों और सभी आश्रमों के धर्म सदा व्यवस्थित और गतिशील रहें, यह सुनिश्चित करना राजधर्म है। अत: राजधर्म बहुत कठिन है। दूसरी ओर राज्यपद और राजधर्म दोनों का उद्‍गम सृष्टि के उद्‍गम की ही तरह दिव्य है और सनातन नियमों के अंतर्गत है। याज्ञवल्क्य स्मृति के अनुसार देवताओं ने प्रजापति से कहा कि राजा आपके प्रतिनिधि के रूप में ही प्रजा का शासन करता है। अत: देवताओं ने सूर्य, यम, कुबेर, इंद्र और विष्णु भगवान् की शक्तियों का एक अंश दीप्ति, नियंत्रण, ऐश्वर्य, विजय और उदार भाव से प्रजापालन की सामर्थ्य के रूप में दिया। इस प्रकार राजपद को जो विशेष दीप्ति प्राप्त है, वह उसे स्वयं के लिए नहीं प्राप्त है, अपितु प्रजापालनरूपी कठिन और कठोर कर्तव्य के निर्वाह के लिए देवताओं या चिन्मय सूक्ष्म शक्तियों के द्वारा प्रदत्त है। सृष्टि का वास्तविक नियमन ये चिन्मय शक्तियाँ ही करती हैं। राजा वहीं तक श्रेष्ठ है और सम्मान के योग्य है, जहाँ तक वह चिन्मय

शक्तियों के अनुशासन में कार्य करता है। अर्थात् सत्य, तेज, उदारता आदि के सद्गुणों के साथ प्रजामंडल पर नियंत्रण रखता है।

इस बात को शांतिपर्व के अध्याय 67वें में और अच्छी तरह स्पष्ट किया गया है। जब प्रजापिता ब्रह्मा ने आर्त प्रजाओं का दुःख सुनकर मनु महाराज को राजा के रूप में कार्य करने की आज्ञा दी। इस पर मनु महाराज ने कहा कि भगवन! राज करना बहुत कठिन कार्य है। विशेषतः मनुष्य जो हैं, इन पर शासन करना अत्यंत कठिन है। क्योंकि ये नित्य ही मिथ्याचार में प्रवृत्त रहते हैं। इन पर राज्य करने से इनके पाप का भाग मुझे भी मिलेगा। इसलिए मैं राजा बनने से डरता हूँ—

बिभेम कर्मणः पापाद् राज्यं हि भृशदुस्तरम्।
विशेषतो मनुष्येषु मिथ्यावृत्तेषु नित्यदा॥[63]

(महाभारत शांतिपर्व, अध्याय 67, श्लोक 22)

इस पर समस्त प्रजाजनों ने मनु महाराज से कहा—"महाराज! आप डरें नहीं, हम लोग आपको राजकोष की वृद्धि के लिए आवश्यक भाग देंगे। अन्न की उपज का 10वाँ भाग और सुवर्ण तथा पशुओं का पचासवाँ भाग। उससे राजकोष सदा भरा रहेगा और आप आवश्यक प्रबंध कर सकेंगे। हममें से जो पाप करेगा, उस पाप का भागी वह स्वयं होगा। हममें से सभी प्रधान लोग सदा आपकी सहायता के लिए शस्त्रों और वाहन आदि संसाधनों के साथ उपस्थित रहेंगे। आप हमारी रक्षा करके हमें सुखी रखेंगे, तो हमारे धर्माचरण का चतुर्थ भाग आपको मिलता रहेगा।"

प्रजाजनों से यह आश्वासन पाकर ही मनु महाराज ने राजपद सँभाला। इस प्रकार सभी आधारभूत व्यवस्थाओं और नियमों की तरह जहाँ राजपद भी दिव्य है और दैवी शक्तियों के अनुशासन में है, वहीं प्रजाओं द्वारा, विशेषकर प्रजाजनों में से प्रमुख लोगों द्वारा सदा धर्माचरण का वचन देने पर ही मनु महाराज ने राजपद स्वीकार किया। अतः राजत्व का उद्गम प्रजा के चयन या वरण और अनुरोध तथा धर्माचरण के वचन में है। अपने में से जिसे प्रजा श्रेष्ठ राजपद के योग्य मानती है, उससे वह राजपद सँभालने का अनुरोध करती है और धर्माचरण के द्वारा राजा को राजधर्म पालन में सदा सहयोग करती है।

इस प्रकार श्रेष्ठ राजा वस्तुतः जनगण की अर्थात् प्रजा की अथवा समाज की आवश्यकता है। अतः राजा का कर्तव्य प्रजा की इस आवश्यकता की पूर्ति है। वर्णाश्रम धर्म का प्रतिपालन और मर्यादा की रक्षा तथा शांति और सुव्यवस्था सुनिश्चित करना राजा का कर्तव्य है और इस कर्तव्य के पालन के लिए दंडबल और दंडनीति के प्रयोग का उसे अधिकार है। साथ ही, शासन व्यवस्था के संचालन के लिए राजकोष का संग्रहण भी राजा का अधिकार है और उस राजकोष में अपने उचित अंश का दान प्रजा का कर्तव्य है। यहाँ राजा को अपने मन से कोई कानून बनाने या कोई मर्यादा स्थापित करने की कोई

बात नहीं कही गई है। अपितु समाज की बनी हुई मर्यादा और चली आ रही परंपराओं का पालन सुनिश्चित करना तथा उनके पालन में बाधा डालने वाले लोगों या तत्त्वों को दंडित करना राजधर्म है।

यह स्थिति आधुनिक यूरोपीय राजनीतिशास्त्रीय कसौटियों से भिन्न है। जहाँ लॉ का निर्माण राजा स्वयं करता है और प्रजा का कार्य उसका पालन करना है। जॉन नेवेल फिगिस ने अपनी पुस्तक 'दि डिवाइन राइट्स ऑफ किंग्स' में लिखा है कि—"राजत्व डिवाइन है और राजा केवल 'जीसस पिता गॉड' के प्रति उत्तरदायी है और किसी के प्रति नहीं। इसीलिए प्रजा को उसकी आज्ञा माननी ही होगी। राजा का विरोध करना 'सिन' है।"

स्पष्ट रूप से यह स्थिति भारतीय धर्मशास्त्रों में प्रतिपादित दर्शन और दृष्टि से पूरी तरह भिन्न है। भारतीय धर्मशास्त्र तो यह स्पष्ट व्यवस्था देते हैं कि राजा मनमानी नहीं कर सकता, उसे धर्म के अनुसार और सनातन परंपराओं के अनुसार ही चलना होगा। कोई भी नया नियम बनाने के विषय में राजा की शक्ति सीमित है और वह धर्मशास्त्रों के प्रावधान के अनुसार ही कोई नियम बना सकता है, उससे बाहर जाकर नहीं। यदि राजा धर्म का पालन नहीं करता और सनातन परंपराओं के अनुसार नहीं चलता, तो उसे सिंहासन से उतार दिया जाएगा और अधिक हठ करने पर उसे मार डाला जाएगा।

महाभारत के शांतिपर्व के अध्याय 92 में श्लोक 15 में यह स्पष्ट लिखा है कि जो राजा उदार नहीं है और दंड का अनुचित प्रयोग करता है, वह शीघ्र ही नष्ट हो जाता है। राजा वेन द्वारा अधर्माचरण करने पर ऋषियों और ब्राह्मणों ने उसे मार डाला और फिर पृथु को पृथ्वी का शासन दिया था। 92वें अध्याय में ही श्लोक 9 में लिखा है—

असत्पापिष्ठसचिवो वध्यो लोकस्य धर्महा।
सहैव परिवारेण क्षिप्रमेवावसीदति॥[64]

अर्थात् असत् कार्य करने वाला और पापिष्ठ सचिवों वाला राजा वध के योग्य है, क्योंकि वह लोक की परंपराओं और सर्वमान्य मान्यताओं को हानि पहुँचाता है। इसलिए लोग उसे नष्ट कर देते हैं और वह सपरिवार शीघ्र ही अवसाद में पड़ जाता है। अगले श्लोक में कहा गया है कि अपने मन से नियम बनाने वाला राजा भले ही समस्त पृथ्वी का स्वामी हो जाए, परंतु वह शीघ्र ही नष्ट हो जाता है। शुक्रनीति में भी यही कहा गया है।

मनुस्मृति का भी कथन है—

मोहाद्राजा स्वराष्ट्रं यः कर्षयत्यनवेक्षया।
सोऽचिराद् भ्रश्यते राज्याज्जीविताश्च सबान्धवः॥

अर्थात् जो राजा मोहवश प्रजा की रक्षा नहीं करता और केवल कर लेता है, वह शीघ्र ही राज्य से भ्रष्ट हो जाता है और अपने बंधु-बांधवों सहित जीवन से भी नष्ट हो जाता है।

प्रजापालन राजा का सर्वोपरि कर्तव्य है और प्रजाएँ केवल देह नहीं हैं, अपितु मन और बुद्धि तथा आध्यात्मिक एवं सांस्कृतिक परंपराओं से संपन्न चिदंश संपन्न सत्ता हैं। अतः प्रजापालन का अर्थ रोटी, कपड़ा और मकान देना नहीं है। अपितु ज्ञान परंपरा, धर्म परंपरा, अध्यात्म परंपरा और विद्या परंपरा तथा पुरुषार्थ परंपरा की रक्षा करना है। इनमें कंटक या अवरोध डालने वालों को दंडबल के प्रयोग से नष्ट करना भी राजधर्म है। इसीलिए महाभारत के शांतिपर्व में कहा गया है कि—

किं तस्य तपसा राज्ञः किं च तस्याध्वरैरपि।
सुपालितप्रजो यः स्यात् सर्वधर्मविदेव सः॥[65]

(महाभारत, शांतिपर्व, अध्याय 69, श्लोक 73)

अर्थात् जिस राजा ने प्रजा का अच्छी तरह पालन किया है, उसे न तो किसी अन्य तपस्या की आवश्यकता है और न ही यज्ञ-अनुष्ठान की, उसे तो समस्त धर्मों का ज्ञाता और पालन करने वाला ही मानना चाहिए।

इन आधारभूत प्रतिमानों के साथ भारत में अत्यंत प्राचीन काल से राजधर्म का विस्तार से विवेचन किया जाता रहा है और शासन विधान के विषय में जितने प्राचीन तथा जितने विस्तृत शास्त्र भारतवर्ष में हैं, उतने अन्य किसी प्राचीन समाज में प्राचीन काल के ग्रंथों के रूप में नहीं मिलते। उत्साहशक्ति, प्रभुशक्ति और मंत्रशक्ति के त्रिवर्ग के द्वारा राष्ट्र, कोष, दुर्ग और मंत्री परिषद् सहित संपूर्ण राज्य को दंडविधान के अधीन अनुशासित रखने के विषय में भारतीय राजशास्त्रों में विस्तार से नियम और प्रक्रिया दी गई है।[66] दंडनीति के ही अंतर्गत न्याय और व्यवहार भी आता है तथा न्यायपूर्वक दोषियों को दंड देना व्यवहार का अनिवार्य अंग है। इस प्रकार राजा के कर्तव्य भी भारतीय धर्मशास्त्रों में बहुत विस्तार से दिए गए हैं।

संदर्भ—

1. विष्णु पुराण, प्रथम अंश, अध्याय 13, श्लोक 92
2. मनुस्मृति, अध्याय 2, श्लोक 6
3. याज्ञवल्क्य स्मृति, प्रायश्चित्ताध्यायः, श्लोक 242, 243 की आचार्य विश्वरूप की टीका
4. F. W. Westaway : Obsessions and Convictions of the Human Intellect, pp 378-80, Blackie and Son, Ltd., Bombay: 1938
5. वही, पृष्ठ 580
6. William Jemes : Pragmatism, Hackett Publishing Company, Indianapolis, Indiana 1910
7. तैत्तिरीय उपनिषद्, भृगुवल्ली, प्रथम अनुवाक
8. छांदोग्य उपनिषद्, अध्याय 3, चतुर्दश खंड, प्रथम मंत्र

9. ऋग्वेद, 10/121/1
10. तैत्तिरीय संहिता 5/5/1/2
11. ऋग्वेद, 10/121/2
12. शतपथ ब्राह्मण, 11वाँ कांड, अध्याय 2, ब्राह्मण 3
13. देखें, महाभारत, शांतिपर्व, अध्याय 177 से 182 तक तथा मनुस्मृति, प्रथम अध्याय, श्लोक 74 एवं 78, साथ ही बृहदारण्यक उपनिषद् 2/1/20, मुंडक उपनिषद् 2/1/1, कठोपनिषद 4/15 आदि
14. बृहदारण्यक उपनिषद् 3/7/3, तैत्तिरीय उपनिषद् 2/6, वायु पुराण, अध्याय 4 से 9, ब्रह्मांड पुराण, अध्याय 1 तथा वही द्वितीय परिच्छेद, अध्याय 8 एवं 11, मार्कंडेयपुराण, अध्याय 42 एवं 44, विष्णु पुराण, द्वितीय अंश, अध्याय 2, 3 एवं 4 तथा चतुर्थ अंश

14.1 Norman Davies : Europe : A History, Ch. 4 : The Birth of Europe - 330-800 Oxford University Press 1996

15. Ralf Dahrendorf : Class and Class Conflict in Industrial Society, Stanford University Press 1959
16. György Lukács, History and Class Consciousness: Studies in Marxist Dialectics, Chapter 3, Oxford University Press, London 1974
17. Max Weber : The Protestant Ethic and The Spirit of Capitalism, translated by S. Kalberg. Roxbury Publishing, Los Angeles, 2002
18. Ibid.
19. Karen Armstrong : The Gospel According to Woman, Chapter 8&9, ELM Tree Books, London, 1986 & Matilda Joslyn Gage, Woman, Church and State, Chapter 8, 9 & 10, Voice of India, New Delhi, 1997
20. देखें, शंकराचार्य : विवेक-चूड़ामणि, ब्रह्मभावना, श्लोक 255

    जातिनीतिकुलगोत्रदूरगं नामरूपगुणदोषवर्जितम्।

    देशकालविषयातिवर्ति यद् ब्रह्म तत्त्वमसि भावयात्मनि॥

    साथ ही देखें, काणे, पूर्वोद्धृत धर्मशास्त्र का इतिहास, पंचम भाग, अध्याय 36, हिंदू संस्कृति एवं सभ्यता की मौलिक एवं मुख्य विशेषताएँ
21. इंदुमणि पाठक : क्षत्रिय राजपूत वंशावली, अध्याय 12, डी.पी.बी. पब्लिकेशंस, दिल्ली 6, 2012 ईसवी
22. डॉ. भगवतीलाल राजपुरोहित: आदि विक्रमादित्य, स्वराज संस्थान संचालनालय, भोपाल
23. वही
24. वही
25. डॉ. भगवतीलाल राजपुरोहित : भोजराज, विश्वविद्यालय प्रकाशन, वाराणसी, 1980
26. वही
27. वही
28. वही
29. वही
30. इंदुमणि पाठक : क्षत्रिय राजपूत वंशावली, अध्याय 12, पूर्वोद्धृत
31. महाभारत, आदिपर्व के अंतर्गत संभव पर्व, अध्याय 75 एवं 84

32. इंदुमणि पाठक : क्षत्रिय राजपूत वंशावली, अध्याय 13, डी.पी.बी. पब्लिकेशंस, दिल्ली 6, 2012
33. महाभारत, आदिपर्व के अंतर्गत अध्याय 75
34. महाभारत, आदिपर्व के अंतर्गत अध्याय 82 एवं 84
35. महाभारत, आदिपर्व के अंतर्गत अध्याय 85 एवं 94
36. वही
37. विष्णु पुराण, चतुर्थ अंश, अध्याय 17, श्लोक 1 से 5
38. विष्णु पुराण, चतुर्थ अंश, अध्याय 16 से 19
39. विष्णु पुराण, चतुर्थ अंश, अध्याय 18
40. वही
41. वही
42. महाभारत, आदिपर्व, संभवपर्व, अध्याय 95
43. वही
44. विष्णुपुराण, चतुर्थ अंश, अध्याय 11 एवं 12
45. विष्णुपुराण, चतुर्थ अंश, अध्याय 19 एवं 20
46. महाभारत, आदिपर्व, अध्याय 74
47. विष्णुपुराण, चतुर्थ अंश, अध्याय 19, श्लोक 23 से 26
48. विष्णुपुराण, चतुर्थ अंश, अध्याय 19
49. विष्णुपुराण, चतुर्थ अंश, अध्याय 24
50. विष्णुपुराण, चतुर्थ अंश, अध्याय 24
51. इंदुमणि पाठक : क्षत्रिय राजपूत वंशावली, अध्याय 13, पूर्वोद्धृत
52. इंदुमणि पाठक : क्षत्रिय राजपूत वंशावली, अध्याय 13, पूर्वोद्धृत
53. वही, अध्याय 13
54. इंदुमणि पाठक : क्षत्रिय राजपूत वंशावली, अध्याय 13, पूर्वोद्धृत
55. वही, अध्याय 12, 13 एवं परिशिष्ट। साथ ही, देखें कर्नल जेम्स टॉड कृत राजस्थान का इतिहास भाग 1 एवं 2 (हिंदी अनुवाद केशव ठाकुर, संपादक लोकेश शर्मा, साहित्यागार, जयपुर, 2012)
56. वही, दोनों ऊपर उद्धृत संदर्भ देखें
57. देखें, वही क्षत्रिय राजपूत वंशावली। टॉड ने भी राजस्थान में इन्हें अपने क्षत्रियों के वंश का ही बताए जाने का उल्लेख किया है, परंतु फिर अपनी ओर से बिना कोई प्रमाण दिए शंकाएँ खड़ी की हैं।
58. (क) Rakhal Das Banerji : The Haihayas of Tripuri and Their Monuments, PP 47-48 Government of India Central Publication Branch, 1931 - Bengal (India)
(ख) लक्ष्मीधर : कृत्य-कल्पतरु, पृष्ठ 11, बड़ौदा, 1941
(ग) एपिग्राफिया इंडिका 7/98-99
(घ) डॉ. मोतीचंद्र : काशी का इतिहास, अध्याय 13, विश्वविद्यालय प्रकाशन, वाराणसी 2010 (चतुर्थ संस्करण)

59. कृत्य-कल्पतरु, पूर्वोद्धृत, पृष्ठ 48-49 (काशी का इतिहास, पूर्वोद्धृत में पृष्ठ 94 पर उल्लिखित)

60. Max Weber : Economy and Society : An Outline of Interpretive Sociology, translated by E. Fischoff, edited by G. Roth and C. Wittich. : University of California Press. Berkeley 1978 [1909]

61. David Emile Durkheim : The Rules of Sociological Method (Peris 1919) Tr. by W.D. Halls, The Free Press, New York, 1982 Edition (Specially Ch-5)

62. Max Weber : Economy and Society : An Outline of Interpretive Sociology, ebit

63. महाभारत शांतिपर्व, अध्याय 67, श्लोक 22

64. महाभारत, शांतिपर्व, अध्याय 92 में श्लोक 9 से 15

65. महाभारत शांतिपर्व, अध्याय 69, श्लोक 73

66. महाभारत, शांतिपर्व के अंतर्गत राजधर्मानुशासन पर्व, कौटिलीय अर्थशास्त्र, शुक्रनीति एवं शुक्रनीतिसार आदि पूर्वोद्धृत।

□

5

राजकोष का धर्ममय स्वरूप

राजधर्म के पालन के लिए संसाधन है राजकोष तथा अन्य प्रकार के बल। कोष भरने का प्रमुख साधन है कर ग्रहण। कर ग्रहण के विषय में भी धर्मशास्त्रों में विस्तृत विधान है। लेकिन इनमें सबसे महत्त्वपूर्ण बात यह है कि राजा अपनी ओर से मनमानी से कोई कर नहीं लगा सकता। धर्मशास्त्रों में प्रतिपादित कर ही राजा लगा सकता है। मनु महाराज का स्पष्ट कथन है कि कोष ही राजा का मुख्य बल है। राजा सदा कोष को अपने ही अधीन रखे।[1]

परंपरा से कर की मात्रा निर्धारित रही है। राजा साधारणतः उपज का छठा भाग ले सकता है।[2] परंतु किसी विपत्ति या आपत्ति के समय अधिक कर भी ग्रहण किया जा सकता है, परंतु इसके लिए राजा को प्रजा से प्रणय करना चाहिए अर्थात् प्रेमपूर्वक अनुरोध करना चाहिए।[3] चाणक्य ने लिखा है कि समस्त राजव्यापार कोषपूर्वक ही है और कोषमूलक ही है। अतः राज्यकर्ता को सबसे पहले कोष संग्रह पर ध्यान देना चाहिए।[4]

महाभारत के शांतिपर्व में भी कहा गया है कि—

कोषश्च सततं रक्ष्यो यत्नमास्थाय राजभिः।
कोषमूला हि राजानः कोशो वृद्धिकरो भवेत्॥[5]

1. राज्य केवल वे ही कर लगा सकता है, जो स्मृतियों एवं परंपराओं द्वारा निर्धारित हैं। वह मनमानी नहीं कर सकता। सभी स्मृतियों का यही मत है।[6]
2. सामान्यतः राज्य सामान्य कृषि उत्पादन का बारहवाँ, अष्टमांश या छठा भाग तक कर–रूप में ले सकता है।[7]
3. आपत्तिकाल में राज्यकर्ता भारी कर लगा सकते हैं, परंतु इसके लिए प्रजा से स्नेहपूर्ण अनुरोध (प्रणय) करना चाहिए (.....'इति व्यवहारिषु प्रणयः'—अर्थशास्त्र)। वह भी एक आपत्तिकाल में केवल एक बार। (सकृद एव न द्विः प्रयोज्यः)।[8]
4. आपत्तिकाल में भी धर्मस्थलों की संपत्ति न छीनी जाए[9] (विविध स्मृतियाँ)।

5. राजद्रोहियों एवं धर्मविरुद्ध चल रहे लोगों की संपत्ति आपत्तिकाल में छीन ली जाए (विविध स्मृतियाँ)।[10]
6. राज्यकर्ता धनियों को आदर-सम्मान देकर अनुरोध करें कि आप लोग प्रजा पर अनुग्रह करें, अनुग्रह में राज्य का साथ दें (विविध स्मृतियाँ)[11]।
7. क्रेताओं-विक्रेताओं द्वारा राज्य में लाने और राज्य से बाहर ले जाने वाले सामान पर शुल्क लगना उचित है (कौटिल्य एवं अन्य)[12]।
8. दंड से (आर्थिक दंडों से) प्राप्त धन राजकोष की संपत्ति है (विविध स्मृतियाँ)[13]।
9. यदि कोई कृषक तालाब, कुआँ, जलाशय आदि बनाए या वर्षों से अकृष्ट (अनजोते) पड़े खेत को जोते तो उससे तब तक कर न लिया जाए, जब तक वह व्यय किए धन का दोगुना प्राप्त नहीं कर लेता। यह 'परिहार' है।[14]
10. राज्य कृषकों को बीज, पशु एवं धन अग्रिम देने की व्यवस्था करे, जो बाद में आसान किस्तों में वापस लिया जा सके। यह राजकीय 'अनुग्रह' है।[15]
11. अनुग्रह एवं परिहार ऐसे किया जाए कि कोष बढ़े, न ऐसे कि कोष घटे। (अनुग्रह परिहारौ चैभ्य: कोषवृद्धिकरौ दद्यात-कौटिल्य)[16]
12. शुल्क के विशद नियम गौतम धर्मसूत्र, याज्ञवल्क्य स्मृति, विष्णुधर्मसूत्र आदि में निरूपित हैं।[17]
13. विवाह-सामग्री, वधू द्वारा पितृ-गृह से ससुराल ले जाया जा रहा सामान या भेंट की वस्तुएँ, यज्ञ-सामग्री, प्रसूति-सामग्री, देवपूजन सामग्री, उपनयन-उपकरण, व्रत-उपकरण, गोदान-सामग्री तथा विशिष्ट उत्सवों या संस्कारों में उपस्थित वस्तुओं पर कर नहीं लग सकता।[18]
14. दुर्लभ बीज दूसरे देशों से बिना कोई शुल्क दिए व्यापारी, कृषक आदि लोग मँगा सकते हैं।[19]
15. सामान्यत: आयात पर वस्तुओं का 1/5, 1/6, 1/10, 1/15, 1/20 या 1/25 भाग (वस्तु पर निर्भर है) कर रूप में लिया जाए।[20]
16. निर्यात पर भी यथोचित शुल्क लगाया जाए।[21]
17. नाव से पार होने या सामान ले जाने संबंधी शुल्क-नियम विस्तृत रूप से वर्णित हैं।[22]
18. वेलापुरों (बंदरगाहों) की विशेष रक्षा की जाए। अपने देश के नाविक एवं व्यापारी सामान लेकर दूर देश से आएँ, तो सामानों का 1/10 भाग शुल्क लें। विदेशियों से अधिक शुल्क लिया जाए। बिना अनुमति लिये विदेशी नावें आ जाएँ तो सारा सामान जब्त कर लिया जाए या चाहे तो थोड़ा-बहुत

छोड़कर शेष सर्वस्व ले लिया जाए।[23]

19. विद्वानों, स्त्रियों, बच्चों, गुरुकुलवासी छात्रों, धर्मज्ञ साधुओं, सेवक शूद्रों, अधिक वय वाले वृद्धों (सत्तर वर्ष से ऊपर के) तथा रोगियों, अंधों, बहरों, लूलों, गूँगों से शुल्क नहीं लिया जाए।[24]
20. खानों से निकली प्रत्येक वस्तु राज्य की है (विष्णुधर्मसूत्र)। मनुस्मृति ने ऐसी वस्तुओं का आधा या षष्ठांश या अष्टमांश राज्य द्वारा लेने की व्यवस्था दी है। कौटिल्य ने खानों से प्राप्त वस्तुओं पर कर के दस प्रकार बताए हैं।[25]
21. मार्ग-कर के विशद विधान हैं।[26]
22. जुआरियों, नटों, संगीतज्ञों, वेश्याओं आदि से नियमित कर की व्यवस्था की।[27]
23. विशाल एवं सबल सैन्य-व्यवस्था राज्य का विशेष कर्तव्य है।
24. पृथ्वी (देश) सबकी है, केवल शासकों की नहीं। पृथ्वी पर सम्राट् एवं अन्य के स्वामित्व में समान अधिकार हैं (जैमिनिसूत्र, व्यवहारमयूख आदि)। राज्य जिस भूमि को स्वयं खरीदे, उसी पर उसका पूर्ण अधिकार है। भूमि पर सामान्यत: राज्य का स्वामित्व नहीं है। वह रक्षा के कर्तव्य के कारण कर-ग्रहण का अधिकारी है (मनुस्मृति)।[28]
25. उपज का अंश, विविध शुल्क तथा दंड से प्राप्त धन—ये तीन राज्य के प्रमुख आय-साधन हैं (विविध स्मृतियाँ)।
26. कर-वृद्धि क्रमश: हो। एक समय पर कम ही हो (शांतिपर्व एवं अन्य)।
27. महाभारत एवं मनुस्मृति का निर्देश है कि व्यापारियों पर कर लगाते समय क्रय में लगा धन, भाड़ा, सुरक्षा-व्यय, विक्रय संभावनाएँ तथा न्यायोचित लाभ का विचार किया जाए।
28. शिल्पियों पर कर लगाते समय दक्षता, परिश्रम आदि का विचार किया जाए।

इस विषय में धर्मशास्त्रों की व्यवस्था बहुत स्पष्ट है। उद्योग पर्व के अंतर्गत प्रजागर पर्व में 34वें अध्याय में कहा गया है—

यथा मधु समादत्ते रक्षन् पुष्पाणि षट्पद:।
तद्वदर्थान् मनुष्येभ्य आदद्यादविहिंसया॥ 17॥
पुष्पं पुष्पं विचिन्वीत मूलच्छेदं न कारयेत्।
मालाकार इवाराम न यथांगारकारक:॥ 18॥
ऋजु पश्यति य: सर्वं चक्षुषानुपिबन्निव।

आसीनमपि तूष्णीकमनुरज्यन्ति तं प्रजाः ॥ 23 ॥
चक्षुषा मनसा वाचा कर्मणा च चतुर्विधम्।
प्रसादयति यो लोकं तं लोकोऽनुप्रसीदति ॥ 25 ॥
पितृपैतामहं राज्यं प्राप्तवान् स्वेन कर्मणा।
वायुरभ्रमिवासाद्य भ्रंशयत्यनए स्थितः ॥ 27 ॥
धर्ममाचरतो राज्ञः सद्भिश्चरितमादितः।
वसुधा वसुसंपूर्णा वर्धते भूतिवर्धिनी ॥ 28 ॥
अथ संत्यजतो धर्ममधर्मं चानुतिष्ठतः।
प्रतिसंवेष्टते भूमिरग्नौ चर्माहितं यथा ॥ 29 ॥
य एव यत्नः क्रियते परराष्ट्रविमर्दने।
स एव यत्नः कर्तव्यः स्वराष्ट्रपरिपालने ॥ 30 ॥
धर्मेण राज्यं विन्देत धर्मेण परिपालयेत्।
धर्ममूलां श्रियं प्राप्य न जहाति न हीयते ॥ 31 ॥[29]

(जैसे भौंरा फूलों से इस प्रकार मधु ग्रहण करता है कि जिससे फूलों को कोई क्षति न हो, उसी प्रकार राजा को प्रजा से कर ग्रहण करना चाहिए, जिससे कि प्रजा की किसी भी प्रकार हिंसा न हो और प्रजा को किसी प्रकार का कष्ट न हो। माली बगीचे से पुष्प चुन-चुनकर तोड़ता है, परंतु पुष्प के पौधे को कभी नहीं तोड़ता है। इसी प्रकार राजा प्रजा से इस तरह कर ले कि जिससे प्रजा आहत न हो। राजा का व्यवहार कोयला बनाने वाले उस अंगारक की तरह का नहीं होना चाहिए, जो पेड़ को पहले तो काटकर सुखा देता है और फिर सूखी हुई लकड़ी के रूप में ले जाकर उसका कोयला बना देता है।)

(राजा को चाहिए कि सदा अपनी प्रजा के प्रति सरल और कोमल दृष्टि रखे। मानो स्नेह प्रवाहित हो रहा हो। ऐसे राजा के प्रति जनता सदा अनुराग रखती है, भले ही वह राजा अधिक कुछ भाषण आदि न करे। जो राजा अपनी प्रजा को स्नेहपूर्ण नेत्रों से, सरल निश्छल मन से, कोमल हितकर वाणी से और कल्याणकारी कर्म से प्रसन्न रखता है, प्रजा सदा उसका अनुसरण करती है। अन्यायी राजा अपने बाप-दादों के राज्य को उसी प्रकार खो बैठता है, जैसे बादल हवा से छिन्न-भिन्न हो जाते हैं। अन्याय की तेज हवा वंशानुगत राज्यरूपी बादलों को तितर-बितर कर देती है। धर्म का आचरण करने वाले राजा से पृथ्वी प्रसन्न रहती है और वह धन-धान्य से भर उठती है तथा राजा के ऐश्वर्य को बढ़ाती है। अधर्म का आचरण करने वाले राजा के राज्य की पृथ्वी मन से सिकुड़ जाती है, जैसे अंगारे पर रखा हुआ चमड़ा सिकुड़ जाता है। राजा को राज्य की रक्षा उसी

तत्परता से करनी चाहिए, जिस तत्परता से वह अन्य राष्ट्रों का विमर्दन करता है। धर्म से ही राज्य को प्राप्त करना चाहिए और धर्म से ही राज्य की रक्षा करनी चाहिए। क्योंकि धर्माचरण कर रहे राजा को राज्यलक्ष्मी नहीं छोड़ती और ऐसा राजा भी कभी धर्ममूलक राज्यलक्ष्मी को नहीं छोड़ता।)

मनुस्मृति में भी सप्तम अध्याय के 129वें श्लोक में यही बात कही गई है—

यथाल्पाल्पमदंत्याद्यं वार्योकोवत्सषट्पदाः।
तथाल्पाल्पो अहीतव्यो राष्ट्राद्राशाब्दिकः करः॥ [30]

अर्थात् राजा को सदा प्रतिवर्ष प्रजा से अल्प कर ही ग्रहण करना चाहिए। जैसे—जोंक बहुत धीरे से रक्त पीती है या बछड़ा माँ का दूध पीता है या भौंरा फूल से मधु का संचय करता है।

मनु ने कहा है कि सुवर्ण का पचासवाँ भाग ही कर के रूप में लेना चाहिए तथा पशुओं का भी पचासवाँ भाग कर रूप में लेना चाहिए। धान्य का पृथ्वी की उर्वरता एवं किए गए परिश्रम आदि का विचार करते हुए छठा या आठवाँ या बारहवाँ भाग लेना चाहिए—

पन्चाशदभाग आदेयो राज्ञा पशुहिरण्ययीः।
धान्यानामष्टमो भागः षष्ठो द्वादश एव वा॥ 130॥ [31]

इसी प्रकार वृक्ष, मांस, मधु, घी, सुगंध, औषधियाँ, लवणादि, विविध रस, पुष्प, फल, मूल, पत्ते, शाक, घास, चमड़ा, बाँस और मिट्टी के बरतन तथा पत्थर की बनी सभी वस्तुओं का छठा भाग कर के रूप में ग्रहण करना चाहिए। सामान्य व्यापार करने वालों से थोड़ा बहुत वार्षिक कर ग्रहण करे। शिल्पियों यथा—बढ़ई, लुहार तथा अन्य कारीगर और भारवाही श्रमिकों से महीने में एक दिन बिना वेतन के काम करा ले। इसके अतिरिक्त और कोई कर नहीं ले। कभी भी अधिक लोभ से प्रजा का मूल ही उच्छेदन न करे, क्योंकि इससे स्वयं राजा का उच्छेदन हो जाता है—

आददीताथ षड्भागं द्रुमांसमधुसर्पिषाम्।
गन्धौषधिरसानां च पुष्पमूलफलस्य च॥ 131॥
पत्रशाकतृणानां च चर्मणां वैदलस्य च।
मृन्मयानां च भाण्डानां सर्वस्याश्ममयस्य च॥ 132॥
कारूकान्छिल्पिनश्चैव शूद्रांश्चात्मोपजीविनः॥
एकैकं कारयेत्कर्म मासि मासि महीपतिः॥ 138।
नोच्छिन्द्यादात्मनो मूलं परेषां चातितृष्णया।
उच्छिन्दन्ह्यात्मनो मूलमात्मानं तांश्च पीडयेत्॥ 139॥ [32]

व्यापारियों पर कर लगाते समय राजा को किन बातों पर ध्यान देना चाहिए, इसका भी धर्मशास्त्रों में विस्तार से प्रतिपादन है। महाभारत के शांतिपर्व में 83वें अध्याय में श्लोक 13, 14 एवं 15 में कहा गया है—

रक्षाभ्यधिकृता नाम तेभ्यो रक्षेदिमाः प्रजाः॥
विक्रयं क्रयमध्वानं भक्तं च सपरिच्छदम्॥ 13॥
योगक्षेमं च सम्प्रेक्ष्य वणिजां कारयेत् करान्।
उत्पत्तिं दानवृत्तिं च शिल्पं सम्प्रेक्ष्य चासकृत्॥ 14॥
शिल्पं प्रति करानेवं शिल्पिनः प्रति कारयेत्।
उच्चावच्च दाप्या महाराज्ञा युधिष्ठिर॥ 15॥[33]

राजा को माल की खरीद-बिक्री, उसके मँगाने का खर्च, उसमें काम करने वाले नौकरों के वेतन तथा बचत और योगक्षेम के निर्वाह की ओर दृष्टि रखकर ही व्यापारियों पर कर लगाना चाहिए। इसी प्रकार शिल्पियों की श्रेणियों और शिल्पकारों पर कर लगाते समय शिल्प की रचना, उसकी खपत और उसकी उत्कृष्टता के स्तर को भलीभाँति परखने के बाद ही कर लगाया जाए। लोगों की हैसियत के अनुसार ऊँच-नीच का विचार कर भारी और हल्का कर लगाना चाहिए। इस प्रकार शिल्पियों के परिश्रम और उनकी कुशलता दोनों का विचार करके ही कर निर्धारण करना चाहिए। शुक्र का कथन है कि श्रमिकों और शिल्पियों को कर के रूप में प्रत्येक पक्ष में एक दिन अपने शिल्प और दक्षता का योगदान राज्य के कार्य के लिए देना चाहिए, यही उनका कर है। गौतम ने कहा है कि उस दिन राजा श्रमिकों और शिल्पियों को अपनी ओर से भोजन कराएगा। सभी धर्मशास्त्र कहते हैं कि प्रजाजनों की रक्षा के लिए कर के रूप में मानो राजा को वेतन ही मिलता है। अतः राजकोष में अपने हिस्से का भाग या बलि अर्थात् कर या वस्तु का अर्पण अवश्य करना चाहिए। इस विषय में चाणक्य और कामंदक दोनों ने कर संग्रहण करने वाले विभागों के विस्तृत विवरण दिए हैं। इससे पता चलता है कि राज्य व्यवस्था भारत में कितने प्राचीन समय से कितनी व्यवस्थित रही है। इसीलिए राजकोष का धर्ममय स्वरूप धर्मशास्त्रकारों ने स्पष्ट किया है तथा अधर्म के विषय में भी स्पष्ट कथन हैं, क्योंकि राजा धर्म, धर्मशास्त्र, धर्मपरंपरा एवं लोकपरंपरा के अधीन ही शासक है। वह स्वयंभू सर्वाधिकारी नहीं है।

संदर्भ—

1. मनुस्मृति, अध्याय 7, श्लोक 65 (कोष राजा के अधीन ही हो) एवं उस पर कुल्लूक भट्ट की टीका
2. मनुस्मृति, अध्याय 7, श्लोक 130 गौतम धर्मसूत्र, अध्याय 10, खंड 24

3. मनुस्मृति, अध्याय 10, श्लोक 118, कौटिल्य अर्थशास्त्र 5/2, शुक्रनीति-4/2/9-10
4. कौटिलीय अर्थशास्त्र, द्वितीय अधिकरण, अष्टम अध्याय—'कोशपूर्वा: सर्वारम्भा:। तस्मात्पूर्व कोशमवेक्षेत'।
5. महाभारत, शांतिपर्व, अध्याय 119, श्लोक 16
6. पांडुरंग वामन काणे, धर्मशास्त्र का इतिहास, तृतीय खंड, अध्याय 7 (हिंदी अनुवाद, उत्तर प्रदेश हिंदी संस्थान, लखनऊ द्वारा प्रकाशित)
7. मनुस्मृति, अध्याय 7, श्लोक 130। विष्णुधर्मसूत्र 3/22-23 एवं गौतम धर्मसूत्र 10-24
8. कौटिलीय अर्थशास्त्र, पंचम अधिकरण, द्वितीय अध्याय, कोशाभिसंहरणम्
9. मनुस्मृति, अध्याय 7, श्लोक 133 से 136
10. कौटिलीय अर्थशास्त्र, योगवृत्त, पंचम अधिकरण, प्रथम एवं द्वितीय अध्याय तथा शुक्रनीतिसार, चतुर्थ अध्याय, द्वितीय प्रकरण।
11. कौटिलीय अर्थशास्त्र, योगवृत्त, पंचम अधिकरण, द्वितीय अध्याय
12. उपर्युक्त
13. उपर्युक्त में द्वितीय अध्याय
14. शुक्रनीतिसार, चतुर्थ अध्याय, चतुर्थ प्रकरण, श्लोक 60 एवं 61
15. कौटिलीय अर्थशास्त्र, योगवृत्त, पंचम अधिकरण, द्वितीय अध्याय
16. कौटिलीय अर्थशास्त्र, द्वितीय अधिकरण, प्रथम अध्याय, सूत्र 17
17. देखें, याज्ञवल्क्य स्मृति, व्यवहारा अध्याय। शुक्रनीतिसार, चतुर्थ अध्याय, द्वितीय प्रकरण, कोष निरूपण तथा मनुस्मृति, सप्तम अध्याय
18. देखें, पांडुरंग वामन काणे, धर्मशास्त्र का इतिहास, द्वितीय भाग, अध्याय 7
19. उपर्युक्त
20. कौटिलीय अर्थशास्त्र, द्वितीय अधिकरण, प्रथम अध्याय, जनपद निवेश
21. कौटिलीय अर्थशास्त्र, द्वितीय अधिकरण, अध्याय 21
22. उपर्युक्त
23. शुक्रनीतिसार, चतुर्थ अध्याय, पंचम प्रकरण,
24. मनुस्मृति, अध्याय 8, श्लोक 394-395
25. कौटिलीय अर्थशास्त्र, द्वितीय अधिकरण, 12वाँ अध्याय
26. देखें, पांडुरंग वामन काणे, पूर्वोद्धृत, धर्मशास्त्र का इतिहास, द्वितीय भाग, अध्याय 7, शुल्क के विभिन्न रूप, पृष्ठ 671-673
27. वही
28. मनुस्मृति, पूर्वोद्धृत
29. महाभारत, उद्योग पर्व के अंतर्गत, प्रजागर पर्व, अध्याय 34, श्लोक 17-18, 23, 25 तथा 27-31
30. मनुस्मृति, अध्याय 7, श्लोक 129
31. मनुस्मृति, अध्याय 7, श्लोक 130
32. मनुस्मृति, अध्याय 7, श्लोक 131-132 तथा 138-139
33. महाभारत, शांतिपर्व, अध्याय 83, श्लोक 13-15

□

6

सुरक्षा और सुव्यवस्था के आधार और स्वरूप

सुरक्षा और सुव्यवस्था के दो तल हैं—

1. राज्य की सुरक्षा एवं सुव्यवस्था
2. समाज की सुरक्षा एवं सुव्यवस्था

राज्य समाज की ही प्रतिनिधि संस्था है। यही उसकी वैधता है। भारत का संविधान भी यही कहता है कि 'हम भारत के लोगों ने इस लोकतांत्रिक गणराज्य के संचालन के लिए इस संविधान को अंगीकृत, अधिनियमित और आत्मार्पित किया है।'[1] अत: संविधान की वैधता भारत के लोगों से है। अन्य कोई बाहरी शक्ति या 'अथॉरिटी' संविधान की वैधता का आधार नहीं है।

राज्य एवं समाज दोनों की सुरक्षा के लिए राज्य ही अधिकृत संस्था है। राज्य तथा समाज की सुरक्षा वह कानून एवं व्यवस्था बनाए रखने के लिए रचित संस्थाओं के द्वारा करता है। संविधान में भाग 14 के अंतर्गत अध्याय 1 में वर्णित 'सर्विसेस' हैं। अनुच्छेद 309 के अंतर्गत संघ या राज्य की सेवा करने वाले व्यक्तियों की भरती और सेवा की शर्तें दी गई हैं। अनुच्छेद 310 में उनकी पदावली तथा अनुच्छेद 311 में पदच्युत् करने अथवा पद से हटाए जाने या अवनति किए जाने संबंधी प्रावधान हैं। अनुच्छेद 312 में अखिल भारतीय सेवाएँ दी गई हैं, जो वस्तुत: भारतीय प्रशासनिक सेवाएँ एवं भारतीय पुलिस सेवाएँ हैं। इसके साथ ही अखिल भारतीय न्यायिक सेवा भी इसी अनुच्छेद के अंतर्गत आती है।[2] भाग 14 के अध्याय 2 में लोकसेवा आयोग का प्रावधान है। इसके साथ ही भाग 14क में अभिकरणों का प्रावधान है।[3] भाग 16 में अनुसूचित जातियों और जनजातियों के लिए आरक्षण के प्रावधान हैं, जिनमें अब अन्य पिछड़ा वर्ग का आरक्षण भी जुड़ गया है। लोकसभा और राज्यों की विधानसभा दोनों जगह अनुसूचित जातियों एवं अनुसूचित जनजातियों का आरक्षण है। साथ ही लोकसभा में और राज्यों की विधानसभाओं में आँग्ल-भारतीय (एंग्लो-इंडियन) समुदाय के प्रतिनिधित्व की विशेष व्यवस्था है।[4] अनुच्छेद 341 में अनुसूचित जातियों के विषय में प्रावधान है और अनुच्छेद

342 में अनुसूचित जनजातियों के विषय में प्रावधान है।[5] दूसरी ओर, अनुच्छेद 154 से 162 तक राज्यों की कार्यपालिका शक्ति के विषय में प्रावधान है।[6]

अनुच्छेद 309, 310 और 311 में राज्यों की भी सिविल सेवाओं का सामान्य स्वरूप निर्धारित है।[7] परंतु वस्तुत: इन सेवाओं की संरचना के विषय में संविधान कुछ नहीं कहता। अत: ये सभी संरचनाएँ शासक दल और प्रशासकों के विवेक के अधीन हैं। समाज की सुरक्षा का समस्त दायित्व इन्हीं सेवाओं को सौंप दिया गया है। औपचारिक रूप से सभी सेवाएँ और संपूर्ण शासन भारत के लोगों के लिए ही है, परंतु इस कथन का सामान्य अर्थ और महत्त्व एक काव्यात्मक या अलंकारिक कथन के अतिरिक्त और कुछ नहीं है। किसी भी प्रादेशिक सेवा की संरचना और कार्यशैली पर भारतीय समाज का और भारतीय राज्य परंपरा, राज परंपरा एवं न्यायालय का कोई भी नियंत्रण नहीं है।

इसी प्रकार संविधान के भाग 5 के अध्याय 4 में संघ की न्यायपालिका का स्वरूप निर्धारित किया गया है, जो अनुच्छेद 124 से अनुच्छेद 147 तक है।[8] साथ ही, भाग 6 के अध्याय 5 में अनुच्छेद 214 से अनुच्छेद 231 तक राज्यों के उच्च न्यायालयों और अध्याय 6 में अनुच्छेद 233 से अनुच्छेद 237 तक अधीनस्थ न्यायालयों के संबंध में प्रावधान हैं।[9] न्यायालयों का उद्देश्य भी भारतीय समाज को सुरक्षा और सुव्यवस्था प्रदान करना तथा इन्हें भंग करने वालों को दंडित करना और पीड़ितों के साथ न्याय करना है, परंतु समस्त न्यायिक प्रक्रिया में भारत के बहुसंख्यक समाज की अब तक की न्यायिक परंपराओं, विधि संबंधी मान्यताओं और विधिक परंपराओं का कोई स्थान नहीं है।

परंपरा से भारतीय समाज की सुरक्षा का मुख्य आधार तो राज्य था ही, परंतु स्थानीय स्तर पर स्वायत्त संस्थाएँ तथा स्थानीय जाति पंचायतें, गाँव और मेड़ी की पंचायतें, खाप पंचायतें आदि ही सुरक्षा एवं सुव्यवस्था का आधार रही हैं, परंतु वे सभी वर्तमान समय में अवैध घोषित हैं। इसी प्रकार गाँवों के अनेक हिस्सों में ग्राम रक्षक दल भी परंपरा से होते रहे हैं। अब उनका भी कोई विधिक अस्तित्व नहीं है। नागरिकों के समूह शासन के समक्ष समितियाँ पंजीकृत करके अंग्रेजी काल में बनाए गए सोसायटी रजिस्ट्रेशन एक्ट 1860 के अंतर्गत काम कर सकते हैं और अपने ढंग से स्थानीय पुलिस के संज्ञान में लाकर स्थानीय सुरक्षा की व्यवस्था भी कर सकते हैं, परंतु परंपरा से गाँव की सुरक्षा और सुव्यवस्था के जो भी आधार थे, वे सब अवैध घोषित हो चुके हैं।

राज्य की सुरक्षा एवं सुव्यवस्था

राज्य की सुरक्षा एवं सुव्यवस्था का वर्तमान संरचना में बहुत ही अच्छा स्थान है। सीमाओं की तथा राज्य की सभी महत्त्वपूर्ण संस्थाओं की सुरक्षा के लिए भारतीय सेनाएँ हैं और अर्धसैनिक बल हैं। साथ ही, पुलिस भी है। घोषित तौर पर पुलिस का

काम नागरिकों की सुरक्षा करना है, परंतु पुलिस पर नागरिकों का कोई नियंत्रण नहीं है। इसके नितांत विपरीत, राज्य के अधिकारी, राजकीय नेताओं अर्थात् पार्षदों, विधायकों, सांसदों, राज्य के मंत्रियों और मुख्यमंत्री तथा केंद्र के मंत्रियों तथा कैबिनेट सचिव, मुख्य सचिवों और सभी महत्त्वपूर्ण सचिवों की ओर से पुलिस के जरिए नागरिकों के जीवन को नियंत्रित और प्रभावित करते हैं। इस प्रकार पुलिस के द्वारा सुरक्षा से अधिक नियंत्रण ही किया जाता है। जबकि पुलिस पर नागरिकों का कोई भी नियंत्रण नहीं है और भारतीय संस्कृति, धर्म तथा परंपरा का भी पुलिस अधिकारियों, कर्मचारियों आदि को कोई भी ज्ञान या प्रशिक्षण नहीं दिया जाता। इसके विपरीत उन्हें एंग्लो-क्रिश्चियन आस्थाओं, मान्यताओं और कानूनों का ही ज्ञान दिया जाता है। उनके कार्य व्यवहार और कार्य की संस्कृति पर हिंदुत्व अर्थात् भारतीयता के अनुशासन की कोई व्यवस्था नहीं है। अपितु क्रिश्चियन अनुशासन की ही व्यवस्था है। इस कारण व्यवहार के स्तर पर पुलिस बल भारतीय संस्कृति और समाज का पालन-पोषण कर रही संस्थाओं के लिए अजनबी (एलियन) और अपरिचित ही होते हैं। उन्हें वस्तुतः यूरो-इंडियन आस्थाओं वाले राजकीय अधिकारियों के ही निर्देश का पालन करना सिखाया जाता है और यही उनका आदर्श माना जाता है। अतः सेवा और सुरक्षा की बात एक सुहाना नारा ही है। पुलिस के द्वारा राजकीय लोग जनगण के जीवन को नियंत्रित करते हैं। निश्चय ही, जिस सीमा तक वे अपराधियों को नियंत्रित करते हैं, उस सीमा तक वह नागरिकों के जीवन को राहत देने वाला काम है, परंतु शेष समय वे सामान्य नागरिक जीवन को बाधित ही करते हैं। उदाहरण के लिए, यदि कोई व्यक्ति किसी से दुर्व्यवहार करता है अथवा माताओं-बहनों-बेटियों के साथ अनुचित व्यवहार करता है, तो उसे दंडित करने की अनुमति संबंधित पीड़ित के परिजनों को नहीं है और स्थानीय पंचायतों को भी नहीं है। पीड़ित से अपेक्षा की जाती है कि वह थाने जाए और शिकायत दर्ज करा दे, जो दर्ज कराना भी स्वयं में एक थकाऊ और विरक्ति उत्पन्न करने वाली प्रक्रिया है। इसके बाद नागरिकों की समस्याओं के संदर्भ में अत्यल्प संख्या वाले थाने के सिपाहियों से अपेक्षा की जाती है कि वे ऐसे हर दुर्व्यवहार की जाँच कर फिर अभियुक्त पर अभियोग दर्ज करें और न्यायालय में उसे प्रस्तुत करें, जहाँ वर्षों बाद अनेक अवरोधों और व्यवधानों के उपरांत न्याय मिलने की आशा है। इस प्रकार आत्मगौरव और आत्मसम्मान की रक्षा का नागरिक अधिकार इस पुलिस व्यवस्था के द्वारा निरंतर बाधित है।

इसी प्रकार यदि कोई चोर चोरी करते हुए पकड़ लिया जाए, तो उसकी भी रिपोर्ट थाने में करनी आवश्यक है। आप सीधे उससे माल नहीं ले सकते और उसे दंडित भी नहीं कर सकते। कोई घर में आगजनी कर रहा हो, तो धर्मशास्त्रों के अनुसार उसके वध की व्यवस्था है, परंतु वर्तमान कानूनों के रहते आप यह नहीं कर सकते, अपितु पहले

तो शोरगुल मचाकर किसी प्रकार उसे रोकना होगा और फिर पुलिस को बुलाना होगा। जब वह आ जाए तब मुकदमा दर्ज कराना होगा, जिसकी जाँच पुलिस कर्मचारी अपनी भीषण व्यस्तताओं के बीच आराम से करेगा। उसमें अभियुक्त की और अभियुक्त के पक्ष के साक्षी का भी महत्त्व है और उससे प्रकरण उलझने की पूरी संभावना रहती है। अर्थात् जिन आततायियों का वध धर्मशास्त्र के अनुसार धर्मादेश है, उसके पाप की रिपोर्ट आप पुलिस को कीजिए और फिर प्रतीक्षा कीजिए कि सामने प्रत्यक्ष पाप कर चुका व्यक्ति अदंडित रह जाए अथवा उल्टा आप पर ही अभियोग लग जाए।

इसी प्रकार आपके इष्टदेव को, आपके धर्म को और स्वयं भारत माता को अपशब्द कहने वाले व्यक्ति का आप वध नहीं कर सकते, जबकि ऐसे आततायी का वध धर्मशास्त्र का आदेश है। आप जाइए, पुलिस में उसकी रिपोर्ट कीजिए। आततायी को झूठा मामला बनाने का आपके समकक्ष अवसर सुलभ है और आप निरीह भाव से सबकुछ देखने को विवश हैं। इसी अर्थ में, पुलिस का उपयोग सेवा और सुरक्षा के नाम पर नागरिक जीवन को नियंत्रित करने के लिए होता है।

पुलिस राजकीय एजेंसी ही है और इसीलिए उसका वास्तविक काम राज्य की और राज्यकर्ताओं की सुरक्षा करना ही रह गया है। समाज राज्य के और राज्यकर्ताओं के नियंत्रण में रहे, कोई भी नागरिक या व्यक्ति राज्य और राज्यकर्ताओं के नियंत्रण से बाहर कोई भी काम न कर सके, यह देखना ही सिद्धांत के स्तर पर और संरचना के स्तर पर पुलिस का काम रह गया है। यद्यपि औपचारिक घोषणा के स्तर पर पुलिस का काम जन सुरक्षा है, परंतु जन के जीवन के विषय में सभी निर्णय राज्यकर्ता ही ले रहे हैं और उन लिये गए निर्णयों को लागू कराना ही पुलिस की जिम्मेदारी है। इस प्रकार पुलिस वस्तुतः राज्य और राज्यकर्ताओं की ओर से नागरिकों और व्यक्तियों के नियंत्रण के लिए ही है। यही सुरक्षा एवं सुव्यवस्था के संबंध में वास्तविक स्थिति है।

संदर्भ—

1. भारत का संविधान : उद्देशिका (प्रिएम्बल), भारत सरकार, विधि, न्याय और कंपनी कार्य मंत्रालय, विधायी विभाग, राजभाषा खंड, नई दिल्ली द्वारा 1991 में प्रकाशित
2. उपर्युक्त संविधान, भाग 14, संघ और राज्यों के अधीन सेवाएँ, अध्याय 1, सर्विसेस (सेवाएँ) अनुच्छेद 309, 310, 311 एवं 312
3. उपर्युक्त संविधान, भाग 14 में अध्याय 2, लोकसेवा आयोग, अनुच्छेद 315 से 323 एवं भाग 14 (क) अधिकरण अनुच्छेद 323 (क) एवं 323 (ख)
4. उपर्युक्त संविधान, भाग 16, कुछ वर्गों के संबंध में विशेष उपबंध, अनुच्छेद 330 से 337
5. उपर्युक्त संविधान, भाग 16, अनुच्छेद 341 एवं 342
6. उपर्युक्त संविधान, भाग 6, अध्याय 2, अनुच्छेद 154 से 162

7. उपर्युक्त संविधान, भाग 14, अध्याय 1, अनुच्छेद 309 से 311
8. उपर्युक्त संविधान, भाग 5, अध्याय 4, संघ की न्यायपालिका, अनुच्छेद 124 से 147
9. उपर्युक्त संविधान, भाग 6, अध्याय 5, राज्यों के उच्च न्यायालय, अनुच्छेद 214 से 231 तथा अध्याय 6, अनुच्छेद 233 से 237

□

7

समृद्धि, संपत्ति और सुख

समृद्धि, संपत्ति और सुख धर्मशास्त्रीय एवं अर्थशास्त्रीय चिंतन के मूल लक्ष्य हैं। समृद्धि, संपत्ति और सुख संबंधी दृष्टि ही किसी भी धर्मशास्त्र एवं अर्थशास्त्र की मूल प्रकृति को रचती है। भिन्न-भिन्न दृष्टियाँ भिन्न-भिन्न प्रकार के धर्मशास्त्र एवं अर्थशास्त्र को जन्म देती हैं।

समृद्धि क्या है? 'ऋषु वृद्धौ' धातु से ('ऋध्यति' इस अर्थ में) ऋद्धि शब्द बना है।[1] जिसका अर्थ है वृद्धि होना, बढ़ना, श्रीमान होना, वृद्धि करना, आनंदित करना, पूर्ण करना। सम्यक् ऋद्धि ही समृद्धि है। इस प्रकार समृद्धि का शास्त्रीय अर्थ है पूर्णता। जो वस्तुएँ व्यक्ति, परिवार, समूह, समाज या राष्ट्र की अपूर्णता को दूर करें, उन वस्तुओं को प्राप्त करना, उन्हें अर्जित कर उन पर स्वामित्व पाना ही समृद्ध होना है। इस प्रकार संपत्तिशाली या संपत्तिवान व्यक्ति को ही समृद्ध कहा जाता है। संपत्ति क्या है? किसी कर्म को संपादित करने के लिए अपेक्षित योग्यता होना, साधन होना ही संपत्ति है।

अत: समृद्धि की धारणा इस आधार पर टिकी है कि कोई व्यक्ति, परिवार, समूह, समाज या राष्ट्र की पूर्णता और अपूर्णता की क्या धारणा रखता है। अपूर्णता से मुक्ति और पूर्णता की प्राप्ति ही समृद्धि है। इसी प्रकार, संपत्ति संबंधी अवधारणा, इस दृष्टि, आस्था या मान्यता पर निर्भर है कि कोई व्यक्ति, परिवार, समूह, समाज या राष्ट्र किन कर्मों के संपादन को श्रेयस्कर मानता है, उचित और वांछित मानता है, धर्ममय एवं श्रेष्ठ मानता है या फिर किन कर्मों को वह सुखकारक या आनंदप्रद मानता है। इस तरह पूर्णता और सुख की, समृद्धि और आनंद की धारणा ही संपत्ति संबंधी धारणाओं का आधार है। योग्यता-अयोग्यता का भी यही आधार है।

इस प्रकार धर्मशास्त्र और अर्थशास्त्र भी जीवन-दृष्टि, मूल्य-दृष्टि, आदर्श-दृष्टि एवं विश्व-दृष्टि का अभिन्न अंग है। अत: भिन्न-भिन्न विश्व-दृष्टियों एवं भिन्न-भिन्न संस्कृतियों के अर्थशास्त्र भी भिन्न-भिन्न होंगे और धर्मशास्त्र भी। कोई एक सार्वभौम संस्कृति विश्व में आज तक नहीं रही है, न ही ऐसा होना वांछित है।

जिसे आधुनिक यूरो-अमेरिकी पदावली में 'कल्चर' (संस्कृति) कहा जाता है, उसके लिए भारतीय शास्त्रीय पद है—'धर्म'। भिन्न-भिन्न कुलों, परिवारों, समूहों, जनपदों एवं राष्ट्रों के भिन्न-भिन्न धर्म होते हैं, परंतु वे सब 'सामान्य धर्म' के अंतर्गत हैं। 'सामान्य धर्म' सार्वभौम हैं, सार्ववर्णिक हैं। महाभारत के अनुसार, 'अक्रोध, सत्यवचन, धन का न्यायपूर्ण संविभाग, क्षमाशीलता, स्व-पत्नी से संतति उत्पन्न करना, आंतरिक एवं बाहरी पवित्रता, प्राणियों के प्रति द्रोह का अभाव, मन की ऋजुता तथा सेवक का भरण-पोषण, ये नौ धर्म सार्ववर्णिक सार्वभौम हैं।[2] मनुस्मृति के अनुसार अहिंसा, सत्य, अस्तेय, शौच और इंद्रिय-संयम—ये सामासिक धर्म हैं, जो सभी के द्वारा पालनीय हैं।[3] (10/63)

अन्य संस्कृतियों में धर्म अर्थात् संस्कृति की मान्यताएँ भिन्न-भिन्न हैं। ख्रीस्त पंथ जीसस, चर्च एवं होली घोस्ट में आस्था को तथा चर्च के अनुशासन में जीवन जीने को ही परम धर्म या श्रेष्ठतम जीवन-लक्ष्य मानता है। इस्लाम अल्लाह और पैगंबर मुहम्मद में तथा उनके द्वारा प्रकट कुरान शरीफ का आस्थापूर्ण पालन ही सर्वश्रेष्ठ जीवन-लक्ष्य मानता है। मार्क्सवाद सर्वहारा की तानाशाही की स्थापना के लिए पार्टी-अनुशासन में रहकर कार्य करने को ही सर्वश्रेष्ठ जीवन लक्ष्य मानता है, ताकि भविष्य में कभी पूर्ण समतामूलक भौतिकवादी समाज की स्थापना साकार हो सके।

इस प्रकार क्रिश्चियन, मुस्लिम एवं कम्युनिस्ट संस्कृति में कोई भी सार्वभौम नियम या धर्म मान्य नहीं है। वहाँ स्वपंथ आस्था एवं अन्य पंथों का अनादर, तिरस्कार, विरोध या स्वपंथ में अन्य के युक्तिपूर्वक तथा बलपूर्वक रूपांतरण को ही संस्कृति माना जाता है, जो कि भारतीय दृष्टि से असांस्कृतिक एवं अधर्ममय दृष्टि है। केवल प्रबुद्ध यूरो-अमेरिकी जनों में उभरी लोकतांत्रिक दृष्टि को भारतीय दृष्टि से सुसंस्कृत के निकट कहा जाएगा।

'वेल्थ' और 'मनी': आधुनिक यूरोपीय दृष्टि

तदनुसार इन भिन्न-भिन्न संस्कृतियों की अपनी-अपनी अर्थ-दृष्टियाँ हैं। आधुनिक यूरोपीय अर्थशास्त्र की अर्थदृष्टि के अनुसार, "'वेल्थ' या संपत्ति की परिभाषा यह है कि किसी भी व्यक्ति की 'वेल्थ' उसके स्वामित्व की ऐसी समस्त चल-अचल वस्तुओं का कुल 'स्टॉक' है, जिन वस्तुओं की कोई 'मार्केट वेल्यू' हो अर्थात् उन वस्तुओं के विनिमय स्वरूप धन या अन्य वस्तुएँ मिल सकती हों।" इसका अर्थ है कि उनके स्वत्व अर्थात् स्वामित्व का हस्तांतरण संभव हो। इसमें घर, स्टॉक, शेयर, बैंक अकाउंट आदि तो शामिल हैं ही, व्यापारिक एवं प्रोफेशनल 'कनेक्शंस' तथा संबंधित हुनर की कीमत भी शामिल है। इस दृष्टि से 'मानवीय संपत्ति' एवं 'गैर-मानवीय संपत्ति' का वर्गीकरण भी किया जाता है। संपत्ति (वेल्थ) का एक आधारभूत गुण है कि वह आय उत्पादन का एक

जरिया है। आय वस्तुतः 'वेल्थ' पर मिलने वाला 'रिटर्न' है। इसी अर्थ में मानवीय श्रम भी संपत्ति (वेल्थ) है, क्योंकि वह भी आय उत्पादन का जरिया है।

यूरोप में पहले 'मनी' का प्रचलित अर्थ था सोने-चाँदी-जवाहरात, गाय-बैल-घोड़े तथा अन्य ऐसी वस्तुएँ, जिनकी कीमत अंतर्निहित मान्य थी, क्योंकि उनके द्वारा भी भुगतान होता था। वस्तुतः हर वह वस्तु 'मनी' है, जो ऋण की अदायगी के साधन के रूप में सामान्यतः मान्य है। आधुनिक अर्थ-व्यवस्था में 'मनी' का सामान्य अर्थ है शासन अथवा बैंक की देयताएँ अर्थात् शासन एवं बैंकों पर व्यक्तियों के दावे (क्लेम)। शासन के स्तर पर नोट और सिक्के तथा बैंकों के स्तर पर बैंक खाते ही व्यक्तियों की 'मनी' का प्रचलित रूप है। 'मनी' के इस स्वरूप का कोई स्वयं में अंतर्निहित मूल्य नहीं है, अपितु वह वस्तुओं के विनिमय में सार्वभौम रूप से स्वीकार्य उस 'विश्वास' का प्रतीक चिह्न है, जो विश्वास व्यक्ति बैंकों एवं शासन पर रखते हैं। अतः 'मनी' इस प्रकार बैंकों पर और 'राज्य' पर लोगों के 'फेथ' का प्रतीक चिह्न मात्र हैं, क्रमशः बैंक खाते तथा नोटों-सिक्कों के रूप में। अर्थात् आधुनिक समय में जिसे सामान्यतः 'मनी' कहा और माना जाता है, वह बैंकों एवं राज्यांगों पर लोगों के 'फेथ' का 'टोकन' है। यह टोकन राज्य या बैंक द्वारा संबंधित लोगों की संपदा को किसी-न-किसी रूप में रेहन रखकर ही दिया जाता है। इस संपदा में मानवीय श्रम सहित 'वेल्थ' के विविध रूप समाहित हैं—घर, जमीन, मकान, स्टॉक, शेयर, बैंक खाता, व्यापारिक कनेक्शंस, प्रोफेशनल कनेक्शंस, हुनर के हस्तांतरण से प्राप्त आय आदि। 'मनी' और संपत्ति (वेल्थ) की इस परिभाषा, मान्यता एवं दृष्टि में राज्य की सर्वोपरिता और व्यक्ति की राज्य द्वारा मान्य सीमा तक स्वतंत्रता एवं गतिशीलता अंतर्निहित है। इस प्रकार वर्तमान अर्थशास्त्र व्यवहार में, व्यक्ति एवं राज्य—इन दो आधारभूत इकाइयों को ही मूलतः मान्यता देता है। राज्य की स्वीकृति से व्यक्तियों के विविध निकाय निर्दिष्ट मर्यादा में गतिशील एवं कार्यरत रह सकते हैं। यह है संपत्ति संबंधी आधुनिक यूरो-अमेरिकी दृष्टि जो इन दिनों लगभग सार्वभौम है। भारत में भी संपत्ति की यही दृष्टि इन दिनों अधिकृत तौर पर मान्य एवं प्रभावी है। ऐसी स्थिति में समृद्धि के हिंसक या अहिंसक होने का परीक्षण राजकीय नीतियों एवं नियमों के आधारों का परीक्षण करके ही हो सकता है, क्योंकि संपत्ति के रूपों और सीमाओं तथा विनिमय एवं विनिवेश का स्वरूप-निर्धारण इन दिनों राज्य द्वारा ही नियंत्रित है।

संपत्ति : भारतीय दृष्टि

संपत्ति संबंधी भारतीय दृष्टि इससे नितांत भिन्न रही है। अधिकांश भारतीय धर्मशास्त्रों में संपत्ति दो प्रकार की कही गई है—1. स्थावर, जैसे कि भूमि खंड और घर तथा 2. जंगम (बृहस्पति स्मृति एवं कात्यायन स्मृति द्रष्टव्य)। याज्ञवल्क्य

स्मृति आदि में संपत्ति के तीन प्रकार कहे गए हैं—1. भू (भूमि खंड और घर), 2. निबंध (बंधान) और 3. द्रव्य, यों द्रव्य चल और अचल दोनों प्रकार की संपत्तियों का द्योतक माना गया है। 'निबंध' का अर्थ है वह स्थायी द्रव्य जो दान अथवा आवधिक शुल्क के रूप में किसी व्यक्ति या निकाय को राज्य द्वारा अथवा किसी संगठन (पंचायत, श्रेणी, निगम आदि) द्वारा दिया जाए।

संपत्ति को 'दाय' भी कहते हैं। भारतीय शास्त्रों में संपत्ति के लिए 'दाय' शब्द का प्रयोग अत्यंत प्राचीन है।[4] इस प्रकार, दाय, संपत्ति और धन शब्द प्रायः पर्यायवाची हो जाते हैं।

पैतृक संपत्ति को 'अप्रतिबंध दाय' कहा जाता है। दूसरी ओर, जब पैतृक संपत्ति अन्य कुटुंबी को दी जाती है, तो उसे 'सप्रतिबंध दाय' कहा जाता है। ये सभी दाय सप्रतिबंध ही होते हैं, क्योंकि पिता या स्वामी की मृत्यु हो जाने अथवा उसके पतित हो जाने या संन्यासी हो जाने के उपरांत ही पुत्र, पौत्र, पुत्री, पत्नी आदि को दाय का स्वामित्व प्राप्त होता है।[5]

इसीलिए स्वत्व या स्वामित्व का प्रश्न संपत्ति के संबंध में अत्यंत महत्त्वपूर्ण है। स्वत्व के पाँच उद्गम या स्रोत हैं—1. रिक्थ या वसीयत, 2. क्रय या खरीद, 3. संविभाग या विभाजन, 4. परिग्रह अर्थात् बलपूर्वक ली हुई संपत्ति और 5. अधिगम अर्थात् अनायास प्राप्त संपत्ति। गौतम स्मृति का कहना है कि ब्राह्मणों को दान से, क्षत्रियों को विजय से, वैश्यों को कृषि और व्यापार के लाभ से और शूद्रों को अनुग्रह से भी संपत्ति प्राप्त होती है, जो कि पैतृक संपत्ति की तरह ही संपत्ति है।[6] संपत्ति के स्वामित्व को लेकर शास्त्रों में विशद विवेचना है, परंतु आधुनिक राज्य संपत्ति का परम स्वामी 'राज्य' अर्थात् स्वयं को मानता है। वह संपत्ति-सीमा, भूमि-हदबंदी, आय-सीमा आदि भाँति-भाँति के कानूनों द्वारा दाय एवं संपत्ति का परिग्रह करता रहता है। यह धर्मसम्मत नहीं है। राज्य द्वारा नागरिकों की संपत्ति पर स्वत्व की यह स्थापना परिग्रहपूर्वक की गई है। इस्लाम काफिरों की संपत्ति पर बलपूर्वक स्वत्व स्थापित करता है, परंतु इस्लाम में मोमिनों की संपत्ति पर केवल राज्य का स्वत्व मान्य नहीं है। यूरोक्रिश्चियन लॉ से संचालित राज्य और कम्युनिस्ट राज्य नागरिकों की संपत्ति पर परिग्रहपूर्वक राज्य का स्वत्व स्थापित करते हैं।

प्राचीन भारतीय शास्त्रों में संपत्ति के दो वर्ग किए गए हैं—

1. संयुक्त कुल संपत्ति, 2. पृथक् संपत्ति। पृथक् संपत्ति में स्वअर्जित संपत्ति भी सम्मिलित है। यह अर्जन दान, विजय, कृषि, व्यापार, वेतन या अनुग्रह के द्वारा हो सकता है। परिग्रह को धर्मसम्मत अर्जन नहीं माना जाता।

शास्त्रों ने विचार किया है कि यदि कोई व्यक्ति कुल की संपत्ति को हानि पहुँचाए

बिना अपने परिश्रम और पुरुषार्थ से कुछ अर्जित करता है तो वह संपत्ति पृथक् संपत्ति मानी जाएगी। विद्या और ज्ञान से प्राप्त धन को विद्याधन कहा जाता है और विद्याधन भी पृथक् संपत्ति ही है। इसी प्रकार यदि किसी सैनिक या कर्मचारी को शूरता प्रदर्शित करने पर शासक या स्वामी द्वारा कोई धन दिया जाता है, तो उसे शौर्य धन कहते हैं। युद्ध में अथवा शत्रु को भगाकर प्राप्त किए जाने वाले धन को ध्वजाहृत धन कहा जाता है। यह परिग्रह नहीं है। यह परिग्रह से भिन्न है और धर्मसम्मत शौर्य का एक रूप है। राजा शत्रु या आततायी के धन का परिग्रह कर सकता है, परंतु समाज के किसी सामान्य व्यक्ति के धन का परिग्रह करने का अधिकार राज्य को भारतीय परंपरा में प्राप्त नहीं है।

इस प्रकार भारतीय संस्कृति में धन पर राज्य का स्वामित्व मान्य नहीं है। व्यक्ति का भी उस पर मूलभूत स्वामित्व नहीं है। संपत्ति का बहुलांश पैतृक होता है और उस संपत्ति पर कुल का स्वामित्व ही मान्य है। विद्या, ज्ञान, शूरता एवं सेवा आदि गुणों एवं कर्मों से प्राप्त पृथक् संपत्ति पर अवश्य व्यक्ति का स्वत्व होता है, परंतु उसके उपयोग के भी विशद नियम हैं, जिससे कि कुल एवं समाज का उस पर बड़ी सीमा तक नियंत्रण रहता है।

यह कुल-धर्म स्मृति एवं परंपरा से गतिशील रहता है। स्मृति संस्कार एवं शिक्षा से उत्पन्न होती है। सभी प्रकार की स्मृतियाँ आकांक्षाफलक होती हैं, अर्थात् आकांक्षाओं को एवं संकल्पों को जन्म देती हैं। प्रत्येक आकांक्षा अपना संस्कार भी व्यक्ति-चित्त पर छोड़ती है। इस प्रकार स्मृति-संस्कार की समरूपता से कुल-धर्मों का शाश्वत प्रवाह चलता है। स्मृति एवं आकांक्षा के लोप से कुल-धर्म भी विलुप्त हो जाते हैं, परंतु वर्तमान भारत में कुल एवं शिक्षा दोनों राज्य द्वारा नियंत्रित हैं। राज्य नियंत्रित शिक्षा कुलों की स्मृति एवं परंपरा को कोई महत्त्व एवं मान्यता नहीं देती। फलतः समकालीन भारत में कुल-धर्म विलुप्तप्राय ही है। सामान्यतः सभी भारतीय व्यक्तियों की आकांक्षाएँ एवं संकल्प प्रदत्त परिवेश में यथासंभव अधिकाधिक भोग-साधन प्राप्त करने पर एकाग्र हैं। इसमें रुचि-भेद के स्तर पर संस्कार-भेद अवश्य हैं, परंतु कार्यक्षेत्र मुख्यतः राज्य द्वारा नियंत्रित है। आधुनिक भारतीय समाज में भारतीय शास्त्रों को कोई अधिकृत मान्यता नहीं दी गई है। अतः व्यवहारतः सभी भारतीय शास्त्रीय संदर्भ समकालीन जीवन के लिए लगभग अप्रासंगिक या गौण हैं। वर्तमान स्थिति में राज्य को ही राष्ट्र के समस्त संसाधनों का अर्थात् संपूर्ण राष्ट्रीय संपत्ति का स्वामी मान लिया गया है। तथापि व्यक्तियों को राज्य द्वारा पर्याप्त स्वतंत्रता भी प्रदान की गई है। ऐसी स्थिति में, व्यक्ति की समृद्धि राजकीय नियमों का पालन करते हुए संपत्ति के संचय पर निर्भर है। उस समृद्धि का उपयोग करने को व्यक्ति बड़ी सीमा तक स्वतंत्र है। अतः व्यक्तियों के स्तर पर प्रभावी विचार भी बड़ी सीमा तक संपत्ति के उपयोग का स्वरूप तय करते हैं। इस अर्थ में भारतीयों की समृद्धि

आज भी एक सीमा तक अहिंसक ही कही जा सकती है, परंतु अहिंसा के शास्त्रीय अर्थ में समस्त प्राणियों के प्रति सदा अद्रोह का होना ही अहिंसा है—'सर्वदा सर्वथा सर्वभूतेषु अनभिद्रोहः अहिंसा' (योगसूत्र)। जबकि वर्तमान शासन प्रतिस्पर्धा एवं अन्य के प्रति संवेदना की कमी की प्रवृत्तियों को प्रेरित करता है। अतः उस अर्थ में वह हिंसक मनोवृत्ति को प्रेरित करता है।

शासन को समस्त राष्ट्रीय संपत्ति का स्वामी मानने की आधुनिक यूरो-क्रिश्चियन दृष्टि से भारतीय परंपरा अपरिचित रही है। यहाँ शासन का कार्य 'वर्णाश्रम धर्म-प्रतिपालन' अर्थात् 'सार्वभौम सुव्यवस्था' रही है, न कि संपत्ति का स्वामित्व एवं निवेश। यों, वर्तमान शासन भी 'लॉ एंड ऑर्डर' को अपना कर्तव्य मानता है, परंतु इसकी मूलभूत दृष्टि समस्त राष्ट्रीय संपत्ति के नियंत्रण एवं हस्तांतरण, विनियोजन आदि की है। 'लॉ एंड ऑर्डर' इस मूल दृष्टि का अनुवर्ती है। 'कंट्रोल और डॉमिनेशन' ही प्रधान दृष्टि है, परंतु यह दृष्टि स्वयं में किसी सार्वभौम अर्थनीति का आधार बन ही नहीं सकती। क्योंकि जिनका 'कंट्रोल' किया जाएगा, जिन पर 'डॉमिनेशन' स्थापित किया जाएगा, वे स्वयं भी पलटकर कल वर्तमान राज्यकर्ताओं पर नियंत्रण एवं आधिपत्य करेंगे या करना चाहेंगे। अतः शासन की वर्तमान अर्थ-दृष्टि सार्वभौम नहीं है। वह 'कुछ' का शेष पर नियंत्रण एवं आधिपत्य स्थापित करने की व्यवस्था है। भारत शासन की वर्तमान अर्थ-दृष्टि भारतीय समाज के लोगों को दो स्पष्ट एवं नितांत भिन्न खंडों में बाँटती है— 1. राज्य, 2. राज्य के नागरिक। राज्य में राज्य के विभिन्न अंगों के नीति नियामक एवं नीति निर्धारक अधिकारी (मंत्री, अफसर आदि विधायिका, कार्यपालिका के अधिकारीगण और न्यायपालिका के माननीय न्यायाधीशगण) सम्मिलित हैं। ये शेष नागरिकों की संपत्ति संबंधी नियम बनाते, उन पर व्यवहार का स्वरूप तय करते तथा उनमें समय-समय पर परिवर्तन करते हैं। शेष नागरिक इन नियमों से मात्र नियंत्रित होते हैं। यों, विधायिका के अधिकारियों को चुनने का अधिकार शेष नागरिकों को भी प्राप्त है, परंतु कार्यपालिका एवं न्यायपालिका पहले से ही एंग्लो-सैक्सन लॉ से संचालित हैं, जिसका भारतीय नागरिकों की स्मृति-परंपरा से कोई भी संबंध नहीं है। स्वयं विधायिका का संचालक भी एंग्लो-सैक्सन लॉ से ही होता है। अतः विधायिका में नागरिकों द्वारा निर्वाचित प्रतिनिधि न्याय, संपत्ति और व्यवहार संबंधी हिंदू नागरिकों की प्राचीन परंपरा से नियंत्रित नहीं होते। अपितु एंग्लो-सैक्सन लॉ के भारतीय प्रतिरूप भारतीय संविधान से ही नियंत्रित होते हैं। ऊपर से, ये प्रतिनिधि तथा कार्यपालिका के अधिकारी मिलकर शिक्षा के संपूर्ण स्वरूप को नियंत्रित करते हैं और रचते हैं। यह शिक्षा धर्म, न्याय, औचित्य, मर्यादा, लोक-व्यवहार, संपत्ति, कुल-धर्म, राजधर्म आदि की भारतीय (हिंदू) परंपरा को अपना स्रोत नहीं मानती। जबकि इंग्लैंड में एंग्लो-सैक्सन लॉ वहाँ की प्रोटेस्टेंट क्रिश्चियन परंपरा को अपना स्रोत मानता

है। इसी प्रकार, जर्मनी, फ्रांस, इटली, स्पेन, अमरीका आदि किसी-न-किसी क्रिश्चियन परंपरा को अपना स्रोत मानते हैं। इस प्रकार भारत में प्रचलित वर्तमान शासकीय अर्थ दृष्टि से संचालित व्यवस्था किसी भी भारतीय परंपरा से अपनी वैधता नहीं ग्रहण करती, अपितु भारतीयों पर एक विशिष्ट यूरोख्रीस्त परंपरा बलपूर्वक लादती है और भारतीय नागरिकों की संपत्ति को तदनुसार नियंत्रित करती एवं उस पर राज्य का स्वत्व स्थापित करती है। इस प्रकार यह व्यवस्था मूलतः हिंसक समृद्धि की जनक, पोषक एवं रक्षक है, परंतु यह व्यवस्था विश्व-इतिहास में अपवाद है।

हिंसक समृद्धि का साम्राज्यवादी-उपनिवेशवादी स्वरूप

आधुनिक यूरोपीय उद्योगवाद एवं उससे जुड़े आधुनिक अर्थशास्त्र का विस्तार आज विश्वव्यापी है, तथापि यह उद्योगवाद इतिहास की एक सामान्य धारा नहीं है। यह इतिहास की अत्यंत विशिष्ट घटना है। जिस स्तर पर आधुनिक उद्योगवाद ने विश्व के संसाधनों के एकतरफा हस्तांतरण की प्रक्रिया द्वारा कतिपय क्षेत्रों को अद्वितीय हिंसक समृद्धि प्रदान की है, उस स्तर की आर्थिक समृद्धि की विश्वव्यापी पुनरावृत्ति संभव नहीं है। क्योंकि ऐसी समृद्धि केवल उसी देश या समाज के भीतर संभव है, जो अपने आंतरिक संसाधनों से कई गुना अधिक संसाधन अन्य देशों एवं समाजों के संसाधनों की लूट के जरिए जुटाए तथा जिसकी हिंसक समृद्धि में जोशपूर्ण आस्था हो।

इससे पूर्व, विश्व भर में विविध समाजों एवं राष्ट्रों ने जिन आर्थिक नियमों एवं नैतिक अनुशासनों के अंतर्गत सहस्राब्दियों तक प्रगति की, उनके नियम आधुनिक उद्योगवाद से भिन्न थे। अपने उन नियमों के साथ विश्व भर में इन समाजों ने एक अहिंसक समृद्धि अर्जित की और उसे टिकाए रखा। इस प्रकार की सभी आर्थिक समृद्धियाँ इस अर्थ में अहिंसक हैं कि उन्होंने प्राकृतिक संसाधनों का वैसा निर्मम, व्यापक एवं सर्वभक्षी दोहन तथा शोषण कभी नहीं किया और प्रकृति को कभी भी मनुष्य का शत्रु नहीं समझा। न ही उन्होंने कभी भी बेकन की तरह यह मान्यता पाली कि प्रकृति को किसी स्त्री की तरह बलपूर्वक बाँह मरोड़कर वश में लाने पर ही वह प्रकृति आधुनिक मनुष्य के समक्ष अपने रहस्य उद्घाटित करेगी। इसके विपरीत इन सभी समाजों में प्रकृति मानव-जीवन का एक अविभाज्य एवं सम्मानित संदर्भ रही है और स्त्री तथा पुरुष के बीच ऐसा कोई भी विभेद इन समाजों में नहीं रहा है। इस प्रकार स्त्री एवं प्रकृति, दोनों के ही प्रति इन सभी समाजों की दृष्टि प्रधानतः अहिंसक रही है। क्योंकि प्राणी अथवा प्रकृति के प्रति द्रोह या विरोध का भाव न रखना और उस भाव के अनुरूप व्यवहार करना ही अहिंसा है। योग-शास्त्र में हिंसा की यही परिभाषा प्रतिपादित है।

हिंसक समृद्धि बनाम अहिंसक समृद्धि : दो नितांत भिन्न दृष्टियाँ

विश्व के विविध समाजों एवं राष्ट्रों की अहिंसक समृद्धि के ऐतिहासिक तथ्यों के परिप्रेक्ष्य में तथा आधुनिक यूरो केंद्रित आर्थिक समृद्धि के हिंसक आधारों के संदर्भ में यह तथ्य सामने आता है कि सुख एवं समृद्धि की दो परस्पर विरोधी धारणाएँ एवं दृष्टियाँ हैं, जिनमें से एक हिंसक समृद्धि पर आस्था की धारणा है, दूसरी अहिंसक समृद्धि की दृष्टि है। इसी प्रकार सुख की धारणाएँ भी भिन्न-भिन्न हैं।

एक दृष्टि है—निजी लिप्साओं और लालसाओं के लिए अन्य मनुष्यों, प्राणियों एवं भूतमात्र की अपनी प्रकृति, प्रवृत्ति और प्रेरणा की उपेक्षा तथा उत्पीड़न करने में भी सुख पाना। अन्य मनुष्यों, प्राणियों एवं प्रकृति के जीवन को, वैभव को, सुख-साधनों एवं सहज गतिशीलता को बाधित तथा नष्ट-भ्रष्ट करते हुए भी अपनी, अपने परिवार तथा अपने समुदाय की समृद्धि चाहना। गांधीजी इसे ही राक्षसी सभ्यता, अधम सभ्यता एवं अधर्म कहते हैं। श्रीमद्‍भगवद्‍गीता में इसे ही राजसी सुख की लिप्सा कहा गया है। योगशास्त्र में इसे ही क्लिष्ट चित्तवृत्ति की मूढ़, क्षिप्त एवं विक्षिप्त दशाएँ निरूपित की गई है। इसे ही वितर्क की स्थिति तथा यम-नियम के विरुद्ध कर्म योगशास्त्र में कहा गया है और इनके कृत, कारित तथा अनुमोदित ये तीन रूप बताए गए हैं, जो लोभ, मोह तथा क्रोधपूर्वक आचरित होते हैं एवं मंद, मध्यम तथा तीव्र रूपों में प्रकट होते हैं। इस प्रकार हिंसा आदि के 81 मुख्य रूप योगशास्त्र में वर्णित हैं, जो नियम-भेद, विकल्प-भेद एवं समुच्चय-भेद से असंख्य प्रकार के होते हैं, क्योंकि प्राणिगत भेद भी असंख्य हैं।

दूसरी दृष्टि है—सत्य, अस्तेय, संयम, संतोष और अहिंसा पर आधारित सुख तथा समृद्धि की धारणा, जो समस्त मनुष्यों, समस्त प्राणियों तथा संपूर्ण प्रकृति की स्वस्थ गतिशीलता, वैभव एवं समृद्धि से जुड़ी धारणा है। सुख-समृद्धि की यह धारणा अहिंसक अर्थशास्त्र की धारणा है। अहिंसा, प्रज्ञा एवं करुणा इसके आधारभूत तत्त्व हैं।

इस परिप्रेक्ष्य में यह पूर्व कथन भी स्वतः स्पष्ट हो जाता है कि अर्थशास्त्र की मूलभूत धारणाएँ—मनुष्य के स्वभाव संबंधी धारणा, सृष्टि संबंधी धारणा, मनुष्यों के परस्पर संबंध तथा प्रकृति से उनके संबंध की धारणा और तदनुकूल सामाजिक-राजनीतिक व्यवस्थाओं की धारणाओं से जुड़ी होती हैं। सर्वविदित है कि प्रत्येक मूलभूत अर्थशास्त्रीय धारणा राजनीतिशास्त्र, दर्शनशास्त्र एवं समाजशास्त्र से जुड़ी होती है, परंतु सामान्यतः आधुनिक यूरोपीय अर्थशास्त्र ने न्यूटॉनियन-कार्टेसियन (यांत्रिक या 'मैकेनिस्टिक') विश्व-दृष्टि के कारण अर्थशास्त्ररूपी ज्ञानखंड को अन्य ज्ञानखंडों से स्वतंत्र या पृथक् रूप में ही विवेच्य प्रचारित किया। फलस्वरूप आर्थिक वृद्धि एवं आर्थिक समृद्धि को समाज-जीवन तथा प्रकृति के जीवन के अन्य सभी पक्षों से काटकर आर्थिक लक्ष्य के रूप में प्रस्तुत किया गया।

भारतीय विश्व विद्या का संक्षिप्त अवलोकन

विश्व इतिहास के तथ्य दर्शाते हैं कि इतिहास में अधिकांश समय विश्व के सभी समाजों एवं राष्ट्रों ने एक टिकाऊ अहिंसक अर्थव्यवस्था के आधार पर जीवन का संचालन किया। यह अहिंसक अर्थव्यवस्था बहुलवादी एवं बहुदेववादी जीवन-दृष्टि के द्वारा अनुशासित थी। विश्वभर में बहुदेववाद एवं जीवन-वैविध्य की सार्वभौम स्वीकृति थी। चूँकि हमें भारत में सक्रिय अहिंसक जीवन-दृष्टि के आधार का विशद ज्ञान है, अतः हम उसे विश्वव्यापी बहुदेववादी सनातन जीवन-दृष्टि का एक दृष्टांत मानकर यहाँ उसकी ही विवेचना प्रस्तुत कर रहे हैं।

विश्व की प्रत्येक सभ्यता का अर्थ-चिंतन उसकी अपनी विश्व-विद्या का अभिन्न अंग होता है। अतः भारतीय अर्थ-चिंतन की विवेचना के क्रम में सर्वप्रथम भारतीय विश्व-विद्या का अति संक्षिप्त स्मरण आवश्यक है।

एक ही परम सत्ता इस सृष्टि में ओतप्रोत है। वही सृष्टि का प्रथम हेतु भी है। तैत्तिरीय उपनिषद् का प्रख्यात निरूपण है—'यतो वा इमानि भूतानि जायन्ते, येन जातानि जीवन्ति, यत् प्रयन्त्यभिसंविशन्ति, तद् विजिज्ञासस्व। तद् ब्रह्मेति।'[7]

(जिससे (यतः) समस्त व्यक्त रूप (इमानि भूतानि) उत्पन्न हुए हैं (जायन्ते), जिससे और जिसमें (येन) वे सब उत्पन्न सृष्टि-रूप (जातानि) जीते हैं (जीवन्ति), जिसमें वे पुनः लौटकर समा जाते हैं (प्रयन्त्यभिसंविशन्ति), उसकी ही जिज्ञासा करणीय है। वह ब्रह्म है। इति।) इसी प्रकार छांदोग्य उपनिषद् का सुप्रसिद्ध निरूपण है—'सर्वं खल्विदं ब्रह्म तज्जलानिति शांत उपासीत।' (निश्चय ही (खलु) यह (इदं) सब (सर्वं) ब्रह्म ही है। उसी से सब कुछ उत्पन्न, उसी में सबका पुनः लय, उसी में स्थिति काल में सबकी चेष्टा है (तत् + ज + लं + अन् + इति = तज्जलानिति)। शांत चित्त होकर उसी की उपासना करणीय है (शांत उपासीत)।)

इस प्रकार ब्रह्म ही आदि जनक या प्रजापति या स्रष्टा है, वही पालक, विष्णु, कृष्ण (गति का हेतु एवं प्रेरक) तथा राम (सर्वत्र रमा हुआ) है, वही सबका लय-कर्ता महाकालेश्वर रुद्र शिव है। उस ब्रह्म की साधना ही सत्य, ऋत एवं धर्म की साधना है, क्योंकि वही सत्य है, वही सर्वव्यापी व्यवस्थापक एवं धारणकर्ता नियम है, तत्त्व है। स्पष्ट है कि सर्वत्र व्याप्त, प्रकाशित, सर्वेश्वर ब्रह्म का किसी भी रूप में निषेध असत्य है, अनृत है, अधर्म है। अतः किसी देश-विशेष-मात्र में विराजकर शासन कर रहे तथा किसी व्यक्ति-विशेष-मात्र के माध्यम से उपदेश या प्रकाश या संदेश दे रहे किसी आराध्यदेव की धारणा, कल्पना, प्रचार एवं अनुशासन की स्थापना सनातन धर्म की दृष्टि में असत्य है, अनृत है, अधर्म है। इसीलिए किसी Ideology, Theology और मजहब को सब पर लादने की इच्छा, चेष्टा एवं कर्म पाप है, झूठ है, तमस है।

जैसा कि ऋग्वेद की वाणी है, "जो कुछ अस्तित्व में आ चुका है और जो कुछ आने वाला है, वह नामरूपातीत पुरुष है—सहस्रशीर्ष, सहस्राक्ष, सहस्रपाद। समस्त चिन्मय देवसत्ताएँ उसी का अंश हैं। उस पुरुष से विराट् उत्पन्न हुआ, विराट् से हिरण्यगर्भ। हिरण्यगर्भ के समक्ष देवसत्ताओं ने आदियज्ञ किया। यज्ञ से ही देवताओं ने यज्ञ का यजन किया। उसी से प्रथम धर्म प्रकट हुए। यह विराट् पुरुष सत् और असत् जैसे भेदों से भी परे है (अत: एक या अनेक जैसे भेद की कल्पना ही मूढ़ता है), सर्वत्र उसका ही महद् यश है। उसी एक मूल तत्त्व को विद्वान् अभीष्ट संकेत के लिए विविध प्रकार से कहते हैं (उस परम तत्त्व को न जानकर किसी एक देव की चर्चा तमस है)। वे विराट् पुरुष सर्वत्र ओत-प्रोत हैं।"

प्रत्येक पुर (पिंड) में वही विराजमान हैं, इसीलिए उन्हें पुरुष (पुरुष अर्थात् नर या नारी आदि नहीं) कहा है। वही एकमेवाद्वितीय है। वह है (अस्ति इति)। किसी द्वितीय का वह विरोधी या विद्वेषी, ईर्ष्यालु या प्रतिशोध लेने वाला (ख्रीस्तादि मत) नहीं है, क्योंकि द्वितीय कुछ है ही नहीं। वह स्कंभ है (सबका आश्रय एवं आधार)—'स्कम्भं तं ब्रूहि' (अथर्ववेद)।

वही सविता (सविता या देवानां प्रसविता, जो समस्त देवताओं का मूल है, वह चेतना-सूर्य), सोम (सर्वश्रेष्ठ आनंद तत्त्व) एवं प्रजापति है। प्रजापति के तप से सृष्टि व्यक्त होती है। वह उत्पन्न नहीं की जाती, केवल प्रकट की जाती है। सृष्टि अनादि है, अजा है। प्रजापति के तप से ही वेद व्यक्त हुए। वेद अनादि सृष्टि के साथ-साथ आरंभ से ही हैं। अत: वेद अनादि हैं। तप से ही यज्ञ का सृजन हुआ। यज्ञ से समस्त काम्य पदार्थ प्राप्त होते हैं।

अहिंसक समृद्धिमूलक अर्थ-चिंतन के मूल आधार : सत्य, ऋत, धर्म एवं यज्ञ

इस प्रकार सत्य, ऋत, धर्म एवं यज्ञ—ये ही भारतीय अर्थ-चिंतन के मूल आधार हैं। तप के द्वारा ही ये साध्य हैं। तप ही अर्थ की दिशा एवं साधन है। अहिंसक समृद्धि ही वास्तविक समृद्धि है। वही अर्थ पुरुषार्थ है।

मानव-जीवन के चार पुरुषार्थ हैं—धर्म, अर्थ, काम एवं मोक्ष। इनमें से तीन लोक-जीवन में साध्य पुरुषार्थ हैं अर्थात् वे सामाजिक पुरुषार्थ हैं, लौकिक पुरुषार्थ हैं। चौथा पुरुषार्थ निजी है, अलौकिक है। वह परम पुरुषार्थ है।

जीवन के लक्ष्यों को जिसके ज्ञान से अधिप्रमाणित किया जाता है, जो समस्त जीवन-लक्ष्यों के यथार्थ को और परमार्थ को प्रकाशित करता है, वह है परम पुरुषार्थ। अत: जिस प्रकार प्रत्येक व्यक्ति किसी भी एक कार्य या व्यवसाय में सर्वोच्च नहीं हो सकता, यद्यपि सिद्धांतत: प्रत्येक व्यक्ति को सर्वोच्च होने का प्रयास करने का अधिकार

भी है और कर्तव्य भी हो सकता है, उसी प्रकार सर्वोच्च या परम पुरुषार्थ मोक्ष प्रत्येक व्यक्ति द्वारा प्राप्त नहीं किया जा सकता, यद्यपि वह प्रत्येक द्वारा प्राप्य है।

मनुस्मृति ने स्पष्ट कहा है कि सभी मनुष्यों के लिए तीन ही पुरुषार्थ हैं—धर्म, अर्थ एवं काम। वस्तुतः मोक्ष मनुष्यों का सामान्य धर्म या सर्वसामान्य लक्ष्य कभी भी नहीं माना गया है। मनुस्मृति स्पष्ट कहती है—

धर्मार्थौं उच्यते श्रेयः, कामार्थौं धर्म एव च।
अर्थ एवैह वा श्रेयः त्रिवर्ग इति तु स्थितिः।[8]

(कुछ का मत है कि धर्म एवं अर्थ की साधना श्रेयस्कर है, कुछ के अनुसार काम और अर्थ की तथा कुछ के मत से केवल धर्म की। इस विषय में सम्यक् स्थिति यह है कि धर्म, अर्थ एवं काम—ये तीनों ही (त्रिवर्ग) श्रेयस्कर हैं।)

मनु महाराज ने (6/35 में) स्पष्ट कहा है कि तीनों ऋणों (देव ऋण, ऋषि ऋण, पितृ ऋण) से मुक्त होकर मन को मोक्ष में निविष्ट करें (ऋणानि त्रीणि अपाकृत्य मनो मोक्षे निवेशयेत)।[9]

ऋण चुकाए बिना जो मोक्षार्थी होता है, वह अधोलोकों में जाता है (अनपाकृत्य मोक्षं तु सेवमानो व्रजति अधः)। जो भी द्विज वेदों का अध्ययन किए बिना, पुत्रोत्पत्ति किए बिना एवं यज्ञ-संपादन किए बिना मोक्ष की इच्छा करता है, वह अधोगति को प्राप्त होता है। स्पष्ट है कि जिनका मन किसी भी सामान्य गृहस्थी की आकांक्षा से मुक्त है, केवल वे ही जन्म-जन्मांतर के अपने उन्नत संस्कारों के फलस्वरूप सीधे मोक्ष-साधना में प्रवृत्त हो सकने के अधिकारी हैं। मनु महाराज ने ही स्पष्ट किया है—"सर्वस्व दक्षिणा देकर, संन्यस्त होकर, समस्त प्राणियों को अभय देकर जो घर से निकलकर प्रव्रज्या करता है, उस ब्रह्मवादी को तेजोमय लोक प्राप्त होते हैं।"[10]

बृहदारण्यक उपनिषद् ने स्पष्ट किया है कि "वेदाध्ययन, यज्ञ, दान, तप एवं उपासना के उपरांत ही व्यक्ति परम सत्य के ज्ञान के लिए पात्र बन सकता है। ऐसा व्यक्ति पाप-विजयी हो चुकता है, रजोगुण से रहित हो चुकता है, संशय-शून्य हो चुकता है। शांत एवं दान्त (इंद्रिय जयी) हो चुकता है। परम ब्रह्म से स्वयं की एवं संसार की अभिन्नता की उसे अनुभूति होने लगती है। यह है मोक्ष-साधना की पात्रता। स्पष्टतः यह सामान्य धर्म अर्थात् सर्व साधारण के द्वारा पालनीय धर्म नहीं है। अर्थ, काम एवं धर्म सामान्य धर्म हैं अर्थात् मानव-मात्र का स्वभाव है कि वह स्वतः ही काम, अर्थ तथा धर्म कर्तव्य के किसी-न-किसी रूप में रत रहता है, प्रवृत्त रहता है। सम्यक् रूप में अथवा असम्यक् रूप में।"

अत्यंत प्राचीनकाल से भारतवर्ष में यह ज्ञान प्रवाहित है कि सनातन धर्म, जिसका शास्त्रों (श्रुति एवं तदाश्रित स्मृति तथा आगम एवं आप्त वचनों) में निरूपण है, शाश्वत

है, दैवी है, राज्य से वह बहुत ऊपर है। धर्म-पालन सभी का समान कर्तव्य है। राज्य का भी। राज्यकर्ताओं का भी। बृहदारण्यक उपनिषद् का कथन है, "धर्म ही श्रेयस्कर है। वही राज्यकर्ता (क्षत्रिय) का भी राज्यकर्ता (क्षत्र) है। धर्म से बढ़कर कुछ नहीं है। धर्म ही सत्य है। सत्य ही धर्म है। धर्म एवं सत्य एक ही हैं।"[11]

इस प्रकार त्रिवर्ग ही सामान्यतः धर्म है। मोक्ष धर्म अति विशिष्ट धर्म है। वह समस्त पुरुषार्थों की निवृत्ति है, समाप्ति है। यहाँ 'धर्म' के अर्थों का सदा स्मरण आवश्यक है। जो जिसका सहज स्वभाव एवं सहज कर्तव्य है, वह उसका धर्म है। जो समस्त मानवों द्वारा करणीय कर्तव्य हैं, वे हैं सामासिक धर्म या सामान्य धर्म। फिर, अपनी विशेष स्थिति के अनुरूप करणीय कर्तव्य हैं अपना विशेष धर्म या स्वधर्म। इस प्रकार धर्म का एक व्यापक अर्थ है और एक विशिष्ट। व्यापक अर्थ में जो कुछ भी कर्तव्य है, वह सब धर्म ही है। अतः काम एवं अर्थ भी जहाँ तक करणीय हैं, वहाँ तक वे धर्म ही हैं। इसीलिए धर्ममय काम एवं धर्ममय अर्थ ही साध्य हैं। गीता में भगवान् कृष्ण ने कहा है—

धर्माविरुद्धो भूतेषु कामोऽस्मि भरतर्षभ।

प्राणियों में धर्म का अविरोधी काम मैं स्वयं हूँ।

यहाँ काम का अर्थ शृंगारादि मात्र नहीं है, अपितु कामनाएँ मात्र, आकांक्षाएँ मात्र काम हैं। कामना करना ही काम है। मोक्ष की कामना करना भी 'काम' पुरुषार्थ ही है। मोक्ष की साधना करना 'धर्म' पुरुषार्थ है। मोक्ष की सिद्धि मोक्षार्थी के लिए 'अर्थ' पुरुषार्थ है। उस सिद्धि के उपरांत की जो स्थिति है, वह मोक्ष-लाभ की स्थिति कही जाती है। इस प्रकार समस्त कामनाएँ 'काम' पुरुषार्थ का अंग हैं। उनकी सिद्धि या सफलता 'अर्थ' पुरुषार्थ का अंग हैं। उन्हें सार्वभौम नियमों, सामासिक धर्मों के अनुशासन में रहकर प्राप्त करना 'धर्म' पुरुषार्थ है। 'काम' को केवल सेक्स या शृंगारादि और अर्थ को केवल धन समझना गलत है। स्वधर्म के अनुरूप कामनाएँ करना ही काम पुरुषार्थ है। इस प्रकार, अर्थ एवं काम दोनों धर्म के अधीन हैं। धर्म-निरपेक्ष 'काम' एवं धर्म-निरपेक्ष 'अर्थ' की प्राप्ति के लिए कार्य करना अधर्म है, धर्म-च्युति है। इसी प्रकार स्वधर्मानुकूल ही कर्तव्य-संपादन (अर्थात् धर्म-पालन) धर्म पुरुषार्थ है। स्वधर्म त्यागकर यदि धर्म-वर्ग के (अर्थात् पूजा-पठादि, भक्ति आदि, दानादि, मंदिर एवं देव-दर्शन, ऋषि-दर्शन, साधु-दर्शन आदि) कार्य भी करे तो उससे अन्य हानि न होने पर भी वे कर्म धर्म-पुरुषार्थ नहीं कहलाएँगे, क्योंकि उससे स्वधर्म की हानि हो रही होगी। इसी प्रकार मोक्ष के नाम पर भी यदि धर्म-मर्यादा का उल्लंघन किया जाए, तो वह अविवेक का लक्षण होगा एवं दंडनीय अथवा शासित किए जाने योग्य होगा। जिनका स्वधर्म मोक्ष ही बन चुका हो, जो मोक्ष-धर्म के पात्र एवं साधक हो चुके हों—वीतराग, इच्छाशून्य, वासनाशून्य हो चुके हैं, केवल उनकी मोक्ष-साधना ही मोक्ष पुरुषार्थ है। शेष तो मोक्षवाद या मुक्तिवाद है। जहाँ

तक वह मोक्ष-साधना की आकांक्षा जगाने में कारक या प्रेरक बने, वहीं तक वह पुण्य भाव कहा जा सकता है।

इस पृष्ठभूमि में 'अर्थ' पुरुषार्थ पर विचार सहज है। अर्थ अर्थात् सिद्धि, कार्यसिद्धि, सफलता, प्रयोजन सिद्धि। अर्थ से आशय धन नहीं है। केवल धनार्थी के लिए धन ही अर्थ है। या फिर, किसी प्रयोजन-विशेष के लिए साधन-रूप में धन-संग्रह अर्थ पुरुषार्थ का अंग है। धन के लिए ही धन-संग्रह पुरुषार्थ नहीं है, रुग्णता है। वैसे भी, वस्तुत: धन के लिए धन कोई नहीं जुटाता या कमाता। किसी-न-किसी लालसा—पुत्र-कलत्र, यश, राज्य, प्रभुत्व अथवा कार्यसिद्धि—के लिए ही धन कमाया या जुटाया जाता है। अत: भारतीय अर्थ-चिंतन में यदि अर्थ को धन के ही अर्थ में लें, तब भी अर्थ-संग्रह एवं अर्थव्यवस्था सत्य, धर्म एवं यज्ञ से अनुशासित होनी चाहिए।

अर्थ-चिंतन को धर्म-चिंतन अर्थात् सांस्कृतिक दृष्टि से अलग करके देख पाना संभव नहीं। यह केवल भारत के विषय में सत्य नहीं है। विश्वभर के लिए सत्य है। आधुनिक यूरोपीय अर्थशास्त्र स्वयं भी यूरो-ईसाई धर्म-चिंतन (सांस्कृतिक दृष्टि) अर्थात् लौकिक अभ्युदय एवं 'सॉल्वेशन' आदि या 'लिबरेशन' आदि संबंधी यूरो-ईसाई चिंतन का अंग है। यहाँ तक कि भारत में यह अर्थ-चिंतन केवल अर्थशास्त्रीय चिंतन से नहीं चल रहा है। समकालीन भारतीय शिक्षा केंद्रों एवं संचार-माध्यमों तथा विचार माध्यमों में चल रहे दर्शनशास्त्रीय, राजनीतिशास्त्रीय, इतिहास-संबंधी एवं समाजशास्त्रीय चिंतन एवं मान्यताओं से अभिन्न रूप से जुड़ा है समकालीन भारत में प्रतिष्ठित अर्थ-चिंतन। अत: केवल अर्थनैतिक क्षेत्र में अथवा केवल किसी राजनीतिक दल में उस विषय में नया विचार या भारतीय परंपरा का विचार भर कर लेने से यह भारतीय अर्थ-चिंतन भारत में व्यवहार में नहीं लाया जा सकेगा।

अत: राज्य केवल राजधर्मानुसार अर्थनीतियाँ एवं अर्थानुशासन चलाने का अधिकारी है। मनुस्मृति की टीका में मेधातिथि (आठवीं-नौंवी शताब्दी) ने बताया है कि राज्यकर्ता को वर्णाश्रम-धर्म के विरुद्ध तथा शास्त्रीय नियमों के विरुद्ध कदापि नहीं जाना है। वह शास्त्र की व्यवस्थाओं के अविरोध में चले, यही कर्तव्य है। यही बात 17वीं शताब्दी में 'राजनीतिप्रकाश' में कही गई है। वेद, शास्त्र, देशरीति, संबद्ध कुलों की रीतियाँ, कृषकों, व्यापारियों, महाजनों, शिल्पकारों की सर्वमान्य (पंचायती) परंपराएँ, विवेकपूर्ण तर्क तथा तीनों वेदों (ऋग्, यजु, साम) के विद्वानों की सभा द्वारा निर्णीत सम्मतियों के ही प्रकाश में राज्यकर्ता को नियम बनाने चाहिए।

ब्राह्मण (अविद्वान् नहीं), ग्राम का प्रमुख या मुखिया तथा राजन्य तीनों समान रूप से महत्त्वशाली एवं समृद्धिशाली हैं। शुक्रनीतिसार का कहना है कि ग्राम में छह प्रकार के अधिकारी होते हैं—ग्रामनेता, भागहार (राजस्व वसूलने वाला-क्षत्रिय), लेखक

(गणनाध्यक्ष), शुल्कग्राह (वैश्य), साहसाधिपति (दंडाधिकारी-क्षत्रिय) तथा प्रतिहार (रक्षक-शूद्र)। इनके कर्तव्यों का स्पष्ट एवं विशद निरूपण है।

राइस डेविड्स की 'बुद्धिस्ट इंडिया', श्री रमेशचंद्र मजूमदार की 'कॉरपोरेट लाइफ इन एंश्येंट इंडिया' आदि में ग्राम-सभाओं द्वारा स्थानीय शासन का स्वरूप वर्णित है, जो विविध शास्त्रों के अध्ययन पर आधारित है। व्यापारिक निगमों, श्रेणियों एवं अन्य परंपराओं को, जब तक वे धर्म की विरोधी नहीं हों, पूरा आदर दिया जाना आवश्यक है। अत: भारतीय अर्थ-चिंतन में राज्य का अधिकार केवल राजधर्म के अंतर्गत ही मर्यादित है। समस्त समाज की समस्त आर्थिक संपदा एवं क्रियाशीलता का स्वामी भारत में राज्य कभी नहीं माना गया। अत: कोई राजनीतिक समूह या राज्यतंत्र समस्त राष्ट्र की समस्त संपदा पर अपना स्वामित्व मानकर उनके बारे में नीतियों का स्वयं निर्णय करे, यह भारत में परंपरा से अकल्पनीय है, परंतु राष्ट्र की प्रत्येक गतिविधि एवं संपत्ति का यथासंभव अधिकतम व्यावहारिक ज्ञान रखकर आवश्यक नीतियाँ बनाना सदा से राजधर्म मान्य है। यह तो साम्राज्यवादी दौर का पाप है कि राज्य ही राष्ट्र की संपदाओं का स्वामी है।

इस प्रकार भारतीय अर्थ-चिंतन की दिशा यही हो सकती है कि समाज में धर्म, सत्य, न्याय, यज्ञ (जीवन-चक्र तथा सृष्टि-चक्र जैसा कि श्रीमद्‌भगवद्‌गीता में कहा गया है) और समृद्धि के लिए आवश्यक व्यवस्थाएँ किस प्रकार लागू की जाएँ। इसीलिए भारतीय परंपरा में अर्थशास्त्र एवं दंडनीति पर्याय हैं। राज्य के स्तर पर दंडनीति एवं व्यवस्था-विधान ही अर्थशास्त्र का आधार है। दंडनीति का आधार है—धर्मनीति। इसीलिए राजधर्म का एक अंग है—दंडनीति या वार्त्तानीति अथवा अर्थनीति। अर्थशास्त्र सदा राजनीति-लक्षण होता है, राजनीति का अंग होता है।

इसके लिए राज्यकर्ताओं को धर्मज्ञ विद्वानों की विद्या को प्रवाहित रखने में आवश्यक सहायता करनी चाहिए, दान देना चाहिए, उन्हें सम्मानित करना चाहिए और समस्त प्रजा का पिता बनकर उसकी रक्षा करनी चाहिए। साम, दान, दंड एवं भेद का आश्रय लेकर सम्यक् शासन करना चाहिए। केवल साम (शांतिपूर्ण व्यवस्था) से समाज की रक्षा नहीं हो सकती। केवल दान के द्वारा सबकी अर्थसिद्धि संभव नहीं। जिन्हें अपने किसी-न-किसी प्रकार के बल का दर्प है और इसलिए जो धर्मोल्लंघन करते रहते हैं, वे भेद से भी वश में नहीं आते, अत: वे दंडनीय हैं।[12]

ज्ञानबल, कोषबल, विक्रमबल : त्रिविधबल

भारतीय अर्थ-चिंतन में तीन शक्तियों पर बल है, जैसा अर्थशास्त्र में कौटिल्य कहते हैं—शक्तिस्त्रिविधा। ज्ञानबलं मंत्र शक्तिः, कोषबलं प्रभु शक्तिः, विक्रमबलम् उत्साहशक्तिः। महाभारत (आश्रमवासिक पर्व), कामंदकीय नीतिसार, नीतिवाक्यामृत,

सरस्वतीविलास आदि में भी यही निरूपण है। तदनुसार अर्थशक्ति त्रिविध है—मंत्र शक्ति अर्थात् ज्ञान-बल, प्रभु (प्रभाव एवं प्रभव) शक्ति अर्थात् कोष-बल तथा उत्साहशक्ति अर्थात् विक्रम-बल। कोष-बल या कोष-बल में सैन्य-बल भी सम्मिलित है, ऐसा कामंदक ने स्पष्ट किया है। उत्साह एवं उत्थान राज्यकर्ता का अत्यंत आवश्यक गुण है। कौटिल्य ने 'महोत्साह' को राज्यकर्ता का प्रथम गुण कहा है। महाभारत कहता है—'वृद्धों (वृद्धि-प्राप्त ज्ञान-संपन्नों) के वचनानुसार जो उत्थान में लगता है, वह यथाशीघ्र सम्यक् फल पाता है। उत्साहपूर्ण कर्म ही राजधर्म का मूल है।' कौटिल्य ने यह भी स्पष्ट किया है कि उत्साहशक्ति से प्रभुशक्ति महत्तर है तथा प्रभुशक्ति से भी महत्तर है मंत्रशक्ति अर्थात् ज्ञान-बल। पूर्ण कोष एवं सैन्य-बल ही प्रभुशक्ति है। अर्थसिद्धि की विधि एवं उपाय का तथा धर्माधर्म-विवेक का ज्ञान ही मंत्रशक्ति है।

इष्टापूर्त एवं दान

स्थानीय स्वशासन धर्ममय विधि से चले, यह देखना भी राजधर्म है। इसी प्रकार राजकीय कोष की समृद्धि ही नहीं, समाज में इष्टापूर्त की परंपरा और दान की परंपरा को प्रवाहित, संरक्षित एवं संवर्धित रखना भी राजधर्म का अनिवार्य अंग है। अर्थ-संबंधी अधिकांश व्यवस्थाएँ श्रेष्ठ स्थानीय स्वशासन से, इष्टापूर्त-परंपरा से तथा दान-परंपरा से भलीभाँति होती रहती हैं।

'इष्टापूर्त' ऋग्वेद का पद है।[13] जो यज्ञ के लिए दिया गया है, वह इष्ट है। जो समाज के अभाव की पूर्ति के लिए किया जाए, वह पूर्त है। वैश्वदेव कर्म, अतिथि-सत्कार एवं यज्ञीय दान इष्ट हैं। सार्वजनिक उद्यान (आराम), देवमंदिर, कूप, वापी, तालाब, जलाशयों आदि का निर्माण कराकर लोकहितार्थ उनका समर्पण पूर्त है। रोगियों, दु:खियों की सेवा, अन्नदानादि भी पूर्त है। महाभारत में इष्ट एवं पूर्त की सम्यक् व्याख्या है। इष्ट एवं पूर्त सामान्य धर्म हैं। अर्थात् मनुष्य मात्र का कर्तव्य है कि या तो इष्ट एवं पूर्त दोनों करे या पूर्त कर्म अवश्य करे। इष्ट-कर्म सब नहीं कर सकते, परंतु यथाशक्ति पूर्त कर्म सभी का कर्तव्य है। यज्ञीय दान नित्य इष्ट कर्म है। लोकहितार्थ दान पूर्त कर्म है। किसी प्रयोजन विशेष से दान काम्य दान कहलाता है। विशेष पर्वों, अवसरों—विवाह, ग्रहण आदि पर दिया गया दान नैमित्तिक दान है। कुएँ, बावड़ी आदि का लोकार्थ समर्पण ध्रुव दान है। सात्विक, राजसी एवं तामसी—ये दान के त्रिविध वृत्ति-भेद हैं।[14]

दानधर्म की महाभारत में, धर्मसूत्रों में तथा स्मृतियों में विशद विवेचना एवं महत्ता है। दान के प्रकार, दान के सुपात्र एवं कुपात्र, स्वीकार्य एवं अस्वीकार्य दान, देय तथा अदेय पदार्थ, दान के विविध समय (काल), दान के स्थल, दान के देवता, दान की विधियाँ, दान की दक्षिणा, प्रजा द्वारा दान, राजा द्वारा दान आदि पर भारतीय परंपरा में

विशाल साहित्य है। वह सब अर्थ-चिंतन का ही अनिवार्य एवं अतिमहत्त्वपूर्ण अंग है।[15]

संक्षेप में यही है भारतीय अर्थ-चिंतन का स्वरूप। विदेशियों द्वारा लादी गई शर्तों के अनुसार उत्पादन तथा प्रबंध में राज्यकर्ताओं का डूबे रहना भारतीय अर्थ-चिंतन एवं धर्म-चिंतन की दृष्टि से अनुचित है।

अर्थशास्त्रों में सर्वाधिक महत्त्वपूर्ण जीवन-लक्ष्य धर्म को माना गया है। धर्म-साधना के लिए ही अर्थ का महत्त्व है, परंतु राजधर्म यति-धर्म नहीं होता। वह ब्राह्मण-धर्म से भी भिन्न है। मनुस्मृति के जिस 'दशकं धर्मलक्षणम्' (धृति, क्षमा, दम, अस्तेय, शौच, इंद्रियनिग्रह, धी, विद्या, सत्य एवं अक्रोध) की इधर बहुत चर्चा हुई है, उसे सम्यक् संदर्भ से हटाकर प्रस्तुत किया जाता है। वे वस्तुत: गृहस्थ ब्राह्मणों के लिए विशेष साध्य हैं तथा सामान्यत: सभी सद्गृहस्थों द्वारा अपने विशेष कर्तव्यों के साथ ही वे साध्य हैं।

राजधर्म इस ब्राह्मण धर्म, द्विजधर्म तथा गृहस्थ धर्म से विशिष्ट, भिन्न एवं विलक्षण है। सर्वतेजोमय रहना, शासन करना, सबकी रक्षा करना एवं अधर्म को दंडित करना राजधर्म है। जगत् में सब अपना-अपना भोग भोगें, दूसरे का भोगांश न छीनें, इसके लिए दंड-भय अत्यावश्यक है (दंडस्य हि भयात् सर्वं जगद् भोगाय कल्पते—मनुस्मृति 7/22)। दंडनीति दूषित हो तो समस्त समाज दूषित हो जाता है। अत: राज्यकर्ता की वाणी तो मधुर एवं विनम्र होना कर्तव्य है, परंतु हृदय तीक्ष्ण एवं तेजस्वी रहना चाहिए (शांतिपर्व)। दुष्ट से या शत्रु से किसी कारण विनम्र व्यवहार करना पड़े, तो काम हो जाने पर उसे क्षत-विक्षत कर देना राजधर्म है, जबकि गृहस्थ के लिए यह छल हो सकता है। ध्यान रहे, शठता केवल शठ के साथ ही करणीय है, सो भी राज्यकर्ता द्वारा। शांतिपर्व में भीष्म ने 'शठे शाठ्यं समाचरेत' राजधर्म के अंग के रूप में कहा है और वहाँ भी स्पष्ट बल दिया है कि सामान्यत: राज्यकर्ता ऋजु (सरल निश्छल) मार्ग पर ही चले। अत: अपने साथ के और पड़ोस के साधारण लोगों को भी शठ कहकर कोई गृहस्थ यों ही 'शाठ्यम्' करने लगे, तो यह स्वयं उस गृहस्थ व्यक्ति की शठता ही कही जाएगी, धर्म नहीं। ऐसी शठता इसीलिए राज्य द्वारा दंडनीय है, परंतु राज्यकर्ताओं को स्वधर्म-संपादन के लिए छल एवं शठत्व की छूट है।

विद्या, यज्ञ एवं दान का रक्षण, संवर्धन एवं व्यवस्था राजधर्म है। प्रजापालन परम राजधर्म है। राज्य के शत्रुओं को युद्ध, छल-घात, कूटनीति एवं नय के द्वारा हराना राजधर्म है। दुष्टों को दंड देना एवं न्याय करना राजधर्म है। राष्ट्र, दुर्गों, कोष, मंत्रिगण एवं सैन्यबल सहित स्वयं प्रधान शासक—इन सप्तांगों का संरक्षण, संवर्धन, पोषण एवं समृद्धि राजधर्म है। तीनों वेदों एवं धर्म-परंपराओं का गहन ज्ञान, आन्वीक्षिकी का ज्ञान, वार्त्ताशास्त्र का ज्ञान एवं दंडनीति का ज्ञान प्राप्त करना परमावश्यक राजधर्म है। अत: मंत्रियों, सासंदों, प्रशासकों एवं विधायकों को इसका ज्ञान प्राप्त करना ही चाहिए। तभी

वे भारतीय अर्थ-चिंतन का पोषण कर सकते हैं। बिना विद्या से अर्जित अनुशासन के दंडनीति की पात्रता नहीं आती। वार्त्ता की चिंता न की जाएगी, तो राष्ट्र नष्ट हो जाएगा और वार्त्ता का ज्ञान श्रुतियों तथा शास्त्रों के ज्ञान पर ही संभव है। वार्त्ता का अर्थ है—कृषि, वाणिज्य, व्यापार, शिल्प, पशुपालन, खानों का उपयोग आदि। इस प्रकार वार्त्ता का अर्थ है आर्थिक व्यवस्था। कृषि, पशुपालन एवं शिल्प संवर्धन पर महाभारत, मनु, कौटिल्य, याज्ञवल्क्य आदि ने तथा पुराणों ने विशद विमर्श किया है। राजधर्म के पालन द्वारा ही राज्यकर्ता को मोक्षसिद्धि होती है। अतः राज्यकर्ताओं के लिए राजधर्म एवं मोक्षधर्म परस्पराश्रित है, परस्पर भिन्न नहीं।

व्यवहार : राजधर्म

निष्पक्ष न्याय करना एवं अपराधी को दंड देना राज्य के प्रमुख कार्यों में से है।[16] लोगों के विवादों को निपटाने की न्यायपूर्ण व्यवस्था राजधर्म है। मनुस्मृति ने न्याय-शासन को ही धर्म का पर्याय कहा है।[17] याज्ञवल्क्य स्मृति कहती है कि निष्पक्ष न्याय से वही फल मिलता है, जो पवित्र वैदिक यज्ञों से मिलता है।[18] मनु कहते हैं कि जिस राज्य में निरपराधी दंडित हों व अपराधी छूट जाएँ, उस राज्य के राज्यकर्ता पापी हैं तथा नरक में पड़ेंगे।[19] रामायण एवं महाभारत दोनों में राजा से न्याय-व्यवस्था करने को कहा गया है। इस तरह भारतीय अर्थ-चिंतन-परंपरा अति विस्तृत, गंभीर, व्यावहारिक एवं फलप्रद है।

स्पष्ट है कि भारतीय अर्थ-चिंतन का आधार भारतीय दृष्टि एवं भारतीय धर्म-परंपरा के अंग के रूप में ही होगा। भारतीय बौद्धिक परंपराएँ बहुत समय से यथोचित रूप में प्रतिष्ठित नहीं रही हैं, इसलिए यह स्पष्टीकरण अपेक्षित है।

समाज का लक्ष्य है धर्म

समाज का लक्ष्य है धर्म। धर्म-पालन से मोक्ष-प्राप्ति अनिवार्य नहीं है। धर्म-पालन से पुण्य होता है। पुण्य-संचय से इस लोक में तथा परलोक में सुख, सौभाग्य, अभ्युदय एवं स्वर्ग-लाभ होता है। मोक्ष-साधना तो एक विशेष धर्म-साधना है। सामान्यतः धर्म-साधना से उत्कर्ष, सुख-सौभाग्य, स्वर्ग आदि ही उपलब्ध होते हैं। समाज के विविध 'स्व-धर्म' हो सकते हैं। एक प्रकार के लोगों का 'स्व-धर्म' मोक्ष-साधना होता है, वहीं दूसरों के अन्य लक्ष्य होते हैं। यही जीवन का सत्य है। जीवन मात्र का कोई एक लक्ष्य नहीं है। जीवन के विविध लक्ष्य हैं। सत्य, ऋत एवं धर्म इन सभी लक्ष्यों के नियामक हैं। सर्वविदित है कि 'धर्म' शब्द 'धृ' धातु से बना है, जिसका अर्थ है—धारण करना, आलंबन देना, पालन करना। अतः जो सबका धारण करता है, सबका पालन करता है, वही है धर्म। इसीलिए धर्म सनातन है। केवल मोक्ष-साधकों का ही जो पालन करे, वह

सार्वभौम धर्म नहीं हो सकता। जो समस्त मनुष्यों के लिए पालनीय हैं—वे हैं सामान्य धर्म या सामासिक धर्म। फिर अपनी कुल परंपराओं के शाश्वत आदर्शों को प्रवाहित रखना 'कुल-धर्म' है। श्रीमद्भगवद्गीता में इसे ही 'कुल धर्मा सनातनाः' तथा 'कुलधर्माश्च शाश्वताः' कहा है। इस प्रकार कुल-धर्म भी शाश्वत है। पुनः अपनी रुचि, योग्यता, प्रवृत्ति आदि गुण-कर्मों के अनुरूप बरतना वर्ण-धर्म है। इसी प्रकार जनपद—धर्म, श्रेणी-धर्म, आश्रम-धर्म आदि विशेष धर्म हैं। इन सबके साथ ही प्रत्येक व्यक्ति का अपने विवेक एवं संस्कारों के अनुरूप स्वधर्म निश्चित होता है। अर्थ-चिंतन का उद्देश्य इन सभी प्रकार के धर्मों का पालन सुकर बनाना होना चाहिए।

इसीलिए हमारे यहाँ सदा से यह स्पष्ट है कि अर्थशास्त्र, धर्मशास्त्र का ही अंग है। अपनी-अपनी आर्थिक उन्नति का प्रयास यथाशक्ति, यथाअवसर प्रत्येक व्यक्ति करता है। वे प्रयास धर्म-मर्यादा में रहें, यह देखना राज्यकर्ता का धर्म है अर्थात् अर्थानुशासन राजधर्म का अंग है। इसीलिए कहा है—'धर्मशास्त्रांतर्गतमेव राजनीति-लक्षणम् अर्थशास्त्रम् इदं विवक्षितम्।'[20]

अहिंसक समृद्धि का आधार है धर्म-विवेक

इस प्रकार हम पाते हैं कि अहिंसक आर्थिक समृद्धि का आधार है धर्म-विवेक, जिसे वस्तुतः धर्माधर्म विवेक कहा जाएगा। 'धर्म' शब्द ऋग्वेद में संज्ञा एवं विशेषण दोनों ही रूपों में अनेक बार प्रयुक्त हुआ है। 'प्रथम धर्माः' एवं 'सनता धर्माणि' ऋग्वेद में कथित हैं। प्रथम धर्म, सनातन धर्म आदि प्राचीन प्रयोग है। वाल्मीकि रामायण में बालकांड एवं अयोध्या कांड में 'सनातन धर्म' शब्द आया है। महाभारत के आदिपर्व में भी 'सनातन धर्म' शब्द है।[21] बौद्ध ग्रंथों—दीघनिकाय, संयुक्त निकाय आदि में 'आर्य धर्म' शब्द है। यहाँ आर्य का अर्थ प्राचीन एवं श्रेष्ठ है। किसी नस्ल या प्रदेश से उसका विशेष संबंध नहीं है। मनुस्मृति में सनातन धर्म के अर्थ में 'आर्य धर्म' का प्रयोग है।[22]

तैत्तिरीय आरण्यक कहता है—धर्म से विश्व की प्रतिष्ठा है। धर्मवान प्रजा ही लोक में आगे बढ़ती है। धर्मवान से पाप दूर रहता है। धर्म में ही सब प्रतिष्ठित हैं। इसीलिए श्रेष्ठ लोग धर्म को ही सर्वोपरि बताते हैं।[23]

महाभारत का प्रसिद्ध वाक्य है—'धर्म एव हतोहन्ति, धर्मो रक्षति रक्षितः।' इस प्रकार धर्म का मूल अर्थ है समस्त सृष्टि के आधारभूत नियम।

तैत्तिरीय उपनिषद् में सत्य बोलना छात्रों का धर्म कहा गया है। स्पष्टतः यह कर्तव्य के अर्थ में है। जैमिनि के अनुसार, वैदिक अनुशासन की प्रेरणाएँ ही धर्म हैं, क्योंकि इनसे ही आनंद मिलता है। वैशेषिक सूत्रकार का कथन है कि जिससे अभ्युदय हो एवं निःश्रेयस की सिद्धि हो, वह धर्म है।[24]

सामान्य धर्म, विशेष धर्म एवं स्वधर्म

जो सबके द्वारा पालनीय कर्तव्य हैं, उन्हें सार्वभौम धर्म, सामासिक धर्म या सामान्य धर्म कहा गया है। मनु महाराज के अनुसार, अहिंसा, सत्य, अस्तेय, पवित्रता एवं संयम सार्वभौम धर्म हैं। विष्णु धर्मसूत्र के अनुसार, क्षमा, सत्य, दम, पवित्रता, दान, इंद्रिय संयम, अहिंसा, दया, सरल-निश्छल स्वभाव, लोभ शून्यता तथा ईर्ष्या शून्यता आदि सामान्य धर्म हैं।[25] महाभारत के शांतिपर्व में सत्य बोलना, क्रोध न करना, क्षमा, संतान उत्पादन, पवित्रता, ऋजुता, अद्रोह, न्याय एवं अधीनस्थों का सम्यक् पोषण—ये नौ सामान्य धर्म हैं।[26] इसके अतिरिक्त अपनी विशिष्टता के अनुरूप विशेष धर्म होते हैं, जो समाज में प्राप्त स्थिति, व्यवसाय, दक्षता, प्रतिभा, कार्य-क्षेत्र तथा स्व-भाव एवं स्व-संकल्प के अनुसार निर्धारित होते हैं। जैसे—यदि आपने संकल्प किया कि आज मैं प्रातः अमुक श्रेष्ठ कार्य (दान, यज्ञ, सेवा, करुणा आदि) करूँगा, तो उस स्व-संकल्प के कारण वह उस समय आपका विशिष्ट धर्म होगा। वर्ण-धर्म, आश्रम-धर्म, राजधर्म, गुरु-धर्म, छात्र-धर्म आदि सब विशिष्ट धर्म ही हैं।

प्रत्येक व्यक्ति का सामाजिक एवं आध्यात्मिक कर्तव्य उसका स्वधर्म है। इसमें सामान्य धर्म एवं विशिष्ट धर्म दोनों का समन्वय है।

योगदर्शन में कहा गया है कि अहिंसा, सत्य, अस्तेय, ब्रह्मचर्य (संयम) एवं अपरिग्रह—ये पाँच सार्वभौम यम हैं। सभी के द्वारा सभी समय में करणीय कर्तव्यों का निकष ये पाँच धर्म-कर्तव्य हैं।[27] अपनी विशेष स्थिति के कारण वृत्ति-विशेष (जाति), देश-विशेष एवं काल-विशेष के अनुसार इनमें कतिपय अवच्छिन्नताएँ (सीमाएँ) आ सकती हैं।

धर्म के संदर्भ में योगदर्शन से सर्वाधिक प्रकाश मिलता है। योगसूत्र 3/14 के व्यास भाष्य की पहली ही पंक्ति स्पष्ट कहती है—

योग्यतावच्छिन्ना धर्मिणः शक्तिः एव धर्मः।

किसी धर्मी की योग्यता से विशेषित शक्ति ही उसका धर्म है। जैसे दाहकता अग्नि का धर्म है। दान देना दानी का धर्म है। पढ़ना विद्यार्थी का धर्म है। पढ़ाना अध्यापक का धर्म है। अर्थात् जिससे जिस वस्तु या व्यक्ति की पहचान हो, वही उसका धर्म है। योग की भाषा में इसे यों कहा गया है—'पदार्थ का बुद्ध भाव ही धर्म है' अर्थात् जिससे जिसका बोध हो, वही उसका धर्म है। इस प्रकार, योगदर्शन में तीन मूल धर्म बाहरी हैं—प्रकाश, कार्य एवं जड़ता। इसी प्रकार तीन मूल धर्म आभ्यंतर हैं—ज्ञान (बोध), क्रियाशीलता एवं स्थिति या धृति।

कब क्या करणीय है, क्या अकरणीय है, इसका ज्ञान ही धर्माधर्म-विवेक है, जो ज्ञानपूर्वक ही अर्जित होता है। विवेक क्या है? योगदर्शन कहता है—सत्वगुण-प्रधान

बुद्धि विवेकबुद्धि है।[28] आत्मस्वरूप का दर्शन ही विवेक का आधार है।

व्यक्ति में सर्वप्रथम विवेकज्ञान शास्त्रों के अध्ययन या श्रवण से होता है। बाद में युक्तिपूर्ण चिंतन-मनन द्वारा उसे दृढ़तर एवं स्पष्टतर करना होता है। विवेकज्ञान की दृढ़ता को ही ज्ञान-दीप्ति कहा जाता है।[29] इस प्रकार विवेक की साधना केवल संयम-संपन्न व्यक्तियों द्वारा ही संभव है।

सत्वगुण-प्रधान बुद्धि का वर्णन श्रीमद्भगवद्गीता में भलीभाँति किया गया है। 'जो बुद्धि कर्तव्य और अकर्तव्य को, अभय और भय को तथा बंधन एवं मोक्ष को यथार्थतः जानती है, वह सत्व-प्रधान बुद्धि है।'[30] इसी प्रकार 'सात्विक ज्ञान वह है, जो समस्त प्राणियों में एक ही अविनाशी को, चेतना को एवं परमसत्ता को समभाव से स्थित देखता है।'[31]

यह सात्विक बुद्धि केवल अहिंसक चित्तभूमि के साथ ही संभव है। गांधीजी ने भी इस पर बारंबार विस्तार से प्रकाश डाला है। योगदर्शन में भी यही कहा गया है कि सत्य, अस्तेय, ब्रह्मचर्य एवं अपरिग्रह आदि सभी यम-नियम अहिंसामूलक ही हैं। वे अहिंसा-सिद्धि के हेतु होने के कारण अहिंसा-प्रतिपादन के लिए ही शास्त्र में प्रतिपादित हैं। सभी यम-नियमों का उद्देश्य है निर्मल अहिंसा की सिद्धि।[32]

अहिंसा की परिभाषा है—"सर्वथा सर्वदा समस्त प्राणियों के प्रति एवं प्रकृति के प्रति अनभिद्रोह ही अहिंसा है।[33] केवल प्राणि-पीड़ा का त्याग ही अहिंसा नहीं है अपितु प्रकृति, परिवेश एवं प्राणियों के प्रति मैत्री, करुणा एवं मुदिता वृत्तियों का पोषण भी अहिंसा का अनिवार्य अंग है।[34]

चित्त और चित्त-भूमियाँ

यहाँ प्रश्न उठेगा कि चित्त-भूमि क्या है? योगदर्शन कहता है—द्रष्टा, आत्मसत्ता चैतन्यरूप है। इस चैतन्य के द्वारा ही बुद्धि चेतन होकर सभी उपस्थित विषयों को प्रकाशित करती है। जो प्रकाशित होता है अर्थात् जिसका ज्ञान होता है, वह रूप, रस, गंध, स्पर्श, शब्द आदि का संपूर्ण विस्तार-दृश्य है। चित्त के द्वारा उनका ज्ञान होता है।

ज्ञान, प्रवृत्ति (क्रियाशीलता) एवं स्थिति या धृति शक्ति से संपन्न अंतःकरण ही चित्त है।[35] समस्त बोधरूप चित्त की ही वृत्तियाँ हैं। इन्हें ही योगदर्शन में प्रत्यय भी कहा जाता है। सभी प्रत्यय चित्त में दिखने वाले धर्म हैं। साथ ही, चित्त में संस्कार भी अपरिदृष्ट रूप में रहते हैं। प्रत्यय एवं संस्कारों से संपन्न चेतना को ही चित्त कहा जाता है। चित्त को हम उसकी वृत्तियों से ही पहचानते हैं। वृत्तियों के लीन होने की दशा में चित्त के भी लीन होने की दशा है।

योगदर्शन में पाँच प्रकार की चित्तवृत्तियाँ वगीकृत हैं—

(चित्तवृत्तियों को ही बुद्धिवृत्ति भी कहते हैं)—

1. प्रमाण अर्थात् यथार्थ बोध।
2. विपर्यय अर्थात् अयथार्थ बोध।
3. विकल्प अर्थात् संबंधित वस्तु से भिन्न अन्य वस्तु की भ्रांति में लिप्त रहना अथवा शब्दज्ञानानुपाती वस्तुशून्य शब्द को किसी वस्तु सत्ता का वाचक समझना।
4. स्मृति अर्थात् अनुभूत भाव का पुनः अनुभव।
5. निद्रा अर्थात् अभावात्मक वृत्ति का (क्षीण-सा) बोध।

उल्लेखनीय है कि मन को चित्त नहीं समझना चाहिए। मन तो संकल्प इंद्रिय है एवं ज्ञानेंद्रियों तथा कर्मेंद्रियों का आभ्यंतरिक केंद्र है। मन जिन विषयों को ग्रहण करता है, धारण करता है या जिनमें प्रवृत्त होता है, उनका ज्ञान रखने वाली शक्ति चित्त है।

हिंसा-भूमि और अहिंसा-भूमि

योगदर्शन के अनुसार चित्त की पाँच भूमिकाएँ हैं—क्षिप्त, मूढ़, विक्षिप्त, एकाग्र एवं निरुद्ध।[36] इनमें से अति चपल चित्त क्षिप्त है अर्थात् क्षिप्तभूमिक है। किसी इंद्रिय-विषय में मुग्ध चित्त मूढ़ है अर्थात् मूढ़भूमिक है। जो चित्त कभी चंचल हो, कभी स्थिर, वह योगदर्शन में विक्षिप्त चित्तभूमि कही जाती है। अधिकांश व्यक्ति इसी चित्तभूमि में रहते हैं। मेधा एवं सद्वृत्तियों की कमी या अधिकता से इनके असंख्य भेद हैं। श्रेष्ठ लक्ष्य के प्रति एकाग्र सात्विक बुद्धि एकाग्रभूमिक चित्त का लक्षण है। निरुद्ध चित्त तो समाधि की स्थिति है। विक्षिप्त चित्त में जब सत्व का एवं मेधा का तथा सद्वृत्तियों का उत्कर्ष होता है, तब वह चित्तभूमि भी अहिंसक होती है। एकाग्र चित्तभूमि सर्वथा सर्वदा अहिंसक होती है। प्रकृति एवं प्राणियों के प्रति मैत्री-भाव रखना तथा उन्हें पीड़ित करने से बचना अहिंसक चित्तभूमि का लक्षण है।[37]

अहिंसक चित्तभूमि का आधार हैं अहिंसक शास्त्र और उनका प्रवाह

संपूर्ण समाज में, पूरी एक सभ्यता में अधिकांश जन अहिंसक चित्तभूमि वाले हों, इसके लिए उस सभ्यता की वैसी जीवन-दृष्टि एवं विश्व-दृष्टि आवश्यक है, उस विश्व-दृष्टि एवं जीवन-दृष्टि के निरंतर औपचारिक-अनौपचारिक शिक्षण, उपदेश, स्मरण, मनन, ध्यान एवं तदनुरूप जीवन-व्यवहार की व्यवस्था आवश्यक है। इस प्रकार एक विराट् संरचना-तंत्र द्वारा ही इसकी व्यावहारिक गतिशीलता संभव है। समाज-जीवन इसी प्रकार चला करते हैं।

इस प्रकार अहिंसक चित्तभूमि के आधार में विस्तृत ज्ञान-प्रवाह है, शास्त्र-समूह हैं

एवं विराट् जीवन-दृष्टि है। यह कोई Blissful Ignorance की दशा नहीं है। ज्ञान की एक विस्तृत शृंखला उसके पीछे विद्यमान है। विश्व के सभी समाजों की अपनी-अपनी अत्यंत समृद्ध ज्ञान-परंपराएँ रही हैं। विशाल ज्ञान-कोश एवं ज्ञानराशियाँ रही हैं। शताब्दियों की संचित ज्ञानराशि और उसकी विवेक-साधना द्वारा ही ये समाज प्रधानतः अहिंसक, संयमी एवं मर्यादित रह सके थे। सदिच्छा मात्र से अहिंसक जीवन एवं अहिंसक चित्त संभव नहीं है। केवल सदुपदेश से तो वह बिल्कुल भी संभव नहीं है। निरंतर ज्ञान-साधना द्वारा विवेक को जागृत रखने पर ही व्यक्ति एवं समाज का चित्त अहिंसक रहता है। सभी प्राचीन समाजों में ऐसी ज्ञान-साधना की विशद परंपराएँ रही हैं। सभी प्राचीन ज्ञान-साधनाओं को आदिम या अविकसित या सामंती आदि कह देने के पीछे कोई ऐतिहासिक प्रमाण नहीं है। वह तो वैसा कहने वाले या मानने वाले व्यक्ति या व्यक्तियों के अज्ञान और उससे उपजे अति अहंकार मात्र की ही अभिव्यक्ति है, यथार्थ नहीं है।

ज्ञान-साधना और सात्विक जीवन ही देते हैं धर्माधर्म-विवेक

धर्माधर्म का विवेक निरंतर ज्ञान-साधना एवं सात्विक जीवन द्वारा ही संभव है। इसके लिए पुण्य-अपुण्य का विवेक आवश्यक है। पुण्य क्या है ? सामान्य धर्मों के दृढ़ आधार पर स्थित स्वधर्म का पालन ही पुण्य है। तदनुसार अहिंसा, सत्य, अस्तेय, ब्रह्मचर्य एवं असंग्रह की ओर ले जाने वाले कर्म ही पुण्य कर्म हैं। मनुस्मृति ने जिन दस धर्ममय कर्मों को गिनाया है, वे सभी पुण्य कर्म हैं। मैत्री, करुणा, परोपकार, दान आदि अविद्या-विरोधी कर्म भी पुण्य कर्म हैं।[38]

पुण्य कर्म ही वास्तविक सुख के स्रोत और आधार हैं। अपुण्य कर्म सदा दुःख का कारण बनते हैं। पुण्य कर्मों के योग्य चित्त दशा का होना दैवी संपदा से युक्त होना है। अपुण्य कर्मों के योग्य चित्त होना आसुरी संपदा का सूचक है। इस प्रकार दैवी संपदा और पुण्य कर्म ही वास्तविक संपत्ति और वास्तविक सुख के कारण हैं।

संदर्भ—

1. पाणिनीय धातु-पाठ में दिवादिगण की 131वीं धातु 'ऋषु वृद्धौ', परस्मैपद (ऋध्यति) साथ ही स्वादिगण की 24वीं धातु, परस्मैपद (ऋध्नोति)॥ 'अमरकोश' में द्वितीय कांड के चतुर्थ वर्ग का 112वाँ श्लोक है—योग्यं ऋद्धिः सिद्धि लक्ष्म्यौ, वृद्धेरप्याह्वा इमें॥112॥ अर्थात् योग्य, ऋद्धि, सिद्धि एवं लक्ष्मी तथा वृद्धि ये पाँच पर्याय हैं। इनमें से 'योग्य' नपुंसक लिंग है तथा ऋद्धि, सिद्धि एवं लक्ष्मी और वृद्धि, ये चार स्त्रीलिंग शब्द हैं। इस प्रकार ये पाँचों पर्यायवाची हैं। कार्य संपादित करने की योग्यता जिसमें प्राप्त हो, वही वृद्धि, सिद्धि, ऋद्धि एवं लक्ष्मी है।
2. महाभारत, राजधर्मानुशासन पर्व, अध्याय 60, श्लोक 7 एवं 8

अक्रोध: सत्यवचनं संविभाग: क्षमा तथा।
प्रजन: स्वेषु दारेषु शौचं अद्रोह एव च ॥7॥
आर्जवं भृत्यभरणं नवैते सार्ववर्णिका: ॥8॥

3. मनुस्मृति (मानव धर्मशास्त्र), अध्याय 10, श्लोक 63
अहिंसा सत्यभ्रतेयं शौचमिन्द्रिय निग्रह:।
एवं सामासिकं धर्म चातुर्वर्णेऽब्रवीन्मनु: ॥63॥
4. विभक्तव्यं पितृद्रव्यं दायमाहुर्मनीषिण:। निघंटु
विस्तार के लिए देखें व्यवहारमयूख, अध्याय 24, दाय: -
असंसृष्टं विभजनीयं धनं दाय:। लाभाद्यर्थसंसृष्टधनव्यावृत्तयेऽसंसृष्टमिति। वणिग्भिरेकीकृत्य विभज्यमाने दाय भागशब्दाप्रयोगात्। एवं वक्ष्यमाणपारिभाषिकसंसर्गवतोऽपि निवृत्ति:। अत एव स्मृतिसंग्रहे -
पितृद्वारागतं द्रव्यं मातृद्वारागतं च यत्।
कथितं दायशब्देन तद्विभागोऽधुनोच्यते॥ इति।
निघण्टौ च -
विभक्तव्यं पितृद्रव्यं दायमाहुर्मनीषिण: ॥ इति।
पितृपदं संबंधिमात्रोपलक्षणं, अयं दायो द्वेधा-सप्रतिबंधोऽप्रतिबंधश्च। यत्र धनस्वामिनस्तत्पुत्रादेश्च जीवनं प्रतिबंधकं स सप्रतिबंध:। यथा पितृव्यादिधनम्। यत्तु स्वामिसबंधादेव पुत्रादेर्धनार्जनोपायान्तरनिरपेक्षात्स्वं भवति सोऽप्रतिबंधो यथा पितृधनम्। इतिदायस्वरूपम्।
5. व्यवहारमयूख, अध्याय 24, अथ दाय:, तद्विभागा:
तमाह नारद:-
तिभागोऽर्थस्य पित्र्यस्य पुत्रैर्यत्र प्रकल्प्यते। दाय भाग इति प्रोक्तं तद्विवादपदं बुधै: ॥
पुत्रैरिति पौत्रादीनामप्युपलक्षणं, पित्र्यस्येति पितामहादीनाम्। मदनस्तु पित्र्यादेरित्येव पपाठ। इदं च दाय भागस्वरूपमुक्तं, द्रव्यसामान्याभावेऽपि त्वत्तोऽहं विभक्त इति व्यवस्थामात्रेणापि भवत्येव विभाग:। बुद्धिविशेषमात्रमेव हि विभाग:। तस्यैवाभिव्यंजिकेयं व्यवस्था।
6. गौतम स्मृति, अध्याय 29, अथ पुत्राणां संपत्तिविभागवर्णनम्—
ऊर्ध्वं पितु: पुत्रा ऋक्थं भजेरन्निवृते रजसि मातुर्जीवति चेच्छति सर्वं वा पूर्वजस्येतरान् बिभृयात्। इत्यादि। साथ ही, नीलकंठ भट्ट विरचित भगवन्तभास्कर: के अंतर्गत व्यवहारमयूख में विभागकाल देखें, जहाँ गौतम स्मृति से उद्धरण है।
7. तैत्तिरीय उपनिषद् 3/1
8. मनुस्मृति, अध्याय 2, श्लोक 224
9. मनुस्मृति, अध्याय 6, श्लोक 35
10. मनुस्मृति, अध्याय 6, श्लोक 39
11. बृहदारण्यक उपनिषद्, 1/4/4
12. वाल्मीकीय रामायण, किष्किन्धाकांड, सर्ग 18, श्लोक 28 से 40 द्रष्टव्य।
13. ऋग्वेद 10/4/8, अथर्ववेद 2/12/4
14. श्रीमद्भगवद्गीता, अध्याय 17, श्लोक 20 से 22

15. महाभारत, उद्योग पर्व, अध्याय 30, श्लोक 60, अत्रिस्मृति, श्लोक 44 व 46 साथ ही 'भगवन्तभास्करः' के अंतर्गत दानमयूख भी द्रष्टव्य।
16. महाभारत, शांतिपर्व, अध्याय 68, श्लोक 1 से 4 तथा मनुस्मृति, अध्याय 7, श्लोक 144 एवं शुक्रनीतिसार, अध्याय 1, श्लोक 14
17. मनुस्मृति, अध्याय 8, श्लोक 1 से 3 तथा 12 एवं 24।
18. याज्ञवल्क्य स्मृति, आचाराध्याय, श्लोक 359-360।
19. मनुस्मृति, अध्याय 8, श्लोक 128
20. याज्ञवल्क्य स्मृति पर विज्ञानेश्वर की मिताक्षरा टीका का कथन
21. पांडुरंग वामन काणे : धर्मशास्त्र का इतिहास, पूर्वाद्धृत, खंड 1, अध्याय 1, पृष्ठ 3
22. मनुस्मृति, अध्याय 12, श्लोक 106
23. तैत्तिरीय आरण्यक, दशम प्रपाठक, 63वाँ अनुवाक् (आंध्र पाठानुसार)
24. 'यतोऽभ्युदय, निःश्रेयस् सिद्धिः स धर्मः।' वैशेषिक सूत्र का प्रारंभिक कथन।
25. काणे, पूर्वोद्धृत, खंड-2, अध्याय 1, पृष्ठ 105
26. काणे, पूर्वोद्धृत, खंड 2, अध्याय 1, पृष्ठ 105
27. पातंजल योगदर्शनम् 2/30 (साधनापद, 30वाँ सूत्र)
28. स्वामी हरिहरानंद आरण्य कृत 'पातंजल योगदर्शनम्' (हिंदी व्याख्या सहित), समाधिपद, सूत्र 2 का स्वामीजी कृत भाष्य।
29. उपर्युक्त में साधनपाद, 28वें सूत्र पर स्वामीजी की टिप्पणी।
30. श्रीमद्भगवद्गीता, अध्याय 18, श्लोक 30।
31. उपर्युक्त, श्लोक 20
32. स्वामी हरिहरानंद आरण्य कृत 'पातंजल योगदर्शनम' (पूर्वोद्धृत) में साधनपाद, सूत्र 30 का व्यास भाष्य, पृष्ठ 221
33. उपर्युक्त, पृष्ठ 221-222
34. वही, पृष्ठ 222-223
35. स्वामी हरिहरानंद आरण्य (उपर्युक्त) में समाधिपाद, सूत्र 6 का व्यास-भाष्य, पृष्ठ 19
36. उपर्युक्त में समाधिपाद, सूत्र 1 का व्यास-भाष्य, पृष्ठ 1
37. उपर्युक्त में पृष्ठ 3, 4 एवं 5 तथा साधनपाद, सूत्र 30 का भाष्य, पृष्ठ 221-224
38. उपर्युक्त, साधनपाद, सूत्र 14 का व्यास-भाष्य, पृष्ठ 158-159

□

खंड-3

आश्रम, संपत्ति और दान

1

गृहस्थ आश्रम एवं अन्य आश्रम

गृहस्थ आश्रम ही अन्य तीनों आश्रमों का पोषक है। गौतम धर्मसूत्र (3/3) का कहना है कि गृहस्थ आश्रम ही अन्य सभी आश्रमों की योनि है।[1] केवल गृहस्थ आश्रम होने पर ही कोई ब्रह्मचारी उत्पन्न हो सकता है अर्थात् किसी ब्रह्मचारी युवा या ब्रह्मचारिणी युवती का जन्म किसी कुल में और किसी गृहस्थ के यहाँ ही होगा। इस प्रकार ब्रह्मचर्य आश्रम का कोई भी पात्र गृहस्थ आश्रम के बिना उत्पन्न ही नहीं हो सकता। इसी प्रकार कोई भी वानप्रस्थी या संन्यासी भी मूल में किसी गृहस्थ घर में ही जन्म लेता है।[2]

यहाँ धर्मशास्त्र के आचार्यों ने गृहस्थ आश्रम से बाहर किसी अकेली स्त्री के द्वारा होने वाली किसी संतान के विषय में कोई विचार नहीं किया है। उसका कारण यह है कि न तो उस समय ऐसी कोई अवधारणा लोक में प्रचलित थी और न ही किसी भी जननी स्त्री को स्वच्छंद जीवन जीने के लिए बिना किसी चिंता और प्रबंध के छोड़ देने का कोई विचार धर्म के आचार्य को स्वीकार हो सकता था। इसीलिए मनु महाराज ने तथा अन्य स्मृतिकारों ने भी इस बात पर बल दिया है कि स्त्री को स्वतंत्र छोड़ देना अर्थात् उसके योगक्षेम का दायित्व वहन नहीं करना अपितु वह दायित्व उसी पर छोड़ देना धर्मसम्मत नहीं है—'न स्त्री स्वातंत्र्यम् अर्हति'।

मनु महाराज का कहना है कि ब्रह्मचर्य, वानप्रस्थ और संन्यास तीनों ही आश्रमों वाले लोग दान, भिक्षा तथा अन्न गृहस्थ आश्रमी से ही प्राप्त करते हैं, इसीलिए गृहस्थ आश्रम ही ज्येष्ठ और श्रेष्ठ है।[3] अक्षय स्वर्ग तथा ऐहिक सुख एवं ऐश्वर्य भोग की इच्छा वाले मनुष्य को प्रयत्नपूर्वक गृहस्थ आश्रम धारण करना चाहिए। दुर्बल इंद्रिय वाले व्यक्ति को गृहस्थ आश्रम धारण नहीं करना चाहिए—

यस्मात्त्रयोऽप्याश्रमिणो ज्ञानेनान्नेन चान्वहम्।
गृहस्थेनैव धार्यन्ते तस्माज्ज्येष्ठाश्रमो गृही॥
स सन्धार्यः प्रयत्नेन स्वर्गमक्षयमिच्छता।
सुख चेहेच्छता नित्यं योऽधार्यो दुर्बलेन्द्रियैः॥[4]

(मनुस्मृति, अध्याय 3, श्लोक 77 एवं 78)

मनु महाराज ने यह भी कहा है कि वेद एवं धर्मशास्त्रों का मत है कि गृहस्थ आश्रम सर्वश्रेष्ठ है, क्योंकि वह तीनों आश्रमों का पालन करता है। जिस प्रकार सभी नदियाँ और नद समुद्र में मिलते हैं, उसी प्रकार सभी आश्रम वालों की संस्थिति गृहस्थ आश्रम से ही है—

सर्वेषामपि चैवेषां वेदस्मृतिविधानतः।
गृहस्थ उच्यते श्रेष्ठः स त्रीनेतान्बिभर्ति हि॥
यथा नदीनदाः सर्वे सागरे यान्ति संस्थितिम्।
तथैवाश्रमिणः सर्वे गृहस्थे यान्ति संस्थितिम्॥[5]

(मनुस्मृति, अध्याय 6, श्लोक 89 एवं 90)

महाभारत के शांतिपर्व में भी कहा गया है—

सर्वे वर्णा धर्मकार्याणि सम्यक्
कृत्वा राजन् सत्यवाक्यानि चोक्त्वा।
त्यक्त्वाधर्मं दारुणं जीवलोके
यान्ति स्वर्गं नात्र कार्यो विचारः॥[6]

(महाभारत, शांतिपर्व, अध्याय 296, श्लोक 39)

जो लोग यह तर्क देते थे और देते हैं कि गृहस्थ आश्रम में रहकर मोक्ष संभव नहीं है, उनका खंडन करते हुए महायोगी कपिल कहते हैं—

आसन् गृहस्था भूयिष्ठा अव्युत्क्रांताः स्वकर्मसु।
राजानश्च तथा युक्ता ब्राह्मणाश्च यथाविधि॥[7]

(महाभारत, शांतिपर्व, अध्याय 270 श्लोक 8)

अर्थात् पूर्व काल में बहुत से गृहस्थ ब्राह्मणों ने और गृहस्थ राजाओं ने यथाविधि स्वधर्म का पालन करते हुए मोक्ष प्राप्त किया है। उन निष्पाप लोगों ने गृहस्थ आश्रम में रहते हुए ही मोक्ष लाभ किया था।

शांतिपर्व में तो यह भी कहा गया है कि जो मनुष्य गृहस्थ आश्रम वाले सभी करणीय कर्तव्यों का पालन करते हुए गृहस्थाश्रमरूपी दुष्कर जीवन जीते हैं, उनकी निंदा करने वाले पुरुष वस्तुतः पुरुषार्थ हीन और मूढ़ लोग होते हैं तथा उन्हें दोष लगता है—

अथ ये कर्म निंदंतो मनुष्याः कापथं गताः।
मूढानामर्थहीनानां तेषामेनस्तु विद्यते॥ 16॥
देवा वै दुष्करं कृत्वा विभूतिं परमां गताः।
तस्माद् गार्हस्थ्यमुद्वोढुं दुष्करं प्रब्रवीमि वः॥ 20॥[8]

(महाभारत शांतिपर्व, अध्याय 11, श्लोक 16 एवं 20)

गृहस्थ आश्रम में प्रवेश करने से पूर्व आवश्यक कर्म विवाह है। विवाह शब्द के निर्वचन के विषय में वीरमित्रोदय में कहा गया है—

तत्र विवाहशब्दो बहुप्रापण इत्यसमाद्धातोर्भावे घञि कृते वहनं वाहः विशिष्टो वाहो विवाह इति व्युत्पत्त्या निष्पद्यते। वैशिष्टयां च प्रतिग्रहाद्यष्टविधोपायान्यतमोपाएन स्वीकृतायां होमादिसप्तमपदनयनान्तकर्मभिस्संस्कृतत्त्वम्। तथा विवाहपदार्थोद्विदलः सिध्यति, स्वत्वोत्पादनं संस्काराधानं चेति। तदेतत्स्पष्टीकृतं पारस्करेण, पित्रा प्रतामादाय गृहीत्वा निष्क्रामतीत्युपक्रम्य प्रदक्षिणमग्निं पर्याणीयैके इत्यादिनाऽचार्याय वरं ददातीत्यन्तेन सूत्रेण। आदाय प्रतिगृह्य। गृहीत्वा हस्ते धृत्वा।[9]

अर्थात् विवाह शब्द बहुप्रापण से समाद्धात भाव से घञि प्रत्यय करने पर निष्पन्न होता है तथा वहन करने को वाह अथवा विशिष्ट वाह ही विवाह कहलाता है। इस प्रकार विवाह तभी विवाह है जब वह प्रतिगृह आदि उपायों से अथवा अन्यतम उपाय से स्वीकृत हो अथवा होम एवं सप्तपदी आदि कर्मों के उपरांत दोनों पक्ष सुसंस्कृत होकर परस्पर ग्रहण करें। इस प्रकार विवाह पद द्विदल सिद्ध होता है। जैसे द्विदल अनाज में दो दल होते हैं, दोनों के होने से ही वह अनाज कहा जाता है। उसी प्रकार जब नर और नारी अर्थात् युवक और युवती संस्कारों को संपन्न करके परस्पर संयुक्त जीवन जीने का व्रत लेकर सप्तपदी आदि संपन्न करते हैं, उसके उपरांत वे द्विदल अनाज की तरह एक ही अन्न या एक ही वस्तु के दो अभिन्न पक्ष हो जाते हैं। दोनों एक-दूसरे का विशेष रूप से वहन करने का संकल्प लेते हैं, इसीलिए यह 'वि-वाह' कहा जाता है। पारस्कर गृह्यसूत्र का कहना है कि पिता और पितामह आदि के द्वारा निष्क्रमण क्रिया एवं आचार्य की उपस्थिति में संपन्न अग्नि की प्रदक्षिणा के द्वारा विधिपूर्वक आदान और प्रतिग्रहण का संपादन होने पर ही विवाह संपन्न माना जाता है और उसके उपरांत ही व्यक्ति गृहस्थ आश्रम में प्रवेश करता है।

दक्ष स्मृति का कहना है कि 'पत्नीमूलं गृहं पत्नी' अर्थात् गृहस्थ का मूल है पत्नी। वस्तुतः गृहिणी के कारण ही गृह शब्द का प्रयोग हुआ है। संस्कारपूर्वक विधिपूर्वक कन्या ग्रहण करके लाई जाती है, इसीलिए वह गृहिणी हुई और गृहिणी से ही घर को गृह कहा जाता है। ऋग्वेद का भी कहना है—

जाएदस्तं मघवन्त्सेदु योनिस्तदित्त्वा युक्ता हरयो वहन्तु।
यदा कदा च सुनवाम सोममग्निष्ट्वा दूतो धन्वात्यच्छ।[10]

अर्थात् हे इंद्र, हम जाया को लेकर गृहस्थ आश्रम में प्रवेश कर रहे हैं। जाया या गृहिणी से ही गृह कहा जाता है। वही पुरुष की उत्पत्ति का आधार है। अतः इस गृह में आप गति दें, अपने अश्वों की शक्ति से इसे संपन्न रखें तथा जो भी गृहस्थ आश्रम के लिए आवश्यक उचित पदार्थ हैं, वह सब हमें प्रदान करें।

इस प्रकार शक्तिपूर्वक कर्तव्य कर्मों को संपन्न करना और समृद्धि का अर्जन एवं वृद्धि ये गृहस्थ आश्रम के मूल पुरुषार्थ हैं।

पत्नी के होने से ही घर 'गृह' है। 'गृह' से ही 'गृहस्थ आश्रम' है। अतः विशेष रूप से वहन करके लाई गई गृहिणी से ही गृहस्थ शब्द है और उसके उपरांत ही गृहस्थ आश्रम का प्रारंभ होता है। विवाह के लिए अन्य शब्द हैं उद्वाह, परिणय, उपयम और पाणिग्रहण।

कन्या को उसके पिता के घर से उच्चता के साथ अर्थात् आदर-मान के साथ ले आना उद्वाह है। अग्नि की प्रदक्षिणा करने को परिणय कहा जाता है। कन्या का हाथ पकड़ना ही पाणिग्रहण है। इसीलिए कामभाव से या मदनभाव से किसी कन्या का हाथ पकड़ने से भी विवाह संपन्न मान लिया जाता है और वह कन्या युवक की पत्नी ही हो जाती है। इसी प्रकार परस्पर निकट आने को उपयम कहा जाता है। अतः यदि काममूलक प्रीतिभाव से युवक और युवती परस्पर निकट आते हैं तो वह उपयम है, जो विवाह का ही एक रूप है।

उद्वाह, परिणय, उपयम और पाणिग्रहण—ये वस्तुतः विवाह संस्कार के केवल एक-एक तत्त्व को ही बताते हैं, परंतु धर्मशास्त्रों में विवाह संस्कार के संदर्भ में इन सभी शब्दों का प्रयोग किया। ताण्ड्य महाब्राह्मण में कहा गया है—

इमौ वै लोकौ सहास्तां तौ वियन्तावभूतां विवाहं विवहावहै सह नावस्त्विति।[11]

(ताण्ड्य ब्राह्मण 7/10/1)

अर्थात् स्वर्ग और पृथ्वी में पहले एकता थी, फिर वे वियुक्त हो गए। अतः उन्होंने निश्चय कर परस्पर विवाह कर लिया और उनमें सहयोग भाव सघन हो गया।

इस प्रकार वस्तुतः परस्पर एकात्मता का निर्णय ही वर और कन्या का विवाह है। यह विवाह के विविध प्रकारों को धर्मशास्त्रीय व्यवस्था में स्थान प्रदान किए जाने से भी स्पष्ट होता है। विवाह संबंधी तीन प्रमुख उद्देश्य धर्मशास्त्रों में वर्णित हैं—

1. सर्वोत्तम आनंद की प्राप्ति (रति)।
2. संतति उत्पति (प्रजा)।
3. धार्मिक कृत्यों का संपादन (धर्मसंपत्ति)।

इनमें से ब्रह्मचर्य, वानप्रस्थ एवं संन्यास आश्रम—तीनों के लिए प्रजा गृहस्थ आश्रम से ही प्राप्त होती है। इसीलिए गृहस्थ आश्रम को सभी आश्रमों की योनि कहा गया है। धार्मिक कृत्यों के संपादन के द्वारा ही विद्या, संन्यासियों आदि का रक्षण एवं पोषण तथा धर्म परंपरा का प्रवाहित रहना और पूर्त कर्मों का संपादन होते रहने से समाज के सभी अभावों की पूर्ति होते रहना संभव है। इसीलिए गृहस्थ आश्रम सर्वश्रेष्ठ आश्रम है। इसे और अच्छी तरह समझने की आवश्यकता है।

1. विद्या केंद्र एवं विद्या परंपरा

गुरुकुलों का संचालन समाज का ही दायित्व रहा है। आवश्यकतानुसार राजकोष से भी उनके लिए दान तथा अन्य संसाधन देना राजा का कर्तव्य है, परंतु गुरुकुलों का संचालन राजा का कर्तव्य भारत में कभी भी मान्य नहीं रहा है। अर्थात् शिक्षा पर राज्य का नियंत्रण भारत में कल्पनातीत रहा है। वस्तुतः कोई राजा या राज्य शिक्षा को नियंत्रित करे तो उसे महापापी ही कहा जाएगा तथा उसे अधम लोक प्राप्त होंगे, नरक की यातना ही प्राप्त होगी, यही शास्त्रों का सार है।

इस प्रकार गुरुकुलों का संचालन जहाँ श्रेष्ठ एवं तपस्वी गुरु अर्थात् आचार्य का कार्य है, वहीं उनका चलते रहना गृहस्थों द्वारा कर्तव्यभाव से दिए जाने वाले दान पर ही निर्भर है। इस तरह समाज में विद्या की परंपरा गृहस्थ आश्रम पर ही निर्भर है। यही कारण है कि धर्मशास्त्रों में दान की अत्यधिक महिमा है। स्वयं ऋग्वेद में दानों की एवं दानदाताओं की महिमा गाई गई है। गुरुकुलों के पोषण में गायों की सर्वाधिक भूमिका रही है। इसीलिए गोदान की महिमा बहुत अधिक है। इसी प्रकार वीर सैनिकों के लिए अश्व का दान करना समाज में सेना के पोषण का माध्यम है। इसीलिए अश्वदान की भी बहुत महिमा है। साथ ही, स्वर्ण दान से सभी आवश्यकताएँ पूरी होती हैं। इसीलिए स्वर्ण दान करने वाले को देवता ही कहा गया है। नवीन उत्तम वस्त्रों का दान भी प्रशंसा के योग्य माना गया है। ऋग्वेद का कहना है कि—

"जो गोदान करता है, वह उच्च स्थान प्राप्त करता है। जो अश्व दान करता है, वह सूर्यलोक में निवास करता है, जो स्वर्णदान करता है, वह मृत्यु के उपरांत देवता होता है और जो परिधान का दान करता है, उसे दीर्घजीवन का लाभ प्राप्त होता है।"[12] (ऋग्वेद 10/107/2 एवं 7)

गोदान, स्वर्ण दान एवं परिधान दान से ही गुरुकुलों का पोषण होता है। इस प्रकार गृहस्थों के द्वारा ही हमारे गुरुकुल पोषित होकर चलते रहे हैं। राजा भी गुरुकुलों को जो स्वर्ण, गायें एवं परिधान आदि देते हैं, वे गृहस्थ के रूप में ही उनका कर्तव्य है। प्रत्येक गृहस्थ का अपनी शक्ति एवं सामर्थ्य के अनुसार दान देना कर्तव्य है। इसके अतिरिक्त राजा के रूप में प्रजारक्षणरूपी कर्तव्य के अंग के रूप में गुरुकुलों की रक्षा भी राजा का स्वाभाविक धर्म है। इस तरह संसाधनों से पोषण और राज्यबल से रक्षण, गुरुकुलों के संदर्भ में राजा की इतनी ही भूमिका है। गुरुकुलों का संचालन अथवा शिक्षा और विद्या के स्वरूप का निर्धारण भारत में राजा का कार्य तो नहीं ही है, ऐसे निर्धारण की चेष्टा भी अधर्म एवं पाप है। क्योंकि वह राजा और राज्य की मर्यादा का उल्लंघन है और धर्मशास्त्रों की व्यवस्था का उल्लंघन है।[13]

दान के छह अंग मुख्य हैं—दाता, प्रतिग्रहीता, श्रद्धा, धर्मयुक्त देय, उचित काल एवं उचित देश (स्थान)। ऐसा देवल ने लिखा है। इस विषय में मनुस्मृति के श्लोक निम्नानुसार हैं—

तान्प्रजापतिराहैत्य मा कृध्वं विषमं समम्।
श्राद्धपूतं वदान्यस्य तमश्रद्धयेतरत्॥ 225॥
श्रद्धयेष्टं च पूर्तं च नित्यं कुर्यादतन्द्रितः।
श्रद्धाकृते ह्यक्षये ते भवतः स्वागतैर्धनैः॥ 226॥
दानधर्मं निषेवेत नित्यमैष्टिकपौर्तिकम्।
परितुष्टेन भावेन पात्रमासाद्य शक्तितः॥ 227॥
यत्किंचिदपि दातव्यं याचितेनानसूयया।
उत्पत्स्यते हि तत्पात्रं यत्तारयति सर्वतः॥ 228॥
वारिदस्तृप्तिमाप्नोति सुखमक्षय्यमन्नदः।
तिलप्रदः प्रजामष्टां दीपदश्चक्षुरूत्तमम्॥ 229॥
भूमिदो भूमिमाप्नोति दीर्घमायुर्हिरण्यदः।
गृहदोऽग्न्याणि वेश्मानि रूप्यदो रूपमुत्तम्॥ 230॥
वासोदश्चंद्रसालोक्यमाश्विसालोक्यमश्वदः।
अनुग्रहः श्रियं पुष्टां गोदो ब्रध्नस्य विष्टपम्॥ 231॥
यानशय्याप्रदो भार्यामैश्वर्यमभयप्रदः।
धान्यदः शाश्वतं सौख्यं ब्रह्मदो ब्रह्मसार्ष्टिताम्॥ 232॥
सर्वेषामेव दानानां ब्रह्मदानं विशिष्यते।
वार्यन्नगोमहीवासस्तिलकांचनसर्पिषाम्॥ 233॥
येन येन तु भावेन यद्यद्दानं प्रयच्छति।
तत्तत्तेनैव भावेन प्राप्नोति प्रतिपूजितः॥ 234॥
योऽर्चितं प्रतिगृह्णाति ददात्यर्चितमेव च।
तावुभौ गच्छतः स्वर्गं नरकं तु विपर्यये॥ 235॥
न विस्मयेत तपसा वदेदिष्टवा च नानृतम्।
नातोऽप्यपवदेद्विप्रान्न दत्त्वा परिकीर्तयेत्॥ 236॥
यज्ञोऽनृतेन क्षरति तपः क्षरति विस्मयात्।
आयुर्विप्रापवादेन दानं च परिकीर्तनात्॥ 237॥ [14]

(मनुस्मृति, अध्याय 4, श्लोक 225 से 237)

{अर्थात् प्रजापति ब्रह्मा ने व्यवस्था दी है कि श्रद्धाहीन श्रोत्रिय का अन्नदान श्रद्धा के अभाव में दूषित ही होता है। इसके स्थान पर वृद्धिजीवी (धन के ब्याज के बल पर

अपनी संपत्ति बढ़ाने वाले) दानी का दान श्रद्धा से पवित्र होता है। इसीलिए दान में श्रद्धा का ही सर्वोपरि महत्त्व है। भले ही वेदों को पढ़ने और पढ़ाने वाला ब्राह्मण हो, परंतु यदि वह श्रद्धा से रहित रहकर दान देता है तो उसका दान निकृष्ट है और भले ही ब्याज आदि से जीविका चलाने वाला वैश्य हो, यदि वह श्रद्धापूर्वक दान देता है, तो वह दान उत्कृष्ट है। इसीलिए श्रद्धापूर्वक ही इष्टकर्म अर्थात् गृहमंडप के भीतर किए जाने वाले यज्ञ आदि देव उपासना के कर्म और पूर्त कर्म अर्थात् विद्यादान, गोदान, कूप, वापी, तड़ाग (कुआँ, बावड़ी, तालाब आदि), उद्यान, प्याऊ आदि के लिए दिए जाने वाले दान दिए जाने चाहिए। श्रद्धा से रहित दान अधिक फल नहीं देते। न्यायोपार्जित धन से श्रद्धापूर्वक दिया जाने वाला दान सर्वोच्च गति प्रदान करता है। इसीलिए सदा प्रसन्नतापूर्वक इष्ट और पूर्त कर्म करना चाहिए तथा सत् पात्र याचक को दान अवश्य देना चाहिए। बिना किसी असूया के यथाशक्ति दान करना चाहिए। इससे सद्गति सुनिश्चित है।

विद्यादान ही सर्वोत्तम है और विद्यादान का फल सर्वश्रेष्ठ है। जल, अन्न, गऊ, भूमि, तिल, सुवर्ण और घृत इन सबके दान का फल उसके बाद है। जल दान करने वाले को तृप्ति प्राप्त होती है, अन्न दान करने वाले को अक्षय सुख मिलता है, तिलदान करने वाले को अभिलषित संतान तथा दीपदान करने वाले को नेत्र ज्योति की वृद्धि का फल मिलता है। भूमिदान करने वाले को भूस्वामित्व मिलता है। स्वर्ण दान करने वाले को पूर्ण आयु प्राप्त होती है, गृहदान करने वाले को उत्तम गृह की प्राप्ति होती है और चाँदी का दान करने वाले को उत्तम रूप प्राप्त होता है। वस्त्रों का दान करने वाला मृत्यु के उपरांत चंद्रलोक में निवास करता है। घोड़े का दान करने वाला अश्विनी कुमारों के लोक में जाता है, बैल का दान करने वाला प्रभूत धन पाता है और गोदान करने वाले को सूर्य लोक प्राप्त होता है। किसी भी प्रकार के वाहन या सवारी तथा शैया का दान करने वाले को अनुपम स्त्री सुख प्राप्त होता है। अभयदान करने वाला ऐश्वर्य को प्राप्त होता है। ब्राह्मण को दुर्वचन कहने से आयु नष्ट होती है और दान के विषय में अपनी प्रशंसा करने से दान का फल नष्ट हो जाता है।}

इस प्रकार हम पाते हैं कि समस्त लोकजीवन का रक्षण और पोषण, विद्या केंद्रों या गुरुकुलों का पोषण और विद्या परंपरा को गतिशील रखना, समाज के सभी समूहों की पुष्टि तथा ज्ञान परंपरा, उपासना परंपरा और सभी प्रकार के अभावों की पूर्ति की परंपरा गृहस्थों के दान पर ही निर्भर है। राजा भी जो दान देता है, वह गृहस्थ के रूप में ही देता है। राजशासन से जो रक्षण आदि की व्यवस्थाएँ की जाती हैं, वे राजधर्म का अंग हैं। जबकि राजा एक व्यक्ति के रूप में समय-समय पर विभिन्न धार्मिक अवसरों पर जो दान देता है या राजा और रानी दोनों संयुक्त रूप से ऐसे अवसरों पर जो दान देते हैं, वह

सब उनके गृहस्थ धर्म का अंग है। इस तरह गुरुकुल, मंदिर, बाग-बगीचे, सड़कें और वीथिकाएँ, विश्रामगृह तथा धर्मशालाएँ आदि दान पर ही निर्भर हैं। समाज के द्वारा ही ये सभी संरचनाएँ बनती और गतिशील रहती हैं। इस तरह सनातनधर्म की परंपरा में राज्य की भूमिका मुख्यत: रक्षण और न्याय तक ही रहती है। इसके अतिरिक्त अपनी वीरता और शौर्य के विस्तार के लिए राजाओं को विभिन्न अभियानों के चलाने की अनुमति धर्मशास्त्रों ने सदा से रखी है। वे संबंधित राजाओं का शौर्य और पुरुषार्थ हैं। उसका फल उन्हें ही प्राप्त होता है। लोक में उनका सतपरिणाम होता है या दुष्परिणाम होता है, इससे इन अभियानों को पुण्यमय या पापमय कहा जाता है, परंतु स्वयं प्रजा के ये पुरुषार्थ नहीं कहे जाते। राजाओं के द्वारा किए जाने वाले राजनीतिक कर्म को समस्त राज्य का कर्म बता देना यूरो-ईसाई बुद्धि का अभियान है। भारतीय धर्मशास्त्रों में ऐसी कोई बात दूर-दूर तक नहीं कही गई है। राज्य की सुव्यवस्था के नाम पर प्रजा के सभी अधिकारों पर धर्मविरुद्ध या मनमाना नियंत्रण भारतीय धर्मशास्त्रों में पाप ही कहा जाता रहा है। यह तो केवल यूरो-ईसाई परंपरा में ही राज्य का कर्तव्य बताया जाता है।

गृहस्थ आश्रम का अन्य आश्रमों से संबंध इस प्रकार स्पष्ट है तथा राज्य से भी गृहस्थों का संबंध पूरी तरह स्पष्ट है। ब्रह्मचारियों, वानप्रस्थियों और संन्यासियों का राज्य से संबंध भी इसी के अंतर्गत स्पष्ट हो जाता है। गृहस्थ आश्रम का प्रारंभ गृहिणी के घर में पधारने के साथ ही होता है। इसलिए विवाह ही गृहस्थ आश्रम का मूल है। अत: धर्मशास्त्रों में प्रतिपादित विवाह के स्वरूपों और प्रकारों पर विचार आवश्यक है।

गुरु के समक्ष दक्षिणा का निवेदन करके उनकी आज्ञा से समावर्तन स्नान के उपरांत वेदों के निर्देशानुसार जीवन जीने का व्रत लेकर गृहस्थ आश्रम में प्रवेश करना चाहिए। याज्ञवल्क्य स्मृति का कथन है—

गुरवे तु वरं दत्त्वा स्नायाद्वा तदनुज्ञया।
वेदं व्रतानि वा पारं नीतवा ह्युभयमेव वा॥ [15]

(याज्ञवल्क्य स्मृति 1/51)

इस प्रकार विद्या को पूर्ण करके ही गृहस्थ आश्रम में प्रवेश की पात्रता आती है। किसी विद्याविहीन ब्रह्मचारी की धर्मशास्त्रों में कोई भी कल्पना नहीं की गई है। इस प्रकार अनादिकाल से चली आ रही विद्या परंपरा का गुरु से ज्ञान प्राप्त करने पर ही कोई व्यक्ति विवाह का पात्र बनता है। यहाँ इन दिनों यह प्रश्न अवश्य उठाया जाएगा कि क्या वनवासी समूहों में भी ऐसी ही परंपरा रही है। तथ्य यह है कि इसके सदृश ही परंपरा प्राचीन काल से भारत के सभी समूहों में रही है।

संदर्भ—

1. गौतम धर्मसूत्र, 3/3
2. मनुस्मृति, अध्याय 3, श्लोक 77, 78
3. मनुस्मृति, अध्याय 3, श्लोक 75 एवं 77
4. मनुस्मृति, अध्याय 3, श्लोक 77 एवं 78
5. मनुस्मृति, अध्याय 6, श्लोक 89 एवं 90
6. महाभारत, शांतिपर्व, अध्याय 296, श्लोक 39
7. महाभारत, शांतिपर्व, अध्याय 270, श्लोक 8
8. महाभारत, शांतिपर्व, अध्याय 11, श्लोक 16 एवं 20
9. वीरमित्रोदय से काणे कृत धर्मशास्त्र का इतिहास में द्वितीय खंड, अध्याय 9 में उद्धृत
10. ऋग्वेद 10/85/36
11. ताण्ड्य ब्राह्मण 7/10/1
12. ऋग्वेद 10/107/2 एवं 7
13. इस विषय में भारतीय व्यवस्था एवं परंपरा के लिए देखिए वासुदेवशरण अग्रवाल कृत पाणिनीकालीन भारतवर्ष एवं अन्य पुस्तकें
14. मनुस्मृति, अध्याय 4, श्लोक 225 से 237
15. याज्ञवल्क्य स्मृति 1/51

□

2

विवाह के प्रकार एवं वैधता

मनु महाराज का कहना है कि ब्राह्मण, क्षत्रिय, वैश्य एवं शूद्र—ये चार ही वर्ण समाज में होते हैं। चार वर्णों में संपूर्ण समाज समाहित है। इन चारों वर्णों के लिए इस लोक और परलोक में कल्याणकारी तथा अकल्याणकारी, ऐसे कुल आठ प्रकार के विवाह हैं। ये हैं—1. ब्राह्म, 2. दैव, 3. आर्ष, 4. प्राजापत्य, 5. आसुर, 6. गांधर्व, 7. राक्षस, 8. पिशाच। वैखानस का कथन—

चतुर्णामपि वर्णानां प्रेत्य चेह हिताहितान्।
अष्टाविमान्समासेन स्त्रीविवाहान्निबोधत॥
ब्राह्मो दैवस्तथैवार्षः प्राजापत्यस्तथाऽऽसुरः।
गांधर्वो राक्षसश्चैव पैशाचश्चाष्टमोऽधमः॥[1]

(वैखानस गृह्यसूत्र, द्वितीय प्रश्न, त्रयोदशकांड सूत्र 1-2)

मनु महाराज ने इनमें से प्रथम छह प्रकार के विवाह (अर्थात् ब्राह्म, दैव, आर्ष, प्राजापत्य, आसुर और गांधर्व) ब्राह्मणों के लिए उचित बताए हैं, अंत के चार विवाह (अर्थात् आसुर, गांधर्व, पैशाच और राक्षस) क्षत्रियों के लिए तथा आसुर, गांधर्व और पैशाच विवाह वैश्यों और शूद्रों के लिए उचित कहे गए हैं। विशेषकर आसुर विवाह को वैश्यों और शूद्रों के लिए सम्यक् कहा गया है। जबकि ब्राह्म, दैव, आर्ष और प्राजापत्य विवाह ब्राह्मण के लिए उचित कहे गए हैं। क्षत्रियों के लिए राक्षस विवाह प्रशस्त कहा गया है—

चतुर्णामपि वर्णानां प्रेत्य चेह हिताहितान्।
अष्टाविमान्समासेन स्त्रीविवाहन्निबोधत॥
ब्राह्मो दैवस्तथैवार्षः प्राजापत्यस्तथाऽऽसुरः।
गांधर्वो राक्षसश्चैव पैशाचश्चवाष्टमोऽधमः॥
यो यस्य धर्म्यो वर्णस्य गुणदोषौ च यस्य यौ।
तद्वः सर्वं प्रवक्ष्यामि प्रसवे च गुणागुणान्॥

षडानुपूर्व्या विप्रस्य क्षत्रस्य चतुरोऽवरान्।
विट्शूद्रयोस्तु तानेव विद्याद्धर्म्यानराक्षसान्॥
चतुरो ब्राह्मणस्याद्यान्प्रशस्तान्कवयो विदुः।
राक्षसं क्षत्रियस्यैकमासुरं वैश्यशूद्रयोः॥[2]

(मनुस्मृति अध्याय 3, श्लोक 20 से 24)

उल्लेखनीय है कि राक्षस विवाह का विधान केवल क्षत्रियों के लिए ही है। उसका कारण यह है कि राक्षस विवाह में वर पक्ष और कन्या पक्ष का संघर्ष अनिवार्य है। कन्या पक्ष को बलपूर्वक प्राप्त कर कन्या को ले जाना और ले जाकर विवाह विधि संपन्न करना अर्थात् होम, सप्तपदी आदि समस्त विधियाँ वर पक्ष के घर-आँगन में ही संपन्न करना राक्षस विवाह है। यह भी स्पष्ट है कि प्रत्येक परिस्थिति में विवाह केवल वही है, जो बाद में होम एवं सप्तपदी सहित समस्त वैदिक कर्मों के साथ संपन्न हो। बिना वैदिक कर्मकांड के कोई भी विवाह संपन्न नहीं हो सकता और वर तथा कन्या के मिलन या साथ रहना शुरू कर देने को विवाह नहीं कहा जा सकता। उस स्थिति में वह कार्य असामाजिक कहा जाता है। गृहस्थ आश्रम सामाजिक कर्म है। उसमें समाज के प्रति सुनिश्चित उत्तरदायित्व निहित है। उसके बिना स्त्री पुरुष का रति के प्रयोजन से मिलन विवाह की संज्ञा किसी भी स्थिति में नहीं प्राप्त करता है, क्योंकि वैसा जीवन चार आश्रमों में से किसी भी आश्रम का अंग नहीं है।

यहाँ यह भी उल्लेखनीय है कि 15 अगस्त, 1947 के बाद भारत के राज्यकर्ताओं ने जो सिविल मैरिज एक्ट आदि कानून ईसाइयों के विमूढ़ अनुसरण में लागू किए हैं, वे किसी भी कसौटी पर हिंदू धर्म में प्रतिपादित विवाह का अंग नहीं है। उस तरह के विवाह को हिंदू धर्म की दृष्टि से विवाह नहीं कहा जा सकता, क्योंकि अपनी सनातन धर्म परंपरा को जीवंत रखते हुए उसमें वर्णित अनुष्ठानों और कर्मकांडों को संपादित करते हुए ही तथा समाज के प्रति अपने कर्तव्यों का और पितरों तथा देवताओं के प्रति एवं सनातन धर्म के सभी ऋषियों के प्रति अपने कर्तव्यों का निर्वहन करने की प्रतिज्ञा करते हुए ही विवाह यज्ञ संपन्न होता है। उसके बिना नर-नारी मिलन विवाह नहीं है। वह स्वैर आचरण मात्र है। वह सामाजिक कर्म नहीं है। हमारे शासन द्वारा 77 वर्षों से ऐसे स्वैर आचरण को वैधता अवश्य प्रदान की गई है, परंतु शास्त्र निकष पर इसे विवाह का अंग नहीं माना जा सकता।

महर्षि भृगु ने ऋषियों से कहा कि जिस वर्ण का जो विवाह धर्मयुक्त है और जिस विवाह के जो गुणदोष हैं तथा जिस विवाह से उत्पन्न होने वाली संतान के जो गुण-दोष हैं, वे सब आपको जानने चाहिए।

इनमें से ब्राह्म विवाह वह विवाह है, जिसमें वेद पढ़े हुए सदाचारी वर को

अनुरोधपूर्वक बुलाकर वस्त्रभूषाणादि सहित अलंकृता कन्या का दान किया जाता है। इस विवाह में किसी भी प्रकार की कोई याचना नहीं की जाती है। इसीलिए इसे विशेषकर धर्ममय विवाह कहा गया है। स्मृतिमुक्ताफल में कहा गया है कि विवाह का उद्देश्य ही धर्म की साधना करना है। इसीलिए तो विवाह के साथ 'धर्म' शब्द जुड़ा हुआ है। मनु महाराज ने कहा है—

आच्छाद्य चार्चयित्वा च श्रुतशीलवते स्वयम्॥
आहूय दानं कन्याया ब्राह्मो धर्मः प्रकीर्तितः।[3]

(मनुस्मृति, अध्याय 3, श्लोक 27)

आश्वलायन गृह्यसूत्र का कहना है कि ब्राह्म विवाह से उत्पन्न संतान पूर्व के 12 और बाद के 12, इस प्रकार 24 पीढ़ियों को मुक्ति देती है—'तस्यां जातो द्वादशावरान्द्वादश परान्पुनात्युभयतः।'[4]

मनु महाराज का कथन है कि विधिपूर्वक ब्राह्म विवाह में दी हुई कन्या से उत्पन्न संतान होने पर पूर्व की 10 तथा बाद की 10 इस प्रकार 20 पीढ़ियों को मुक्ति मिलती है।[5] (मनुस्मृति पर स्मृति चंद्रिका टीका में विवाह भेद प्रकरण, भाग 1)

याज्ञवल्क्य के अनुसार ब्राह्म विवाह से उत्पन्न संतान पूर्व की 14 तथा आगामी 6 इस प्रकार 20 पीढ़ियों को मोक्ष प्रदान करती है। ब्राह्म विवाह से प्राप्त संतान स्वयं सहित 10 पूर्व की और 10 आगामी पीढ़ियों को पवित्र करती है।[6]

दैव विवाह से उत्पन्न संतान पूर्व की 7 और बाद की 6 पीढ़ियों के तथा स्वयं अपनी इस प्रकार 14 पीढ़ियों के मोक्ष का कारण बनती है। आर्ष विवाह से उत्पन्न संतान पूर्व की 3 और आगामी 3, इस प्रकार 6 पीढ़ियों को मोक्ष प्रदान करती है। प्राजापत्य विवाह के लिए याज्ञवल्क्य ने कहा है कि उस विवाह से उत्पन्न संतान अपने से पूर्व की 6 और बाद की 6 सहित 13 पीढ़ियों को मोक्ष देने वाली होती है। इन सब कथनों से ब्राह्म, दैव, आर्ष और प्राजापत्य विवाह का ऋषियों तथा मनीषियों की दृष्टि में महत्त्व प्रमाणित होता है। मनु महाराज का कहना है कि ब्राह्म आदि चारों विवाहों से उत्पन्न पुत्र ब्रह्मवर्चस से संपन्न और शिष्ट होते हैं। वे यशस्वी एवं धनवान होते हैं तथा धर्मपूर्वक भोग करने वाले दीर्घायु होते हैं, जबकि शेष अन्य प्रकार से होने वाले विवाहों से ऐसी संतानें उत्पन्न होती हैं, जो नृशंस होती हैं, हिंसक होती हैं और वेदों से द्वेष करने वाली होती हैं।[7]

जब कन्या पिता के द्वारा यज्ञ आदि करने वाले अविवाहित ऋत्विज अथवा अध्वर्यु युवक को दी जाती है तो उसे दैव विवाह कहते हैं। जब कन्या को शास्त्र विधि से एक या दो गाय उपहारस्वरूप देकर विवाह संपन्न कराते हुए योग्य वर को दान दिया जाता है, तब उसे आर्ष विवाह कहते हैं। जब पिता भलीभाँति अलंकृता तथा अर्चिता अर्थात् सम्मानित कन्या को शास्त्र विधि से विवाह क्रिया संपन्न होने के उपरांत इस आशीर्वचन

के साथ विदा करते हैं कि तुम दोनों धर्म का आचरण करते हुए साथ रहो, तब उसे प्राजापत्य विवाह कहा जाता है।[8] टीकाकारों ने व्याख्या की है कि यह जो धर्माचरण करने का वचन कहा गया है, उसमें अर्थ और काम सम्मिलित है। वर व वधु दोनों विवाह के समय यह वचन देते हैं कि वे धर्माचरण करेंगे।[9] शंखस्मृति के अनुसार जब धर्माचरण का वचन देने वाले वर को कन्या दी जाती है, तब उसे प्राजापत्य विवाह कहा जाता है।[10]

आसुर विवाह के विषय में मनु महाराज का कहना है कि जब ज्ञातिजनों को अर्थात् कन्या के पिता, चाचा इत्यादि को धन देकर कोई विवाह यज्ञ संपन्न किया जाता है, तब उसे आसुर विवाह कहते हैं—

ज्ञातिभ्यो द्रविणं दत्त्वा कन्यायै चैव शक्तितः।
कन्याप्रदानं स्वाच्छन्द्यादासुरो धर्म उच्यते॥[11]

(मनुस्मृति, अध्याय 3, श्लोक 31)

इस श्लोक का कतिपय टीकाकारों ने यह भाष्य किया है कि वर के ज्ञाती जनों को तथा कन्या को धन आदि देकर विवाह करना आसुर विवाह है। इस प्रकार धन देकर या लेकर विवाह करना आसुर विवाह की श्रेणी में आता है। विशेषकर याज्ञवल्क्य स्मृति ने कन्या पक्ष के द्वारा वर पक्ष को धन देकर विदा करने को ही आसुर विवाह कहा है।

गांधर्व विवाह के विषय में मनु महाराज का कथन है—

इच्छयाऽन्योन्यसंयोगः कन्यायाश्च वरस्य च।
गांधर्वः स तु विज्ञेयो मैथुन्यः कामसंभवः॥[12]

(मनुस्मृति अध्याय 3, श्लोक 32)

अर्थात् जब कन्या और वर अर्थात् अविवाहित कन्या और अविवाहित युवक अपनी इच्छा से परस्पर संयोग करते हैं और कामभाव से भरकर जोड़ी बनाते हैं अर्थात् मिथुन कर्म करते हैं तो उसे गांधर्व विवाह कहा जाता है। इस पर मेधातिथि की टीका है—

इच्छया च वरस्य कुमार्यश्च प्रीत्या परस्परसंयोग एकप्रदेशे संगमनम्। तस्येयं निंदा मैथुन्यः कामसंभवः। मिथुन प्रयोजनो मैथुनः, तस्मै हितो मैथुन्यः एष एवार्थो विस्पष्टीकृतः कामसंभव इति। संभवत्यस्मादिति संभवः, कामः संभवोऽस्येति।[13]

अर्थात् वर और कुमारी कन्या जब परस्पर प्रीतिपूर्वक किसी एक स्थान में एकांत में संगम करें तो इसे ही कामसंभव कहा गया है। लोग इसकी निंदा करते हैं, परंतु निंदा का कारण यह संगम नहीं है। अपितु यह है कि इसमें धर्म की अपेक्षा नहीं है।

याज्ञवल्क्य स्मृति का कहना है—'गांधर्वः समयान्मिथः'। (आचाराध्याय 61)

इस पर शिलाहार राजा की अपरार्क टीका है—

कन्यावरयोरन्योन्यसमयात्त्वं मे भार्या त्वं मे पतिरित्येवंरूपाद्दानानिरपेक्षाद्यः कन्यास्वीकारः स गांधर्वो विवाहः॥[14]

(कन्या और वर जब एक-दूसरे से एकांत में मिलते हुए पति और भार्या होने का वचन देते-लेते हैं, अर्थात् कन्या से वर कहता है कि तुम मेरी भार्या हो और कन्या वर से कहती है, त्वं मे पतिः तुम मेरे पति हो, इस प्रकार रूप से परस्पर आकर्षित होकर बनने वाले संबंध को वचनपूर्वक विवाह का स्वरूप देना गांधर्व विवाह है। इसमें किसी प्रकार का दान आदि नहीं होता।)

इसीलिए कहा गया है कि इस तरह का संगम करते ही गांधर्व विवाह संपन्न तो हो जाता है, परंतु इसके उपरांत होम, सप्तपदी आदि शास्त्रोक्त विधि से संपन्न करने पर वह विवाह धर्म पूर्ण हो जाता है। अग्नि के समक्ष परिणय होने पर ही इस संगम को धर्ममय विवाह का स्थान प्राप्त होता है। स्त्री को धर्मशास्त्रों ने स्वयंवर की स्वतंत्रता दी है। अतः अपना वर चुनने की स्त्री को पूर्ण स्वतंत्रता है, परंतु उसकी सामाजिक मान्यता और धार्मिक मान्यता दोनों के लिए बाद में विधिपूर्वक शास्त्रविधि से अग्नि के समक्ष प्रदक्षिणा अर्थात् सप्तपदी आदि एवं होम संपादित होना आवश्यक है।

वस्तुतः राक्षस विवाह और पिशाच विवाह की निंदा ही इसीलिए की जाती है कि इसमें धर्मशास्त्रों द्वारा स्त्री को दी गई स्वयंवर की स्वतंत्रता का हरण होता है। ब्राह्मण के लिए राक्षस विवाह का स्पष्ट निषेध है। क्योंकि इसमें वर पक्ष का कन्या पक्ष से संघर्ष होता है, जिसमें किसी भी पक्ष को चोट लग सकती है। ऐसी स्थिति में दोनों ही पक्षों में ब्राह्मण रहने के कारण ब्रह्महत्या जैसे महापाप की संभावना बनी रहती है। इसलिए इसको ब्राह्मणों के लिए पूर्णतः वर्जित किया गया है।

मनु महाराज कहते हैं—

हत्वा छित्त्वा च भित्त्वा च क्रोशन्तीं रूदतीं गृहात्।
प्रसह्य कन्याहरणं राक्षसो विधिरुच्यते॥[15]

(मनुस्मृति अध्याय 3, श्लोक 33)

अर्थात् कन्या के अभिभावक का वध करके अथवा उसके हाथ-पैर आदि पर चोट मारकर या घर तोड़-फोड़ करके कन्या को भले ही वह रोषपूर्वक विरोध कर रही हो, बलपूर्वक हरण कर ले जाना और फिर विवाह संपन्न करना राक्षस विवाह कहलाता है।

इस पर मेधातिथि की टीका है

प्रसह्याभिभूय कन्यापक्षाद्बलात्कारेण कन्याया हरणं राक्षसो विवाह हत्येतावदत्र विवक्षितम्। हत्वेत्याद्यनुवादः। प्रसह्यपजिहीर्षतो यदि कश्चित्प्रतिबंधो वर्तते तदा प्राप्तमेव हननादि। हन्तुः शक्त्यतिशयं ज्ञात्वा स्वात्मभयादुपेक्षेरंस्तदा भवत्येव राक्षसो न वधाद्यवश्यं कर्तव्यम्। हत्वा दंडकाष्ठादिना ताडयित्वा। छित्त्वा खड्गदिप्रहारेणांगानि खंडशः कृत्वा। भित्त्वा प्राकारदर्गादि। क्रोशन्तीं रूदतीं कन्यामनिच्छाम्। अयं गांधर्वाद्विशेषः।

'अनाथाऽपह्रिये परित्रायाध्वम्' इत्याद्युच्चैः शब्दकरणं क्रोशनम्। रोदनमश्रुकणमोक्षः उद्विजितायाः स्त्रिया धर्मोऽयम्।[16]

(मनुस्मृति 3/33 की मेधातिथि टीका)

अर्थात् कन्या पक्ष के लोगों पर बलप्रयोग और खड्ग आदि का प्रयोग करना तथा प्रासाद और दुर्ग आदि का भेदन ही 'हत्वा छित्त्वा च भित्त्वा च'—इस कथन के द्वारा मनु महाराज ने संकेत किया है। बल-प्रयोग के कारण यह राक्षस विवाह है। यह गांधर्व विवाह से सर्वथा भिन्न है, क्योंकि गांधर्व विवाह में परस्पर प्रीति होती है और वर तथा कन्या स्वेच्छा से वरण एवं संगम करते हैं। जबकि राक्षस विवाह में बल-प्रयोग किया जाता है। राक्षस विवाह केवल क्षत्रियों के लिए विहित कहा गया है।

पैशाच विवाह का अर्थ है पिशाच की तरह वंचनापूर्वक विवाह करना। सोती हुई या प्रमत्त कन्या को दूषित करना पिशाच विवाह है। धर्मशास्त्रकारों ने इसे सर्वाधिक निंदित कर्म कहा है। इसीलिए बाद में धर्मविधिपूर्वक विवाह संबंधी कर्मकांड करना इसमें भी आवश्यक बताया है। याज्ञवल्क्य स्मृति की इससे संबंधित उक्ति पर शिलाहार राजा की अपरार्क टीका का कहना है कि यह आठवें प्रकार का विवाह है और इसमें विवाह शब्द का प्रयोग केवल तभी हो सकता है जब कन्या सप्तपद का अतिक्रमण करे। अर्थात् सप्तपदी क्रिया संपन्न हो। साथ ही, अन्य दान और विवाह क्रियाएँ संपन्न हों, क्योंकि आदरपूर्वक अलंकृत की गई कन्या का जलदानपूर्वक कन्यादान संपन्न होने पर ही विवाह कहा जाता है, अन्यथा नहीं।[17]

शास्त्रकारों का इस पर विमर्श है कि वस्तुतः पिशाच विवाह को विवाह नहीं कहा जा सकता। क्योंकि इसमें न तो मुहूर्त का विचार होता है और न ही कन्यादान से पहले की जो चार आहुतियाँ घृत सहित अग्नि को दी जाती हैं, वे संपन्न हो पाती हैं, क्योंकि ये आहुतियाँ देने का अधिकारी केवल कन्या का पिता है।[18]

इस पर प्रश्न उठता है कि गांधर्व विवाह में भी तो कन्यादान नहीं होता। उस पर धर्मशास्त्रकारों का कहना है कि गांधर्व विवाह में कन्या और वर का परस्पर एक-दूसरे को स्वीकार करना ही विवाह का आधार है। शौनक ऋषि का कहना है—'मिथः समयं कृत्वोपयेच्छेत स गांधर्व।' अर्थात् परस्पर विचार करके संगम करना ही गांधर्व विवाह है। अतः वहाँ कन्यादान आवश्यक नहीं है, परंतु पिशाच और राक्षस विवाह के लिए ऐसा कोई विधान नहीं है। अतः उसमें बाद में शास्त्रविधिपूर्वक सभी क्रियाएँ संपादित कराना आवश्यक है। इस पर भी पिशाच विवाह सभी वर्णों के लिए निंदित ही कहा गया है। उसे पापकर्म कहा गया है।[19] यद्यपि उसे विवाह केवल इसीलिए कहा गया है कि अन्यथा वह केवल व्यभिचार माना जाएगा और उससे समाज में कन्या का सम्मान लुप्त होगा। इसलिए कन्या की स्थिति सम्मानजनक बनाने के लिए इस पिशाच कर्म को भी

विवाह की मान्यता देने की अनुमति है। वस्तुतः राक्षस, आसुर और पिशाच विवाह में भी बाद में पुनर्विवाह जैसी विधि का संपन्न होना आवश्यक बताया गया है, क्योंकि वैदिक विवाह विधि को पूर्ण किए बिना स्त्री को भार्या का तथा पुरुष को पति का अधिकार नहीं प्राप्त होता और इस प्रकार कोई सामाजिक स्थिति नहीं प्राप्त होती। इस विषय में शास्त्र वचन है—

सा भार्य्या या वहेदग्निं सा भार्य्या या पतिव्रता।
सा भार्य्या या पतिप्राणा सा भार्य्या या प्रजावती॥[20]

(स्मृतिचंद्रिका विवाहभेद भाग 1)

अर्थात् कन्या भार्या का अधिकार केवल तभी प्राप्त करती है, जब वह अग्नि के सम्मुख आहुतियों के उपरांत सप्तपदी कर्म संपन्न कर ले और वह पतिव्रता हो तथा पति की प्रिया हो। तभी वह संतानवती होकर भार्या कहे जाने के अधिकार से संपन्न होती है।

इस विषय में मनुस्मृति का कहना है—

अनिंदितैः स्त्रीविवाहैरनिंद्या भवति प्रजा।
निंदितैर्निंदिताः नृणां तस्मान्निंद्यान्विर्वजयेत् ॥[21]

(मनुस्मृति, अध्याय 3, श्लोक 42)

अर्थात् अनिंदित विवाहों से होने वाली संतान ही श्रेष्ठ होती है। निंदित विवाहों से उत्पन्न होने वाली संतान भी निकृष्ट होती है। अतः मनुष्य को चाहिए कि वह निंदित प्रकार के विवाह (राक्षस, आसुर और पिशाच) नहीं करे।

मनु महाराज ने यह भी कहा है—

ब्राह्मादिषु विवाहेषु चतुर्ष्वेवानुपूर्वशः।
ब्रह्मवर्चस्विनः पुत्राः जायन्ते शिष्टसम्मताः॥
रूपसत्त्वगुणोपेता धनवन्तो यशस्विनः।
पर्याप्तभोगा धर्मिष्ठा जीवन्ति च शतं समाः॥
इतरेषु तु शिष्टेषु नृशंसानृतवादिनः।
जायन्ते दुर्विवाहेषु ब्रह्मधर्मद्विषः सुताः॥[22]

(मनुस्मृति, अध्याय 3, श्लोक 39, 40 एवं 41)

अर्थात् ब्राह्म, दैव, आर्ष एवं प्रजापति इन चार प्रकार के विवाहों से उत्पन्न संतानें ब्रह्मवर्चस से युक्त और श्रेष्ठ आचरण के कारण शिष्टजनों द्वारा प्रशंसित होती हैं तथा रूप-संपन्न एवं सत्वगुण वाली, समृद्धशाली तथा पर्याप्त भोग भोगने में समर्थ होती हैं और पूर्ण आयु प्राप्त करती हैं। जबकि बाद वाले चार प्रकार के विवाहों से उत्पन्न संतानें प्रायः ब्राह्मण विरोधी, धर्म से द्वेष करने वाली और नृशंस स्वभाव की तथा मिथ्यावादी होती हैं।

इस संबंध में महत्त्वपूर्ण तथ्य यह है कि विगत 77 वर्षों से भारत शासन के द्वारा अंतिम चार प्रकार के विवाहों को ही करने की प्रेरणा दी जाती है। विशेषकर गांधर्व और अन्य प्रकारों की। साथ ही, इन आठ प्रकारों से अलग नौवाँ प्रकार भी बहुत प्रोत्साहित किया जाता है, जो कि सिविल मैरिज एक्ट के अंतर्गत मैरिज का पंजीयन कराने वाला विवाह है।

मनु महाराज ने भी कहा है कि पाणिग्रहण संस्कार का समस्त विधि-विधान सवर्ण विवाहों के लिए ही है। सवर्ण का अर्थ होता है अपने वर्ण में विवाह करना अर्थात् ब्राह्मण ब्राह्मणी से, क्षत्रिय क्षत्रिया से, वैश्य पुरुष वैश्य कन्या से और शूद्र पुरुष शूद्र कन्या से विवाह करे तो उसे सवर्ण विवाह कहते हैं, परंतु यदि पुरुष अपने से भिन्न वर्ण की कन्या से या कन्या अपने से भिन्न वर्ण के पुरुष से विवाह करे, तो उसे असवर्ण विवाह कहा जाता है।

पाणिग्रहणसंस्कारः सवर्णासूपदिश्यते।
असवर्णास्वयं ज्ञेयो विधिरुद्वाहकर्मणि॥[23]

(मनुस्मृति, अध्याय 3, श्लोक 43)

परंतु किसी भी विवाह की पूर्ण वर्जना नहीं है, अर्थात् विवाह कर्म किसी भी रूप में हो, वह दंडनीय नहीं है। यह धर्मशास्त्रों की स्पष्ट व्यवस्था है। वह प्रशंसनीय हो सकता है अथवा प्रशस्त रीति से नहीं होने पर निंदनीय हो सकता है, परंतु निंदनीय होने का अर्थ दंडनीय नहीं है। केवल यह है कि उसकी प्रशंसा नहीं की जाएगी, अपितु टोका जाएगा कि यह ठीक नहीं किया। बस, इतनी ही व्यवस्था है।

मनु महाराज कहते हैं कि यदि ब्राह्मण युवक किसी क्षत्रिय कन्या से विवाह करे, तो क्षत्रिय कन्या को बाण का एक सिरा पकड़कर विवाह की प्रतिज्ञा करनी चाहिए। यही उनका विवाह है। इसी प्रकार यदि ब्राह्मण अथवा क्षत्रिय युवक किसी वैश्य वर्ण की कन्या से विवाह करे, तो कन्या प्रतोद (चाबुक जैसी एक वस्तु) का एक सिरा पकड़कर प्रतिज्ञा करे और यदि ब्राह्मण, क्षत्रिय अथवा वैश्य युवक शूद्र कन्या से विवाह करें तो कन्या के युवक का वस्त्र एक सिरा पकड़कर प्रतिज्ञा करनी चाहिए। यही उनकी विवाह विधि है।[24]

क्योंकि समाज में शास्त्र परंपरा से स्वयं के लिए वर चुनने का अधिकार कन्या को ही प्राप्त है। अतः विवाह की स्वीकृति तो कन्या ही देगी, परंतु कन्या का पाणिग्रहण (हाथ में हाथ लेना) वर करता है, इसीलिए वर के वर्ण का ही वर्णन विवाह की प्रतिज्ञा के संदर्भ में किया गया है। कन्या स्वयं को तो किसी को दान दे नहीं सकती। वह केवल वरण कर सकती है। वरण का निर्णय कर सकती है। उसकी अर्चना और उसका अलंकरण करना तथा आदरपूर्वक वर को सौंपना कन्या के माता-पिता का दायित्व है।

मनु महाराज सहित सभी धर्मशास्त्रकारों का स्पष्ट कथन है कि कन्या के विनिमय के रूप में किसी भी प्रकार का तनिक सा भी शुल्क नहीं लेना चाहिए। दान कन्या का ही किया जाता है। इसीलिए उसके बदले में कुछ भी लेना कन्या शुल्क है। यह सब प्रकार से वर्जित है। मनु महाराज का कहना है कि ऐसा करने वाला अर्थात् तनिक भी शुल्क लेने वाला व्यक्ति अपनी संतान को बेचने का अपराधी माना जाता है और सब प्रकार से निंदनीय है—

न कन्यायाः पिता विद्वान्गृह्णीयाच्छुल्कमण्वपि।
गृह्णञ्छुल्कं हि लोभेन स्यान्नरोऽपत्यविक्रयी॥[25]

(मनुस्मृति अध्याय 3, श्लोक 51)

विद्वान् पिता को कन्या का अणु मात्र भी शुल्क (शुल्कमण्वपि) नहीं ग्रहण करना चाहिए (न गृहणीयात्)। क्योंकि लोभ से ऐसा करने पर उसे अपत्यविक्रयी (संतान बेचने वाला) माना जाता है। इसके स्थान पर कहा गया है—

यासां नाददते शुल्कं ज्ञातयो न स विक्रयः।
अर्हणं तत्कुमारीणामानृशंस्यं च केवलम्।[26]

(उक्त में श्लोक 54)

अर्थात् पिता, माता और ज्ञातिजन जिस कन्या का विवाह करते समय बदले में किसी प्रकार का शुल्क नहीं लेते, उन माता-पिता आदि को ऐसे कन्या-विवाह के फलस्वरूप पूजा का फल मिलता है, क्योंकि बिना शुल्क लिए कन्या का दान करना अर्थात् विवाह करना पूजा ही है। यह दयाभावना से भरा हुआ कृत्य है। इसीलिए आगे यह भी कहा है कि—

पितृभिभ्रातृभिश्चैता पतिभिर्देवरैस्तथा।
पूज्या भूषयितव्याश्च बहुकल्याणमीप्सुभिः॥[27]

(उक्त का श्लोक 55)

अर्थात् इस तरह से बिना शुल्क लिए कन्यादान और विवाह करना पूजाकर्म है और अपने कल्याण की अभीप्सा रखने वाले पिता के साथ ही कन्या का भाई, कन्या का पति और कन्या का देवर भी उसे वस्त्र, आभूषण आदि आदरपूर्वक देकर उसकी पूजा कर सकते हैं। इस प्रकार यह पूर्णतः पूजाकर्म ही शास्त्र में कहा गया है।

इससे आगे बहुत विस्तार से मनु महाराज ने स्त्रियों की पूजा और आदर का महत्त्व प्रतिपादित किया है—

यत्र नार्यस्तु पूज्यन्ते रमन्ते तत्र देवताः।
यत्रैतास्तु न पूज्यन्ते सर्वास्तत्राफलाः क्रियाः॥

शोचन्ति जामयो यत्र विनशत्याशु तत्कुलम्।
न शोचन्ति तु यत्रैता वर्धते तद्धि सर्वदा॥
जामयो यानि गेहानि शपन्त्यप्रति पूजिताः।
तानि कृत्याहतानीव विनश्यन्ति समन्वतः॥
तस्मादेताः सदा पूज्याः भूषणाच्छादनाशनैः।
भूतिकामैनरैर्नित्यं सत्कारेषूत्सवेषु च॥
संतुष्टो भार्यया भर्त्ता भर्त्रा भार्या तथैव च।
यस्मिन्नेव कुले नित्यं कल्याणं तत्र वै ध्रुवम्॥[28]

(मनुस्मृति, श्लोक 56 से 60 तक)

अर्थात् कन्या के पिता और ज्ञाति बंधु तथा कन्या के पति, देवर आदि सभी को कन्या की पूजा अर्थात् आदर-मान सहित वस्त्र-आभूषण आदि प्रदान करने का कार्य पूजा के भाव से इसलिए करना चाहिए, क्योंकि जहाँ नारियों की पूजा होती है, वहीं पर देवताओं को भी आनंद आता है। देवता वहीं रमण करते हैं, जहाँ उनकी पूजा नहीं होती, वहाँ अन्य सब पूजा-पाठ, यज्ञ आदि कर्म सम्यक् फल नहीं देते। परिवार में यदि स्त्रियाँ चिंता से चिंतित रहें, तो ऐसे कुल का विनाश शीघ्र ही हो जाता है, जबकि जहाँ स्त्रियाँ चिंता से मुक्त, संतुष्ट और प्रसन्न रहती हैं, उस कुल की निरंतर वृद्धि होती है। जिन घरों में स्त्रियों को पीड़ित किया जाता है और वे मन-ही-मन परिवार को शाप देती हैं, उन परिवारों में अचानक दैवी प्रकोप टूट पड़ता है। अचानक आग लग जाना या जलप्रवाह में घर का बह जाना या ढह जाना अथवा दुर्घटना आदि उस परिवार के लोगों के साथ अवश्य घटती रहती हैं। नारियों की प्रसन्नता से परिवार का उत्कर्ष होता है और अपने परिवार का उत्कर्ष चाहने वाले पुरुषों का कर्तव्य है कि वे सभी प्रकार के उत्सवों के अवसर पर स्त्री का सत्कार अवश्य करें। उत्तम भोजन, वस्त्र और यथोचित यथाशक्ति आभूषण आदि देकर यह सत्कार होता है। जिस परिवार में भर्ता अपनी भार्या से संतुष्ट रहता है और भार्या अपने भर्ता से संतुष्ट रहती है, वहाँ कुल का कल्याण सुनिश्चित है।

आगे मनु महाराज ने यह भी बताया है कि आनंदित स्त्री ही पुरुष को सुख दे सकती है। ऐसी सुखी स्त्री से ही श्रेष्ठ संतान उत्पन्न होती है। अन्यथा कुल में शोक का वातावरण बना रहता है—

संतुष्टो भार्यया भर्त्ता भर्त्रा भार्या तथैव च।
यस्मिन्नेव कुले नित्यं कल्याणं तत्र वै ध्रुवम्॥
यदि स्त्री न रोचेत पुमांसं न प्रमोदयेत्।
अप्रमोदात्पुनः पुंसः प्रजनं न प्रवर्तते॥[29]

(उक्त में श्लोक 60 व 61)

स्त्री धन

विवाह के समय कन्या का पूजन होता है, अतः विदाई के समय कन्या को जो कुछ दिया जाता है, वह वस्तुतः कन्या पूजनरूपी यज्ञ की दक्षिणा ही है। किसी भी रूप में वह वर पक्ष को दिया जाने वाला कोई शुल्क नहीं है, क्योंकि वर पक्ष को तो कन्या का दान ही मिलता है। अतः शुल्क यदि किसी को देना पड़े तो वर पक्ष को ही देना पड़ेगा, परंतु धर्मशास्त्रकारों ने कन्या के दान के बदले में किसी भी प्रकार का शुल्क लेने को निंदनीय पाप माना है। अतः ऐसी स्थिति में विवाह के उपरांत जो कुछ उपहार दिए जाते हैं, वे कन्या दानरूपी यज्ञकर्म की दक्षिणा ही है। उस पर वस्तुतः कन्या का ही अधिकार होना चाहिए। मनु महाराज ने स्पष्ट कहा है कि कन्या को जो कुछ भी धन-संपत्ति, मूल्यवान वस्त्र, वाहन आदि मिले, वे सब स्त्री धन है। जो लोग पति के नहीं रहने पर धन के मोहवश उस स्त्री धन के बल पर ही जीना चाहते हैं, वे पापी हैं और उनकी अधोगति होती है—

स्त्री धनानि तु ये मोहादुपजीवन्ति बान्धवाः।
नारीयानानि वस्त्रं वा ते पापाः यान्त्यधोगतिम्॥[30]

(मनुस्मृति अध्याय 3, श्लोक 52)

वस्तुतः ऋग्वेद में दशम् मंडल के दो मंत्रों में सूर्या की वधू को भेंट और पशु आदि उपहार में दिए जाने का वर्णन है। अथर्ववेद में भी वे ही मंत्र हैं। 'वहतुः' का सायण ने भाष्य किया है, गाय एवं अन्य पदार्थ जो विवाहित होने वाली कन्या को प्रसन्न करने के लिए दिए जाते हैं।[31] मनु ने अध्याय 9, श्लोक 11 में इसके लिए पारिणह्य शब्द का प्रयोग किया है, जो घर में उपयोग में आने वाली सभी वस्तुओं के लिए हैं।[32] आपस्तंब धर्मसूत्र में कहा गया है कि कन्या अपने साथ अपने पिता, भाई आदि ज्ञातियों से जो कुछ पाती है और ससुराल में लाती है, वह सब स्त्री की संपत्ति है। यद्यपि बौधायन धर्मसूत्र का कहना है कि कन्या को अपनी माता से मिले आभूषण आदि ही उसकी अपनी संपत्ति है, परंतु शंख स्मृति का कहना है कि आठ में से जिस प्रकार से भी विवाह हो, सभी प्रकारों में विवाह के साथ कन्या को आभूषण और स्त्री धन अवश्य ही देना चाहिए।[33]

चाणक्य ने स्त्री धन की परिभाषा दी है, अर्थशास्त्र के अधिकरण 3 के द्वितीय अध्याय में लिखा है—

वृत्तिराबंध्यं वा स्त्री धनम्॥ 16॥ परद्विसाहस्रा स्थाप्या वृत्तिः॥ 17॥ आबध्यानियमः॥ 18॥ तदात्मपुत्रस्नुषाभर्मणि प्रवासाप्रतिविधाने च भार्याया भोक्तुमदोषः॥ 19॥ प्रतिरोधकव्याधि-दुर्भिक्षभयप्रतीकारे धर्मकार्ये च पत्युः॥ 20॥ सम्भूय वा दम्पत्योर्मिथुनं प्रजातयोस्त्रिवर्षोपभुक्तं च धर्मिष्ठेषु विवाहेषु नानुयुंजीत॥ 21॥ गांधर्वासुरोपभुक्तं सवृद्धिकमुभयं दाप्येत॥ 22॥ राक्षसपैशाचोपभुक्तं स्तेयं दद्यात्॥ 23॥ इति विवाहधर्मः॥ 24॥[34]

अर्थात् जो वर की ओर से कन्या को दिया जाता है, वस्त्र-आभूषण आदि, वह सब

स्त्री धन कहलाता है। यह दो प्रकार का होता है। जीवन वृत्ति एवं आबध्य अर्थात् जो कुछ भी आभूषण आदि शरीर में बाँधा जा सके। वृत्ति का अर्थ है नकद धन। जिसकी प्रतिवर्ष दी जाने वाली नकद धन की सीमा चाणक्य के समय चाँदी के दो हजार सिक्के रखे गए थे। आबध्य की कोई सीमा नहीं है। क्योंकि कितने भी वस्त्र और आभूषण दिए गए हों, वे सब स्त्री धन हैं। यदि पति प्रवास पर गया हो और कोई प्रबंध न कर पाया हो तो स्त्री अपने धन का उपयोग पुत्र और पुत्रवधू के पालन-पोषण के लिए कर सकती है। कोई विपत्ति उपस्थित हो तो पत्नी की सहमति से पति भी स्त्री धन में से कुछ व्यय कर सकता है या दो बच्चे उत्पन्न हो जाने के बाद पति-पत्नी मिलकर उस धन का कोई उपयोग कर सकते हैं, परंतु यदि गांधर्व और आसुर विवाह हो तो पति को स्त्री धन व्यय करने का अधिकार नहीं है। खर्च करने पर ब्याज सहित धनराशि जमा करनी पड़ेगी। अगर वे जमा नहीं करते तो उन्हें चोरी का दंड मिलेगा। यह विवाह धर्म है।

आगे चाणक्य ने कहा है कि यदि पति मर जाए और पत्नी दूसरा विवाह न करना चाहे, अपितु उसी घर में धर्ममय जीवन जीना चाहे, तो वह उस धन को अपनी इच्छा अनुसार व्यय कर सकती है। यदि किसी समय बंधु-बांधवों ने वह धन उससे माँगा हो, तो उन्हें वह धन उसे वापस कर देना चाहिए। विशेषकर यदि स्त्री पुनर्विवाह करना चाहती है, तो उसे स्त्री धन मिलेगा, परंतु पति का दाय भाग नहीं मिलेगा। अन्यथा यदि वह उसी घर में रहकर धर्म कार्य करना चाहती है, तो स्त्री धन तो उसका है ही, साथ ही उसे पति का दाय भाग भी मिलेगा। यदि स्त्री की मृत्यु हो जाती है, तो उस स्त्री धन को पुत्र और पुत्री आपस में बाँट सकते हैं। पुत्र न हो तो पुत्रियाँ ही उस धन की स्वामिनी होंगी।[35]

कात्यायन स्मृति का कथन है कि स्त्री को नकद स्त्री धन तो दिया जाना चाहिए, परंतु अचल संपत्ति नहीं दी जानी चाहिए।[36] मनु महाराज का कहना है कि 1. विवाह के समय अग्नि की साक्षी में जो कुछ भी माता-पिता और बंधु-बांधवों द्वारा दिया जाए या 2. पिता के घर से पतिगृह जाती हुई कन्या के लिए जो कुछ भी दिया जाए अथवा 3. किसी भी प्रीतिकर्म के समय पति द्वारा जो कुछ भी दिया जाए या 4. पिता के द्वारा जो कुछ भी विभिन्न अवसरों पर दिया जाए 5. माता के द्वारा जो कुछ भी विभिन्न अवसरों पर दिया जाए 6. भाई के द्वारा जो कुछ भी विभिन्न अवसरों पर दिया जाए, ये छह प्रकार के धन स्त्री धन कहे गए हैं—

अध्यग्न्यध्यावाहनिकं दत्तं च प्रीतिकर्मणि।
भ्रातृमातृपितृप्राप्तं षड्विधं स्त्री धनं स्मृतम् ॥[37]

(मनुस्मृति अध्याय 9, श्लोक 194)

इसके साथ ही मनु महाराज ने यह भी स्पष्ट किया है कि विवाह के बाद पति कुल में या पिता के कुल में जो कुछ भी भेंट आदि स्त्री को दी जाए, जिसे अन्वाधेय (अर्थात्

बाद में मिलने वाली भेंट) कहते हैं, उस पर भी स्त्री का ही अधिकार रहता है और स्त्री के नहीं रहने पर यदि पति जीवित भी हो, तो भी उस धन पर अधिकार पुत्रों और पुत्रियों का रहता है, न कि पति का। यदि स्त्री संतानहीन हो, तो फिर समस्त स्त्री धन के अधिकारी स्त्री की मृत्यु के बाद उसके पति ही होते हैं।

कात्यायन ने अनेक श्लोकों में स्त्री धन का विस्तारपूर्वक वर्णन किया है।[38] प्रत्येक प्रकार के स्त्री धन को उन्होंने अलग-अलग नामों से निर्देशित किया है। "विवाह के समय अग्नि के समक्ष जो दिया जाता है, उसे बुद्धिमान लोग अध्यग्नि स्त्री धन कहते हैं। पति के घर जाते समय जो कुछ स्त्री पिता के घर से पाती है, उसे अध्यावहनिक स्त्री धन कहा जाता है। श्वसुर या सास द्वारा स्नेह से जो कुछ दिया जाता है और श्रेष्ठ जनों को वंदन करते समय उनके द्वारा जो कुछ प्राप्त होता है, उसे प्रीतिदत्त स्त्री धन कहा जाता है। वह शुल्क कहलाता है, जो बरतनों, भारवाही पशुओं, दुधारू पशुओं, आभूषणों एवं दासों के मूल्य के रूप में प्राप्त होता है। विवाहोपरांत पति-कुल एवं पितृ-कुल के बंधु-जनों से जो कुछ प्राप्त होता है, वह अन्वाधेय स्त्री धन कहलाता है।[39] भृगु के मत से स्नेहवश जो कुछ पति या माता-पिता से प्राप्त होता है, वह अन्वाधेय कहलाता है।"[40] कात्यायन द्वारा प्रस्तुत अध्यग्नि एवं अध्यावहनिक की परिभाषाओं में वे भेंटें भी सम्मिलित हैं, जो विवाह के समय आगंतुकों द्वारा प्रदत्त होती हैं। वह धन सौदायिक कहा जाता है, जो विवाहित स्त्री या कुमारी को अपने पिता या पति के घर में मिल जाता है या भाई से या माता-पिता से प्राप्त होता है।[41]

कात्यायन की उपर्युक्त परिभाषाएँ सभी निबंधकारों को मान्य हैं। यहाँ तक कि दाय भाग ने भी उनका अनुमोदन किया है।

'मिताक्षरा' के अनुसार अध्यावहनिक में वे भेंटें सम्मिलित हैं, जो विवाहित कन्या को विदाई के समय किसी भी व्यक्ति द्वारा प्राप्त होती हैं।[42] 'दाय भाग' आदि का इस विषय में थोड़ा भिन्न मत है। वस्तुतः मनु महाराज का यह कथन बाद में कुछ लोगों ने भ्रांत रूप में अधिक बल देकर अपनाया कि भार्या, पुत्र और सेवक के द्वारा उपार्जित धन उनके स्वामी का ही होता है, परंतु वस्तुतः यह पत्नी या पुत्र या सेवक रहते हुए किए गए उपार्जन के विषय में है। स्त्री धन उस दृष्टि से उपार्जन नहीं, दान है और दान का स्वामी दान प्राप्त करने वाला ही है। मनु महाराज के जिस श्लोक का सहारा लेकर कतिपय भाष्यकारों ने स्त्री धन का भी स्वामी पति को ही ठहराने की चेष्टा की है, वह धर्मशास्त्रों के अन्य वचनों से बाधित हो जाता है।

वस्तुतः मेधातिथि ने इस विषय में इसी श्लोक (अध्याय 8, श्लोक 416) की टीका में लिखा है—

असति वा स्त्रीणां स्वाम्ये पत्यैवानुगमनं क्रियते पत्नी वै पारिणह्यस्येशे इत्यादि

श्रुतयो निरालम्बना: स्यु:। अत्रोच्यते। पारतन्त्र्याभिधानमेतत्। असत्यां भर्त्रनुज्ञायां न स्त्रीभि: स्वातन्त्र्येण यत्र क्वचिद्धनं विनियोक्तव्यम्।[43]

(अर्थात् यदि मनु महाराज के उक्त श्लोक को शाब्दिक अर्थ में ही लिया जाएगा, तो श्रुतिवाक्य झूठा पड़ जाएगा, क्योंकि श्रुति का कथन है कि स्त्री और पुरुष परस्पर व्यवहार करते हैं। पत्नी के धन का स्वामी पति केवल उसी रूप में है, जिस रूप में पति के धन की स्वामिनी पत्नी है। मनु महाराज के कथन का अर्थ केवल यह है कि स्त्रियाँ धन का स्वतंत्र रूप से व्यय न करें, अपितु परस्पर सहमति से ही धन का व्यय हो। यह बात पति के लिए भी लागू होती है और पत्नी के लिए भी।)

वस्तुत: इस विषय में संपत्ति के स्वामित्व अर्थात् स्वत्व के उद्गम के स्वरूप पर विचार का स्मरण करना होगा। धर्मशास्त्रों में स्वत्व पर विस्तार से विचार किया गया है। संपत्ति या दाय का स्वामित्व वस्तुत: कुल का होता है, व्यक्तियों का नहीं। निश्चय ही धर्मशास्त्र में यह व्यवस्था भी है कि कुल की संपत्ति को हानि पहुँचाए बिना अर्जित की गई संपत्ति पृथक् संपत्ति है, जैसे कि विद्या धन या शौर्य धन या शत्रु से युद्ध में बलपूर्वक छीनी गई संपत्ति जिसे परिग्रह कहा जाता है। स्त्री धन को इस अर्थ में पृथक् संपत्ति ही माना जाना चाहिए, क्योंकि वह कुल की संपत्ति को कोई भी हानि पहुँचाए बिना कन्या को दिए गए दान के रूप में प्राप्त संपत्ति है।

'विवादचिंतामणि' का कहना है कि कन्या जब पिता के घर से पति के घर के लिए विदा होती है, उस समय उसके कुल से जुड़े गृहनिर्माता या स्वर्णकार आदि जो धन कन्या को इसलिए देते हैं कि वह पति को नई गृह-रचना आदि के लिए प्रेरित करे। इसे 'दोह्याभरण' कहा गया है।[44] व्यास स्मृति का कथन है कि स्त्री धन वह धन है, जो कन्या को पति के घर प्रसन्नतापूर्वक जाने को प्रेरित करे।[45] मनु महाराज ने जो छह प्रकार के स्त्री धन कहे हैं, उसकी स्वामिनी स्त्री ही होती है, यह भी उन्होंने वहीं पर स्पष्ट कर दिया है।[46] इसीलिए मनु महाराज ने कहा है कि पति के जीवित रहते हुए भी मृत स्त्री के स्त्री धन को पाने का अधिकार उसके पुत्रों और पुत्रियों को ही होता है। यहाँ स्पष्ट रूप से मनु महाराज ने स्त्री धन का स्वामी पति को नहीं माना है। श्लोक है—

अन्वाधेयं च यदत्तं पत्या प्रीतेन चैव यत्।
पत्यौ जीवति वृत्ताया: प्रजायास्तद्धनं भवेत्॥

इस पर कुल्लूकभट्ट की टीका है—

विवाहादूर्ध्व भर्तृकुले पितृकुले वा यत्स्त्रिया लब्ध भर्त्रा च प्रीतेन दत्तं यदध्यग्न्यादि पूर्वश्लोके उक्तं, तद्भर्तरि जीवति मृताया: स्त्रिया: सर्वधनं तदपत्यानां भवति।[47]

देवल स्मृति का कथन है कि भरण-पोषण के लिए दिए जाने वाले वृत्ति धन, आभूषण शुल्क और स्त्री द्वारा दिए गए धन पर मिलने वाला ब्याज, इन तीनों पर

केवल पत्नी का अधिकार है और पत्नी ही उसका उपभोग कर सकती है। पति केवल आपत्तिकाल में ही उसका उपभोग पत्नी की अनुमति से कर सकता है, क्योंकि उस धन का स्वामित्व पत्नी का ही है।[48]

चाणक्य ने अर्थशास्त्र में धर्मस्थीय नामक तीसरे अधिकरण के दूसरे अध्याय में लिखा है—

जीवति भर्तरि मृतायाः पुत्रा दुहितरश्च स्त्री धनं विभजेरन्॥ 42॥ अपुत्रायाः दुहितरः॥ 43॥ तदभावे कर्ता॥ 44॥ शुल्कमन्वाधेयमन्यद् वा बंधुभिर्दत्तं बान्धवा हरेयुः॥ 45॥[49]

(पत्नी की मृत्यु होने पर पति जीवित है तो भी स्त्री धन को पुत्र और पुत्री परस्पर बाँट लें। पुत्र के न होने पर पुत्रियाँ ही संपूर्ण स्त्री धन ले लें। यदि कोई भी संतान जीवित नहीं है और पत्नी मर गई है, तब केवल उस स्थिति में स्त्री धन का अधिकारी पति है। स्त्री जो कुछ भी शुल्क या धरोहर या अन्य किसी प्रकार धन प्राप्त करती है, वह स्त्री धन है और उसके जीवित न रहने पर ही उसके पति और कुल के बांधव उस धन के अधिकारी हैं।)

यहाँ यह स्मरण रखना चाहिए कि चाणक्य के समय 12 वर्ष की कन्या और 16 वर्ष के युवक को व्यवहार के योग्य अर्थात् वयस्क मान लिया जाता था।[50] इसी प्रकार उस समय तक कोई भी पुरुष अनेक पत्नियाँ रखने का अधिकारी मान्य था। चाणक्य का कथन है—

शुल्क स्त्री धनमशुल्कस्त्री-धनायास्तत्प्रमाणमाधिवेदंनिकमनुरूपां च वृत्तिं दत्त्वा बव्हीरपि विन्देत॥ 52॥[51] (धर्मस्थीय-अधिकरण, द्वितीय अध्याय)

अर्थात् शुल्क धन एवं स्त्री धन तथा वेदनिक धन देकर पत्नी की वृत्ति का प्रबंध करके पति अनेक पत्नियाँ रख सकता है। इससे भी स्पष्ट है कि स्त्री धन की स्वामिनी स्त्री स्वयं है और पुरुष को अन्य विवाह करने पर उसे वह धन उसके स्वामित्व में ही रहने देकर साथ ही वृत्ति के लिए स्त्री को अलग से और धन देना पड़ता है।

वस्तुतः मनुस्मृति के अध्याय 8, श्लोक 416 को समझने के संदर्भ में इसका संबंध इन श्लोकों से जोड़ना ही उचित है—

इमं हि सर्ववर्णानां पश्यन्तो धर्ममुत्तमम्।
यतन्ते रक्षितुं भार्यां भर्तारो दुर्बला अपि॥
स्वां प्रसूति चरित्रं च कुलमात्मानमेव च।
स्वं च धर्मं प्रयत्नेन जायां रक्षन्हि रक्षति॥
पतिर्भार्यां संप्रविश्य गर्भो भूत्वेह जायते।
जायायास्तद्धि जायात्वं यदस्यां जायते पुनः॥

यादृशं भजते हि स्त्री सुतं सूते तथाविधम्।
तस्मात्प्रजाविशुद्ध्यर्थं स्त्रियं रक्षेत्प्रयत्नतः॥[52]

(मनुस्मृति अध्याय 9, श्लोक 6 से 9)

(अर्थात् ब्राह्मण, क्षत्रिय, वैश्य एवं शूद्र सभी वर्ण के लोगों में यह उत्तम धर्म देखा गया है कि उनमें जो दुर्बल पति हों, वे भी भार्या की रक्षा का प्रयत्न अवश्य करते हैं। क्योंकि भार्या की रक्षा करते हुए ही पति अपनी संतान, कुल, आत्मा और धर्म की रक्षा कर सकता है। अत: पत्नी की रक्षा उत्तम धर्म है। पति ही भार्या में प्रवेश होकर संतान का निमित्त और कारण बनता है। संतान को जन्म देकर ही स्त्री जाया अर्थात् जन्म देने वाली कहलाती है। स्त्री जिस प्रकार के पति का स्मरण और मनन करती है, उसकी संतान भी वैसी ही प्रज्ञा वाली होती है। इसलिए स्त्री के चित्त का शुद्ध रहना अत्यंत महत्त्वपूर्ण है और इसीलिए पति को सब प्रकार से उसकी रक्षा अवश्य करनी चाहिए।

यद्यपि आगे मनु महाराज ने यह भी स्पष्ट किया है कि रक्षा का अर्थ घर में बंद रखना नहीं है, अपितु उनकी धर्मानुकूल बुद्धि ही उनकी वास्तविक रक्षक है—

अरक्षिता गृहे रुद्धाः पुरुषैराप्तकारिभिः।
आत्मानमात्माना यास्तु रक्षेयुस्ताः सुरक्षिताः॥[53]

(9/12)

(आप्तकारी अर्थात् अपने अधीन रखने की इच्छा वाले पुरुषों के द्वारा घर की सीमा में ही सीमित कर दी जाने वाली पत्नी वस्तुतः आरक्षित होती है। वही स्त्री सुरक्षित है, जो आत्मरक्षित है और जिसमें आत्मबोध है।)

इस तरह स्त्री की स्वतंत्र अस्मिता और धर्मबुद्धि को धर्मशास्त्रकारों ने स्पष्ट रूप से महत्त्व दिया है और उस स्वतंत्र अस्मिता की दृष्टि से ही स्त्री धन का भी महत्त्व है।

इस विषय में उल्लेखनीय है कि टीकाकारों और निबंधकारों की स्त्री धन के विषय में की गई व्याख्याएँ आधारभूत रूप से एक होने पर भी व्यवहारतः कुछ भिन्नता रखती हैं। इसीलिए इस संदर्भ में सर्वप्रथम याज्ञवल्क्य स्मृति के अध्याय 2, श्लोक 143 की मिताक्षरा टीका पर ध्यान देना उचित होगा—

"पिता, माता, पति एवं भ्राता द्वारा जो कुछ दिया जाए, विवाह के समय वैवाहिक अग्नि के समक्ष मामा आदि द्वारा जो कुछ भेंटें दी जाएँ, आधिवेदनिक, अर्थात् (पति द्वारा) दूसरी स्त्री से विवाह करते समय जो भेंट दी जाय (जिसका वर्णन आगे भी उसे अपनी 'पूर्व पत्नी को देना चाहिए' इन शब्दों की व्याख्या में किया जाएगा), 'आद्य' (अर्थात् इसके समान अन्य) शब्द से संकेत मिलता है, उस धन का जो उत्तराधिकार, क्रय, विभाजन, परिग्रह, उपलब्धि से प्राप्त होता है—मनु महाराज आदि ने इन्हें स्त्री धन कहा है।[54] 'स्त्री धन' शब्द यौगिक है, न कि पारिभाषिक। जब तक योगसंभव अर्थ

मिले, पारिभाषिक अर्थ का सहारा लेना अनुचित है।" 'मिताक्षरा' ने स्त्री धन की परिभाषा विस्तृत कर दी और उसमें उन पाँच संपत्ति प्रकारों को सम्मिलित कर लिया, जिन पर गौतम के मत से व्यक्ति कई प्रकारों से स्वामित्व प्राप्त कर लेता है। स्पष्ट है, 'मिताक्षरा' के मत से किसी भी प्रकार का धन स्त्री धन की संज्ञा पा सकता है, चाहे वह स्त्री द्वारा किसी पुरुष की विधवा की हैसियत से उत्तराधिकार के रूप में प्राप्त हो या माता के रूप में प्राप्त हो या पत्नी अथवा माता की हैसियत से विभाजन द्वारा प्राप्त हो।[55] 'आद्य' की व्याख्या 'मदनपारिजात', 'सरस्वतीविलास', 'व्यवहारप्रकाश' एवं बालंभट्टी को भी मान्य है। किंतु 'दाय भाग' ने 'आद्य' को सीमित अर्थ में रखा है।[56] 'जीमूतवाहन' ने याज्ञवल्क्य में 'आधिवेदनिकंचैव' पढ़ा है और कहा है कि स्त्री धन मनु महाराज के छह प्रकारों तक ही सीमित नहीं है, प्रत्युत उसमें अन्य स्मृतियों में वर्णित अन्य प्रकार भी सम्मिलित हैं।[57] 'जीमूतवाहन' ने अंत में कहा है—"वही स्त्री धन है, जिसे दान रूप में देने, विक्रय करने तथा बिना पति के नियंत्रण के स्वतंत्र रूप से उपभोग करने में स्त्री का पूर्ण अधिकार है।"[58]

'दाय भाग' ने स्वतंत्र रूप से लेन-देन करने योग्य धन के प्रकारों का वर्णन स्पष्ट रूप से नहीं किया है, किंतु स्त्री धन की परिभाषा करने के उपरांत ही इसने कात्यायन (शिल्प आदि द्वारा तथा अन्य लोगों की भेंट से प्राप्त धन के विषय में) एवं नारद (पति द्वारा जो कुछ प्राप्त हो, उसमें अचल को छोड़कर, वह पति की मृत्यु के उपरांत भी व्यय आदि कर सकती है) को उद्धृत किया है। इससे स्पष्ट है कि 'दाय भाग' के मत से पति अन्य भेंटें, जो विवाह के समय या विदाई के समय प्राप्त होती हैं, स्त्री धन के अंतर्गत मानी जाती हैं। किंतु वह धन जो स्त्री द्वारा उत्तराधिकार के रूप में या विभाजन से या अन्य लोगों से भेंट के रूप में (उपर्युक्त दो प्रकारों को छोड़कर) या शिल्प आदि कर्मों या परिश्रम से प्राप्त होता है, स्त्री धन नहीं कहलाता। 'दायतत्त्व' ने दाय भाग का अनुसरण किया है।[59] स्मृतिचंद्रिका ने स्त्री धन की परिभाषा नहीं दी है, किंतु इसने 'मिताक्षरा' द्वारा दी गई 'आद्य' की व्याख्या स्वीकृत नहीं की है।

स्त्री धन क्या है और उस पर स्त्री का क्या अधिकार है, यह निम्न तीन बातों पर निर्भर है—संपत्ति प्राप्त करने का उद्गम, प्राप्ति के समय उसकी स्थिति (वह कुमारी है या अविवाहित है, सधवा है या विधवा) तथा वह संप्रदाय जिसके अनुसार उस पर स्मृति-शासन होता है। इस विषय में कात्यायन एवं नारद के वचन प्रमाण हैं। कात्यायन का कथन है—"सौदायिक धन की प्राप्ति पर घोषित किया गया है कि स्त्रियाँ उस पर स्वतंत्र अधिकार रखती हैं, क्योंकि वह उसके संबंधियों द्वारा इसलिए दिया गया है कि वे दुर्दशा को न प्राप्त हो सकें। ऐसा घोषित है कि विक्रय या दान में सौदायिक संपत्ति पर स्त्रियों का पूर्ण अधिकार है, इतना ही नहीं, सौदायिक अचल संपत्ति पर भी उनका

अधिकार है। विधवा हो जाने पर वे पति द्वारा दी गई चल भेंटों को मनोनुकूल खर्च कर सकती हैं, किंतु उन्हें जीवित रहते हुए उसकी रक्षा करनी चाहिए या वे कुल के लिए व्यय कर सकती हैं। किंतु पति या पुत्र और पिता या भाइयों को किसी स्त्री के स्त्री धन का व्यय करने या विघटित करने का अधिकार नहीं है।"[60] इससे प्रकट है कि स्त्री धन पर मूल अधिकार केवल स्त्री का ही है।

वैदिक धर्म और धर्मशास्त्रों को मानने वाले लोगों के सभी प्रकार के विवाहों के विषय में धर्मशास्त्रों का स्पष्ट निर्देश है। यहाँ जो सर्वाधिक महत्त्वपूर्ण और निर्णायक बात है, वह यह है कि जैमिनी ने पूर्व मीमांसा में यह प्रश्न उठाया है कि किस प्रकार की स्मृति-उक्तियाँ प्रामाणिक हैं और किस प्रकार की नहीं। इसके उत्तर में जैमिनी कहते हैं कि ये उक्तियाँ इसलिए प्रामाणिक हैं, क्योंकि ये उन्हीं लोगों के प्रति संबोधित हैं, जो इनके अनुसार कर्म करते हैं। अर्थात् जो वेद को जानते और मानते हैं, वे स्मृतियों (धर्मशास्त्रों) को भी प्रामाणिक मानते हैं और उनके वचनों का पालन करते हैं। स्मृतियाँ पौरुषेय हैं। अतः श्रुति अनुसार स्मृतियाँ ही प्रामाणिक हैं। जो भी स्मृतिवचन वेद वचनों के विरोध में दिखें, उनकी प्रामाणिकता पर संदेह हो सकता है। इसी प्रकार यदि कोई स्मृतिवचन लौकिक वृत्ति से ही प्रेरित दिखता है तो उसकी प्रामाणिकता संदिग्ध हो सकती है।

वस्तुतः स्मृतिवचन के विषय में विस्तृत विवेचन के उपरांत भविष्य पुराण में उन्हें पाँच कोटियों में वर्गीकृत किया गया है—1. दृष्ट, 2. अदृष्ट, 3. दृष्टादृष्ट, 4. तर्काश्रित या न्यायाश्रित, और 5 अतिख्यात। इस पर अगले अध्याय में विचार किया जाएगा।

संदर्भ—

1. वैखानस गृहसूत्र, द्वितीय प्रश्न, त्रयोदश कांड सूत्र 1-2
2. मनुस्मृति, अध्याय 3, श्लोक 20-24
3. मनुस्मृति, अध्याय 3, श्लोक 27
4. आश्वलायन गृहसूत्र 1/5/1-2
5. मनुस्मृति पर स्मृतिचंद्रिका टीका में विवाह भेद प्रकरण, भाग 1
6. गनुरगृति, अध्याय 3, श्लोक 39 एवं 40 तथा उस पर कुल्लूक भट्ट की टीका
7. मनुस्मृति, अध्याय 3, श्लोक 41
8. बौधायन धर्मसूत्र, 1/11 तथा मनुस्मृति, अध्याय 3, श्लोक 21 एवं 24-25
9. मनुस्मृति, अध्याय 3, श्लोक 21 से 25 पर कुल्लूक भट्ट की टीका
10. शंखस्मृति, चतुर्थ अध्याय
11. मनुस्मृति, अध्याय 3, श्लोक 31
12. मनुस्मृति, अध्याय 3, श्लोक 32
13. उपर्युक्त पर मेधातिथि की टीका
14. याज्ञवल्क्य स्मृति, आचाराध्याय, श्लोक 61 पर शिलाहार राजा की अपरार्क टीका

15. मनुस्मृति, अध्याय 3, श्लोक 33
16. मनुस्मृति, अध्याय 3, श्लोक 33 की मेधातिथि टीका
17. देखें, काणे : धर्मशास्त्र का इतिहास, द्वितीय खंड, अध्याय 9 में उपशीर्षक विवाह के प्रकार
18. उपर्युक्त
19. देखें, काणे : धर्मशास्त्र का इतिहास, उपर्युक्त
20. स्मृतिचंद्रिका, विवाहभेद भाग 1
21. मनुस्मृति, अध्याय 3, श्लोक 42
22. मनुस्मृति, अध्याय 3, श्लोक 39, 40 एवं 41
23. मनुस्मृति, अध्याय 3, श्लोक 43
24. मनुस्मृति, अध्याय 3, श्लोक 44
25. शरः क्षत्रियया ग्राह्यः प्रतोदो वैश्यकन्यया। वसनस्य दशा ग्राह्या शूद्रयोत्कृष्टवेदने॥ मनुस्मृति, अध्याय 3, श्लोक 51
26. मनुस्मृति, अध्याय 3, श्लोक 54
27. वही, श्लोक 55
28. मनुस्मृति, श्लोक 56 से 60
29. उक्त में श्लोक 60 व 61
30. मनुस्मृति, अध्याय 3, श्लोक 52
31. देखें, काणे : धर्मशास्त्र का इतिहास, उपर्युक्त
32. मनुस्मृति, अध्याय 8, श्लोक 11
33. शंखस्मृति, चतुर्थ अध्याय, पूर्वोद्धृत
34. कौटिलीय अर्थशास्त्र, तृतीय अधिकरण, धर्मस्थीयम्, अध्याय 2
35. उपर्युक्त
36. कात्यायन स्मृति, अध्याय 19 एवं 20
37. मनुस्मृति, अध्याय 9, श्लोक 194
38. देखें, काणे : धर्मशास्त्र का इतिहास, द्वितीय भाग, अध्याय 30, स्त्री धन
39. उपर्युक्त
40. उपर्युक्त
41. उपर्युक्त
42. उपर्युक्त
43. मनुस्मृति, अध्याय 8, श्लोक 416 पर मेधातिथि की टीका
44. काणे : धर्मशास्त्र का इतिहास, तृतीय खंड, अध्याय 30, स्त्री धन
45. उपर्युक्त
46. मनुस्मृति, अध्याय 9, श्लोक 195
47. उपरोक्त पर कुल्लूक भट्ट की टीका
48. काणेः धर्मशास्त्र का इतिहास, तृतीय खंड, अध्याय 30, स्त्री धन, पूर्वोद्धृत
49. कौटिलीयं अर्थशास्त्रं, तृतीय अधिकरण, धर्मस्थीयम्, अध्याय 2
50. उपर्युक्त

51. उपर्युक्त
52. मनुस्मृति, अध्याय 9, श्लोक 6-9
53. मनुस्मृति, अध्याय 9, श्लोक 12
54. याज्ञवल्क्य स्मृति, अध्याय 2, श्लोक 143 पर मिताक्षरा टीका
55. उपर्युक्त
56. काणे : उपर्युक्त में दाय भाग प्रकरण
57. उपर्युक्त
58. उपर्युक्त
59. उपर्युक्त
60. उपर्युक्त

□

3

संततियों के प्रकार और संपत्ति विभाजन

सनातन धर्मशास्त्रों के अनुसार आठ प्रकारों में से किसी भी प्रकार का विवाह पूर्णतः विधिसम्मत है और इस प्रकार इनमें से किसी भी प्रकार का विवाह अवैध नहीं है। यह वर्तमान कानूनी स्थिति से नितांत भिन्न स्थिति है।

विशिष्ट स्थितियों में पुरुष के द्वारा कामभाव से संबंध बनाने और स्त्री द्वारा उसे प्रीतिपूर्वक स्वीकार करने से ही गांधर्व विवाह संपादित हो जाता है। इसी प्रकार संतति की कामना अथवा राजनीतिक संबंधों आदि के विचार से एक से अधिक विवाह की अनुमति धर्मशास्त्रों ने दी है। इसी प्रकार पाँच विपदाओं में स्त्री के पुनर्विवाह की धर्मसम्मत व्यवस्था है और विधवा विवाह की भी धर्मशास्त्रीय अनुमति है। इन कारणों से उक्त सभी प्रकार के विधिविहित विवाहों से उत्पन्न संतानों की भी धर्मशास्त्रों में विधिक व्यवस्था दी गई है। किसी भी प्रकार से उत्पन्न संतान धर्मशास्त्रों में अवैध नहीं कही गई है।

धर्मशास्त्रों का मानना है कि यदि पुरुष किसी अन्य कन्या से संबंध बनाए तो उसे पत्नी का स्थान देना पड़ेगा। एक ही पत्नी के विधि-विहित होने के नाम पर पुरुष को व्यभिचार की छूट नहीं दी जा सकती। उसे अपने अन्य संबंधों को भी वैध बनाना होगा। यही बहुपत्नीत्व का हिंदू सिद्धांत है। इसी प्रकार, स्त्री के दुबारा विवाह करने पर, उसकी संततियों के अधिकार का प्रश्न भी धर्मशास्त्रों के विचार का विषय है। इस प्रकार कुल 12 प्रकार की संततियाँ (विशेषतः पुत्र) हैं—

1. **औरस पुत्र**—जो समान वर्ण की अपनी पत्नी से उत्पन्न हैं, फिर वह एक पत्नी के हों या अनेक, सभी के पुत्र औरस पुत्र कहलाएँगे।
2. **शौद्र या पारशव पुत्र**—यदि कोई द्विज किसी शूद्रा स्त्री पर अनुरक्त हो, उससे संबंध बना ले तो उसे भी पत्नी बनाना होगा। उस शूद्रा पत्नी का पुत्र शौद्र या पारशव कहलाएगा।
3. **दत्तक, पुत्रिका-पुत्र एवं क्षेत्रज पुत्र**—दत्तक अर्थात् गोद लिया पुत्र। पुत्रिका-पुत्र अर्थात् बेटी का बेटा, जिसे नाना-नानी गोद ले लें। कतिपय स्मृतियों के अनुसार यदि पुत्र न होने पर कोई माता-पिता बेटी को ही बेटा

घोषित कर दें, तो उसे भी पुत्रिका-पुत्र ही कहा जाएगा। नियोग द्वारा उत्पन्न पुत्र क्षेत्रज है।

4. **गूढ़ोत्पन्न पुत्र**—जब पति अपनी पत्नी के किसी ऐसे पुत्र को सार्वजनिक तौर पर अपना ले, जो पत्नी में किसी अन्य पुरुष से हुआ है, तो इसे गूढ़ोत्पन्न पुत्र कहा जाता है।
5. **पौनर्भव पुत्र**—किसी विवाहित (एवं विवाह-विच्छेद उपरांत) या विधवा स्त्री द्वारा पुनर्विवाह किए जाने पर उस (पुनर्भू) स्त्री द्वारा उत्पन्न पुत्र पौनर्भव है।
6. **स्वयंदत्त एवं क्रीत**—जब कोई माँ-पिता अपने पुत्र को स्वयं किसी अन्य को दे दें, तो वह उनका स्वयंदत्त पुत्र है। जब पैसे देकर गोद लिया जाए तो वह क्रीत पुत्र है।
7. **कानीन**—यदि कुमारी कन्या कुमारी अवस्था में किसी बेटे को जन्म दे और बाद में विवाहोपरांत उसका पति उस पहले हुए बेटे को भी अपना ले तो वह कानीन पुत्र है।
8. **सहोढ़**—यदि कोई स्त्री विवाह के समय गर्भवती हो और विवाह बाद (किसी अन्य पुरुष के अथवा स्वयं अब पति बने पुरुष के) पुत्र उत्पन्न हो तो वह सहोढ़ा (नवोढ़ा) के साथ आया हुआ पुत्र कहलाता है।
9. **अपविद्ध**—माता या पिता अथवा दोनों द्वारा त्यागा हुआ, अतः किसी अन्य द्वारा पालित पुत्र अपविद्ध कहलाता है।
10. **दासीपुत्र**—दासी (रक्षिता, अवरुद्धा) से उत्पन्न पुत्र।
11. **कुंड पुत्र**—पति के जीवित रहते पति के अतिरिक्त किसी अन्य (गुप्त) प्रेमी से उत्पन्न पुत्र कुंड कहलाता है।
12. **गोलक पुत्र**—किसी विधवा के गुप्त प्रेम (चोरिका-विवाह) से हुआ पुत्र गोलक कहा जाता है।

इन सभी प्रकार के पुत्रों को पिता की संपत्ति के विभाजन में और/अथवा पिता के गोत्र-यश में अंश मिलता है। इनमें से प्रत्येक को भरण-पोषण पाने का अधिकार है। संपत्ति में हिस्सा औरस, पुत्रिका-पुत्र, दत्तक, क्षेत्रज, गूढ़ोत्पन्न, पौनर्भव एवं अपविद्ध को ही मिलता है। शौद्र या पारशव पुत्र संपत्ति का दशमांश पाता है। सहोढ़ को यदि पिता अपना ले, तो अन्य पुत्र न होने पर औरस पुत्र जैसा ही है। दासी पुत्र भरण-पोषण का अधिकारी है। कुंड एवं गोलक के भी भरण-पोषण की व्यवस्था होती है। इससे स्पष्ट है कि गुप्त प्रेम (चोरिका विवाह) एवं उससे उत्पन्न संतति भी वैध मान्य है तथा उसका भी एक स्थान निर्धारित है।[1]

संपत्ति विभाजन का धर्मशास्त्रीय स्वरूप

संपत्ति विभाजन के लिए धर्मशास्त्रों में प्रयुक्त शब्द है—दाय भाग।[2] दाय का अर्थ है संपत्ति। दाय शब्द 'दाञ् दाने' तथा 'दाण्, दाने' इन दोनों धातुओं से बने हैं। दान शब्द भी इसी धातु से बना है, परंतु दोनों के अर्थ अलग-अलग हो जाते हैं। 'दाञ् दाने' जुहोत्यादिर्गण की नौवीं धातु है, जिसका अर्थ होता है देना, सौंपना, लौटाना, रखना। 'दाण्, दाने' भ्वादिगण: की 664वीं धातु है। इसका भी वही अर्थ होता है, परंतु भ्वादिगण: की ही 720वीं धातु 'दान, खंडने' है। जिसका अर्थ विभक्त करना, तोड़ना और सरल करना है।[3]

दान की परिभाषा है—स्वस्वत्वनिवृत्ति परस्वत्वापादनं च दानम्।[4] 'अर्थात् अपने स्वत्व का त्याग करके अन्य के स्वत्व की उस वस्तु में प्रतिष्ठा कर देना दान है। किंतु दाय में संपत्ति का विभाजन निहित है। दोनों में साम्य केवल यह है कि किसी वस्तु के स्वामित्व का त्याग दोनों में निहित है, परंतु परंपरा से दोनों में अर्थभेद स्थापित है।

परंतु स्वत्व की परिभाषा क्या है और स्वत्व की उत्पत्ति कैसे होती है? धर्मशास्त्र इस विषय पर भी विस्तार से विचार करते हैं कि 'स्वत्व' का अर्थ शास्त्रों में खोजा जाए या उसका सामान्य प्रयोग ही ग्रहण कर लिया जाए। जीमूतवाहन रचित 'दाय भाग' के अनुसार पूर्व स्वामी के अधीन द्रव्य का परवर्ती को स्वामित्व सौंपना यही दाय है।

'दीयते इति व्युत्पत्त्या दायशब्दो ददातिप्रयोगश्च गौण: मृतप्रव्रजितादिस्वनिवृत्तिपूव कपरस्वत्वोत्पत्ति-फलसाम्यात्। न तु मृतादीनां तत्र त्यागोस्ति। ततश्च पूर्वस्वामिसंबंधाधीनं तत् स्वाम्योपरमे यत्र द्रव्ये स्वत्वं तत्र निरुढो दाय शब्द:।[5] दाय भाग (1/4-5)

(अर्थात् दाय शब्द देने के अर्थ में है, परंतु मृत या प्रवजित आदि प्रकार के स्वामियों के स्वत्व की निवृत्ति सीधे अन्य को स्वत्व दिए जाने से नहीं होती। क्योंकि मृत आदि व्यक्ति स्वयं अपने स्वत्व का या संपत्ति का त्याग कैसे कर सकते हैं। अत: किसी द्रव्य या संपत्ति से पूर्व में जिस स्वामी का संबंध रहा, उस स्वामी के शांत हो जाने पर वह संपत्ति या द्रव्य दाय कहलाता है। इस प्रकार यह दाय शब्द रूढ़ है।)

परंतु याज्ञवल्क्य स्मृति की मिताक्षरा टीका के लेखक विज्ञानेश्वर का कहना है कि स्वत्व का अर्थ हमें शास्त्र के आधार पर न लेकर सामान्य प्रयोग के अर्थ में लेना चाहिए। क्योंकि स्वत्व का भी क्रय-विक्रय चावल आदि भौतिक वस्तुओं की तरह हो सकता है।[6] उनका यह भी तर्क है कि शास्त्रों के ज्ञान से रहित म्लेच्छ आदि में भी स्वामित्व की धारणाएँ पाई जाती हैं। अत: स्वामित्व भौतिक उपयोग का विषय है और वह लोकसिद्धि एवं अनुभूति का विषय है।[7] स्वामित्व के साधनों की जो मान्यताएँ परंपरा से अत्यंत प्राचीनकाल से चली आ रही थीं, धर्मशास्त्र उनका ही प्रतिपादन करते हैं।

इस विषय में शास्त्रों ने अत्यंत सूक्ष्मता और गहराई से विचार किया है। विज्ञानेश्वर

का कहना है कि 'मनु के मत से जब ब्राह्मण गर्हित कर्मों से धन प्राप्त करते हैं (यथा किसी कुपात्र या पतित व्यक्ति से दान ग्रहण करना), तो वे उस धन के दान से, पूत मंत्रों (गायत्री आदि) के जप से तथा तपस्या द्वारा ही पाप से छुटकारा पा सकते हैं।[8] यदि स्वत्व का उद्‌गम शास्त्र द्वारा ही हो, तो शास्त्रनिंद्य साधनों से प्राप्त किया हुआ धन व्यक्ति का धन नहीं कहलाएगा और न उसके पुत्र उसका विभाजन ही कर सकते हैं, क्योंकि उसे संपत्ति की संज्ञा प्राप्त ही नहीं होती।[9] यदि स्वत्व लौकिक है तो उस दिशा में गर्हित साधनों से उत्पन्न धन व्यक्ति की संपत्ति की संज्ञा पाता है और उस व्यक्ति के पुत्र अपराधी नहीं होते (भले ही प्राप्तिकर्ता को प्रायश्चित्त करना पड़े) और संपत्ति (दाय) का विभाजन कर सकते हैं, क्योंकि मनु महाराज ने दाय को अनुमोदित सात करणों (साधनों) में गिना है।[10] किंतु मदनरत्न ने इस उक्ति का अनुमोदन नहीं किया है।[11]

वस्तुतः इस विषय में मनु महाराज ने केवल प्रायश्चित्त की व्यवस्था दी है—

यद्‌गर्हितेनार्जयन्ति कर्मणा ब्राह्मणा धनम्।
तस्योत्सर्गेण शुध्यन्ति जप्येन तपसैव च॥ [12]

अर्थात् गर्हित कर्मों के द्वारा अर्जित धन के दोष से शुद्धि के लिए ब्राह्मण को उस धन का त्याग कर देना चाहिए और गायत्री मंत्र के जप तथा एक मास तक केवल दुग्धाहार पर रहना आदि प्रायश्चित्त करना चाहिए। इससे उस दोष से मुक्ति मिल जाती है।

यहाँ यह नहीं कहा है कि इस प्रकार का प्राप्त धन प्राप्तिकर्ता की संपत्ति नहीं कहलाता।

इस प्रकार बुरे दान या साधन से प्राप्त धन पर मनु महाराज ने कोई विशिष्ट अर्थ-दंड आदि नहीं निर्देशित किया है, जैसा कि उन्होंने चोरी करने पर चोर के लिए स्पष्ट दंड विधान किया है और चोरी के धन को चोर की संपत्ति नहीं माना एवं उसके विभाजन पर चोर के पुत्रों को दंड देने की बात कही है।

गौतम ने स्पष्ट कहा है कि स्वत्व के पाँच उद्‌गम या साधन हैं—

रिक्थ, क्रय, संविभाग, परिग्रह और अधिगम।[13] इस विषय में गौतम का कहना है कि ब्राह्मण को दान से जो धन प्राप्त होता है, उस पर ब्राह्मण का स्वत्व स्थापित हो जाता है, क्योंकि दानदाता व्यक्ति स्वत्व का संकल्पपूर्वक परित्याग करके दान ग्रहण करने वाले ब्राह्मण का स्वत्व स्थापित होने की घोषणा करता है।

इसी प्रकार क्षत्रिय विजय से जो धन प्राप्त करते हैं, उस पर उनका ही स्वत्व होता है।[14] वैश्यों को कृषि और व्यापार से जो लाभ प्राप्त होता है, लाभ में प्राप्त वह धन उनका ही है और उस पर उनका ही स्वत्व या स्वामित्व है।[15] इसी प्रकार शूद्र को उसके स्वामी यदि अनुग्रहपूर्वक कुछ देते हैं, तो अनुग्रह से प्राप्त वह संपत्ति शूद्र की हो जाती है और उस पर उसका ही स्वत्व स्थापित हो जाता है।[16] यहाँ यह ध्यान रखना चाहिए कि

दान केवल ब्राह्मण को दिया जाता है और शूद्र को कुछ देना अनुग्रह कहलाता है।[17] यह स्पष्टता इसलिए आवश्यक है कि वर्तमान में दान के नाम पर अनुग्रह करने को ही दान मान लिया जाता है, परंतु धर्मशास्त्रों के अनुसार अनुग्रह दान नहीं है और दान के पुण्य फल अलग हैं तथा अनुग्रह रूपी सत्कर्म से चित्त में करुणा भाव का उदय और पोषण होता है, यह एक अलग पुण्य कर्म है, जो स्वयं के लिए कल्याणकारक है, परंतु उससे दान से प्राप्त होने वाले पुण्य नहीं मिलते अर्थात् उससे स्वर्गादि की प्राप्ति नहीं होती, परंतु मन में सात्विक भाव का उन्मेष होने के रूप में शुभ परिणाम मिलता है।

धर्मशास्त्रकारों की इस विषय में सर्वसम्मति है कि पुत्रों, पुत्रियों, पौत्रों और प्रपौत्रों का स्वामित्व गृहस्वामी के धन पर जन्म से ही हो जाता है।[18] परंतु अन्य संबंधियों को धन पर जन्म से कोई अधिकार प्राप्त नहीं होता। यहाँ कुछ धर्मशास्त्रकारों ने यह प्रश्न भी उठाया है कि यदि पुत्र जन्म से ही पिता के धन के अधिकारी हो जाएँ, तो उनका पिता अपनी पत्नी को प्रेमवश जो कुछ देता है, उसका विभाजन नहीं होने का धर्मशास्त्रों का विधान बाधित होता दिखता है। क्योंकि यदि पुत्र जन्म से ही पिता के धन का स्वामित्व प्राप्त कर लेता है, तो फिर उस धन को देने का अधिकार पुत्र की अनुमति के बिना पिता को कैसे हो सकता है, भले ही वह माँ को दिया जाए। इसी बात का समाधान करने के लिए देवल तथा याज्ञवल्क्य एवं पराशर ने पिता के रहते पुत्रों का स्वत्व नहीं माना है—

पितर्युपरते पुत्रा विभजेयुर्धनं पितुः।
अस्वाम्यं हि भवेदेषां निर्दोष पितरि स्थिते॥[19] (देवल स्मृति)

माधवाचार्य ने पराशर स्मृति की टीका 'पराशरमाधवीय' लिखी है। उसमें भी यही बात कही गई है।[20] इसी प्रकार मदनपाल एवं उनके पुत्र के संरक्षण में रचित 'मदनपारिजात' में भी यही बात कही गई है।[21]

'दाय भाग' नामक व्यवहार पद में दो पद हैं—'दाय' एवं 'भाग'। माता या पिता से संतान को प्राप्त धन को 'दाय' कहते हैं। निघंटु ने विभक्त होने वाले पितृद्रव्य को दाय कहा है। निघंटु का कथन है—विभक्तव्यं पितृद्रव्यं दायमाहुर्मनीषिणः।[22] अर्थात् पैतृक संपत्ति, जो विभाजित होने योग्य होती है, उसे ही मनीषी दाय कहते हैं।

निबंधों में दाय एवं विभाग शब्द कई प्रकार से द्योतित किए गए हैं। नारद ने दाय भाग व्यवहार-पद को ऐसा माना है, जिसमें पुत्र अपने पिता के धन के विभाजन का प्रबंध करते हैं।[23] स्मृतिचंद्रिका तथा अन्य ग्रंथों में उद्धृत स्मृतिसंग्रह के मत से दाय वह धन है, जो माता या पिता से किसी पुरुष को प्राप्त होता है।[24] निघंटु ने विभाजित होने वाले पैतृक धन को दाय कहा है।[25] दाय भाग, मिताक्षरा एवं अन्य ग्रंथों ने नारद के 'पित्रयस्य' एवं 'पुत्रैः' को केवल उदाहरण के रूप में लिया है।[26] जहाँ कहीं दाय भाग शब्द प्रयुक्त होता है, उसका वास्तविक अर्थ है संबंधियों के धन का संबंधियों में विभाजित होना और

इसका कारण है मृत स्वामी से उनका संबंध।[27] यह मनु एवं नारद के कथनों से भी व्यक्त है, क्योंकि इन दोनों ने माता के धन का विभाजन दाय भाग के अंतर्गत ही रखा है।[28] मिताक्षरा ने याज्ञवल्क्य उपक्रमणिका में कहा है कि दाय का अर्थ है वह धन जो उनके स्वामी के संबंध से किसी अन्य की संपत्ति हो जाता है।[29] व्यवहारमयूख ने दाय को उस धन की संज्ञा दी है, जो विभाजित है और जो उन लोगों को नहीं प्राप्त होता, जो फिर से एक साथ हो जाते हैं।[30]

दाय को दो कोटियों में विभाजित किया गया है—अप्रतिबंध एवं सप्रतिबंध।[31] समस्त पैतृक संपत्ति 'अप्रतिबंध दाय' है। जब पैतृक संपत्ति किसी अन्य कुटुंबी को दी जाती है तो वह सप्रतिबंध दाय है। ये सभी दाय सप्रतिबंध ही होते हैं, क्योंकि पिता या स्वामी की मृत्यु हो जाने अथवा उसके पतित हो जाने या संन्यासी हो जाने के उपरांत ही पुत्र, पौत्र, पुत्री, पत्नी आदि को दाय का स्वामित्व प्राप्त होता है। इसीलिए स्वत्व या स्वामित्व का प्रश्न संपत्ति के संबंध में अत्यंत महत्त्वपूर्ण है।

स्वत्व के पाँच उद्गम या स्रोत हैं।[32] माना यह जाता है कि स्वत्व या स्वामित्व की एक लोकसिद्ध परंपरा चली आ रही थी और शास्त्रों ने केवल उनको व्यवस्थित ढंग से प्रस्तुत किया। संपत्ति के स्वामित्व को लेकर शास्त्रों में विशद विवेचना है, परंतु आधुनिक राज्य स्वयं को संपत्ति का परम स्वामी मानता है। वह संपत्ति-सीमा, भूमि-हदबंदी, आय-सीमा आदि भाँति-भाँति के कानूनों द्वारा दाय एवं संपत्ति का परिग्रह करता रहता है। यह धर्मसम्मत नहीं है। राज्य द्वारा नागरिकों की संपत्ति पर स्वत्व की यह स्थापना परिग्रहपूर्वक की गई है। यूरोक्रिश्चियन लॉ से संचालित राज्य और कम्युनिस्ट राज्य नागरिकों की संपत्ति पर परिग्रहपूर्वक राज्य का स्वत्व स्थापित करते हैं।

प्राचीन भारतीय शास्त्रों में संपत्ति के दो वर्ग किए गए हैं—

1. संयुक्त कुल संपत्ति, 2. पृथक् संपत्ति। पृथक् संपत्ति में स्वअर्जित संपत्ति भी सम्मिलित है। यह अर्जन दान, विजय, कृषि, व्यापार, वेतन या अनुग्रह के द्वारा हो सकता है। परिग्रह को धर्मसम्मत अर्जन नहीं माना जाता।[33]

शास्त्रों ने विचार किया है कि यदि कोई व्यक्ति कुल की संपत्ति को हानि पहुँचाए बिना अपने परिश्रम और पुरुषार्थ से कुछ अर्जित करता है तो वह संपत्ति पृथक् संपत्ति मानी जाएगी।[34] विद्या और ज्ञान से प्राप्त धन को विद्याधन कहा जाता है और विद्याधन भी पृथक् संपत्ति ही है।[35] इसी प्रकार, यदि किसी सैनिक या कर्मचारी को शूरता प्रदर्शित करने पर शासक या स्वामी द्वारा कोई धन दिया जाता है तो उसे शौर्य धन कहते हैं।[36] युद्ध में अथवा शत्रु को भगाकर प्राप्त किए जाने वाले धन को ध्वजाहृत धन कहा जाता है।[37] राजा शत्रु या आततायी के धन का परिग्रह कर सकता है,[38] परंतु समाज के किसी सामान्य व्यक्ति के धन का परिग्रह करने का अधिकार भारतीय परंपरा में राज्य को प्राप्त नहीं है।

इस प्रकार भारतीय संस्कृति में धन पर राज्य का स्वामित्व मान्य नहीं है। व्यक्ति का भी उस पर मूलभूत स्वामित्व नहीं है। संपत्ति का बहुलांश पैतृक होता है और उस संपत्ति पर कुल का स्वामित्व ही मान्य है। विद्या, ज्ञान, शूरता एवं सेवा आदि गुणों एवं कर्मों से प्राप्त पृथक् संपत्ति पर अवश्य व्यक्ति का स्वत्व होता है, परंतु उसके भी उपयोग के विशद नियम हैं, जिससे कि कुल एवं समाज का उस पर बड़ी सीमा तक नियंत्रण रहता है।[39]

यहाँ चार आधारभूत पदों का स्मरण सर्वप्रथम आवश्यक है—'स्व', 'स्वत्व' एवं 'स्वामी' तथा 'स्वामित्व'। 'स्व' का अर्थ है, जो किसी का है अर्थात् संपत्ति। जो 'स्व' का अधिपति हो, अर्थात् जिसकी कोई संपत्ति हो, वह है उसका 'स्वामी'। 'स्वामी' का संपत्ति पर जो अधिकार है, उसे ही 'स्वत्व' कहते हैं। इस प्रकार 'स्वत्व' का अर्थ है अधिकार की योग्यता का होना। किसी वस्तु या संपत्ति पर 'स्वत्व' का होना ही 'स्वामित्व' है।[40]

धर्मशास्त्रों ने इस बात की विस्तार से विवेचना की है कि 'स्वत्व' या 'स्वामित्व' विभाजन से उत्पन्न होता है या विभाजन किसी व्यक्ति के धन से उत्पन्न होता है।

यदि पुत्र पैतृक संपत्ति पर जन्म से ही अधिकार रखते हैं, तो पुत्रोत्पत्ति पर पिता बिना पुत्र की आज्ञा के धार्मिक कृत्य नहीं कर सकता, क्योंकि इन कृत्यों से पैतृक संपत्ति का व्यय होता है। इससे इस उक्ति का कि "उस व्यक्ति को, जिसके बाल अभी काले हैं और जो पुत्रवान है, वैदिक अग्नि में यज्ञ करना चाहिए" खंडन हो जाता है। इतना ही नहीं, इससे स्मृतियों के ऐसे कथन, यथा—"यदि पिता अपने कतिपय पुत्रों में किसी एक को विशेष अनुग्रहवश कुछ प्रदान करता है (नारद, दाय भाग, 6)[41] या पति प्रेमवश अपनी पत्नी को कुछ देता है, तो उसका विभाजन नहीं होता,"[42] निरर्थक सिद्ध हो जाते हैं, क्योंकि इस प्रकार के प्रदान बिना पुत्रों की सहमति के नहीं किए जा सकते। इसके अतिरिक्त कुछ स्मृतियों (यथा देवल आदि) ने पिता के रहते पुत्रों के स्वत्व को नहीं माना है।[43] मनु एवं नारद ने व्यवस्था दी है कि पिता के स्वर्गलोक जाने के उपरांत ही पुत्रों को संपत्ति का विभाजन करना चाहिए, इससे प्रकट है कि पुत्रों को जन्म से अधिकार नहीं प्राप्त होता।[44] और भी, स्वत्व शास्त्रानुमोदित होता है[45] (जैसा कि गौतम ने कहा है), शास्त्रों ने जन्म को क्रय आदि के लिए स्वामित्व का कारण नहीं माना है। अतः पुत्र या पुत्रों का स्वामित्व पूर्व स्वामी के स्वत्व के हटने से ही उत्पन्न होता है। जब तक एक ही पुत्र है, तो वह पिता की मृत्यु के उपरांत संपत्ति का स्वामित्व पाता है और वहाँ विभाजन की आवश्यकता ही नहीं है।[46] किंतु जब कई पुत्र होते हैं, तो उन्हें संयुक्त संपत्ति का स्वामित्व मिलता है और विभाजन के उपरांत ही उन्हें पैतृक संपत्ति के पृथक्-पृथक् भागों का स्वामित्व प्राप्त हो पाता है और अंतिम स्वरूप ही बहुधा देखने में आता है, अतः

विभाजन के उपरांत ही स्वत्व की प्राप्ति होती है। यदि यह सिद्धांत कि स्वत्व का उद्गम केवल विभाजन से ही होता है, शाब्दिक रूप में लिया जाए, तो इकलौता पुत्र अपने पिता की संपत्ति पाता हुआ भी उस पर स्वामित्व नहीं पा सकता, जैसा कि व्यवहार-निर्णय ने तर्क उपस्थित किया है, क्योंकि उसके विषय में विभाजन का प्रश्न ही नहीं उठता।[47]

जन्म से ही स्वामित्व होता है, ऐसा मानने वाले निम्नोक्त तर्क उपस्थित करते हैं—

ऐसा उपस्थापित किया गया है कि स्वामित्व की धारणा लौकिक है, इसी से इसे लोकसिद्ध कहा जाता है। सर्वसाधारण को यह ज्ञात है कि पुत्र जन्म से ही पैतृक संपत्ति के अधिकारी होते हैं। गौतम का एक वचन भी है—'आचार्यों के मत से किसी व्यक्ति को स्वामित्व जन्म के कारण ही प्राप्त हो जाता है।' बहुत सी अन्य स्मृतियों के भी वचन हैं, जो स्पष्ट रूप से घोषित करते हैं कि पितामह की संपत्ति में पिता एवं पुत्र के स्वामित्व संबंधी अधिकार एक समान हैं। जो लोग ऐसी धारणा रखते हैं, वे विरोधी मत का खंडन निम्न रूप से करते हैं, वैदिक अग्नियाँ स्थापित करने के सिलसिले में वैदिक वचन स्पष्ट करते हैं कि कुछ निश्चित अवस्था तक पिता को पुत्र की उत्पत्ति के उपरांत भी धार्मिक संस्कारों के लिए पैतृक संपत्ति व्यय करने का अधिकार है। इसी प्रकार कुलपति एवं कुल-व्यवस्थापक के रूप में, वेदों एवं स्मृतियों द्वारा निर्धारित नियमों के अनुसार, उसे अपरिहार्य धार्मिक कृत्यों के लिए पैतृक संपत्ति को व्यय करने का अधिकार है। इतना ही नहीं, वह या कुल-व्यवस्थापक विपत्ति में या कुल के लाभ के लिए या आवश्यक धार्मिक कृत्यों के लिए अचल संपत्ति को बंधक रख सकता है या उसका विक्रय कर सकता है।[48]

वस्तुतः 'स्वत्व' एक स्वतंत्र धारणा है, भोग एवं रक्षण से यह भिन्न है, यह सदा स्मरण रखना चाहिए। 'स्वत्व' के विषय में 'स्वामी' का सर्वाधिकार होने पर भी 'स्वामी' कुटुंब की समस्त संपत्ति का दान नहीं कर सकता।[49] अतः अपनी संपत्ति का पूरी तरह केवल स्वेच्छा से उपयोग करने की किसी भी व्यक्ति को धर्मशास्त्रों ने अनुमति नहीं दी है। सर्वप्रथम तो शास्त्रों के नियम से यह उपयोग मर्यादित होता है। इसके अतिरिक्त परिवेश और लोकमत से तथा शासन के नियमों से भी यह अधिकार मर्यादित होता है।

सिद्धांत रूप में तो यह धर्मशास्त्रों का कथन है कि जिस पर स्वत्व है, उस संपत्ति का इच्छानुसार व्यय किया जा सकता है, परंतु उसकी मर्यादाओं के विषय में भी शास्त्र बिल्कुल स्पष्ट हैं। इसीलिए याज्ञवल्क्य स्मृति का कहना है कि 'दान भी अपने कुटुंब के अविरोध में ही देना चाहिए, विरोध में नहीं'।[50]

इस विषय में मनुस्मृति का प्रसिद्ध श्लोक है—

भार्या पुत्रश्च दासश्च त्रय एवाधनाः स्मृताः।
यत्ते समधिगच्छन्ति यस्य ते तस्य तद्धनम्॥[51]

(मनुस्मृति, अध्याय 8, श्लोक 416)

यहाँ जो आशय है, उसे मनुस्मृति के अन्य श्लोकों के साथ संदर्भपूर्वक देखने पर स्पष्ट हो जाता है। वह यह है कि पत्नी, पुत्र और दास का जिस धन पर स्वत्व है, वे उसके स्वामी होकर भी वस्तुतः क्रमशः पति, पिता और स्वामी के रहते धन का स्वेच्छा से व्यय नहीं कर सकते। इस प्रकार वे संपत्ति के स्वामी होकर भी 'अधन' ही माने जाने चाहिए। इस बात को स्वयं शबर स्वामी ने, जो प्रथम या द्वितीय शताब्दी में निश्चित विद्यमान थे, यह स्पष्ट कहा है कि मनु महाराज का यही कथन है कि वे पति, पिता या स्वामी की सहमति के बिना व्यय नहीं कर सकते। यद्यपि उस पर स्वत्व उनका ही रहता है।[52] मिताक्षरा टीका में भी यही बात स्पष्ट की गई है।[53]

वस्तुतः धर्मशास्त्रों में इस विषय में अत्यंत सूक्ष्म विवेचनाएँ की गई हैं। स्वाभाविक है कि उनमें कुछ मतांतर है। 'दाय भाग' जन्मना स्वत्व को नहीं मानता, क्योंकि उसका कथन है कि 'दाय का उत्तराधिकार और उत्तराधिकारियों का क्रम धार्मिक पात्रता के आधार पर निर्धारित होता है'।[54] दूसरी ओर, 'मिताक्षरा' का कथन है कि दाय का उत्तराधिकार जन्म से ही निश्चित हो जाता है। वस्तुतः ये मतभेद भी सूक्ष्मता भरी विवेचना से ही जुड़े हैं।

याज्ञवल्क्य स्मृति के व्यवहार अध्याय का 121वाँ एवं 122वाँ श्लोक है—

भूर्या पितामहोपात्ता निबंधो द्रव्यमेव वा।
तत्र स्यात्सदृशं स्वाम्यं पितुः पुत्रस्य चैव हि॥ 121॥
विभक्तेषु सुतो जातः सवर्णायां विभागभाक्।
दृश्याद्वा तद्विभागः स्यादायव्ययविशोधितात्॥ 122॥[55]

अर्थात् पितामह के द्वारा उपात्त (अर्जित) जो भी धन है और निबंधान तथा स्वर्णरजत आदि द्रव्य के रूप में अथवा अन्य नगदी धन के रूप में जो कुछ भी अर्जित धन है, उसमें पिता के समान ही अंशानुसार पौत्र का भी भाग होगा। सवर्णा पत्नी से उत्पन्न पुत्रों में धन का समविभाग होगा। यदि पिता की मृत्यु के बाद भाइयों के विभाजन की स्थिति हो तो उस समय यदि माँ के गर्भ में कोई पुत्र है, तो उस पुत्र का भी भाग होगा। आय तथा व्यय से शुद्ध (बची हुई) राशि पर ही यह विभाग किया जाएगा।

याज्ञवल्क्य स्मृति के इस कथन की व्याख्या को लेकर मतभेद हैं और जीमूतवाहन ने दाय भाग (2/18) में लिखा है कि इसका यह अर्थ बिल्कुल नहीं है कि पुत्र अपने पिता की इच्छा के विरुद्ध भी पितामह की संपत्ति के विभाजन की माँग कर सकता है और यह अर्थ भी नहीं है कि पितामह की संपत्ति में पिता और पुत्र समान रूप से स्वामी हैं और उन्हें समान अंश ही मिलेगा। अपितु इसका केवल यह अर्थ है कि पिता अपनी इच्छानुसार उस संपत्ति का असमान विभाजन नहीं कर सकते।[56] परंतु इसमें भी एक समस्या यह आती है, जो याज्ञवल्क्य स्मृति के व्यवहार अध्याय के 114वें श्लोक से निगमित होती है—

विभागं चेत्पिता कुर्यादिच्छया विभजेत्सुतान्।
ज्येष्ठं वा श्रेष्ठभागेन सर्वे वा स्युः समांशिनः॥[57]

अर्थात् जब पिता संपत्ति का विभाजन करे तो वह चाहे तो सबको बराबर हिस्सा दे और चाहे तो बड़े को बड़ा भाग दे, मझले को मध्यम और छोटे को छोटा विभाग देकर विभाजन कर दे। आगे 116वें श्लोक में यह भी स्पष्ट किया है कि यदि कोई पुत्र अर्थ उपार्जन में समर्थ है और वह संपत्ति में अपना अंश प्राप्त करने का आग्रह नहीं करता, तो पिता उसे कुछ अंश देकर शेष का विभाग अन्य पुत्रों में करे और साथ ही, यदि परिवार की किन्हीं स्त्रियों को स्त्री धन नहीं मिला है तो उन्हें भी संपत्ति में समान भाग दे। साथ ही, यह भी कहा है कि पिता द्वारा यदि संपत्ति का विभाजन करने में न्यूनता और अधिकता बरती जाए, तो भी वह धर्मशास्त्र के अनुसार ही माना जाएगा और वह अपरिवर्तनीय होता है।

यहाँ यह भी ध्यातव्य है कि ये सारे मतांतर परिवार के भीतर ही पैतृक संपत्ति के विभाजन से संबंधित हैं। परिवार से बाहर संपत्ति के इच्छानुसार व्यय का इसमें कोई उल्लेख नहीं है। इस विषय में याज्ञवल्क्य स्मृति की मिताक्षरा टीका ने विभाग की परिभाषा दी है, जो स्मरणीय है—

विभागो नाम द्रव्यसमुदायविषयाणामनेकस्वाम्यानां तदेकदेशेषु व्यवस्थापनम्।[58]

(मिताक्षरा, याज्ञवल्क्य स्मृति के 2/114 की टीका)

अर्थात् जहाँ संयुक्त स्वामित्व है, उस द्रव्य समुदाय के भागों की सुनिश्चित व्यवस्था ही विभाग है।

मिताक्षरा के अनुसार पुत्र पैतृक संपत्ति के रिक्थ का अधिकारी जन्म से ही हो जाता है। किंतु दाय भाग का मानना है कि पिता की मृत्यु के उपरांत ही संपत्ति पर पुत्रों की सहभागिता आरंभ होती है। यह एक अंतर है।[59]

वस्तुतः विभाजन के दो अर्थ हैं—बँटवारा अर्थात् नाप-जोख और सीमा निर्धारण के साथ स्पष्ट विभाजन और हितों का अलगाव। विभाजन संबंधी युगों पुरानी परंपरा को ही बाद के टीकाकारों ने भी रेखांकित एवं विश्लेषित किया है। इसमें प्राचीनतम परंपरा यह रही है कि पुत्र पर पिता का संपूर्ण अधिकार मान्य था, परंतु युगभेद से इस संपूर्ण अधिकार की स्थिति में किंचित् परिवर्तन आवश्यक हो गया और इसमें मतांतर भी उत्पन्न होते रहे। इन मतांतरों का भी स्रोत श्रुति के वचन ही हैं। जैसे कि ऋग्वेद (1/117/17) में आया है कि ऋजाश्व की आँखें उसके पिता ने निकलवा लीं, क्योंकि उसने अनुचित दान दे दिया था।[60] इसी प्रकार काठक संहिता (11/4) का कथन है कि, 'पिता पुत्रस्येशे' अर्थात् पिता ही पुत्र का स्वामी है, वह उसका शासन करता है।[61] दूसरी ओर ऋग्वेद(1/70/5) में ही उल्लेख है कि, 'हे अग्नि, तुम्हें लोग अनेक स्थानों में अनेक प्रकार से पूजित करते हैं

और तुमसे संपत्ति उसी प्रकार ग्रहण करते हैं, जिस प्रकार पुत्र वृद्ध पिता से संपत्ति ग्रहण करते हैं।'[62] इससे यह अर्थ निकाला गया कि पिता के जीवित रहते ही वृद्धावस्था में पुत्र पिता की संपत्ति का परस्पर विभाजन कर सकते हैं। इस प्रकार यह सूक्ष्म मतांतर श्रुति कथनों की भिन्न-भिन्न टीकाओं का परिणाम है। वस्तुतः इससे केवल इतना ही विदित होता है कि संपत्ति विभाजन प्राचीनतम काल से शास्त्रबद्ध रहा है और इसमें सूक्ष्म मतांतर भी रहे हैं, जो अलग-अलग देश और काल में, अलग-अलग समुदायों में मान्य रहे हैं। इस प्रकार इससे संपत्ति के विभाजन को लेकर विकसित विवेचना एवं परिपक्वता का ही प्रमाण मिलता है। जो कि अन्य सभ्यताओं और समाजों में प्राचीनकाल में होने का कोई विवरण वर्तमान में सुलभ नहीं है।

संयुक्त संपत्ति के विभाजन को लेकर सबसे महत्त्वपूर्ण मतांतर यह है कि पिता की मृत्यु के उपरांत अथवा पिता के संन्यास ले लेने पर पिता के जीवनकाल में ही उसकी इच्छा के अनुसार संपत्ति का विभाजन हो सकता है, यह एक मत है, जबकि पिता की मृत्यु के उपरांत माता के जीवनकाल तक भी पुत्रों के बीच संयुक्त संपत्ति का विभाजन नहीं हो सकता, यह दूसरा मत है।[63] इसमें मिताक्षरा ने शंख स्मृति के आधार पर यह जोड़ा है कि पुत्र पिता की इच्छा के विरुद्ध भी संपत्ति का विभाजन परस्पर कर सकते हैं, यदि पिता किसी असाध्य रोग से पीड़ित है अथवा अतिवृद्ध है अथवा अधार्मिक हो गया है।[64] परंतु 'दाय भाग' का स्पष्ट कथन है कि जब तक पिता जीवित है, उसकी इच्छा के विरुद्ध विभाजन नहीं हो सकता,[65] भले ही पिता अतिवृद्ध हो या अधार्मिक हो गया हो या असाध्य रोग से पीड़ित हो। वस्तुतः पिता के जीवनकाल में संपत्ति विभाजन के पक्ष में गौतम स्मृति का तर्क यह है कि भाइयों के अलग-अलग होकर उपार्जन करने से अर्थात् परिवार की शाखाएँ फैलने से धन की वृद्धि होती है, विभागे तु धर्मवृद्धिः (गौतम स्मृति 28/4)।(66) यह कथन मनु के इस श्लोक से भी पुष्ट होता है—

एवं सह वसेयुर्वा पृथग्वा धर्मकाम्यया।
पृथग्विवर्धते धर्मस्तस्माद्धर्म्या पृथक् क्रिया॥[67]

(मनुस्मृति, अध्याय 9, श्लोक 111)

अर्थात् भाई लोग चाहें तो साथ-साथ रहें अथवा धर्म की कामना से अलग-अलग हो जाएँ। क्योंकि अलग-अलग रहने से धर्मवृद्धि होती है, इसलिए अलग-अलग हो जाना धर्मयुक्त ही है।

विभाजन के नियम

संपत्ति का विभाजन धर्मशास्त्रों के अनुसार इन तेरह प्रकार के पुत्रों में किया जाता है—1. औरस, 2. पुत्रिका-पुत्र, 3. क्षेत्रज, 4. दत्त, 5. कृत्रिम, 6. गूढ़ोत्पन्न,

7. अपविद्ध, 8. कानीन, 9. सहोढ़, 10. क्रीत, 11. पौनर्भव, 12. स्वयंदत्त, 13. शौद्र।[68]

इसमें से 13वें प्रकार के पुत्र का उल्लेख गौतम, कौटिल्य, हारीत, याज्ञवल्क्य, नारद, देवल तथा यम ने नहीं किया है। जबकि मनु, बौधायन, वसिष्ठ, शंख, बृहस्पति, स्मृतियों तथा ब्रह्मपुराण और महाभारत में इनका उल्लेख है। विष्णु धर्मसूत्र (15/17) का कहना है कि पुत्र कहीं भी उत्पन्न किया गया हो, वह पुत्र ही कहलाएगा।[69] इस प्रकार कोई व्यक्ति किसी भी प्रकार का रति संबंध बनाकर यदि पुत्र उत्पन्न करता है, तो वह पुत्र ही कहा जाएगा और उसे संपत्ति में अधिकार अवश्य मिलेगा। वैजयंती टीका के अनुसार संतान चाहे अपनी पत्नी से उत्पन्न हो या अन्य की ही पत्नी से उत्पन्न हो, वह पिता की संपत्ति पर अर्थात् जनक अर्थात् उत्पन्न करने वाले की संपत्ति की अधिकारिणी हो जाती है। स्त्री भिन्न वर्ण की हो या भिन्न जाति की हो या अविवाहिता हो, उत्पन्न पुत्र उत्पादक की संपत्ति का अधिकारी है।[70] इस संबंध में अनुशासन पर्व का उल्लेख महत्त्वपूर्ण है। अनुशासन पर्व के 49वें अध्याय में 20 प्रकार के पुत्रों का वर्णन है—

आत्मा पुत्रश्च विज्ञेयस्तस्यानन्तरजश्च यः।
निरुक्तजश्च विज्ञेयः सुतः प्रसृतजस्तथा॥ 3॥
पतितस्य तु भर्याया भर्त्रा सुसमवेतया।
तथा दत्तकृतौ पुत्रावध्यूढश्च तथापरः॥ 4॥
षडपध्वंसजाश्चापि कानीनापसदास्तथा।
इत्येते वै समाख्यातास्तान् विजानीहि भारत॥ 5॥[71]

अर्थात् पति के वीर्य से उत्पन्न पुत्र को औरस कहा जाता है, उसे ही 'अनंतरज' भी कहा जाता है, क्योंकि वहाँ पति-पत्नी के संयोग के बीच में कोई अन्य नहीं है अर्थात् निरंतरता है। दूसरे प्रकार का पुत्र 'निरुक्तज' होता है और तीसरा 'प्रसृतज' होता है। ये क्षेत्रज के ही दो भेद हैं। पतित पुरुष का अपनी भार्या से उत्पन्न पुत्र एक अलग श्रेणी का है और दत्तक पुत्र तथा क्रीत पुत्र अलग। कुमारी अवस्था में ही कन्या के पेट में आ जाने वाला गर्भ जब विवाह के बाद उत्पन्न होता है तो उसे 'अध्यूढ़' कहते हैं। ये सात प्रकार हुए। आठवाँ पुत्र कानीन होता है तथा छह प्रकार के 'अपसद' या 'प्रतिलोम' पुत्र होते हैं और छह प्रकार के 'अनुलोम' या 'अपध्वंसज' पुत्र होते हैं। इस प्रकार कुल बीस प्रकार के पुत्र या संततियाँ होती हैं। ये सभी समान रूप से संतति ही कहलाते हैं।

पितामह भीष्म ने धर्मराज युधिष्ठिर को बताया है कि अनुलोम या अपध्वंसज पुत्र वे हैं, जो अनुलोम विवाह से उत्पन्न होते हैं, जैसे—ब्राह्मण पुरुष का क्रमशः क्षत्रिय, वैश्य एवं शूद्र स्त्री से उत्पन्न संतति, क्षत्रिय की वैश्य एवं शूद्र से उत्पन्न एवं वैश्य की शूद्रा स्त्री से उत्पन्न संतति। ये छह अनुलोम संततियाँ हैं। इसी प्रकार इनसे विपरीत जो प्रतिलोम

संबंध हैं जैसे ब्राह्मणी, क्षत्राणी और वैश्य स्त्री का शूद्र पुरुष से उत्पन्न पुत्र, जो क्रमशः चांडाल, व्रात्य और वैद्य कहलाते हैं तथा क्षत्रिय का ब्राह्मणी से उत्पन्न पुत्र या संतति सूत कहलाती है और वैश्य पुरुष की ब्राह्मणी एवं क्षत्रिया के गर्भ से उत्पन्न संततियाँ क्रमशः मागध और वामक कहलाती हैं। इस प्रकार ये छह अनुलोम और छह प्रतिलोम कुल 12 प्रकार की संतति हुईं और औरस, निरुक्तज, प्रसृतज, दत्तक, क्रीत, अध्यूढ़ और कानीन इस प्रकार 19 प्रकार की संततियाँ हुईं तथा पतित पुरुष का अपनी पत्नी से उत्पन्न पुत्र, इसे मिलाकर कुल बीस प्रकार की संततियाँ हुईं।[72]

सामान्य रूप में मनु महाराज ने नवम् अध्याय में बारह प्रकार के पुत्र गिनाए हैं, परंतु नवम् अध्याय के ही 127वें श्लोक में मनु महाराज ने पुत्रहीन पिता द्वारा कन्या को पुत्रिका के रूप में संकल्पपूर्वक घोषित करने की बात कही है। इस प्रकार करने पर वह पुत्रिका पुत्र ही हो जाती है। मनु महाराज का कहना है कि दक्ष प्रजापति ने प्राचीनतम काल में वंश की वृद्धि के लिए इसी विधि से पुत्रिका को भी पुत्र घोषित किया था—

अपुत्रोऽनेन विधिना सुतां कुर्वीत पुत्रिकाम्।
यदपत्यं भवेदस्यां तन्मम स्यात्स्वधाकरम्॥ 127॥
अनेन तु विधानेन पुरा चक्रेऽथ पुत्रिका।
विवृद्धयर्थं स्ववंशस्य स्वयं दक्षः प्रजापतिः॥ 128॥
पुत्रान्द्वादश यानाह नृणां स्वायंभुवो मनुः।
तेषां षड् बंधुदायादाः षडदायादबान्धवाः॥ 158॥
औरसः क्षेत्रजश्चैव दत्तः कृत्रिम एव च।
गूढोत्पन्नोऽपविद्धश्च दायादा बान्धवाश्च षट्॥ 159॥
कानीनश्च सोहढश्च क्रीतः पौनर्भवस्तथा।
स्वयंदत्तश्च शौद्रश्च षडदायादबान्धवाः॥ 160॥[73]

अर्थात् मनु महाराज ने बारह प्रकार के ही पुत्र बताए हैं। उनमें से प्रथम छह प्रकार के पुत्र दायाद अर्थात् पैतृक धन के भागी होते हैं और बाद वाले छह केवल दायाद-बांधव हैं और वे तिलोदक के अधिकारी हैं तथा दायाद में उनका गोत्र बांधवों जैसा ही अधिकार है। इस प्रकार मनु महाराज ने औरस, क्षेत्रज, दत्तक, कृत्रिम, गूढ़ोत्पन्न और अपविद्ध इन छह प्रकार के पुत्रों को दायाद कहा है और बाद के छह को पिंडोदक अर्थात् श्राद्ध और तर्पण का अधिकारी तथा गोत्र बांधवों के समान दायाद पाने वाला कहा है। उन्होंने कानीन, सहोढ़, प्रीत, पौनर्भव, स्वयंदत्त तथा शौद्र अर्थात् शूद्रा से उत्पन्न ब्राह्मण पुत्र को दायाद का समान भागी नहीं माना है, केवल दायाद-बांधव माना है।

इस विषय में मनुस्मृति के नवम् अध्याय के 163वें श्लोक में बलपूर्वक कथन है कि केवल औरस पुत्र ही पिता के संपूर्ण धन का वास्तविक स्वामी होता है।[74] शेष पुत्रों

को केवल भोजन, वस्त्र आदि के लिए आवश्यक संपत्ति ही दी जानी चाहिए।

जबकि पुरुष यदि जीवित नहीं रहा हो अथवा भीषण रोगी हो या नपुंसक हो और कुल के आग्रह पर पत्नी नियोग विधि से पुत्र उत्पन्न करे, तो उसे क्षेत्रज पुत्र कहा जाता है। क्योंकि स्त्री ही क्षेत्र कही गई है और पुरुष क्षेत्र का स्वामी (क्षेत्रिक) कहा गया है।

एक एवौरसः पुत्रः पित्र्यस्य वसुनः प्रभुः।
शेषाणामानृशंस्यार्थं प्रदद्यात्तु प्रजीवनम्॥ 163॥
षष्ठं तु क्षेत्रजस्यांशं प्रदद्यात्पैतृकाद्धनात्।
औरसो विभजन्दायं पित्र्यं पन्चममेव वा॥ 164॥
औरसक्षेत्रजौ पुत्रौ पितृरिक्थस्य भागिनौ।
दशापरे तु क्रमशो गोत्ररिक्थांशभागिनः॥ 165॥
स्वक्षेत्रे संस्कृतायां तु स्वयमुत्त्पादयेद्धियम्।
तमौरसं विजानीयात्पुत्रं प्रथमकल्पितम्॥ 166॥
यस्तल्पजः प्रमीतस्य क्लीबस्य व्याधितस्य वा।
स्वधर्मेण नियुक्तायां स पुत्रः क्षेत्रजः स्मृतः॥ 167॥
माता-पिता वा दद्यातां यर्माद्भिे पुत्रमापदि।
सदृशं प्रीतिसंयुक्तं स ज्ञेयो दात्त्रिमः सुतः॥ 168॥
सदृशं तु प्रकुर्याद्यं गुणदोषविचक्षणम्।
पुत्रं पुत्रगुणैर्युक्तं स विज्ञेयश्च कृत्रिमः॥ 169॥
उत्पद्यते गृहे यस्य न च ज्ञायेत कस्य सः।
स गृहे गूढ उत्पन्नस्तस्य स्याद्यस्य तल्पजः॥ 170॥
मातापितृभ्यामुत्सृष्टं तयोरन्यतरेण वा।
यं पुत्रं परिगृह्णीयादपविद्धः स उच्यते॥ 171॥
पितृवेश्मनि कन्या तु यं पुत्रं जनएद्रहः।
तं कानीनं वदेनाम्ना वोढुः कन्पासमुद्भवम्॥ 172॥
या गर्भिणी संस्क्रियते ज्ञाताज्ञाताऽपि वा सती।
वोढुः स गर्भो भवति सहोढ इति चोच्यते॥ 173॥
क्रीणीयाद्यम्त्वपत्यार्थं मात्रापित्रोर्यमन्तिक्रात्।
स क्रीतकः सुतस्तस्य सदृशोऽसदृशोऽपि वा॥ 174॥
या पत्या वा परित्यक्ता विधवा वा स्वयेच्छया।
उत्पादयेत्पुनर्भूत्वा स पौनर्भव उच्यते॥ 175॥
सा चेदक्षतयोनिः स्याद्भतप्रत्यागतापि वा।
पौनर्भवेन भर्त्रा सा पुनः संस्कारमर्हति॥ 176॥

मातापितृविहीनो यस्त्यक्तो वा स्यादकारणात्।
आत्मानं स्पर्शयेद्यस्मै स्वयंदत्तस्तु स स्मृतः ॥ 177 ॥
यं ब्राह्मणस्तु शूद्रायां कामादुत्पादयेत्सुतम्।
स पारयन्नेव शवस्तस्मात्पारशवः स्मृतः ॥ 178 ॥
दास्यां वा दासदास्यां वा यः शूद्रस्य सुतो भवेत्।
साऽनुज्ञातो हरेदंशमिति धर्मो व्यवस्थितः ॥ 179 ॥
क्षेत्रजादीन्सुतानेतानेकादश यथोदितान्।
पुत्रप्रतिनिधीनाहुः क्रियालोपान्मनीषिणः ॥ 180 ॥
य एतेऽभिहिताः पुत्राः प्रसंगादन्यबीजजाः।
यस्य ते बीजतो जातास्तस्य ते नेतरस्य तु ॥ 181 ॥
भ्रातृणामेकजातानामेकश्चेत्पुत्रवान्भवेत्।
सर्वास्तांस्तेन पुत्रेण पुत्रिणो मनुरब्रवीत् ॥ 182 ॥
सर्वासामेकपत्नीनामेका चेत्पुत्रिणी भवेत्।
सर्वास्तांस्तेन पुत्रेण प्राह पुत्रवतीर्मनुः ॥ 183 ॥[75]

अर्थात् वस्तुतः औरस पुत्र ही समस्त पैतृक धन का पूर्ण स्वामी होता है। औरस पुत्र के अभाव में क्षेत्रज पुत्र को वह धन प्राप्त होता है। यदि औरस और क्षेत्रज दोनों प्रकार के पुत्र हैं, तो औरस पुत्र को चाहिए कि वह क्षेत्रज पुत्र को पाँचवा या छठा हिस्सा दे दे। शेष दस प्रकार के पुत्र तो केवल गोत्र बांधव होते हैं और उन्हें उतना ही संपत्ति अंश मिलता है, जो गोत्र के अन्य बांधवों को मिलता है। माता या पिता यदि पुत्र के अभाव में अपनी ही जाति के किसी के पुत्र को गोद ले लेते हैं, तो उसे दात्रिम अर्थात् 'दत्तक' या 'दत्त' पुत्र कहते हैं। यदि समान जाति के किसी पुत्र को अपना बना लिया जाए तो उसे 'कृत्रिम पुत्र' कहते हैं। पत्नी द्वारा या कन्या अवस्था में रतिकर्म के परिणामस्वरूप गुप्त रूप से उत्पन्न पुत्र को पति द्वारा अपना लेने पर वह पति का 'गूढ़' पुत्र कहा जाता है। माता या पिता द्वारा त्यागी गई किसी संतति को जब कोई व्यक्ति पुत्र रूप में अपना लेता है तो उसे 'अपविद्ध' पुत्र कहा जाता है। जब कन्या अविवाहित अवस्था में अपने पिता के घर में रहते हुए ही गुप्त रूप से कोई पुत्र उत्पन्न करती है तो उसे 'कानीन' पुत्र कहा जाता है और वह पुत्र उस कन्या को क्षमादान देते हुए सहर्ष विवाह करने वाले पति का होता है। जब जानकारी में या गैर-जानकारी में किसी गर्भिणी कन्या का विवाह किया जाता है और पति उसके गर्भिणी होने को उदारतापूर्वक क्षमाभाव से स्वीकार कर लेता है, तो उसे 'सहोढ़' पुत्र कहते हैं। दाम देकर खरीदे हुए पुत्र को 'क्रीत' पुत्र कहते हैं। पति द्वारा परित्यक्त अथवा विधवा स्त्री जब स्वेच्छा से अन्य विवाह करती है, तब उस दूसरे पति से उत्पन्न पुत्र को 'पौनर्भव' पुत्र कहते हैं। यदि स्त्री अक्षतयोनि हो और पहले पति

को त्यागकर दूसरे पति से विवाह करे, तो ऐसी स्त्री को 'पुनर्भू' कहते हैं।

यहाँ उल्लेखनीय है कि पति को त्यागने के लिए केवल पाँच प्रकार की विपदा की स्थितियों में ही धर्मशास्त्रों की अनुमति है—वह वर्षों से अदृश्य हो अर्थात् दूर कहीं परदेश जा बसा हो और उसका कुछ अता-पता न चले। मृत्यु हो जाने पर। संन्यासी होने पर। नपुंसक होने पर और पति के धर्म से पतित हो जाने पर।[76]

इन पाँच स्थितियों में ही स्त्री अन्य पति कर सकती है। अतः इन पाँचों में से ही किसी कारण से प्रथम पति का त्याग कर दूसरा पति करने वाली स्त्री को 'पुनर्भू' कहते हैं। 'पुनर्भू' से होने वाला पुत्र 'पौनर्भव' कहलाता है। यदि कोई ब्राह्मण पुरुष किसी शूद्रा से विवाह करता है और उससे पुत्र उत्पन्न होता है तो उसे 'पारशव' पुत्र कहते हैं, परंतु यदि कोई ब्राह्मण दासी के साथ कोई पुत्र उत्पन्न करता है या दास की दासी से कोई पुत्र उत्पन्न करता है, तो उस पुत्र को शूद्र होने पर भी औरस पुत्र के समान ही पैतृक धन का बराबर हिस्सा मिलता है, ऐसी धर्म की व्यवस्था है, परंतु वस्तुतः औरस पुत्र ही मूल प्रतिनिधि पुत्र है, औरस पुत्र के अभाव में श्राद्ध आदि क्रियाओं का लोप न हो, इसके लिए अन्य सभी प्रकार के पुत्रों को भी औरस का ही प्रतिनिधि स्वरूप माना जाता है।

सहोदर भाइयों में से यदि एक भाई को पुत्र हो जाए, तो अन्य सभी भाई पुत्रवान माने जाने चाहिए। इसी प्रकार यदि एक पुरुष की अनेक पत्नियाँ हैं और उनमें से किसी भी एक से पुत्र हो जाता है, तो वे सभी स्त्रियाँ पुत्रवती ही मानी जाएँगी। यह मनु का विधान है।[77]

यहाँ सर्वाधिक महत्त्वपूर्ण बात यह है कि पुत्र का महत्त्व धर्मशास्त्रकारों ने स्पष्ट रूप से आध्यात्मिक कारण से बताया है। क्योंकि श्राद्ध आदि सभी क्रियाएँ पुत्र द्वारा ही संपादित की जाती हैं। विधवा पुत्रहीन पति का श्राद्ध कर सकती है, परंतु वह पार्वण श्राद्ध नहीं कर सकती। जैमिनी के मीमांसा सूत्र (6/3/35) के भाष्य में शबरस्वामी ने कहा है कि 'प्रतिनिधि की नियुक्ति से धार्मिक क्रिया संपन्न तो होती है, परंतु उससे धार्मिक कृत्य का पूर्ण फल नहीं प्राप्त होता।'[78] धर्मशास्त्र का यह भी विधान है कि इन पाँच का कोई भी अन्य प्रतिनिधि नहीं हो सकता—पत्नी, पुत्र, याज्ञिक, देश (स्थान) और 5 काल। अतः धार्मिक-आध्यात्मिक लाभ के लिए ही पुत्र का इतना गौरव है और उसके लिए ही पुत्रों के इतने प्रकार के प्रावधान किए गए हैं।[79]

सनातन धर्म की मूल प्रज्ञा से अनजान यूरोपीय-ईसाई लोगों ने इस विषय में हास्यास्पद कथन किए हैं। डॉ. जॉली का कथन है कि ऐसा लगता है कि अपने-अपने कुल में अधिक-से-अधिक शक्तिशाली कार्यकर्ता प्राप्त करने के लिए ही हिंदू धर्म में इतने प्रकार के पुत्रों की मान्यता दी गई, जिनमें से कुछ तो माता के अवैध संसर्ग के परिणाम हैं और कुछ का पिता से कोई रक्त संबंध है ही नहीं, परंतु जॉली का यह कथन

अज्ञान का परिणाम है। वस्तुतः इन तेरहों प्रकार के पुत्रों के विषय में धर्मशास्त्र के प्रावधान भली-भाँति समझे जाएँ, तो स्पष्ट हो जाएगा कि ये सारे विभाग एवं उपविभाग बहुत ही सूक्ष्म अंतर के आधार पर हैं। इसीलिए देवल स्मृति का कथन है कि वस्तुतः ये सभी 13 प्रकार के पुत्र चार वर्गों में बाँटे जा सकते हैं—आत्मज, परज, लब्ध और यादृच्छिक।[80]

वस्तुतः दत्तक, क्रीत, कृत्रिम, स्वयंदत्त और अपविद्ध नामक पाँच प्रकार के पुत्र भिन्न-भिन्न परिस्थितियों से जुड़े हैं। इनमें से कोई भी माता के किसी अवैध संसर्ग का फल नहीं है। इसी प्रकार पौनर्भव और शौद्र वस्तुतः व्यक्ति के वैधानिक पुत्र ही हैं। उनके लिए ये विशेषण थोड़े कम सम्मान के अर्थ में ही प्रयुक्त हैं। किसी भी प्रकार का पुत्र अवैध नहीं है, क्योंकि धर्मशास्त्रों के अनुसार ऐसा करना नृशंसता है। किसी भी संतान को अवैध संतान कहना (जैसा कि ईसाइयत और इस्लाम तथा अन्यत्र कहा जाता है और आधुनिक यूरो-इंडियन भारतीय विधि में भी 'इलेजिटिमेट चाइल्ड' के रूप में वर्णित है) सनातन धर्मशास्त्रों के आधार पर नृशंसता है, निर्दयता है और संवेदनहीनता है। इसीलिए हिंदू धर्म में किसी भी प्रकार के विवाह को और किसी भी प्रकार की संतान को अवैध नहीं कहा गया है।

माता द्वारा पुनर्विवाह करने से उत्पन्न पौनर्भव पुत्र पूरी तरह वैधानिक पुत्र है और ब्राह्मण द्वारा शूद्रा स्त्री से उत्पन्न पुत्र भी पूरी तरह वैधानिक पुत्र है। ऐसे संबंधो को केवल असम्मान की दृष्टि से देखा गया है। मनु महाराज ने तो पौनर्भव पुत्र को द्विज ही कहा है, यद्यपि उसे श्राद्ध के समय आमंत्रित करने का निषेध किया है।

अपनी बेटी को ही बेटा मान लेने की स्थिति में उसे पुत्रिका कहा जाता है। पुत्रिका का पुत्र भी व्यक्ति का अपना ही नाती है, जिसे वह पौत्र मान लेता है। ये गोद लिये जाने के ही विशिष्ट उदाहरण हैं और इसमें माता के किसी अवैधानिक संसर्ग की कोई बात ही नहीं है। इस प्रकार 13 में से 9 प्रकार के पुत्र तो पूर्णतः आधुनिक यूरो-ईसाई अर्थ में भी वैधानिक पुत्र ही हैं। जो चार पुत्र बचे रहते हैं, वे हैं क्षेत्रज, गूढ़ोत्पन्न, कानीन एवं सहोढ़। क्षेत्रज पुत्र संसार भर में मान्य रहे हैं, ईसाइयों, मुसलमानों आदि में भी। गूढ़ोत्पन्न पुत्र गुप्त प्रेम से उत्पन्न पुत्र है। आधुनिक यूरो-ईसाई चित्त गुप्त प्रेम की बहुत महिमा गाता है। अतः ऐसे प्रेम से उत्पन्न पुत्र को अवैध कहने का कोई औचित्य ही नहीं है। कानीन पुत्र भी कुमारी कन्या से उत्पन्न पुत्र है। जब पति ऐसी कन्या को पूर्व संबंध से धारण किए गए गर्भ के लिए क्षमा कर सकता है, तो उसे अवैध कहना क्रूरता और निर्दयता के सिवाय कुछ भी नहीं है। इसी प्रकार जब गर्भिणी कन्या से कोई पुरुष गर्भ के विषय में जानते हुए भी उदारतापूर्वक और स्वेच्छा से विवाह करते हैं, तो उस पुत्र को सहोढ़ कहते हैं। जब स्वयं पिता ने उस पुत्र को स्वीकार कर लिया, तो उसे अवैध कहना सब प्रकार

से अनुचित है और क्रूरता तथा निर्दयता का लक्षण है। जो धर्मशास्त्रकारों ने कभी भी नहीं किया है। क्योंकि शास्त्रों का बार-बार कहना है कि 'आनृशंस्य ही परम धर्म है' अर्थात् नृशंसता का संपूर्ण अभाव ही धर्म है। ('आनृशंस्यं परो धर्म:' महाभारत)

इसीलिए महाभारत के अनुशासन पर्व में भी और नीलकंठ शास्त्री आदि की टीकाओं में भी यह स्पष्ट किया गया है कि ऐसे सभी प्रकार के पुत्रों के संस्कार अवश्य किए जाने चाहिए। संस्कार करने का अर्थ उन्हें सामाजिक मान्यता और प्रतिष्ठा देना तथा आध्यात्मिक मान्यता देना है।

स्पष्ट है कि सनातन धर्म की आधारभूत आध्यात्मिक चेतना से पूर्णत: अनभिज्ञ यूरो-ईसाई लोग विभिन्न प्रकार के पुत्रों की शास्त्रीय मान्यता देखकर, अपनी संस्कृति के अनुरूप, केवल देहबल और देहसंख्या की ओर ही अपना चित्त ले जा पाते हैं और वे इतने प्रकार के पुत्रों की मान्यता के पीछे कुल का शारीरिक बल बढ़ाने का ही उपाय समझ पाते हैं। इससे उनकी मनोदशा का परिचय मिलता है। जबकि तथ्य यह है कि इसके पीछे केवल आध्यात्मिक एवं धार्मिक दृष्टि है। इसका एक अन्य प्रमाण यह भी है कि व्यभिचारिणी पत्नी को भी शुद्ध करने के अनेक विधान धर्मशास्त्रों में दिए हैं और उसे पति संसर्ग से रहित तो किया जा सकता है, परंतु अन्न, वस्त्र आदि के रूप में भरण-पोषण आजीवन करना ही होगा। यही धर्म विधान है। वस्तुत: ऊपर वर्णित पाँच विपदाओं के अतिरिक्त और किसी भी स्थिति में विवाह भंग नहीं होता। अत: विवाह संबंध सनातन धर्म में आजीवन चलने वाला संबंध है।

संदर्भ—

1. मनुस्मृति, अध्याय 9, श्लोक 158-160, बौधायन धर्मसूत्र 2/2/14-37, महाभारत आदिपर्व, अध्याय 119, श्लोक 32-34
2. व्यवहारमयूख, पृष्ठ 93, दाय भाग प्रकरण तथा जीमूतवाहन रचित दाय भाग
3. धातुपाठ, भ्वादिगण:, 664वीं धातु
4. नीलकंठ भट्ट, भगवन्तभास्कर: के अंतर्गत दानमयूख: में प्रारंभ में ही इसी को कहा है— 'परस्वत्वोत्पत्यन्तो द्रव्यत्यागो दानम्।' आगे वहीं पर उसकी व्याख्या है।
5. दाय भाग श्लोक 1/4-5
6. याज्ञवल्क्य स्मृति, आचाराध्याय में नवम प्रकरणं, दान प्रकरणं में विज्ञानेश्वर की टीका
7. वही, उपर्युक्त
8. उपर्युक्त
9. उपर्युक्त
10. उपर्युक्त
11. मनुस्मृति, अध्याय 4, श्लोक 226 से 235
12. मनुस्मृति अध्याय 11, श्लोक 193

13. दानमयूख (उपर्युक्त) में उद्धृत गौतम का कथन
14. देखें, काणे : धर्मशास्त्र का इतिहास, तृतीय खंड, अध्याय 27, संपत्ति विभाजन के अंतर्गत 'स्वत्व की उत्पत्ति' उपशीर्षक
15. उपर्युक्त
16. उपर्युक्त
17. उपर्युक्त
18. उपर्युक्त
19. उपर्युक्त
20. उपर्युक्त
21. उपर्युक्त
22. उपर्युक्त
23. उपर्युक्त
24. उपर्युक्त
25. उपर्युक्त
26. उपर्युक्त
27. उपर्युक्त
28. उपर्युक्त
29. उपर्युक्त
30. नीलकंठ भट्ट कृत, भगवन्तभास्कर: में व्यवहारमयूख में अध्याय 24
31. उपर्युक्त
32. काणे : धर्मशास्त्र का इतिहास, तृतीय खंड, अध्याय 27, संपत्ति विभाजन के अंतर्गत 'स्वत्व की उत्पत्ति'
33. उपर्युक्त
34. उपर्युक्त
35. उपर्युक्त
36. उपर्युक्त
37. उपर्युक्त
38. उपर्युक्त
39. उपर्युक्त
40. उपर्युक्त
41. उपर्युक्त
42. उपर्युक्त
43. उपर्युक्त
44. उपर्युक्त
45. उपर्युक्त
46. उपर्युक्त
47. उपर्युक्त

48. उपर्युक्त
49. उपर्युक्त
50. उपर्युक्त
51. मनुस्मृति, अध्याय 8, श्लोक 416
52. उपर्युक्त पर शबरस्वामी की टीका
53. उपर्युक्त में मिताक्षरा टीका
54. दाय भाग (काणे, उपर्युक्त में वर्णित)
55. याज्ञवल्क्य स्मृति, व्यवहाराध्याय, श्लोक 121–122
56. उपर्युक्त पर जीमूतवाहन की टीका
57. याज्ञवल्क्य स्मृति, व्यवहाराध्याय, श्लोक 114
58. याज्ञवल्क्य स्मृति के व्यवहाराध्याय के श्लोक 114 पर मिताक्षरा टीका
59. उपर्युक्त
60. ऋग्वेद 1/117/17
61. काठक संहिता 11/4
62. ऋग्वेद 1/70/5
63. काणे : धर्मशास्त्र का इतिहास, तृतीय खंड में अध्याय 27
64. उपर्युक्त
65. उपर्युक्त
66. गौतम स्मृति 28/4
67. मनुस्मृति, अध्याय 9, श्लोक 111
68. मनुस्मृति, अध्याय 9, श्लोक 158 – पुत्रान्द्वादश यानाह नृणां स्वायंभुवो मनुः।
69. विष्णु धर्मसूत्र, 15/17
70. उपर्युक्त में वैजयंती टीका
71. महाभारत, अनुशासन पर्व, अध्याय 49, श्लोक 3 से 5
72. उपर्युक्त में श्लोक 6 से 20
73. मनुस्मृति, अध्याय 9, श्लोक 127–128 एवं 158 से 160
74. मनुस्मृति, अध्याय 9, श्लोक 163
75. उपर्युक्त, श्लोक 164 से 183
76. नष्टे, मृते, प्रब्रजिते, क्लीबे च्च पतिते पतौ। पंनसु आगत्‌ु नारीणां पतिरऱ्यौं विधीयते॥
77. मनुस्मृति, अध्याय 9, श्लोक 164 से 183 तक कुल्लूक भट्ट की टीका
78. जैमिनि : मीमांसासूत्रंः 6/3/35 पर शबरस्वामी की टीका
79. उपर्युक्त
80. काणे : धर्मशास्त्र का इतिहास, अध्याय 27 में पुत्रों के भेद शीर्षक विवेचन में उद्धृत देवल स्मृति का संदर्भ
81. Julius Jolly; Outlines of an History of the Hindu Law of Partition, Inheritance, and Adoption, Thacker, Spink and Company, Kolkata, 1885. (Chapter 1)

□

4

धर्मशास्त्रों में नर-नारी संबंध

नर-नारी संबंधों के विषय में भी धर्मशास्त्रों ने बहुत विस्तार से विचार किया है। उसका कारण यह है कि स्त्री और पुरुष के विषय में सनातन धर्मशास्त्र कोई आधारभूत भेद नहीं मानते। इसके मूल में जीवन और जगत् की सनातन ज्ञान पर आधारित समझ है।

सनातन दृष्टि में स्त्री तत्त्व का प्राचीनतम दार्शनिक विश्लेषण बृहदारण्यक उपनिषद् में है। बृहदारण्यक के प्रथम अध्याय के चतुर्थ ब्राह्मण में प्रारंभिक तीन मंत्रों में ही यह विश्लेषित है कि "एक ही मूल तत्त्व है। उस चिन्मय तत्त्व को ही 'पुरुष' कहते हैं। वह 'पुरुषविध: आत्मा' अन्य की आकांक्षा करता है। एकाकी उसका मन नहीं रमता। अन्य की आकांक्षा करते ही वह दो भागों में विभक्त हो गया। उनमें से एक भाग था पति, दूसरा भाग पत्नी। दोनों एक ही देह के दो भाग हैं, क्योंकि आत्मा ने अपनी एक ही देह को दो भागों में विभक्त कर डाला था। पुरुषार्ध आकाश स्त्री से ही पूर्ण होता है। ये दोनों द्विदल अन्न के एक-एक दल हैं। यह संपूर्ण मानव सृष्टि इसी एक द्विधा-विभक्त जोड़ी का सृजन है। दोनों के संयुक्त होने से ही मनुष्य उत्पन्न हुए हैं"—

आत्मैवेदमग्र आसीत्पुरुषविध:।
सोऽबिभेत्तस्मादेकाकी बिभेति स हायमीक्षां चक्रे यन्मदन्यन्नास्ति कस्मान्नु बिभेमीति तत एवास्य भयं वीयाय कस्माद्ध्यभेष्यद् द्वितीयाद्वै भयं भवति॥
स वै नैव रेमे तस्मादेकाकी न रमते स द्वितीयमैच्छत्। स हैतावानास यथा स्त्रीपुमाँडसौ सम्परिष्वक्तौ स इममेवात्मानं द्वेधापातयत्तत: पतिश्च पत्नी चाभवतां तस्मादिदमर्धबृगलमिव स्व इति ह स्माह याज्ञवल्क्यस्तस्मादयमाकाश: स्त्रिया पूर्यत एव ताँ समभवत्ततो मनुष्या अजायन्त॥ [1]

शतपथ ब्राह्मण में वाजपेय यज्ञ का यज्ञकर्ता इसी बात को कहता है कि "मैं सर्वोच्च लक्ष्य को पूर्ण रूप में प्राप्त करना चाहता हूँ, अत: अपनी अर्धांगिनी पत्नी को मैं यज्ञ में सम्मिलित रखता हूँ—स रोक्ष्यन्जायामामंत्रयते। .... यदेव जायां विन्दते अथ प्रजायति तरहि हि सर्वो भवति। सर्वस्तान गतिं गच्छानीति तस्माज्जायामा मंत्रयति॥"[2]

महाभारत के अनुशासन पर्व के अंतर्गत दानधर्म पर्व में उमा-महेश्वर संवाद में अध्याय 146 के आठवें एवं ग्यारहवें श्लोक में कहा गया है कि भगवान् शिव उमा से कहते हैं—

सधर्मचारिणी में त्त्वं समशीला, समव्रता।
समान सार वीर्या च .... ॥
ममचार्धं शरीरस्य तव चार्धेन निर्मितम्।
सुरकार्यकरी च त्त्वं .... ॥[3]

अर्थात् तुम मेरी सह-धर्मचारिणी हो, हम दोनों एक-सा ही धर्माचरण करते हैं। हम दोनों के शील समान हैं और व्रत भी समान हैं। जो मेरा पराक्रम है, मेरी शक्ति है, वैसा ही समतुल्य तुम्हारा पराक्रम है, तुम्हारी शक्ति है। मेरा आधा शरीर तुम्हारे आधे शरीर से निर्मित है। तुम देवताओं का कार्य सिद्ध करने वाली हो।

इसी संवाद में अध्याय 145 में बताया गया है कि पार्वतीजी पूछती हैं कि आत्मा का स्त्री जाति से संबंध है या पुरुष जाति से? इस पर श्री महेश्वर कहते हैं—

निर्विकारः सदैवात्मा स्त्रीत्तवं पुंस्त्वं न चात्मनि।
कर्मप्रकारेण तथा जात्यां जात्यां प्रजायते॥
कृत्वा तु पौरुषं कर्म स्त्री पुमानपि जायते।
स्त्रीभावयुक् पुमान् कृत्वा कर्मणा प्रमदा भवेत्॥[4]

अर्थात् आत्मा में न तो स्त्रीत्व है, न पुंसत्व। कर्म-प्रकार से जाति-प्रकार बनता है। पौरुष कर्म वाली स्त्री अगले जन्म में पुरुष बनती है। स्त्री-भाव वाला पुरुष अगले जन्म में स्त्री बनता है।

इसी प्रकार, महाभारत में ही आदिपर्वांतर्गत संभव पर्व के 74वें अध्याय में श्लोक 41 से 44 तक किए गए वर्णन में दुष्यंत-शकुंतला संवाद में शकुंतला दुष्यंत से कहती है—

अर्धं भार्या मनुष्यस्य भार्या श्रेष्ठतमः सखा।
भार्या मूलं त्रिवर्गस्य भार्या मूलं तरिष्यतः॥
भार्यावन्तः क्रियावन्तः सभार्या गृहमेधिनः।
भार्यावन्तः प्रमोदंते भार्यावन्तः श्रियान्विताः॥
सखायाः प्रविविक्तेषु भवन्त्येता प्रियंवदः।
पितरो धर्मकार्येषु भवन्त्यार्तस्य मातरः॥
कान्तारेष्वपि विश्रामो जनस्याध्वनिकस्य वै।
यः सदारः स विश्वास्यस्तस्माद् दाराः परागतिः॥[5]

अर्थात् भार्या पुरुष का अर्धांग है। भार्या ही पति की श्रेष्ठतम सखा है। भार्या ही

धर्म, अर्थसिद्धि एवं कामनाओं की सिद्धि का मूल आधार है। भार्या ही मोक्ष की भी परम सहायक है। जो भार्यावंत पुरुष हैं, वे ही यज्ञादि क्रियाएँ कर सकते हैं। भार्यावंत ही गृहस्थ कहलाते हैं। वे ही प्रसन्न-प्रमुदित रहते हैं। भार्यावंत ही श्री-संपन्न होते हैं। नितांत एकांत में भी पत्नी ही परम सखी है। वही हितकारक प्रियवचन बोलती है। धर्मकार्य में भार्या पिता के समान संरक्षिका एवं पोषिका होती है। संकट-काल में वह माँ के समान खड़ी हो जाती है। घोर वन में भी यदि पत्नी साथ है तो वह विश्राम ही देती है। जो पत्नी के साथ है, उसी पर लोग भी विश्वास करते हैं। अत: पत्नी ही पुरुष की सर्वश्रेष्ठ गति है।

इस प्रकार भारतीय दृष्टि यह है कि—

1. आत्मा के स्तर पर स्त्री-पुरुष भेद नहीं होता।
2. धर्म के स्तर पर स्त्री एवं पुरुष समान-सार, समान-वीर्य, समशीला, समव्रती, समान रूप से धर्माचरण में समर्थ होते हैं।
3. पुरुषों की भाँति स्त्रियाँ भी भिन्न-भिन्न गुणों, भिन्न-भिन्न दोषों, भिन्न-भिन्न शक्तियों, भिन्न-भिन्न कमजोरियों और विविध सामर्थ्य वाली भिन्न-भिन्न प्रकार की होती हैं। स्वभाव, गुण एवं कर्म-प्रवृत्ति की भिन्नता से स्त्री-धर्म भी भिन्न प्रकार के होते हैं। इस प्रकार भिन्न-भिन्न प्रकार की स्त्रियों के भिन्न-भिन्न स्वधर्म होंगे।

सनातन धर्म में स्त्री जीवन का ऐतिहासिक स्वरूप एवं वैविध्य

वैदिक साहित्य में स्त्रियों के विविध रूप वर्णित हैं। जैसा कि डॉ. राधाकुमुद मुखर्जी की पुस्तक 'हिंदू सभ्यता'[6] के अध्याय 4, 5 एवं 6 में तथा डॉ. वासुदेव शरण अग्रवाल की पुस्तक 'पाणिनिकालीन भारतवर्ष' में अध्याय 3 परिच्छेद 3 में वर्णित है,[7] कन्याओं की शालाएँ वैदिक काल में एक सामान्य तथ्य थीं और कन्या शिक्षा की परंपरा व्यापक थी। अथर्ववेद के ब्रह्मचर्य सूत्र में कहा गया है, "ब्रह्मचर्येण कन्या युवानं विन्दते पतिम्" (अथर्ववेद 11/5/18)। (8) अर्थात् ब्रह्मचारिणी कन्याएँ विद्या संपन्न कर युवा पति का वरण करती हैं।

आचार्य बलदेव प्रसाद उपाध्याय ने अपनी पुस्तक 'वैदिक साहित्य और संस्कृति' के त्रयोदश परिच्छेद 'सामाजिक जीवन' में बताया है कि वैदिक वाङ्मय में छात्राओं के दो प्रकार वर्णित हैं—

1. **सद्योद्वाहा**—वे छात्राएँ जो अध्ययन पूर्ण कर गृहस्थाश्रम में प्रविष्ट हो, गृहस्थ-धर्म में जीवन-यज्ञ की समान अधिकारिणी बनकर जीवन जीती थीं। पंडित बलदेव उपाध्याय बताते हैं कि इन कन्याओं को 9 वर्षों तक वेद, व्याकरण, संगीत, छंद, ज्योतिष आदि की शिक्षा दी जाती थी। युवावस्था में

वे विवाह कर गृहस्थाश्रम में प्रवेश करती थीं।

2. **ब्रह्मवादिनी**—वे स्त्रियाँ जो आजीवन ब्रह्म-चिंतन, धर्म-चिंतन एवं अध्यात्म-चिंतन तथा दार्शनिक मनन में प्रवृत्त रहती थीं। वे कुमारी भी होती थीं, उनमें से कई विवाहिता भी होती थीं, परंतु तब वे समानधर्मी ऋषियों को ही पति रूप में स्वीकार करती थीं, जो कि स्वाभाविक ही है। अपने क्षेत्र के श्रेष्ठ पुरुषों के सिवाय अन्य क्षेत्रों में पुरुषों से वे विवाह नहीं पसंद करती थीं। गार्गी कुमारी ब्रह्मवादिनी थीं जबकि मैत्रेयी विवाहित ब्रह्मवादिनी थीं।[9]

अनेक विदुषियाँ मीमांसा-शास्त्र, न्याय-शास्त्र, वेदांत आदि का आजीवन अध्ययन करने वाली भी थीं। काशकृत्स्नी एक श्रेष्ठ मीमांसक थी : गार्गी नैयायिक एवं आत्रेयी वेदांत-विशारद। विश्ववारा, घोषा, अपाला, लोपामुद्रा, रोमशा, सिकता, निवावरी आदि वैदिक ऋषिकाएँ प्रसिद्ध हैं। जैन साहित्य में धर्म-दर्शन की आजीवन अध्येता जयंती नामक विदुषी का उल्लेख है। (डॉ. कैलाशचंद्र जैन रचित 'प्राचीन भारतीय सामाजिक एवं आर्थिक संस्थाएँ', अध्याय 12, पृष्ठ 122)[10]

शिल्पकर्म : वैदिककालीन स्त्रियाँ विविध शिल्पों में प्रशिक्षित तथा शिल्प-कर्म द्वारा धनोपार्जन करती थीं। वस्त्र-बुनाई का कार्य अति उन्नत था तथा उसकी विविध शाखाओं में स्त्रियाँ दक्ष थीं। सूची कर्म (सिलाई) करने वाली, पेशस्करी (कसीदाकारी करने वाली), रजयित्रि (रँगाई करने वाली) आदि स्त्रियों का वर्णन मिलता है। बुनकरी के भिन्न-भिन्न कार्यों के लिए अलग-अलग वैदिक संज्ञाएँ थीं, जैसे—धोती बुनना (वासो-वाय), ताना बिनना (तंतु वाय), बाना बिनना (ओतु वाय)। सूती धोती को वास्स, रेशमी वस्त्रों को तार्प्य और क्षोम तथा ऊनी वस्त्रों को ऊर्ण-वास्स कहते थे। बुनाई करने वाली ऐसी दक्ष स्त्रियों का उल्लेख मिलता है। इसी प्रकार बाँस का काम करने वाली (विदलकारी), तलवार की म्यान और पिटारी या संदूक बनाने वाली (कोशकारी), आँखों का अंजन बनाने वाली (आंजनीकारी), नृत्य एवं वादन करने वाली, कितव-क्रीड़ागृह (जुआघर) चलाने वाली आदि स्त्रियों का वर्णन वैदिक साहित्य में मिलता है। इंद्राणी को अजेय, अपराजिता सेनानी कहा गया है। (डॉ. कपिल देव द्विवेदी रचित 'अथर्ववेद का सांस्कृतिक अध्ययन', चतुर्थ अध्याय, पृष्ठ 168 से 276 तक)[11]

स्वतंत्र स्त्रियों का भी उल्लेख वैदिक साहित्य में है अर्थात् जो विवाह-बंधन में न बँधकर स्वैर कामाचार वाला जीवन जीती थीं। ऐसी स्त्रियों के लिए समनगा (उत्सवगामिनी), समनस्था आदि भी कहा गया है और ऋग्वेद में 'रहसू' शब्द का भी प्रयोग है। बाद में इन्हें स्वैरिणी, पंचचूड़ा आदि कहा गया है। (देखें, आचार्य क्षितिमोहन सेन रचित 'संस्कृति संगम', पृष्ठ 78-79)[12]

नर-नारी संबंधों के विषय में धर्मशास्त्रों के प्रतिपादनों का अध्ययन करते समय

कुछ बातों का विशेष ध्यान रखना आवश्यक है—

चूँकि सामान्य लोकजीवन के स्तर पर और अध्यात्म के स्तर पर भी स्त्री-पुरुष जैसा कोई भी विभाजन तत्त्वतः मान्य नहीं है, इसलिए सामान्य संबंधों में जीवन के विविध क्षेत्रों में जो कर्तव्य बताए गए हैं, वे स्त्री और पुरुष दोनों पर समान रूप से लागू होते हैं। अर्थात् छात्रा का धर्म वही होगा, जो छात्र का। शिक्षिका का धर्म वही होगा, जो शिक्षक का। स्त्री संत का धर्म वही होगा, जो पुरुष संत का। शासक के रूप में रानी के कर्तव्य वही होंगे, जो राजा के। सेनापति के रूप में स्त्री सेनापति और पुरुष सेनापति के कर्तव्य एक ही होंगे। अध्यापन कार्य में दोनों का स्वधर्म समान होगा। इसी प्रकार विभिन्न शिल्प कर्मों में भी दोनों का धर्म समान होगा।

दांपत्य जीवन में स्त्री और पुरुष की अलग-अलग भूमिका का विस्तार से प्रतिपादन किए जाने के कारण उस क्षेत्र में स्त्रियों के अधिकारों और कर्तव्यों का अलग से उल्लेख किया गया है। इसीलिए उस संदर्भ में स्त्रीधर्म का अर्थ है पत्नी के कर्तव्य।

स्त्रीधर्म

धर्मशास्त्रों के अनुसार सर्वोपरि स्त्रीधर्म है पति की शुश्रूषा। 'शुश्रूषा' शब्द का अर्थ है बात को अच्छी तरह से सुनना, भली-भाँति श्रवण करना। इस प्रकार सुनने में आज्ञापालन निहित है। क्योंकि सुनकर बहला देना शुश्रूषा नहीं है, परंतु मूल भाव सदा स्मरण रखना चाहिए कि पति की बात भलीभाँति सुनना, यही सर्वोपरि पत्नी-धर्म है। पुराणों में इसकी ही व्याख्या विविध कथाओं के माध्यम से की गई है और कथा-संदर्भ से कहीं इसकी व्याख्या 'आज्ञापालन' रूप में की गई है, कहीं सेवा रूप में। इन्हें समेटते हुए त्र्यम्बकयज्वन ने अपनी पुस्तक 'स्त्री धर्म पद्धति' में समझाया है कि 'समस्त प्रीति-उत्पादन-व्यापार शुश्रूषा' है। जैसे शिष्य द्वारा आचार्य की शुश्रूषा का अर्थ है—भिक्षाचरण एवं अग्न्याधान। पति-पत्नी संबंध की तुलना प्रायः गुरु-शिष्य संबंध से की गई है।[13]

वस्तुतः शुश्रूषा का अर्थ जो लोग मात्र सेवा से ही लेते हैं, उनके लिए यहाँ द्रौपदी का दृष्टांत उपयुक्त है। द्रौपदी को सावित्री की भाँति पतिव्रता एवं सती कहा गया है। महाभारत में यह बात स्वयं मार्कंडेय ऋषि युधिष्ठिर से कहते हैं। यहाँ स्मरणीय है कि वनवास के समय जब द्रौपदी थक जाती थी तो पांडव उसका पैर दबाते थे। इसी प्रकार, भगवती पार्वती प्रणय-क्रीड़ा के क्षण में भगवान् शिव को पदाघात करती हैं। अतः गुरु-शिष्य-संबंध दृष्टांत मात्र सांकेतिक है। उसे यथावत् नहीं लेना चाहिए। प्रीति-उत्पादन-व्यापार की शुश्रूषा है।

परवर्ती काल में जब सातवीं सदी से मुसलमानों के आक्रमण होने लगे और आगे की शताब्दियों में जब उनके अन्याय और अत्याचार बढ़ने लगे, विशेषतः स्त्रियों पर,

स्त्रियों एवं काम-संबंधी अनुचित इस्लामी धारणाओं के कारण, तब कन्याओं का विवाह बाल्यावस्था में ही होने लगा और कन्याओं का उपनयन-संस्कार पहले बाधित, फिर वर्जित हुआ। स्त्री के लिए तीर्थयात्रा आदि भी अनावश्यक ठहराए जाने लगे। स्मरणीय है कि पतिव्रता-शिरोमणि सावित्री पूर्ण वयस्क थीं एवं स्वयं ही वर खोजने लायक परिपक्वता उन्हें प्राप्त थी। राजा अश्वपति उसे तीर्थयात्रा पर भेजते हैं। वे यम से भी शास्त्रार्थ करती हैं और उनका नाम सावित्री पड़ा ही इसलिए कि उन्होंने 18 वर्षों तक सावित्री की साधना की थी, अर्थात् विवाह के समय वे 24 या 25 वर्ष की थीं। अतः बाद में स्मृतियों में जो भी प्रावधान हैं—उपनयन का न होना, अल्पवय में विवाह कर देना, पूजा-साधना-तीर्थयात्रा न करना आदि, वे सावित्री के दृष्टांत से बाधित हो जाते हैं। स्पष्टतः देश-काल-भेद से परिवर्तन होता रहता है। समाज की प्रधान प्रवृत्ति देखकर सही परंपरा का अनुमान संभव है। स्वाधीन भारत में स्त्री-शिक्षा तेजी से बढ़ी है, वयस्क विवाह ही हो रहे हैं तथा शास्त्र-अध्ययन, पूजा, तीर्थयात्रादि में स्त्रियाँ विशाल संख्या में निरंतर सम्मिलित होती रही हैं, इससे पता चलता है कि मूल परंपरा यही है।

पति-शुश्रूषा के अतिरिक्त अन्य स्त्री-धर्म हैं—दक्ष, गृहकार्य-कुशल, मितव्ययी एवं स्वच्छता-प्रिय रहना, धार्मिक कृत्य करना, धन सँजोना, सम्यक् व्यय, भोजन पकाना, कुसंग से दूर रहना, श्वसुर एवं सास की सेवा, संयम तथा सुंदर ढंग से रहना। (धर्मशास्त्र का इतिहास, खंड 2, अध्याय 11)

स्त्री के अधिकार

पुराणों एवं स्मृतियों में स्त्री-धर्म के साथ पति-धर्म की तथा स्त्री के अधिकारों की भी चर्चा है। मनुस्मृति के अनुसार पत्नी को सदा पति के साथ रहने और पतिगृह में निवास स्थान पाने का अधिकार है। पत्नी यदि व्यभिचारिणी सिद्ध हो जाए, तब भी उसे घर में रहने तथा भोजन-वस्त्र पाने का अधिकार है। केवल वह यज्ञादि में पति के साथ नहीं बैठ सकती। व्यासस्मृति के अनुसार मासिक धर्म के उपरांत यदि स्त्री आगे व्यभिचार न करे तो उसे पत्नी के समस्त अधिकार वापस मिल जाएँगे। मनुस्मृति के अनुसार व्यभिचार एक उपपातक है। वह महापातक नहीं है।[14]

स्त्रियाँ अवध्य हैं। महाभारत के आदिपर्व के अध्याय 157 में 31वाँ श्लोक है,

'अवध्यां स्त्रियमित्याहुर्धर्मज्ञा धर्मनिश्चये।'

इसी प्रकार महाभारत के वनपर्व में अध्याय 206 का 46वाँ श्लोक है—

'स्त्रियो ह्यवध्याः सर्वेषां ये च धर्मविदो जनाः।'[15]

शतपथ ब्राह्मण, मनुस्मृति सभी का यही मत है। मनु महाराज का कथन है कि स्त्रियों, बच्चों एवं ब्राह्मणों की हत्या करने वाले को राजा प्राणदंड दे।[16] स्वधर्म में स्थित

पत्नी को पति के समान अधिकार प्राप्त होते हैं। यहाँ तक कि ब्राह्मणों के ही समान सभी स्त्रियाँ भी करमुक्त होती थीं।[17] बृहदारण्यक उपनिषद्, शतपथ ब्राह्मण, महाभारत प्रभृति में स्त्री-पुरुष की एकता एवं समानता की ऊपर चर्चा हो चुकी है। आपस्तंब धर्मसूत्र तथा मनुस्मृति के अनुसार भी धर्म की दृष्टि से पति-पत्नी एक समान हैं।[18] जहाँ तक स्त्रियों की निंदा की बात है, वह निंदा कहीं भी धार्मिक-निर्देश नहीं है, अपितु 1. धर्मशास्त्रों में वह पुरुष-दोषों के ही समतुल्य वर्णित है और उसका प्रयोजन है अनुशासन की विधि सुझाना, जो यथाप्रसंग पुरुषों के लिए भी विस्तार से सुझाई गई है। जिस प्रकार विभिन्न प्रसंगों में पुरुषों की निंदा है, उसी प्रकार स्त्रियों की भी। स्त्रियों की निंदा का निषेध या विधान नहीं है, क्योंकि हिंदू धर्मशास्त्रों के अनुसार स्त्री और पुरुष समानधर्मी हैं, स्त्री कोई विशेष 'कैटेगरी' नहीं है।

2. स्त्री-निंदा का एक अन्य संदर्भ वह है, जिसे वराहमिहिर (छठी शती) ने स्पष्ट किया है—"येप्यंगनानां प्रवदंति दोषान्, वैराग्यमार्गेण गुणान् विहाय।"[19]

अर्थात् वैराग्य मार्ग का अनुसरण करने वाले लोग स्त्रियों के दोषों की ही चर्चा करते हैं (गुणों की चर्चा से बचते हैं, ताकि उस वर्णन से शिष्य-मंडली या साधक-मंडली में स्त्री के प्रति राग एवं मोह न जग जाए)। अत्यंत उदात्त एवं कोमल हृदय संतों, यथा कबीर आदि ने जो स्त्रियों की निंदा की है, उसका यही संदर्भ है। हिंदू समाज में पुरुषों में पत्नी के प्रति तीव्र प्रेम तथा साथ ही काम को एक श्रेष्ठ पुरुषार्थ मानने के फलस्वरूप स्त्रियों के प्रति आकर्षण भाव भी चारों ओर व्याप्त था ही, अतः वैराग्य मार्ग के साधकों के लिए विशेषकर केवल दोषों की चर्चा की गई। जो नवशिक्षित भारतीय नर-नारी केवल यूरोप के ख्रीस्त पंथ के उस इतिहास को ही मानव-जाति का इतिहास मानते हैं, जिसमें स्त्री-पुरुष आकर्षण को घोरतम मूल पाप तथा शैतान की भयंकर करतूत माना जाता है और इसीलिए प्रत्येक निर्दोष पवित्र कोमल दिव्य मानव-शिशु को भी, (जो ईश्वर-अंश जीव अविनाशी। चेतन अमल सहज सुख-रासी है) जन्म से ही पाप की संतान माना जाता है तथा पादरियों द्वारा बिना विवाह के निरंकुश कामाचार एवं व्यभिचार को 'सेलिबेसी' का सामान्य अंग माना जाता है, वे स्त्री-निंदा के भारतीय वैराग्य मार्गीय उपदेशों को भी अपने पंथ की तरह लें, यह उनका बौद्धिक दैन्य समझ में आने योग्य है, परंतु उस निंदा का सम्यक् संदर्भ वराहमिहिर डेढ़ हजार वर्ष पूर्व ही स्पष्ट कर चुके हैं। वैसे तब भी वराहमिहिर ने ऐसी स्त्री-निंदा को भी 'असाधु धृष्टता' ही कहा है। साधुओं के भी कतिपय वचन असाधु हो सकते हैं, इससे उनकी साधुता खंडित नहीं होती। केवल उस असाधु वचन को असाधु मानना तथा साधु के शेष संपूर्ण व्यक्तित्व पर श्रद्धा रखना, यही धर्म-विवेक है। मसीहाओं एवं पैगंबरों की तलाश में जुटे मानस को यह बात भले समझ में न आए, क्योंकि उन्हें अपने मस्तिष्क को कष्ट देने की आदत नहीं है, पकी-

पकाई खीर चाहिए और सपाट हुक्म चाहिए उन्हें, बस, परंतु भारत में सदा विवेक की साधना ही धर्म का आधार मान्य रही है।

पति के कर्तव्य

स्त्रियों के अधिकारों एवं कर्तव्यों के संदर्भ में पति के कर्तव्यों का भी स्मरण आवश्यक है। हिंदू धर्मशास्त्रों के अनुसार पति के कर्तव्य ये हैं—

1. पति का प्रथम कर्तव्य है—धार्मिक कृत्यों में पत्नी को समान रूप में सम्मिलित होने देना या सम्मिलित करना।[20] यह बात ऋग्वेद के काल से चली आ रही है। ऋग्वेद का कथन है—"संजानाना उपसीदन्नभिज्ञु पत्नीवन्तो नमस्यं नमस्यन्॥"[21]

(ऋषियों ने अपनी-अपनी पत्नियों के साथ पूजनीय अग्नि की पूजा की, उपासना की।)

तैत्तिरीय ब्राह्मण का कथन है—

स पत्नी पत्या सुकृतेन गच्छताम।
यज्ञस्य युक्तौ धुर्यावभूताम्॥
संजनाना विजहतामरातीः।
दिवि ज्योतिरजरम् आरभेताम्॥[22]

अर्थात् सुकृत (सत्कर्मों) द्वारा पति-पत्नी परस्पर युक्त रहकर यज्ञीय आचरण करें, धर्माचरण करें। वे ऐसे संयुक्त रहें जैसे हल में बैलों की जोड़ी संयुक्त रहती है। वे एक मन के हों। संयुक्त रहकर शत्रुओं का नाश करें। फलतः वे अजर ज्योति को प्राप्त कर स्वर्ग में सुख भोगेंगे।

आपस्तंब धर्मसूत्र का भी कथन है—

जायापत्योः न विभागो विद्यते।
पाणिग्रहणाद् हि सहत्वं कर्मसु॥
तथा पुण्यफलेषु द्रव्यपरिग्रहेषु च॥[23]

अर्थात् जाया और पति में धर्म-कार्य एवं संपत्ति, दोनों अविभक्त रहते हैं। उनका विभाग नहीं होता। पाणिग्रहण के उपरांत उनके कर्मों में सहत्व (साथ-साथ होना) होता है, उनके पुण्यफल में सहत्व (सह-भाग) होता है और द्रव्यादि के दान तथा ग्रहण में भी दोनों समान अधिकारी हैं।

2. पति का दूसरा कर्तव्य है—ऋतुकाल में अथवा पत्नी के इच्छा व्यक्त करने पर उसे सुख देना।

अनृतावृतुकाले च मंत्रसंस्कारकृत्पतिः।
सुखस्य नित्यं दातेह परलोके च योषितः॥ 153॥

नास्ति स्त्रीणां पृथग्यज्ञो न व्रतं नाप्युपोषणम्।
पतिं शुश्रूषते येन तेन स्वर्गे महीयते॥ 155॥[24]

(अर्थात् पति अपनी पत्नी को ऋतुकाल में तथा ऋतु से भिन्न काल में भी सुख देने वाला है, साथ ही, वह परलोक में भी पति निष्ठारूपी पुण्य कर्मों के फलस्वरूप सुख का कारण बनता है। स्त्रियों को स्वर्ग प्राप्ति के लिए पति की शुश्रूषा अर्थात् पति की बात ध्यान से सुनकर तदनुकूल आचरण करना ही पर्याप्त है। यज्ञ, व्रत आदि की पृथक् से कोई आवश्यकता नहीं है।)

3. दोनों पति-पत्नी आमरण एक-दूसरे के प्रति निष्ठावान रहें, कोई भी व्यभिचार नहीं करें तथा धर्म-कार्य में सहभागी रहें। यत्नपूर्वक ऐसा आचरण करना दोनों का कर्तव्य है।

अन्योन्यस्याव्यभिचारो भवेदामरणान्तिकः।
एष धर्मः समासेन ज्ञेयः स्त्रीपुंसयोः परः॥ 101॥
तथा नित्यं यतेयातां स्त्रीपुंसौ तु कृतक्रियौ।
यथा नाभिचरेतां तौ वियुक्तावितरेतरम्॥ 102॥[25]

(अर्थात् पति-पत्नी को आजीवन साथ-साथ धर्मकार्य करना चाहिए और ऐसा प्रयास करना चाहिए कि परस्पर वे कभी पृथक् न हों और एक-दूसरे के प्रति मनमानी न करें। यही स्त्री-पुरुष संबंधी धर्म का सार है।)

4. जो पुरुष स्वजनों को कष्ट देकर परलोक-लालसा से (धन बचाकर) दान आदि देता है, वह दान व्यर्थ है। पुरुष का कर्तव्य है कि वह बूढ़े माता-पिता, अपनी पतिव्रता पत्नी तथा छोटे बच्चों का भरण-पोषण अवश्य करे, चाहे इसके लिए कितने ही निकृष्ट कार्य करने पड़ जाएँ।

भृत्यानामुपरोधेन यत्करोत्यौर्ध्वदेहिकम्।
तद्भवत्यसुखोदर्कं जीवतश्च मृतस्य च॥[26]
गुरुन्भृत्यांश्चोज्जिहीर्षन्नर्चिष्यन्देवतातिथीन्।
सर्वतः प्रतिगृह्णीयन्न तु तृप्येत्स्वयं ततः॥[27]

(अर्थात् अपने आश्रितों को कष्ट में रहने देकर किसी स्वर्ग आदि की कामना से दान आदि देने वाला या यज्ञ करने वाला व्यक्ति कभी भी सुखी नहीं होता और उसके वे सत्कार्य भी निष्फल ही रहते हैं। अपने माता-पिता और गुरुजन, पत्नी तथा सेवक की क्षुधा शांत करने के लिए आवश्यक होने पर सबसे भिक्षा ग्रहण की जा सकती है, परंतु ऐसी भिक्षा से स्वयं की भूख कभी नहीं मिटानी चाहिए। अपनी भूख मिटाने के लिए परिश्रमपूर्वक उपार्जन से प्राप्त अन्न ही भोजन योग्य है। अन्यथा बिना खाए ही रह जाना चाहिए।)

5. पत्नी, बेटी, बहन, माता-पिता, जीजा, जमाई, साला तथा नौकरों के साथ कभी भी विवाद न बढ़ाना पुरुष का कर्तव्य है।

ऋत्विक्पुरोहिताचार्यैर्मातुलातिथिसंश्रितैः।
बालवृद्धातुरैर्वैद्यैर्ज्ञातिसंबंधिबान्धवैः॥
मातापितृभ्यां जामीभिभ्रात्रा पुत्रेण भार्यया।
दुहित्रा दासवर्गेण विवादं न समाचरेत्॥[28]

(अपने गुरु, पुरोहित, आचार्य, मामा, अपने आश्रितों, अतिथियों, बच्चों, बूढ़ों, रोगियों, बंधुओं, संबंधियों, बांधवों, माता-पिता, बहन और पुत्रवधू आदि कुल की स्त्रियों तथा भाई और पुत्र एवं पुत्री और अपनी पत्नी तथा सेवकों से कभी भी विवाद नहीं करना चाहिए।)

6. सम्मानित जनों में सर्वप्रथम अतिथि को भोजन कराना चाहिए, परंतु अतिथियों से भी पहले घर में नई आई बहू को, कन्याओं को, रोगी को और गर्भिणी स्त्री को भोजन कराया जाना चाहिए। इसमें किसी ऊहापोह में न पड़ें।

सुवासिनीः कुमारीश्च रोगिणो गर्भिणीः स्त्रियः।
अतिथिभ्योऽग्र एवैतान्भोजयेदविचारयन्॥[29]

(अर्थात् मनु महाराज का कहना है कि नवविवाहित वधू को, कुल की स्त्रियों को, अपनी पुत्रियों को, अविवाहित कन्याओं को, गर्भिणी स्त्री को और अतिथि को तथा रोगी को सर्वप्रथम भोजन कराना चाहिए।)

7. पत्नी के साथ सदा उत्साहपूर्वक (साथ-साथ) भोजन करना पति का कर्तव्य है।[30]

8. पति को भार्या उसकी अपनी इच्छा से नहीं, अपितु देवकृपा से ही प्राप्त होती है। अतः पति साध्वी पत्नी (भार्या) का नित्य पालन करे।

देवदत्तां पतिः भार्यां विदंते, नेच्छयात्मनः।
तां साध्वीं बिभृयान्नित्यं देवानां प्रियमाचरन्॥[31]

उल्लेखनीय है कि साध्वी पत्नी ही भार्या है, अन्यथा नाम मात्र की पत्नी है।

9. माता-पिता, गुरु, पत्नी, छोटे बच्चे, शरण में आए दीन व्यक्ति और अतिथि ये पोष्य वर्ग हैं। इनका प्रतिपालन अनिवार्य कर्तव्य है।

इस विषय में मनुस्मृति का निर्देश है—

सुवासिनीः कुमारीश्च रोगिणो गर्भिणीः स्त्रियः।
अतिथिभ्योऽग्र एवैतान्भोजयेदविचारयन्॥ 114॥
अदत्त्वा तु य एतेभ्यः पूर्व भुङ्.क्ते विचक्षणः।
स भुजानो न जानाति श्वगृध्रैर्जग्धिमात्मनः॥ 115॥[32]

(नवविवाहिता वधू, अपनी पुत्री, घर की कोई भी अविवाहित कन्या, रोगी एवं गर्भिणी स्त्री इनको अतिथियों से भी पहले भोजन कराना चाहिए और इस विषय में कुछ भी अन्य ऊहापोह नहीं करना चाहिये। जो गृहस्थ अतिथियों तथा उक्त लोगों को भोजन दिए बिना स्वयं भोजन करता है, उसकी मृत्यु के बाद शरीर की दुर्गति होती है, उसे कुत्ते और गिद्ध आदि खाते हैं। अतिथि ब्राह्मण स्वजातीयजन और भृत्यों तथा दास-दासियों के भोजन करने के बाद शेष बचे हुए अन्न का भोजन करना ही यज्ञशिष्ट भोजन कहा जाता है।)

इसी प्रकार अध्याय 4 में निर्देश है—

गुरुन्भृत्यांश्चोज्जिहीर्षन्नर्चिष्यन्देवतातिथीन्।
सर्वतः प्रतिगृह्णीयन्न तु तृप्येत्स्वयं ततः ॥ 251 ॥[33]

अर्थात् देवता का पूजन एवं गुरु, गुरुजन, भृत्य आदि का पोषण करने के लिए आवश्यकता पड़ने पर भिक्षा ग्रहण करे, परंतु उस भिक्षान्न या भिक्षा में प्राप्त वस्तु का उपयोग स्वयं की तृप्ति के लिए कदापि नहीं करे।

इसी प्रकार याज्ञवल्क्य स्मृति में कहा गया है—

बालस्ववासिनीवृद्धगर्भिण्यातुरकन्यकाः।
संभोज्यातिथिभृत्यांश्च दम्पत्योः शेषभोजनम् ॥ 105 ॥[34]

अर्थात् बच्चों को, सुवासिनी (मायके से आई हुई विवाहिता कन्या) को, वृद्ध को, गर्भिणी को, परिवार में रोगी व्यक्ति को, कन्या को, अतिथि को और भृत्यों को समुचित भोजन देने के बाद शेष बचा भोजन ही पति-पत्नी खाएँ। केवल अपने लिए अन्न पकाना दोष है।

इस प्रकार ये नौ कर्तव्य पति के हैं, जिनका पालन उसे करना ही चाहिए। अन्यथा वह पतिधर्म से च्युत् या वंचित माना जाता है और पातकीय होता है।

नर-नारी संबंधों के विषय में यह भी सदा याद रखना चाहिए कि 13वीं शताब्दी तक ब्रह्मवादिनी स्त्रियों की प्रशस्त परंपरा मिलती है, क्योंकि 13वीं शताब्दी में हुए देवण्ण भट्ट ने अपनी कृति 'स्मृतिचंद्रिका' में उनका उल्लेख किया है—

'यत्तु हारीतेन उक्तं द्विविधः स्त्रियो ब्रह्मवादिन्यः सद्योवधवश्च। तत्र ब्रह्मवादिनीनाम् उपनयनम् अग्नीन्धनं वेदाध्ययनं स्वगृहे च भिक्षाचर्या इति। सद्योवधूनां तु उपस्थिते विवाहे कथंचिद् उपनयनमात्रं कृत्वा विवाहः कार्यं।'[35]

(ऋषि हारीत ने स्त्रियों के दो प्रकार बताए हैं—ब्रह्मवादिनी एवं सद्योवधू। ब्रह्मवादिनी यज्ञोपवीत के उपरांत यज्ञकर्म, वेदाध्ययन आदि कर्म अपने घर में रहकर ही करती हैं और भिक्षाचर्या से जीवन चलाती हैं। जबकि सद्योवधू उपनयन के उपरांत विवाह कर गृहस्थ जीवन जीती हैं।)

इस प्रकार ब्रह्मवादिन पुरुषों की ही तरह ब्रह्मवादिनी स्त्रियों की भी वैदिक काल से 13वीं शताब्दी तक अविच्छिन्न परंपरा मिलती है, जिससे नर-नारी दोनों की इस विषय में भी समाज में समान स्थिति का प्रमाण मिलता है।

इसके साथ ही स्वयं विवाह को भी सामाजिक कार्य ही माना जाता है। यह केवल वर और कन्या का एकांतिक या मनमाना संबंध नहीं है। इसमें दोनों ही कुलों की तथा परिजनों एवं समाज की सहभागिता है और उनकी उपस्थिति अनिवार्य होती है।

मुख्य बात यह है कि वैदिक विवाह संस्कार में प्रधान होम के साथ 12 'राष्ट्रभृद्' आहुतियाँ, 13 आहुतियाँ 'जया' होम की और 18 आहुतियाँ 'अभ्यातान' होम की दी जाती हैं। 'राष्ट्रभृद् आहुतियों' द्वारा प्रार्थना की जाती है कि दिव्य शक्तियाँ हमारे राष्ट्र की ज्ञान-शक्ति एवं वीरता की शक्ति की वृद्धि करें तथा उनकी वृद्धि में सहायता करें। 'जया होम' के द्वारा विविध मानसिक शक्तियों एवं दैवी संपदा की प्रार्थना कर उनके द्वारा जीवन-संग्राम में विजयी होने का संकल्प लिया जाता है। 'अभ्यातान होम' जीवन में अभ्युदय के लिए तेजस्वी एवं वीर जीवन जीने का संकल्प है और सफलता की प्रार्थना है।[36]

इससे स्पष्ट है कि वैदिक विवाह का स्पष्ट सामाजिक एवं राष्ट्रीय संदर्भ है। साथ ही वह जीवन-संग्राम में सफलता की साधना के लिए योग्य साथी का वरण है। वह कोई यौन-तृप्ति की व्यवस्था नहीं है।

संदर्भ—

1. बृहदारण्यक, प्रथम अध्याय, चतुर्थ ब्राह्मण, प्रारंभिक तीन मंत्र
2. शतपथ ब्राह्मण, पंचम कांड, द्वितीय अध्याय, यूपारोहणम्
3. महाभारत, अनुशासन पर्व के अंतर्गत दानधर्म पर्व में उमा-महेश्वर संवाद, अध्याय 146, श्लोक 8, 11
4. महाभारत, अनुशासन पर्व के अंतर्गत दानधर्म पर्व में उमा-महेश्वर संवाद, अध्याय 145, अधिक पाठांतर्गत श्लोक, (गीताप्रेस, गोरखपुर द्वारा प्रकाशित षष्ठ खंड के चतुर्थ संस्करण में पृष्ठ 5974 के अंतिम दो श्लोक)
5. महाभारत, आदिपर्वांतर्गत संभव पर्व में दुष्यंत-शकुंतला संवाद, अध्याय 74, श्लोक 41-44
6. राधाकुमुद मुखर्जी : हिंदू सभ्यता, अध्याय 4, 5 एवं 6 (हिंदी अनुवादः डॉ. वासुदेव शरण अग्रवाल), राजकमल प्रकाशन, नई दिल्ली, 1955
7. वासुदेवशरण अग्रवाल : 'पाणिनिकालीन भारतवर्ष, अध्याय 3, परिच्छेद 3, चौखंभा, काशी, 1955
8. अथर्ववेद के ब्रह्मचर्य सूत्र में कहा है, "ब्रह्मचर्येण कन्या युवानं विंदते पतिम्" (अथर्ववेद 11/5/18)
9. आचार्य बलदेव प्रसाद उपाध्याय : 'वैदिक साहित्य और संस्कृति', परिच्छेद 13 शारदा मंदिर, काशी, 1967

10. डॉ. कैलाशचंद्र जैन : 'प्राचीन भारतीय सामाजिक एवं आर्थिक संस्थाएँ', अध्याय 12, पृष्ठ 122, मध्य प्रदेश हिंदी ग्रंथ अकादमी, भोपाल 1976
11. डॉ. कपिल देव द्विवेदी : 'अथर्ववेद का सांस्कृतिक अध्ययन, अध्याय 4, पृष्ठ 168-276 तक, विश्व भारती, वाराणसी, 1988
12. आचार्य क्षितिमोहन सेन : 'संस्कृति संगम', पृष्ठ 78-79, साहित्य भवन, प्रयाग, 1957
13. त्र्यम्बक् यज्वन : 'स्त्री धर्म पद्धति', अंग्रेजी अनुवाद जूलिया लेस्ली, पृष्ठ 312, पेंग्विन, दिल्ली, 1889
14. अग्निपुराण, अध्याय 173 तथा मनुस्मृति, अध्याय 11, श्लोक 74 से 106
15. शतपथ ब्राह्मण, एकादश कांड, अध्याय 4, ब्राह्मण 3, मंत्र 2 साथ ही महाभारत, आदिपर्व, अध्याय 157, श्लोक 31 एवं वनपर्व, अध्याय 206, श्लोक 46
16. मनुस्मृति, अध्याय 9, श्लोक 232 : स्त्रीबालब्राह्मणाघ्नांश्च हन्याद् द्विट्सेविनस्तथा।
17. आपस्तंब धर्मसूत्र 2/10/26/10-11
18. महाभारत, आदिपर्व (दुष्यंत-शकुंतला संवाद), अध्याय 74, विशेषत: श्लोक 40 से 43 एवं श्लोक 51-52
19. वराहमिहिर कृत : वृहत्संहिता 74/5-16
20. ऋग्वेद 1/72/5, मनुस्मृति, अध्याय 9, श्लोक 101-102
21. ऋग्वेद 1/72/5 तथा ऋग्वेद 5/3/2
22. तैत्तिरीय ब्राह्मण 3/7/5
23. आपस्तंब धर्मसूत्र 2/6/13/16-18
24. मनुस्मृति, अध्याय 5, श्लोक 153-155
25. मनुस्मृति, अध्याय 9, श्लोक 101-102
26. मनुस्मृति, अध्याय 11 श्लोक 10
27. मनुस्मृति, अध्याय 4, श्लोक 251
28. मनुस्मृति, अध्याय 4, 179-180
29. मनुस्मृति, अध्याय 3, श्लोक 114
30. मनुस्मृति, अध्याय 3, श्लोक 113
31. मनुस्मृति, अध्याय 9, श्लोक 95
32. मनुस्मृति, अध्याय 3, श्लोक 114-115
33. मनुस्मृति, अध्याय 4, श्लोक 251
34. याज्ञवल्क्य स्मृति, आचाराध्याय :
35. देवण्ण भट्ट : स्मृतिचंद्रिका
36. पारस्कर गृह्यसूत्र 1/4, बौधायन गृह्यसूत्र, आपस्तंब धर्मसूत्र 5/1, बौधायन धर्मसूत्र 1/4/25 साथ ही संस्कार कौस्तुभ

□

5

दान का स्वरूप एवं महत्त्व : पुण्य, पाप और प्रायश्चित्त

सनातन धर्म में आह्निक एवं आचार पर बहुत बल दिया गया है। ब्रह्मचारी का आह्निक अलग है, गृहस्थ का अलग, वानप्रस्थों का अलग और संन्यासियों का अलग। आह्निक का अर्थ होता है प्रतिदिन किए जाने वाले कर्म। धर्मशास्त्रों में दिवस के विभाजन और उनमें से प्रत्येक के कार्य वर्णित हैं।[1] सामान्यतः दिन को आठ भागों में बाँटा गया है और उनमें किए जाने वाले कर्तव्यों का भी विस्तार से वर्णन है।[2] दक्ष स्मृति के दूसरे अध्याय के चौथे और पाँचवें श्लोक में यह कहा गया है कि दिन के आठ भाग होते हैं और आठों भाग के पृथक्-पृथक् कर्म हैं।[3] कौटिल्य ने भी दिन को आठ भागों में बाँटकर राजधर्म का वर्णन किया है और फिर राजा के लिए रात्रि को भी आठ भागों में बाँटकर करणीय कर्म बताए हैं। दिन का आठवाँ भाग वह है, जब सूर्यास्त होने लगता है।[4]

आह्निक के अंतर्गत ब्रह्ममुहूर्त में जागरण, शौच, दंतधावन, स्नान, संध्या, तर्पण, ब्रह्मयज्ञ, पाँच महायज्ञ, भोजन, धनप्राप्ति के लिए आवश्यक कार्य, सायंकालीन संध्या और दान आदि वर्णित है। इनमें से प्रत्येक का विशद वर्णन धर्मशास्त्रों में है। इनमें से विशेषकर गृहस्थों के लिए इष्ट और पूर्त कर्मों का विस्तार से वर्णन किया गया है।

नित्य कर्म अर्थात् यज्ञ, अतिथि सत्कार आदि इष्ट कर्म हैं और लोक में व्याप्त या उत्पन्न अभावों की पूर्ति पूर्त कर्म है।[5] इसीलिए रोगियों की सेवा, मंदिरों का निर्माण या उनकी व्यवस्था के लिए दान देना, गहरे कुएँ, तालाब आदि बनवाना, अन्नदान और उद्यान का प्रबंध आदि पूर्त कर्म कहलाते हैं। सभी प्रकार के दान पूर्त कर्म का अंग हैं। पूर्त कर्म सभी लोग कर सकते हैं, भले ही उनकी आर्थिक या सामाजिक स्थिति कुछ भी हो। जो अत्यंत दरिद्र हो, उसके लिए तपस्या और कष्ट सहन ही पूर्त कर्म हैं। शेष सबको यथाशक्ति दान अवश्य देना चाहिए।[6]

दान देने की विधि, देय तथा अदेय पदार्थ, दान के पात्र अर्थात् योग्य ग्रहीता,

अस्वीकार्य दान, दान के स्थल अर्थात् देश-काल, दान की दक्षिणा आदि पर धर्मशास्त्र बहुत विस्तार से विवेचना करते हैं।[7] दान के कतिपय प्रकारों को महादान कहा जाता है।[8]

वैदिक काल से ही दान की महत्ता चली आई है। ऋग्वेद में विविध प्रकार के दानों का उल्लेख है और दाताओं की प्रशस्ति है।[9] इनमें गोदान की प्रशस्ति सर्वाधिक है।[10] साथ ही अन्य सत्रों का भी उल्लेख है और परिधान दान की भी महिमा कही गई है।[11] अश्वदान का भी प्रशंसापूर्ण उल्लेख है।[12]

दान का अर्थ प्राचीनकाल से ही स्पष्ट है। जिस वस्तु पर अपना स्वामित्व है, उस पर से अपने स्वामित्व का त्याग करके अन्य को उसका स्वामी बना देना ही दान है।[13] इस अर्थ में विद्यादान में दान शब्द आलंकारिक या गौण माना जाता है, क्योंकि गुरु विद्या का त्याग नहीं करते, केवल उसे शिष्य को भी प्रदान करते हैं। विद्यादान की अलग महिमा है, परंतु वह दान के सामान्य अर्थ में नहीं गिना जाता। देवल ने दान की परिभाषा यह की है—

अर्थानामुदिते पात्रे यथावत्प्रतिपादनम्।
दानमित्यभिनिर्दिष्ट व्याख्यानं तस्य वक्ष्यते॥
पात्रेभ्यो दीयते नित्यमनवेक्ष्य प्रयोजनम्।
केवलं धर्मबुद्धया यद्धर्मदानं तदुच्यते॥ [14]

अर्थात् सुपात्र व्यक्ति को शास्त्रानुमोदित विधि से प्रदत्त धन को दान कहा जाता है। जब किसी उचित व्यक्ति को कर्तव्य भाव से कुछ दिया जाता है, तो उसे धर्मदान कहते हैं।

इस प्रकार विद्यादान को इस अर्थ में धर्मदान कहा जा सकता है। दान के विषय में एक विशेष कथन यह है कि यदि दाता किसी को दान दे, परंतु वह दान उस तक पहुँचे नहीं, तो उसे दान नहीं कहा जाता और उससे दान का कोई फल प्राप्त नहीं होता। इस विषय में धर्मशास्त्रों की विवेचना है कि यदि किसी गृहस्थ ने दान में ब्राह्मण को गाय दी और वह गाय ब्राह्मण के घर भेजी गई, परंतु मार्ग में किसी अन्य ने उसे बाँध लिया या पकड़ लिया, तो इससे वह दान संपन्न नहीं माना जाता, क्योंकि गाय ब्राह्मण के घर नहीं पहुँची।[15]

मनु महाराज के अनुसार दान के चार अंग हैं और देवल के अनुसार इसके छह अंग हैं—दाता, प्रतिग्रहीता, श्रद्धा, धर्मयुक्त देय, उचित काल और उचित देश।[16] दान के तीन प्रकार हैं—नित्य, नैमित्तिक एवं काम्य।[17] जो प्रतिदिन दिया जाए, उसे नित्य दान कहते हैं, जो किसी विशिष्ट अवसर पर दिया जाए, उसे नैमित्तिक दान कहते हैं और जो किसी कामना विशेष से दिया जाए, उसे काम्य दान कहते हैं।[18] श्रीमद्भगवद्गीता ने दान के तीन प्रकार बताए हैं—सात्विक, राजस एवं तामस।[19]

दान के पात्र

माता-पिता, गुरु, मित्र, चरित्रवान व्यक्ति, उपकारी व्यक्ति, दीन, अनाथ और विशिष्ट गुण वाले व्यक्तियों को दान देना पुण्यप्रद है।[20] इन्हें दान देना ही सफल दान है। किंतु धूर्तों को अपनी चाटुकारिता या वंदना करने वालों को, कुश्ती लड़ने वालों को, कुवैद्य को, जुआरी को, वंचक को, चाट को, चारण को और चोर को दिया गया दान निष्फल होता है।

मातापित्रोर्गुरौ मित्रे विनीते चोपकारिणि।
दीनानाथविशिष्टेभ्योदत्तन्तु सफलं भवेत्॥
धूर्ते वन्दिनि मन्दे च कुवैद्यै कितवे शठे।
चाटुचारणचैरभ्योदत्तं भवति निष्फलम्॥[21]

(दक्षस्मृतिः, तृतीय अध्याय, श्लोक 15, 16)

महाभारत के वन पर्व में अध्याय 200 में दान के योग्य एवं अयोग्य पात्रों का वर्णन है। वेदपाठी एवं मंत्रजप तथा यज्ञ करने वाले और स्वाध्यायशील ब्राह्मणों को दान देने से उनके आशीर्वाद से स्वर्गलोक की प्राप्ति होती है।[22] इसके स्थान पर 16 प्रकार के दान को व्यर्थ या निष्फल बताया गया है—

वृथा जन्मानि चत्वारि वृथा दानानि षोडश।
वृथा जन्म ह्यपुत्रस्य ये च धर्मबहिष्कृताः॥ 4॥
परपाकेषु येऽश्नन्ति आत्मार्थं च पचेत् तु यः।
पर्यश्नन्ति वृथा ये च तदसत्यं प्रकीर्त्यते॥ 5॥
आरूढपतिते दत्तमन्यायोपहृतं च यत्।
व्यर्थं तु पतिते दानं ब्राह्मणे तस्करे तथा॥ 6॥
गुरौ चानृतिके पापे कृतघ्ने ग्रामयाजके।
वेदविक्रयिणे दत्तं तथा वृषलयाजके॥ 7॥
ब्रह्मबंधुषु यद् दत्तं यद् दत्तं वृषलीपतौ।
स्त्रीजनेषु च यद् दत्तं व्यालग्राहे तथैव च॥ 8॥
परिचारकेषु यद् दत्तं वृथा दानानि षोडश।
तमोवृतस्तु यो दद्याद् भयात् क्रोधात् तथैव च॥ 9॥
भुङ्.क्ते च दानं तत् सर्वं गर्भस्थस्तु नरः सदा।
ददद् दानं द्विजातिभ्यो वृद्धभावेन मानवः॥ 10॥[23]

अर्थात् 16 प्रकार के दान व्यर्थ हैं—अर्थात् इन 16 प्रकार के लोगों को दान देने से कोई फल नहीं मिलता—पुत्रहीन, धर्मभ्रष्ट, दूसरों की ही पाकशाला में भोजन करने वाला, केवल अपने लिए भोजन बनाने वाला, वानप्रस्थ या संन्यास आश्रम में जाकर फिर

से गृहस्थ बनने वाला, अन्याय से अर्जित धन वाला, पतित ब्राह्मण, चोर, मिथ्यावादी गुरुजन, पापी, कृतघ्न, ग्रामयाजक, वेदविक्रयी, शूद्रयाजक, ब्रह्मबंधु अर्थात् नाममात्र का ब्राह्मण, शूद्रापति ब्राह्मण, स्त्रीसमूह, साँप को पकड़ने का व्यवसाय करने वाला तथा सेवक। सेवक आदि को जो धन दिया जाता है, वह अनुग्रह कहलाता है, दान नहीं।

अत: श्रेष्ठ ब्राह्मणों को ही दान देना चाहिए, क्योंकि उससे बड़ा फल मिलता है। आगे यह भी कहा गया है कि जिनका वर्ण जुगुप्सा जनक हो या जिनके नाखून काले पड़ गए हों या जो कोढ़ी हों अथवा धूर्त हों, जो विधवा पुत्र हों, ऐसे ब्राह्मणों को भी दान देने पर कोई फल नहीं मिलता। संपूर्ण शास्त्रों के ज्ञाता ब्राह्मण को दान देने से बहुत पुण्य मिलता है।

विष्णुधर्मोत्तर पुराण में लिखा है कि—

दानं देवा: प्रशंसंति मनुष्याश्च तथा द्विज:।
दानेन कामानाप्नोति यान्कॉंश्चिन्मनसेच्छति॥ 1॥
अदत्तदानात्कृपणा दृष्ट्वेह परतन्त्रकान्।
पारत्रिकं धनं कुर्याद्दानं विप्रेषु मानव:॥ 2॥
अमनुष्ये समं दानं गोषु ज्ञेयं महाफलम्।
द्विगुणं च तदेवोक्तं तथा वै वर्णसंकरे॥ 3॥
शूद्रे चतुर्गुणं प्रोक्तं विशि चाष्टगुणं भवेत्।
क्षत्रिये षोडशगुणं ब्रह्मबंधौ तदेव तु॥ 4॥
द्वात्रिंशता स्मृतं दानं वेदाध्ययनतत्परे।
शतधा तद्विशिष्टं तु प्राधीते लक्षसम्मितम्॥ 5॥
अनंतं च तदेवोक्तं ब्राह्मणे वेदपारगे।
आत्मनस्तु भवेत्पात्रं नान्यस्य तु पुरोहित:॥ 6॥
पुरोहिते तु स्वं दत्तं दानमक्षयमुच्यते।
याजके ऋत्विजे चैव गुरावपि च मानव:॥ 7॥
वर्णापेक्षा न कर्तव्या मातरं पितरं प्रति।
मातृष्वसां स्वसां चैव तथैव च पितृष्वसाम्॥ 8॥
मातामहीं भागिनेयीं भागिनेयं तथैव च।
दौहित्रं विट्पतिं चैव तेषु दत्तमथाक्षयम्॥ 9॥
श्रीभ्रष्टे यत्तथा दत्तं तदप्यक्षयमुच्यते।
स्थानभ्रष्टस्य य: कुर्याद् भूयस्त्वारोपणं नर:॥ 10॥[24]

देय

दान के पदार्थों एवं उपकरणों के विषय में बहुत से नियम बने हैं। अनुशासन पर्व के मत से संसार के सर्वश्रेष्ठ पदार्थ तथा जिसे व्यक्ति बहुत मूल्यवान् समझता है, उसका गुणवान् व्यक्ति को दिया जाना अक्षय पुण्य देनेवाला दान कहा जाता है।[25] देवल के मत से वह वस्तु देय है, जिसे दाता ने बिना किसी को सताए, चिंता एवं दुःख दिए स्वयं प्राप्त किया हो, वह चाहे छोटी हो या मूल्यवान् हो।[26] देय की बड़ाई या छोटाई अथवा न्यूनता या अधिकता पर पुण्य नहीं निर्भर रहता, वह तो मनोभाव, दाता की समर्थता तथा उसके धनार्जन के ढंग पर निर्भर रहता है। श्रद्धा से जो कुछ सुपात्र को दिया जाए वह सफल देय है, किंतु अश्रद्धा से या कुपात्र को दिया गया धन निष्फल होता है।[27]

देय पदार्थों में कुछ उत्तम, कुछ मध्यम एवं कुछ निकृष्ट माने जाते हैं, उत्तम पदार्थ हैं—भोजन, दही, मधु, गाय, भूमि, सोना, अश्व एवं हाथी। मध्यम हैं—विद्या, आश्रयगृह, घरेलू उपकरण, औषध तथा निकृष्ट हैं—जूते, हिंडोले, गाड़ियाँ, छत्र, बरतन, आसन, दीपक, लकड़ी, फल या अन्य जीर्ण-शीर्ण वस्तुएँ। याज्ञवल्क्य स्मृति में कहा गया है कि गाय, भूमि, तिल, स्वर्ण आदि सुपात्र को देना चाहिए, परंतु पात्रता के विषय में भी स्पष्ट किया गया है। कहा गया है कि पात्रता न केवल विद्या से आती है और न ही केवल तप से। जिसका वृत्त उत्तम है अर्थात् जीवनक्रम उत्तम है और साथ ही विद्या और तप भी है, वही सुपात्र है। सभी में ब्राह्मण श्रेष्ठ है। ब्राह्मणों में वेद के अध्ययनशील ब्राह्मण श्रेष्ठ हैं। उनमें भी जो क्रियानिष्ठ हैं, वे उनसे भी श्रेष्ठ हैं और अध्यात्मवेत्ता ब्राह्मण सर्वश्रेष्ठ हैं—

सर्वस्य प्रभवो विप्राः श्रुताध्ययनशीलिनः।
तेभ्यः क्रियापराः श्रेष्ठास्तेभ्योऽपध्यात्मवित्तमाः॥
न विद्यया केवलया तपसा वापि पात्रता।
यत्र वृत्तमिमे चोभे तद्धि पात्रं प्रकीर्तितम्॥
गोभूतिलहिरण्यादि पात्रे दातव्यमर्चितम्।
नापात्रे विदुषा किंचिदात्मनः श्रेय इच्छता॥[28]

देवल स्मृति ने भी सुवर्ण दान, गोदान, भूमिदान आदि को सभी पापों के प्रायश्चित्त का कारण बताया है। यह प्रायश्चित्त करने के बाद व्यक्ति शुद्ध हो जाता है।[29]

याज्ञवल्क्य स्मृति का कहना है कि जिस वस्तु के दान के विषय में कुटुंब का कोई विरोध न हो, ऐसी सभी वस्तुएँ गृहपति दान में दे सकता है। पत्नी और बच्चे दान में नहीं दिए जा सकते और घर में संतान के होने पर उनका ध्यान रखकर ही दान दिया जा सकता है। संतान संपन्न गृहपति सबकुछ दान नहीं दे सकता। इसी प्रकार जो वस्तु एक बार दे दी गई हो, उसका फिर दुबारा दान नहीं हो सकता। जो दान दिया जाए, उसे

लोक में प्रकाशित कर देना चाहिए अर्थात् सबको विदित होना चाहिए कि यह दान दिया गया है। याज्ञवल्क्य स्मृति के द्वितीय अध्याय में 178 एवं 179वें श्लोक में यह स्पष्ट प्रावधान है—

स्वं कुटुंबाविरोधेन देयं दारसुताद्दते।
नान्वये सति सर्वस्यं यन्चान्यस्मै प्रतिश्रुतम्॥
प्रतिग्रहः प्रकाशः स्यात् स्थावरस्य विशेषतः।
देयं प्रति श्रुतन्चैव दत्त्वा नापहरेत् पुनः॥[30]

आगे याज्ञवल्क्य स्मृति में यह स्पष्ट किया गया है कि जो ब्राह्मण विद्या और तप से हीन हो, उसे प्रतिग्रह नहीं लेना चाहिए। प्रतिग्रह का अर्थ है दिए गए दान की स्वीकृति।

मनुस्मृति के अध्याय पाँच के चौथे श्लोक की व्याख्या करते हुए मेधातिथि ने कहा है—

नैव ग्रहणमात्रं परिग्रहः। विशिष्ट एव स्वीकारे प्रतिपूर्वो गृह्णातिवर्तते। अदृष्टबुद्ध्या दीयमानं मंत्रपूर्व गृह्णतः प्रतिग्रहो भवति। न च भैक्ष्ये देवस्य त्वादिमंत्रोच्चारणमस्ति। न च प्रीत्यादिना दानग्रहणे। नच तत्र प्रतिगृहव्यवहारः।[31]

अर्थात् मात्र ग्रहण परिग्रह नहीं है (परिग्रह को ही प्रतिग्रह भी कहा गया है)। प्रतिग्रह वह है, जो विशिष्ट स्वीकृति के साथ हो। आध्यात्मिक बुद्धि रखकर वैदिक मंत्रों के साथ जब दान दिया जाता है तब उसको ग्रहण करना अर्थात् स्वीकार करना प्रतिग्रह है। जब कोई भिक्षा देता है, तो मंत्र के साथ नहीं देता। अतः भिक्षा देना दान नहीं है। इसी प्रकार प्रीतिपूर्वक अपने मित्र को या भृत्य आदि को दी जाने वाली वस्तु दान नहीं है और उसे स्वीकार करना प्रतिग्रह नहीं है।

इसीलिए जो ब्राह्मण विद्या और तप से हीन हो, उसे धर्मशास्त्र परामर्श देते हैं, जो कि वस्तुतः आदेश ही है कि उसे कभी भी प्रतिग्रह नहीं लेना चाहिए। अर्थात् शिष्टतापूर्वक दाता से यह बता देना चाहिए कि मैं सुपात्र नहीं हूँ, क्योंकि अपात्र द्वारा दान ग्रहण करने पर उसे देने वाले की भी अधोगति होती है और ग्रहण करने वाले की भी। अतः दोनों को अधोगति से बचाने के लिए विद्या और तप से विहीन ब्राह्मण को प्रतिग्रह नहीं लेना चाहिए। पात्र को दान प्रतिदिन देना चाहिए—

विद्यातपोभ्यां हीनेन नतु ग्राह्यः प्रतिग्रहः।
गृह्णन्प्रदातारमधो नयत्यात्मानमेव च॥
दातव्यं प्रत्यहं पात्रे निमित्तेषु विशेषतः।
याचितेनापि दातव्यं श्रद्धापूतं स्वशक्तिः॥[32]

याज्ञवल्क्य स्मृति का यह भी कहना है कि उर्वरा भूमि, दीपक, अन्न, वस्त्र, जल, तिल, घी, परदेशी को आश्रय, गृहस्थाश्रम के लिए कन्या, सोना और जोतने या ढोने

लायक बैल का दान कर (दाता) स्वर्ग में पूजित होता है।

गृह, धान्य, (डरे को) अभय, जूता, छाता, माला, विलेपन (कुमकुम-चंदनादि), सवारी (रथादि), वृक्ष (आम्रादि) प्रिय वस्तु तथा शय्या का दान कर (व्यक्ति) अत्यंत सुखी होता है।

वेद सभी धर्मों का मूल हैं और संपूर्णतः धर्ममय हैं, अतः वेद ज्ञान का दान सभी दानों से बढ़कर है। वेद का दान कर दाता अचल ब्रह्मलोक को प्राप्त करता है।

साथ ही, यह भी कहा गया है कि थके हुए व्यक्ति के श्रम को दूर करना (श्रमापनयनं) या रोगी की परिचर्या तथा देव पूजन एवं ब्राह्मणों के पैर धोना तथा उनका जूठा साफ करना, ये कर्म गोदान के समान ही पुण्यप्रद हैं।

दूध देने वाली गाय को धेनु कहते हैं तथा दूध न देने वाली गाय को अधेनु गौ कहते हैं। याज्ञवल्क्य ऋषि का कहना है कि गाय धेनु हो या अधेनु परंतु रोगरहित हो और अतिनिर्बल न हुई हो, तो ऐसी गाय का दान देने वाला स्वर्ग में सम्मान पाता है—

यथाकथंचिद्दत्त्वा गां धेनुं वाऽधेनुमेव वा।
अरोगामपरिक्लिष्टां दाता स्वर्गे महीयते॥
श्रांतसंवाहनं रोगिपरिचर्या सुरार्चनम्।
पादशौचं द्विजोच्छिष्टमार्जनं गोप्रदानवत्॥
भूदीपांश्चान्नवस्त्राम्भस्तिलसर्पिःप्रतिश्रयान्।
नैवेशिकं स्वणधुर्यं दत्त्वा स्वर्गे महीयते॥
गृहधान्याभ्योपानच्छत्रमाल्यानुलेपनम्।
यानं वृक्षं प्रियं शय्यां दत्त्वाऽत्यन्तं सुखी भवेत्॥
सर्वधर्ममयं ब्रह्म प्रदानेभ्योऽधिकं यतः।
तद्ददत्समवाप्रोति ब्रह्मलोकमविच्युतम्॥[33]

याज्ञवल्क्य स्मृति में यह भी कहा गया है कि यदि कोई ब्राह्मण तपस्वी है, विद्या संपन्न है और अध्यात्मवेत्ता है और इस प्रकार प्रतिग्रह लेने में समर्थ है, फिर भी प्रतिग्रह नहीं लेता तो उसे वे सभी लोक प्राप्त होते हैं, उसे वस्तुतः महादानियों जैसा पुण्य मिलेगा।

प्रतिग्रहसमर्थोऽपि नादत्ते यः प्रतिग्रहम्।
ये लोका दानशीलानां स तानाप्रोति पुष्कलान्॥[34]

किन चीजों को स्वीकार अवश्य करना चाहिए तथा किन चीजों को स्वीकार नहीं करना चाहिए, इसका भी धर्मशास्त्रों में विवेचन है।

याज्ञवल्क्य का कहना है कि कुश, शाक, दूध, मत्स्य, पुष्प, सुगंध, दही, भूमि, आसन और धान तथा जल इनको अस्वीकार नहीं करना चाहिए। यदि बिना माँगे कोई दुराचारी व्यक्ति भी ये वस्तुएँ दे दे तो स्वीकार की जा सकती हैं, परंतु कुलटा स्त्री,

नपुंसक पुरुष, पतित व्यक्ति तथा शत्रु से अथवा अपने से द्वेष करने वाले से दान कभी नहीं ग्रहण करना चाहिए—

कुशाः शाकं पयो मत्स्या गन्धाः पुष्पं दधि क्षितिः।
मांसं शय्यासनं धानाः प्रत्याख्येयं न वारि च॥
अयाचिताहृतं ग्राह्यमपि दुष्कृतकर्मणः।
अन्यत्र कुलटाषण्ढपतितेभ्यस्तथा द्विषः॥[35]

व्यासस्मृति में कहा है—

यद्ददाति विशिष्टेभ्यो यश्चाश्नाति दिने दिने।
तश्च वित्तमहं मन्ये शेषं कस्याभिरक्षति॥ 16॥
यद्ददाति यदश्नाति तदेव धनिनो धनम्।
अन्ये मृतस्य क्रीडन्ति दारैरपि धनैरपि॥ 17॥
कि धनेन करिष्यन्ति देहिनोऽपि गतायुषः।
यद्वर्द्ध यितुमिच्छन्तस्तच्छरीरमशाश्वतम्॥ 18॥
अशाश्रवतानि गात्राणि विभवो नैव शाश्वतः।
नित्यं सन्निहितो मृत्युः कर्तव्यो धर्मसंग्रहः॥ 19॥
यदि नाम न धर्माय न कामाय न कीर्तये।
यत्परित्यज्य गन्तव्यं तद्धनं कि न दीयते॥ 20॥
जीवन्ति जीविते यस्य विप्रा मित्राणि बान्धवाः।
जीवितं सफलं तस्य आत्मार्थे को न जीवति॥ 21॥
पशवोऽपि हि जीवन्ति केवलात्मोदरम्भराः।
किं कायेन सुगुप्तेन (सुपुष्टेन) वलिना चिरजीविनः॥ 22॥
अनाहूतेषु यद्दत्तं यन्च दत्तमयाचितम्।
भविष्यति युगस्यान्तस्तस्यान्तो न भविष्यति॥ 26॥
मृतवत्सा यथा गौश्च तृष्णा लोभेन दुह्यति।
परस्परस्य दानानि लोकयात्रा न धर्मतः॥ 27॥
अदृष्टे चाश्रुते दानं भोक्ता चैव न दृश्यते।
पुनरागमनं नास्ति तत्रदानमनन्तकम्॥ 28॥[36]

अर्थात् जो धन अपने भरण-पोषण के काम आए और विशिष्ट लोगों को दान देने के काम आए, उसे ही धन कहेंगे। शेष धन की रक्षा का क्या अर्थ है ? व्यक्ति जो कुछ स्वयं तथा परिजनों के साथ भोग कर ले और जो कुछ दान में दे दे, वही वास्तविक धन है। शेष उसके द्वारा संचित धन तो उसकी मृत्यु के बाद अन्य के द्वारा ही भोगा जाता है। केवल अपने पोषण के लिए भी धन कमाना व्यर्थ है, क्योंकि शरीर तो शाश्वत नहीं

है। इसीलिए केवल धन-संग्रह पर ध्यान देना उचित नहीं है। इस प्रकार अन्य कार्यों के साथ ही धन-संग्रह भी करना चाहिए। धन का प्रयोजन दान से भी है, क्योंकि दान का ही मृत्यु के बाद भी स्मरण किया जाता है। साथ ही, जो अपने बांधवों और मित्रों तथा श्रेष्ठ ब्राह्मणों के लिए धन जुटाता है, उसी का जीवन सफल है। केवल अपने परिवार के लिए धन का संचय तो कृमियों की तरह का जीवन है। जो परलोक का विचार करके जीता है, उसी का जीवन प्रशंसनीय है। अपना पेट भर कर तथा देहसुख लेकर तो पशु भी जीते ही हैं। इसलिए केवल शरीर को पुष्ट करके जीना पशुवत् ही है। जो सत् पात्र को स्वयं ही दान दे और बिना उनके माँगे ही दान दे, उसी का जीवन सार्थक है। आपस में एक-दूसरे के भोग के लिए ही धन का संचय तो ऐसे ही है, जैसे कि उस गाय को दुहते जाना, जिसका बछड़ा मर गया है। इसमें केवल तृष्णा और लोभ है। दान सत् पात्र को देकर उसका वर्णन नहीं किया जाए, ऐसे दान का अनंत फल होता है।

आगे यह भी कहा गया है कि माता और पिता को तथा भाइयों को और पत्नी और संतति को जो देय है, वह अवश्य देना चाहिए। साथ ही, सुपात्र ब्राह्मणों को नित्य दान देना चाहिए।

इसी क्रम में सुपात्र ब्राह्मणों का वर्णन भी किया गया है और यह कहा गया है कि जो यज्ञकर्म संपन्न कराते हैं तथा छहों अंगों के साथ वेदों को पढ़ते और पढ़ाते हैं और इतिहास तथा पुराण का अध्ययन एवं अध्यापन करते हैं, उन्हें ही वेदज्ञ ब्राह्मण कहा जाता है। महर्षि व्यास ने यह भी कहा है कि सैकड़ों में कोई एक शूरवीर होता है, हजारों में कोई एक पंडित होता है, लाखों में कोई एक वक्ता होता है और दाता तो अत्यंत दुर्लभ ही है—

शतेषु जायते शूरः सहस्त्रेषु च पण्डितः।
वक्ता शतहस्रेषु दाता भवित वा न वा॥[37]

इसके साथ ही दान की अतिशय महिमा होने पर भी उस पर कुछ प्रतिबंध हैं। मनुस्मृति, याज्ञवल्क्य स्मृति, बृहस्पति स्मृति, व्यास स्मृति, अग्निपुराण, आपस्तंब धर्मसूत्र और बौधायन धर्मसूत्र सभी ने ऐसे दान के ऊपर प्रतिबंध लगाए हैं, जो कुटुंब के भरण-पोषण और भृत्यों के पोषण की उपेक्षा करके दिया जाए। मनु महाराज का कहना है कि—

शक्तः परजने दाता स्वजने दुःखजीविनि।
मध्वापातो विषास्वादः स धर्मप्रतिरूपकः॥
भृत्यानामुपरोधेन यत्करोत्यौर्ध्वदेहिकम्।
तद्भवत्यसुखोदर्कं जीवतश्च मृतस्य च॥[38]

अर्थात् व्यक्ति यदि दान देने में समर्थ है, तब भी वह अवश्यभरणीय, अवश्यपोषणीय स्वजनों के दुःखित रहने पर दान नहीं दे सकता, क्योंकि ऐसा करना धर्म का प्रतिरूपक है अर्थात् वह अधर्म है। ऐसे दानदाता को प्रारंभ में तो प्रसिद्धिदायक लगने से मधुर लगता

है, परंतु बाद में वह विष के समान ही सिद्ध होता है, क्योंकि वह नरक-फल का कारण बनता है, अर्थात् इस प्रकार का दान देने वाले को नरक मिलता है।

महाभारत के अनुशासन पर्व में भी यही बात कही गई है। अध्याय 37 का तीसरा श्लोक है—

अपीडयन् भृत्यवर्गमित्येवमनुशुश्रुम।
पीडयन् भृत्यवर्गं हि आत्मानमपकर्षति॥[39]

इस प्रकार अपने कर्तव्यों की पूर्ति के बाद शेष धन ही देय है। उसके ही दान में पुण्य है। कर्तव्य कर्म स्वयं में पुण्यप्रद है और वस्तुतः दान भी कर्तव्य कर्म ही है, परंतु किसी एक कर्तव्य के लिए अन्य कर्तव्यों की उपेक्षा धर्मशास्त्र नहीं सिखाते। इस प्रकार सनातन धर्मशास्त्र सदा संतुलन और विवेक पर ही बल देते हैं और उसे ही सर्वोपरि बताते हैं।

अदेय पदार्थ—

जिस प्रकार देय पदार्थों के विषय में धर्मशास्त्र स्पष्ट हैं, उसी प्रकार अदेय पदार्थों के विषय में भी उतनी ही स्पष्टता है। सर्वप्रथम तो अपनी ही वस्तुओं का दान हो सकता है। जैमिनी ने पूर्वमीमांसा में (6/7/1 से 7) स्पष्ट किया है कि—

1. अपनी ही वस्तु का दान हो सकता है।
2. अपने माता-पिता, पुत्री तथा अन्य संबंधियों का दान नहीं हो सकता।
3. राजा अपने संपूर्ण राज्य का दान नहीं कर सकता।
4. जो भृत्य नौकरी के लिए यज्ञ में सेवा करता है, उसे विश्वजित यज्ञ में भी राजा दान नहीं कर सकता, जिसमें कि वह अपना सर्वस्व दान करता है।[40]

नारद स्मृति ने आठ प्रकार के दान वर्जित कहे हैं। नारदीय स्मृति के प्रकरण दत्ताप्रदानिकं में कहा गया है—

दत्त्वा द्रव्यमसम्यग् यः पुनरादातुमिच्छति।
दत्ताप्रदानिकं नाम तद् विवादपदं स्मृतम्॥1
अथ देयमदेयं च दत्तं चादत्तमेव च।
व्यवहारेषु विज्ञेयो दानमार्गश्चतुर्विधः॥ 2॥
तत्रेहाष्टावदेयानि देयमेकविधं स्मृतम्।
दत्तं सप्तविधं विद्याददत्तं षोडशात्मकम॥ 3॥
अन्वाहितं याचितकमाधिं साधारणं च यत्।
निक्षेपं पुत्रदारं च सर्वस्वं चान्वये सति॥ 4॥
आपत्स्वपि हि कष्टासु वर्तमानेन देहिना।

अदेयान्याहुराचार्या यच्चान्यस्मै प्रतिश्रुतम्॥ 5॥
कुटुंबभरणाद् द्रव्यं यत्किन्चिदतिरिच्यते।
तद् देयमुपहृत्यान्यद् दददागः समाप्नुयात्॥ 6॥
पण्यमूल्यं भृतिस्तुष्ट्या स्नेहात् प्रत्युपकारितम्।
स्त्रीशुल्कानुग्रहार्थं च दत्तं दानविदो विदुः॥ 7॥[41]

अर्थात् दिए जा चुके द्रव्य को असम्यक् रीति से दिया गया मानकर जब व्यक्ति (दाता) पुनः देने की इच्छा करता है, तब उस स्थिति में जो विवाद की स्थिति बनती है, उसे विवादपद कहा जाता है। जो देय है और जो अदेय है तथा जो दत्त माना जाए और जो अदत्त माना जाए, इन चारों की मीमांसा की जानी चाहिए। तभी व्यवहार सम्यक् हो सकता है। देय एकविधि होता है, अदेय के आठ प्रकार हैं, दत्त सात प्रकार का होता है और अदत्त सोलह प्रकार का होता है। ऋण चुकाने के लिए ऋणी द्वारा ऋणदाता को देने के लिए जो धन दिया जाए, उसे वह धन प्राप्त करने वाला व्यक्ति दान में नहीं दे सकता। इसी प्रकार उत्सव आदि के अवसर पर प्रयोग में लाने के लिए जो वस्तु उधार ली जाती है, उसका दान नहीं हो सकता। इसी प्रकार न्यास (ट्रस्ट) की किसी संपत्ति का दान नहीं हो सकता। संयुक्त संपत्ति का भी कोई एक व्यक्ति दान नहीं कर सकता। किसी ने आपको जमा करने के लिए जो धन दिया हो (निक्षेप), उसका दान नहीं किया जा सकता। पुत्र का दान नहीं किया जा सकता। पत्नी का दान नहीं किया जा सकता। संतानों के रहते हुए गृहपति अपनी समस्त संपत्ति का दान नहीं कर सकता। पहले ही किसी अन्य को दिया गया पदार्थ दुबारा दान नहीं किया जा सकता।

भृत्य को तथा प्रत्युपकारी मित्र को जो स्नेहवश दिया जाए तथा कन्या के साथ जो स्त्रीशुल्क दिया जाता है, वह सब अनुग्रह के लिए दिया गया माना जाता है।

दक्ष स्मृति के तीसरे अध्याय 'गृहस्थाश्रमवर्णनम्' में कहा गया है कि—

धूर्त्ते वन्दिनि मन्दे च कुवैद्ये कितवे शठे।
चाटुचारणचैरभ्योदत्तं भवति निष्फलम्॥[42]

अर्थात् धूर्त को, भाटों को, मंदबुद्धि को, कुवैद्य को, जुआरी को, शठ को चाटु (लंपट) को, चारणों को और चोरों को, इन नौ लोगों को दिया गया दान, दान नहीं माना जाता। वह दान निष्फल ही रहता है।

इस प्रकार अदेय पदार्थों तथा जिन्हें दान नहीं दिया जाना चाहिए, ऐसे लोगों के विषय में धर्मशास्त्र विस्तार से बताते हैं। बृहस्पति स्मृति ने भी यह बात बल देकर कही है कि दान वस्तुतः ज्ञानी को ही दिया जाना चाहिए, क्योंकि उससे संपूर्ण कुल का उद्धार होता है। यदि अपात्र को दान दिया जाए तो उससे हानि होती है।[43]

अस्वीकार के योग्य दान

जिस प्रकार के दान कदापि नहीं लेने चाहिए, उनका वर्णन भी धर्मशास्त्रों ने स्पष्ट किया है। ऋषि जैमिनि ने पूर्व मीमांसा में लिखा, 'दो दंत-पंक्तियों वाले पशुओं को दान रूप में ग्रहण नहीं करना चाहिए। वसिष्ठ धर्मसूत्र ने ब्राह्मणों के लिए अस्त्र-शस्त्र, विषैले पदार्थ तथा उन्माद बढ़ाने वाले पदार्थ दान रूप में लेने से मना किया है। मनुस्मृति में अध्याय चार में स्पष्ट कहा गया है कि हिरण्यं भूमिमश्वं गामन्नं वासस्तिलान्घृतम्।

प्रतिगृह्णन्नविद्वांस्तु भम्मीभवति दारुवत्॥ 188॥

हिरण्यमायुरन्नं च भूर्गौश्चाप्योषतस्तनुम्।

अश्वश्चक्षुस्त्वचं वासो घृतं तेजस्विला: प्रजा:॥ 189॥[44]

अर्थात् जो ब्राह्मण विद्वान् न हो, उसे कभी भी सोना, भूमि, घोड़ा, गाय, अन्न, वस्त्र, घी और तिल का दान नहीं लेना चाहिए। अन्यथा उसके सभी पुण्य भस्म हो जाते हैं। यदि ऐसा अविद्वान् ब्राह्मण स्वर्ण और अन्न दान में लेता है, तो उसकी आयु क्षीण होती है। यदि वह भूमि और गाय को दान में लेता है, तो उसका शरीर क्षीण होता है। यदि वह घोड़ा दान में लेता है तो उसके नेत्र नष्ट हो जाते हैं। ब्रह्म पुराण का कहना है कि यदि कोई भी ब्राह्मण मृगचर्म या तिल दान में स्वीकार करता है तो उसका अगला जन्म स्त्री रूप में होगा। इसी प्रकार यदि वह महापात्र नामक विशेष वृत्ति वाला ब्राह्मण नहीं है तो उसे मृत व्यक्ति की शय्या या आभूषण या वस्त्र कभी भी दान में नहीं लेना चाहिए। अन्यथा उसकी अधोगति निश्चित है।

दान के काल

समर्थ व्यक्ति को कुछ दान प्रतिदिन करना चाहिए। इस प्रतिदिन दान के अतिरिक्त विशिष्ट अवसरों पर भी दानकर्म की व्यवस्था है। विशिष्ट अवसरों पर दिया गया दान अधिक सफल तथा पुण्यप्रद होता है। विशेषकर उत्तरायण और दक्षिणायण प्रारंभ होने के प्रथम दिन दान देने से विशेष पुण्य होता है। इसी प्रकार सूर्यग्रहण और चंद्रग्रहण के समय दान अवश्य देना चाहिए। ये दान अक्षयफल के दाता हैं। लघुशातातप स्मृति का 150वाँ श्लोक है—

शतमिन्दुक्षये दानं सहस्रं तु दिनक्षये।

विषुवे शतसाहस्रं व्यतीपाते त्वनन्तकम्॥[45]

अर्थात् अमावस्या के दिन और चंद्रग्रहण के समय दान देने से सैकड़ों गुना फल प्राप्त होता है। इसी प्रकार दिनक्षय के समय दान देने से हजार गुना फल प्राप्त होता है। उत्तरायण के समय दान देने से लाख गुना फल प्राप्त होता है तथा व्यतिपात में दान देने से अनंत फल प्राप्त होता है। जब तीन तिथियाँ एक ही दिन पड़ जाएँ तो उसे दिनक्षय

कहा जाता है। जैसे सूर्योदय के समय एकादशी हो, फिर दिन भर द्वादशी और सूर्यास्त से पहले त्रयोदशी लग जाए तो उसे दिनक्षय कहेंगे। अथवा सूर्योदय के समय एकादशी हो और अगले दिन सूर्योदय के समय त्रयोदशी हो तो उसे भी दिनक्षय कहेंगे। क्योंकि इसमें द्वादशी तिथि का क्षय हो गया है। ऐसे दिनक्षय में दान देने से हजार गुना फल प्राप्त होता है। व्यतिपात एक योग विशेष है, जो चंद्रमा के श्रवण नक्षत्र या अश्विनी नक्षत्र अथवा धनिष्ठा, आद्रा या अश्लेषा में रहने पर तथा अमावस्या के रविवार को होने पर घटित होता है। व्यतिपात की घड़ियाँ शुभ कार्यों के लिए वर्जित हैं और दान से अनंत फल दायक हैं। इसके साथ ही प्रत्येक पूर्णिमा में दान का विशेष फल है। महाभारत के अनुशासन पर्व के अध्याय 64 में विभिन्न नक्षत्रों में दान के अलग-अलग पुण्य बताए गए हैं। साथ ही, प्रत्येक नक्षत्र के समय दान दिए जाने वाले पदार्थ भी अलग-अलग ही बताए गए हैं। उदाहरण के लिए—

कृत्तिकासु महाभागे पायसेन ससर्पिषा।
संतर्प्य ब्राह्मणान् साधूल्लोकानाप्नोत्यनुत्तमान्॥ 5॥
रोहिण्यां प्रसृतैर्मार्गैर्मांसैरन्नेन सर्पिषा।
पयोऽन्नपानं दातव्यमनृणार्थं द्विजातये॥ 6॥[46] इत्यादि

सामान्यत: रात्रि में दान नहीं दिया जाना चाहिए, परंतु ग्रहण में, विवाह में, संक्रांतियों में और पुत्ररत्न होने पर रात्रि में भी दान दिया जा सकता है। अत्रि स्मृति में इस आशय का श्लोक है।

हमारे श्रेष्ठ राजाओं के अनेक शिलालेखों में भी दान के काल का उल्लेख करते हुए दिए गए दानों का वर्णन है। विशेषत: सूर्यग्रहण और चंद्रग्रहण के अवसर पर दिए गए दानों का उल्लेख राष्ट्रकूट एवं चालुक्य सम्राटों तथा अन्य राजाओं के अभिलेख में मिलता है।

भारत के यशस्वी राजाओं के शिलालेखों में भी उनके द्वारा दिए गए भूमिदान एवं ग्राम दान के जो भी विवरण हैं, उनमें दिए गए काल का उल्लेख भी सदा किया जाता रहा है, जिससे पता चलता है कि दान के काल का कितना महत्त्व है।

उदाहरण के लिए मध्य प्रदेश के विदिशा में उदयगिरि की गुफाओं में गुप्त शासकों का जो एक अभिलेख मिला है, उसमें स्पष्ट रूप से कार्तिक मास के कृष्ण पक्ष की पंचमी तिथि का उल्लेख है। इसी प्रकार प्रसिद्ध गुप्त सम्राट् चंद्रगुप्त के शासनकाल में उनके एकप्रांतीय शासक का प्रसिद्ध अभिलेख जूनागढ़ स्थित गिरनार पर्वत की एक चट्टान पर मिला, जिसमें पूर्त कर्म के रूप में उक्त प्रांतीय शासक वैश्य पुष्यगुप्त ने एक झील का निर्माण कराया था। यह झील गुप्त संवत् 136 में भाद्रपद की षष्ठी तिथि को क्षतिग्रस्त हो गई थी, जिसे दो वर्ष बाद पुन: बनवाया गया और दोनों ही घटनाओं की

तिथियाँ अभिलिखित हैं। धर्मशास्त्र के अनुसार यह कार्य पूर्त कर्म का अंग है। चालुक्य सम्राट् कीर्तिवर्मा द्वितीय ने जिस चंद्रग्रहण के अवसर पर प्रभूत दान दिए, उस तिथि और दान का उल्लेख एपिग्रैफिया इंडिका में है। इसी प्रकार सम्राट् अमोघवर्ष का संक्रांति के अवसर पर दिए गए दान का भी उल्लेख एपिग्रैफिया इंडिका में है।

दान के काल के विषय में महान् मीमांसक नीलकंठ भट्ट रचित 'भगवन्तभास्कर:' के सप्तम मयूख 'दान मयूख' में दानकाल के विषय में वाराह पुराण, विष्णुधर्मोत्तर पुराण तथा महाभारत के श्लोक उद्धृत कर कहा गया है—

वाराहे—

दर्शे शतुगणं दानं तश्चतुर्घ्नं दिनक्षये।
शतघ्नं तश्च संक्रांतौ शतघ्नं विषुवे ततः॥
युगादौ तच्छतगुणमयने तच्छताहतम्।
सोमग्रहे तच्छतघ्नं तच्छतघ्नं रवेर्ग्रहे॥
तच्छतघ्नं व्यतीपाते दानं वेदविदो विदुः।

विष्णुधर्मोत्तरे—

वैशाखी कार्तिकी माघी पूर्णिमा तु महाफला।
पौर्णमासीषु सर्वासु मासर्क्षसहितासु च॥
दत्तानामिह दानानां फलं शतगुणं भवेत्।
यस्यां पूर्णेन्दुना योगं याति जीवो महाबलः॥
पौर्णमासी तु विज्ञेया महापूर्वा द्विजोत्तम।
स्नानं दानं तथा जप्यमक्षय्यं वै तदा स्मृतम्॥

भारते—

रात्रौ दानं न शंसंति विना त्वभयदक्षिणाम्।
विद्यां कन्यां द्विजश्रेष्ठ दीपमन्नं प्रतिश्रयम्॥
विनेतिपदं विद्यादिभिरपि सम्बद्धयते।[47]

वस्तुतः विष्णुधर्मोत्तरमहापुराणम् के तृतीय खंड में 317वाँ अध्याय दान के काल के विषय में ही है। प्रारंभ में ऋषि भगवान् हंस से पूछते हैं कि हमें उस काल के विषय में बतलाइए जिस काल में जो दान बहुत फल प्रदान करता है। तब भगवान् हंस विस्तार से दान के काल के विषय में बताते हैं।

दान के स्थल

दान के समय के साथ ही दान के देश या स्थल के विषय में भी धर्मशास्त्रों में विस्तार से चर्चा है। 'भगवन्तभास्कर:' में सप्तम खंड अर्थात् सातवें मयूख को 'दान मयूख' कहा गया है। उसमें कहा गया है कि घर में दिया गया दान दस गुना फल देता है, दिनक्षय में दिया गया दान चालीस गुना फल देता है, संक्रांति में दिया गया दान सौ गुना फल देता है। उसी प्रकार गौशाला में दिया गया दान सौ गुना, तीर्थों में दिया गया दान हजार गुना और शिवलिंग के समक्ष दिया गया दान अनंत फल वाला होता है—

गृहे दशगुणं दानं गोष्ठे चैव शताधिकम्।
पुण्यतीर्थेषु साहस्रमनन्तं शिवसन्निधौ॥

पद्मपुराण का यह श्लोक भी श्री नीलकंठ भट्ट ने उद्धृत किया है—

लिंगम् वा प्रतिमा वाऽपि दृश्यते यत्र कुत्रचित्।
तत्सर्वं पुण्यतां याति दानेषु च महाफलम्॥

स्कंद पुराण के काशी खंड के इस श्लोक को भी नीलकंठ भट्ट ने दान मयूख के 'अथ पुण्यदेशा:' प्रकरण में उद्धृत किया है—

अन्यत्र यत्कृतं कर्म व्रतं दानं तपो जप:।
गंगातटेषु तत्सर्वं कृतं कोटिगुणं भवेत्॥

स्कंद पुराण के ही दान प्रकरण में यह भी कहा गया है—

वाराणसी कुरुक्षेत्रं प्रयाग: पुष्कराणि च। गंगा समुद्रतीरं च नैमिषामरकंटकम्॥
श्रीपर्वतमहाकालं गोकर्ण वेदपर्वतम्। इत्याद्या: कीर्तित: देश: सुरसिद्धनिषेचित:॥
सर्वे शिलोच्चया: पुण्या: सर्वा नद्य: ससागरा:। गौसिद्धमुनिवासाश्च देशा: पुण्या:
प्रकीर्तिता:॥ एषु तीर्थेषु यद्दत्तं फलस्यानन्त्यकृद् भवेत्।

अर्थात् वाराणसी, कुरुक्षेत्र, प्रयाग, पुष्कर, गंगातट, सागरतट, नैमिषारण्य, अमरकंटक, श्रीपर्वत, महाकाल (उज्जयिनी), गोकर्ण और वेदपर्वत ये अत्यंत पवित्र देश हैं। इसी प्रकार अन्य भी पवित्र देश हैं, जो देवताओं एवं सिद्धों के क्षेत्र हैं। सभी पर्वत, सभी नदियाँ एवं समस्त समुद्र पवित्र हैं। गौशाला, सिद्धस्थान और ऋषियों के आवास पवित्र स्थल हैं। इन सभी स्थानों में जो कुछ भी दान दिया जाता है, वह अनंत फल देने वाला होता है।

दान दिए जाने वाले पदार्थों के देवताओं के भी नाम धर्मशास्त्रों में बताए गए हैं। स्वर्ण के देवता अग्नि हैं, दास के देवता प्रजापति हैं, गाय के देवता रुद्र हैं, वैसे गाय स्वयं एक देवता है। जिन पदार्थों के कोई विशिष्ट देवता उल्लिखित नहीं हैं, उन सबके देवता भगवान् विष्णु हैं।

दान देने की विधि

धर्मशास्त्रों में दान देने की विधि और दान ग्रहण करने की विधि दोनों का ही विस्तार से वर्णन किया गया है। दानमयूख में इसकी विधि निम्नानुसार वर्णित है—

कात्यायन—

कुशोपरि निविष्टेन तथा यज्ञोपवीतिना।
देयं प्रतिग्रहीतव्यमन्यथा विफलं भवेत्॥

स्मृत्यन्तरे

दद्यात्पूर्वमुखो दानं गृह्णीयादुत्तरामुखः।
आयुर्विर्द्धते दातुग्रहीतुः क्षीयते न तत्॥

हेमाद्रौ—

नामगोत्रे समुच्चार्य सम्प्रदानस्य चात्मनः।
संप्रदेयं प्रयच्छन्ति कन्यादाने तु पुंस्त्रयम्॥
शाखामप्युच्चारयन्ति शिष्टाः।
वस्त्रादिना विप्रवरणं च कुर्वन्ति मध्यदेशे॥

तथा—

नामगोत्रे समुच्चार्य सम्यक्श्रद्धान्वितो ददेत्।
संकीर्त्य देशकालादि तुभ्यं संप्रददे इति॥

वाराहे—

सुस्नातः सम्यगाचान्तः कृतसन्ध्यादिकक्रियः।
कामक्रोधविहीनश्च पाषण्डस्पर्शवर्जितः॥
दद्यादिति शेषः।

गौतम—

अंतर्जानुकरं कृत्वा सकुशं सतिलोदकम्।
फलान्यपि च सन्धाय प्रदद्याच्छ्रद्धयाऽन्वितः॥[48]

(यज्ञोपवीत धारण किए हुए दाता को कुश के ऊपर दान के लिए दी जा रही वस्तु या धन को रखकर आदरपूर्वक देना चाहिए और प्रतिग्रहीता उसे सम्मानपूर्वक ग्रहण करे, तभी दान सफल होता है, अन्यथा विफल हो जाता है। दान देने वाला पूर्वमुखी हो और

दान लेने वाला उत्तरमुखी हो तथा संकल्पपूर्वक दान अर्पित किया जाए, तो दाता की आयु बढ़ती है और ग्रहीता की भी आयु पुष्ट होती है। अपने नाम और गोत्र का उच्चारण कर दान दिया जाना चाहिए। कन्यादान में विशेषकर नाम और गोत्र का उच्चारण आवश्यक है। नाम और गोत्र का उच्चारण करते हुए श्रद्धा से परिपूर्ण रहकर देशकाल का स्मरण करते हुए दान दिया जाना चाहिए। भलीभाँति स्नान करके तथा संध्या आदि क्रियाएँ संपन्न कर पवित्र भाव से और कामभाव और क्रोध से रहित रहकर दान दिया जाना चाहिए। कुश और तिल के साथ दान दें।)

स्कंद पुराण के अनुसार ओंकार का उच्चारण करते हुए दान दिया जाना चाहिए और ओंकार के उच्चारण के साथ ही ग्रहण किया जाना चाहिए।

धर्मशास्त्रों के अनुसार दाता और प्रतिग्रहीता दोनों को स्नान करके पवित्र धवल वस्त्र पहनना चाहिए और पवित्र आसन पर बैठकर देय पदार्थ का नाम, उसके देवता का नाम तथा दान देने का उद्‌देश्य उच्चारित करना चाहिए। साथ ही कहना चाहिए कि मैं आपको इस वस्तु का दान कर रहा हूँ। यह कहकर प्रतिग्रहीता के हाथ पर जल गिराना चाहिए। प्रतिग्रहीता को आदरपूर्वक ग्रहण कर 'स्वस्ति' कहना चाहिए।

अग्निपुराण में कहा गया है कि—

पुत्रपौत्रगृहैश्वर्यपत्नीधर्मार्थसद्गुणाः। कीर्तिविद्यामहाकाम-सौभाग्यारोग्यवृद्धये।
सर्वपापोपशांत्यर्थं स्वर्गार्थं भुक्तिमुक्तये। एतत्तुभ्यं संप्रददे प्रीयतां मे हरिः शिवः॥

अर्थात् पुत्र, पौत्र, घर, ऐश्वर्य, पत्नी, धर्म कार्य की सामर्थ्य, सद्गुणों की वृद्धि, कीर्ति, विद्या, सौभाग्य, आरोग्य और समस्त पापों की शांति तथा स्वर्ग एवं अपवर्ग की प्राप्ति के लिए दान दिया जाता है। इन चौदह अभीप्साओं की सिद्धि के लिए दान का विधान है।

इसके साथ ही धर्मशास्त्रों में राजाओं के द्वारा दिए जाने वाले दानों का विस्तार से वर्णन है। अत्यंत प्राचीन काल से भूमिदान को सर्वोच्च पुण्यकारक कृत्य कहा गया है। महाभारत में तथा मत्स्य पुराण तथा विष्णुधर्मोत्तर पुराण में भूमिदान का बहुत ही गौरव बताया गया है। सभी पापों का प्रायश्चित्त भूमिदान से हो जाता है तथा उच्च फलों की प्राप्ति होती है। महाभारत के अनुशासनपर्व के अध्याय 59 में कहा गया है कि सुवर्ण दान, गोदान और भूमि दान ये तीन पवित्र दान हैं, जो पापी को भी तार देते हैं—

हिरण्यदानं गोदानं पृथिवीदानमेव च।
एतानि वै पवित्राणि तारयन्त्यपि दुष्कृतम्॥ 5॥[49]

धर्मशास्त्रों ने भूमि दान के विषय में विस्तार से नियम बताए हैं। याज्ञवल्क्य स्मृति का कहना है—

दत्त्वा भूमिं निबंधं वा कृत्वा लेख्यं तु कारयेत्।
आगामिभद्रनृपतिपरिज्ञानाय पार्थिवः॥
पटे वा ताम्रपट्टे वा स्वमुद्रोपरिचिहिन्तम्।
अभिलेख्यात्मनो वंश्यानात्मानं च महीपतिः॥
प्रतिग्रहपरीमाणं दानच्छेदोपवर्णनम्।
स्वहस्तकालसंपन्नं शासनं कारयेत्स्थिरम्॥ [50]

(राजा को चाहिए कि भूमिदान करते समय अथवा निबंधन करते समय उसे लेखबद्ध कराए, जिससे आगामी राजा एवं भद्रजन उस दान को जान सकें। वस्त्र पर या ताम्रपट्ट पर अपनी मुद्रा (राजचिह्न) अंकित कर अपने पूर्वजों का भी वर्णन करते हुए दान देने का समय, दान दी गई वस्तु की मात्रा और उसकी कुल चारों ओर की सीमाएँ स्पष्ट रूप से निधारित हों, इन सबका अपने हाथ से उल्लेख करे तथा यह आदेश मुद्रित करे कि मैंने अमुक काल में अमुक मात्रा में अमुक वस्तु दान दी है।)

स्पष्ट है कि दिए गए दान को सुनिश्चित करने की दृष्टि से ऐसी विस्तृत एवं स्पष्ट व्यवस्था की गई है। इस पर टीका करते हुए विश्वरूप ने लिखा है कि दानपत्र पर आज्ञा के साथ ही राजकर्मचारियों के नाम, स्थल, राजमाता और रानियों के नाम भी अंकित होने चाहिए।

महत्त्वपूर्ण यह है कि भारत में हजारों शिलालेख और दानपत्र प्राप्त हुए हैं और सबमें धर्मशास्त्रों की उक्त व्यवस्था का अक्षरशः पालन होता रहा है। केवल 15 अगस्त, 1947 के बाद भारत के शासकों ने धर्मशास्त्रों की व्यवस्था को पुराना मानकर तज दिया है।

यहाँ यह तथ्य भी महत्त्वपूर्ण है कि राजा किसानों तथा अन्य लोगों की भूमि का दान नहीं कर सकते। केवल राजकीय घोषित भूमि का दान ही किया जा सकता है। अन्य की भूमि के अधिग्रहण की भी कोई परंपरा भारत में नहीं रही है। लोककल्याण के नाम पर अन्य की भूमि या संपत्ति अधिगृहीत करना भारतीय धर्मशास्त्रों में अकल्पनीय है। स्वयं राजा भी अपने द्वारा दान दी गई भूमि का पुनः अधिग्रहण नहीं कर सकते, क्योंकि यह कहा गया है कि दान में दी गई भूमि वापस ले लेने पर महापाप लगता है। इतना ही नहीं, दान दी गई भूमि पर राजा कर भी नहीं लेते थे। जैमिनी के एक सूत्र की व्याख्या करते हुए शबरस्वामी ने लिखा है कि पृथ्वी पर सम्राट् एवं अन्य लोगों के अधिकारों में कोई अंतर नहीं है। नीलकंठ भट्ट रचित 'भगवन्तभास्करः' के व्यवहार मयूख में कहा गया है कि पृथ्वी के भूखंडों पर अधिकार उनका है, जो उसे जोतते, बोते और उससे उपज लेते हैं। राजा को केवल कर ग्रहण का अधिकार है। राजा उसी भूमि का दान दे सकता है, जिसे वह धन देकर खरीद लेता है। अतिप्राचीन काल से ब्राह्मणों को विशेषतः कुछ गाँव या विस्तृत भूखंड दान में दिए जाते थे, जिन्हें अग्रहार कहते हैं।

महादान

दस वस्तुओं का दान महादान कहलाता है—सुवर्ण, भूमि, कपिला गाय, वर के लिए कन्या, घोड़े, हाथी, तिल, दास-दासियाँ, घर, और रथ। पुराणों में सोलह प्रकार के दानों को महादान कहा गया है,[51] जिनमें उक्त दस महादान के साथ ही अन्य निम्न महादान भी हैं—

1. **तुला पुरुष का दान**—अपने बराबर सोना या चाँदी तौलकर ब्राह्मणों में बाँट देना। होम के उपरांत पुष्प एवं सुगंध के साथ मंत्रोच्चारण सहित लोकपालों का आह्वान किया जाता है। इसके उपरांत दाता अपने बराबर या पुरुष के बराबर सोने या चाँदी के तौल के आभूषण ब्राह्मण को दान देता है। इसकी भी लंबी-चौड़ी विधियाँ हैं। सामान्यतः राजा लोग तुला पुरुष का दान करते थे, परंतु कई बार अमात्य तथा महाजन भी इस प्रकार के दान करते थे।
2. **हिरण्यगर्भ**—यह भी तुला पुरुष के दान जैसा ही है। मत्स्य पुराण तथा लिंगपुराण में इसका वर्णन है।
3. **कल्पवृक्ष**—भाँति-भाँति के फलों, परिधानों तथा आभूषणों से सुसज्जित एक कल्पवृक्ष बनाया जाता है। उसी में ब्रह्मा, विष्णु, शिव और सूर्य की आकृतियाँ भी रच दी जाती हैं। सोने की चार टहनियाँ भी बनाई जाती हैं, जो मंदार, पारिजात और हरिचंदन आदि की होती हैं। कल्पवृक्ष के नीचे कामदेव की आकृति रची जाती है और साथ ही चार सुंदर स्त्रियों की भी। इसके पार्श्व में जलपूर्ण आठ कलश वस्त्र से ढँककर कलश के ऊपर दीपकों को ज्योतित कर साथ ही छाता और चाँवर भी रखे जाते हैं। 18 प्रकार के धान्य भी साथ रखे जाते हैं। मंत्रों और स्तुतियों के उपरांत कल्पवृक्ष का दान गुरु तथा चारों टहनियों का दान पुरोहित ब्राह्मणों को दे दिया जाता है। संतानहीन पति-पत्नी को यह दान करना चाहिए, ऐसा महाराष्ट्र के एक बड़े हिस्से में महाराज रहे शिलाहार वंश के एक प्रतापी सम्राट् अपरादित्य द्वारा याज्ञवल्क्य स्मृति पर लिखी अपरार्क टीका में विवरण दिया है।
4. **कामधेनु दान**—गाय और बछड़े की दो स्वर्ण मूर्तियाँ बनाई जाती हैं। गाय का आह्वान करने के बाद उसकी विधि-विधान से पूजा कर गुरु या वेदज्ञ ब्राह्मण को कामधेनु गाय दी जाती है। इसका महान् फल पुराणों में बताया गया है। मत्स्य पुराण और लिंग पुराण में इसका विशेष महत्त्व है।
5. **धरा दान**—अपनी सामर्थ्य भर एक स्वर्ण भूमि का निर्माण करना चाहिए। यह जंबूद्वीप के आकार की होनी चाहिए। जिसमें किनारे पर अनेक पर्वत,

मध्य में सुमेरु पर्वत और सातों समुद्र तथा सैकड़ों आकृतियाँ उकेरी गई हों। धरा देवी का आह्वान करने के बाद विधिवत् पूजन कर धरा दान किया जाता है।

6. **महाभूत घट दान**—साढ़े दस अंगुल से लेकर सौ अंगुल तक के कर्ण वाला एक त्रिभुज बनाया जाता है, जो सोने का बना होता है। इसमें बहुमूल्य रत्नों के ऊपर एक स्वर्ण घट रखा जाता है। स्वर्ण घट को दूध और घी से भर दिया जाता है। साथ ही, कूर्म, मकर, मृग आदि की आकृतियाँ भी घट में रखी जाती हैं। अन्य अनेक पवित्र वस्तुएँ भी रखकर पूजन के उपरांत यह घट दान में दे दिया जाता है। इसे महाभूत घट दान कहते हैं।

उपरोक्त के अतिरिक्त अनेक अन्य दानों का वर्णन पुराणों में है। लेकिन सबसे अधिक महिमा गोदान की ही है। सामर्थ्य होने पर दान में दी जा रही गौ की सींग सोने से तथा खुर चाँदी से जटित कर पूजन के उपरांत गोदान किया जाता है। महाभारत के अनुशासन पर्व में कहा गया है कि गाय ही यज्ञ का मूलभूत साधन है। इसलिए सदा गौ की स्तुति करनी चाहिए। गोदान की विधि का वर्णन वराहपुराण तथा अग्निपुराण में विस्तार से किया गया है।

दान के अतिरिक्त भी इष्ट और पूर्त कर्मों के अन्य अनेक रूप हैं। इनमें उद्यान निर्माण, आरोग्यशाला स्थापना, मंदिरों का निर्माण, मंदिरों में देव-प्रतिमाओं की स्थापना, कुआँ, बावड़ी और तालाबों का निर्माण कराकर उसे लोक कल्याण के लिए दान देना आदि पूर्त कर्म प्रसिद्ध हैं।

कूप और तालाब की प्रतिष्ठा विधि तथा दान विधि का धर्मशास्त्रों में विस्तार से वर्णन है। विशेषकर पारस्कर गृह्यसूत्र, आश्वलायन गृह्यसूत्र, मत्स्य पुराण और अग्नि पुराण मुख्य हैं। इसके अतिरिक्त हेमाद्रि का 'दान प्रकरण' और रघुनंदन कृत 'जलाशय उत्सर्ग तत्त्व' नामक ग्रंथ प्रसिद्ध है। श्री नीलकंठ भट्ट रचित 'भगवन्तभास्कर' में प्रतिष्ठामयूख और उत्सर्गमयूख प्रकरणों में इनका विस्तार से वर्णन है। 'राजधर्म कौस्तुभ' नामक ग्रंथ में भी प्रतिष्ठा और उत्सर्ग की विधि विस्तार से वर्णित है।

प्रतिष्ठा की विधि के चार मुख्य स्तर हैं—संकल्प, होम, उत्सर्ग और दक्षिणा। दक्षिणा के उपरांत ब्राह्मण भोजन अनिवार्य है। दान में स्वामी अपना स्वामित्व किसी अन्य को दे देता है और तब उस वस्तु पर उसका कोई स्वामित्व भी नहीं रहता और वह उसका प्रयोग भी नहीं कर सकता, परंतु उत्सर्ग में दी हुई वस्तु समस्त समाज की हो जाती है और दाता भी समाज के एक सामान्य सदस्य के रूप में उसका उपयोग कर सकता है। वाटिका, उद्यान, कुआँ, बावड़ी, तालाब, पुष्करिणी, आरोग्यशाला, धर्मशाला आदि का उत्सर्ग इसी प्रकार किया जाता है।[52]

इसके अतिरिक्त वृक्षारोपण का महत्त्व भी धर्मशास्त्रों में वर्णित है। तैत्तिरीय ब्राह्मण ग्रंथ ने सात प्रकार के पवित्र वृक्ष बताए हैं। पीपल, बरगद, उदुंबर और प्लक्ष वृक्ष अत्यंत पवित्र होते हैं। इसके साथ ही आम भी पवित्र वृक्ष है। पलाश भी पवित्र वृक्ष है। पारिजात का वृक्ष और फूल अत्यंत पवित्र है।

महाभारत में जलाशय बनाने और बगीचे लगाने का महत्त्व अनुशासन पर्व के 58वें अध्याय में वर्णित है। महाराज युधिष्ठिर ने पितामह भीष्म से पूछा कि बगीचा (आराम) लगाने और तड़ाग बनवाने का क्या फल होता है ? इस पर पितामह ने उत्तर दिया—

तडागानां च वक्ष्यामि कृतानां चापि ये गुणाः।
त्रिषु लोकेषु सर्वत्र पूजनीयस्तडागवान्॥ 4॥
अथवा मित्रसदनं मैत्रं मित्रविवर्धनम्।
कीर्तिसंजननं श्रेष्ठं तडागानां निवेशनम्॥ 5॥
धर्मस्यार्थस्य कामस्य फलमाहुर्मनीषिणः।
तडागसुकृतं देशे क्षेत्रमेकं महाश्रयम्॥ 6॥
चतुर्विधानां भूतानां तडागमुपलक्षयेत्।
तडागानि च सर्वाणि दिशन्ति श्रियमुत्तमाम्॥ 7॥
देवा मनुष्यगन्धर्वाः पितरोरगराक्षसाः।
स्थावराणि च भूतानि संश्रयन्ति जलाशयम्॥ 8॥[53]

(तड़ाग बनवाने से जो लाभ होते हैं, वह बताता हूँ—तालाब बनवाने वाला मनुष्य सर्वत्र पूजा जाता है, क्योंकि तालाबों का बनवाना लोकोपकारक है और तालाब मित्र के घर की तरह लगते हैं। अर्थात् सुखद होते हैं। किसी देश या क्षेत्र में एक बड़ा तालाब बनवाने से धर्म, अर्थ और काम तीनों का फल प्राप्त होता है, क्योंकि बड़ा तालाब सभी प्राणियों के लिए एक महान् आश्रय है। वह प्राणियों का आधार बनता है और इसीलिए उन्हें बनवाने वाले को उत्तम संपत्ति प्राप्त होती है। तालाब का न केवल पशु-पक्षी अपितु मनुष्य, गंधर्व, नाग, देवता आदि भी आश्रय लेते हैं।)

इसी प्रकार भीष्म पितामह ने वृक्षों को लगाने का भी उत्तम फल बताया है। उनका कहना है कि स्थावर छह प्रकार के होते हैं—वृक्ष (बड़े पेड़), गुल्म (कुश आदि), लता, वल्ली (भूमि पर फैलने वाली), त्वक्सार (बाँस आदि) तथा तृण (घास आदि)। इनको लगाने से मनुष्य को इस लोक में कीर्ति मिलती है तथा मृत्यु के बाद उत्तम शुभ फल मिलते हैं। जो वृक्ष लगाता है, उसके लिए वे वृक्ष पुत्र रूप ही होते हैं, क्योंकि वृक्ष अपने फूलों से देवताओं की, फलों से पितरों की तथा छाया से अतिथियों की पूजा करते हैं। जो वृक्ष का दान करता है, उसको वे वृक्ष पुत्र की भाँति परलोक में तार देते हैं—

स्थावराणां च भूतानां जातयः षट् प्रकीर्तिताः।
वृक्षगुल्मलतावल्ल्यस्त्वक्सारास्तृणजातयः॥ 23॥
लभते नाम लोके च पितृभिश्च महीयते।
देवलोके गतस्यापि नाम तस्य न नश्यति॥ 25॥
तस्य पुत्रा भवन्तयेते पादपा नात्र संशयः।
परलोकगतः स्वर्गं लोकांश्चाप्नोति सोऽव्ययान्॥ 27॥
पुष्पैः सुरगणान् वृक्षाः फलैश्चापि तथा पितृन्।
छायया चातिथिं तात पूजयन्ति महीरूहः॥ 28॥
पुष्पिताः फलवन्तश्च तर्पयन्तीह मानवान्।
वृक्षदं पुत्रवद् वृक्षास्तारयन्ति परत्र तु॥ 30॥[54]

अंत में पितामह भीष्म कहते हैं—

तस्मात् तडागं कुर्वीत आरामांश्चैव रोपयेत्।
यजेच्च विविधैर्यज्ञैः सत्यं च सततं वदेत्॥ 33॥

(इसीलिए तालाब खुदवाने चाहिए और उद्यान लगाने चाहिए तथा विविध प्रकार के यज्ञ करते हुए सदा सत्य ही बोलना चाहिए।)

इष्ट और पूर्त कर्मों में से मंदिरों का निर्माण और देव प्रतिष्ठा भी महत्त्वपूर्ण कार्य है। मंदिरों के निर्माण की बड़ी महिमा है। इसके साथ ही अन्नदान का भी विशेष माहात्म्य कहा गया है। अनुशासन पर्व के 63वें अध्याय में भीष्म पितामह ने देवर्षि नारद का यह कथन उल्लिखित किया है—

अन्नमेव प्रशंसंति देवा ऋषिगणास्तथा।
लोकतन्त्रं हि संज्ञाश्च सर्वमन्ने प्रतिष्ठितम्॥ 5॥
अन्नेन सदृशं दानं न भूतं न भविष्यति।
तस्मादन्नं विशेषेण दातुमिच्छन्ति मानवाः॥ 6॥[55]

(देवता और ऋषिगण अन्न की ही प्रशंसा करते हैं। लोकयात्रा का निर्वाह अन्न से ही होता है। इसलिए अन्न ही लोक का तंत्र है। उसी से बुद्धि को स्फूर्ति प्राप्त होती है। अतः अन्न का दान ही सर्वश्रेष्ठ दान है, क्योंकि संपूर्ण जगत् को अन्न ही धारण किए हुए है।)

आगे इस 63वें अध्याय में अन्नदान की विस्तार से महिमा गाई गई है। विशेषतः सुयोग्य ब्राह्मणों को विधिपूर्वक अन्न का दान करने से पुण्यमय लोग प्राप्त होते हैं। इसके साथ ही 64वें अध्याय में भिन्न-भिन्न नक्षत्रों के योग में भिन्न-भिन्न वस्तुओं के दान का माहात्म्य बताया गया है। जैसे कि कृत्तिका नक्षत्र में घृतयुक्त खीर से श्रेष्ठ ब्राह्मणों को तृप्त करें। रोहिणी में फल, अन्न, घी तथा दूध एवं मधुर पेय का दान करें। मृगशिरा में दूध देने

वाली गौ का बछड़े सहित दान करें। इसी प्रकार पुष्य नक्षत्र में स्वर्ण का दान करने से दाता पुण्य लोकों में प्रकाशित होता है। अश्लेषा नक्षत्र में चाँदी का दान, मघा नक्षत्र में तिल से भरे हुए पात्रों का दान, हस्त नक्षत्र में ध्वजा, पताका और चंदोवा का दान तथा हाथी जुते हुए रथ का दान, चित्रा नक्षत्र में पवित्र सुगंध का दान, स्वाति नक्षत्र में अपनी प्रिय वस्तु का दान, विशाखा नक्षत्र में भारवाही बैलों का दान, अनुराधा नक्षत्र में ओढ़ने का वस्त्र, ज्येष्ठा नक्षत्र में शाक और मूली का दान, मूल नक्षत्र में फल-मूल का दान आदि।

65वें अध्याय में सुवर्ण दान और जलदान आदि की महिमा विस्तार से बताई गई है। गरमी और बरसात के महीने में छाता दान करने से तथा शीतकाल में तापने के लिए लकड़ियाँ दान करने से होने वाले पुण्यों का वर्णन 65वें अध्याय में है।

66वें अध्याय में जूता, बैलगाड़ी, तिल, अन्न, गौ और भूमि के दान का माहात्म्य बताया गया है। 67वें एवं 68वें अध्याय में भी अन्न, जल, तिल, दीप तथा रत्न आदि के दान का माहात्म्य बताया गया है।

इस प्रकार इष्ट और पूर्त कर्मों के द्वारा समाज में सभी प्रकार के अभावों की पूर्ति का धार्मिक विधान है। मंदिर निर्माण और प्रतिमा प्रतिष्ठा भी लोक कल्याण के लिए ही है और उस विषय में भी विस्तार से वर्णन है।

देवप्रतिष्ठातत्त्व एवं निर्णयसिंधु ने ब्रह्मपुराण को उद्धृत करते हुए लिखा है कि निम्नोक्त दस दशाओं में देवता मूर्ति में निवास करना छोड़ देते हैं, जब मूर्ति खंडित हो जाए, चकनाचूर हो जाए, जला दी जाए, फलक (आधार) से हटा दी जाए, उसका अपमान हो जाए, उसकी पूजा बंद हो गई हो, गधे जैसे पशुओं से छू ली गई हो, अपवित्र स्थान पर गिर जाए, दूसरे देवताओं के मंत्रों से पूजित हो गई हो, पतितों या जातिच्युतों से छू ली गई हो, जब मूर्ति का स्पर्श ब्राह्मण-रक्त से, शव से या पतित हो जाए, तो उसकी पुनः प्रतिष्ठा होनी चाहिए। जब मूर्ति के टुकड़े हो जाएँ या चकनाचूर हो जाए तो उसे हटाकर उसके स्थान पर दूसरी मूर्ति स्थापित करनी चाहिए। जब मूर्ति तोड़ दी जाए या चुरा ली जाए तो उपवास करना चाहिए। यदि धातुओं की मूर्तियाँ चोरों या चांडालों द्वारा छू ली जाए, तो उन्हें अन्य पात्रों की भाँति पवित्र कर फिर से प्रतिष्ठित करना चाहिए। जब उचित रूप से स्थापित हो जाने के उपरांत मूर्ति की पूजा भूल से एक रात्रि या एक मास या दो मासों तक न हो या उसे कोई शूद्र या रजस्वला नारी छू ले, तो उसका जल-अधि-वास (जल में रखना) होना चाहिए, उसे घट-जल से नहलाकर, पंचगव्य से धोना चाहिए, इसके उपरांत घड़ों के स्वच्छ जल से पुरुष-सूक्त पढ़कर नहलाना चाहिए। पुरुषसूक्त का पाठ 8000 बार या 800 बार या 28 बार होना चाहिए। इसके उपरांत चंदन एवं पुष्प से पूजा कर, नैवेद्य (गुड़ के साथ चावल पकाकर) देना चाहिए। यह पुनःस्थापन की विधि है। जीर्णोद्धार की विधि भी धर्मशास्त्रों में विस्तार से दी गई है। इसी

प्रकार मठों की प्रतिष्ठा और उसमें मठाधिपति तथा शिष्यों तथा साधकों के विषय में भी नियम एवं मर्यादाएँ तथा निषेध एवं वर्जनाएँ धर्मशास्त्रों में सुस्पष्ट रूप से प्रतिपादित हैं।

इसी प्रकार कुएँ और तालाब की प्रतिष्ठा की विधियाँ भी मत्स्य पुराण तथा अग्नि पुराण में और याज्ञवल्क्य स्मृति की अपरार्क टीका में भली–भाँति वर्णित है। नीलकंठ भट्ट रचित 'भगवंतभास्कर:' के प्रतिष्ठामयूख और उत्सर्ग मयूख में सभी विधियों का सार दिया हुआ है।

पुण्य, पाप और प्रायश्चित्त

करणीय कर्म के अंतर्गत ही ऐसे सभी कर्म जो समाज में शुभ और कल्याणकारी भावनाओं, प्रवृत्तियों एवं कर्मों की प्रतिष्ठा करते हैं या उनको बढ़ाते हैं, उन्हें पुण्य कहा जाता है। धर्म का पालन पुण्य कर्म है। इसके लिए धर्म और स्वधर्म का ज्ञान आवश्यक है। अविद्या, राग, द्वेष आदि के विरुद्ध जो कर्म होते हैं अथवा जिन कर्मों के द्वारा राग, द्वेष आदि अविद्यामूलक संस्कार क्षीण होते हैं, वे सब पुण्य कर्म कहलाते हैं। जबकि अविद्या आदि के पोषक कर्म अपुण्य और अधर्मकर्म कहलाते हैं। धृति (संतोष एवं धैर्य तथा सत्व में स्थिरता), क्षमा, संयम, अस्तेय, आंतरिक और बाह्य पवित्रता, धी (बुद्धि एवं बुद्धिमूलक कर्म), विद्या, सत्य एवं अक्रोध ये दस धर्म कर्म हैं, जो पुण्य कर्म हैं। अविद्या के विरोधी दान, परोपकार आदि करुणामूलक कर्म एवं प्राणियों के प्रति मैत्री भावना से उत्पन्न कर्म पुण्य कर्म होते हैं। क्रोध, लोभ और मोह मूलक सभी कर्म यथा अन्य की संपत्ति का हरण या उसके हरण की भावना, चोरी, झूठ, हिंसा, द्रोह आदि पापकर्म हैं, जो पुण्य के विपरीत हैं। सांख्यकारिका के भाष्य में गौड़पाद का कथन है कि यम, नियम, दया और दान ये पुण्य कर्म हैं। इनसे विपरीत कर्म पापकर्म हैं।

पाप की परिभाषा सनातन धर्म में बिल्कुल अलग है। इस्लाम या ईसाइयत में गुनाह और 'सिन' की जो धारणाएँ हैं, उनसे इसका कोई संबंध नहीं बैठता। ईसाइयत के विषय में वर्तमान स्थिति जानने के लिए हमें बारबोअर (बा ब) की प्रसिद्ध पुस्तक 'सिन एंड दि न्यू साइकोलॉजी' का यह अंश देखना होगा।

"ऐसी धारणा बहुत घर करती चली जा रही है कि ईसाई भावना में सिन नाम की कोई वस्तु नहीं है। किसी व्यक्ति का जीवन दुष्कर्म से परिपूर्ण हो सकता है, जिसके फलस्वरूप उसका व्यक्तित्व विच्छिन्न हो सकता है, किंतु यह सिन नहीं है। यह मानसिक दुष्कर्म है, जिसकी व्याख्या के मूल में मानसिक कारण हैं और संभवत: मनोवैज्ञानिक चिकित्सा से यह दूर किया जा सकता है।"[56]

आधुनिक यूरोपीय मनोविज्ञान सिन को परिवेश में व्याप्त आस्थाओं और मान्यताओं के प्रभाव से चित्त में उपजने वाले 'ऑब्सेसिव कम्पल्सिव डिसऑर्डर' बता देता है और

उसे मनोवैज्ञानिक उपचार से ठीक करने के उपाय बताता है, परंतु इसमें नैतिक जीवन की कोई बाध्यता नहीं होती। मन के अपराधबोध को निजी मानसिक प्रबंधहीनता बताकर उस अपराधभाव से मुक्त होने के लिए मानसिक प्रबंधन पर बल देना सामाजिक जीवन को नैतिकता से रहित बनाना है, परंतु वेदों और धर्मशास्त्रों में वर्णित पापमोचन की भावना का संबंध ब्रह्मांडीय नियमों और मानव धर्म के पालन में की गई चूक और गलतियों के संदर्भ में है। उसमें मन को तो शुद्ध और हल्का करने की विधि है ही, साथ ही, मानव धर्म तथा सुव्यवस्था का भी पूर्ण विचार है। जिसे अंग्रेजी में 'कॉस्मिक ऑर्डर' कहते हैं, उसका ध्यान रखकर उसे सदा व्यवस्थित करने में व्यक्ति का अपना योगदान जो अपेक्षित है, उसका विचार करके धर्मशास्त्रों ने पापमोचन की सारी विधि निर्धारित की है। यही कारण है कि पुण्य और पाप संबंधी आधारभूत विचार का संबंध सत्य और ऋत से है। ऋत के विषय में वैदिक साहित्य में बहुत ही गंभीर और भावपूर्ण और सुंदर विवेचना है। इसी के कारण पातक के संबंध में भी ऋग्वेद में उन्मेषशालिनी एवं हृदय-स्पर्शिनी अभिव्यंजनाएँ पाई जाती हैं और यह प्रकट होता है कि प्राचीन ऋषियों में व्यक्ति, समुदाय और समाज तथा राष्ट्र सभी स्तरों पर सबके पापरहित होने की उदात्त और उद्दाम इच्छा रहती थी। ऋग्वेद की यह भावना ऋत की धारणा से गुंफित है।

ऋत के तीन स्वरूप हैं—प्रकृति की गति, ब्रह्मांड की गति के सार्वभौम नियम तथा तदनुरूप मानव व्यवहार अर्थात् नैतिक आचरण। इसीलिए वेदों में कहा गया है कि ऋत से ही समृद्धि और प्रीति प्राप्त होती है। ऋत पातकों का नाश करता है। ऋत का यश सर्वव्यापी है। ऋत से ही सूर्य और चंद्र गतिशील हैं। सूर्य की किरणें ही ऋत को हम तक लाती हैं और सर्वत्र विस्तारित करती हैं। ऋत पृथ्वी में बहुत गहराई तक व्याप्त है। स्वर्ग एवं पृथ्वी सर्वत्र ऋत ही समृद्धिदायक है—

ऋतस्य हि शुरुधः संति पूर्वीर्ऋतस्य धीतिर्वृजिनानि हन्ति।
ऋतस्य श्लोको बधिरा ततर्द कर्णा बुधानः शुचमान आयोः॥
ऋतस्य दृल्हा धरुणानि संति पुरुणि चंद्रा वपुषे वपूंषि।
ऋतेन दीर्घमषणन्त पृक्ष ऋतेन गाव ऋतमाविवेशुः॥
ऋतं येमान ऋतमिद्वनोत्यतस्य शुष्मस्तुरया उ गव्युः।
ऋताय पृथ्वी बहुले गभीरे ऋताय धेनू परमे दुहाते॥[57]

इस प्रकार जो एक ब्रह्मांडीय व्यवस्था (कॉस्मिक ऑर्डर) है, वह ऋत है। नैतिकता का मूल आधार ऋत संबंधी चिंतन और बोध ही है। इसीलिए ऋत ही वास्तविक ऐश्वर्य है, क्योंकि वह ब्रह्मांडीय नियमों का अनुवर्तन है और इसीलिए वह सूक्ष्म शक्तियों द्वारा बाधित नहीं होता और उन्हें बाधित नहीं करता। ऋत संपन्न जीवन ही नैतिक जीवन है। जो ऋत का पालन करता है, वह कभी भी अनृत नहीं होता, अनृत नहीं बोलता और अनृत

कर्म नहीं करता। ऋत और सत्य परस्पर जुड़े हुए हैं। ऋत की अवज्ञा और उल्लंघन ही अनृत है। अनृत ही पाप का मूल है।

वेदों में पाप के वाचक अनेक शब्द हैं जिनमें मुख्य हैं—आगस्, एनस्, अध, दुरित, दुष्कृत, दुरग्ध, अंहस् और वृजिन। ऋजु का विपरीत है वृजिन। आदित्य अवृजिन हैं। वेदों का कथन है कि सर्वत्र प्रकाशित एवं सर्वत्र व्याप्त चेतना-सूर्य मनुष्यों के अच्छे और बुरे सभी कर्मों को देखता रहता है। कोई भी पाप सर्वव्यापी चेतना-सूर्य से छिपा नहीं रहता—

'ऋजु मर्तेषु वृजिना च पश्यन्'।[58]

साथ ही, यह भी कहा गया है कि सूर्य (मित्र) अर्यमा एवं वरुण देवतागण ऋत में निवास करते हैं और अन्यत्र से घृणा करते हैं। कोई भी पाप उनसे छिपा नहीं रहता।

ऋग्वेद में द्यौः को पिता और पृथ्वी को माता कहा गया है तथा यह भी कहा गया है कि वे साधक को दुरित से बचाएँ। ऋग्वेद में यह भी आया है कि विद्वानों और बुद्धिमानों ने सात मर्यादाएँ बनाई हैं और जो व्यक्ति इन मर्यादाओं का अतिक्रमण करता है, उसे पाप लगता है—

सप्त मर्यादा: कवयस्ततक्षुस्तासामेकामिदभ्यंहुरो गात्।[59]

इसकी व्याख्या करते हुए निरुक्तम् में छठे अध्याय में पंचम पाद में 112वें मंत्र में व्याख्या है—

सप्त एव मर्यादा: कवयश्चक्रु:। तासामेकामपि अधिगच्छन्नंहस्वान् भवति।[60]

'स्तेयं तल्पारोहणं ब्रह्महत्यां भ्रूणहत्यां सुरापानं दुष्कृतस्य कर्मण: पुन: पुन: सेवां पातके अनुतोद्यमिति।'

अर्थात् ज्ञानी पुरुषों ने सात मर्यादाएँ निर्धारित की हैं। अर्थात् ये सात कर्म कभी नहीं करने चाहिए। यह मनुष्य के लिए नैतिक मर्यादा है। उनमें से एक को भी करना पाप है। ये सात कर्म हैं—

स्तेयम् अर्थात् चोरी, तल्पारोहणम् अर्थात् पर-स्त्री के साथ समागम, ब्रह्म-हत्या, भ्रूण-हत्या, सुरा-पान, दृष्कृत कर्म को बार-बार करना और सातवाँ है, पाप करने पर उसे छिपाने के लिए झूठ बोलना।

यहाँ मर्यादा शब्द का भी मूल स्वरूप समझना उचित होगा। निरुक्त के प्रथम अध्याय के तृतीय पाद में बताया गया है कि 'सीमा मर्यादा, विसीव्यति देशाविति'।[61] अर्थात् सीमा ही मर्यादा है। सीमा को पार करना अर्थात् मर्यादा का उल्लंघन! मनुष्य की यह मर्यादा दिव्य सत्ता द्वारा निर्धारित कर दी गई है कि वह उक्त सातों कार्य न करे।

आगे चतुर्थ अध्याय के प्रथम पाद में कहा गया है कि—मर्यो मनुष्यो परम-धर्मा।[62]

अर्थात् मरण धर्मा होने से मुनष्य को मर्य कहा है। उसके लिए जो सीमा निर्धारित है, उसे मर्यादा कहते हैं—'मर्यै: अदीयते'—मनुष्यों के लिए निर्धारित है, अत:

'मर्यादाभिधानम्'—मर्यादा नाम पड़ा।

यहाँ मृत्यु का शास्त्रीय अर्थ भी स्मरणीय है। ऋग्वेद का मंत्र है—

परं मृत्यो अनुपरेहि पन्थां यस्ते स्व इतरो देवयानात्।
चक्षुष्मते शृण्वते ते ब्रवीमि मा नः प्रजां रीरिषो मोत वीरान्॥[63]

(ऋग्वेद 10/18/1)

इस पर निरुक्त का निर्वचन है—'मृत्यु के विषय में कथन है कि हे मृत्यु, देवयान मार्ग से भिन्न जो तुम्हारा अपना मार्ग है, उस पर जाओ। हमारी संतानों की हिंसा मत करो। हमारे वीरों की हिंसा मत करो।' आगे निरुक्त में विवेचना है कि शतबलाक्ष मौद्गल्य मृत्यु का निर्वचन करते हैं कि 'मृतं च्यावयति', मृत्यु प्राणी को इस योनि से छुड़ाकर दूसरी योनि में ले जाती है। प्राणियों की तीन गतियाँ हैं। सर्वोत्तम है देवयान। उस मार्ग से जाने वाले प्राणी मुक्त हो जाते हैं। अतः देवयान गति से मृत्यु का कोई संबंध नहीं। (इसलिए जो व्यक्ति देवयान मार्ग से जाते हैं, उनके लिए वस्तुतः यह कथन सही नहीं है कि उनकी मृत्यु हो गई। वे तो केवल 'चले गए हैं', इतना ही कहना उचित है।)

दूसरी गति है पितृयान। पितृयान मार्ग श्रेष्ठ है और यह स्वर्गलोक या पितरलोक (पितृलोक) ले जाता है।

तीसरी गति है 'जायस्व म्रियस्व'। अर्थात् उत्पन्न होना और मरना। यह सामान्य गति है और तीनों में से सबसे निम्न गति है। मृत्यु लोक में ही बारंबार आना-जाना, यह है निम्न गति।

एक कठिन प्रश्न यह उपस्थित होता है कि व्यक्ति के मन में पाप का उदय किस प्रकार होता है। भगवद्गीता के अध्याय तीन में 36वें श्लोक में अर्जुन का योगेश्वर श्रीकृष्ण से यही प्रश्न है।[64] इसका उत्तर श्रीकृष्ण अगले श्लोक में देते हैं—"रजोगुण से उत्पन्न काम और क्रोध ही मनुष्य को पाप में प्रवृत्त करते हैं।[65] क्योंकि काम कभी भी तृप्त नहीं होता, यह 'महाशन' है अर्थात् अत्यधिक भोजन करने वाला है। इसका अर्थ है कि भोग से यह कभी भी तृप्त नहीं होता। इसीलिए इसे महापापी भी कहा गया है। यही स्थिति क्रोध की है। वह नाना रूपों में व्यक्ति को मथता रहता है और वैर तथा प्रतिशोध की ओर ले जाता है। इस रजोगुण से उत्पन्न काम और क्रोध के कारण मनुष्य पाप में प्रवृत्त होता है। यह जो काम है, यह निरंतर धधकती हुई अग्नि है। यह अग्नि चिदग्नि को सदा ढके रहती है और कभी भी शमित ही नहीं होती। इसीलिए इसे कभी भी पूर्ण या शांत न होने वाली आग और ज्ञान की महा वैरी कहा गया है।"[66]

भगवद्गीता के अध्याय 16 के 21वें श्लोक में भगवान् श्रीकृष्ण पुनः बताते हैं कि "नरक के द्वार तीन हैं—काम, क्रोध तथा लोभ। ये व्यक्ति का नाश कर देते हैं। इनसे मुक्त होने के लिए ही प्रयास करना चाहिए।"[67]

वस्तुतः सत्व, रज और तम ये तीन गुण संपूर्ण प्रकृति में व्याप्त हैं। रजोगुण की क्रियाशीलता प्रायः पाप की ओर ले जाती है। विभिन्न व्यक्तियों में ये तीन गुण विभिन्न अनुपातों में होते हैं। रजोगुण की तीव्रता से सक्रियता भी होती है और ज्ञान का नियंत्रण नहीं रहे तो यह सक्रियता पाप की ओर भी आकर्षित करती है। प्रत्येक जीवात्मा अनादिवासना से संचालित है और सबमें उनके अपने-अपने पूर्व कर्मों के परिणामस्वरूप ये तीन गुण भिन्न-भिन्न अनुपात में रहते हैं।

वस्तुतः कोई भी व्यक्ति अर्थात् कोई भी जीवात्मा कहाँ जन्म लेती है, उसकी आयु कितनी रहती है और उसके भोग क्या-क्या रहते हैं, यह पूर्व के कर्माशय पर निर्भर होता है।[68] कर्माशय का अर्थ है कर्म-संस्कार। धर्म और अधर्म रूप कर्माशय ही कर्म संस्कार होता है। चित्त में कोई भाव जगने पर उस भाव की एक छाप चित्त में रह जाती है, उसे ही संस्कार कहते हैं। ये संस्कार ज्ञानमूलक या प्रज्ञामूलक भी होते हैं और अज्ञानमूलक भी। संस्कारों के समुच्चय का ही नाम कर्माशय है। कर्माशय से ही जन्म, आयु और भोग ये तीन विपाक या फल होते हैं। कर्माशय बीज है, वासना क्षेत्र है और सुख-दुःख इस क्षेत्र में बीज से उपजने वाले फल हैं। जन्म ही वृक्ष है। कौन जीव कहाँ जन्म लेता है, यह कर्माशय से निर्धारित होता है और फिर उसके अनुसार ही आयु और भोग प्राप्त होते हैं। योगशास्त्र में इसका विस्तार से विवेचन है कि क्या एक कर्माशय एक ही जन्म का कारण होता है या अनेक जन्मों का। विवेचना का सार यह है कि एक कर्माशय एक ही जन्म का कारण बनता है, परंतु कुछ कर्माशय ऐसे होते हैं, जो इस नियम के अपवाद होते हैं। वे अन्य जन्म तक जाकर फल को निष्पन्न करते हैं। एक जन्म में जो कर्माशय संचित होता है, वह उसी जन्म में कुछ नष्ट भी हो सकता है। अतिप्रबल या प्रधान कर्माशय यदि किसी जन्म में फल दे रहे हैं तो अप्रधान कर्माशय उससे दबे रहते हैं और वे किसी अगले जन्म में जाकर फलित होते हैं। इसको उदाहरण देकर इस प्रकार समझाया गया है कि किसी व्यक्ति ने थोड़ा धर्माचरण किया, परंतु बाद में विषयलोभ से अनेक पापकर्म किए। उन पापकर्मों का कर्माशय प्रधान हो गया। अतः अगला जन्म उसका पशुयोनि में होगा। वहाँ वह उन पापकर्मों का फल भोगेगा, परंतु जो पुण्य कर्म किए हैं, जो धर्माचरण किया है, वह संचित रहेगा और वह बाद में मानवजन्म लेने पर प्रकाशित होगा।

इस प्रकार जन्म, आयु और भोग पुण्य के कारण सुखफल देने वाले और अपुण्य या पाप के कारण दुःखफल देने वाले हैं।

इस सनातन दृष्टि को ध्यान में रखकर ही हमारे यहाँ प्रायश्चित्त का विधान ऋषियों और ज्ञानियों ने किया है, क्योंकि आत्मा तो कभी पाप या पुण्य में लिपटती नहीं। जो भी संस्कार होते हैं, वे मन, बुद्धि और चित्त में ही होते हैं। अतः पाप दूषित मन, विकृत या विचलित बुद्धि और मलिन चित्त का कार्य है। इसलिए इस दूषण या मल को हटाने पर

मन, बुद्धि और चित्त निर्मल हो जाते हैं। यही प्रायश्चित्त का प्रयोजन है। अतः पाप और पुण्य जीवात्मा के मन, बुद्धि और चित्त को प्रभावित करने वाले गुण हैं।

वर्तमान में प्रभावी मजहब या रिलीजन में गुनाह या 'सिन' की जो मान्यता है, वह भारतीय पाप के बोध से पूर्णतः भिन्न है। वहाँ 'सिन' या गुनाह या फितना वह है, जो पंथ प्रवर्तक के आदेशों से हटकर काम किया जाए। वहाँ उद्‍देश्य पांथिक नियंत्रण है।

इसीलिए मजहब अर्थात् 'मोनोथीस्ट' अर्थात् एकपंथवादी 'रिलीजन' सदा एकदेववादी होते हैं। वे एक ही देवसत्ता को सर्वपूज्य मानते हैं और अन्य देवसत्ताओं से उसका विरोध मानते हैं तथा अपने द्वारा पूजित देवसत्ता को एकदेशीय मानकर किसी संदेशवाहक के माध्यम से ही अपना संदेश अन्य तक पहुँच सकने योग्य मानते हैं। इस प्रकार वहाँ व्यक्ति की आत्मसत्ता मजहब, रिलीजन या पंथ के अधीन है और सिन या गुनाह से आत्मा ही मलिन होती मानी जाती है। सनातन धर्म में पुण्य और पाप जीवात्मा के मन, बुद्धि और चित्त के उत्कर्ष या अपकर्ष के आधारभूत कारण के रूप में ही वर्णित है। अतः पाप का प्रायश्चित्त मन, बुद्धि और चित्त के निर्मल होने तथा तेजोमय होने के लिए आवश्यक है। जीवात्मा का न तो उत्थान होता है, न पतन। न वह मलिन होती है, न शुद्ध। वह तो सदा शुद्ध, बुद्ध, निरंजन है। विशुद्धा है और अपरिणामिनी है। आत्मा का न जन्म होता है, न मृत्यु। उस अविनाशी और विशुद्धा आत्मा को न तो पाप मलिन कर पाते और न ही पुण्य उज्ज्वल। मलिन होते हैं केवल मन, बुद्धि और चित्त और इनकी ही मलिनता दूर करने पर इनमें ज्ञान का उज्ज्वल प्रकाश दीप्त हो उठता है। अतः पाप का प्रभाव मन, बुद्धि और चित्त पर पड़ता है। पुण्य का प्रभाव मन, बुद्धि और चित्त को पाप से उपजी मलिनताओं से मुक्त करता है। हिंदू धर्म और इस्लाम या ईसाइयत जैसे पंथों में यही अंतर है और यह आकाश-पाताल का अंतर है।

पाप और महापाप

आपस्तंब धर्मसूत्र ने पापों की दो कोटियाँ गिनाई हैं—पतनीय एवं अशुचिकर। पतनीय पाप वे हैं, जिनसे पतन होता है और जातिच्युत् होने की स्थिति आ जाती है। अशुचिकर पाप वे हैं, जो जातिच्युत् तो नहीं बनाते, परंतु अपवित्रता का कारण बनते हैं।

पतनीय पाप हैं—स्वर्ण की चोरी, लांछित करने वाले अपराध, उपेक्षा या प्रमाद से वेद विद्या का पूर्ण ह्रास, भ्रूण हत्या, माता-पिता या एक ही गर्भ से उत्पन्न संतानों से व्यभिचार, सुरापान, वर्जित लोगों से समागम, किसी अपरिचित की पत्नी से समागम आदि।

अशुचिकर पाप हैं—मल-मूत्र आदि खा लेना या ग्राम के शूकर अथवा कुक्कुट अथवा कुत्ते का मांस खाना, शूद्र द्वारा छोड़ा हुआ भोजन करना, अपात्र स्त्रियों के साथ आर्य का समागम। आपस्तंब ने यह भी कहा है कि पतनीय पापों के अतिरिक्त शेष सभी पाप अशुचिकर समझे जाने चाहिए।[69]

वसिष्ठ धर्मसूत्र के अनुसार पापियों की तीन कोटियाँ हैं—एनस्वी, महापातकी और उपपातकी।[70] एनस्वी उन्हीं लोगों को कहा गया है, जिन्हें आपस्तंब में पतनीय कहा गया है। महापातकों का वर्णन गौतम धर्मसूत्र, आपस्तंब धर्मसूत्र, वसिष्ठ धर्मसूत्र, मनुस्मृति एवं याज्ञवल्क्य स्मृति आदि में है। सामान्य रूप से महापातकों की संख्या पाँच है। ये हैं—ब्रह्महत्या, सुरापान, चोरी, गुरुतल्पगमन और महापातकी का संसर्ग। इनमें से प्रत्येक की विवेचना प्रायश्चित्त के क्रम में आगे की जाएगी।

इसके अतिरिक्त उपपातक अनेक हैं। वसिष्ठ धर्मसूत्र में पाँच उपपातक गिनाए गए हैं—यज्ञ प्रारंभ कर बीच में उसे छोड़ देना, गुरु को कुपित करना, नास्तिक होना, नास्तिक से जीविका का संबंध रखना और सोमलता की बिक्री करना।

गौतम धर्मसूत्र के अनुसार उपपातक ये हैं—पशु हनन, वेदमंत्र का विस्मरण, राजघात, शूद्र को पुजारी बनाना, शूद्र के लिए पूजा करना आदि।[71] याज्ञवल्क्य स्मृति में तथा अग्निपुराण में उपपातकों की लंबी सूची दी गई है, जो इस प्रकार है—गौवध, निश्चित आयु में उपनयन नहीं करना, चोरी, ऋण नहीं चुकाना, अग्निहोत्र न करना, जिन चीजों की बिक्री नहीं करनी चाहिए, जैसे नमक, बड़े भाई के रहते छोटे भाई द्वारा विवाह कर लेना, ऐसे शिक्षक से वेद पढ़ना, जो वृत्ति लेते हों अर्थात् नियमित वेतन लेते हों, व्यभिचार, धर्मशास्त्रों द्वारा निर्धारित मात्रा से अधिक ब्याज लेना, नारी हत्या, ब्राह्मोत्तर वर्णों के व्यक्ति की हत्या, निंदित धन पर जीविका चलाना, नास्तिकता,[72] इन सभी पापों के लिए प्रायश्चित्त के भी विधान दिए गए हैं। इस संदर्भ में यह स्मरणीय है कि भिक्षुक को दी गई भिक्षा पर उसका धर्मविहित अधिकार है और उसे मुफ्त का अन्न नहीं माना जाता है। इसी प्रकार पुरोहित या मंदिर के पुजारी को दिया गया दान पूर्णतः धर्मविहित है और उस पर उनका धर्मसम्मत अधिकार है। वह भी मुफ्त का दान या मुफ्त का अन्न श्रेणी में परिगणित नहीं होता।

पापों की संख्या और उनकी कोटियों पर धर्मशास्त्रों में बहुत विस्तार से विचार है। इनका सर्वसाधारण में भी ब्राह्मणों, पुरोहितों एवं कथावाचकों तथा लोककथाकारों और लोकगायकों एवं साथ ही, हर परिवार के सयाने और बड़े-बूढ़े लोगों के द्वारा व्यापक प्रसार परंपरा से होता रहा है।

संसर्ग दोष धर्मशास्त्रों के अनुसार बहुत बड़ा दोष है और वह महापातक है, क्योंकि संस्कार संबंधी शुचिता ही मानव जीवन में सर्वश्रेष्ठ है और संसर्ग दोष से वह शुचिता नष्ट होती है। अतः धर्मशास्त्रों ने इस दोष का बहुत विस्तार से विवेचन किया है।

यह अवश्य है कि पराशर माधवीय ने महापातकियों के संसर्ग में आने वालों के लिए कलयुग में किसी प्रायश्चित्त की व्यवस्था नहीं की है, क्योंकि उनके अनुसार कलयुग में संसर्ग-दोष होता ही रहता है और वह पाप नहीं माना जाना चाहिए। उधर 16वीं शताब्दी में महापंडित कमलाकर भट्ट द्वारा लिखित निर्णयसिंधु में पतित से संसर्ग

को दोष ही माना है, किंतु यह अवश्य कहा है कि संसर्गकर्ता पतित नहीं होता। उसे केवल सामान्य दोष होता है।

गौतम के मत से कौटसाक्ष्य (झूठी गवाही), ऐसा पैशुन (चुगलखोरी) जो राजा के कानों तक किसी के अपराध को पहुँचा दे और गुरु को झूठ-मूठ महापातक का अपराध लगाना महापातक के समान है।[73] मनुस्मृति में उपर्युक्त तीनों में से अंतिम दो एवं अपनी जाति या विद्या या कुल के विषय में समृद्धि एवं महत्ता के लिए झूठा वचन ब्रह्महत्या के बराबर कहे गए हैं।[74] याज्ञवल्क्य के मत से गुरु को झूठ-मूठ अपराधी कहना ब्रह्म हत्या के बराबर है और अपनी जाति या विद्या के विषय में असत्य कथन करना सुरापान के समान है।[75] विष्णु के मत से मनुस्मृति में वर्णित तीन पाप उपपातकों में गिने जाने चाहिए और कौटसाक्ष्य सुरापान के सदृश समझा जाना चाहिए।[76] मनु महाराज का कथन है कि वेदविस्मरण, वेदनिंदा, कौटसाक्ष्य, सुहृद्वध, निषिद्ध-भोजन-सेवन या ऐसा पदार्थ खाना, जिसे नहीं खाना चाहिए—ये छह सुरापान के समान हैं।[77]

मनु महाराज ने यह भी कहा है कि न्यास (धरोहर) या प्रतिभूति, मनुष्य, घोड़ा, चाँदी, भूमि, रत्नों की चोरी ब्राह्मण के हिरण्य (सोने) की चोरी के समान है।[78] याज्ञवल्क्य, विष्णु एवं अग्नि ने भी यही बात कही है।[79]

मनु महाराज के मत से अपनी बहन, कुमारियों, नीच जाति की नारियों, मित्र-पत्नी या पुत्र-पत्नी के साथ विषयभोग का संबंध गुरुतल्पशयन, गुरु-शैया को अपवित्र करने के पाप के समान है।[80] याज्ञवल्क्य ने भी यही बात कही है, किंतु सूची में सगोत्र नारी-संभोग भी जोड़ दिया है।[81] गौतम एवं मनु बहुत सीमा तक एक-दूसरे के समान हैं।

याज्ञवल्क्य ने घोषित किया है कि उस व्यक्ति का, जो अपनी मौसी या फूफी, मामी, पुत्रवधू, विमाता, बहन, गुरु की पत्नी या पुत्री या अपनी पुत्री के साथ संभोग करता है, लिंग काट लेना चाहिए और उसे राजा द्वारा प्राणदंड मिलना चाहिए और उस नारी की, यदि उसकी सहमति रही हो, हत्या कर डालनी चाहिए।[82] यहाँ उल्लेखनीय है कि धर्मशास्त्रों के अनुसार सामान्यतः स्त्रियाँ सदा ही अवध्य हैं, परंतु इस विषय में याज्ञवल्क्य ने राजा से कठोर दंड देने को कहा है।

नारद का कथन है—"यदि व्यक्ति माता, मौसी, सास, मामी, फूफी, चाची, मित्र-पत्नी, शिष्य-पत्नी, बहन, बहन की सखी, पुत्रवधू, आचार्य-पत्नी, सगोत्र नारी, दाई, व्रतवती नारी एवं ब्राह्मण नारी के साथ संभोग करता है, वह गुरुतल्प नामक व्यभिचार के पाप का अपराधी हो जाता है। ऐसे दुष्कृत्य के लिए शिश्न-कर्तन के अतिरिक्त कोई और दंड नहीं है।"[83]

उपर्युक्त दोनों (याज्ञवल्क्य एवं नारद) के वचनों से व्यक्त होता है कि शिश्न-कर्तन एवं मृत्युदंड इस प्रकार के अपराध के लिए प्रायश्चित्त भी है और दंड भी है। मिताक्षरा का

कहना है कि इस प्रकार का दंड ब्राह्मण को छोड़कर अन्य सभी अपराधियों पर लगता है, क्योंकि मनु ने व्यवस्था दी है कि ब्राह्मण अपराधी को मृत्युदंड नहीं दिया जाना चाहिए, प्रत्युत उसे देश-निष्कासन का दंड दिया जाना चाहिए। विष्णु ने याज्ञवल्क्य एवं नारद की उपर्युक्त नारी-सूची में कुछ अन्य नारियाँ भी जोड़ दी हैं, यथा—रजस्वला नारी, विद्वान् ब्राह्मण की पत्नी या पुरोहित अथवा उपाध्याय की पत्नी। गुरु के विरुद्ध गलत अपराध मढ़ने से लेकर अन्य अपराधों में कुछ महापातक के समान कहे गए हैं और कुछ पातक कहे गए हैं तथा कुछ अनुपातक कहे गए हैं। गौतम ने पतितों की सूची में कुछ और नाम जोड़ दिए हैं, यथा—माता या पिता की सपिंड नारियों या बहनों एवं उनकी संततियों से योनि-संबंध करनेवाला, सोने का चोर, नास्तिक, निंदित कर्म को बार-बार करनेवाला, पतित का साथ नहीं छोड़नेवाला या निरपराध संबंधियों का परित्याग करनेवाला, या दूसरों को पातक करने के लिए उकसाने वाला, ये सब पतित कहे गए हैं।[84] पातक अपनी गुरुता में महापातकों से अपेक्षाकृत कम एवं उपपातकों से अपेक्षाकृत अधिक गहरे हैं।

उपपातक

उपपातक का अर्थ है अपेक्षाकृत कम दोष वाले पाप या हल्के पाप। मनुस्मृति, याज्ञवल्क्य स्मृति, वृद्ध हारीत, विष्णु धर्मसूत्र एवं अग्नि पुराण में इनकी सूचियाँ दी गई हैं। मनुस्मृति में कहा है—

इदानीमुपपातकान्याह-

गोवधोऽयाज्यसंयाज्यपारदार्यात्मविक्रयाः
गुरुमातृपितृत्यागः स्वाध्यायाग्न्योः सुतस्य च ॥ 59 ॥
परिवित्तिताऽनुजेऽनूढे परिवेदनमेव च।
तयोर्दानं च कन्यायास्तयोरेव च याजनम् ॥ 60 ॥
कन्यादूषणं चैव वार्धुष्यं व्रतलोपनम्।
तडागारामदाराणामपत्यस्य च विक्रयः ॥ 61 ॥
व्रत्यताबान्धवत्यागो भृताध्यापनमेव च।
भृताच्चाध्ययनादानमपण्यानां च विक्रयः ॥ 62 ॥
सर्वाकारेस्वधिकारो महायन्त्रप्रवर्तनम्।
हिंसौषधीनां स्त्र्याजीवोऽभिचारो मूलकर्म च ॥ 63 ॥
इन्धनार्थमशुष्काणां द्रुमाणामवपातनम्।
आत्मार्थं च क्रियारम्भो निंदितान्नादनं तथा ॥ 64 ॥
अनाहिताग्निता स्तेयमृणानामनपक्रियां।
असच्छास्त्राधिनमनं कौशीलव्यस्य च क्रिया ॥ 65 ॥

धान्यं कुप्यपशुस्तेयंमद्यपस्त्रीनिषेवणम्।
स्त्रीशूद्रविट् क्षत्रवधो नास्तिक्यं चोपपातकम्॥ 66॥ [85]

निम्नोक्त सभी उपपातक हैं—

1. गाय का वध, 2. न यज्ञ कराने योग्य दुष्टों का यज्ञ कराना, 3. परस्त्रीगमन, 4. अपनी आत्मा का विक्रय, अर्थात् सत्य की अवहेलना, 5. गुरु, माता-पिता, स्वाध्याय, यज्ञ तथा पुत्र का परित्याग, 6. बड़े भाई से पहले छोटे भाई का विवाह करना (ज्येष्ठ का गौरव कनिष्ठ को देना), 7. दोनों, ज्येष्ठ और कनिष्ठ को कन्या देना (कन्या का पिता पापी), 8. दोनों, ज्येष्ठ और कनिष्ठ को यज्ञ कराना (पुरोहित पापी)। 9. अपनी कन्या को दूषित करना, 10. सूद लेना (वैश्य को छोड़कर शेष सभी वर्णों के लिए), 11. व्रतभंग करना (अपना अथवा दूसरे का), 12. तालाब, उपवन, अपनी स्त्री और संतान का विक्रय, 13. निर्धारित अवधि में उपनयन संस्कार न कराना, 14. बांधवों का परित्याग करना, 15. नियत वेतन लेकर अध्यापन करना, 16. वेतन शुल्क देकर शिक्षा ग्रहण करना, 17. न बेचने योग्य वस्तुओं का बेचना, 18. सुवर्ण आदि की खानों पर अधिकार कर लेना, 19. बड़े भारी यंत्र का संचालन करना, 20. औषधियों (जड़ी-बूटियों) का उन्मूलन करना, 21. परिवार की स्त्रियों से धंधा कराके आजीविका चलाना, 22. मारण, उच्चाटन और वशीकरण प्रभृति अभिचारों का प्रयोग, 23. ईंधन के लिए हरे वृक्षों को काटना, 24. केवल अपने उदरभरण के लिए (देवपूजा, बलि आदि किए बिना) अन्न पकाना, 25. निंदित अन्न का सेवन करना, 26. अग्निहोत्र (यज्ञ-यागादि) न करना, 27. चोरी करना, (28) ऋण लेकर न चुकाना, 29. असत् (मिथ्या) शास्त्रों का अध्ययन, 30. नाचने, गाने और बजाने का व्यवसाय करना, 31. धान्य और पशुओं की चोरी करना, 32. मदिरा सेवन करने वाली स्त्री का गमन, 33. स्त्री तथा शूद्र, वैश्य और क्षत्रिय का वध, 34. नास्तिकता—ईश्वर की सत्ता तथा वेदों की प्रामाणिकता (अलौकिकता) में संदेह।

इसी प्रकार याज्ञवल्क्य स्मृति के प्रायश्चित्ताध्याय: में कहा गया है—

गोवधो व्रात्यता स्तेयमृणानां चानपाक्रिया।
अनाहिताग्रिताऽपण्यविक्रय: परिवेदनम्॥ 234॥
भृतादध्ययनादानं भृतकाध्यापनं तथा।
पारदार्यं पारिवित्त्यं वार्धुष्यं लवणक्रिया॥ 235॥
स्त्रीशूद्रविट्क्षत्रवधो निंदितार्थोपजीवनम्।
नास्तिक्यं व्रतलोपश्च सुतानां चैव विक्रय:॥ 236॥
धान्यकुप्यपशुस्तेयमयाज्यानां च याजनम्।
पितृमातृसुतत्यागस्तडागारामविक्रय:॥ 237॥

कन्यासंदूषणं चैव परिविन्दकयाजनम्।
कन्याप्रदानं तस्यैव कौटिल्यं व्रतलोपनम्॥ 238॥
आत्मनोऽर्थे क्रियारम्भो मद्यपस्त्रीनिषेवणम्।
स्वाध्यायाग्निसुतत्यागो बान्धवत्याग एव च॥ 239॥
इन्धनार्थं द्रुमच्छेदः स्त्रीहिंसौषधजीवनम्।
हिंस्रयन्त्रविधानं च व्यसनान्यात्मविक्रयः॥ 240॥
शूद्रप्रेष्यं हीनसख्यं हीनयोनिनिषेवणम्।
तथैवानाश्रमे वासः परान्नपरिपुष्टता॥ 241॥
असच्छास्त्राधिगमनमाकरेष्वधिकारिता।
भार्याया विक्रयश्चैषामेकैकमुपपातकम्॥ 242॥[86]

स्पष्ट है कि इनमें से अधिकांश वे ही उपपातक हैं, जो मनुस्मृति में गिनाए गए हैं। अग्निपुराण में भी इस जैसी ही सूची है।

मनु एवं विष्णु ने कुछ दोषों को जातिभ्रंशकर की संज्ञा दी है, यथा ब्राह्मण को पीड़ा देना, ऐसी वस्तुओं को सूँघना, जिन्हें नहीं सूँघना चाहिए एवं आसव या मद्य सूँघना, धोखा देना, मनुष्य के साथ अस्वाभाविक अपराध करना। मनु के मत से बंदर, घोड़ा, ऊँट, हिरन, हाथी, बकरी, भेड़, मछली या भैंस का हनन संकरीकरण के समान मानना चाहिए। विष्णु के मत से संकरीकरण ग्राम या जंगल के पशुओं का हनन है। मनु महाराज का कथन है कि निंद्य लोगों से दानग्रहण, व्यापार, शूद्र सेवा एवं झूठ बोलने से व्यक्ति सम्मान के अयोग्य हो जाता है। विष्णु ने इसमें ब्याज वृत्ति से जीविकोपार्जन भी जोड़ दिया है। मनु ने व्यवस्था दी है कि छोटे या बड़े कीट-पतंगों या पक्षियों का हनन, मद्य के समीप रखे गए पदार्थों का खाना, फलों, ईंधन एवं पुष्पों को चुराना एवं मन की अस्थिरता मलावह (जिससे व्यक्ति अशुद्ध हो जाता है) कर्म कहे जाते हैं।[87] यही बात विष्णु ने भी कही है। विष्णु का कथन है कि वे दुष्कृत्य, जो विभिन्न प्रकारों में उल्लिखित नहीं हैं, उनकी प्रकीर्णक संज्ञा है। वृद्ध हारीत ने बहुत से प्रकीर्णक दुष्कृत्य गिनाए हैं।

यथा—ईंधन के लिए बड़े-बड़े पेड़ों का काटना, छोटे एवं बड़े कीट-पतंगों का हनन, ऐसे भोज्य-पदार्थों का सेवन, जो भावदुष्ट हों (निषिद्ध भोजन के रंग एवं गंध की समानता के कारण अथवा जब परोसना असम्मानपूर्वक हुआ हो), या ऐसे भोजन का सेवन जो कालदुष्ट हो (एकादशी या ग्रहण के समय भोजन करना या घर में सूतक पड़ने पर या सूतक वाले घर में भोजन करना या बासी भोजन करना) या क्रियादुष्ट हो (ऐसी क्रिया, जो खाली हाथ से भोजन परोसने से व्यक्त होती है या पतित, चांडाल या कुत्ता आदि के देखने से प्रकट होती है, देखिए, इस ग्रंथ का खंड 2, अ. 22), मिट्टी, चर्म, घास, लकड़ी की चोरी, अत्यधिक भोजन करना, झूठ बोलना, विषयभोग के लिए चिंतित

रहना, दिन में सोना, अफवाह उड़ाना, दूसरे को अफवाह सुनने को उकसाना, दूसरे के घर में खाना, दिन में संभोग करना, मासिक धर्म के समय या बच्चा जनने के बिल्कुल उपरांत स्त्रियों को देखना, दूसरे की पत्नियों पर दृष्टिपात करना, उपवास, श्राद्ध या पर्व के दिनों में संभोग करना, शूद्र की नौकरी करना, नीच लोगों से मित्रता करना, उच्छिष्ट भोजन को छूना, स्त्रियों से हँसी-ठट्ठा करना, अनियमित ढंग (प्रेम प्रदर्शन) से बातचीत करना, खुले केशों वाली स्त्रियों की ओर ताकना।[88]

पापों के विभिन्न प्रकारों की चर्चा के पश्चात् उनके दूर करने के साधनों पर विचार कर लेना उचित होगा।

ऋग्वेद में पाप के फल को दूर करने के लिए जो प्रथम साधन व्यक्त हुआ है, वह है दया के लिए परमेश्वर से प्रार्थना करना या पापमोचन के लिए स्तुतियाँ करना। देवताओं की कृपा प्राप्ति के लिए एवं गंभीर पापों के फल से छुटकारा पाने के लिए यज्ञ भी किए जाते हैं। तैत्तिरीय संहिता एवं शतपथ ब्राह्मण का कथन है कि अश्वमेध करने से देवताओं द्वारा राजा पापमुक्त होते हैं और इससे वे ब्रह्महत्या के पाप से भी छुटकारा पाते हैं। पाप से मुक्त होने का एक अन्य साधन है पाप की आत्मस्वीकृति, जो वरुणप्रघास (चातुर्मास्य यज्ञों में एक) नामक कृत्य में की जाती है। यदि इस कर्म में यजमान-पत्नी अपना दोष स्वीकार नहीं करती तो उसके प्रिय एवं संबंधियों (पुत्र या पति) पर विपत्ति पड़ सकती है (तैत्तिरीय ब्राह्मण)। महत्त्वपूर्ण है कि ये सब बातें ग्रामीण अंचलों में बिना किसी वैदिक विद्वान् की प्रत्यक्ष उपस्थिति के ही सर्वत्र मान्य हैं और लोकजीवन का आधार हैं।

यहाँ सूत्रों एवं स्मृतियों में वर्णित पाप-फलों से संबंधित व्यवस्थाओं का संक्षिप्त विवेचन उचित होगा। इस विषय में कर्म एवं पुनर्जन्म के सिद्धांतों का सदा स्मरण रखना होगा। सर्वप्रथम कर्म के सिद्धांत की प्रमुख उपपत्तियों पर विचार करें। यह भौतिक विज्ञान के कार्य-कारण सिद्धांत से कुछ समझा जा सकता है। सत् कर्म से शुभ फल मिलता है और असत् कर्म से अशुभ फल। यदि अशुभ कर्मों का फल अचानक या इसी जीवन में नहीं प्राप्त हो पाता, तो जब आत्मा का भिन्न योनि या भिन्न देह में पुनर्जन्म होता है तो उस नए परिवेश या वातावरण में वह प्रत्यक्ष कोई कारण नहीं दिखने पर भी उन्हीं अतीत कर्मों के फलस्वरूप कष्ट पाता है। इसी प्रकार शुभ कर्मों के फलस्वरूप प्रत्यक्ष पुरुषार्थ नहीं दिखने पर भी समृद्धि, सफलता और यश मिलता है।

कर्म एवं पुनर्जन्म के सिद्धांत एक-दूसरे से अटूट रूप से जुड़े हैं। सामान्य नियम यह है कि कर्म से, चाहे वह सत् हो या असत्, छुटकारा नहीं मिल सकता, हमें उसके शुभ या अशुभ फल भुगतने ही पड़ेंगे। गौतम धर्मसूत्र का कथन है—'न हि कर्म क्षीयते'।[89] अर्थात् कर्म का नाश नहीं होता। मार्कंडेय पुराण के अनुसार 'न तु भोगादृते पुण्यं पापं वा कर्म मानवम्। परित्यजति भोगाच्च पुण्यापुण्ये निबोध में।' (मानवकर्म चाहे जो हो,

अच्छा या बुरा, बिना फलोपभोग के उससे छुटकारा नहीं हो सकता, यह निश्चित है कि मानव फल को भोग लेने से ही अच्छे या बुरे कर्म से छुटकारा पाता है।) भविष्य पुराण में भी कहा गया है—'तस्मात्कृतस्य पापस्य प्रायश्चित्तं समाचरेत्। नाभुक्तस्यान्यथा नाशः कल्पकोटिशतैरपि।' अर्थात् पाप करने पर प्रायश्चित्त अवश्य करें।[90] यदि प्रायश्चित्त भी नहीं किया तो पाप का फल अवश्य मिलता है, चाहे जिस जन्म में मिले। यही सिद्धांत शतपथ ब्राह्मण में, बृहदारण्यक उपनिषद् में और छांदोग्य तथा कठ उपनिषद् में भी प्रतिपादित हैं।

इसी से शास्त्रों का कथन है—"व्यक्ति पुनः उस लोक में जन्म लेता है, जिसके लिए उसने कर्म किया था।" "जो जैसा करता है और जैसा विश्वास करता है, वैसा ही वह होता है, पुण्यवान् कर्मों का व्यक्ति पुण्यवान् होता है और अपुण्यवान् का अपुण्यवान्।" यहाँ शास्त्र कथन है कि "व्यक्ति संकल्पों का पुंज होता है। उसके जैसे संकल्प होते हैं, वैसी ही उसकी इच्छाशक्ति होती है, जैसी उसकी इच्छाशक्ति या कामना होती है, वैसे ही उसके कर्म होते हैं, और जो कुछ वह कर्म करता है वैसा ही फल पाता है"—

स वा अयमात्मा ब्रह्म विज्ञानमयो मनोमयः प्राणमयश्चक्षुर्मयः श्रोत्रमयः पृथ्वीमय आपोमयो वायुमय आकाशमयस्तेजोमयोऽतेजोमयः काममयोऽकाममयः क्रोधमयोऽक्रोधमयो धर्ममयोऽधर्ममयः सर्वमयस्तद् यदेतदिदम्मयोऽदोमय इति यथाकारी यथाचारी तथा भवति साधुकारी साधुर्भवति पापकारी पापो भवति पुण्यः पुण्येन कर्मणा भवति पापः पापेन। अथो खल्वाहुःकाममय एवायं पुरुष इति स यथाकामो भवति तत्क्रतुर्भवति यत्क्रतुर्भवति तत् कर्म कुरुते यत् कर्म कुरुते तदभिसम्पद्यते।

छांदोग्य उपनिषद् के अनुसार, अथ खलु ऋतुमयः पुरुषोयथाऋतुरस्मिंल्लोके पुरुषो भवति तथेतः प्रेत्य भवति। (3/14/1) कठोपनिषद का कथन है कि—*योनिमन्ये प्रपद्यन्ते शरीरत्वाय देहिनः। स्याणुमन्येऽनुसंयन्ति यथाकर्म यथाश्रुतम्।* (5/7)[91]

गौतम धर्मसूत्र का कथन हैं कि जप, तप, होम, उपवास एवं दान पाप के प्रायश्चित्त के साधन हैं। यही बात वसिष्ठ धर्मसूत्र में भी कही गई है।[92]

अभिशस्तता एवं अनुताप

मनुस्मृति में कतिपय महत्त्वपूर्ण पापों के लिए अभिशस्तता का विधान निर्देशित है। 11वें अध्याय के 122वें श्लोक में इसके लिए 'स्वकर्मं परिकीर्तयन्' पदों का प्रयोग है। अर्थात् अपने पाप को सार्वजनिक रूप से घोषित करते हुए आवश्यक प्रायश्चित्त करें।[93]

इसी प्रकार आपस्तंब धर्मसूत्र में यह विधान है कि अभिशस्तता के साथ ही घोर पापों का प्रायश्चित्त करना चाहिए। अभिशस्तता का अर्थ है अपने दोष की घोषणा।[94]

इसी प्रकार अनुताप का भी शास्त्रों में प्रतिपादन है। मनुस्मृति का कथन है—

यथा यथा मनुस्तस्य दुष्कृतं कर्म गर्हति।
तथा तथा शरीरं तत्तेनाधर्मेण मुच्यते॥ 229॥
कृत्वा पापं हि संतप्य तस्मात्पापात्प्रमुच्यते।
नैवं कुर्यां पुनरिति निवृत्त्या पूयते तु सः॥ 230॥[95]

(पाप करने वाले का मन जैसे-जैसे उस दूषित कर्म की मन ही मन निंदा करता है, वैसे-वैसे वह उस अधर्म के परिणाम से मुक्त होता जाता है। इसीलिए पापकर्म करने पर अनुताप अवश्य करना चाहिए और यह संकल्प लेना चाहिए कि 'मैं पुनः यह अधर्म आचरण नहीं करूँगा'। संकल्पपूर्वक यह निश्चय कर सदा के लिए उस अधर्म का परित्याग कर देने पर व्यक्ति पवित्र हो जाता है। इसके साथ ही उसे धर्म कर्तव्य में प्रवृत्त रहना चाहिए।)

विष्णु धर्मसूत्र में द्वितीय खंड के 73वें अध्याय में भी 233वें श्लोक में कहा गया है कि व्यक्ति को चाहिए कि वह पाप करने पर उसका अनुताप करे तथा अपने द्वारा अधर्म हो गया है, इसका स्मरण करे, उससे भी वह पाप से मुक्त हो जाता है। 'कृत्वा पापं हि स्मर्तव्यं तस्मात्पापात्प्रमुच्यते।' आगे के श्लोकों में यह बात और स्पष्ट की गई है—

यथा यथा मनस्तस्य दुष्कृतं कर्म गर्हति।
तथा तथा शरीरं तत्तेनाधर्मेण मुच्यते॥ 234॥
नैतत्कुर्या पुनरिति निबृत्यां प्रयतेन्नरः।
एवं संचिन्त्य मनसा प्रेत्य कर्मफलोदयम्॥ 235॥
मनोवाक्कर्मभिर्नित्यं शुभं कर्म समाचरेत्।
अज्ञानाद्यदि वा ज्ञानात्कृत्वा कर्म विगर्हितम्॥
तस्माद्धि मुच्यते नित्यं द्वितीयं न समाचरेत्॥ 236॥
यस्मिन्कर्मण्यस्य कृते मनसः स्यादलाघवम्।
तस्मिस्तावत्तपः कुर्याद्यावत्तुष्टिकरं भवेत्॥ 237॥[96]

(पापकर्ता व्यक्ति का मन जैसे-जैसे मन-ही-मन उस पाप की निंदा करता है, वैसे-वैसे उसका शरीर शुद्ध हो जाता है, क्योंकि अनुताप स्वयं में धर्मकार्य ही है। पुनः पाप नहीं करूँगा, यह संकल्प स्वयं में फलदायी है। मन, वाणी और कर्म से शुभ कर्म करते रहना चाहिए और अज्ञान के कारण अथवा ज्ञानपूर्वक भी यदि कोई निंदित कर्म हो जाए, तो संकल्प करे कि मैं दूषित पाप नहीं करूँगा, इससे व्यक्ति शुद्ध हो जाता है। जिस कर्म को करने पर मन में भारीपन या बोझ-सा लगे, उस कर्म के प्रायश्चित्तस्वरूप तब तक तपस्या करनी चाहिए, जब तक मन संतुष्ट न हो जाए।)

इसके साथ ही घोर पापों के लिए प्रायश्चित्त करते समय सार्वजनिक रूप से अपने दुष्कृत्यों की घोषणा करने का भी विधान है।

शास्त्रों में प्राणायाम का महत्त्व प्रतिपादित है। घोर पापों के लिए भी प्राणायाम शुद्धिकारक है। बौधायन धर्मसूत्र के खंड 4, प्रश्न 1 में, मनुस्मृति के अध्याय 11 के श्लोक 248वें तथा उससे आगे के श्लोकों में प्रायश्चित्त के लिए प्राणायाम का प्रतिपादन है।

सव्याहृतिप्रणवकाः प्राणायामास्तु षोडश।
अपि भ्रूणहणं मासात्पुनन्त्यहरहः कृताः॥ 248॥
कौत्सं जप्त्वाप इत्येतद्वसिष्ठं च प्रतीत्यृचम्।
माहित्रं शुद्धवत्यश्च सुरापोऽपि विशुध्यति॥ 249॥
सकृज्जप्त्वास्य वामीयं शिवसंकल्पमेव च।
अपहृत्य सुवर्णं तु क्षणाद्भवति निर्मलः॥ 250॥
हविष्पान्तीयमभ्यस्य नतमंह इतीति च।
जपित्वा पौरुषं सूक्तं मुच्यते गुरुतल्पगः॥ 251॥[97]

होम

तैत्तिरीयारण्यक ने कूष्मांड-होम एवं दीक्षा का वर्णन किया है और व्यवस्था दी है कि उस व्यक्ति को जो अपने को अपवित्र समझता है, कूष्मांड मंत्रों से होम करना चाहिए, यथा—'यद्देवा देवहेडनम्'।[98] इस होम के कर्ता को दीक्षा के नियमों का पालन करना होता था, यथा—मांस का सेवन न करना, संभोग न करना, असत्य न बोलना, शैया पर न सोना। उसे दूध पीना पड़ता था, जौ की लपसी खानी पड़ती थी और अमिक्षा का सेवन करना पड़ता था। बौधायन धर्मसूत्र के अनुसार अपवित्र व्यक्ति को कूष्मांड-होम में भुनी हुई आहुतियाँ छोड़नी चाहिए, निषिद्ध संभोग करने से व्यक्ति चोर एवं ब्रह्मघातक के समान हो जाता है और वह इस होम द्वारा ब्रह्महत्या से कम पापों से मुक्ति पा जाता है।[99] याज्ञवल्क्य के अनुसार यदि कोई द्विज अपने को पापमुक्त करना चाहे, तो उसे गायत्री मंत्र द्वारा तिल से होम करना चाहिए।[100] मिताक्षरा ने यम के मत से तिल की एक लाख आहुतियों का उल्लेख किया है। मनु एवं वसिष्ठ के मत से ब्राह्मण व्यक्ति वैदिक मंत्रों के जप एवं होम से सभी विपत्तियों से छुटकारा पा जाता है।[101] शतपथ ब्राह्मण का कथन है कि जब पत्नी अपने अन्य प्रेमियों के संबंध को स्वीकार करती है, तो उसे निम्न मंत्र के साथ दक्षिणाग्नि में होम करना पड़ता है—"यद् ग्रामे यदरण्ये य सभायां यदिन्द्रिये। यदेनश्चकृमा वयमिदं तदवयजामहे स्वाहा", अर्थात् "हमने जो भी पाप ग्राम में, वन में, समाज में या इंद्रियों से किया हो, हम उसे इस होम द्वारा दूर कर रहे हैं, स्वाहा।"[102]

मनु एवं याज्ञवल्क्य ने व्यवस्था दी है कि जब कोई साक्षी किसी को मृत्युदंड से बचाने के लिए झूठी गवाही देता है, तो उसे इस कौटसाक्ष्य के प्रायश्चित्त के लिए सरस्वती को भात की आहुतियाँ देनी चाहिए।[103]

प्राचीन होम-भावना का स्वरूप शांतिकारक या शमनकारक है। होम देवता द्वारा अपेक्षित नहीं था, अर्थात् देवता द्वारा इसकी माँग नहीं की जाती है। होम एक प्रकार की भेंट थी, जिससे देवता प्रसन्न होते हैं। होम से प्रसन्न होकर देवता या ईश्वर व्यक्ति को उसके अपराधों के लिए क्षमा करते हैं। होम से व्यक्ति अपने दुष्कृत्य द्वारा खोई हुई भगवत्कृपा को पुनः प्राप्त कर लेते हैं। अतः होम का परिणाम प्रायश्चित्त संबंधी एवं शुद्धीकरण संबंधी है, अर्थात् होम करने से पापी शुद्ध हो जाते हैं और अपने पाप का मार्जन भी कर लेते हैं।

जप

पापों के प्रायश्चित्त और अंतःसत्व के उत्कर्ष के लिए जप का अत्यधिक महत्त्व है। वैदिक मंत्रों का जप ही इस विषय में जप कहा गया है। स्पष्ट उच्चारण के साथ मंत्र को जपना वाचिक जप कहलाता है। अस्फुट स्वरों में धीरे-धीरे मंत्र का जप उपांशु जप कहलाता है और मन-ही-मन मंत्र का उच्चारण मानस जप कहलाता है। मानस जप सर्वोत्तम है। उपांशु जप मध्यम है और वाचिक जप सामान्य है। यद्यपि शांखायन ब्राह्मण ने उपांशु जप की प्रशंसा की है।[104] उपांशु जप बहुत धीमे बोला जाता है और उसमें आंतरिक प्रयत्न भी अल्प ही होता है। अर्थात् उदात्त, अनुदात्त आदि स्वरों का वैसा स्पष्ट उच्चारण नहीं होता, जैसा उच्च स्वर से पाठ करते समय वैदिक मंत्रों के स्वरों का होता है।

वस्तुतः जप उच्च और पवित्र मनोभूमि में परमात्मा का ध्यान है। इस ध्यान की एकता के लिए ही जप है। इसीलिए जप के लिए आवश्यक है मन और हृदय का पवित्र होना, चित्त में जप के इष्ट के अतिरिक्त किसी भी अन्य आसक्ति का उदित न होना और परमात्मा के प्रति गहरी भक्तिभावना अर्थात् समर्पण भाव।

मनुस्मृति का कथन है—

ओंकारपूर्विकास्तिस्त्रो महाव्याहृतयोऽव्ययाः ।
त्रिपदा चैव सावित्री विज्ञेयं ब्रह्मणो मुखम् ॥ 81 ॥
योऽधीतेऽहन्यहन्येतांस्त्रीणि वर्षाण्यतन्द्रितः ।
स ब्रह्म परमभ्येति वायुभूतः खमूर्तिमान् ॥ 82 ॥
एकाक्षरं परं ब्रह्म, प्राणायामाः परं तपः ।
सावित्र्यास्तु परं नास्ति मौनात्सत्यं विशिष्यते ॥ 83 ॥
क्षरन्ति सर्वा वैदिक्यो जुहोतियजतिक्रियाः ।
अक्षरं दुष्कर ज्ञेयं ब्रह्म चैव प्रजापतिः ॥ 84 ॥
विधियज्ञाज्जपयज्ञो विशिष्टो दशभिर्गुणैः ।
उपांशु स्याच्छतगुणः साहस्रो मानसः स्मृतः ॥ 85 ॥

ये पाकयऽज्ञाश्चत्वारो विधियज्ञसमन्विताः।
सर्वे ते जपयज्ञस्य कलां नार्हन्ति षोडशीम्॥ 86॥
जप्येनैव तु संसिध्येद् ब्राह्मणो नात्र संशयः।
कुर्यादन्यन्न वा कुर्यान्मैत्रो ब्राह्मण उच्यते॥ 87॥ [105]

(पूर्व में ओंकार लगाकर भूः, भुवः और स्वः इन महाव्याहृतियों सहित त्रिपदा सावित्री ही वेदों का मुख्य है और ब्रह्मप्राप्ति का द्वार है। जो व्यक्ति प्रतिदिन तंद्रारहित होकर तीन वर्ष तक महाव्याहृतियों सहित ओंकारपूर्वक गायत्री जप करता है, वह सात्विक एवं लाघव से संपन्न अर्थात् स्फूर्ति से संपन्न रहते हुए परमब्रह्म को प्राप्त करता है। प्रणव ही सर्वश्रेष्ठ है। प्राणायाम ही सर्वश्रेष्ठ साधन है और सावित्री ही सर्वश्रेष्ठ मंत्र है तथा सत्य भाषण मौन से भी अधिक विशिष्ट फलदायी है। अन्य प्रकार से किए गए हवन और यज्ञ अपना फल देकर क्षरित हो जाते हैं, परंतु प्रणव जप से ब्रह्म प्राप्ति होती है। याज्ञिक विधियों से जप यज्ञ दस गुना अधिक श्रेष्ठ है, उपांशु जप सौ गुना श्रेष्ठ है और मानस जप हजार गुना श्रेष्ठ है। विधियज्ञों सहित जो चार प्रमुख पाक यज्ञ हैं, वे भी जप यज्ञ के 16वें भाग से भी कम फलदायी हैं। जप से ही सिद्धि प्राप्त होती है। जप करने वाला सबका हितैषी होता है और अंत में ब्रह्म में लीन हो जाता है।)

वसिष्ठ धर्मसूत्र और विष्णु धर्मसूत्र ने भी यही कहा है। स्मृतिचंद्रिका में भी कहा गया है कि—

त्रिविधो जपयज्ञः स्यात्तस्य भेदं निबोधत। वाचिकाख्य उपांशुश्च मानसस्त्रिविधः स्मृतः॥ त्रयाणां जपयज्ञानां श्रेयान् स्यादुत्तरोत्तरम्॥ अत्र हारीतः। उच्चस्त्वेकगुणः प्रोक्तो ध्यानाद्दशगुणः स्मृतः। उपांशुः स्याच्छतगुणः सहस्रो मानसः स्मृतः। [106]

(वाचिक, उपांशु और मानस तीन प्रकार के जप होते हैं, जिनमें से बाद वाला पहले वाले से श्रेष्ठ है। उच्च स्वर से पाठ करने पर एक गुना फल मिलता है। ध्यान से दस गुना, उपांशु जप से सौ गुना और मानस जप से सहस्र गुना फल मिलता है।)

भूः, भुवः एवं स्वः नामक रहस्यात्मक शब्द महाव्याहृतियाँ कहे जाते हैं। तैत्तिरीय उपनिषद् में शिक्षावल्ली के पंचम अनुवाक में कहा गया है कि महः चौथी व्याहृति है। वह ब्रह्म है और व्याहृतियों की आत्मा है। भूः पृथ्वीलोक है, भुवः अंतरिक्ष लोक है, स्वः स्वर्ग लोक है और महः आदित्य है। आदित्य से ही समस्त लोक महिमान्वित होते हैं—

भूर्भुवः सुवरिति वा एतास्तिस्रो व्याहृतयः। तासामु ह स्मैतां चतुर्थीं माहाचमस्यः प्रवेदयते। मह इति। तद्ब्रह्म। स आत्मा। अंगडान्यन्या देवताः। भूरिति वा अयं लोकः। भुव इत्यन्तरिक्षम्। सुवरित्यसौ लोकः। मह इत्यादित्यः। आदित्येन वाव सर्वे लोका महीयन्ते। [107]

वसिष्ठ धर्मसूत्र और वैखानस धर्मसूत्र ने तीन और व्याहृतियाँ गिनाई हैं—जनः, तपः एवं सत्यं। इस प्रकार सात व्याह्रतियाँ प्रसिद्ध हैं।

ओम शब्द अत्यंत प्राचीनकाल से परम पवित्र प्रसिद्ध रहा है और यह परमात्मा का वाचक है। इसे ही प्रणव भी कहा जाता है। पतंजलि के योगसूत्र में भी कहा गया है—

क्लेशकर्मविपाकाशयैरपरामृष्टः पुरुषविशेष ईश्वरः ॥

तत्र निरतिशयं सर्वज्ञबीजम् ॥

पूर्वेषामपि गुरुः कालेनानवच्छेदात् ॥

तस्य वाचकः प्रणवः, तज्जपस्तदर्थभावनम् ॥ [108]

(योगसूत्र समादिपाद सूत्र 24 से 28)

अर्थात् क्लेश, कर्म, विपाक और आशय से अस्पृष्ट या असंयुक्त जो पुरुष विशेष हैं, वे ही ईश्वर हैं। उनमें सर्वज्ञ-बीज की निरतिशयता है। वे प्राचीनतम गुरुओं के भी गुरु हैं, क्योंकि उनका ऐश्वर्य काल से अविच्छिन्न नहीं होता। प्रणव या ओम ही उनका वाचक शब्द है।

तैत्तिरीय उपनिषद् में भी शिक्षावल्ली के अष्टम अनुवाक् में कहा गया है—

ओमिति ब्रह्म। ओमितीदँ सर्वम्। ओमित्येतदनुकृतिर्ह स्म वा अप्यो श्रावयेत्याश्रावयन्ति। ओमिति सामानि गायन्ति। ओशोमिति शस्त्राणि शँसंति। ओमित्यध्वर्युः प्रतिगरं प्रतिगृणाति। ओमिति ब्रह्मा प्रसौति। ओमित्यग्निहोत्रमनुजानाति। ओमिति ब्राह्मणः प्रवक्ष्यन्नाह ब्रह्मोपान्पवानीति। ब्रह्मैवोपान्पोति। [109]

(ओम—यह ब्रह्म है। जो कुछ प्रत्यक्ष दिखता है, वह समस्त जगत् ओम में समाहित है। यह परम तत्त्व का अनुमोदन है। जब शिष्य अनुरोध करता है कि हे आचार्य! मुझे ओम का उपदेश दीजिए तब गुरु साम, दाम के साथ ओम मंत्र का आयन करते हैं और मंत्रों को पढ़ाते हैं। अधर्यु भी ओम कहकर ही प्रतिगर मंत्र का उच्चारण करते हैं और चतुर्थ ऋत्विक ब्रह्मा भी ओम कहकर ही उसका अनुमोदन करते हैं तथा ओम कहकर ही अग्निहोत्र की आज्ञा देते हैं। ब्राह्मण सदा ओम के उच्चारण के साथ ही ब्रह्म की प्राप्ति की साधना करता है और उन्हें प्राप्त कर लेता है।)

कठोपनिषद् में भी प्रथम अध्याय की द्वितीय वल्ली में 15वाँ मंत्र है—

सर्वे वेदा यत्पदमामनन्ति तपाँसि सर्वाणि च यद्वदंति।

यदिच्छन्तो ब्रह्मचर्यं चरन्ति तत्ते पदँ संग्रहेण ब्रवीम्योमित्येतत् ॥ 15 ॥

(समस्त वेद जिस परम पद का प्रतिपादन करते हैं और जो पद समस्त तपों का लक्ष्य है तथा साधकगण जिसके लिए ब्रह्मचर्य का पालन करते हैं, वह पद मैं तुम्हें संक्षेप में बताता हूँ—वह है ओम)

आगे कहा है—

एतद्ध्येवाक्षरं ब्रह्म एतद्ध्येवाक्षरं परम्।

एतद्ध्येवाक्षरं ज्ञात्वा यो यदिच्छति तस्य तत् ॥ 16।

एतदालम्बनं श्रेष्ठमेतदालम्बनं परम्।
एतदालम्बनं ज्ञात्वा ब्रह्मलोके महीयते॥ 17॥[110]

(यह ओमकार ही ब्रह्म है। इसी अविनाशी को जानकर साधकों की अभिलाषा पूरी होती है। यही सर्वश्रेष्ठ आलंबन है और यही सबका परम आश्रय है। इसको भलीभाँति जानकर साधक ब्रह्मलोक को प्राप्त करता है।)

अत: ओम के जप का अत्यधिक महत्त्व है और पवित्र हृदय से श्रद्धापूर्वक परमात्मा के प्रति समर्पण भाव के साथ ओम का जप करने पर सभी पापों का चित्त पर पड़ा हुआ भार धीरे-धीरे हट जाता है तथा चित्त शुद्ध हो जाता है। इसीलिए जप का अत्यधिक महत्त्व है। ओमकार के साथ ही गायत्री मंत्र तथा अन्य वैदिक मंत्रों के जप का भी प्रतिपादन वैदिक शास्त्रों में है।

जब जप दीर्घकाल तक किए जाते हैं तो उस समय कैसा आहार लिया जाए, इसकी भी विस्तृत मीमांसा धर्मशास्त्रों में है।

गौतम धर्मसूत्र का कहना है कि जप के समय केवल दूध पर रहना चाहिए अथवा केवल फल खाना चाहिए या एक मुट्ठी जौ का सत्तू खाना चाहिए या केवल घी पीना चाहिए या घी में स्वर्ण-चूर्ण मिलाकर खाना चाहिए। इसी प्रकार जप के लिए विहित स्थानों का भी प्रतिपादन धर्मशास्त्रों में है।

तप

तप से आंतरिक उत्कर्ष और अंत: ऊर्जा का विकास तथा चैतन्य का प्रकाश बढ़ता है, वहीं किए गए पापों से शुद्धि भी होती है। स्वयं ऋग्वेद में तप की महिमा गाई गई है—

मुंडक उपनिषद् के प्रथम मुंडक के द्वितीय खंड का 11वाँ मंत्र है—

तप: श्रद्धे ये ह्युपवसंत्यरण्ये शांता विद्वांसो भैक्ष्यचर्यां चरन्त:।
सूर्यद्वारेण ते विरजा: प्रयान्ति यत्रामृत: स पुरुषो ह्यव्ययात्मा॥[111]

अर्थात् जो शांत विद्वान् केवल भिक्षा से ही निर्वाह करते हैं और तप तथा श्रद्धा से संयत जीवन जीते हैं, वे इष्ट और पूर्त कर्मों-यज्ञ करने तथा कूप, वाटिका, तड़ाग, धर्मशाला आदि बनाने और उद्यान लगाने आदि कर्मों से उच्चतर स्तर के होते हैं और वे तप के कारण तमोगुण से रहित और रजोगुणी विकारों से भी रहित होकर, सूर्य द्वार से सूर्य लोक में होते हुए वहाँ पहुँचते हैं, जहाँ अमृतमय अव्यव अविनाशी परमपुरुष पुरुषोत्तम का अनंत विस्तार है (यहाँ किसी देश-विशेष या लोक-विशेष की बात नहीं हो रही है, चेतना के सर्वोच्च और सूक्ष्मतम स्तर पर सर्वव्याप्त परमसत्ता के स्तर की बात हो रही है)।

इस प्रकार तप यज्ञ आदि से बहुत उच्च स्तर का है। तप का मुख्य स्वरूप है ब्रह्मचर्यपूर्वक अहिंसा और सत्य से संपन्न जीवन जीना, कभी किसी के धन के प्रति

तनिक-सा भी लोभभाव नहीं लाना और स्नान आदि नियमपूर्वक करते हुए शरीर, मन, वाणी और व्यवहार से शुद्ध तथा पवित्र जीवन जीना एवं समय-समय पर उपवास करते हुए तप करना। इसमें ध्यान और जप समाहित हैं। बौधायन धर्मसूत्र में इसमें गुरु-शुश्रूषा को भी रखा है। मनुस्मृति में भी अध्याय 11 में यही कहा गया है कि तप से व्यक्ति बड़े-से-बड़े अपराधों और महापातकों से भी मुक्त हो जाता है और शरीर या विचार या शब्द से जो भी दोष और पाप हुए हों, वे सब तप से जल जाते हैं—

महापातकिनश्चैव शेषाश्चाकार्यकारिण:।
तपसैव सुतप्तेन मुच्यन्ते किल्बिषात्तत: ॥ 239 ॥
कीटाश्चाहिपतड.गाश्च पशवश्च वयांसि च।
स्थावराणि च भूतानि दिवं यान्ति तपोबलात् ॥ 240 ॥
यत्किञ्चिदेन: कुर्वन्ति मनोवाड्.मूर्तिभिर्जना:।
तत्सर्वं निर्दहन्त्याशु तपसैव तपोधना: ॥ 241 ॥
तपसैव विशुद्धस्य ब्राह्मणस्य दिवौकस:।
इज्याश्च प्रतिगृहन्ति कामान्संवर्धयन्ति च ॥ 242 ॥
प्रजापतिरिदं शास्त्रं तपसैवासृजत्प्रभु:।
तथैव वेदानृषयस्तपसा प्रतिपेदिरे ॥ 243 ॥
इत्येतत्तपसो देवा महाभाग्यं प्रचक्षते।
सर्वस्यास्य प्रपश्यन्तस्तपस: पुण्यमुत्तमम् ॥ 244 ॥
वेदाभ्यासोऽन्वहं शक्तया महायज्ञक्रिया क्षमा।
नाशयन्त्याशु पापानि महापातकजान्यपि ॥ 245 ॥
यथैधस्तेजसा वह्नि: प्राप्तं निर्दहति क्षणात्।
तथा ज्ञानाग्निना पापं सर्वं दहति वेदवित् ॥ 246 ॥[112]

अर्थात् तप के बल से संपूर्ण जीव उच्चतर दशा को प्राप्त करते हैं और तपस्वी लोग तप से सभी प्रकार के पाप भस्म कर देते हैं। देवता भी तपस्वी ब्राह्मण के यज्ञ से ही प्रसन्न होते हैं और तप तथा प्रायश्चित्त का विधान भी ब्रह्मा ने तप से ही रचा है। प्रतिदिन यथाशक्ति वेदाभ्यास और पंचमहायज्ञ करना तथा क्षमाभाव ये महापातकों को भी नष्ट कर देने वाले तप हैं। ज्ञानाग्नि समस्त पाप को नष्ट करती है।

इससे आगे मनुस्मृति में गुह्य पापों के लिए प्रायश्चित्त के विषय में विस्तार से वर्णन है।

प्रायश्चित्त के स्वरूप

प्राय: का अर्थ है तप और चित्त का अर्थ है निश्चय करने वाली सामर्थ्य। अत: तप

के निश्चय के साथ कर्म संयुक्त होना प्रायश्चित्त है। मनुस्मृति में टीकाकार बताते हैं—

प्रायो नाम तपः प्रोक्तं चित्तं निश्चय उच्यते।
तपोनिश्चयसंयुक्तं प्रायश्चित्तंमिति स्मृतम्॥ [113]

(अध्याय 11, श्लोक 47 में टीका)

अकुर्वन्विहित कर्म निंदितं च ....।
प्रसक्तश्चेन्द्रियार्थेषु प्रायश्चितीयते नरः॥ [114]

(अध्याय 11, श्लोक 44)

अर्थात् ऐसे मनुष्य को प्रायश्चित्त अवश्य करना चाहिए, जो शास्त्रोक्तकर्म नहीं करता हो तथा शास्त्रप्रतिषिद्ध कर्म करता हो। प्रायश्चित्त से दंड या तो समाप्त हो जाता है या हल्का हो जाता है। इस विषय में भी शास्त्रों का विस्तृत प्रतिपादन है।

अध्याय 11 में ही मनुस्मृति में यह भी कहा गया है कि कुछ विद्वानों के अनुसार अज्ञान में किए गए पाप का ही प्रायश्चित्त होता है। ज्ञानपूर्वक किए गए पाप का दंड ही भोगना पड़ता है। जबकि कुछ अन्य आचार्यों के अनुसार ज्ञानपूर्वक किए गए पाप के लिए भी श्रुति में प्रायश्चित्त का विधान है—

अकामतः कृते पापे प्रायश्चित्तं विदुर्बुधाः।
कामकारकृतेऽप्याहुरेके श्रुतिनिदर्शनात्॥ 45॥
अकामतः कृतं पापं वेदाभ्यासेन शुध्यति।
कामतस्तु कृतं मोहात्प्रायश्चित्तैः पृथगविधैः॥ 46॥ [115]

(प्रथम श्लोक का अर्थ ऊपर दिया है और दूसरे श्लोक का अर्थ है—बिना किसी कामना के भी अगर पाप हो जाए तो वह वेदाभ्यास से नष्ट हो जाता है और कामनापूर्वक किए गए पाप प्रायश्चित्त से ही नष्ट होते हैं।)

आगे मनुस्मृति में कहा गया है कि अगर कोई द्विजातीय व्यक्ति पाप करने के बाद प्रायश्चित्त नहीं करता तो उससे सज्जनों को संबंध नहीं रखना चाहिए।

अध्याय 11 में ही पूर्वजन्म के विभिन्न पापों के परिणामस्वरूप व्यक्ति को प्राप्त होने वाले कष्टों का वर्णन है। अतः पूर्वजन्म और वर्तमान जन्म के सभी पापों के नाश के लिए प्रायश्चित्त अवश्य करना चाहिए। इनमें से जैसा पूर्व में उल्लेख हुआ है—ब्रह्महत्या, सुरापान, सुवर्ण की चोरी, गुरुपत्नी से दैहिक संबंध बनाना और इन चार पापों में से किसी भी एक पाप को करने वाले से उसके द्वारा प्रायश्चित्त किए जाने से पहले संबंध बनाना, ये पाँच महापातक हैं।

ब्रह्महत्या सुरापानं स्तेयं गुरु-अंगनागमः।
महान्ति पातकान्याहुः संसर्गश्चापि तैः सह॥

(अध्याय 11, श्लोक 54)

परंतु इसके साथ ही अगले श्लोक भी महत्त्वपूर्ण हैं—

अनृतं च समुत्कर्षे राजगामि च पैशुनम्।
गुरोश्चालीकनिर्बंधः समानि ब्रह्महत्यया॥ 55॥
ब्रह्मोज्झता वेदनिंदा कौटसाक्ष्यं सुहृद्वधः।
गर्हितानाद्ययोर्जग्धिः सुरापानसमानि षट्॥ 56॥
निक्षेपस्यापहरणं नराश्वरजतस्य च।
भूमिवज्रमणीनां च रुक्मस्तेयसमं स्मृतम्॥ 57॥
रेतःसेकः स्वयोनीषु कुमारीष्वन्त्यजासु च।
सख्युः पुत्रस्य च स्त्रीषु गुरुतल्पसमं विदुः॥ 58॥[116]

अर्थात् अपनी जाति को ऊँचा बताने के लिए और समाज में उसे उच्च स्थान प्रदान किए जाने की आकांक्षा से झूठ बोलना, राजा से किसी अन्य की झूठी चुगली करना तथा गुरु से झूठ बोलना ये सब ब्रह्महत्या के ही समान महापाप हैं। इसी प्रकार वेदों को विस्मरण करना या वेद की निंदा करना या साक्षी (गवाही) के रूप में झूठ बोलना या मित्र की छलपूर्ण हत्या या गर्हित और अभक्ष्य पदार्थों का सेवन ये छह पाप सुरापान के समान महापातक हैं। धरोहर को हड़पना या सेवक-सेविकाओं अथवा चाँदी, हीरा या भूमिखंड या अश्व को चुराना सुवर्ण चोरी के समान ही महापातक हैं। अपनी बहन से या बहू से या कुमारी कन्या से या मित्र पत्नी से समागम करना, गुरु-पत्नी के साथ समागम जैसे महापाप धर्मशास्त्र में कहे गए हैं।

इसके आगे उपपातकों का विस्तृत वर्णन है और तदुपरांत प्रायश्चित्त का वर्णन है।

इस संदर्भ में मूल तथ्य को अवश्य स्मरण रखना चाहिए। परंपरागत शिक्षा परंपरा से वंचित और आँग्ल-ईसाई शिक्षा प्राप्त लोग धर्मशास्त्रों को कुरान और बाइबिल जैसी कोई चीज समझते हैं और यह मानते हैं कि उनका पालन इसलिए करना आवश्यक है कि वे निर्देशित हैं। परंतु यह धर्मशास्त्रों के विषय में आधारभूत अज्ञान है। धर्मशास्त्र परमात्मा, आत्मा, प्रकृति, जीव, जगत्, जीव के अहंकार, बुद्धि, मन, चित्त, अंतःकरण और समस्त इंद्रियाँ, इंद्रियों के संवेदन, इंद्रियों की सामर्थ्य, इंद्रियों की मर्यादा, इंद्रियों का अतिचार और अतिरेक तथा उनके परिणाम आदि सबका अत्यंत विस्तृत विचार करते हैं। मनुष्य के कर्म, उनके फल, कर्मों का स्रोत अर्थात् संस्कार और आकांक्षाएँ, जिन्हें वासना कहते हैं तथा उनके शुभ-अशुभ परिणाम आदि सब पर धर्मशास्त्रों में इतने विस्तार से विचार है, जितना विश्व के उपलब्ध साहित्य में और कहीं भी नहीं है। इसीलिए मजहबी और रिलीजियस किताबों से धर्मशास्त्र की तुलना करना किसी एक साधारण से लघु जलप्रवाह की पवित्र गंगा नदी और ब्रह्मपुत्र या सिंधु से तुलना करने जैसा है, जो अज्ञान की पराकाष्ठा है। इसीलिए तुलनात्मक धर्मशास्त्र जैसा अनुशासन एक निराधार और निरर्थक अनुशासन है।

इस्लाम, ईसाइयत आदि के पास धर्मशास्त्र नहीं है, केवल कतिपय इलहामी संदेशों के आधार पर मजहब और रिलीजन के विशेषज्ञों द्वारा दी गई व्यवस्थाएँ हैं, जिनका आधार बौद्धिक तर्कजाल मात्र है। वस्तुतः उन व्यवस्थाओं का जीवात्मा के चित्त और मन पर तथा संस्कारों और कर्माशय पर क्या प्रभाव पड़ता है और उसके कारण क्या फल मिलते हैं, इनकी कोई भी आधारभूत विवेचना उन तर्कजालों में नहीं है।

प्रायश्चित्त वह है, जिसके द्वारा अपने पाप का अनुताप करने वाले व्यक्ति का चित्त आंतरिक निश्चय और तप के द्वारा सहज हो जाता है, सम हो जाता है। यहाँ पुनः मूल तत्त्व स्मरण रखना चाहिए। मनुष्य जो भी कर्म करता है, उसके साक्षी सर्वव्यापी परमात्मा के अनुशासन में स्वयं जीवात्मा, सूर्य, चंद्रमा, दैवी शक्तियाँ, जिन्हें देव शक्ति या चिन्मय शक्ति कहते हैं, आदि होते हैं। सत्कर्मों से पुण्य कर्माशय बनते हैं, चित्त में आनंद और उल्लास का संचार होता है, जबकि असत्कर्मों से पाप कर्माशय बनते हैं और चित्त अनजाने ही क्षुब्ध और विषम हो जाता है। उसका संतुलन बिगड़ जाता है। प्रायश्चित्त के द्वारा यह विषमता समाप्त हो जाती है और संतुलन स्थापित हो जाता है।

अंगिरा स्मृति का कथन है—

'प्रायो नाम तपः प्रोक्तं चित्तं निश्चय उच्यते।
तपोनिश्चयसंयोगात्प्रायश्चित्तमिति स्मृतम्॥'

अर्थात् मन–बुद्धि–चित्त का संकल्प एवं धर्मशास्त्रों में प्रतिपादित तप करने से दोनों के (निश्चय और तप) के संयोग से चित्त का संतुलन पुनः स्थापित होता है, यही प्रायश्चित्त है।

याज्ञवल्क्य स्मृति (3/206) की बालंभट्टी टीका में कहा गया है कि पाप का शोधन करना ही प्रायश्चित्त है—

'प्रायः पापं विनिर्दिष्टं चित्तं तस्य विशोधनम्। इति। चतुर्विंशतिमतेऽप्येवम्।
तथा पापनिवर्तनक्षमधर्मविशेषे योगरूढोऽयं शब्द इति तत्त्वम्।'[117]

13वीं शताब्दी में हिमाद्री द्वारा रचित चतुर्वर्गचिंतामणि में कहा गया है कि पाप द्वारा जो पुण्य कर्माशय नष्ट हो गया है, प्रायश्चित्त द्वारा उसकी पूर्ति होती है। (प्रायश्चित्त विवेक)

परंतु सर्वाधिक स्पष्ट 14वीं शताब्दी में माध्वाचार्य द्वारा रचित पराशर माधवीय है, जिसमें आचार्य स्पष्ट करते हैं (पराशर माधवीय, खंड 2, भाग 1)—

प्रायशश्च समं चित्तं चारयित्वा प्रदीयते। पर्षदा कार्यते यत्तु प्रायश्चित्तमिति स्मृतम्॥ पापिनोनुतापिनश्च चित्तं व्याकुलं सद् विषमं भवति तच्च पर्षदा येन व्रतानुष्ठानेन प्रायशोऽवश्यं समं कार्यते तद् व्रतं प्रायश्चित्तम्। व्रतं चारयित्वा चित्तवैषम्यनिमित्तं पापं प्रदीयते खंड्यते विनाश्यते इत्यर्थः।[118]

यहाँ यह स्मरणीय है कि माध्वाचार्य आचार्य सायण के अनुज हैं। इस प्रकार वे

विजयनगर साम्राज्य के आदरणीय विद्वान् हैं। अत: उनका कथन तत्कालीन लोक-व्यवहार एवं न्याय व्यवस्था के संदर्भ में महत्त्वपूर्ण है। स्वयं आचार्य सायण ने 'प्रायश्चित्त विवेक' में स्पष्ट किया है कि जो विहित है, उसे न करने से चित्त में जो दूषण उत्पन्न होता है या चित्त में जो ग्लानि का संस्कार और भाव रहता है, प्रायश्चित्त करने पर चित्त से वह ग्लानि हट जाती है और चित्त निर्मल हो जाता है। अत: उस संदर्भ में निर्धारित धार्मिक कृत्यों का पालन प्रायश्चित्त है। तप, दान एवं यज्ञ एकत्र पापों के परिणाम और संस्कार को नष्ट कर देते हैं और चित्त उसी प्रकार स्वच्छ हो जाता है, जैसे खौलते पानी और क्षार आदि से वस्त्र स्वच्छ हो जाता है। हारीत स्मृति में इसे स्पष्ट किया गया है—

तत्र हारीत: । प्रयतत्त्वादौपचितमशुभं कर्म नाशयतीति प्रायश्चित्तमिति। यत्तप:प्रभृतिकं कर्म उपचितं संचितमशुभं पापं नाशयतीति। कृततत्कर्मभि: कर्तु: प्रयतत्त्वाद्धा। शुद्धत्वादेव तत्प्रायश्चित्तम्। तथा च पुनर्हारीत: । यथा क्षारोपस्वेदचण्डनिर्णोदनप्रक्षालनादिभिर्वासांसि शुद्ध्यन्ति एवं तपोदानयज्ञै: पापकृत: शुद्धिमुपयन्ति। प्राय. तत्त्व (पृ. 467) और मदनपारिजात (पृ. 703)।[119]

धर्मशास्त्रों ने इस बात पर भी विचार किया है कि प्रायश्चित्त काम्य कर्म है या नैमित्तिक कर्म है ? नित्य कर्म तो वह है नहीं। पापनाश के लिए उपयुक्त अवसर आने पर ही प्रायश्चित्त किया जाता है। अत: वह काम्य कर्म है और पापनाश के निमित्त ही किया जाता है, अत: वह नैमित्तिक कर्म है। बृहस्पति स्मृति ने नैमित्तिक कर्म कहा है। पराशर माधवीय का भी यही कथन है—

प्रायश्चित्तशब्दश्चायं पापक्षयार्थे नैमित्तिके कर्मविशेषे रूढ: ।[120]

(पराशर माधवीय 2/1)

पापों के दो प्रकार हैं—कामकृत एवं अकामकृत। जानबूझकर किए गए पाप कामकृत पाप हैं। बिना अधिक जाने-बूझे या बिना अधिक विचार किए, जो पाप सहसा हो जाते हैं, वे अकामकृत हैं। अकामकृत पापों का नाश प्रायश्चित्त से होता है। कामकृत अर्थात् जानबूझकर किए गए पापों का नाश पापफल के भोग से ही होता है, परंतु उनका प्रभाव कम अवश्य किया जा सकता है। दोनों पक्षों की विवेचना के उपरांत महर्षि मनु महाराज ने अपना मत दिया है—अकामत: कृतं पापं वेदाभ्यासेन शुद्धति। कामतस्तु कृतं मोहात्प्रायश्चित्तै: पृथगविधै: ॥

अर्थात् अनजाने किए गए पाप का प्रभाव वेदाभ्यास से नष्ट हो जाता है और राग-द्वेष, मोह आदि के कारण कामनापूर्वक किए गए पाप प्रायश्चित्तों से नष्ट होते हैं। इस विषय में कुल्लूक भट्ट की टीका है—

अनिच्छात: कृतं पापं वेदाभ्यासेन शुद्धयति नश्यति। वेदाभ्यासेनेति कामकृतविषयप्रायश्चित्तापेक्षया लघुप्रायश्चित्तोपलक्षणार्थम्। प्रायश्चित्तान्तराणामपि

विधानाद्रागद्वेषादिग्यामूढतया पुनरनिच्छातः कृतं नानाप्रकारैः प्रायश्चित्तैविद्याधनतपोभिः शुध्यतीति गुरुप्रायश्चित्तपरम्। अतः पूर्वोक्तस्यैवायं व्यापारः। यद्यप्यधिकारनिरूपणं प्रकृतं प्रायश्चित्तं स्वनन्तरं वक्ष्यति तथाप्यज्ञानाल्लघुप्रायश्चित्ताधिकारी ज्ञानाद् गुरुप्रायश्चित्तेऽधिक्रियत इत्यधिकारिनिरूपणमेवेदम्॥ [121]

व्यक्ति समाज में होता है और उसके प्रत्येक कार्य का प्रभाव केवल उसके अंतःकरण पर और कर्माशय पर ही नहीं पड़ता, अपितु समाज पर भी पड़ता है। अतः प्रायश्चित्त का सामाजिक संदर्भ भी है। इसीलिए धर्मशास्त्रकारों ने बारंबार कहा है कि जिस व्यक्ति के पापों की जानकारी समाज में हो या फैले, उससे शेष लोगों को संसर्ग तब तक नहीं रखना चाहिए, जब तक वह प्रायश्चित्त नहीं कर ले। मनु महाराज कहते हैं—

एनस्विभिरनिर्णिक्तैर्नार्थं किंचित्सहाचरेत्।
कृतनिर्णेजनांश्चैव न जुगुप्सेत कर्हिचित्॥ [122]

(मनुस्मृति, अध्याय 11, श्लोक 189)

अर्थात् पाप किए हुए व्यक्ति के साथ तब तक लेन-देन, भोजन, संसर्ग आदि कुछ भी नहीं करना चाहिए, जब तक वह प्रायश्चित्त न कर ले। साथ ही, जिसने प्रायश्चित्त कर लिया हो, उसे उसके किए गए (पूर्वकृत) पाप या दुष्कर्म का स्मरण दिलाकर निंदा नहीं करनी चाहिए।

इस तरह प्रायश्चित्त का सामाजिक संदर्भ भी समान रूप से महत्त्वपूर्ण है। इसीलिए मनु महाराज ने आगे कहा है—

बालघ्नांश्च कृतघ्नांश्च विशुद्धानपि धर्मतः।
शरणागतहन्तंश्च स्त्रीहन्तंश्च न संवसेत्॥ [123]

(मनुस्मृति, अध्याय 11, श्लोक 190)

अर्थात् इन पापों को किए हुए व्यक्ति से तब भी संसर्ग और व्यवहार नहीं रखना चाहिए, जबकि उसने धर्मपूर्वक प्रायश्चित्त कर भी लिया हो, बच्चों की हत्या करने वाला, कृतघ्न व्यक्ति, शरणागत की हत्या करने वाला और स्त्री की हत्या करने वाला।

स्पष्ट रूप से इतनी कठोर व्यवस्था समाज में सम्यक् परिवेश बनाए रखने के लिए ही की गई है। अतः प्रायश्चित्त का जितना महत्त्व व्यक्ति के अंतःकरण की शुद्धि और पाप के परिणाम से उसे बचाने के संदर्भ में है, उतना ही महत्त्व समाज में दुष्कर्मों के प्रसार को रोकने और उनके प्रभाव को नियंत्रित रखने से भी है।

वस्तुतः याज्ञवल्क्य स्मृति की मिताक्षरा टीका ने इस विषय का समाहार बहुत अच्छे से किया है। उसमें कहा गया है—'पापों के फल एवं शक्ति दो प्रकार की है, यथा—नरक की प्राप्ति एवं पापी का समाज के सदस्यों द्वारा बहिष्कार। अतः यदि प्रायश्चित्त पापी को नरक से न बचा सके तो भी उसके द्वारा समाज-संसर्ग-स्थापन अनुचित नहीं कहा जा

सकता। जो पापकृत्य पतनीय नहीं हैं, वे मनु के कथन द्वारा प्रायश्चित्त से अवश्य नष्ट हो जाते हैं। वे पाप भी जो पतनीय हैं और जानबूझकर किए गए हैं, आपस्तंब धर्मसूत्र के कथन से मृत्युपर्यंत चलने वाले प्रायश्चित्तों से दूर हो सकते हैं।[124]

संदर्भ—

1. याज्ञवल्क्य स्मृति, आचाराध्याय:, गृहस्थधर्मप्रकरणं श्लोक 115 पर अपरार्क टीका। साथ ही मनुस्मृति, अध्याय 7, श्लोक 145 से 147 तथा 151 से 154 और 216 से 226
2. मत्स्य महापुराण, अध्याय 124, श्लोक 88 से 91
3. दक्ष स्मृति, अध्याय 2, श्लोक 4 एवं 5
4. मत्स्य महापुराण, अध्याय 124, श्लोक 92
5. मनुस्मृति, अध्याय 4, श्लोक 227 साथ ही लघुयमस्मृति:, श्लोक 68, इष्टापूर्तं तु कर्तव्यं ब्राह्मणेन प्रयत्नत:। इष्टेन लभते स्वर्गं पूर्ते मोक्षं समश्तनुते॥
6. देखें मनुस्मृति, अध्याय 4, श्लोक 226, 227 से 235 मत्स्य महापुराण, अध्याय 82 से 91, श्लोक
7. उपर्युक्त
8. अग्नि पुराण, अध्याय 209, श्लोक 23-24, साथ ही श्री नीलकंठ भट्ट द्वारा रचित 'भगवन्तभास्कर:' में सप्तम मयूख, दान मयूख
9. ऋग्वेद 10/160/2 एवं 7
10. उपर्युक्त
11. उपर्युक्त
12. ऋग्वेद 8/5/37-39 तथा 8/68/14-19
13. याज्ञवल्क्य स्मृति, अचाराध्याय, दान प्रकरणं, मिताक्षरा टीका
14. देवल स्मृति से दानक्रिया कौमुदी में उद्धृत तथा काणे रचित धर्मशास्त्र का इतिहास के द्वितीय खंड में अध्याय 25 में पृष्ठ 449 (1992 संस्करण) में भी उद्धृत
15. याज्ञवल्क्य स्मृति के दान प्रकरण में उल्लिखित
16. मनुस्मृति, अध्याय 4, श्लोक 204 तथा व्यास स्मृति, श्लोक 29 से 39 साथ ही याज्ञवल्क्य स्मृति, दान प्रकरण वर्णनम, श्लोक 198 से 216
17. उपर्युक्त पृष्ठ 451-452
18. उपर्युक्त
19. भगवद्गीता, अध्याय 17, श्लोक 19-22
20. याज्ञवल्क्य स्मृति, दान प्रकरण
21. दक्ष स्मृति, तृतीय अध्याय, श्लोक 15 एवं 16,
22. महाभारत, वनपर्व, अध्याय 200, श्लोक 21 से 42
23. महाभारत, वनपर्व, अध्याय 200, श्लोक 4 से 10
24. विष्णुधर्मउत्तर पुराण, श्लोक 1 से 10

25-27. महाभारत, अनुशासन पर्व के अंतर्गत दानधर्म पर्व, विशेषत: अध्याय 57, 58, 59 तथा 60

28. याज्ञवल्क्य स्मृति, आचाराध्याय:, दान प्रकरणं 9 का श्लोक 199, 200 एवं 201

29. देवल स्मृति, प्रायश्चित्तवर्णनम्, श्लोक 73
30. याज्ञवल्क्य स्मृति, अध्याय 2, श्लोक 178–179
31. मनुस्मृति, अध्याय 5, श्लोक 4 पर मेधातिथि की टीका
32. याज्ञवल्क्य स्मृति, आचाराध्याय: दान प्रकरणं 9 श्लोक 202, 203
33. याज्ञवल्क्य स्मृति, आचाराध्याय: दान प्रकरणं 9, श्लोक 208 से 212
34. वही, श्लोक 213
35. वही, श्लोक 214, 215
36. व्यास स्मृति, अध्याय 4, दानधर्म प्रकरण
37. व्यास स्मृति, दानधर्म प्रकरण, श्लोक 58 एवं 59
38. मनुस्मृति, अध्याय 11, श्लोक 9 एवं 10
39. महाभारत, अनुशासन पर्व, अध्याय 37, श्लोक 3
40. जैमिनि: पूर्वमीमांसा 6/7/1–7
41. नारदीय स्मृति, दत्ताप्रदानिकं, श्लोक 1–7
42. दक्ष स्मृति, अध्याय 3, गृहस्थाश्रमवर्णनम्, श्लोक 16
43. बृहस्पति स्मृति, श्लोक 59, 60 एवं 61
44. मनुस्मृति, अध्याय 4, श्लोक 188–189
45. लघुशातातप स्मृति, श्लोक 150
46. महाभारत, अनुशासन पर्व, अध्याय 64, श्लोक 5–6
47. नीलकंठ भट्ट: भगवन्तभास्कर:, सप्तम मयूख – दान मयूख
48. नीलकंठ भट्ट: भगवन्तभास्कर:, सप्तम मयूख – दान मयूख साथ ही अग्नि पुराण, अध्याय 209 में श्लोक 59–61
49. महाभारत, अनुशासन पर्व, अध्याय 59, श्लोक 5
50. याज्ञवल्क्य स्मृति, आचाराध्याय, श्लोक 318–320
51. अग्निपुराण, अध्याय 209, श्लोक 23–24, लिंगपुराण, उत्तरार्ध, अध्याय 28, महाभारत, आश्रमवासिक पर्व, अध्याय 3, श्लोक 31 एवं अध्याय 13, श्लोक 15
52. मत्स्य महापुराण, अध्याय 58 एवं अग्निपुराण, अध्याय 64
53. महाभारत, अनुशासन पर्व, अध्याय 58, श्लोक 4–8
54. महाभारत, अनुशासन पर्व, अध्याय 58, श्लोक 23–33
55. महाभारत, अनुशासन पर्व, अध्याय 63, श्लोक 15–16 साथ ही अध्याय 65–68 भी द्रष्टव्य
56. Clifford E. Barbour, Sin and the new psychology, Page 19, The Abingdon Press, New York, 1980 (Thesis)
57. ऋग्वेद 4/23, मंत्र 8–10
58. ऋग्वेद 4/51/2 एवं 7/60/2
59. ऋग्वेद 10/5/6
60. निरुक्त, अध्याय 6, पंचम पाद, 112वा मंत्र
61. निरुक्त, अध्याय 1, तृतीय पाद
62. निरुक्त, अध्याय 4, प्रथम पाद
63. ऋग्वेद 10/18/1

64. भगवद्गीता, अध्याय 3, श्लोक 36
65. भगवद्गीता, अध्याय 3, श्लोक 37
66. भगवद्गीता, अध्याय 3, श्लोक 39
67. भगवद्गीता, अध्याय 16, श्लोक 21
68. 'सति मूले तद्विपाको जात्यायुर्भोगाः'। पातंजल योगसूत्र, साधनपाद, सूत्र 13
69. आपस्तंब धर्मसूत्र, 1/7/12/12-18 तथा 1/7/21/7-11
70. वसिष्ठ धर्मसूत्र, 1/19-23
71. गौतम धर्मसूत्र, 10/50
72. याज्ञवल्क्य स्मृति, प्रायश्चित्ताध्याय, 234 से 242
73. गौतम धर्मसूत्र, 21/10
74. मनुस्मृति, अध्याय 11, श्लोक 55
    अनृतं च समुत्कर्षे राजगामि च पैशुनम्। गुरोश्चालीकनिर्बंधः समानि ब्रह्महत्या॥
75. याज्ञवल्क्य स्मृति, प्रायश्चित्ताध्याय, 234 से 242
    गुणामध्यधिक्षेपो वेदनिंदा सुहृद्वधः।
    ब्रह्महत्यासमं ज्ञेयमधीतस्य च नाशनम्॥
76. विष्णुधर्म सूत्र 37/1-3
77. मनुस्मृति, अध्याय 11, श्लोक 56
    ब्रह्मोज्झता वेदनिंदा कौटसाक्ष्यं सुहृद्वधः।
    गर्हितानाद्ययोर्जग्धिः सुरापानसमानि षट्॥
78. मनुस्मृति, अध्याय 11, श्लोक 57
    निक्षेपस्यापहरणं नराश्व रजतस्य च।
    भूमिवज्रमणीनां च रुक्मस्तेयसमं स्मृतम्॥
79. याज्ञवल्क्य स्मृति, प्रायश्चित्ताध्याय, श्लोक 230 तथा अग्निपुराण 168/27
80. मनुस्मृति, अध्याय 11, श्लोक 58
    रेतःसेकः स्वयोनीषु कुमारीष्वन्त्यजासु च।
    सख्युः पुत्रस्य च स्त्रीषु गुरुतल्पसमं विदुः॥
81. याज्ञवल्क्य स्मृति, प्रायश्चित्ताध्याय, श्लोक 231
    सखिभार्याकुमारीषु स्वयोनिष्वन्त्यजासु च।
    सगोत्रासु सुतस्त्रीषु गुरुतल्पसमं स्मृतम्॥
82. याज्ञवल्क्य स्मृति, प्रायश्चित्ताध्याय, श्लोक 232-233
83. नारद स्मृति, स्त्री-पुंसयोग, श्लोक 73-75
84. विष्णु धर्मसूत्र, 36/4-7
85. मनुस्मृति, अध्याय 11, श्लोक 59-66
86. याज्ञवल्क्य स्मृति, प्रायश्चित्ताध्याय, श्लोक 234-242
87. मनुस्मृति, अध्याय 11, श्लोक 67
88. वृद्धहारीत स्मृति, 9/210-215
89. गौतम धर्मसूत्र 19/5

90. मार्कंडेय पुराण 14/47 तथा भविष्य पुराण 1/19/27
91. शतपथ ब्राह्मण, 2/2/27, बृहदारण्यक उपनिषद् 4/4/5 एवं 6/2 तथा छांदोग्य उपनिषद् 3/14 एवं 5/3-10 और कठोपनिषद् 5/6-7
92. गौतम धर्मसूत्र 19/11 एवं वसिष्ठ धर्मसूत्र 22/8
93. मनुस्मृति, अध्याय 11, श्लोक 122
94. आपस्तंब धर्मसूत्र, 1/9/24/15, 1/10/28/19, 1/10/29/1
95. मनुस्मृति, अध्याय 11, श्लोक 229-230
96. विष्णु धर्मसूत्र, द्वितीय खंड, अध्याय 73, श्लोक 233-237
97. मनुस्मृति, अध्याय 11, श्लोक 248-251
98. तैत्तिरीय आरण्यक, 2/7-8
99. बौधायन धर्मसूत्र 3/7/1
100. याज्ञवल्क्य स्मृति, प्रायश्चित्ताध्याय, श्लोक 309
101. मनुस्मृति, अध्याय 11, श्लोक 34 तथा वसिष्ठ धर्मसूत्र 26/16
102. शतपथ ब्राह्मण, 2/5/2/20
103. मनुस्मृति, अध्याय 8, श्लोक 105 तथा याज्ञवल्क्य स्मृति 2/83
104. शांखायन ब्राह्मण 14/1
105. मनुस्मृति, अध्याय 2, श्लोक 81 से 87
106. स्मृतिचंद्रिका, भाग 1 पृष्ठ 149
107. तैत्तिरीयोपनिषद् शिक्षावल्ली, पंचम अनुवाक
108. पातंजल योगसूत्र, समादिपाद, सूत्र 24-28
109. तैत्तिरीयोपनिषद् शिक्षावल्ली, अष्टम अनुवाक
110. कठोपनिषद, प्रथम अध्याय, द्वितीय वल्ली, मंत्र 15-17
111. मुंडक उपनिषद्, प्रथम मुंडक, द्वितीय खंड, मंत्र 11
112. मनुस्मृति, अध्याय 11, श्लोक 239-246
113. मनुस्मृति, अध्याय 11, श्लोक 47 में टीका
114. मनुस्मृति, अध्याय 11, श्लोक 44 में टीका
115. मनुस्मृति, अध्याय 11, श्लोक 45-46
116. मनुस्मृति, अध्याय 11, श्लोक 54-58
117. याज्ञवल्क्य स्मृति, प्रायश्चित्ताध्याय, प्रायश्चित्त प्रकरणं, श्लोक 206, बालंभट्टी टीका
118. पराशर माधवी, खंड 2, भाग 1
119. प्रायश्चित्त तत्त्व (पृ0 467) और मदनपारिजात (पृ0 703)
120. पराशर माधवीय 2/1
121. मनुस्मृति, अध्याय 11, श्लोक 189
122. मनुस्मृति, अध्याय 11, श्लोक 189
123. मनुस्मृति, अध्याय 11, श्लोक 190
124. याज्ञवल्क्य स्मृति, प्रायश्चित्ताध्याय, मिताक्षरा टीका

□

6

संपत्ति, स्वामित्व तथा दायभाग

यह विवेचना हो चुकी है कि समृद्धि, संपत्ति और सुख धर्मशास्त्रीय एवं अर्थशास्त्रीय चिंतन के मूल लक्ष्य हैं। किसी भी धर्मशास्त्र और अर्थशास्त्र की मूल प्रकृति समृद्धि, संपत्ति और सुख संबंधी दृष्टि से ही रची जाती है। दृष्टि भेद होने पर अर्थचिंतन और धर्मचिंतन भी भिन्न-भिन्न प्रकार के हो जाते हैं। तदनुसार संपत्ति के विषय में विभिन्न समाजों की विभिन्न दृष्टियाँ हैं।

आधुनिक यूरोपीय अर्थशास्त्र के अनुसार 'वेल्थ' या संपत्ति वह है, जो किसी भी व्यक्ति के स्वामित्व में उपलब्ध समस्त चल-अचल वस्तुओं का कुल 'स्टॉक' है।[1] आधुनिक अर्थव्यवस्था में 'मनी' का सामान्य अर्थ है शासन अथवा बैंक की देयताएँ। अर्थात् शासन एवं बैंकों पर व्यक्तियों के दावे (क्लेम)। शासन के स्तर पर नोट और सिक्के तथा बैंकों के स्तर पर बैंक खाते ही व्यक्तियों की 'मनी' का प्रचलित रूप है।[2]

संपत्ति संबंधी जो प्रतिपादन धर्मशास्त्रों में है, वह इस यूरो-अमेरिकी दृष्टि से सर्वथा भिन्न है। भारतीय धर्मशास्त्रों में दो प्रकार की संपत्तियाँ प्रतिपादित हैं— 1. स्थावर एवं 2. जंगम। याज्ञवल्क्य स्मृति में संपत्ति के तीन प्रकार कहे गए हैं— 1. भूमिखंड एवं घर, 2. निबंध एवं 3. द्रव्य। निबंध वह है, जो राजा द्वारा या संघ द्वारा या ग्राम द्वारा या किसी जाति द्वारा किसी भी व्यक्ति या कुल या मठ या मंदिर को स्थायी रूप में बंधान के रूप में दिया जाता है। इस बंधान के रूप में दी गई संपत्ति को ही निबंध कहते हैं। द्रव्य का अर्थ है सोना-चाँदी, रत्न, जवाहरात आदि चल संपत्तियाँ और भूमिखंड तथा घर अचल संपत्तियाँ हैं। वैसे तो द्रव्य चल और अचल दोनों प्रकार की संपत्तियों को कह देते हैं।[3]

याज्ञवल्क्य स्मृति की आचार्य विज्ञानेश्वर द्वारा की गई मिताक्षरा टीका का कथन है—

प्रमाणं मानुषं दैवमिति भेदेन वर्णितम्।
अधुना वर्ण्यते दायविभागो योगमूर्तिना॥

तत 'दाय' शब्देन यद्धनं स्वामिसंबंधादेव निमित्तादन्यस्य स्वं भवति तदुच्यते। स च द्विविधः अप्रतिबंधः, सप्रतिबंधश्च। तत्र पुत्राणां पौत्राणां च पुत्रत्वेन पौत्रत्वेन च पितृधनं पितामह धनं च स्वं भवतीत्यप्रतिबंधो दायः। पितृव्यभ्रात्रादीनां तु पुत्राभावे स्वाम्यभावे च स्वं भवतीति सप्रतिबंधो दायः। एवं तत्पुत्रादिष्वप्यूहनीयः। विभागो नाम द्रव्यसमुदायविषयाणामनेकस्वाम्यानां तदेकदेशेषु व्यवस्थापनम्। एतदेवाभिप्रेत्योक्तं नारदेन –'विभागोऽर्थस्य पित्र्यस्य तनयैर्यत्र कल्प्यते। दाय भाग इति प्रोक्तं व्यवहारपदं बुधैः॥' इति। पित्र्यस्येति स्वत्वनिमित्तसंबंधोपलक्षणम्। 'तनयैः' इत्यपि प्रत्यासन्नोपलक्षणम्। इदमिह निरूपणीयम्, – कस्मिन्काले कस्य कथं कैश्च विभागः कर्तव्य इति।[4]

भारतीय शास्त्रों में संपत्ति के लिए दाय शब्द का प्रयोग अत्यंत प्राचीन है। ऋग्वेद (2/32/4) में मंत्र है—'ददातु वीरं शतदायमुक्थ्यम्'।[5]

सायण ने शत दाय का अर्थ किया है—प्रभूत दाय से युक्त। अन्यत्र भी ऋग्वेद में दाय शब्द है। तैत्तिरीय संहिता एवं ब्राह्मण ग्रंथों में संपत्ति के लिए दाय शब्द का प्रयोग हुआ है। तैत्तिरीय संहिता का कथन है—'मनुः पुत्रेभ्यो दायं व्यभजत्'।[6] (तैत्तिरीय संहिता 3/1/9/4)

अर्थात् मनु महाराज ने अपना दाय अपने पुत्रों में बाँट दिया। यहाँ स्पष्ट रूप से दाय के विभाजन का उल्लेख है। इसी प्रकार दाय के लिए रिक्थ शब्द भी ऋग्वेद में आया है (ऋग्वेद 3/31/2)।[7] दायाद शब्द भी आया है जिसका अर्थ है 'सह-अंशग्राही' अर्थात् साथ-साथ धन का भाग पाने वाला। इस प्रकार दाय, संपत्ति और धन पर्यायवाची जैसे हैं। पैतृक संपत्ति को 'अप्रतिबंधदाय' कहा जाता है, जबकि पैतृक संपत्ति जब अन्य कुटुंबी को दी जाती है, तो उसे 'सप्रतिबंधदाय' कहा जाता है।

यहाँ स्वत्व या स्वामित्व का प्रश्न संपत्ति के संबंध में महत्त्वपूर्ण है। संपत्ति के स्वत्व के पाँच उद्गम या स्रोत धर्मशास्त्रों में कहे गए हैं—1. रिक्थ, 2. क्रय, 3. समविभाग, 4. परिग्रह और 5. अधिगम।[8] माना जाता है कि स्वत्व या स्वामित्व की एक लोकसिद्ध परंपरा चली आ रही थी और शास्त्रों ने केवल उसको व्यवस्थित ढंग से प्रस्तुत किया। संपत्ति के स्वामित्व को लेकर शास्त्रों में विशद विवेचना है।[9]

प्राचीन भारतीय शास्त्रों में संपत्ति के दो वर्ग किए गए हैं—1. संयुक्त कुल संपत्ति, 2. पृथक् संपत्ति।[10] पृथक् संपत्ति में स्वअर्जित संपत्ति भी सम्मिलित है।

राजा, शत्रु या आततायी के धन का परिग्रह कर सकता है, परंतु समाज के किसी सामान्य व्यक्ति के धन का परिग्रह करने का अधिकार राज्य को भारतीय परंपरा में प्राप्त नहीं है।[11]

दाय भाग नामक व्यवहार पद में दो मुख्य विषय हैं—1. दाय और 2. विभाजन। इसमें स्वत्व की अलौकिकता का भी एक पक्ष है, परंतु स्वत्व का प्रधान स्वरूप लौकिक

व्यवहार से संबंधित है। स्वत्व का अलौकिक पक्ष यह है कि स्वत्व की प्रधान उत्पत्ति जन्म लेने से ही होती है अर्थात् जो व्यक्ति जिस कुल में जन्म लेता है, वहाँ के पैतृक धन का स्वामित्व उसे जन्मत: ही प्राप्त हो जाता है और कोई जीवात्मा किस घर में जन्म लेती है, इसका वरण सार्वभौम दैवी अनुशासन के अंतर्गत अपने कर्मफल और कर्माशय के अनुरूप जीवात्मा करती है। इस विषय में यद्यपि जीवात्मा परमात्मा के अनुशासन के अधीन है और दैवी नियमों से अनुशासित है, तथापि उन नियमों के अंतर्गत जीवात्मा स्वत: अपने कर्म विपाक के अनुरूप अपनी योनि और अपने कुल में जाती है, जिसे यह भी कह दिया जाता है कि जीवात्मा स्वयं उस गर्भ का वरण करती है। अत: यह एक अलौकिक पक्ष है, परंतु जन्म के उपरांत का व्यवहार लोक-व्यवहार का तथा परंपरा का अंग है और इसलिए स्वामित्व का प्रधान पक्ष लौकिक हो जाता है।

याज्ञवल्क्य स्मृति की मिताक्षरा टीका के व्यवहाराध्याय में दाय विभाग प्रकरण में विज्ञानेश्वर कहते हैं—*तत्र कस्मिन्काले कथं कैश्चेति तत्र तत्र श्लोकव्याख्यान एव वक्ष्यते। कस्य विभाग इत्येतावदिह चिन्त्यते। किं विभागात्स्वत्वमुत स्वस्य सतो विभाग इति। तत्र स्वत्वमेव तावन्निरूप्यते- किं शास्त्रैकसमधिगम्यं स्वत्वमुत प्रमाणान्तरसमधिगम्यमिति। तत्र शास्त्रैकसमधिगम्यमिति तावद्युक्तं, गौतमवचनात्- 'स्वामी रिक्थक्रयसंविभागपरिग्रहाधिगमेषु ब्राह्मणस्याधिकं लब्धं क्षत्रियस्य विजितं निर्विष्टं वैश्यशूद्रयो:॥' तस्माच्छास्त्रैकस-मधिगम्यं स्वत्वमिति। अत्रोच्यते - 'लौकिकमेव स्वत्वं लौकिकार्थक्रियासाधत्वात् व्रीह्यादिवत्। आहवनीयादीनां हि शास्त्रगम्यानां न लौकिकक्रियासाधनत्वमस्ति॥ नन्वाहवनीयादीनामपि पाकादिसाधनत्वमस्त्येव।' लिप्सासूत्रे तृतीये वर्णके द्रव्यार्जननियमानां क्रत्वर्थत्वे स्वत्वमेव न स्यात्। स्वत्वसाधनत्वं लोकसिद्धमिति पूर्वपक्ष: समर्थितो गुरुणा-ननु च द्रव्यार्जनस्य क्रत्वर्थत्वे स्वत्वमेव न भवतीति याग एव न संवर्तेत। प्रलपितमिदं केनापि 'अर्जनं स्वत्वं नापादयतीति विप्रतिषिद्धम्' इति वदता। तथा सिद्धन्तेऽपि स्वत्वस्य लौकिकत्वमंगीकृत्यैव विचारप्रयोजनमुक्तम्, अतो 'नियमातिक्रम: पुरुषस्य न क्रतो:' इति।*[12]

विभाग के विषय में धर्मशास्त्रों में विस्तार से प्रतिपादन है। स्मृतिचंद्रिका एवं अन्य स्मृति संग्रहों में कहा गया है कि 'दाय वह धन है, जो माता या पिता से प्राप्त होता है—विभक्तव्यं पितृद्रव्यं दायमाहुर्मनीषिण:।' व्यवहार मयूख में भी यही कहा गया है।[13]

यहाँ दाय शब्द को समझने की आवश्यकता है। दाय और दान दोनों ही शब्द 'दा' धातु से बने हैं, परंतु दाय शब्द के अर्थ में परंपरा का विशेष महत्त्व है। जबकि दान का अर्थ है किसी द्रव्य या वस्तु पर विद्यमान अपने अधिकार अर्थात् स्वामित्व को त्यागकर उस पर किसी अन्य का अधिकार अर्थात् स्वामित्व उत्पन्न करना। इस प्रकार दाय और दान में स्वामित्व का त्याग तो निहित है, परंतु पैतृक दाय की प्रक्रिया दानमूलक नहीं है।

मिताक्षरा के आचार्य विज्ञानेश्वर एवं धर्मशास्त्र के अन्य आचार्यों का कहना है कि स्वत्व का अर्थ हमें सामान्य प्रयोग के अर्थ में लेना चाहिए।[14] इस विषय में ऊपर जो तर्क दिए गए हैं, उनका सार यह है—

'स्वत्व' और 'स्वत्व के विभाजन' के विषय में आधारभूत प्रश्न यह उपस्थित होता है कि स्वत्व जन्म से प्राप्त होता है अथवा बाद में पिता द्वारा प्रदान किया जाता है। जन्म से ही स्वामित्व होता है, ऐसा मानने वाले निम्नोक्त तर्क उपस्थित करते हैं—

ऐसा उपस्थापित किया गया है कि स्वामित्व की धारणा लौकिक है, अर्थात् यह सांसारिक प्रयोगों पर आधारित है, इसी से इसे लोकसिद्ध कहा जाता है। लोकसिद्ध इसलिए, क्योंकि सर्वसाधारण को तो यह ज्ञात है कि पुत्र जन्म से ही पैतृक संपत्ति के अधिकारी होते हैं।

इसके अतिरिक्त गौतम धर्मसूत्र का एक वचन भी है—'आचार्यों के मत से किसी व्यक्ति को स्वामित्व जन्म के कारण ही प्राप्त हो जाता है।' बहुत सी अन्य स्मृतियों के भी वचन हैं, यथा—याज्ञवल्क्य स्मृति के व्यवहाराध्याय में यह स्पष्ट कहा है कि जहाँ दो स्मृतियों में भिन्न-भिन्न कथन हों या विरोध दिखे, वहाँ जो परंपरागत व्यवहार प्राचीनकाल से चला आ रहा है, उसके अनुसार ही निर्णय किया जाना चाहिए—

स्मृत्योर्विरोधे न्याय्यस्तु बलवान व्यवहारत:,
अर्थशास्त्रात्तु बलवद् धर्मशास्त्रमिति स्थिति: ॥[15]

याज्ञवल्क्य का कहना है कि अर्थशास्त्र की अपेक्षा धर्मशास्त्र बलवान है अर्थात् आर्थिक और राजनीतिक विषयों पर भी धर्मशास्त्र अधिक महत्त्वपूर्ण एवं निर्णायक है। बृहस्पति, कात्यायन, व्यास एवं विष्णु स्मृतियों में स्पष्ट रूप से घोषित है कि पितामह की संपत्ति में पिता एवं पुत्र के स्वामित्व संबंधी अधिकार एक-समान हैं। अत: स्वत्व जन्म से ही निर्धारित हो जाता है।

जो लोग इससे भिन्न धारणा रखते हैं, वे इस मत का खंडन इस तर्क के साथ करते हैं कि कुछ निश्चित अवस्था तक पिता को पुत्र की उत्पत्ति के उपरांत भी धार्मिक संस्कारों के लिए पैतृक संपत्ति व्यय करने का अधिकार है। इसी प्रकार कुलपति एवं कुल-व्यवस्थापक के रूप में वेदों एवं स्मृतियों द्वारा निर्धारित नियमों के अनुसार, उसे अपरिहार्य धार्मिक कृत्यों के लिए पैतृक संपत्ति को व्यय करने का अधिकार है, वह स्नेहोपहार के रूप में दान कर सकता है, कुटुंब-पालन एवं विपत्ति में कुटुंब की रक्षा के लिए पैतृक संपत्ति को व्यय कर सकता है। इतना ही नहीं, पिता या कुल-व्यवस्थापक विपत्ति में या कुल के लाभ के लिए या आवश्यक धार्मिक कृत्यों के लिए अचल संपत्ति को बंधक रख सकता है या उसका विक्रय कर सकता है।[16]

स्वत्व या स्वामित्व, विभाजन एवं दाय भाग

अत: स्वत्व का मूल आधार तो जन्म से निश्चित हो जाता है, यह सत्य है, परंतु उसका यह अर्थ नहीं लिया जा सकता कि पुत्र या पौत्र के जन्म होते ही पिता का स्वामित्व समाप्त हो जाता है। क्योंकि स्वत्व की परंपरा है, न कि वह राज्य के द्वारा दिया गया कोई अधिकार है। अत: स्वत्व परंपरा के अनुसार ही हस्तांतरित होता है। तदनुसार पिता का स्वत्व उनके जीवित रहते उनके पास ही बना रहता है, केवल तभी वह समाप्त होता है, जब वे संन्यास ले लें अथवा पतित हो जाएँ अर्थात् महापातकों में से किसी एक या अनेक के कारण पतित हो जाएँ। जन्म से ही स्वत्व के निर्धारण का मूल अर्थ और भाव स्मरण रखना आवश्यक है कि वह पारंपरिक रूप से शास्त्र और परंपरा के अनुसार संततियों को हस्तांतरित होता रहता है।

किसी स्वामी की मृत्यु पर उसकी संपत्ति दाय हो जाती है, जिसे बहुत से परिजन पाते हैं। इस रूप में वह संयुक्त संपत्ति हो गई। उसका शास्त्रानुसार विभाजन ही संविभाग है। विभाजन का संविभाग उन अनेक के स्वत्व का साधन हो गया। यदि उत्तराधिकारी केवल एक है तो संविभाग नहीं होता। संविभाग की विधि का विशद वर्णन धर्मशास्त्रों में है। गौतम स्मृति के 29वें अध्याय में उसका वर्णन है। नारदीय स्मृति या नारदीय धर्मशास्त्र के 13वें अध्याय में उसका वर्णन है। मानव धर्मशास्त्र (मनुस्मृति) के अध्याय 9 में श्लोक 103 से 166 तक उसका विस्तार सहित प्रतिपादन है।[16क]

भोग एवं रक्षण से स्वत्व एक पृथक् धारणा है। यह कई प्रकार का होता है, यथा—सशरीर एवं अशरीर, पूर्ण स्वामित्व एवं संयुक्त स्वामित्व, निक्षेपधारी स्वत्व एवं कल्याणकारी स्वत्व, आयत्त स्वत्व एवं दैवायत्त स्वत्व। शास्त्रों के मत से स्वामी के अधिकारों पर नियंत्रण भी पाए जाते हैं। कुटुंब का ध्यान रखकर ही दान-पुण्य किया जा सकता है। ऐसा नहीं है कि स्वामी सबकुछ दान ही कर दे और कुटुंब के लोग भूखों मरें।

स्पष्ट है, संपत्ति वह नहीं है कि जिसे जैसा चाहें, व्यय कर दें या ले-दे लें, प्रत्युत यह वह है, जिसे लिया-दिया जा सके, अर्थात् यह लेन-देन की योग्यता पर निर्भर रहती है। क्योंकि शास्त्र-नियमों, जनमत और अपने झुकावों के कारण या आसपास के लोगों के दबाव एवं नियंत्रण से कोई व्यक्ति अपनी संपत्ति का स्वेच्छा से उपयोग नहीं भी कर सकता। किंतु यह ठीक है कि जिसका स्वत्व है, उसे सिद्धांतत: स्वेच्छानुसार खर्च किया जा सकता है। मदनरत्न ने एक उदाहरण दिया है—अन्नागार में रखा हुआ सूखा बीज अंकुरित नहीं होता, किंतु उसमें अंकुरित होने की योग्यता रहती ही है।[17]

संपत्ति पर सीमाओं की कई कोटियाँ हैं, यथा—पिता का अधिकार, विधवा का अधिकार आदि। व्यक्ति जो स्वयं अर्जित करता है अर्थात् कमाता है, वह उसकी अपनी संपत्ति है। यह सर्वमान्य नियम है, परंतु क्या ऐसा है ? कमाई हुई संपत्ति क्या पूर्णत: उस

व्यक्ति की है ? यहाँ यह उल्लेखनीय है कि स्वयं गृहपति अर्थात् पिता भी निरंतर कमाते ही हैं, परंतु वह कमाई हुई संपत्ति केवल गृहपति के उपभोग के लिए नहीं होती। अपितु वह समस्त परिवार के लिए ही होती है। अतः यदि यह व्यवस्था दी जाए कि पत्नी या पुत्र या दास जो कुछ कमाएँ, वह पूर्णतः उनका निजी है, तो इसमें पिता या गृहपति के अधिकारों से पत्नी या पुत्र या दास का अधिकार कहीं बड़ा और स्वतंत्र हो जाता है। जो स्वयं परिवार की आधारभूत व्यवस्था पर ही प्रहार है। इसीलिए धर्मशास्त्रों ने यह व्यवस्था दी है कि पत्नी या पुत्र या स्थायी दास यदि परिवार में अपने स्थान का उपभोग करते हुए कुछ कमाते हैं, तो वह धन उनका निजी धन नहीं माना जा सकता। वह तो परिवार का ही है और इस रूप में पति या पिता या गृहस्वामी ही उस अर्जित धन का स्वामी है। पत्नी या पुत्र या दास उस धन के स्वामी इस अर्थ में नहीं हैं कि वे उसे स्वेच्छा से कहीं भी खर्च कर दें। कमाया गया धन पिता की सम्मति के अनुसार ही व्यय किया जा सकता है। धर्मशास्त्र की भाषा में इसे ही धन के विषय में इन तीनों का पारतंत्र्य कहा गया है, जिसका अर्थ भारत से बाहर के, विशेषकर यूरो-ईसाई विद्वानों द्वारा समझ पाना असंभव है। क्योंकि वे पारतंत्र्य का अर्थ 'स्लेवरी' ही लेते हैं। मनुस्मृति के 8वें अध्याय के श्लोक 416 की टीका में आचार्य कुल्लूक भट्ट ने इसे स्पष्ट कर दिया है—

'यस्माद्यद्धनं तेऽर्जयन्ति यस्य ते भार्यादयस्तस्य तद्धनं भवति। एतच्च भार्यादीनां पारतन्त्र्यप्रदर्शनार्थपरम्। अध्यग्न्यादेः षड्विधस्य स्त्री धनस्य वक्ष्यमागत्वात्, धनसाध्यादृष्टार्थकर्मोपदेशार्थं च भार्यादीनां पत्न्यधिकरणे पत्न्यर्थेऽपि यागाधिकारस्योक्तत्त्वात्। स्त्रीपुंसयोर्मध्ये एकधने चानुमतिद्वारेण स्त्रिया अपि कर्तृत्वात्॥'[18]

यहाँ आचार्य कुल्लूक भट्ट ने स्पष्ट कर दिया है कि यज्ञादि पुण्यकर्मों में जहाँ स्त्री पति की अर्धांगिनी अर्थात् सहभागी और सहभोक्ता होती है, स्त्री के द्वारा अर्जित धन का अंश लगाया जाता है। इसी अर्थ में अपने द्वारा अर्जित धन के विषय में पत्नी आदि परतंत्र हैं। परस्पर अनुमति के द्वारा स्त्रियाँ भी उस धन को व्यय करने की अधिकारिणी हैं, यह भी कुल्लूक भट्ट स्पष्ट कर देते हैं।

इसे ही आचार्य शबर स्वामी ने भी स्पष्ट किया है और कहा है कि मनु के वचन का यह अर्थ नहीं है कि पत्नी या पुत्र द्वारा अर्जित धन पर उनका स्वत्व नहीं रहता। अपितु केवल यह है कि अपने द्वारा अर्जित धन को वे पति या पिता की सहमति के बिना स्वतंत्र रूप से व्यय नहीं कर सकते। मिताक्षरा में आचार्य विज्ञानेश्वर ने भी यही स्पष्ट किया है। आचार्य जीमूतवाहन ने याज्ञवल्क्य स्मृति की अपनी टीका 'दाय भाग' में इस बात को अधिक विस्तार से और थोड़ा भिन्न ढंग से स्पष्ट किया है। उन्होंने याज्ञवल्क्य स्मृति के व्यवहाराध्याय के 8वें प्रकरण दायविभागप्रकरणम् में अपनी टीका में लिखा है कि—'यदि संपत्ति का विभाग पिता करता है, तो वह अपनी इच्छानुसार करे, चाहे तो

ज्येष्ठ पुत्र को थोड़ा अधिक दे और मझले को मध्यम अंश दे तथा छोटे को सबसे छोटा भाग दे। अथवा पिता चाहे तो सबको बराबर-बराबर हिस्सा दे दे। यदि पिता द्वारा किया गया बँटवारा धर्मशास्त्र के अनुसार हो तो वह अपरिवर्तनीय होता है। यह सामान्य नियम उसी स्थिति में लागू होता है, जब पुत्र अर्थार्जन में समर्थ हो और पैतृक दाय में कोई विशेष कामना न करे, परंतु पिता यदि कुपित होकर कोई पक्षपात करता है तो उसके द्वारा किया गया ऐसा बँटवारा अमान्य होता है।'[19]

इस विषय में नारदीय स्मृति में 'व्यवहारदर्शनविधिः' में कहा गया है कि यदि पिता व्याधिग्रस्त हो अथवा कुपित हो अथवा किसी विषय में विशेष अनुरक्त हो, तब पिता के द्वारा किया गया संपत्ति विभाजन मान्य नहीं होता। वह केवल तभी मान्य होता है, जब धर्मशास्त्र के अनुसार बँटवारा किया जाए। कुल्लूक भट्ट कहते हैं कि माता और पिता की मृत्यु के बाद सभी पुत्र पिता की संपत्ति और ऋण का बराबर-बराबर विभाग कर लें तथा माता का धन, माता का ऋण चुकाने के बाद पुत्रियाँ परस्पर बाँट लें। यदि पुत्रियाँ नहीं तो माता का धन भी पुत्र ही लेता है। स्वयं कमाया गया धन, मित्र से मिला धन और विवाह में मिले धन में भाइयों का हिस्सा नहीं होता। इसी प्रकार स्वयं की विद्या से अर्जित धन भी अर्जनकर्ता का ही होता है। बँटवारे से पहले यदि सब भाई एक साथ रहते हैं तो साधारण धन में और कृषि, वाणिज्य, व्यापार आदि के द्वारा उस धन में हुई वृद्धि में सभी भाइयों का समान हिस्सा होता है। पितामह के धन में पिता के भाग के अनुसार ही पौत्र के भाग का निर्धारण होता है। इसी प्रकार यदि पिता की मृत्यु हो जाए और तब तक बँटवारा न हुआ हो तो माता भी समान अंश की ही अधिकारी होती है—

पितृभ्यां यस्य यद्दतं तत्तस्यैव धनं भवेत्।
पितुरुर्ध्वं विभजतां माताऽप्यंशं समं हरेत्॥[20]

लोक-व्यवहार है कि पिता की संपत्ति का स्वामी पुत्र ही है, परंतु वह पिता के न रहने पर ही स्वामी होता है। अतः उसी बात को अधिक सूक्ष्मता से आचार्यों ने भिन्न-भिन्न ढंग से स्पष्ट किया है। इसमें टकराहट की जगह मूल आधार को स्पष्ट करने का प्रयास ही देखना चाहिए। बारंबार बातों को स्पष्ट कर देने से लोक-व्यवहार में सुगमता होती है। इसी दृष्टि से आचार्यों ने यह कार्य किया है। इसे कुरान या बाइबिल जैसी किताबों में दिए गए अपरिवर्तनीय निर्देशों और आदेशों की तरह नहीं देखा जाना चाहिए। यह बोध भारतीय परंपरा में व्यापक रहा है। इसीलिए यहाँ भिन्न-भिन्न टीकाओं और व्याख्याओं को लेकर कोई रक्तरंजित युद्ध या महायुद्ध कभी भी नहीं हुए हैं।

दाय भाग के अंतर्गत चार प्रमुख विषय हैं—1. विभाजन काल, 2. विभाज्य संपत्ति, 3. विभाजन के अधिकारी और 4. विभाजन विधि।

1. विभाजन काल

इनमें से विभाजन काल सामान्यत: पिता की मृत्यु के बाद शास्त्रों और परंपराओं के अनुसार किए जाने वाले विभाजन का काल है या मृत्यु के कुछ समय पूर्व स्वयं पिता द्वारा न्यायोचित विभाजन कर दिए जाने का काल है। परंपरा से पिता को संपत्ति पर पूर्ण अधिकार था और पिता की आज्ञा का पालन पुत्र या पुत्रों का कर्तव्य था। यह अधिकार अलग-अलग आचार्यों ने अलग-अलग रूप में माना है। वसिष्ठ धर्मसूत्र में कहा गया है कि 'तस्य (पुरुषस्य) प्रदानविक्रयत्यागेषु मातापितरौ प्रभवत:।' अर्थात् माता-पिता को अपने पुत्र को किसी अन्य को प्रदान करने का या विक्रय का या त्याग का भी अधिकार है, परंतु आपस्तंब धर्मसूत्र इसकी वर्जना करता है—

दानक्रयधर्मश्चापत्यस्य न विद्यते।[21]

इसके साथ ही ऋग्वेद के समय से ही पिता की वृद्धावस्था आने पर पुत्रों में संपत्ति के विभाजन का उल्लेख मिलता है। ऐतरेय ब्राह्मण में भी यही तथ्य दिया गया है। तैत्तिरीय संहिता के अनुसार मनु ने अपनी संपत्ति अन्य पुत्रों में तो बाँट दी, परंतु नाभानेदिष्ठ को कोई भाग नहीं दिया।

गोपथ ब्राह्मण (4/17) में कहा गया है कि 'बचपन में पुत्र अपने पिता पर निर्भर रहते हैं, किंतु वार्धक्य में पिता पुत्र पर निर्भर रहता है।' इसका कुछ लोगों ने यह भाष्य किया है कि तब तक पिता की संपत्ति का विभाजन होकर पुत्रों का स्वत्व स्थापित हो जाता है, इसलिए पिता पुत्र पर निर्भर रहते हैं, परंतु यह बात सत्य नहीं है। क्योंकि पिता के न रहने पर ही पुत्र के स्वत्व का उदय शास्त्र प्रतिपादित है। अत: यहाँ निर्भरता केवल आयु की अधिकता से आने वाली शारीरिक विवशता के अर्थ में है और उस अवधि में पिता की सेवा पुत्र का कर्तव्य है, यह शास्त्रों का निर्विवाद मत है। अत: यहाँ निर्भरता केवल दैहिक अर्थ में ही कही गई है। इसका पिता के स्वत्व के तिरोधान और पुत्र के स्वत्व के एकाधिकारी उदय से कोई संबंध नहीं है।

इस प्रकार विभाजन काल या तो पिता के द्वारा अपने जीवनकाल में ही किन्हीं कारणों से विचार कर संपत्ति का विभाजन करने का काल है या फिर पिता की मृत्यु के उपरांत संततियों में होने वाले विभाजन का काल है।

2. विभाज्य संपत्ति

विभाज्य संपत्ति के स्वरूप पर भी धर्मशास्त्रों में विस्तार से विचार किया गया है। स्थावर, जंगम तथा बंधान। इन तीनों ही प्रकार की संपत्तियों के विभाजन पर गहराई से विचार किया गया है। इनमें संपत्ति को दो कोटियों में बाँटा गया है— 1. संयुक्त कुल संपत्ति तथा 2. पृथक् संपत्ति।

संयुक्त कुल संपत्ति या तो पैतृक होती है या पैतृक संपत्ति की सहायता से अथवा उसके बिना भी संयुक्त रूप से अर्जित होती है या फिर अलग-अलग अर्जित होने पर संयुक्त कर ली जाती है। मनुस्मृति में तीनों ही प्रकार की संपत्ति का विचार किया गया है। मनुस्मृति के अध्याय 9 में इस विषय में स्पष्ट विधान है।

विद्याधन और शौर्यधन का भी विस्तार से विचार धर्मशास्त्रों में है। संयुक्त संपत्ति से हटकर जो पृथक् संपत्ति है, उसके मुख्य प्रकार हैं—

1. भाई, चाचा आदि से प्राप्त संपत्ति।
2. पिता को दानस्वरूप या प्रसाद के रूप में प्राप्त संपत्ति।
3. पिता द्वारा पुत्रों को दिया गया दान या प्रसाद या मृत्यु समय जानकर दिया गया हिस्सा।
4. अन्य बंधुओं या मित्रों द्वारा दिया गया दान या विवाह के समय प्राप्त भेंट या दान।
5. वह संपत्ति, जो कुल से निकल चुकी हो और कुल के किसी सदस्य द्वारा बिना संयुक्त संपत्ति की सहायता के अपने पुरुषार्थ और प्रयास से अर्जित हो।
6. वह संपत्ति, जो विद्या, ज्ञान या शौर्य से स्वअर्जित हो।

ये छह प्रकार की पृथक् संपत्तियाँ धर्मशास्त्रों में वर्णित हैं। मनु महाराज ने कहा है कि यदि किसी सदस्य को विद्या और ज्ञान के कारण कोई धन प्राप्त होता है, तो वह धन उसकी अपनी क्रियाशीलता का परिणाम है और इसलिए वह चाहे तो उक्त धन किसी को न दे अथवा जिसे चाहे उसे दे। गौतम धर्मसूत्र का भी यही कहना है। नारद स्मृति और याज्ञवल्क्य स्मृति ने विद्याधन को विभाजित करने योग्य नहीं माना है। याज्ञवल्क्य स्मृति की मिताक्षरा टीका में कात्यायन को उद्धृत कर कहा गया है—

तथा विद्याधस्याविभाज्यस्य लक्षणमुक्तं कात्यायनेन-

'परभवतोपयोगेन विद्या प्राप्तान्यतस्तु या।
तथा लब्धं धनं यत्तु विद्याप्राप्तं तदुच्यते॥'

वहीं पर नारद स्मृति (13/10) का यह कथन उद्धृत है—

'कुटुंबं बिभृयाद् भ्रातुर्यो विद्यामधिगच्छतः।
भागं विद्याधनात्तस्मात्स लभेताश्रुतोऽपि सन्॥'[22]

इसी प्रकार शौर्य धन भी विभाजन का अंग नहीं है। कुओं तथा जलाशयों का बँटवारा नहीं किया जा सकता। इसी प्रकार धार्मिक उपयोग की वस्तुओं का भी विभाजन नहीं हो सकता। इसी तरह रक्षिताओं का भी विभाजन नहीं हो सकता। यहाँ रक्षिताओं का

अलग से उल्लेख इसलिए है, क्योंकि वे 1947 से पहले तक हिंदू कुलों में धर्मसम्मत और धर्मानुमोदित मान्य रही हैं।[23]

इसी प्रकार पिता या माता द्वारा किसी सदस्य को दिया गया स्नेहदान भी अविभाज्य है। मनु महाराज ने कहा है कि वस्त्र, आभूषण, वाहन और जलस्थान तथा दासियों और मंत्री एवं पुरोहित आदि योगक्षेम साधक व्यक्तियों एवं प्रचार का विभाजन नहीं हो सकता—

वस्त्रं पत्रमलंकारं कृतान्नमुद्रकं स्त्रियः।
योगक्षेमं प्रचारं च न विभाज्यं प्रचक्षते॥ 219॥[24]

(अध्याय 9)

यहाँ प्रचार से आशय है घर, वाटिका आदि की ओर जाने वाले मार्ग तथा गायों आदि के लिए मार्ग या चरागाह—इनका विभाजन नहीं किया जा सकता। कुएँ आदि के विषय में यह व्यवस्था है कि उनका उपयोग बारी-बारी से किया जाता रहे, क्योंकि उनका बँटवारा नहीं किया जा सकता। इसी प्रकार दासों का भी बँटवारा करना यदि सहजता से संभव न हो, तो बारी-बारी से उनसे काम लेना चाहिए। या फिर उनके मूल्य का बँटवारा हो सकता है। इसी तरह योगक्षेम शब्द भी शास्त्रों में आया है और इसे अविभाज्य कहा गया है। योगक्षेम का अर्थ है—कल्याण कार्य और उसमें प्रयुक्त होने वाले उपकरण। विशेषतः जीविका के सहज सुखमय साधन। उनका बँटवारा शास्त्रों में विहित नहीं है। धार्मिक कार्यों के लिए निर्धारित धन का भी बँटवारा नहीं हो सकता और धर्मादा संपत्ति का बँटवारा नहीं हो सकता। यद्यपि बृहस्पति ने कहा है कि धनिकों के लिए उनके वस्त्र और आभूषण ही धन का रूप होते हैं। अतः उनका विभाजन किया जा सकता है। योगक्षेम वाले दान से प्राप्त धन को समभागों में बाँट देना चाहिए तथा आने-जाने वाले मार्गों का उपयोग भाग के अनुसार ही होना चाहिए।

विभाजन की विधियाँ और अधिकारी

मनु महाराज ने कहा है कि पिता के मरने के बाद यदि बड़ा भाई अपने पुरुषार्थ से धनोपार्जन करता है, तो उस धन में विद्या से संपन्न सभी छोटे भाइयों का अधिकार होता है, परंतु किसी मूर्ख भाई का उस धन पर कोई अधिकार नहीं होता। उसे केवल पैतृक संपत्ति में ही भाग मिलता है—

यतृंकिंचित्पितरि प्रेते धनं ज्येष्ठोऽधिगच्छति।
भागो यवीयसां तत्र यदि विद्यानुपालितः॥ 204॥[25]

परंतु यदि अविद्यावान भाइयों के प्रयत्न से धन प्राप्त हो, तो उसमें ज्येष्ठ भाई का अधिक अधिकार नहीं होता, अपितु सभी भाइयों का समान अधिकार होता है—

अविद्यानां तु सर्वेषामीहातश्चेद्धनं भवेत्।
समस्तत्र विभागाः स्यादपित्र्य इति धारणा॥ 205॥[26]

यह उल्लेख इस संदर्भ में है कि अन्यत्र बड़े भाई को अधिक भाग मिलने की बात कही गई है। इस विषय में और भी विस्तार से मनु महाराज ने स्पष्ट किया है। जो उस समय निर्णायक महत्त्व का था, जब अनेक पत्नियाँ होना एक सामान्य कर्म था और अनेक पत्नियों का विधान शास्त्रों में स्पष्टता से है, परंतु वर्तमान में एंग्लो-इंडियन अथवा ईसाइयत से प्रेरित हिंदू लॉ में एक से अधिक विवाह की कोई अनुमति नहीं है। अतः उन प्रावधानों का वर्तमान में कोई स्थान नहीं है। तथापि शास्त्रों की व्यवस्था जानने के लिए उनका उल्लेख उचित होगा।

मनु महाराज कहते हैं कि अगर दासी से कोई पुत्र उत्पन्न होता है, तो वह भले ही शूद्रा का पुत्र है, परंतु उसे पिता के धन में पुत्री के बराबर का धन दिया जाता है, ऐसी धर्मव्यवस्था है—

दास्यां वा दासदास्यां वा यः शूद्रस्य सुतो भवेत्।
सोऽनुज्ञातो हरेदंशमिति धर्मो व्यवस्थितः॥ 179॥[27]

(अध्याय 9)

आगे कहा गया है कि माता की मृत्यु होने पर सब सहोदर भाई तथा अविवाहित बहनें धन के बराबर का भाग पाती हैं। यदि बेटियों की अविवाहित पुत्रियाँ अर्थात् माता-पिता की पोतियाँ हों, तो उनके सम्मानार्थ भी मातामही के धन का कुछ भाग अवश्य दिया जाना चाहिए। विवाह के बाद पति कुल में या पितृकुल में प्राप्त स्त्री धन को पाने का अधिकार पति को नहीं होता। पत्नी के न रहने पर पुत्रों या पुत्रियों को ही वह धन मिल सकता है। (अध्याय 9, श्लोक 192, 193)

आगे कहा गया है कि नपुंसक, पतित, जन्मांध, बहरा, पागल, जड़, गूँगा और जो किसी इंद्रिय से शून्य हों, वे धन के हिस्सेदार नहीं होते, केवल भोजन, वस्त्र, 'ग्रास एवं आच्छादन' आदि पाते रहने के अधिकारी होते हैं—

अर्नशौ क्लबपतितौ जात्यन्धबधिरौ तथा।
उन्मत्तजडमूकाश्च ये च केचिन्निरिन्द्रियाः॥ 201॥
सर्वेषामपि तु न्याय्यं दातुं शक्त्या मनीषिणा।
ग्रासाच्छादनमत्यन्तं पतितो ह्यदद्भवेत्॥ 202॥[28]

परंतु यदि वे विवाह की इच्छा करें तो उनकी संतानें धन पाने की अधिकारी होती हैं। यहाँ नपुंसक की संतान का भी उल्लेख है, जो क्षेत्रज संतान के अर्थ में है—

यद्यर्थिता तु दारैः स्यात्क्लीबादीनां कथंचन।
तेषामुत्पयतन्तूनामपत्यं दायमर्हति॥ 203॥[29]

इन दिनों टेस्ट ट्यूब बेबी या दूसरे की कोख से उत्पन्न संतान की जो धारणा है और जिसे वैधता प्राप्त है, वह क्षेत्रज संतान की ही श्रेणी में आती है।

संदर्भ—

1. American Heritage Dictionary, Houghton Miffin Company, 2018. Also see, Adam Smith : An Inquiry into the Nature and Causes of the Wealth of Nations, 2002 edition
2. Dennis Clark Pirages (ed.) : Building Sustainable Societies, PP 190-205, M. E. Sharpe, London, 1996
3. पांडुरंग वामन काणे : धर्मशास्त्र का इतिहास, द्वितीय भाग, पृष्ठ 835-836, उत्तर प्रदेश हिंदी संस्थान, लखनऊ, चतुर्थ संस्करण, 1992
4. याज्ञवल्क्य स्मृति, व्यवहाराध्यायः, दायविभाग प्रकरण, मिताक्षरा टीका, पृष्ठ 252-253, चौखंबा संस्कृत प्रतिष्ठान, दिल्ली, 2017 का संस्करण
5. ऋग्वेद : 2/32/4
6. तैत्तिरीय संहिता 3/1/9/4
7. ऋग्वेद : 3/31/2
8. पांडुरंग वामन काणे: धर्मशास्त्र का इतिहास, द्वितीय भाग, पृष्ठ 847, उत्तर प्रदेश हिंदी संस्थान, लखनऊ, चतुर्थ संस्करण, 1992
9. गौतम धर्मसूत्र : 10/39 से 42
10. याज्ञवल्क्य स्मृति, व्यवहाराध्याय, श्लोक 120-121 पर विज्ञानेश्वर की टीका, पृष्ठ 261-263, चौखंबा संस्कृत प्रतिष्ठान, नई दिल्ली, 2017
11. मनुस्मृति, अध्याय 9, श्लोक 184 से 218 तक द्रष्टव्य
12. याज्ञवल्क्य स्मृति, व्यवहाराध्याय, श्लोक 113-114 की विज्ञानेश्वर की टीका, पृष्ठ 253-254
13. नीलकंठ भट्ट : भगवंत भास्कर : में व्यवहार मयूख, पूर्वोद्धृत।
14. पांडुरंग वामन काणे, धर्मशास्त्र का इतिहास, द्वितीय भाग, पृष्ठ 840-841, उपर्युक्त, चतुर्थ संस्करण, 1992
15. याज्ञवल्क्य स्मृति, व्यवहाराध्याय, श्लोक 21, उपर्युक्त
16. देखें, मनुस्मृति, अध्याय 9, श्लोक 104 तथा याज्ञवल्क्य स्मृति, व्यवहाराध्याय, श्लोक 114

16क. गौतम स्मृति, अध्याय 29, पुत्राणां संपत्ति विभाग वर्णनम् तथा गौतम धर्मसूत्र, अध्याय 10, सूत्र 39-42 एवं नारदीय स्मृति, अध्याय 13 तथा मनुस्मृति, अध्याय 9, श्लोक 103-166

17. देखें, धर्मशास्त्र का इतिहास, द्वितीय भाग, पूर्वोद्धृत, पृष्ठ 842-852
18. मनुस्मृति, अध्याय 8, श्लोक 416 की कुल्लूक भट्ट की टीका
19. याज्ञवल्क्य स्मृति, व्यवहाराध्याय, 8वाँ प्रकरण, दायविभाग प्रकरणं पर जीमूतवाहन की टीका, 'दाय भाग'
20. याज्ञवल्क्य स्मृति, व्यवहाराध्याय, अध्याय 2, श्लोक 123
21. आपस्तंब धर्मसूत्र 2/6/13/10
22. याज्ञवल्क्य स्मृति, व्यवहाराध्याय, दायविभाग प्रकरणं में श्लोक 118-119 में वर्णित अविभाज्य

धनं पर विज्ञानेश्वर की टीका, जिसमें कात्यायन स्मृति एवं नारद स्मृति का संदर्भ दिया गया है।

23. नारद स्मृति में दाय भाग प्रकरण, श्लोक 7 साथ ही मनुस्मृति 9, श्लोक 206-209
24. मनुस्मृति, अध्याय 9, श्लोक 219
25. मनुस्मृति, अध्याय 9, श्लोक 204
26. मनुस्मृति, अध्याय 9, श्लोक 205
27. मनुस्मृति, अध्याय 9, श्लोक 179
28. मनुस्मृति, अध्याय 9, श्लोक 201-202
29. मनुस्मृति, अध्याय 9, श्लोक 203

□

7

जाति उत्कर्ष और जाति अपकर्ष के नियम

जाति हिंदू समाज की एक दैहिक सामाजिक इकाई है। गाँव अथवा क्षेत्र और खाप उसकी भौगोलिक सामाजिक इकाई है। संप्रदाय उसकी आध्यात्मिक सामाजिक इकाई है। वर्ण उसकी गुणात्मक सामाजिक इकाई है। व्यवसाय उसकी आर्थिक इकाई है। राज्य उसकी न्यायात्मक सामाजिक इकाई है। अत: राज्य सबसे बड़ी इकाई हो जाती है।

इन सब इकाइयों की गतिशील संरचना और कार्य को समझे बिना किसी एक इकाई के विषय में विचार प्राय: भ्रांति का कारण बनता है। ईसाइयत से हतबुद्धि यूरोपीय लोगों ने जाति नामक इकाई पर ही संपूर्ण ध्यान केंद्रित किया और उस पर विभिन्न यूरोपीय भाषाओं में 30,000 से अधिक पुस्तकें लिखी जा चुकी हैं। इन पुस्तकों ने छोटे-छोटे तथ्यों का अवलोकन कर उनका ईसाई बुद्धि से विश्लेषण किया है, जिससे अधिकांश पुस्तकें हास्यास्पद ही हो गई हैं। समस्या यह है कि उन अध्ययनों में व्यक्ति, कुल और जाति तीनों को एकाकार करके समझा गया है, जो कि तथ्यपूर्ण नहीं है।

इस विषय में 15 अगस्त, 1947 के बाद भारतीय शिक्षण संस्थानों में भी सामान्यत: यूरो-ईसाई विश्लेषण विधियों का अनुसरण किया गया है, जिसका सबसे रोचक उदाहरण देना हो तो 'अंतरजातीय विवाह' नामक प्रत्यय का दिया जा सकता है।

सत्य यह है कि ईसाई बुद्धि से रचित 'हिंदू लॉ' नामक एक भारतीय कानून के बाद से हिंदू व्यक्तियों के विवाह केवल व्यक्ति स्तर पर ही होते हैं। अन्य स्तरों के विवाहों की विधिक मान्यता नहीं है, यद्यपि लोक-व्यवहार में वे सभी स्तर के विवाह प्रचलित हैं, परंतु विधिक स्तर पर विवाह केवल दो व्यक्तियों के बीच ही संपन्न माना जाता है, जो कि परंपरागत विवाह की अवधारणा और प्रथा से पूरी तरह भिन्न है, परंतु इसका सबसे रोचक तथ्य यह है कि किसी एक कुल के युवक की किसी अन्य कुल की युवती से विवाह को 'अंतरजातीय विवाह' केवल इस आधार पर कह देना, क्योंकि वह प्रतिलोम विवाह है, नितांत हास्यास्पद है।

'अंतरजातीय विवाह' केवल ऐसे विवाह को कहा जा सकता है, जो किसी एक

जाति के सभी सदस्यों का किसी भिन्न जाति के सदस्यों के साथ संपन्न हो। ऐसा कभी आज तक हुआ नहीं है। अत: 'अंतरजातीय विवाह' शब्द भाषा की दृष्टि से, तथ्य की दृष्टि से और विधि की दृष्टि से अप्रामाणिक शब्द है, परंतु वह अंग्रेजी के अविचारित शब्द 'इंटरकास्ट मैरिज' की नकल में चल रहा है और अनेक राज्य सरकारों ने उसे प्रोत्साहन देने के लिए कानून भी बना डाले हैं। जो घटना कभी घटित ही नहीं होती, उसको लेकर कानून बनाना नितांत असामान्य और हास्यास्पद स्थिति है। दो व्यक्तियों के बीच संपन्न विवाह को किसी भी निकष पर 'अंतरजातीय विवाह' नहीं कहा जा सकता। वह तो तभी कहा जा सकेगा जब विवाह दो जातियों के बीच संपन्न हो, न कि व्यक्तियों के बीच। इसे जाति उत्कर्ष और जाति अपकर्ष के धर्मशास्त्रीय नियमों से सरलता से समझा जा सकता है, क्योंकि उससे यह स्पष्ट हो जाएगा कि जाति के विषय में बोध का स्वरूप क्या है और मान्यता क्या है।

मनु महाराज के अनुसार ब्राह्मण और शूद्रा से उत्पन्न कन्या का ब्राह्मण से ही विवाह हो और सात पीढ़ियों तक यदि ऐसा ही होता जाए, तो सातवीं पीढ़ी की कन्या ब्राह्मण वर्ण की ही मानी जाएगी। इसे जाति उत्कर्ष या जात्युत्कर्ष कहते हैं—

शूद्रायां ब्राह्मणाज्जात: श्रेयसा चेत्प्रजायते।
अश्रेयान् श्रेयसीं जातिं गच्छत्यासप्तमाद् युगात्॥ [1]

(अध्याय 10, श्लोक 64)

इसकी टीका में कुल्लूक भट्ट ने सात पीढ़ियों वाली बात स्पष्ट की है—

शूद्रायां ब्राह्मणाज्जात: पारशवाख्यो वर्ण: प्रजायत इति सामर्थ्यात्स्त्रीरूप: स्यात्, सा यदि स्त्री ब्राह्मणेनोढा सती प्रसूयते सा दुहितरमेव जनयति। साप्यन्नेन ब्राह्मणेनोढा सती दुहितरमेव जनयति। साप्येवमेव सप्तमे युगे जन्मनि स पारशवाख्यो वर्णों बीज प्राधान्याद् ब्राह्मण्यं प्राप्नोति। आसप्तमाद्युगादित्यभिधानात्सप्तमे जन्मनि ब्राह्मण: सम्पद्यत इत्यर्थ:॥ [2]

यहाँ स्पष्ट रूप से कन्या का उल्लेख है, क्योंकि ब्राह्मण का शूद्रा से उत्पन्न पुत्र भी ब्राह्मण ही कहलाएगा, क्योंकि वह अनुलोम विवाह है, परंतु कन्या शूद्रा माता की संतति है, यह स्मरण कर लोग विवाह में बाधा उत्पन्न करते थे या कर सकते हैं, तो उसके लिए यह व्यवस्था है। जब समाज में यह परंपरा सुदृढ़ हो और इससे भिन्न कोई अन्य परंपरा अस्तित्व में ही नहीं हो, उस स्थिति के लिए यह प्रावधान है। स्पष्ट है कि वर्तमान में इस प्रावधान का कोई भी अर्थ नहीं है।

कुल्लूक भट्ट तथा अन्य टीकाकारों ने एवं धर्मशास्त्रकारों ने भी 'बीज प्राधान्य' शब्द का प्रयोग किया है। इसका अर्थ है कि बीज की ही प्रधानता है। क्षेत्र में क्या उत्पन्न होगा, यह जिस प्रकार बीज से ही निर्धारित होता है, उसी प्रकार उत्पन्न संतति का वर्ण निर्धारण मूलत: तो पिता के वर्ण से ही होता है।

इसे जात्युत्कर्ष क्यों कहा गया है, वर्ण-उत्कर्ष क्यों नहीं, यह स्पष्ट नहीं होता, क्योंकि उत्कर्ष के बाद या अपकर्ष के बाद भी जो बदलता है, वह केवल वर्ण है। उदाहरण के लिए यह कहीं नहीं कहा गया है कि किसी चर्मकार कन्या से उत्पन्न कन्या सातवीं पीढ़ी के क्रम में वैश्य या स्वर्णकार या राजपूत हो जाएगी। केवल वर्ण की ही बात कही गई है। अत: यहाँ जाति का अर्थ 'उत्पन्न होने' से है। वर्तमान में प्रचलित कथित जाति से इसका संबंध नहीं है। जातियाँ व्यवसाय के अनुसार अपना कार्य करती हैं। जो कुल समूह या जाति जिस क्रियाशीलता, उद्यम अर्थात् व्यवसाय से जीवित रहे, उसे उसकी वृत्ति कहते हैं। वृत्ति की यही परिभाषा है कि जो जिससे जीवित रहे, वह उसकी वृत्ति है। अत: जब कुल-समूह के आधार पर क्रियाशीलताएँ, उद्यम और व्यापार समाज में मान्य थे, तब वे व्यवसाय ही उनकी वृत्ति कहे जाते थे। धर्मशास्त्रकारों ने यह कहीं नहीं कहा है कि 7वीं पीढ़ी में संबंधित व्यक्ति की वृत्ति या व्यवसाय ही बदल जाएगा। यदि वृत्ति या व्यवसाय बदलता, तो उसे उस समय कुल-समूह अथवा जाति का ही बदलना कहा जा सकता था, परंतु यहाँ केवल उत्पन्न व्यक्ति का यथाक्रम वर्ण उत्कर्ष ही प्रतिपादित है। उक्त व्यक्ति अर्थात् कन्या का वर्ण भिन्न हो जाता है, जाति नहीं, क्योंकि जाति तो उसकी पति वाली ही मानी जाती है। विवाह के उपरांत कन्या की जाति नहीं रह जाती। पति की जाति ही उसकी जाति है। समाज में विवाह का सारा आधार कुल परंपरा होने के कारण शूद्रा कन्या व्यक्ति रूप में क्रमश: किस प्रकार ब्राह्मण कन्या ही कही जाने लगेगी, केवल इसका ही यहाँ विवेचन हुआ है। अत: यह वर्ण का उत्कर्ष है। जाति जिस वर्तमान अर्थ में रूढ़ हो गई है, वह यहाँ अप्रासंगिक है। क्योंकि वधू का व्यवसाय पति से भिन्न नहीं होता है। अत: यहाँ वर्तमान अर्थ में रूढ़ जाति का उत्कर्ष नहीं कहा गया है, अपितु उत्पन्न व्यक्ति ही 'जात' कहलाता है और उत्पत्ति के क्रम में वर्ण का उत्कर्ष होता है, इसे ही जाति उत्कर्ष कहते हैं। ब्राह्मण की शूद्रवर्णीय पत्नी भी लोक-व्यवहार में ब्राह्मणी ही कही जाती रही है। राजा की शूद्रा रानी भी लोक-व्यवहार में रानी ही कही जाती रही है। क्षत्रिय की शूद्रा पत्नी लोक-व्यवहार में क्षत्राणी ही कही जाती है। अत: सातवीं पीढ़ी में वर्ण के जिस उत्कर्ष की बात है, वह वर्ण का उत्कर्ष वस्तुत: उस कन्या का होता है। अर्थात् इसके बाद लोक में भी सात पीढ़ी पूर्व के उसके वर्ण के स्मरण का अधिकार और व्यवहार नहीं है। यह शास्त्रीय व्यवस्था है। व्यावहारिक स्तर पर तो पति की जाति ही पत्नी की जाति हो जाती है।

स्पष्ट है कि 'अंतरजातीय विवाह' पद इसीलिए निरर्थक और वस्तु शून्य है। अनुलोम और प्रतिलोम दोनों ही प्रकार के विवाह अनादिकाल से चलते रहे हैं, उनके आधार पर किसी जाति की स्थिति में कोई परिवर्तन नहीं होता। परिवर्तन केवल व्यक्ति की स्थिति में होता है। अत: 'अंतरजातीय विवाह' पद मूढ़तापूर्ण और अज्ञानतापूर्ण अकारण

अनुकरण मात्र है। इसका हिंदू समाज से कोई वास्तविक संबंध नहीं है। उत्कर्ष केवल संबंधित व्यक्ति के वर्ण का होता है।

इसी प्रकार जात्यपकर्ष अर्थात् उत्पन्न व्यक्ति के वर्ण के अपकर्ष के विषय में भी प्रावधान है। मनु महाराज कहते हैं—

शूद्रो ब्राह्मणतामेति ब्राह्मणश्चैति शूद्रताम्।
क्षत्रियाज्जातमेवं तु विद्याद्वैश्यात्तथैव च॥[3]

(अध्याय 10, श्लोक 65)

अर्थात् शूद्र ब्राह्मणत्व को और ब्राह्मण शूद्रता को प्राप्त करता है। इसी प्रकार क्षत्रिय तथा वैश्य से उत्पन्न बालक भी अपने जन्म के वर्ण से भिन्न वर्ण को प्राप्त करता है।

इस विषय में अगले दो श्लोक बहुत महत्त्वपूर्ण हैं—

अनार्यायां समुत्पन्नो ब्राह्मणात्तु यदृच्छया।
ब्राह्मण्यामप्यनार्यात्तु श्रेयस्त्वं क्वेति चेद्भवेत्॥ 66॥
जातो नार्यामनार्यायामार्यादार्यो भवेद् गुणैः।
जातोऽप्यनार्यादार्यायामनार्य इति निश्चयः॥ 67॥[4]

अर्थात् अनार्या स्त्री से यदि ब्राह्मण संतति उत्पन्न करते हैं, तो उस स्थिति में भी संतति पिता के प्रभाव से श्रेष्ठ वर्ण की ही होती है और अनार्य पुरुष से ब्राह्मणी स्त्री में उत्पन्न संतति हीन वर्ण की ही होती है, क्योंकि वहाँ पिता अनार्य है। ब्राह्मण संतति की श्रेष्ठता और अनार्य की संतति में अनार्यत्व स्वतः सिद्ध है।

यहाँ अनार्य शब्द का प्रयोग महत्त्वपूर्ण है। जिसका स्पष्ट अर्थ है—'असंस्कृत', 'संस्कार से विहीन या शून्य' अथवा 'हीन संस्कार वाला'। संस्कार से आशय ब्राह्मणों के यज्ञोपवीत, नित्य एवं नैमित्तिक ब्राह्मण कर्म, यज्ञ, वेदपाठ, मंत्र-जप आदि के संश्लिष्ट प्रभाव से है। अतः ये समस्त शास्त्रीय व्यवस्थाएँ एक निश्चित परिवेश (आज की प्रचलित पदावली में, एक निश्चित 'इको सिस्टम') में ही व्यवहार में आ सकती हैं। वर्तमान के लिए इनमें से किसी भी शास्त्रीय प्रावधान का तब तक कोई अर्थ नहीं है, जब तक भारतवर्ष का या किसी भी संबंधित क्षेत्र का शासन सनातन धर्म को उसी प्रकार अपना आदर्श घोषित नहीं करे, जैसा पाकिस्तान, बांग्लादेश, अफगानिस्तान ने तथा अन्य मुस्लिम देशों ने इस्लाम को अपना आदर्श घोषित कर रखा है अथवा सभी पश्चिमी यूरोपीय देशों और संयुक्त राज्य अमेरिका ने ईसाइयत को अपना आदर्श घोषित कर रखा है अथवा बौद्ध देशों ने बौद्ध धर्म को अपना आदर्श घोषित कर रखा है। 15 अगस्त, 1947 तक भारत के सभी हिंदू राजाओं-रानियों ने हिंदू धर्म को अपना आदर्श घोषित कर रखा था, परंतु विगत 77 वर्षों से भारत के राज्य में हिंदू धर्म को कोई भी विधिक संरक्षण घोषित नहीं कर रखा है। ऐसी स्थिति में धर्मशास्त्रीय प्रावधानों का व्यवहार असंभव है।

संस्कारवश भले ही लोग आंशिक रूप से कतिपय कर्मकांडों के क्रियाकलापों का पालन करते रहें।

शिलालेखों में कहीं-कहीं यह उल्लेख मिलता है कि अमुक महत्त्वपूर्ण व्यक्ति या सम्राट् या राजा का वर्ण परिवर्तन हुआ। इसी प्रकार महाभारत में भी वर्ण परिवर्तन के अनेक उदाहरण हैं। महाभारत के शल्य पर्व के अध्याय 39 में श्लोक हैं—

दत्त्वा चैव बहून् दायान् विप्राणां विप्रवत्सलः।
ससर्ज यत्र भगवाँल्लोकाँल्लोकपितामहः॥ शल्य पर्व, अध्याय 39, श्लोक 35॥

यत्रार्ष्टिषेणः कौरव्य ब्राह्मण्यं संशितव्रतः।
तपसा महता राजन् प्राप्तवानृषिसत्त्मः॥ 36॥
सिंधुद्वीपश्च राजर्षिर्देवापिश्च महातपाः।
ब्रह्मण्यं लब्धवान् यत्र विश्वामित्रस्तथा मुनिः॥ 37॥
महातपस्वी भगवानुग्रतेजा महायशाः।
तत्राजगाम बलवान् बलभद्रः प्रतापवान्॥ 38॥[5]

(ब्राह्मणों के प्रति सदा प्रेम रखने वाले धर्मात्मा हलायुध बलरामजी ने सरस्वती के तट पर पहुँचकर पृथूदक तीर्थ में स्नान किया और ब्राह्मणों को बहुत दान दिए। इसके पश्चात् वे वहाँ पहुँचे, जहाँ राजा आर्ष्टिषेण ने बहुत बड़ी तपस्या करने के बाद ब्राह्मणत्व प्राप्त किया था। इसी प्रकार सम्राट् देवापि और उग्र तेजस्वी ऋषि विश्वामित्र ने भी महान् तपस्या के द्वारा यहीं पर ब्राह्मणत्व प्राप्त किया था। 40वें अध्याय में आर्ष्टिषेण और विश्वामित्र की तपस्या और वरदान प्राप्ति का विवरण है।)

इसी प्रकार महाभारत के अनुशासन पर्व के 30वें अध्याय में महाराजा वीतहव्य के ब्राह्मणत्व प्राप्त करने का उल्लेख है।[6] महर्षि भृगु ने अपनी पवित्र वाणी से घोषणा करके वीतहव्य को ब्राह्मणत्व प्रदान कर दिया। महर्षि भृगु को ऐसी शक्ति प्राप्त थी कि उनका कथन ही वरदान हो जाता था। इसी प्रकार कदंब कुल, जो ब्राह्मण कुल था, वह शिलालेख के अनुसार कालांतर में क्षत्रिय हो गया था और शर्मा के स्थान पर वर्मा उपाधि का प्रयोग करने लगा था। मयूर शर्मा के वंश में कालांतर में यह परिवर्तन हुआ।

वस्तुतः धर्मशास्त्रों और उत्कीर्ण लेखों से यह ज्ञात होता है कि हिंदू समाज में व्यवसाय संबंधी जातियाँ व्यवस्थित और धनी थीं। अलग-अलग धनी व्यवसायियों के संगठन अलग-अलग संज्ञाओं वाले थे—श्रेणी, पूग, गण, वात एवं संघ।

धर्मशास्त्रों में बारंबार स्पष्ट निर्देश है कि राजा प्रत्येक वर्ण के लिए धर्मशास्त्रों और परंपराओं में निर्धारित नियमों का पालन सुनिश्चित करे और उल्लंघन करने वाले को दंडित करे। ऐसी व्यवस्था करने वाले राजा की सदा प्रशंसा होती थी। मनुस्मृति, गौतम धर्मसूत्र, विष्णु धर्मसूत्र, याज्ञवल्क्य स्मृति, वसिष्ठ धर्मसूत्र तथा महाभारत, मत्स्य पुराण,

मार्कंडेय पुराण आदि में ऐसे राजाओं की प्रशंसा है तथा ऐसा न करने वालों की निंदा है। शंकराचार्य महाराज ने भी अपने वेदांत सूत्र भाष्य में यह बात कही है। इस प्रकार वर्णों, श्रेणियों, निगमों, संघों, जाति पंचायतों, खाप पंचायतों आदि में सनातन मानव धर्म के अनुशासन में निर्धारित नियमों का पालन सुनिश्चित कराना ही राजा का और राज्य का प्रधान कार्य है। यह धर्मशास्त्रों का सर्वसम्मत प्रतिपादन है।

याज्ञवल्क्य स्मृति के 'आचाराध्याय:' में 96वाँ श्लोक है—

जात्युत्कर्षो युगे ज्ञेय: सप्तमे पंचमेऽपि वा।
व्यत्यये कर्मणां साम्यं पूर्ववच्चाधरोत्तरम्॥[7]

अर्थात् सातवें या पाँचवें जन्म में जाति का उत्कर्ष होता है, यदि वे निरंतर उच्चतर व्यवसाय में लगी रहें। इसी प्रकार कर्मों का व्यत्यय या उल्लंघन होने पर अर्थात् अपनी जाति के व्यवसाय से निम्नतर स्तर का व्यवसाय लगातार करते रहने पर भी जाति का उत्कर्ष हो सकता है, यदि वह आपद् धर्म के रूप में किया गया हो, परंतु यदि वह कार्य सामान्य क्रम में किया जाए तो जाति का अपकर्ष होता है।

इस पर विज्ञानेश्वरजी ने मिताक्षरा टीका में स्पष्ट किया है और उदाहरण दिया है। यथा, ब्राह्मण आपद् धर्म में शूद्र वृत्ति से जीविका चला सकता है, परंतु यदि आपत्तिकाल बीतने पर भी वह शूद्र व्यक्ति का ही अवलंबन लिये रहे और हीन वृत्ति को नहीं त्यागे तो 5वीं या 7वीं पीढ़ी में उस ब्राह्मण का वर्ण शूद्र मान लिया जाता है। उसके बाद उस कुल में उत्पन्न पुत्र शूद्र वर्ण के ही माने जाते हैं।

यहाँ वर्तमान में अनेक समस्याएँ उठ खड़ी होती हैं। वर्तमान राज्य व्यवस्था वर्णाश्रम धर्म को नहीं मानती। वर्ण को इसमें कोई भी मान्यता नहीं है और आश्रम के विषय में भी संपूर्ण अराजकता की छूट है। ऐसी स्थिति में ब्राह्मण अपनी वृत्ति का अवलंबन करके जीवन नहीं चला पाने पर यदि निम्नतर मानी गई वृत्ति यथा शासकीय सेवा या कोई व्यवसाय करता है और पाँच या सात पीढ़ियों तक यही क्रम चलता रहता है तो क्या वह शूद्र माना जाएगा? शूद्र मानने पर वर्तमान राजव्यवस्था में उसकी स्थिति में क्या। यह परिवर्तन शासन स्वीकार करेगा कि उसे भी आरक्षण दिया जाए? अभी की जो स्थिति है, उसमें यह संभव नहीं दिखता। इससे भी स्पष्ट है कि वर्तमान शासन भारतीय धर्मशास्त्रों को किसी भी प्रकार की मान्यता नहीं देता। ऐसी स्थिति में धर्मशास्त्रों के किन्हीं प्रतिपादनों को ही केंद्रीय विषय मानकर उनका आश्रय लेकर हिंदू धर्म पर चोट करना या उसकी निंदा करना वस्तुत: आपराधिक कर्म है। शास्त्रों के अनुसार ऐसा करने वाले सभी लोग दस्यु दल हैं और उनसे विवाद में उलझना भी दस्यु कर्म है। वस्तुत: तो दस्यु दलों का दमन शासन का कर्तव्य है। उनसे विवाद करना किसी का भी कर्तव्य नहीं है।

जाति उत्कर्ष और जाति अपकर्ष चारों वर्णों में होते हैं और धर्मशास्त्रों में इनका

विस्तार से वर्णन है। मेधातिथि और विज्ञानेश्वर दोनों ने इन्हें अनेक उदाहरणों से समझाया है। जैसे कि यदि कोई क्षत्रिय किसी शूद्रा से विवाह करता है तो उत्पन्न कन्या उग्र जाति की कहलाती है और यदि उसके वंश में निरंतर क्षत्रिय से ही विवाह चलता रहे, तो छठी पीढ़ी में वह वंश क्षत्रिय हो जाएगा। इन उदाहरणों से दो बातें स्पष्ट होती हैं, एक तो यह कि पुत्र का वर्ण नहीं बदलता। ब्राह्मण का पुत्र ब्राह्मण ही कहलाता है और क्षत्रिय का पुत्र क्षत्रिय, वैश्य का पुत्र वैश्य तथा शूद्र का पुत्र शूद्र वर्ण का ही कहलाता है। केवल कन्या के ही वर्ण बदलने की चर्चा है। जिससे स्पष्ट होता है कि यह केवल विवाह से जुड़ी बात है। किसी क्षत्रिय की शूद्रा से उत्पन्न संतति से अन्य श्रेष्ठ क्षत्रिय विवाह नहीं करेंगे, तो उस समस्या का समाधान इसमें निकाला गया है कि छठी पीढ़ी में फिर उस कन्या का वंश भी क्षत्रिय हो जाएगा। दूसरा यह कि इसमें किसी दंड विधान का कहीं कोई उल्लेख नहीं है। यह पूरी तरह सामाजिक संदर्भ में की गई व्यवस्था है, अर्थात् समाज में फैली मान्यताओं का यह प्रतिपादन है। ईसाई मिशनरियों के प्रभाव से इसे न्याय अथवा समाज व्यवस्था से जोड़ देना धूर्तता भी है और अज्ञानता भी। वस्तुतः इस संदर्भ में राज्य की कोई भूमिका नहीं है और होनी भी नहीं चाहिए। इस विषय में कोई नया वातावरण बनाना हो तो वह समाज के स्तर पर बनाने की आवश्यकता है।

वर्तमान में भारत का केंद्रीय शासन एवं विविध प्रांतीय शासन धर्मशास्त्रों के प्रति विद्वेष और विरोध का भाव रखते प्रतीत होते हैं, क्योंकि वे प्रतिलोम विवाह को विशेष रूप से पुरस्कृत करते हैं। इसके साथ ही एक विचित्र बात यह है कि वे उसे हास्यास्पद रूप से अंतरजातीय विवाह कहते हैं। अतः अंतरजातीय विवाह शब्द का प्रयोग केवल यह दर्शाता है कि राज्यकर्ता और उनके अनुगत कथित बौद्धिक लोग भारत के विषय में मूलभूत बातों से भी अनजान हैं और वे किसी काल्पनिक दुनिया में रहते हुए अपने से श्रेष्ठ नस्ल का मानकर अंग्रेजों की या यूरोपियों की हास्यास्पद बातों का अंधश्रद्धापूर्ण अनुसरण किए चले जाते हैं और भारत के यथार्थ से उनका दूर-दूर तक कोई संबंध नहीं होता।

बौधायन धर्मसूत्र में भी जात्युत्कर्ष का एक अलग ही उदाहरण मिलता है—

निषादेन निषाद्यामा पन्चमाज्जातोऽपहन्ति शूद्रताम्॥
तमुपनएत्षष्ठं याजयेत्सप्तमोऽविकृतो भवति॥[8]

(बौधायन धर्मसूत्र, अध्याय 8, खंड 16, प्रश्न 1, श्लोक 13 एवं 14)

जिसका अर्थ है कि यदि ब्राह्मण का शूद्रा स्त्री से उत्पन्न पुत्र, जो कि निषाद कहलाता है, किसी निषादी से विवाह करता है और यह क्रम चलता रहता है तो 5वीं पीढ़ी की शूद्रता समाप्त हो जाती है। 5वीं पीढ़ी से उत्पन्न पुत्र का यज्ञोपवीत संस्कार होने पर और यज्ञ होने पर उसके बाद उसका वंश शुद्ध मान लिया जाता है। यह एक अलग व्यवस्था है।

इसमें मुख्य बात यह है कि धर्मशास्त्रों में जो व्यवस्थाएँ हैं, वे जाति व्यवस्था को

अत्यधिक गतिशील और व्यापक व्यवस्था सिद्ध करती हैं, जिसमें कई प्रकार की उन्नति और अवनति व्याख्यायित हैं। साथ ही, इन विषयों में धर्मशास्त्रों के प्रतिपादन भी अनेक प्रकार के हैं। इससे स्पष्ट है कि यह एक अत्यंत गतिशील और व्यापक व्यवस्था का प्रतिपादन है। नितांत रूढ़ और संकीर्ण समाज व्यवस्था वाले यूरोपीय ईसाइयों और अन्य समुदायों को यह गतिशीलता समझ में नहीं आती।

इस संदर्भ में श्रेणी, पूग, गण, व्रात एवं संघ शब्दों की जानकारी आवश्यक है। कात्यायन के मतानुसार ये सभी समूह या वर्ग कहे जाते थे—

'*गणाः पाषण्डपूगाश्च व्राताश्च श्रेणयस्तथा। समूहस्थाश्च ये चान्ये वर्गाख्यास्ते बृहस्पतिः ॥* स्मृतिचंद्रिका (व्यवहार) में उद्धृत कात्यायन-वचन।'

पाणिनि ने पूग, गण, संघ, व्रात की व्युत्पत्ति आदि की है। पाणिनि के काल तक इन शब्दों के विशिष्ट अर्थ स्थिर हो गए थे। महाभाष्य ने व्रात को उन लोगों का दल माना है, जो विविध जातियों के थे और उनके कोई विशिष्ट स्थिर व्यवसाय नहीं थे, केवल अपने शरीर के बल से ही अपनी जीविका चलाते थे। काशिका ने पूग को विविध जातियों के उन लोगों का दल माना है, जो कोई स्थिर व्यवसाय नहीं करते थे।

कौटिल्य ने एक स्थान पर सैनिकों एवं श्रमिकों में अंतर बताया है और दूसरे स्थान पर यह कहा है कि कंबोज एवं सुराष्ट्र के क्षत्रियों की श्रेणियाँ आयुधजीवी एवं वार्त्ता (कृषि) जीवी हैं। वसिष्ठ धर्मसूत्र ने श्रेणी एवं विष्णुधर्मसूत्र ने गण का प्रयोग संगठित समाज के अर्थ में किया है। मनु ने संघ का प्रयोग इसी अर्थ में किया है। विविध भाष्यकारों ने विविध ढंग से इन शब्दों की व्याख्या उपस्थित की है।

उल्लेखनीय है कि चाणक्य के अर्थशास्त्र में व्यापारियों की सेना का विस्तार से उल्लेख है। सेना के मुख्य चार प्रकार हैं—मौल, भृतक, श्रेणी और मित्र सेना। इसके अतिरिक्त तीन और प्रकार हैं—आटविक, औत्साहिक और अमित्र सेना। प्रथम चार प्रकार की सेनाएँ चारों वर्णों की होती हैं। इस प्रकार वे 16 प्रकार के हो गए। चाणक्य ने कहा है कि कुछ आचार्यों का मत है कि ब्राह्मण सेना सर्वश्रेष्ठ होती है और कुछ अन्य का मत है कि क्षत्रिय सेना सर्वश्रेष्ठ होती है। हमारा (चाणक्य का) मत है कि क्षत्रिय सेना को ही सर्वश्रेष्ठ मानना चाहिए। इसके साथ ही वीर, वैश्यों और वीर शूद्रों की सेना को भी ब्राह्मण सेना के समान ही उत्तम समझना चाहिए।[9] इसमें मुख्य बात यह है कि व्यापारियों की सेना श्रेणी सेना या श्रेणियों की सेना कही गई है। अतः स्पष्ट है कि चारों वर्णों के लोग भारतवर्ष में श्रेष्ठ सैनिक होते रहे हैं। इसके साथ ही वनचरों की सेना तथा मित्र सेना और शत्रु की सेना से बंदी बनाकर फिर स्वपक्ष से लड़ने को नियुक्त की गई अमित्र सेना—इन तीनों को मिलाकर सात प्रकार के सैन्य बल कहे गए हैं। प्राचीन भारतीय राजा और सम्राट् विशाल सेनाएँ रखते थे। इसके साक्ष्य प्रचुरता से उपलब्ध हैं। इस विषय में

काणेजी ने अपने महान् ग्रंथ 'धर्मशास्त्र का इतिहास' के तीसरे खंड के अध्याय 8 में बल (सेना) शीर्षक से पर्याप्त विवरण दिए हैं।[10] महाभारत के भी उद्योग पर्व में सभी वर्णों की सेनाओं का उल्लेख है।[11]

इसी प्रकार याज्ञवल्क्य स्मृति में स्पष्ट उल्लेख है कि श्रेणियों और पूगों की अपनी सभाएँ होती हैं, जो उनके आंतरिक विवादों में न्यायिक निर्णय करती हैं, जैसे कि कुलों और गणों की भी पंचायतें होती हैं।[12]

नारदीय स्मृति और याज्ञवल्क्य स्मृति दोनों में यह स्पष्ट व्यवस्था है कि श्रेणियों की परंपराओं और रूढ़ियों की रक्षा करना राजधर्म है और वह राजा का कर्तव्य है।[13]

कात्यायन के अनुसार नैगम एक ही नगर के नागरिकों का एक समुदाय है, व्रात विविध अस्त्रधारी सैनिकों का एक झुंड है, पूग व्यापारियों का एक समुदाय है, गण ब्राह्मणों का एक दल है, संघ बौद्धों एवं जैनों का एक समाज है तथा गुल्म चांडालों एवं श्वपचों का एक समूह है। वस्तुतः गणतंत्र का अर्थ है ब्राह्मणों के द्वारा प्रतिपादित सनातन धर्म के अनुसार चलने वाला तंत्र। वर्तमान में इसका यूरोप के रिपब्लिक के अर्थ में प्रयोग होता है।

याज्ञवल्क्य ने ऐसे कुलों, जातियों, श्रेणियों एवं गणों को दंडित करने को कहा है, जो अपने आचार-व्यवहार से च्युत् होते हैं। मिताक्षरा ने श्रेणी को पान के पत्तों के व्यापारियों का समुदाय कहा है और गण को हेलावुक कहा है। हेला का अर्थ है घोड़े। घोड़ों के व्यापारियों को हेलावुक कहते हैं। यहाँ गण का प्रयोग कात्यायन से नितांत भिन्न अर्थ में है। क्योंकि गण का यह अर्थ होने पर गणतंत्र का अर्थ होगा घोड़े के व्यापारियों का तंत्र, जो दूरागत अर्थ में अंग्रेजों पर लागू हो सकता है। क्योंकि वे आरंभ में घोड़ों पर चढ़कर ही व्यापार करते थे और लड़ाइयाँ भी।

याज्ञवल्क्य एवं नारद ने श्रेणी, नैगम, पूग, व्रात, गण के नाम लिये हैं और उनके परंपरा से चले आए हुए व्यवसायों की ओर संकेत किया है। याज्ञवल्क्य ने कहा है कि पूगों एवं श्रेणियों को अपने-अपने समूह के भीतर के झगड़ों और विवादों पर निर्णय देने का पूर्ण अधिकार है और इस विषय में पूग को श्रेणी से उच्च स्थान प्राप्त है। मिताक्षरा ने इस कथन की व्याख्या करते हुए लिखा है कि पूग एक स्थान की विभिन्न जातियों एवं विभिन्न व्यवसाय वाले लोगों का एक समुदाय है और श्रेणी विविध जातियों के लोगों का समुदाय है, जैसे हेलावुकों, तांबूलिकों, कुविंदों एवं चर्मकारों की श्रेणियाँ। चाहमान विग्रहराज के प्रस्तरलेख में हेलावुकों को प्रत्येक घोड़े के लिए एक द्रम्म देने का उल्लेख है।[14] (एपिग्रैफिया इंडिका, जिल्द 2, पृष्ठ 124।)

एपिग्रैफिया इंडिका में जिल्द 8 के पृष्ठ 88 में नासिक का एक अभिलेख उद्धृत है, जिसके अनुसार राजा ईश्वर सेन के राज्य में कुम्हारों, तेलियों और यंत्र से पानी देने

वालों (उदक-यंत्र-श्रेणी) की अलग-अलग श्रेणियाँ थीं, जिनके पास अपनी स्थिर संपत्तियाँ थीं। जिनके ब्याज से अस्वस्थ होने वाले भिक्षुओं का उपचार किया जाता था और अन्य सेवाकार्य किए जाते थे।[15] एक अन्य शिलालेख में जुलाहों की श्रेणियों का भी उल्लेख नासिक की गुफाओं में है।

हुविष्क के शासनकाल में आटा बनाने वाले लोगों की समिति का उल्लेख शिलालेख में है। इसी प्रकार जुन्नारगढ़ की गुफा के एक शिलालेख में ताम्रकारों, काँस्यकारों और बसोड़ों का अर्थात् बाँस का कार्य करने वालों का उल्लेख है। सम्राट् स्कंधगुप्त के इंदौर ताम्रपत्र में तेलियों की एक श्रेणी का उल्लेख है। इन सब श्रेणियों और संघों में राजा लोग भी तथा अन्य महाजन लोग भी धन जमा करते थे। जिस काम के लिए धन जमा किया जाता था, उसका स्पष्ट उल्लेख किया जाता था। शिलालेखों में इस प्रकार के स्पष्ट उल्लेख हैं।

इससे प्रमाणित है कि हजारों वर्षों से भारत में अनेक जातियों के समुदाय इतने अधिक व्यवस्थित और संगठित थे कि संपन्न लोग भी और राजा लोग भी तथा अन्य सर्वसाधारण भी उनके पास धन जमा करते थे और ब्याज सहित वह धन सुरक्षित रहता था, जो समय-समय पर लोक-कल्याण के अलग-अलग कार्यों में उन लोगों द्वारा लगाया जाता था, जो धन जमा करते थे।

इस प्रकार इस बात के भरपूर और प्रचुर प्रमाण हैं कि जातियाँ कुलों और व्यवसायों का ऐसा व्यवस्थित तथा सर्वमान्य समूह हैं, जो ईसाइयत या इस्लाम आदि के जन्म से हजारों-हजार साल पहले से अत्यंत व्यवस्थित रहे हैं, जो पूरी तरह सार्वभौमिक अनुशासनों की मर्यादा में अर्थात् मानव धर्म की मर्यादा में स्वतंत्र रूप से अपने-अपने नियम और व्यवहार की विधियाँ बनाते रहे हैं, जिनमें किसी प्रकार के हस्तक्षेप का कोई भी विचार भारत का कोई हिंदू शासक कभी भी नहीं करता था और न कर सकता था। यह है स्वतंत्रता का मूल स्वरूप। राज्यकर्ता अपने दिमाग की खुजली से या अपनी काल्पनिक मान्यताओं से या ईसाइयों और मुसलमानों की प्रेरणा से या ईसाइयों की प्रबुद्ध शाखाओं (यूरोपीय) अथवा बर्बर शाखाओं (कम्युनिस्ट) की प्रेरणा से कोई कानून बनाए और उसे भारत की जातियों, श्रेणियों, संघों, गणों, पूगों, व्रात आदि पर थोपे, यह भीषण अत्याचार हिंदू धर्म में और हिंदू राज्य परंपरा में अकल्पित रहा है।

संदर्भ—

1. मनुस्मृति, अध्याय 10, श्लोक 64
2. उक्त पर कुल्लूक भट्ट की टीका
3. मनुस्मृति, अध्याय 10, श्लोक 65

4. उक्त में श्लोक 66–67
5. महाभारत, शल्य पर्व, अध्याय 39, श्लोक 36 से 38
6. देखें, महाभारत, अनुशासन पर्व, अध्याय 30
7. याज्ञवल्क्य स्मृति, आचाराध्याय, श्लोक 96
8. बौधायन धर्मसूत्र, अध्याय 8, खंड 16, प्रश्न 1, श्लोक 13–14
9. कौटिलीय अर्थशास्त्र, नवम अधिकरण, प्रथम एवं द्वितीय अध्याय
10. महामहोपाध्याय पांडुरंग वामन काणे : धर्मशास्त्र का इतिहास, द्वितीय खंड, अध्याय 8
11. महाभारत, उद्योग पर्व, अध्याय 96, श्लोक 7
12. याज्ञवल्क्य स्मृति, व्यवहाराध्याय, प्रकरण 15, संविद् अतिक्रम, प्रकरणम्, श्लोक 192
13. उपर्युक्त के साथ ही नारदीय स्मृति, व्यवहारदर्शन विधि
14. एपिग्रैफिया इंडिका, जिल्द 2, पृष्ठ 124
15. एपिग्रैफिया इंडिका, जिल्द 8, पृष्ठ 88

□

समापक टिप्पणियाँ

धर्मशास्त्रों में प्रतिपादित समाजशास्त्र को सम्यक् रूप से समझे बिना उसके किसी एक अंश को लेकर एक नितांत भिन्न समाजशास्त्र और नितांत भिन्न समाज-व्यवस्था से उसकी तुलना करना स्वैराचार तो है ही, अज्ञानमूलक भी है, क्योंकि उससे किसी भी वास्तविक तथ्य का ज्ञान हो पाना असंभव है। धर्मशास्त्रों में प्रतिपादित समाज-व्यवस्था को संपूर्णता से देखा जाए। इसका अर्थ है कि समाज और राज्य तथा अन्य सभी प्रमुख सामाजिक संस्थाओं की स्थिति, संपत्ति संबंधी दृष्टि और मान्यताएँ तथा संपत्ति के विभाजन संबंधी व्यवस्थाएँ और धर्म की मान्यताएँ तथा परंपराएँ एवं धर्म के अभिन्न अंग के रूप में क्रियाशील मठ, मंदिर तथा आश्रमों की संपूर्ण व्यवस्था को ध्यान में रखकर विचार करने पर ही धर्मशास्त्रों में प्रतिपादित समाज व्यवस्था का स्वरूप स्पष्ट हो सकता है।

धर्मशास्त्र का एकमात्र अर्थ है सनातन धर्म के प्रतिपादक शास्त्र। रिलीजियस टेक्ट्स या मजहबी किताब या रिलीजियस बुक्स इससे नितांत भिन्न हैं, क्योंकि वे चुने हुए मानव-समूह के लिए हैं। धर्मशास्त्र समस्त मानवों के लिए मानव धर्म के प्रतिपादक हैं।

जैसा कि आरंभ में ही विवेचन हो चुका है, मनुष्य के संदर्भ में धर्म का आधारभूत स्वरूप है मानव धर्म और सृष्टि के संदर्भ में धर्म के आधार हैं—सत्य, ऋत, यज्ञ, तप आदि सार्वभौम नियम जो ब्रह्मांडीय नियम हैं, जिनका प्रतिपादन मूल रूप से वेद में है। यही कारण है कि महर्षियों ने सुखपूर्वक तथा एकाग्रचित्त बैठे हुए भगवान् मनु से यथोचित प्रतिपूजन कर निवेदन किया कि हे भगवन्! चारों वर्णों और विभिन्न संकर या संकीर्ण जातियों के धर्मों को बताने की कृपा करें। सभी के कर्तव्य एवं अकर्तव्य के विषय में आप ही अधिकारी हैं, क्योंकि आप वेद और ब्रह्म के ज्ञाता हैं।

तब सृष्टि का क्रम बताते हुए महाराज मनु ने समस्त प्राणियों और प्रजाओं की सृष्टि के क्रम में कर्मों की विवेचना की और धर्म तथा अधर्म को पृथक्-पृथक् बतलाया। तदनुसार ही सभी प्राणी कर्म में रत हैं। इसीलिए अलग-अलग प्रकार के प्राणी हिंसा,

अहिंसा, मृदु, कठोर, धर्म, अधर्म, सत्य और असत्य के वृत्त का अपनी प्रकृति के अनुसार आचरण करते हैं—

हिंस्राहिंस्रे मृदुक्रूरे धर्माधर्मावृतानृते।
यद्यस्य सोऽद्धात्सर्गे तत्तस्य स्वयमाविशत्॥

(मनुस्मृति, अध्याय 1,श्लोक 29)

इसकी टीका करते हुए कुल्लूक भट्ट ने अलग-अलग प्राणियों के कर्मों का उदाहरण दिया है, जैसे सिंह आदि का हिंसा प्रधान, हरिण आदि का अहिंसा प्रधान, विप्रों का मृदु, क्षत्रियों का क्रूर आदि। अंत में ऋत और सत्य को सर्वोपरि बताते हुए उसे देवताओं का कर्म बताया है और मनुष्यों में स्वभाव से ही ऋत के उल्लंघन (अनृत) की ओर झुकाव बताते हुए टीका की है। क्योंकि मनुष्य में रजोगुण की प्रधानता है और उसके कारण क्रियाशीलता और क्रियामूलक आवेगों की प्रधानता है। ये आवेग स्मृति और संस्कार से उत्पन्न होते हैं। योगसूत्र कहता है—

जातिदेशकालव्यवहितानामप्यानन्तर्य्यं स्मृतिसंस्कारयोरेकरूपत्वात्।

(योगसूत्र, कैवल्यपाद, सूत्र 9)

अर्थात् स्मृति और संस्कार की एकरूपता के कारण जाति (जन्मयोनि), देश और काल का व्यवधान बीच में चाहे जितना आ गया हो, परंतु आकांक्षाओं (वासनाओं) की निरंतरता बनी रहती है। इसका कारण अगले सूत्र में बताया है—

तासामनादित्वं चाशिषो नित्यत्वात्॥

(योगसूत्र, कैवल्यपाद, सूत्र 10)

अर्थात् क्योंकि सभी जीवात्माएँ चिन्मय सत्ता हैं, परमसत्ता का ही अंश हैं, इसलिए उनके भीतर से यदि कोई आत्माशीष निकलता है, तो वह निश्चित ही प्रभावी होता है। जीवात्माओं में अपने अस्तित्व के प्रति आत्माशीष की सहज प्रवृत्ति होती है। 'मैं विद्यमान रहूँ, मेरा अभाव न हो' यह आत्माशीष है। प्रत्येक जीवात्मा के चित्त में यह अनादि वासना होती है। इसीलिए इस वासना से मुक्ति कठिन तप और साधना से ही संभव है।

अत: आत्माशीष की नित्यता से जीवों में स्मृति और संस्कार की निरंतरता रहती है। संस्कार का बोध भी स्मृति है और प्रत्येक स्मृति चित्त में जो छाप छोड़ती है, उसे ही संस्कार कहते हैं। स्मृति और संस्कार की एकरूपता से भिन्न देश, भिन्न काल और भिन्न योनि में जन्म लेने पर भी स्मृति और संस्कार की निरंतरता बनी रहती है।

यहाँ एक बात और भी स्मरणीय है। लोक की वृद्धि होती रहे और प्रलय काल तक यह वृद्धि चलती रहे, इसका संपूर्ण क्षय न हो, यह प्रजापति ब्रह्मा और सृष्टि पालक भगवान् विष्णु की व्यवस्था है। इसी से मनु महाराज बताते हैं कि ब्रह्मा ने ही स्वयं को दो भागों में बाँटा, आधे में नर और आधे में नारी हो गए और नर के संयोग से उस नारी

से विराट् पुरुष का जन्म हुआ। उस विराट् पुरुष ने तपस्या करके मनु को जन्म दिया था। उसके बाद 10 प्रजापतियों, मनुओं और महर्षियों तथा यक्ष, राक्षस, पिशाच, गंधर्व, अप्सराएँ, असुर, नाग, सर्प, गरुड़, पितृगण तथा प्रकृति के विविध अंगों एवं अनंत प्रकार के पशु-पक्षी, वृक्ष, वनस्पति आदि एवं कृमि, कीट, पतंग और अनेक प्रकार के स्थावर एवं जंगम प्राणियों की सृष्टि हुई है। उन सभी को स्वकर्म का आचरण करना है, यही उनका स्वधर्म है। उससे भिन्न आचरण परधर्म है, जो अधोगति का कारण है। सभी जीवों के अपने-अपने धर्म हैं। सामान्यत: मानवेतर जीव सहज ही अपने जीवधर्म में प्रवृत्त रहते हैं। मनुष्य को ऋत के विराट् अनुशासन में एक मर्यादा के अंतर्गत स्वतंत्र कर्म का अधिकार प्राप्त है, जो मानव धर्म की मर्यादा से अनुशासित है।

अत: मनुष्य को मानव धर्म का ही पालन करना चाहिए। यहाँ स्पष्ट है कि समस्त मनुष्यों के द्वारा पालनीय नियम और आचरणीय कर्म मानव धर्म हैं। इसकी हिंदुओं तक अथवा भारतीय लोगों तक ही व्याप्ति है, ऐसा कहीं नहीं कहा गया है। मनुष्य मात्र के लिए यही धर्म है। इसमें किसी जनपद या देश या काल या पंथ आदि की कोई बाधा नहीं है। कौन किस मत को, पंथ को, उपासना पद्धति को, मजहब या रिलीजन को या मतवाद को अपनी किस वासना, संस्कार, स्मृति तथा प्रारब्ध के अनुसार अपनाता है, यह अलग बात है, परंतु वह अनुशासित मानव धर्म से ही होता है। वह ज्ञानपूर्वक मानव धर्म का पालन नहीं करे, तो भी उसे सुख-दु:ख, पुण्य-पाप, संपत्ति-विपत्ति, वैभव-विपन्नता, मानव धर्म के सनातन आधारों पर ही भोगने होते हैं।

शास्त्र कहते हैं कि राजा वही है, जो अपने द्वारा शासित समस्त क्षेत्र में मानव धर्म का पालन सुनिश्चित करे। यही राजधर्म है। इसका पालन न करना अधर्म है। अधर्मी राजा अपयश का भागी तो होता ही है, नरक को भी प्राप्त होता है।

मानव धर्म को ही मनुष्यों का सामान्य धर्म, साधारण धर्म, सामासिक धर्म और सार्वभौम धर्म कहा गया है। इस विषय में मनुस्मृति की स्पष्ट घोषणा है—

वेदोऽखिलो धर्ममूलं स्मृतिशीले च तद्विदाग।
आचारश्चैव साधूनामात्मनस्तुष्टिरेव च॥ 6॥
य: कश्चित्कस्यचिद्धर्मो मनुना परिकीर्तित:।
स सर्वोऽभिहितो वेदे सर्वज्ञानमयो हि स:॥ 7॥
सर्वे तु समवेक्ष्येदं निखिलं ज्ञानचक्षुषा।
श्रुतिप्रामाण्यतो विद्वान्स्वधर्मे निविशेत वै॥ 8॥
श्रुतिस्मृत्युदितं धर्ममनुतिष्ठन्हि मानव:।
इह कीर्तिमवाप्नोति प्रेत्य चानुत्तमं सुखम्॥ 9॥

श्रुतिस्तु वेदो विज्ञेयो धर्मशास्त्रं तु वै स्मृतिः।
वे सर्वार्थेष्वमीमांस्ये ताभ्यां धर्मो हि निर्बभौ॥ 10॥
योऽवमन्येत ते मूले हेतुशास्त्राश्रयाद्द्विजः।
स साधुभिर्बहिष्कार्यो नास्तिको वेदनिंदकः॥ 11॥
वेदः स्मृतिः सदाचारः स्वस्य च प्रियमात्मनः।
एतच्चतुर्विधं प्राहुः साक्षाद्धर्मस्य लक्षणम्॥ 12॥
अर्थकामेष्वसक्तानां धर्मज्ञानं विधीयते।
धर्म जिज्ञासमानानां प्रमाणं परम श्रुतिः॥ 13॥
श्रुतिद्वैधं तु यत्र स्यात्तत्र धर्मावुभौ स्मृतौ।
उभावपि हि तौ धर्मौ सम्यगुक्तौ मनीषिभिः॥ 14॥

(मानव धर्मशास्त्र, अध्याय 2, श्लोक 6-14)

इस प्रकार वेद, स्मृति, सदाचार और आंतरिक आनंद—ये चार धर्म के साक्षात् लक्षण हैं। इस तरह धर्म से सदा आनंद की प्राप्ति और वृद्धि होती है। यह धर्मशास्त्रों का प्रतिपादन है। यहाँ यह स्पष्ट है कि आनंद की प्राप्ति और वृद्धि ही धर्म का और धर्मशास्त्रों का प्रयोजन और परिणाम है। अतः धर्मशास्त्र किसी राजा या शासक द्वारा रचित राज्यानुशासन नहीं हैं, न ही वे किसी एक महान् व्यक्ति या दिव्य व्यक्ति के अनुशासन हैं। अपितु वे सृष्टि और जीवन चक्र के नियमों और प्रक्रियाओं के ज्ञान का निर्वचन हैं। इसीलिए उस अर्थ में धर्मशास्त्र प्राकृतिक या नैसर्गिक अनुशासन एवं उपदेश हैं और विवेचनाशास्त्र भी हैं। वे यह बताते हैं कि क्या करने से आनंद मिलेगा और क्या करने से कष्ट की वृद्धि होगी। इस अर्थ में वे केवल ज्ञान प्रदाता शास्त्र हैं।

(मनुस्मृति के उक्त श्लोकों का भी अल्प अंश या खंड उद्धृत कर अनेक भ्रांतियाँ खड़ी की जाती हैं या हो जाती हैं। वे स्पष्ट रूप से या तो अज्ञान का परिणाम हैं या दुष्ट बुद्धि का। जैसे कि 11वें श्लोक 'नास्तिको वेदनिंदकः' को प्रायः उद्धृत किया जाता है, परंतु संपूर्ण संदर्भ को देखने पर यह स्पष्ट हो जाता है कि जो व्यक्ति हेतुशास्त्र अर्थात् तर्कशास्त्र का आश्रय लेकर श्रुति और स्मृति से तर्कों का प्रतिकूल अर्थ करे और इस प्रकार धर्म के मूल का अपमान करे, वह नास्तिक है और नास्तिक के लिए भी किसी राजदंड का विधान नहीं है, अपितु सज्जन लोग ऐसे नास्तिक का बहिष्कार करें, उससे निरर्थक तर्क-वितर्क में न उलझें और उसे मान न दें अर्थात् उसके तर्कों को यह मान न दें कि पहले तो उसे सुनें, फिर उसपर चर्चा करें और उनका खंडन करने में अपना तथा अपने समाज का समय और शक्ति नष्ट करें।)

वेद ही धर्म के विषय में प्रमाण हैं। स्मृतियाँ अर्थात् धर्मशास्त्र वेद से स्वतंत्र रूप में प्रमाण नहीं हैं। अतः प्रमाण एक ही है। जिन विषयों में वेद में कोई स्पष्ट निर्देश नहीं

हैं, वहाँ उस विषय में स्मृति ही धर्म का निर्देश है। इसीलिए दोनों में वस्तुतः कोई विरोध नहीं है।

इस आधार पर भारत में अत्यंत प्राचीनकाल से जो समाज व्यवस्था गतिशील रही है, उसका वास्तविक स्वरूप जानना चाहिए। यह व्यवस्था ज्ञात इतिहास में भी कई हजार वर्ष पुरानी है और वर्तमान में आधुनिक शिक्षा के परिवेश में ज्ञात इतिहास की अवधि से हजारों वर्ष पूर्व से यह व्यवस्था गतिशील है। वर्तमान में विश्व में कोई भी गतिशील समाज व्यवस्था इतनी प्राचीन नहीं है। अधिकांश व्यवस्थाएँ, जो इस समय विश्व में प्रभावी हैं, वे अधिकतम 1500 वर्षों के भीतर ही व्यवस्थित की गई हैं और निरंतर परिवर्तित होती गई हैं।

सच यह है कि भारतवर्ष पर शासन के लिए हिंदू समाज को दबाने के प्रयोजन से अंग्रेज शासकों ने हिंदू समाज के विषय में जो अधिकांश बातें कही हैं, वे स्वयं उनके अपने ईसाई समाज के विषय में ही सत्य हैं। इंग्लैंड तथा अन्य यूरोपीय ईसाई देशों में ही परस्पर अत्यंत विपरीत और विरोधी ईसाइयत के प्रतिपादक पंथ हैं। वहाँ ही अलग-अलग पंथों में परस्पर भीषण असहिष्णुता है और अनेकानेक भेद हैं।

इस तरह ईसाइयत और इस्लाम की दावेदारी वाले राज्यों द्वारा शासित समाजों की समाज व्यवस्था उनकी अपनी अधिकृत सर्वमान्य किताबों से अधिक वहाँ के समाजों की मान्यताओं, प्रथाओं और परंपराओं से चल रही है तथा इसीलिए मजहबी संस्थानों से समाज का निरंतर टकराव है और इसके लिए मजहब या रिलीजन के बड़े अधिकारी प्रायः व्यापक दमन करते रहे हैं। हिंदू धर्माचार्यों, ब्राह्मणों और संन्यासियों ने समाज का इस प्रकार का दमन तो कभी भी किया ही नहीं और कर ही नहीं सकते, उस दिशा में आज तक कोई विचार तक नहीं किया गया है। इसे ही यूरो-ईसाई समुदायों के मुख्य पादरी और प्रोफेसर (जो गॉस्पेल का प्रचार करने का पेशा अर्थात् प्रोफेशन करे, वही प्रोफेसर है) हिंदू शासन की अक्षमता और अराजकता बताते रहे हैं। समाज पर संपूर्ण भौतिक, विधिक और राजनीतिक नियंत्रण न करना, अपितु समाज को स्वतंत्र क्रियाशीलता का भरपूर अवसर देना उनकी दृष्टि में अक्षमता और अराजकता है। जबकि हिंदू चिंतन में ऐसा करना ही धर्म कर्तव्य है। इस तथ्य को सदा स्मरण रखने पर धर्मशास्त्रों का मर्म समझ में आएगा।

यह तथ्य स्मरण नहीं रखने पर समाज की अलग-अलग इकाइयों की निरपेक्ष रूप से मीमांसा केवल भ्रम पैदा करती है। उदाहरण के लिए जाति-व्यवस्था को लें। राज्य और संपत्ति संबंधी अत्यंत व्यापक और व्यवस्थित सिद्धांतों तथा प्रणालियों के संदर्भ में ही जाति काम करती है। उन सब को भुलाकर आधुनिक यूरो-ईसाई राज्य व्यवस्था

और राज्य द्वारा नियंत्रित संपत्ति व्यवस्था के बीच में जाति व्यवस्था को रखकर उसकी विवेचना करना हास्यास्पद परिणाम ही उत्पन्न करेगा।

मुख्य बात यह है कि जाति-व्यवस्था अत्यधिक गतिशील और व्यापक व्यवस्था है। वह न तो समाज की एकमात्र व्यवस्था है और न ही एकांगी व्यवस्था है।

समाज व्यवस्था के सभी 11 अंगों का सांगोपांग विचार करते हुए ही उसके किसी भी अंग पर गहराई से विचार संभव है। चाहे वह राज्य व्यवस्था हो या जाति व्यवस्था हो। समाज व्यवस्था के ये 11 अंग हैं—1. कुल (दैहिक सामाजिक इकाई), 2. गोत्र एवं प्रवर (संस्कारगत पारंपरिक सामाजिक इकाई), 3. विद्या वंश एवं गुरुकुल (ज्ञानात्मक सामाजिक इकाई), 4. संप्रदाय (उपासनात्मक सामाजिक इकाई), 5. गाँव या भौगोलिक सामाजिक इकाई, 6. वर्ण-गुण-कर्म विभागानुसार सामाजिक इकाई, 7. आश्रम जीवन विभागात्मक सामाजिक इकाई, 8. श्रेणी : वृत्ति विभागानुसार सामाजिक इकाइयाँ, 9. शिष्ट परिषदें और विद्वत् परिषदें—विद्यापरक सामाजिक इकाइयाँ, 10. पंचायतें, जाति पंचायतें, ग्राम पंचायतें, खाप पंचायतें आदि न्यायिक सामाजिक इकाइयाँ तथा 11. राज्य (वर्णाश्रम धर्म मर्यादा प्रतिपालक तथा प्रजापालक एवं राष्ट्र रक्षक इकाई)। राष्ट्र की ये 11 इकाइयाँ हैं। इन सभी की सम्यक् मीमांसा धर्मशास्त्रों में है।

इनमें से राष्ट्र का विचार सर्वोपरि है। देश और काल के विचारपूर्वक ही सभी प्रकार के विचार संभव हैं। देश के संदर्भ में आर्यावर्त, ब्रह्मावर्त या ब्रह्मदेश, ब्रह्मर्षि देश और भारतवर्ष की विस्तार से विवेचना धर्मशास्त्रों में है। सातों द्वीपों एवं सातों महासागरों का विवेचन किया गया है। ऋग्वेद में अनेक नदियों, पर्वतों और प्रांतों सहित तीर्थों का उल्लेख है। राजसभाओं का भी वर्णन है। भारतवर्ष के सभी 259 जनपदों का वर्णन महाभारत में है। भारतवर्ष के पूर्व-पश्चिम एवं दक्षिण में समुद्र है तथा उत्तर में अत्यंत विशाल क्षेत्र में फैला हुआ हिमालय है, जो वस्तुतः संपूर्ण मध्य एशिया, तिब्बत एवं चीन तक विस्तृत है। इसी विशाल भूखंड में सनातन धर्म की मर्यादा का संरक्षण राजधर्म है। इसके साथ ही विश्व के अन्य देशों और क्षेत्रों का विचार भी धर्मशास्त्रों में व्यापकता से है।

महामति चाणक्य ने अर्थशास्त्र के नौवें अधिकरण के प्रथम अध्याय में 18वें सूत्र में चक्रवर्ती भारत की सीमा का उल्लेख किया है—'हिमवत् समुद्रांतरं उदीचीनं योजन सहस्र परिमाणं तिर्यक् चक्रवर्ति क्षेत्रम' अर्थात् हिमालय से समुद्रपर्यंत विस्तृत और पूर्व-पश्चिम में तथा तिर्यक चारों ओर एक-एक हजार योजनों वाला चतुर्दिक फैला क्षेत्र चक्रवर्ती भारत है। हिमालय में समस्त मध्य एशिया एवं उत्तर की ओर शिविरा अर्थात् साइबेरिया तक का क्षेत्र समाहित है।

काल के विषय में भी धर्मशास्त्रों में विस्तार से विवेचन है, वह विश्व में अनुपमेय है। साथ ही, मनुस्मृति का यह भी कहना है कि

कृतं त्रैतायुगं चैव द्वापरं कलिरेव च।
राज्ञो वृत्तनि सर्वाणि राजा हि युगमुच्यते॥ 301॥
कलिः प्रसुप्तो भवति स जाग्रद्वापरं युगम्।
कर्मस्वभ्युद्यतस्त्रेता विचरंस्तु कृतं युगम्॥ 302॥

अर्थात् सतयुग, त्रेता, द्वापर और कलियुग—ये चारों ही युग राजा के वृत्त अर्थात् आचरण और व्यवहार पर निर्भर हैं। राजा के आचरण और व्यवहार से ही युग कहा जाता है अर्थात् युग का नाम निर्धारित होता है। अतः राजा ही युग है। जब कोई शासक आलसी और प्रमादी होता है, तो उस राज्य में कलियुग होता है। जब राजा जाग्रत होता है, परंतु धर्म का संपूर्ण आचरण नहीं करता (जैसे धृतराष्ट्र), तब वह द्वापर युग होता है। जब राजा संधि, विग्रह, यान आदि राजकार्यों में सक्रिय होता है, तब वह त्रेता युग होता है और शास्त्र के अनुसार ही संपूर्ण शासन व्यवस्था समृद्ध रखने वाले राजा के राज्य में सतयुग होता है। कुल्लूक भट्ट ने इसकी टीका करते हुए कहा है कि राजा के कर्मों के अनुष्ठान पर ही युग निर्भर होता है और निर्धारित होता है, यह मनु महाराज का तात्पर्य है।

काल का यह निर्धारण महाकाल के विराट् बोध पर निर्भर है। महाकाल सदा हैं, सर्वत्र हैं और सर्वव्यापी हैं। अतः तप एवं यज्ञ से उनका अनुग्रह प्राप्त होता है और तदनुसार काल का स्वरूप व्यक्त होता है। अथर्ववेद में काल को ही मूलतत्त्व कहा गया है। तप काल में ही अवस्थित है। काल ही प्रजापति का भी पिता है और वह स्वयंभू है। काल ही सबका स्वामी है। काल संबंधी विराट् ज्ञान के कारण ही ज्योतिष ग्रंथों का विराट् विस्तार भारत में है, अर्थात् हिंदू धर्म में है। उपनिषदों में भी काल का विस्तृत विवेचन है। इसीलिए कहा गया है कि काल के परे केवल अकाल पुरुष है। शेष सब काल में है। सूर्य के साथ जो कुछ अस्तित्व में है, वह सब काल में है। महाभारत भी यही कहता है कि काल ही प्राणियों की सर्जना करता है और वही उनका संहार करता है। काल मूर्त भी है और अमूर्त भी। इस प्रकार ब्रह्म के स्वरूप से संबंधित काल विराट् है और सूर्य की गतियों पर आधारित काल उसका ही अंग है। काल विभु, एक और नित्य है। काल की क्रियाओं के अनुसार उसके भाग कर लिये जाते हैं, परंतु वस्तुतः काल में कोई विभाग नहीं है। मनुष्य अपनी बोध शक्ति एवं ग्रहण शक्ति के अनुरूप काल का विभाग करते रहते हैं। तत्त्वतः महाकाल अजर, अमर और अनंत हैं। वही लोगों का सृजन करते हैं और अंत भी करते हैं।

काल की इकाइयों के विषय में जितना सूक्ष्म विवेचन हिंदू धर्मशास्त्रों में हुआ है, वैसा विश्व में और कहीं नहीं हुआ है। यह ज्ञान की व्यापकता और सूक्ष्मता का परिणाम है। नक्षत्रों के नाम और साथ ही तिथियों, मुहूर्त, करण, राशियों और ग्रहों का विशद विचार हिंदू धर्मशास्त्रों में है। ग्रहों की दशा एवं अंतर्दशा, उनके प्रभाव, परिणाम आदि

सब पर भी बहुत ही विस्तृत विवेचना धर्मशास्त्रों में है। संवत्सरों, दिनों, मासों आदि का भी विस्तार से विवेचन इनमें हुआ है। कल्प, मन्वंतर, महायुग और युग का जैसा विस्तृत प्रतिपादन हिंदू धर्मशास्त्रों में है, वैसा अन्यत्र कहीं नहीं है। काल संबंधी गणनाओं से ही पता चलता है कि गणित का कितना विस्तृत ज्ञान अत्यंत प्राचीन काल से हिंदुओं को रहा है और वास्तुशास्त्र में ज्यामितीय ज्ञान का कितना सूक्ष्म विचार आवश्यक है। चाहे वह प्रासादों और मंदिरों का निर्माण हो, चाहे प्रतिमाओं की रचना हो, सभी के लिए गणित और ज्यामितीय गणित का सूक्ष्म ज्ञान अत्यंत आवश्यक है, जो प्राचीनतम काल से हिंदुओं में है।

सार यह है कि काल के सम्यक् बोध के बिना न तो राज्य संबंधी कोई चिंतन किया जा सकता है और न ही समाज व्यवस्था संबंधी चिंतन। अत: काल निरपेक्ष चिंतन या राज्य व्यवस्था का काल निरपेक्ष प्रतिपादन हास्यास्पद ही सिद्ध होगा। इसीलिए हिंदू परंपरा है कि समाज व्यवस्था और राज व्यवस्था पर कोई भी विचार करते समय सर्वप्रथम देश और काल का विचार करना चाहिए। देश कौन सा है और यह काल कौन सा है, इसकी विस्तृत विवेचना के बिना कोई भी समाज चिंतन और राज्य व्यवस्था संबंधी चिंतन वस्तुत: संभव भी नहीं है और ऐसा कोई चिंतन किया जाए, तो उसका कोई महत्त्व भी नहीं है।

इसीलिए धर्मशास्त्रों में प्रतिपादित समाज व्यवस्था की विवेचना के क्रम में सर्वप्रथम देश और काल की विवेचना आवश्यक है। जो मत या पंथ अपने किसी विचार को सभी कालों में सभी देशों के द्वारा अनिवार्य रूप से पालनीय मानते हैं, वे न तो देश का कोई ज्ञान रखते हैं और न ही काल का।

सहिष्णुता और उदारता मानवमात्र का कर्तव्य है, केवल हिंदुओं का नहीं

यूरोप के ईसाई विद्वानों और उनके अनुसरण में भारत के अनेक आधुनिक विद्वानों ने भी हिंदू धर्म की उदारता और सहिष्णुता को किसी विशिष्ट गुण की तरह प्रचारित किया है। यह हिंदू धर्म और हिंदू ज्ञान परंपरा के विषय में पूरी तरह अज्ञान का प्रमाण तो है ही, अपने द्वारा चाही गई विशेषता को हिंदुओं पर प्रक्षिप्त कर किसी राजनीतिक लक्ष्य को पाने की लालसा से भी प्रेरित है। विशेषकर जो एकदेववादी और एकपंथवादी (मोनोथीस्ट) आस्थाएँ हैं अथवा अपने ही मतवाद को विश्व के उद्धार का एकमात्र मार्ग बताने की दावेदारी की जो राजनीति है, उनकी लालसा है कि वे स्वयं तो हिंदू धर्म के प्रति अत्यधिक असहिष्णु रहें और उसे मिटा डालने की योजना रखें तथा उस दृष्टि से हिंदू समाज और हिंदू धर्म के विरुद्ध निषेधात्मक प्रचार करें और उसके प्रति घृणा फैलाने तक का काम करें, परंतु उनके इस काम में हिंदुओं की ओर से कोई प्रत्युत्तर न आए। इसलिए

हिंदुओं को बताया जाता है कि तुम सहिष्णु हो, यहाँ तक कि अपने संपूर्ण विनाश की घोषित योजनाओं के प्रति भी तुम्हें उदार रहना है, यही तुम्हारी विशेषता है। स्पष्ट रूप से यह एक दुष्ट बुद्धि से संचालित मनोयोजना के अंतर्गत किया गया प्रचार है।

तो क्या हिंदू सहिष्णु और उदार नहीं रहे? वह तो उनका स्वभाव ही है, परंतु यह स्वभाव एक विराट् ज्ञान परंपरा से निगमित अभ्यास है। इसके पीछे काल की विराटता का बोध है और महाकाल की शक्ति का ज्ञान है। यह स्वाभाविक है कि काल के विषय में भारतीय ज्ञान परंपरा अद्वितीय बोध से संपन्न है। युगों की गणना और काल के सूक्ष्मतम से विराटतम विभाजन की भारतीय परंपरा इसी कालबोध से निकली है। जो लोग ऐतिहासिक एवं पुरातात्त्विक साक्ष्यों पर ही बल देते हैं और परंपरा से चले आ रहे स्मृति प्रवाह को हिंदुओं के संदर्भ में अमान्य करते हैं, यद्यपि स्वयं अपने-अपने समाजों का सारा ही विवरण वे उसी स्मृति प्रवाह के छोटे-छोटे अंशों के आधार पर बड़ी-बड़ी कहानियाँ रचकर प्रस्तुत करते हैं, उनकी कसौटी पर भी देखें, तो भारत का यह विराट् कालबोध ईसावाद के प्रारंभ से अत्यंत प्राचीन है। जबकि ईसावाद और मोहम्मदवाद का संपूर्ण कालबोध बहुत बाद का है। अतः भारतीय कालबोध की प्राचीनता और प्रामाणिकता निर्विवाद है।

स्वयं आर्यभट्ट ने 'आर्यभटीय' नामक ग्रंथ के 'कालक्रियापाद' अध्याय में लिखा है कि जब वे 23 वर्ष के थे, तो महायुग के तीन पाद और 3600 वर्ष व्यतीत हो चुके थे। उनका जन्म वर्तमान युग के 476वें वर्ष में हुआ था और इससे स्पष्ट है कि वे कलियुग का प्रारंभ वर्तमान युग से पूर्व 3102 में बता रहे हैं। यह किसी कथाकार या कल्पनापरक लेखन वाले व्यक्ति का कथन नहीं है, अपितु एक महान् गणितज्ञ का कथन है, जो गणित की सूक्ष्म गणनाओं के लिए विश्वविख्यात है। इसी प्रकार महाकवि कालिदास ने त्रेतायुग में धर्म को केवल तीन पैर वाला कहा है। स्पष्ट है कि कालिदास के समय में भी युगों का सिद्धांत सर्वमान्य था।

आर्यभट्ट ने कालक्रियापाद में जो कहा है, वही बात ऐहोले अभिलेख से भी प्रमाणित होती है, क्योंकि उसमें भी कहा गया है कि कलियुग का आरंभ हुए 3735 वर्ष बीत चुके हैं। ऐहोले अभिलेख का समय 634 है, क्योंकि उसमें शक संवत् 556 लिखा है, जो कि 634 ईसवी ही है।

वायुपुराण, मत्स्यपुराण, भागवतपुराण, विष्णुपुराण और ब्रह्मांडपुराण में भी महाभारत का समय और कलियुग के प्रारंभ का संकेत है। यहाँ मुख्य बात यह है कि काल की विराटता का ज्ञान भारतीयों को अत्यंत प्राचीन काल से है। काल की यह विराटता क्रियाओं की विराटता का ही पर्याय है। इसीलिए उन्हें अपने समय के किसी शासन या शासक की क्रियाओं के प्रति ऐसा कोई मोह नहीं होता कि लगे कि यह

अभूतपूर्व है। इसी प्रकार किसी पंथ प्रवर्तक या किसी आध्यात्मिक विभूति के विषय में भी ऐसा कोई भ्रम या मोह नहीं होता। इसके साथ ही युगों के चक्र और सृष्टि चक्र का बोध यह बताता है कि अनेक घटनाएँ नए-नए रूपों में बारंबार होती हैं। इस प्रकार सृष्टि की विविधता और कालचक्र की अनंतता का बोध चित्त को विराट् का साक्षात्कार कराता है और इसीलिए भाँति-भाँति के विचार प्रवाहों और आस्था प्रवाहों को हिंदू बुद्धि स्वाभाविक मानती है तथा सार्वभौम नियमों अर्थात् धर्म के आधार पर उनके गुण-दोष का विवेचन करती है और व्यवहार का निर्धारण करती है। इस प्रकार उदारता या सहिष्णुता केवल एक गुण मात्र नहीं है। वह आनुवंशिक गुण जैसा भी कुछ नहीं है। अपितु काल की विराटता के बोध और सृष्टि चक्र की निरंतरता के ज्ञान के कारण भाँति-भाँति के विचारों और आस्थाओं का अस्तित्व अत्यंत स्वाभाविक मानते हुए धर्म के आधार पर उनके प्रति व्यवहार का निर्धारण हिंदू मस्तिष्क की सामान्य अभिवृत्ति है। वह कोई गुण विशेष मात्र नहीं है, अपितु ज्ञान विशेष का सहज परिणाम है। इसीलिए किसी भी प्रबुद्ध हिंदू को किसी अन्यायी विचार का प्रतिकार और विनाश भी धर्म ही लगता है और ऐसा विनाश करना सृष्टि चक्र को गतिशील रखने के लिए उसका कर्तव्य है। जबकि सहिष्णुता और उदारता को हिंदू जाति के विशेष गुण की तरह प्रचारित कर देने के साथ ही उसके प्रति मोहमय अभिमान जगा देने पर वह अज्ञान और मूढ़ता का पर्याय बन जाता है और हिंदुओं को कर्तव्यविमुख बनाने वाला सिद्ध होता है। आततायी का वध और अन्याय का प्रतिकार तथा पापपूर्ण विचारों का दमन और उन्मूलन हिंदुओं का धर्म कर्तव्य है, क्योंकि वह मानवमात्र का धर्म कर्तव्य है। ज्ञानपूर्ण उदारता और सहिष्णुता भी मानवमात्र का धर्म कर्तव्य है, केवल हिंदुओं का नहीं।

चातुर्वर्ण्य व्यवस्था सार्वभौम है, भारत तक सीमित नहीं

स्पष्ट है कि चातुर्वर्ण्य व्यवस्था सार्वभौम है। वह भारत तक सीमित नहीं है। गांधीजी के समय तक अर्थात् 20वीं शताब्दी के पूर्वार्ध तक यह बात सभी हिंदुओं को ज्ञात थी। यही कारण है कि स्वयं गांधीजी ने भी यही कहा है कि 'वर्ण व्यवस्था सार्वभौम है और वह संपूर्ण विश्व में है। अंतर यह है कि भारत में वह अधिक वैज्ञानिक और व्यवस्थित रूप में है।'

संपूर्ण विश्व के मानव चार वर्णों में ही वर्गीकृत होते हैं। यही धर्मशास्त्र का प्रतिपादन है। उनमें से जो मानव समूह वर्णों के लिए निर्धारित गुणों और कर्मों की साधना और व्यवहार करते हैं, वे उस वर्ण के होते हैं और शेष लोगों में वर्णों का संकरण हो सकता है। वर्णसंकर होने का अर्थ वर्णविहीन होना नहीं है, अपितु वर्णों का संकरण होना है। इस प्रकार आधारभूत चार वर्णों और उनके विविध संकरणों के रूप में समस्त

मानव-जाति वर्गीकृत और वर्णित की जा सकती है, यही भारतीय दृष्टि है। स्पष्ट है कि इसमें कहीं भी केवल हिंदू समाज का कोई गुण, लक्षण वर्णित नहीं है। यह तो समस्त मानव जाति के गुणों और लक्षणों तथा कर्म स्वरूपों का वर्णन है। हिंदू भारत राष्ट्र के बहुसंख्यक के रूप में एक अलग पहचान इसलिए रखते हैं कि वे सनातन धर्मशास्त्रों के प्रति श्रद्धा रखते हैं और अपने जीवन को उनसे अनुशासित रखते हैं तथा रखने का निरंतर प्रयास करते हैं। यह प्रयास भी धर्मशास्त्रों में प्रतिपादित व्यवस्थाओं और नियमों के अंतर्गत ही होता है। अतः हिंदू जहाँ ऐतिहासिक रूप से भारत राष्ट्र का मर्म भाग हैं और प्राचीनतम काल से यहाँ के मूल निवासी हैं, वहीं हिंदू की पहचान केवल भौगोलिक सीमाओं के आधार पर निर्धारित नहीं हो सकती। सनातन धर्मशास्त्रों में अचल निष्ठा ही हिंदुत्व है। उसके विविध संप्रदाय तो हैं और हो सकते हैं, परंतु धर्म संबंधी श्रद्धा सर्वसम्मति से सदा से है। अतः मानव धर्म के पालन पर बल देने वाले और सनातन धर्मशास्त्रों के किसी-न-किसी अनुशासन से अनुशासित जीवन जीने वाले लोग ही हिंदू हैं। भारत की भौगोलिक सीमाएँ उनका ऐतिहासिक संदर्भ हैं। जो सदा घटती-बढ़ती रही हैं, परंतु उनका आध्यात्मिक और सांस्कृतिक संदर्भ अर्थात् धार्मिक संदर्भ सनातन धर्म और उसके प्रतिपादक धर्मशास्त्र ही हैं।

समाज व्यवस्था के पुनर्गठन का प्रश्न और धर्मशास्त्र

राजा विष्णु का अंश है। यह धर्मशास्त्रों का सर्वसम्मत प्रतिपादन है। ऋग्वेद में भी राजा त्रसद्दस्यु का यही उद्घोष है और अथर्ववेद में भी राजा को इंद्र के समान शासन करने का निर्देश है। याज्ञवल्क्य स्मृति के अध्याय 1, श्लोक 350 की टीका में आचार्य विश्वरूप (8वीं शताब्दी) ने यही कहा है कि देवों ने प्रजापति से कहा कि हम राजा में महत्ता, दीप्ति, शक्ति, विजय, उदात्त भाव और नियंत्रण की सामर्थ्य प्रदान करेंगे, जो क्रम से सोम, सूर्य, इंद्र, विष्णु, कुबेर एवं यम से प्राप्त गुण होंगे।

महाभारत में भी यही कथन है कि देवों और ऋषियों ने लोकरक्षण के लिए ही राज्यपद रचा है। अतः राजा विष्णु का अंश है। उसका काम प्रजा का संतति की तरह पालन-पोषण और रक्षण करना है।

अतः धर्म के अनुसार अर्थात् सार्वभौम मानव धर्म के अनुसार काल भेद से राजा निश्चय ही समाज का पुनर्गठन कर सकता है, परंतु यह पुनर्गठन सनातन धर्म के बोध से प्रेरित हो तो ही धर्ममय है। यदि वह विजातीय या विधर्मी विचारों और भावों से प्रेरित हो, तो वह अधर्म है।

वर्तमान शासन वर्ण और जाति को राज्य के विभिन्न पदों की प्राप्ति के संदर्भ में भेदभाव के योग्य इकाइयाँ नहीं मानता। यद्यपि कतिपय जातियों को अनुसूचित जाति,

अनुसूचित जनजाति और अन्य पिछड़ा वर्ग की श्रेणियों में वर्गीकृत कर उनके प्रति विशेष प्रावधान करता है। इस विशेष प्रावधान से असहमत लोग इसे राज्य के द्वारा किया जा रहा भेदभाव कह सकते हैं। स्पष्ट ही इस जाति आधारित पक्षपात की कोई समय-सीमा निर्धारित करनी होगी और साथ ही, उस पक्षपात के प्रामाणिक ऐतिहासिक साक्ष्य भी उपस्थित करने होंगे।

सभी धर्मशास्त्रकारों ने यह निर्धारित किया है कि शासकों को अनिवार्य रूप से सनातन धर्म के शास्त्रों की शिक्षा प्राप्त करनी चाहिए। वेदों, वेदांगों और शास्त्रों का अध्ययन शासक होने के लिए अनिवार्य है। इसके साथ ही उसे लोकवार्त्ता का भी ज्ञान होना चाहिए अर्थात् अपरा विद्या का विस्तृत अध्ययन करना चाहिए। इसमें समकालीन विश्व में प्रचलित व्यवस्थाओं और रीतियों तथा उनके मूल में निहित मान्यताओं, आस्थाओं और सिद्धांतों का अध्ययन भी शामिल है। इसके साथ ही न्याय के सिद्धांत और व्यवहार का ज्ञान प्राप्त करना आवश्यक है। इसे ही दंडनीति कहा गया है। कौटिल्य ने प्रथम अधिकरण के द्वितीय अध्याय में पहले ही श्लोक में कहा है कि आन्वीक्षकी, त्रयविद्या अर्थात् ऋग्वेद, सामवेद और यजुर्वेद का ज्ञान तथा वार्त्ता और दंडनीति ये राजा के लिए अनिवार्य विद्याएँ हैं। वार्त्ता और दंडनीति के ज्ञान से ही लोकयात्रा सुनिश्चित की जाती है। शिक्षा, कल्प, व्याकरण, निरुक्त, छंदशास्त्र और ज्योतिष ये वेदांग हैं। इन वेदांगों का अध्ययन भी शासक के लिए आवश्यक है। यह ज्ञान सभी वर्णों और आश्रमों को व्यवस्थित रखने के लिए आवश्यक है। अर्थात् वर्ण और आश्रम समाज में परंपरा से चल रहे हैं और चलते रहेंगे। शासन का काम इनमें से प्रत्येक को मर्यादा में रखना और व्यवस्था को गतिशील रखना है। वर्ण और आश्रम शासन की रचनाएँ नहीं हैं और शासन उस विषय में किंचित् मात्र अधिकारी नहीं है। तृतीय अध्याय के 16वें और 17वें श्लोक में यह स्पष्ट किया गया है—

तस्मात् स्वधर्मं भूतानां राजा न व्यभिचारयेत्।
स्वधर्मं संदधानो हि प्रेत्य चेह च नंदति॥ 16॥
व्यवस्थितार्यमर्यादः कृतवर्णाश्रमस्थितिः।
त्रय्या हि रक्षितो लोकः प्रसीदति न सीदति॥ 17॥

अर्थात् सभी प्राणी और सभी मनुष्य अपने-अपने कर्तव्य का पालन करें। वे सब स्वधर्म में निरत रहें, इसमें राजा को व्यवधान नहीं डालना चाहिए। प्रजा को स्वधर्म में प्रवृत्त रखने से प्रजा भी सुखी रहती है और शासक भी सुखी रहता है। दोनों इस लोक में भी सुखी रहते हैं और परलोक में भी सद्गति प्राप्त करते हैं। आर्य मर्यादा को व्यवस्थित रखना और वर्णों और आश्रमों की व्यवस्था सुचारू चलती रहे, यह देखना शासक का काम है। जो शासक और जो प्रजा इस प्रकार अपनी मर्यादा में रहते हैं, वे कभी दुःखी

नहीं होते। सदा आनंदित ही रहते हैं। इस तरह स्पष्ट है कि राजा का काम समाज का अपने मन से पुनर्गठन करना नहीं है। ऐसा पुनर्गठन पाप है, परंतु लोगों की सर्वसम्मति से तथा व्यापक संवाद के द्वारा और शिष्ट परिषदों तथा विद्वत् परिषदों में संपन्न विमर्श एवं निर्णयों के द्वारा पुनर्गठन होता रह सकता है।

किसी भी स्थिति में भारतीय ज्ञान-परंपरा का लोप करने का अधिकार शासक को नहीं है, क्योंकि परमब्रह्म ने ही समस्त प्राणियों को और तत्त्वों को रचा है, वे ही उसके पोषक हैं। अत: उस ज्ञान परंपरा का लोप परमब्रह्म की रचना का अनादर है, जो महापाप है। सत्य ज्ञान के लिए शास्त्र ही उपकरण हैं। वेदांत सूत्र में शास्त्रों को ही ब्रह्म और ज्ञान की योनि कहा है। उस सर्वज्ञ और सर्वशक्तिमान के सही स्वरूप को जानना शास्त्रों द्वारा ही संभव है। अत: शास्त्र के अध्ययन, अध्यापन की परंपरा का लोप करने वाला शासक पापी है। वह स्वयं ब्रह्म की ही अवज्ञा कर रहा है। ब्रह्म और जगत् में अभिन्नता है और सृष्टि की परंपरा को बाधित करना ब्रह्म की सत्ता में हस्तक्षेप का दुस्साहस है। वेदों और उपनिषदों में ही सृष्टि एवं मूलतत्त्व से संबंधित सिद्धांत निरूपित हैं। अत: उनके अध्ययन की व्यवस्था करना शासक का अनिवार्य कर्तव्य है। पुराणों में जगत् का विवरण विस्तार से दिया गया है और उसमें पृथ्वी के भागों, वर्षों, पर्वतों, नदियों, समुद्रों तथा देशों का विस्तृत वर्णन है। काल की गति तथा सूर्य, चंद्र और नक्षत्रों की गति का भी पुराणों में विस्तृत प्रतिपादन है। संपूर्ण जंबूद्वीप में सनातन धर्म के रक्षक राजाओं का ही शासन था और भारतीय राजाओं का शासन संपूर्ण जंबूद्वीप में रहे, ऐसा प्रयास करना शासक का कर्तव्य है, यह शास्त्रों का कथन है। अशोक के रूपनाथ प्रस्तरलेख में जंबूद्वीप शब्द का उल्लेख है। अत: स्पष्ट है कि शताब्दियों पहले संपूर्ण जंबूद्वीप भारतीय राजाओं के शासन का क्षेत्र था। विष्णुपुराण, वामनपुराण और वायुपुराण में विस्तार से यह बताया गया है कि समस्त पृथ्वी पर भारतीय राजा शासन करते रहे हैं। वायुपुराण में यह भी कहा गया है कि मनु महाराज ने संपूर्ण विश्व का भरण-पोषण किया। इसीलिए उन्हें भरत कहा गया और जिस क्षेत्र में उनका निवास था, वह क्षेत्र भारतवर्ष कहा गया। मनु महाराज के बाद ऋषभ पुत्र भरत भी चक्रवर्ती सम्राट् हुए और दुष्यंत पुत्र भरत भी। इस प्रकार भरत नाम की निरंतरता बनी रही और इसीलिए भारतवर्ष के चक्रवर्ती सम्राट् को भारत कहने की परंपरा भी बनी रही। यही कारण है कि भगवान् श्रीकृष्ण अर्जुन को बार-बार भारत कहते हैं, क्योंकि युधिष्ठिर के शासन का आधार अर्जुन का शौर्य ही है।

इस प्रकार जहाँ भारत का सामान्य अर्थ भूमध्य सागर से प्रशांत महासागर तक अर्थात् रोम और यवन प्रांत से लेकर पूर्व के अंतिम छोर तक और उत्तरी ध्रुव से हिंद महासागर तक फैला संपूर्ण क्षेत्र है, वहीं अधिकांश समय अपनी संपूर्ण उपत्यकाओं सहित समस्त हिमालय क्षेत्र से हिंद महासागर तक फैला क्षेत्र ही भरत भूमि या भारतवर्ष

के महान् राजाओं का शासित क्षेत्र रहा है, परंतु नस्लभेद जैसी किसी भी अवास्तविक और मूढ़तापूर्ण कल्पना से कभी कोई संबंध नहीं रख पाने के कारण भारत के मनीषियों ने सनातन धर्म का विचार करते समय मानव धर्म का ही प्रतिपादन और विश्लेषण किया है तथा समस्त मानव-जाति के द्वारा पालनीय ब्रह्मांडीय नियमों और जागतिक नियमों अर्थात् सृष्टि चक्र के आधारभूत नियमों का स्पष्ट प्रतिपादन करने के बाद वर्णों, आश्रमों, कुलों और संप्रदायों में सुविभक्त मानव समूहों में से प्रत्येक के स्वधर्म एवं विशिष्ट धर्म का भी विस्तार से निरूपण किया है। अतः सनातन के धर्मशास्त्र संपूर्ण मानव-जाति के लिए हैं, परंतु वे मानव-जाति के लिए कोई राजकीय आदेश नहीं हैं, अपितु शास्त्रीय निर्देश हैं, जिनके पालन से पालनकर्ता को सुख और आनंद मिलेगा तथा उपेक्षा से दुःख और विषाद मिलेगा। यह तथ्य प्रस्तुति ही शास्त्रों में की गई है।

इस प्रकार यह अध्ययन धर्मशास्त्रों में प्रतिपादित समाजशास्त्र के स्वरूप का गंभीर विश्लेषण करता है और शास्त्रीय संदर्भों के प्रमाणपूर्वक उसके तथ्यात्मक स्वरूप को सामने रखता है। हिंदू समाज व्यवस्था अत्यंत प्राचीनकाल से धर्मशास्त्रों में प्रतिपादित समाज व्यवस्था ही रही है। 15 अगस्त, 1947 के बाद से यह समाज व्यवस्था विधि की परिधि से बाहर कर दी गई। अब राज्य ही समाज के स्वरूप के विषय में निर्णय का अधिकारी है और यह निर्णय भारतीय राज्य एंग्लो-क्रिश्चियन आस्थाओं के आधार पर ही करता है। हिंदू समाज के विषय में धर्मशास्त्रीय आधारों को हिंदू समाज व्यवस्था का मूल स्रोत राज्य द्वारा स्वीकार नहीं किया गया है। यद्यपि मुसलमान, ईसाई आदि अल्पसंख्यक समाजों की समाज व्यवस्था के लिए उनकी अपनी मजहबी या रिलीजियस पुस्तकों को ही आधार माना जाता है। यह इस विषय में राज्य का द्वैध है।

प्रस्तुत अध्ययन का प्रयोजन हिंदू समाज व्यवस्था के धर्मशास्त्रीय स्वरूप को प्रस्तुत करना है, जिससे कि उसमें जो कुछ भी उपादेय और ग्राह्य लगे तथा कल्याणकारी लगे, उसे राज्य की नीति के निर्माताओं के द्वारा स्वीकार किया जा सके और यदि वे आधार सब प्रकार से कल्याणकारी हों, तो उनकी पुनः प्रतिष्ठा भी की जा सके।

□□□